Tausend Jahre Österreich

Eine biographische Chronik

◆

Band 1:
Von den Babenbergern
bis zum Wiener Kongress

Band 2:
Vom Biedermeier bis zur
Gründung der modernen Parteien

Band 3:
Der Parlamentarismus
und die beiden Republiken

Herausgegeben von
Professor Walter Pollak

Die Mitarbeiter des ersten Bandes:

Prof. Dr. Kurt Adel, Wien; Univ.-Ass. Rudolph Angermüller M. A., Salzburg; Dr. Wanda Aschenbrenner, Innsbruck †; Prof. Dr. Ernst Bernleithner, Wien; Univ.-Ass. Dr. Ulf Birbaumer, Wien; Dr. Karl Heinz Burmeister, Bregenz; Dr. Othmar Costa, Innsbruck; Univ.-Prof. Dr. Margarete Dietrich, Wien; Dr. Erich Egg, Innsbruck; Univ.-Prof. Dr. Moriz Enzinger, Wien; Univ.-Prof. Dr. Konradin Ferrari d'Occhieppo, Wien; Univ.-Prof. Dr. Rupert Feuchtmüller, Wien; Dr. Heinz Fidelsberger, Wien; Dr. Gerbert Frodl, Wien; Univ.-Ass. Dr. Gernot Gruber, Salzburg; Univ.-Doz. Dr. Karl Gutkas, St. Pölten; Univ.-Doz. Dr. Adolf Haslinger, Salzburg; Univ.-Ass. Dr. Reinhard Rudolf Heinisch, Salzburg; Dr. Friedrich Heller, Wien; Univ.-Prof. Dr. Alfred Hoffmann, Wien—Linz; Univ.-Prof. DDr. Robert A. Kann, Princeton, New Jersey, USA; Univ.-Prof. Dr. Heinz Kindermann, Wien; Univ.-Prof. Dr. Hans Kinzl, Innsbruck; Dr. Gerda Koller, Wien; Univ.-Prof. Dr. Hans Kramer, Innsbruck; Prof. Dr. Andreas Liess, Wien; Rudolf Walter Litschel, Linz; Univ.-Prof. DDr. Grete Mecenseffy, Wien; Univ.-Prof. Dr. Hanns Leo Mikoletzky, Wien; Dr. Liselotte Popelka, Wien; L.-Abg. Franz Probst, Eisenstadt; Dr. Leonore Pühringer-Zwanowetz, Wien; Dr. Manfried Rauchensteiner, Wien; Prof. Dr. Géza Rech, Salzburg; Univ.-Prof. Dr. Ingo Reiffenstein, Salzburg; Gustav Reingrabner, Großpetersdorf; Univ.-Doz. Dr. Harald Riedl, Wien; Univ.-Ass. Dr. Josef Riedmann, Innsbruck; Prof. DDDr. Floridus Röhrig, Wien-Klosterneuburg; Univ.-Ass. Dr. Heinz Jürgen Sauermost, München; Univ.-Ass. Dr. Franz Viktor Spechtler, Salzburg; Univ.-Prof. Dr. Rudolf Strasser, Linz; Hofrat Dr. Hanns Sturmberger, Linz; Univ.-Prof. Dr. Hans Wagner, Salzburg; Univ.-Prof. Dr. Adam Wandruszka, Wien; Univ.-Prof. Dr. Erika Weinzierl, Wien—Salzburg; Univ.-Prof. Dr. Eduard Winter, Berlin-Ost; Univ.-Prof. Dr. Alois Wolf, Kiel; Dr. Otto Wutzel, Linz; Dr. Heinrich Zilcher, Wien.

TAUSEND JAHRE ÖSTERREICH

EINE BIOGRAPHISCHE CHRONIK IN DREI BÄNDEN

◆

Herausgegeben von
Professor Walter Pollak

Band 1:
Von den Babenbergern
bis zum Wiener Kongress

Genehmigte Lizenzausgabe

Umschlag-Gestaltung: Bine Cordes, Weyarn
Herstellung: Peter Karg-Cordes, Weyarn
Druck und Bindung: Wiener Verlag GmbH, Himberg
ISBN 3-929626-29-2

Vorwort

Die Belehnung der Babenberger mit der Ostmark im Jahre 976 ist der Beginn der kontinuierlichen Geschichte Österreichs. Diese »Tausend Jahre Österreich« dem Leser als »eine biographische Chronik« anzubieten, möchte als Versuch verstanden werden, der durch die Verbindung von historischer und biographischer Darstellung den Reichtum unserer Vergangenheit dokumentieren und ein lebendiges Bild von ihr entwerfen will. Ein Versuch auch deshalb, weil Vollständigkeit nicht angestrebt werden konnte und subjektive Gesichtspunkte bei allem Bemühen um Objektivität nicht auszuschließen sind. Auch technische Voraussetzungen haben Beschränkungen auferlegt. Absicht des Verlages und des Herausgebers ist es, mit diesem Werk das Geschichtsbewußtsein und damit das Selbstverständnis des Österreichers von heute zu fördern.

Anders als der Ersten österreichischen Republik hat es das Schicksal der Zweiten erspart, von ihren Bürgern in Frage gestellt zu werden. Die Lebensunfähigkeit des Gemeinwesens war damals Axiom aller politisch wirkenden Ideen, während der Staat von heute von seinen Bürgern, ohne Unterschied ihrer politischen Gesinnung, als Realität und gemeinsame Existenzgrundlage begriffen wird.

Die staatsbejahende Gesinnung des Bürgers von heute gründet mehr im materiellen als im geistigen Bereich. Niemand bezweifelt die wirtschaftliche Lebensfähigkeit Österreichs. Andererseits ist das Interesse für die Geschichte dieses Landes in breiten Volksschichten nie so gering gewesen wie heute. Ist aber das realpolitische Selbstverständnis ausreichend, diesem Staat, in seiner geographisch und politisch exponierten Lage, in möglichen Zeiten der Gefährdung Stabilität und Überleben zu gewährleisten? Das realpolitische Selbstverständnis des Österreichers orientiert sich vor allem an den Maßstäben einer prosperierenden Wirtschaft und an den Bedürfnissen der Konsumgesellschaft. Die geistige Komponente des Selbstverständnisses setzt das Wissen um die Vergangenheit voraus, ein Geschichtsbewußtsein also, das, frei von plattem Traditionalismus, die gestaltende Leistung unserer Vorväter ins eigene Bewußtsein integriert.

Der verstorbene Bundespräsident Dr. Adolf Schärf hat an der Jahreswende 1963/1964 gesagt: »Österreich blieb von der allgemeinen Strömung nicht unberührt. Unser Land befindet sich ja mittendrin in der Umwälzung, wie es seiner geschichtlichen und geographischen Lage entspricht. Weder der Geographie noch der Geschichte können wir entrinnen. Wir sollen ihr auch gar nicht entfliehen, denn es handelt sich um unser Land, das hier zwischen den Alpen und der Donau liegt, und um unsere Geschichte, die unsere Vorväter gestaltet haben.«

Ganz abgesehen von den Ereignissen der Jahre 1918, 1934, 1938 und 1945, die tief hinein gewirkt haben in das moralische und politische Bewußtsein der Menschen, ist es aus verschiedenen Gründen für alle, die nach 1900 geboren worden sind, schwer, sich ein ausgewogenes Geschichtsbild anzueignen.

Seit im 19. Jahrhundert die nationale und die soziale Frage das politische Denken bestimmten, wurde die österreichische Geschichte willkürlich interpretiert; geschichtliche Vorgänge und ganze Epochen wurden in das Prokrustesbett aktuell-politischer Auffassungen gespannt, der Streit des Tages warf sich zum Richter über die Geschichte auf. Diese Art der Vulgärinterpretation, wenn man so sagen darf, hat jahrzehntelang im Schulunterricht sich niedergeschlagen und wesentlich dazu beigetragen, ein verbindliches österreichisches Geschichtsbewußtsein gar nicht entstehen zu lassen.

In der erwähnten Rede hat Bundespräsident Doktor Schärf dieses bemerkenswerte Wort gesagt: »Die eine Vergangenheit ist wesensgleich mit der Geschichte der alten Babenberger im äußersten Osten der westlichen Welt und mit der vielhundertjährigen Geschichte der alten Habsburgermonarchie. Diese Geschichte mit ihren Licht- und Schattenseiten, mit ihren militärischen, politischen und wirtschaftlichen Erfolgen und mit ihrem bitteren Elend, dem Hunger und der materiellen und geistigen Not breiter Volksschichten ist abgeschlossen.«

In diesem Wort klingt jenes wesentliche Kriterium an, das für leidenschaftslose und unvoreingenommene Geschichtsbetrachtung unerläßlich ist: die in sich abgeschlossenen Epochen aus ihren politischen, gesellschaftlichen, wirtschaftlichen und geistigen Bedingungen zu sehen und zu erkennen; was ausschließt, ihrer Darstellung den Stempel irgendeines Zeitgeistes aufzudrücken.

Die Geschichtsschreibung hat sich wesentlich der politischen Staatsgeschichte, der heroischen Darstellung der Kriege und der Hofhistoriographie angenommen und nur am Rande die »Neben«-Gebiete berührt, die normalerweise den Spezialdisziplinen, der Kultur-, Wirtschafts- und Kunstgeschichte überlassen blieben. Aber erst wenn den politischen und militärischen Daten das Gesamtbild der Denk- und Lebensform, die Leistungen der Menschen in allen Bereichen hinzugefügt wird, kann das Charakteristische einer Epoche zum abgerundeten Bild werden. Wer die von Generation zu Generation fließenden Ströme, welche Gefühls- und Geisteshaltung der Menschen mitformen und mitbestimmen, nicht unterschätzt – und wer würde das tun? –, dem kann nicht verborgen bleiben, von welch tiefer psychologischer und soziologischer Folgewirkung der Sprung dieser Bevölkerung vom Großstaat in den Kleinstaat im Jahre 1918 gewesen ist. Niemals vorher während ihrer staatlichen Existenz hatte die österreichische Bevölkerung einem Kleinstaat angehört. Ihr Lebensraum war zunächst ein Teil des Heiligen Römischen Reiches; dann hatte sie teil an der dynastischen Konzeption des habsburgischen Machtbereiches, in dem die Sonne nicht unterging; schließlich empfand sie sich als führendes Staatsvolk in der habsburgischen Vielvölker-Monarchie; und am Ende wandte diese Bevölkerung alle Kraft auf – ohne Unterschied der politischen Richtung –, die Gemeinsamkeit mit den anderen Völkern in irgendeiner Form erhalten zu können. Ihr Lebensstil und ihre

Geisteshaltung verlangten nach einem weiten Lebensraum. Es ist kein Zufall, daß sich im Jahre 1918 der Bevölkerung und der Führenden ein Gefühl tiefer Vereinsamung bemächtigte und erst die besonderen Umstände des politischen Erlebens in den folgenden Jahrzehnten sie befähigten, die Existenz des politischen Kleinstaates als zwingende Folge eines geschichtlichen Prozesses zu erkennen und zu bewältigen.

In der pluralistischen Gesellschaft von heute, mit ihren Auseinandersetzungen der verschiedenartigen Interessen, dem ständigen Versuch, Spannungen zwischen den sozialen Gruppen auszugleichen, würde vieles entschärft werden, begegneten sich die Partner in einem geistigen Raum gemeinsamen Selbstverständnisses, das seine Wurzel in einem verbindlichen Geschichtsbild hat. Unsere Vergangenheit, jede ihrer Epochen, verstanden aus den Bedingungen ihrer Zeit, jenseits der Parteien Gunst und Haß heimzuholen in unser geistiges Weltbild, ist eine sich lohnende Aufgabe. Aktion und Reaktion würden als Bestandteile des fortschreitenden historischen Prozesses aufgefaßt, Menschen und Leistungen würden dem Streit des Tages entrückt, von uns begriffen, im Sinne des Nietzsche-Wortes: »Und so wollen wir an unsere Sternenfreundschaft glauben, selbst wenn wir einander Feinde sein mußten.«

Gegenstand dieses Werkes ist das Gebiet des heutigen Österreich, nicht der Großraum der habsburgischen bzw. der österreichisch-ungarischen Monarchie, wenn sich in einzelnen Fällen auch Grenzüberschreitungen ergeben haben. Der allgemeinen Einleitung zu den einzelnen Epochen folgen die Biographien. Für ihre Auswahl war ausschlaggebend, ob die Persönlichkeit in Österreich geboren wurde oder hier ihr wesentliches Werk vollbracht hat.

Seit Plutarch und Tacitus besitzt die biographische Darstellung große Tradition im Abendland. Seit zwei Jahrtausenden also ist uns die Faszination bekannt, die bedeutende Persönlichkeiten auf den Schriftsteller ausüben, und dessen biographisches Werk wieder auf den Leser: die historische Schilderung wird durch die Heraushebung der Persönlichkeit verlebendigt; das Gerippe der historischen Daten erhält erst durch sie Körperlichkeit. Mehr noch als im herrscherlichen Ausgriff, mehr noch als in der habsburgischen Heiratspolitik wird im Spiegel der Vielfalt der Persönlichkeiten und ihres Werkes jene geistige Leistung sichtbar, die Österreich geformt hat. Dieses Land stand immer in geistiger Wechselbeziehung: mit dem ganzen deutschen Raum ebenso wie mit den fremden Völkern in seiner Nachbarschaft. Es hat seine Söhne in die Welt entlassen, um diese zu bereichern, und es hat Fremde aufgenommen, um von diesen beschenkt zu werden. Es hat zu allen Zeiten die Kraft besessen, das Fremde mit dem Eigenen zur Synthese zu verschmelzen, auf diese Weise jene originelle österreichische Tradition formend, die uns überliefert ist.

Verlag und Herausgeber würden sich glücklich schätzen, wenn sie mit diesem Werk beitragen könnten, das zu erfüllen, was Hugo von Hofmannsthal gewünscht hat: »... manch edle Gestalt, ehe ihre Umrisse für die Nation völlig verdämmern, ins Gedächtnis der Aufnehmenden kräftiger zurückzurufen, damit der Reichtum, der noch unser Besitz ist, den heraufkommenden Generationen nicht als eine Armut überantwortet werde.«

Der Leser möge mit Verständnis bedenken, daß es sich bei dem vorliegenden Werk nicht um ein Lexikon handelt, sondern vielmehr um den Versuch, Geschichte einmal auf eine andere als die übliche Art darzustellen. Die Abwägung, welcher Persönlichkeit ein eigener Beitrag gewidmet werden sollte, war oft schwierig; häufig mußte weniger bekannten Persönlichkeiten wegen ihrer Originalität oder der Bedeutung, die sie in ihrer Zeit besaßen, vor anderen, die dem Leser geläufiger sein mögen, der Vorzug gegeben werden. Aber auch diese sind in anderen Beiträgen erwähnt. Das Namensregister enthält den entsprechenden Hinweis. Dort, wo es angebracht erschien, sind im Namensregister auch Literaturhinweise gegeben, die dem interessierten Leser, der sich in den Gegenstand vertiefen will, weiterhelfen sollen. Der Leser kann mit dem Buch nach eigenem Geschmack und Gutdünken verfahren. Der eine mag es als ein Lesebuch im eigentlichen Sinne verwenden und wird dabei ebenso gewinnen wie jener andere, der es um der sachlichen Information willen als eine Art Nachschlagewerk benützt. Die Vielfalt der Persönlichkeiten, auch wenn die eine oder andere nur beiläufig erwähnt wird, offenbart die Weite der österreichischen Vergangenheit und ihre bunte Verflechtung mit der Welt nach allen Himmelsrichtungen.

Der Herausgeber hat vor allem der Jugend und Volk Verlagsgesellschaft zu danken, die es erst möglich gemacht hat, den Plan zu diesem Werk zu verwirklichen. Für sachkundige Anregungen und tätige Mitarbeit muß der Herausgeber allen voran dem Schriftsteller Gerhard Fritsch danken, der durch einen viel zu frühen tragischen Tod aus der Mitarbeit an dem Werk herausgerissen wurde. Allen Autoren fühlt sich der Herausgeber verpflichtet, weil sie ausnahmslos über ihren Beitrag hinaus dem Werk ihr Interesse geschenkt und wertvolle Hinweise gegeben haben. Besonders engagiert haben sich durch beratende Hilfe: auf dem Gebiet der Kunstgeschichte Herr Univ.-Prof. Dr. Rupert Feuchtmüller, das Institut für Geschichte der Medizin mit seinem Vorstand, Frau Univ.-Prof. DDr. Erna Lesky, und auf technisch-naturwissenschaftlichem Gebiet der Direktor des Technischen Museums in Wien, Herr Hofrat Dipl.-Ing. Rudolf Niederhuemer. Bei der technischen und administrativen Bewältigung der Arbeit, besonders bei der Erstellung des Registers, hat Frau Vilma Weishäupel sich dankenswert eingesetzt.

Walter Pollak

Inhaltsverzeichnis

5 VORWORT

11 DIE MARK IM OSTEN

16 Die österreichischen Länder in den Alpen · *Rudolf Walter Litschel*
22 Herzog Heinrich II. Jasomirgott · *Otto Wutzel*
26 Herzog Leopold VI. · *Otto Wutzel*
28 Der Dichter des Nibelungenliedes · *Alois Wolf*
37 Walther von der Vogelweide · *Ingo Reiffenstein*

45 HAUSMACHT UND RAUM

52 Rudolf von Habsburg · *Walter Pollak*
59 Meinhard II. von Tirol · *Josef Riedmann*
63 Herzog Rudolf IV., genannt der Stifter · *Hanns Leo Mikoletzky*
69 Kaiser Friedrich III. · *Karl Gutkas*
77 Ulrich von Eyczing · *Karl Gutkas*
80 Oswald von Wolkenstein · *Franz Viktor Spechtler*
85 Helene Kottanerin · *Franz Probst*
88 Michael Pacher · *Erich Egg*
92 Georg Aunpeck von Peuerbach · *Konradin Ferrari d'Occhieppo*

99 REFORMATION UND GEGENREFORMATION

113 Kaiser Maximilian I. · *Karl Gutkas*
118 Kaiser Maximilian II. · *Grete Mecenseffy*
123 Wolf Dietrich von Raitenau — Markus Sittikus von Hohenems — Paris Graf Lodron · *Reinhard Rudolf Heinisch*
127 Georg Erasmus Tschernembl · *Hanns Sturmberger*
138 Hans Wilhelm von Losenstein · *Gustav Reingrabner*
142 Konrad Celtis · *Gerda Koller*
147 Paracelsus · *Heinz Fidelsberger*
154 Johannes Kepler · *Konradin Ferrari d'Occhieppo*
158 Georg Joachim Rhetikus · *Karl Heinz Burmeister*
161 Martin Zeiller — Clemens Beuttler — Georg Matthäus Vischer · *Ernst Bernleithner*
164 Martin Martini und die China-Mission · *Ernst Bernleithner*
167 Rueland Frueauf · *Floridus Röhrig*
175 Paul Hofhaimer — Heinrich Isaac — Ludwig Senfl · *Othmar Costa*
177 Leonhard Lechner · *Othmar Costa*

179 DIE GROSSMACHT ÖSTERREICH

199 Johann Joachim Becher — Philipp Wilhelm von Hörnigk — Wilhelm von Schröder · *Alfred Hoffmann*
206 Johann Bernhard Fischer von Erlach · *Gerbert Frodl*
213 Lucas von Hildebrandt · *Gerbert Frodl*
217 Jakob Prandtauer · *Leonore Pühringer-Zwanowetz*
223 Michael Beer und die Vorarlberger Bauschule · *Heinz Jürgen Sauermost*
229 Georg Raphael Donner · *Liselotte Popelka*
233 Paul Troger · *Wanda Aschenbrenner*
238 Johann Beer · *Adolf Haslinger*
244 Catharina Regina von Greiffenberg · *Kurt Adel*
250 Simon Rettenpacher · *Moriz Enzinger*
255 Ludovico Ottavio Burnacini · *Margarete Dietrich*
259 Josef Anton Stranitzky · *Ulf Birbaumer*
264 Johann Joseph Fux · *Andreas Liess*

273 DIE AUFKLÄRUNG

289 Maria Theresia · *Adam Wandruszka*
294 Joseph II. · *Hans Wagner*
300 Josef von Sonnenfels · *Eduard Winter*
303 Leopold J. Graf Daun — Gideon Freiherr von Laudon — Franz Graf Lacy · *Rudolf Walter Litschel*
312 Christoph Willibald Gluck · *Friedrich Heller*
316 Joseph Haydn · *Gernot Gruber*
321 Wolfgang Amadeus Mozart · *Géza Rech*
327 Antonio Salieri · *Rudolph Angermüller*
330 Johann Franz Hieronymus Brockmann · *Heinz Kindermann*
333 Franz Anton Maulbertsch — Martin Johann Schmidt · *Rupert Feuchtmüller*
338 Leopold Auenbrugger · *Heinrich Zilcher*
345 Nikolaus Joseph von Jacquin · *Harald Riedl*
349 Maximilian Hell · *Konradin Ferrari d'Occhieppo*
352 Peter Anich · *Hans Kinzl*
358 Joseph Liesganig · *Ernst Bernleithner*

365 ZWISCHEN REVOLUTION UND RESTAURATION

378 Leopold II. · *Adam Wandruszka*
387 Franz I. (II.) · *Robert A. Kann*
392 Erzherzog Karl · *Manfried Rauchensteiner*
397 Klemens Maria Hofbauer · *Erika Weinzierl*
403 Andreas Hofer · *Hans Kramer*
408 Franz Anton Edler von Zeiller · *Rudolf Strasser*

415 Namenregister
430 Verzeichnis der Abbildungen

Die Mark im Osten

VON WALTER POLLAK

Natürlich reicht unser Wissen um das Schicksal der Länder an der Donau und in den Alpen weiter zurück; aber die eigentliche Geschichte Österreichs hat begonnen am 21. Juli 976: *Leopold I.* aus dem Geschlechte der Babenberger wurde mit der neuerrichteten ottonischen Mark, der *marca in oriente,* Mark im Osten, belehnt.

Das Wissen um die illyrischen und keltischen Bewohner verdanken wir mehr der Archäologie als historischen Quellen. In den ersten drei Jahrhunderten n. Chr. nahmen die Römer das Land schrittweise in Besitz und gliederten es ihrem Reich ein. Das Gebiet des heutigen Österreich gehörte zu den drei römischen Provinzen *Rätien, Noricum* und *Pannonien.* In der römischen Organisation zeichnen sich beiläufig bereits jene Wege ab, die eine spätere Staatsbildung hier gegangen ist.

Als 482 n. Chr. der *hl. Severin* starb, nachdem er vergeblich versucht hatte, den römisch-christlichen Charakter Noricums aus dem zusammenbrechenden römischen Reich zu retten, versanken hier eine Zivilisation und eine Kultur, die man die erste Hochblüte dieses Raumes nennen könnte. Auf Geheiß *Odoakers,* des *Patricius Romanus,* zog die römische Bevölkerung ab und nahm die Gebeine des hl. Severin mit. Die römische Herrschaft hat dem Land erste bleibende Züge eingeprägt; sichtbare Zeugnisse sind jedoch nur relativ wenige erhalten.

Während der Völkerwanderung zogen hier germanische Völker durch, Slawen und Awaren stießen in den Raum vor. Erst als sich die christliche Mission mit dem politischen Ziel der bayrischen Herzöge verband, gewann das Land allmählich wieder Gestalt. Östlich der Enns saßen die Slawen, aber westlich davon entfaltete sich das christlich-bairische Bekehrungs- und Kolonisationswerk. 690 wurde die Benediktiner-Abtei Salzburg gegründet, im 8. Jahrhundert folgten die Klostergründungen Kremsmünster, Mattsee und Mondsee. Als 798 Salzburg zum Erzbistum erhoben wurde, unterstrich dies vollends seine Stellung als Metropole der Ostmission.

Das christlich-bairische Bekehrungs- und Kolonisationswerk hätte wohl kaum die Verhältnisse östlich der Enns wieder zugunsten des Reiches wenden können, wenn nicht die politische und militärische Macht des Frankenreiches in die Waagschale geworfen worden wäre. Erst als Bayern 788 dem Frankenreich einverleibt wurde und fränkische Heere von 791 bis 797 die Awaren besiegten und die Reichsgrenze bis an die Raab vorschoben, konnte vom Reiche her wieder gestaltend in diesen Raum eingegriffen werden. *Karl der Große* gründete die *karolingische Ostmark.*

Der Zerfall des fränkischen Reiches nach dem Tode Karls des Großen (814) hatte neuerlich eine Schwächung der Reichsmacht zur Folge, die der neuentstandenen Situation im Südosten zunächst nicht gewachsen war. Gegen Ende des 9. Jahrhunderts waren die Magyaren zwischen Donau und Theiß seßhaft geworden und bedrohten in kriegerischen Zügen ihre Nachbarn. Ihre Vorstöße richteten sich vor allem nach dem Westen. Der *Bayernherzog Luitpold* stellte sie am 5. Juli 907 bei Preßburg und verlor die Schlacht und sein Leben. Abermals senkte sich Dunkel über den Raum zwischen Leitha und Enns. Die karolingische Mark hatte zu bestehen aufgehört.

Als der deutsche *König Otto I., der Große*, die Magyaren in der Schlacht auf dem Lechfeld am 10. August 955 geschlagen hatte, war die Gefahr gebannt. Was später an den Grenzen der wiedererrichteten Mark, der *ottonischen Ostmark*, zwischen Enns und Traisen, geschah, gehörte in die Kategorie kleinerer oder größerer Grenzscharmützel.

Der Babenberger *Leopold I., der Erlauchte*, steht als Markgraf am Beginn jener folgerichtigen Entwicklung, der sein Geschlecht durch 270 Jahre das Gepräge gab. Gewiß waren die räumlichen Gegebenheiten und die äußeren politischen Umstände für die Errichtung eines stabilen Gemeinwesens günstig, es darf aber nicht übersehen werden, welche Bedeutung das Geschick und die Ausdauer dieser Dynastie für das schließliche Ergebnis gehabt haben.

Das ungarische Königreich hatte sich seit *Stephan dem Heiligen* konsolidiert, aber unter seinen Nachfolgern kam es immer wieder zu Auseinandersetzungen an der Grenze, die öfters durch innerungarische Schwierigkeiten ausgelöst wurden. In Böhmen und Mähren trug man sich mit hochfliegenden Plänen, die sich in der Verleihung der Königswürde an die böhmischen Herzöge ausdrückten. Wollte das Reich, also der jeweilige Kaiser, einer slawischen Eigenentwicklung vorgreifen, so war er auf einen verläßlichen Flankenschutz im Süden Böhmens und Mährens ebenso angewiesen wie auf einen verläßlichen Markgrafen an der Ostgrenze gegenüber den Magyaren. Daraus folgt ganz selbstverständlich eine gewisse Sonderstellung der babenbergischen Herzöge innerhalb des Reiches, die sich umso stärker entwickelte, je unsicherer die innen- oder außenpolitischen Verhältnisse waren.

Die Babenberger verstanden es mit Geschick, ihr Land aus den Wirren der Zeit auch dann herauszuhalten, wenn sie Partei nahmen, wodurch dem Land eine ruhige kulturelle und wirtschaftliche Entwicklung gesichert wurde. Eine umsichtige Heiratspolitik knüpfte verwandtschaftliche Bande nach Ungarn und Böhmen, aber auch zu den Herrscherhäusern der *Staufer* und *Welfen* und schließlich zu Byzanz. Eine schrittweise Landnahme und Mehrung ihres Besitzes auf friedlichem Wege machte sie schließlich nächst den böhmischen Königen zum reichsten Geschlecht im Reiche.

Schon der dritte babenbergische Markgraf, *Adalbert der Siegreiche* (1018 bis 1055), leistete *Kaiser Heinrich III.* wertvollen militärischen Flankenschutz, als dieser den böhmischen *Herzog Břetislav* daran hinderte, nach Polen auszugreifen und den slawischen Machtbereich auszuweiten; er mußte sich mit Böhmen und Mähren begnügen. Die Verhältnisse zwischen dem deutschen und dem slawischen Machtbereich waren damals noch nicht stabilisiert, und die deutschen Kaiser waren darauf bedacht, die Bildung eines slawischen Großreiches zu verhindern.

Durch die Heirat *Leopolds III., des Heiligen* (1095–1136), mit *Agnes*, der Tochter *Kaiser Heinrichs IV.*, Witwe nach *Friedrich von Staufen* und Mutter *Kaiser Konrads III.*, traten die Babenberger in enge verwandtschaftliche Beziehungen zum staufischen Kaiserhaus, was zweifellos bereits in der nächsten Generation politische Früchte trug. Als sich der *Bayernherzog Heinrich* gegen den staufischen Kaiser Konrad III. auflehnte, verlor er sein Herzogtum, das der Kaiser dem *Babenberger Leopold IV.* (1136–1141) zum Lehen gab. Hier tritt ein Zug der kaiserlichen Politik in Erscheinung, der in nicht geringem Maße zur eigenständigen Politik der Babenberger beigetragen hat. Die Tatsache, daß die Ostmark eigentlich dem bayrischen Herzogtum angehörte, trat während der ganzen Regierungszeit der Babenberger kaum in Erscheinung. Die Kaiser, die immer in einem gewissen Spannungsverhältnis zu den bayrischen Herzögen standen, achteten darauf, daß die bayrische Macht nicht zu stark wurde.

Vollends wurde dies unterstrichen, als *Heinrich II. Jasomirgott* das bayrische Lehen zugunsten *Heinrichs des Löwen* wieder abtreten mußte, dafür aber zum Herzog und die Mark zum Herzogtum erhoben wurde. Das *Privilegium minus*, das Heinrich II. Jasomirgott 1156 verliehen bekam, räumte den Babenbergern Vorrechte ein, die ihre Sonderstellung deutlich machen. Hier schlägt sich bereits jene Entwicklung nieder, die dann im 13. Jahrhundert ihren Höhepunkt erreichen sollte: die Schwächung der zentralen Reichsgewalt zugunsten der immer stärker in den Vordergrund tretenden partikularen Fürstenmacht. Diese Entwicklung als Antagonismus zum Reich zu deuten wäre irrig; es handelte sich vielmehr um einen zeitbedingten gesellschaftlichen und politischen Strukturwandel innerhalb des Reiches.

Durch den Georgenberger Erbvertrag fiel 1192 auch das Herzogtum Steiermark an die Babenberger, die ihr Besitztum unter *Leopold VI.* (1198–1230) durch Kauf im Wald- und Mühlviertel sowie im Wiener Becken und durch Erwerbung der Städte Wels und Linz zu jenem festgefügten Komplex ausweiteten, der die Basis künftiger staatlicher Entwicklung wurde.

In dem Jahrhundert zwischen 1130 und 1230 erlebten die babenbergischen Länder einen bemerkenswerten wirtschaftlichen und kulturellen Aufschwung. Nicht zuletzt durch den Einfluß der Kreuzzüge wurde die Wirtschaft belebt und Wien zu einem zentralen Handelsplatz entwickelt.

Bei der Wiederbesiedlung der Mark im Osten durch bairische und fränkische Bauern, die ins Land geholt wurden, spielten die Klöster und die kirchliche Organisation eine wichtige Rolle. Nur war nun das Schwergewicht von Salzburg auf das Passauer Bistum übergegangen.

Schon im 11. Jahrhundert wurde das religiöse Leben durch den tiefen Einfluß der Reformbewegung von Cluny verinnerlicht und zum Anreger dichterischer Aussage. An der Donau dichtete die erste Deutsche, *Frau Ava*, in Melk und St.

Lambrecht erklangen die ersten deutschen Marienlieder. Die Klöster, deren Gründung von den Babenbergern gefördert wurde – u. a. Melk, Göttweig, Heiligenkreuz, Zwettl –, wurden zu hervorragenden Pflegestätten der Buchkunst, wofür die Vorauer Handschrift in der Steiermark eines der vielen Beispiele ist. Die Geschichtsschreibung jener Zeit bringt in diesem Raum zwei profilierte Gestalten hervor: *Gerhoch von Reichersberg* und *Otto von Freising*. Gerhoch war seit 1132 Probst des Klosters Reichersberg am Inn; sein Werk gehört zu den wichtigsten Quellen der Reichs- und Kirchengeschichte des 12. Jahrhunderts. Otto, Sohn des Babenbergers Leopold III., war Bischof von Freising und verfaßte die schon zu seiner Zeit vielbeachteten acht Bücher der *Chronica sive Historia de duabus civitatibus* und die beiden Bücher der *Gesta Friderici Imperatoris*. Die Pfarrkirche im niederösterreichischen Schöngrabern ist eines jener schönen Denkmäler, die zeigen, wie fremde Einflüsse aufgenommen, aber durchaus eigenständig verarbeitet wurden. Die Pfeilerkirchen zu Gurk und Seckau, der Kreuzgang in Millstatt in Kärnten gehören zu den eindrucksvollen Zeugnissen des Überganges von der Romanik zur Gotik. Die Wandgemälde, die uns aus jener Zeit erhalten geblieben sind, konzentrieren sich vor allem auf den Südtiroler Raum, z. B. in der Schloßkirche von Hocheppan, der Jakobskirche in Tramin und der Frauenkirche in Brixen. Der Freskenzyklus im Gurker Dom gehört hierher. Vorbild für die Freskenmalerei war die Buchmalerei, deren Stil in Salzburg und Passau vorgeformt wurde. Wenn die erhaltenen Zeugnisse im babenbergischen Herrschaftsbereich nur gering sind, so liegt das vor allem am Barock, das gerade in diesem Raum selbstbewußt und zerstörerisch über die Vergangenheit hinweggegangen ist.

Nur zweimal wurde die babenbergische Herrschaft gefährdet. Zuerst 1081, als *Markgraf Leopold II.* im Investiturstreit die Partei des Papstes ergriff und dafür von *Kaiser Heinrich IV.* als Markgraf abgesetzt wurde. Heinrich IV. belehnte den böhmischen *Herzog Wratislav* mit der Mark. Als Leopolds Heer am 12. Mai 1082 bei Mailberg von den Böhmen geschlagen wurde, hätte das Schicksal der Ostmark besiegelt sein können; für einen geschichtlichen Augenblick schien es, als ob dieses Land zwischen Leitha und Enns abermals zum Objekt slawischer Großraumpolitik werden würde. Die Urkunden geben keine genaue Auskunft darüber, wie es Leopold doch gelang, in kürzester Frist das Lehen wieder an sich zu bringen. Fest steht lediglich, daß Wratislav seinen Mailberger Sieg nicht zu nutzen verstand. Die Zustimmung Heinrichs IV. zur Wiederbelehnung dürfte wesentlich von der Tatsache beeinflußt gewesen sein, daß die Lage des Kaisers politisch prekär blieb, da es ihm nicht gelang, dauernden Ausgleich mit dem Papst zu erreichen.

Die zweite Gefährdung der babenbergischen Herrschaft geschah am Vorabend ihres natürlichen Endes, als *Friedrich der Streitbare* (1230–1246) aus jugendlichem Temperament und hochfahrendem Wesen in Frage stellte, was sein Haus durch 270 Jahre mit Umsicht und Klugheit aufgebaut hatte. Der Adel, allen voran das nördlich der Donau begüterte Geschlecht der *Kuenringer*, stand gegen ihn auf. Es gelang Friedrich zwar, die Oberhand zu behalten, aber er verdarb es sich gleichzeitig mit dem staufischen *Kaiser Friedrich II.*, dessen Vorladung zur Rechtfertigung er nicht nachkam. Die Reichsacht wurde über ihn verhängt, und Kaiser Friedrich zog 1237 in Wien ein und erklärte die babenbergischen Länder als heimgefallenes Reichsgut. Der Staufer wollte die Länder als Bereicherung seiner Hausmacht für sich selbst gewinnen und sie seiner Italienpolitik dienstbar machen. Gerade dadurch aber brachte er Adel, Städte und Klöster gegen sich auf, die einen Teil der Beute für sich selbst erwartet hatten. Als der Staufer 1239 vom Papst gebannt wurde, war die Stunde für den Babenberger wieder gekommen. Noch mehr: er konnte sich noch viel höheren Plänen hingeben. Der Staufer wollte offenbar nun auf friedlichem Wege erreichen, was er im Kampf nicht hatte gewinnen können: Er strebte die Heirat mit *Gertrud*, der Nichte des Babenbergers, an. Der Babenberger verlangte als Gegenleistung die Erhöhung zum König. Der Kaiser war bereit, Österreich, Steiermark und Teile von Krain, wo die Babenberger Besitzungen erworben hatten, zu einem erblichen Königreich zu machen, diesem also die gleiche reichsrechtliche Stellung einzuräumen, wie sie Böhmen besaß.

So wäre diesem letzten ungebärdigen Sproß aus dem Hause der Babenberger beinahe die Krönung des Werkes gelungen. Aber Friedrich der Streitbare eilte vergebens nach Verona, um die Königskrone vom Kaiser in Empfang zu nehmen. Gertrud weigerte sich, den alten Kaiser zu heiraten. Kaiser Friedrich wurde in neue Wirren hineingezogen. Das Lyoner Konzil setzte den Staufer ab.

In einer siegreichen Schlacht gegen die Ungarn am Fuße des Leithagebirges fand Friedrich der Streitbare den Tod. Das Haus der Babenberger hatte keinen männlichen Erben mehr. Vier Jahre später, am Ende des Jahres 1250, starb der staufische Kaiser Friedrich II. Das Reich und das Herzogtum waren verwaist und sahen einer ungewissen Zukunft entgegen.

Die geographische Lage und die besonderen politischen Bedingungen, die aus der unmittelbaren Nachbarschaft zu Böhmen und Ungarn sich ergaben, haben ebenso wie die Kontinuität der babenbergischen Herrschaft dieses Land schicksalhaft bestimmt, zum Kernland künftiger staatlicher Entwicklung zu werden. Dieses Schicksal, aus Raum und Zeit zwingend die eigene Existenz formend, hebt es über die anderen Landschaften, die später Österreich mitgestalteten, heraus.

Die österreichischen Länder in den Alpen

VON RUDOLF WALTER LITSCHEL

Die Länder in den Alpen – Steiermark, Salzburg, Tirol und Kärnten – gehörten wie die Mark im Osten dem Verband des Reiches an, ihre Entwicklung wurde zunächst aber noch von eigenen Bedingungen und dynastischen Interessen geprägt, wenn auch die Tendenzen sich schon abzeichneten, die eines Tages zur Vereinigung in einer Hand führten. Manche dieser eigenartigen Bedingungen wirkten fort, wie die besondere kirchliche Stellung Salzburgs, oder blieben später im Ganzen wirksam, wie der Charakter Tirols als Paßlandschaft zwischen Deutschland und Italien oder die wirtschaftliche Orientierung von Kärnten und Teilen der Steiermark nach Venedig; an seiner Ostgrenze gegen Ungarn teilte die Steiermark das Grenzlandschicksal mit der Mark der Babenberger. Die Teilaspekte verrieten bereits jene Notwendigkeiten, der die Entfaltung von der Mitte her in den folgenden Jahrhunderten unterworfen war.

Als der steirische *Markgraf Ottokar* (Otakar) *II.* an einem Spätherbsttag des Jahres 1122 starb, galt er manchen Zeitgenossen schon als der eigentliche Gründer der *Steiermark.*

Tatsächlich war es ihm während seiner langen Regierungszeit gelungen, das Erbe seines Vaters zu festigen und zu vermehren. Dabei war der Ausgangspunkt nicht gerade günstig gewesen: Ottokar mußte sich die Herrschaft zunächst mit seinem Bruder *Adalbero* teilen. Der gehörte im Investiturstreit zur Partei *Heinrichs IV.* und stand damit im schroffen Gegensatz zu Ottokar, der seit seiner Vermählung mit *Elisabeth*, einer Tochter des Babenbergers *Leopold II.*, als ein treuer Anhänger des Papstes galt.

Da Adalbero von seinen eigenen Vasallen erschlagen wurde und Elisabeth ihrem Gatten zu bedeutsamen Besitzungen in der Ostmark verholfen hatte, vermochte Ottokar sein Konzept zu entwickeln, an dem schon sein Vater, *Ottokar I.*, gearbeitet hatte: Es ging um die Vereinigung jener Marken und Grafschaften, die sich um das Zentrum an der mittleren Mur gruppierten, sowie um die landesfürstliche Macht innerhalb dieses Gebietes. Dazu kamen etliche Erbschaften, wie etwa jene des *Grafen Waldo von Reun*, der vermutlich die Grafschaft um Leoben besessen hat, oder die nach dem Kärntner *Herzog Heinrich III.*, wodurch dem Sohn Ottokars, *Leopold*, große Teile von Ober- und Mittelsteier zufielen. Als Leopold 1122 seinem Vater folgte, verfügte er über ein Land, dessen Grenzen schon deutlich die Umrisse des späteren Herzogtums Steiermark konturierten.

Was noch fehlte, vollendete *Ottokar III.*, der Sohn Leopolds. Vom *Grafen Bernhard von Marburg*, seinem Oheim, erwarb er die Herrschaften Marburg und Radkersburg, und 1158 gelang es ihm, Güter im Wechselgebiet in seinen Besitz zu bringen und dadurch seinen Machtbereich bis Wiener Neustadt und Aspang auszudehnen. Er war es auch, der den Semmering durch eine Straße erschloß, so daß von nun an zwischen Wien und Venedig eine direkte Verbindung

Walther von der Vogelweide; aus der Manessischen Handschrift, zwischen 1300 und 1340

bestand. Unter seiner Herrschaft entstanden die Chorherrenstifte Vorau und Seckau, und noch wenige Monate vor seinem Tode im Dezember 1164 stiftete er die erste deutsche Kartause zu Seitz in der Südsteiermark.

Damit allerdings war die Kraft dieses Traungauer Geschlechtes, das sich nach seiner Burg zu Steyr benannte, erschöpft. *Ottokar IV.*, unheilbar an Aussatz erkrankt, schloß mit dem *Babenbergerherzog Leopold V.* 1186 den Vertrag auf dem Georgenberg bei Enns: entsprechend den Bestimmungen dieses Vertrages fiel die gesamte Steiermark nach dem Tode Ottokars im Jahre 1192 an die Babenberger.

Um vieles glücklicher vollzog sich die Entwicklung in *Salzburg*, obwohl der Auftakt zunächst keineswegs ermutigend war. Als der Brixener *Bischof Eberhard* 1200 zum Erzbischof von Salzburg bestellt wurde, hatte eben eine Feuersbrunst die Stadt verwüstet, und die Bevölkerung litt noch immer unter den Folgen von Hochwasserkatastrophen, Seuchen und der Heuschreckenplage. Gleichzeitig war der *Bayernherzog Ludwig*, ein Gegner Eberhards, in Salzburg eingefallen und hatte wie ein Barbar gehaust. Aber Eberhard – er stammte aus einem Schweizer Uradelsgeschlecht – ließ sich nicht einschüchtern und zwang schließlich den Bayernherzog zu Verhandlungen, die Salzburg den Frieden sicherten.

Von nun an ging es Erzbischof Eberhard II. in erster Linie um die Abrundung und Erweiterung seines Hoheitsgebietes. Von 1207 bis 1246 diente Eberhard unablässig diesem Ziel. Als erstes gelang es ihm, vom *Grafen Heinrich von Lechsgemünd* Schloß und Herrschaft Matrei zu erwerben. Fünf Jahre später – 1212 – übergab *Kaiser Friedrich II.* dem Salzburger Erzbischof sämtliche noch reichsunmittelbaren Besitzungen im Lungau, wodurch in diesem Raum ein geschlossenes Territorium entstand.

Die Auseinandersetzungen mit dem bayrischen Herzog um das Erbe nach dem letzten *Grafen von Peilstein* (1218) und nach *Leopold III. von Plain* (1219) endeten nach jahrelangen Verhandlungen mit einem Vergleich: das Land zwischen Ötting und Mühldorf wurde bayrisch, der Ober- und Unterpinzgau mit Saalfelden und Lofer bis zum Steinbach bei Melleck dafür salzburgisch.

Zwei Jahrzehnte später erwarb Eberhard Gastein zunächst pfandweise; kurze Zeit danach war er in der Lage, das ganze Tal zu kaufen; auch der Pongau fiel fast mühelos in seine Hand. Die Grafschaft Lebenau – sie erstreckte sich entlang der Salzach von Laufen bis Tittmoning – fiel nach lebhaften Auseinandersetzungen mit dem bayrischen Herzog an Eberhard.

Damit hatte der Erzbischof sein Ziel erreicht. Sein Territorium war nun gerundet und groß genug, um auch als Machtfaktor gelten zu können. Überdies hatte er noch Zeit gefunden, sich als Kirchenfürst und in der großen Politik zu bewähren. So stiftete er die Bistümer Chiemsee, Seckau in der Steiermark und St. Andrä im Lavanttal, und 1230 reiste er nach Rom, um den Papst zu einer Aussöhnung mit Kaiser Friedrich II. zu bewegen. Dabei war ihm – gemeinsam mit dem Babenberger *Leopold dem Glorreichen* – ein voller Erfolg beschieden. Der Papst sprach Friedrich vom Bannfluch frei, und man traf sich in Anagni zu freundschaftlichen Gesprächen. Obwohl der Friede nicht lange währte, blieb Eberhard seinen Prinzipien treu und harrte auch weiterhin an der Seite des Kaisers aus. Dieser Haltung wegen wurde er schließlich exkommuniziert und starb im Banne am 2. Dezember 1246 zu Friesach in Kärnten.

Etwa zur selben Zeit, als Erzbischof Eberhard II. begann, sich »als Gründer des Landes Salzburg« zu bewähren, trat in *Tirol* ein Mann auf den Plan, der wie Eberhard nichts unversucht lassen sollte, um ein geeintes Staatsgebiet zu bilden: *Graf Albert,* geboren um 1185 und aus dem Geschlecht der alten Grafen von Tirol stammend. 1210 erwarb Albert die Vogtei über das Hochstift Brixen, die er trotz zahlreicher Widerstände und Fehden zu behaupten wußte.

Albert besaß als Nachkommen nur zwei Töchter: *Adelheid* verheiratete er mit dem *Grafen Meinhard von Görz, Elisabeth* gab er dem *Herzog Otto von Andechs-Meranien* zur Frau. Gleichzeitig sicherte er sich vom Brixener Bischof das Privilegium, daß er von nun an sämtliche Lehen gemeinsam mit seinem Schwiegersohn Otto erhalten solle. Es ging dabei um die Vogtei und die Grafschaften im Eisack- und im Pustertal sowie im unteren Inntal. Außerdem wußte Albert es so einzurichten, daß eine Klausel in den Vertrag aufgenommen wurde, wonach derjenige, der »mit dem Tode abging, ohne Söhne hinterlassen zu haben, dem anderen sein Lehen ungeteilt vererbe«. Als Otto von Andechs 1248 kinderlos starb, fiel daher sein gesamter Besitz im Unterinntal und im Pustertal an Albert.

Im selben Jahr starb auch *Graf Ulrich von Ulten und Eppan* und hinterließ Albert – der sich zu diesem Zweck mit dem Bischof von Trient auseinandergesetzt hatte – die Grafschaft Eppan am rechten Etschufer, und *König Konrad* betraute Albert mit den Reichslehen im oberen Inntal. Graf Albert verfügte nun praktisch über das ganze Land, zumal er sich von den Bischöfen zu Trient und Chur noch weitere Lehen gesichert hatte, die nach seinem Tode seinen Töchtern gehören sollten. Zum ersten Mal konnte man mit Recht vom »Dominium des Grafen von Tirol« sprechen.

Dem Grafen Albert allein ist es zu danken, daß auch nach seinem Tode im Jahre 1253 Tirol als Einheit gewahrt blieb, obwohl seine Töchter – die Erbinnen des gewaltigen Besitzes – zunächst an eine Teilung dachten. Doch Albert hatte seine Verträge so gestaltet, daß dieses Vorhaben nicht verwirklicht werden konnte; im Gegenteil: Meinhard von Görz bzw. dessen Sohn *Meinhard II.* – er war mit der Witwe König Konrads verheiratet – erhielten noch zusätzlichen Reichsbesitz in Imst und im Inn- und Passeiertal. Die Saat, die Graf Albert gesät hatte, trug Früchte. Es ist deshalb kein Zufall, wenn die Chronisten das Leben und Wirken des Grafen Albert von Tirol über alle Maßen rühmten und ihn mit der Sonne verglichen, »aus der alles Dasein erblühe wie im Paradies«.

Albert war es nicht vergönnt, seinen Triumph voll auszukosten. Wenige Monate vor seinem Ableben (1253) kam es zu Zwistigkeiten zwischen Graf Meinhard von Görz und dem *Salzburger Erzbischof Philipp* um den Besitz von Herrschaftsgründen in Kärnten. Albert stand natürlich auf der Seite seines Schwiegersohnes, aber der Salzburger behielt die Oberhand: Albert und Meinhard wanderten in die Gefangenschaft, und die Schlösser zu Oberdrauburg, Virgen und Lienz kamen unter die Lehenshoheit des Erzbischofs.

In *Kärnten* waren nach dem Aussterben der *Eppensteiner* im Jahre 1122 die *Spanheimer* zur Macht gekommen; ein reich begütertes Geschlecht, das an etlichen Kreuzzügen teilnahm und Klöster gründete, wie das Benediktinerstift St. Paul im Lavanttal oder das Zisterzienserstift Viktring. Die Macht der Kärntner Herzöge war stark eingedämmt: Es gab zahlreiche Familien im Lande, die über viel mehr Besitz verfügten als die Spanheimer und deshalb auch keine Herrschaft anerkennen wollten, zumal sie von den Salzburger Erzbischöfen eifrig sekundiert wurden, die in Kärnten – Friesach, Gurk und Lavant sind nur Beispiele dafür – über höchst bedeutsame Niederlassungen verfügten; letztlich spielten auch die Bamberger Bischöfe keine geringe Rolle.

In dieser Zeit der Spannungen, Verluste und Kontroversen erwuchs dem Geschlecht der Spanheimer mit *Herzog Bernhard* eine Persönlichkeit, die stark genug war, um jeden Widerstand zu brechen.

Zunächst strebte er danach, die Position seines Hauses durch einen engeren Anschluß an die große Politik zu erhalten und die Einnahmen aus dem Lande zu erhöhen. Bernhard und seine Gattin *Gutta* – eine Tochter des *Böhmenkönigs Ottokar I.* und inmitten einer fürstlichen Umgebung aufgewachsen – liebten große Gesten und richteten sich in St. Veit eine Hofhaltung ein, deren Glanz und Pracht kaum überboten werden konnten.

Trotzdem wäre es völlig falsch, sich Herzog Bernhard von Spanheim nur als Lebemann vorzustellen. Sicherlich verstand er es, das flüchtige Dasein ebenso flüchtig zu genießen, aber daß das Land Kärnten bis zum heutigen Tag in seinem Kern unversehrt geblieben ist, verdankt es nicht zuletzt diesem Herzog und seiner Politik. Er war es, der sich immer wieder um die Einheit seines Territoriums bemühte, der sich um die Wege nach dem Süden kümmerte, indem er versuchte, Mauten zu erwerben und sie durch Wehranlagen zu schützen, und er war es, der mit seherischem Blick erkannte, daß die Freundschaft mit den Babenbergern Kärntens Zukunft sicherte. Tatsächlich haben die Babenberger – vor allem *Leopold VI.* – Bernhard von Spanheim unterstützt, wann es nur ging.

So ist Herzog Bernhard zwar nicht zum Gründer des Landes Kärnten geworden, aber zum eigentlichen Erhalter, und als er 1256 starb, hinterließ er ein Staatsgebiet, das so fest gefügt war, daß es nicht einmal dem leichtlebigen Sohn, *Ulrich III.*, gelang, das Erbe zu verwirtschaften: Kärnten stellte eine Macht dar, mit der man rechnen mußte.

Herzog Heinrich II. Jasomirgott

VON OTTO WUTZEL

»Nu merkh: Daz ist marchgraff Leupolcz geslecht, der stifter was zu Newnburch (Klosterneuburg) und zu dem Heiligen chreutz (Heiligenkreuz).« So beginnt der Wiener Chronist *Jans Enikel* seine babenbergische Genealogie. Er verfaßte seine fabulierenden Geschichtswerke, *Weltchronik* und *Fürstenbuch,* zu einer Zeit, da die Erinnerung an den letzten Babenberger noch lebendig war. Damals, inmitten von Wirren und Unsicherheit, blickte man auf die jüngste Vergangenheit wie auf ein goldenes Zeitalter zurück. Ein Habsburger, *Rudolf IV., der Stifter,* wußte genau, wie wichtig für seinen Patriotismus und seine politischen Pläne die Vorgänger seines Hauses in der Herrschaft Österreich waren. Intensiv bemühte er sich um die Heiligsprechung des Babenbergers *Leopold III.,* der dann 300 Jahre später zum Landespatron erhoben wurde.

Später verblaßte allerdings dieser Ruhm. Die Österreicher vergaßen eine der glanzvollsten Perioden ihrer Geschichte. Selbst die Romantik fand zu ihr keine richtige Einstellung. Die romantische Gloriole des *sacrum imperium* überstrahlte hell den Nachruf der *marchia orientalis.* Dabei sind diese 270 Jahre österreichischer Geschichte – am 21. Juli 976 wurde der erste babenbergische Markgraf urkundlich genannt, und am 15. Juni 1246 starb der letzte Sproß dieses Geschlechts den Schlachtentod – tatsächlich ein Zeitalter der Größe. Als *Liutpoldus (Leopold I.)* vom Kaiser in die Mark eingesetzt wurde, war dieses Gebiet – in einer Urkunde des Jahres 966 wird es *regio Ostarrîchi* genannt – ein hart umkämpftes Grenzland. Die Babenberger – insgesamt zählen wir zwölf regierende Landesherren – führten dieses Land, das in der Urkundensprache der Zeit selbst oft *Avaria, Hunnia, Pannonia superior* oder *Oriens* benannt wird, auf die Höhe eines Reichsfürstentums empor, von dem Herr *Walther von der Vogelweide* bekennen konnte: »ze Ôsterrîche lernt ich singen unde sagen . . .«

Heinrich II. war der achte in der Reihe der babenbergischen Landesherren. Sein Vater war jener Leopold III. (1095–1136), den Jans Enikel an die Spitze seiner Genealogie stellte. Im Kampf zwischen Papst und Kaiser nahm der babenbergische Markgraf eine Vermittlerrolle ein. In seiner Gesinnung kirchlich, weiß er aber auch um die Bedeutung des Reiches. Seine zweite Gemahlin ist die salische Kaisertochter *Agnes,* die Schwester *Kaiser Heinrichs V.,* und durch ihre erste Ehe – auch für sie war die Brautfahrt zu Leopold ein neuer Lebensbeginn – Mutter des späteren deutschen *Königs Konrad III.* Diese verwandtschaftlichen Beziehungen banden Leopold III. an Reich und Kaiser. Sie schufen ihm hohes Ansehen, das er durch seine kluge Regierung zu mehren wußte.

Leopold III. und seine Gattin hatten reichen Kindersegen, darunter zwei spätere hohe Kirchenfürsten: *Bischof Otto von Freising* gilt als einer der bedeutendsten Geschichtsschreiber des Mittelalters; *Konrad* war zunächst Bischof von Passau und wurde schließlich Metropolit von Salzburg. Zwei Töchter wurden mit einem polnischen und einem böhmischen Fürstensohn vermählt und ein

Sohn der Tochter *Sobieslaws von Böhmen* ehelich verbunden. In Klosterneuburg zogen die regulierten Chorherren als Sendboten des erneuerten kirchlichen Zeitgeistes ein, im südlichen Wienerwald entstand Heiligenkreuz. Klosterneuburg wurde auch neue Residenz, markgräfliche Pfalz, deren Glanz über Jahrhunderte hinweg wirkte.

In diese Umwelt eines erstarkten Territoriums an der östlichen Reichsgrenze wurde *Heinrich,* der zweitgeborene Sohn Leopolds – der Erstgeborene stammte aus der früheren Ehe des Markgrafen – als Träger einer nun schon gewichtigen Erbschaft hineingestellt. Sein Beiname »Jasomirgott« hat sich bis heute einer sinnvollen Wortdeutung verschlossen. Heinrich II. Jasomirgott war der erste österreichische Landesfürst, der Titel und Würde eines *dux Austriae* – Herzogs von Österreich – trug. Dabei fehlt seinem Image völlig die romantische Gloriole. Sein Geschichtsbild ist in manchem dem des Habsburgers *Friedrich III.*, dem Vater *Kaiser Maximilians I.*, vergleichbar. Wie dieser stand er immer im Schatten. Alles Licht der Überlieferung fällt auf seinen Vater, den frommen Leopold III. Die überragende Persönlichkeit seines Vaters ist unbestritten. Es muß aber auch auf die Vitalität seiner Mutter hingewiesen werden. Agnes war nicht nur eine fromme Frau, wie die Legende sie schildert, sondern ebenso eine sehr selbst-, vielleicht sogar sendungsbewußte Fürstin. Sie erlebte den Aufstieg ihres Sohnes aus erster Ehe zur deutschen Königswürde, und nach dem Tode ihres zweiten Gatten griff sie bestimmend in die Geschicke der babenbergischen Familie ein. *Adalbert,* den Sohn aus der ersten Ehe Leopolds III., der Ansehen im Lande genoß, drängte sie unzweifelhaft in seinen Ansprüchen zurück. Er starb 1138, zwei Jahre nach seinem Vater. Ebenso können wir annehmen, daß sie an der Bevorzugung *Leopolds IV.* wesentlich mitbeteiligt war, der, jünger als sein Bruder, dem berühmten Vater 1136 in der Markgrafenwürde nachfolgen konnte. Er dürfte glänzendere Anlagen als Heinrich besessen haben.

Das Heilige Römische Reich der Deutschen stand am Vorabend der Auseinandersetzung zwischen den Fürstenhäusern der *Staufer* und *Welfen.* Österreich wurde diesmal wesentlich tiefer in den Konflikt hineingezogen als seinerzeit in den Investiturstreit. *Konrad III.*, der erste deutsche König aus staufischem Hause, war Stiefbruder der babenbergischen Markgrafensöhne. Nach Ächtung seines Gegenspielers, des mächtigen *Welfenherzogs Heinrich des Starken (Stolzen),* belehnte er Leopold IV. mit dem Herzogtum Bayern. Stiefbruder Heinrich erhielt ein Jahr später die Pfalzgrafschaft am Rhein. Die Babenberger zählten nun zu den mächtigsten Geschlechtern im Reich. Aber Leopold IV. wurde schon in jungen Jahren aus dem Leben abberufen. Ihm folgte sein älterer Bruder Heinrich II. Jasomirgott. Als er sein ererbtes Amt antrat, dürfte er etwa im 34. Lebensjahr gestanden sein. Von 1141 bis 1156 war er Markgraf von Österreich, von 1156 bis 1177 Herzog von Österreich. Schließlich trug er auch 13 Jahre (1143 bis 1156) die bayerische Herzogswürde. Die Pfalzgrafschaft am Rhein lag nur ganz kurz in seinen Händen.

In schwerer Zeit wußte er klug den Vorteil seines Heimatlandes zu wahren.

Im Gegensatz zu *Heinrich dem Löwen,* dem jungen Welfenfürsten, der sein Stiefsohn wurde, als Heinrich Jasomirgott *Gertrude,* die verwitwete Welfenfürstin, heiratete, vermied er gewagte, ihn exponierende Schritte. Er verhielt sich abwartend reserviert, als *Friedrich I. Barbarossa* – auch mit ihm war er durch seine Mutter Agnes verwandtschaftlich (Onkel) eng verbunden – in seinen Streit mit dem Papsttum eintrat, als das Schisma die Christenheit entzweite. Als es jedoch dann galt, die eigene Position im Reich zu verteidigen, zeigte der Babenberger eine zähe Entschlossenheit. Sein doppeltes Fürstenamt – bayerisches Herzogtum und österreichische Markgrafenschaft – zwang ihn zunächst zu einem vermehrten Aufenthalt in Bayern, voran in Regensburg. Das Jahr 1143 wird für ihn zu einem Schicksalsjahr. In Goslar war er mit Bayern belehnt worden. Doch nun stirbt seine Gemahlin Gertrud; der angebahnte Ausgleich mit den Welfen wird dadurch zunichte gemacht. Wenige Monate darauf scheidet die Markgräfin-Witwe Agnes aus dem Leben. An der ungarischen Grenze muß Heinrich 1146 mit seinem Heerbann an der Leitha eine schwere Niederlage hinnehmen. Doch sind die Zeiten des magyarischen Heidensturmes endgültig vorbei. Durch eine Grenzniederlage wird der Bestand Österreichs nicht mehr gefährdet.

Schon ein Jahr später erlebten die Dörfer und Städte der Mark den Durchzug eines Kreuzfahrerheeres. Heinrich, der Landesfürst, beteiligte sich an dem Unternehmen. Dabei lernte er die Nichte des byzantinischen Kaisers kennen und führte sie wenig später als Gattin heim. Mit *Theodora Komnena* beginnt die byzantinische Ära in Wien, die dem babenbergischen Hofe eine eigene Prägung geben sollte.

Am 15. Februar 1152 stirbt der königliche Stiefbruder, Konrad III. Auf dem deutschen Throne folgt ihm sein Neffe Friedrich I. Barbarossa. Heinrich II. Jasomirgott muß nun zum Kampf antreten. Der junge staufische König braucht für seine Reichspolitik den Frieden mit den Welfen, und er ist fest entschlossen, Bayern dem angestammten Fürstenhaus zurückzugeben. Der Babenberger ringt zähe um die Erhaltung des gesamten Machtbereiches. Als schließlich das bayerische Herzogtum nicht mehr zu halten ist, schlägt er für Österreich heraus, was diplomatisch in dieser Situation möglich war. Nach langem Tauziehen treffen sich der Kaiser und der Babenberger. Und auf dem Reichstag zu Regensburg wird am 17. September 1156 ein Dokument besiegelt, das als erster österreichischer Staatsvertrag bezeichnet werden kann. Die Urkunde erhielt den Namen *Privilegium minus.*

Diesen Staatsakt beging man mit allem Gepränge eines ritterlichen Schauspiels. Als Schauplatz wurde ein freies Feld an der Donau, wenige Kilometer östlich von Regensburg, gewählt. Zunächst erfolgten die symbolischen Handlungen mit Rückgabe und Wiedergabe von Fahnenlanzen. Man hielt sich an alten Lehensbrauch.

Die Urkunde selbst ist im Original nicht mehr erhalten, doch gibt es genügend Abschriften, die älteste befindet sich in Klosterneuburg.

Das *Privilegium minus* erhitzte lange und oft die österreichischen Geschichtsforscher. Seine Echtheit wird heute nicht mehr angezweifelt. Seine Interpretation hat gewichtige Fortschritte gemacht, am meisten ist hier *Heinrich Fichtenau* zu danken. Er formulierte überzeugend, daß Österreich damals nur bestätigt erhielt, was schon längere Zeit in der Reichsverfassung gültig war.

Die Sonderrechte waren: Die Belehnung erfolgte an Heinrich II. und seine als *prenobilissima* bezeichnete Gemahlin Theodora. Zugesichert wurde die Erbfolge in männlicher und weiblicher Linie. Dem ersten Herzogspaar *(patruus noster et uxor eius)* wurde das Recht zugestanden, im Falle der Kinderlosigkeit – Theodora hatte zu dieser Zeit erst eine Tochter, die kleine Agnes, geboren – einen Erben vorzuschlagen. Unumstritten ist auch, mag die spätere Forschung daran auch herumgedeutelt haben, daß die Ausübung des Gerichts im Herzogtum künftig an den *consensus* (das Einverständnis) und die *permissio* (Übertragung) des Herzogs gebunden wurde. Zum Abschluß folgten die Bestimmungen über die Hoffahrtspflicht, die auf Bayern, und die Verpflichtung zur Heerfahrt, die auf die Grenzgebiete Österreichs beschränkt wurde. In gewissem Sinne kann das *Privilegium minus* als der erste Schritt zu einer eigenständigen Entwicklung Österreichs im Reiche verstanden werden.

Nach diesem Staatsakt herrschte Heinrich II. Jasomirgott noch 21 Jahre über sein Land – eine lange Zeitspanne inmitten einer unruhigen Welt.

Der Nachwelt erscheint die Regierung Kaiser Rotbarts im Glanze der Sage, für die Zeitgenossen war sie mühsam und überschattet von einem neuerlichen Kampf zwischen Kaiser und Papst und von blutigen Kriegszügen nach Italien. Im Jahre 1158 folgte der Babenberger seinem Kaiser zur Heerfahrt in den Süden, vereinigte seine Truppen am Mincio mit dem kaiserlichen Heerbann. Der Welfe war ferngeblieben. Im Gegensatz zu Heinrich II. Jasomirgott hatte sein Bruder Konrad kompromißlos die Partei des *Papstes Alexander III.* ergriffen und zog sich dadurch einen Reichsprozeß zu. Aus Hohensalzburg mußte er nach Admont und Friesach fliehen. Sein Tod am 28. September 1168 befreite seinen herzoglichen Bruder gewiß aus mancher Verlegenheit. Der neue Erzbischof von Salzburg, *Adalbert von Böhmen,* war wieder ein Verwandter des österreichischen Herzogs. Auch er verstrickte sich in den Machtkampf zwischen den beiden damaligen Weltmächten. Abermals übte der Österreicher eine abwartende Haltung.

Diese treue Obsorge für den Landfrieden in seinem Territorium bezeugen vielfache Klostergründungen jener Zeit. Fiel die Einrichtung der Zisterze Zwettl noch in die Jugendzeit des Herzogs, so melden nun die Chronisten die Gründungen von Altenburg, Geras, Pernegg und St. Andrä an der Traisen. Nach Wien, das seit 1156 Residenzstadt war, beruft Heinrich II. irische Schottenmönche.

Wenig heroisch, jedoch ganz im Dienste seines Fürstenamtes, gestaltete sich schließlich das Lebensende Heinrichs II. *Georg Juritsch* berichtet von böhmischen und österreichischen Siedlern, die bei der Rodung aufeinandergestoßen waren. Die Folge war neuer Krieg an den Landesgrenzen. Die Böhmen griffen mit einem mächtigen Heere an – in seinen Reihen befanden sich auch polnische, russische, ungarische und sächsische Aufgebote – und drangen sengend und brennend bis an die Donau und die March vor. Im Gegenstoß erreichte der österreichische Heerbann Znaim. Im Verlaufe dieser Geschehnisse zog sich der Herzog bei einem Sturz vom Pferde einen Schenkelbruch zu. Diesen Unfall überlebte er nur sechs Wochen, am 13. Jänner 1177 verschied der erste Herzog von Österreich und wurde seiner urkundlichen Verfügung gemäß im Wiener Schottenkloster beigesetzt.

Herzog Leopold VI.

VON OTTO WUTZEL

Schon früh erhielt *Leopold VI.* (1198–1230) den Beinamen *homo pacificus et virtuosus. Ladislaus Sunthaym,* der die poetischen Beinamen der Babenberger formulierte, nannte ihn »der ernreich«. Uns ist er in der österreichischen Geschichte als Herzog Leopold VI., der Glorreiche, geläufig. Ihm ist – im Unterschied zu seinem Großvater, *Heinrich II. Jasomirgott* – zu jeder Zeit Anerkennung gezollt und seinem Andenken Ehrfurcht erwiesen worden. In einer St. Pöltner Urkunde wird er als »Trost der Kleriker« apostrophiert. Der Minnesänger *Ulrich von Liechtenstein* bezeichnete ihn als »den Reichen« und spielte dabei wohl auf den umfassenden Erwerb von Herrschaften im Lande an. Feierlich klingen die Worte des Nachrufs, die der Papst dem *Herzogssohn Friedrich* nach dem Tode des Vaters übermittelte: »Wir sind überzeugt, daß er deshalb die Krone des ewigen Lebens erhielt, weil er ein Spiegel und Muster der Tugenden war.« Die moderne Geschichtsschreibung setzte die Lobrede auf diesen *princeps gloriosus* fort. Sie beschreibt auch heute noch seine Regierungszeit mit 32 Friedensjahren als die glanzvollste des Landes unter babenbergischer Herrschaft.

Leopold VI. befand sich in der glücklichen Lage, die Früchte aus der Tätigkeit seiner Ahnen genießen zu können. Sein Vater *Leopold V.* (1177–1194) ist in die Legende als jener Babenberger eingegangen, bei dessen Waffentaten vor Akkon, im Heiligen Lande, angeblich die Landesfarben Rot-Weiß-Rot entstanden sind. Diese historische Erzählung spielt während jenes Kreuzzuges, da *Kaiser Friedrich I. Barbarossa* im Fluß Kalykadnos ertrank. Dieses Ereignis sollte das Abendland in seinen Fundamenten erschüttern.

Fernab von den weltpolitischen Ereignissen vergrößerte Leopold V. den Machtbereich seines Hauses durch Beerbung des letzten Herzogs der Steiermark nach dem Vertrag von Georgenberg bei Enns, das damals schon eine blühende Handelsstadt war und die Tradition des römischen Lauriacum auf sich beziehen konnte.

Nach dem Tode Leopolds V. im Jahre 1194 standen zwei Söhne als Erben bereit. Der ältere übernahm als *Friedrich I.* die Herrschaft in Österreich, der zweitgeborene, der den alten babenbergischen Hausnamen Leopold trug, wurde zunächst Herzog von Steiermark. Nur vier Regierungsjahre waren Friedrich I. gegönnt. Er ist es, den *Walther von der Vogelweide* als »gelehrter Fürsten Krone, mit auserwählter Tugend, mit Zucht, mit Kunst, mit Güte« pries. Vor Akkon starb er den Tod des Kreuzfahrers.

Will man die Regierungszeit *Leopolds VI.*, von 1195–1198 Herzog der Steiermark und 1198–1230 Herzog von Österreich und Steiermark, historisch gerecht beurteilen und von ihr eine bildhafte Vorstellung gewinnen, so muß das Zeitkolorit dargestellt werden. Die ritterliche Kultur des Hochmittelalters hatte damals ihre höchste Vollendung erreicht. Österreich, das Land an der Donau, die babenbergische Residenz in Wien waren Zentren dieser glanzvollen Periode, die ihren schönsten Ausdruck in der Poesie fand. Der ritterliche Sänger, der Spielmann, gaben den Ton an. Sie prägten das Ideal der Frauenminne und der Gottesminne. Die Hofhaltung der Babenberger genoß Ansehen und Ruhm. Aus dem Elsaß war *Reimar von Hagenau* zugezogen. *Walther von der Vogelweide* kam einige Jahre nach seinem Lehrer an den Wiener Hof. Er wurde zum Meister des Minnesangs und zum streitbaren politischen Dichter.

Neben der höfischen Dichtung vollzog sich damals an der Donau noch ein anderer wichtiger literarischer Vorgang. Ergötzte man sich anderswo an den oft skurrilen Ritterromanen, wurde hierzulande die alte Heldensage aufgegriffen. Durch die Hand eines donauländischen Sängers erhielt das *Nibelungenlied* um 1200 seine endgültige Form.

Diese Vollendung trug aber bereits den Keim des Endes in sich. Als der exaltierte steirische Ritter Ulrich von Liechtenstein in Verkleidung und Maske von Frau Venus 1227 seinen Einzug in Wien hielt, war die Welt morsch geworden.

Gleiches vollzog sich im Glaubensleben, das damals ein wesentlicher geistiger Faktor für Volk und Fürsten war. In die reine Gottesminne schlich sich Kritik an der Weltlichkeit Roms und der Kleriker ein. Die Kreuzzugsidee wurde angezweifelt.

Politisch wurde Leopolds VI. Regierungsperiode wieder von Kämpfen im Reich und Streit zwischen Kaiser und Papst überschattet. Deutschland erlebte eine Doppelwahl. Der Staufer *Philipp von Schwaben* und der Welfe *Otto IV. von Braunschweig* standen als deutsche Könige einander gegenüber. Otto IV. war der Sohn *Heinrichs des Löwen*, Philipp von Schwaben war der jüngste Sohn *Friedrich Barbarossas.* Als der junge Staufer *Friedrich II.* nach der Ermordung Philipps von Schwaben seinen Herrschaftsanspruch auf das Reich geltend machte, wurde die allgemeine Lage in der Reichspolitik nicht leichter. Wieder erwies sich der babenbergische Hof als Stätte der Vermittlung. Der Babenberger war den Traditionen seines Hauses gemäß staufisch gesinnt, richtete seine Entschlüsse aber klug nach den Tagesereignissen und vergaß nie die Treue gegenüber der Kirche. Diese Haltung befähigte ihn, maßgeblich an dem Friedensschluß zwischen Kaiser und Papst in San Germano mitzuwirken. Das Jahr dieses Friedensschlusses – 1230 – war gleichzeitig das Todesjahr des österreichischen Herzogs.

Mußte Herzog Leopold VI. für die Reichspolitik mit seinen Rittern oft das Land verlassen, führte ihn der Kampf gegen die Häretiker nach Südfrankreich und Spanien, die Kreuzzugsidee vor Akkon und bis nach Damiette an der Mündung des Nils, so konnten sich seine Länder Österreich und Steiermark jahrzehntelang des inneren Friedens erfreuen.

Mit Eifer und Zähigkeit verfolgte er den Plan zur Errichtung eines eigenen Landesbistums in Wien. In der Eingabe nach Rom wird als Begründung angeführt, daß Wien mit dem alten Favianae ident sei, wo zur Römerzeit ein Bistum bestanden habe, das in der Völkerwanderung nach Lorch und später nach Passau verlegt worden sei. Die Zeit war für diesen Plan noch nicht reif, Österreich blieb kirchlich weiterhin an Passau gebunden.

Städte und Klöster erfreuten sich der Förderung durch den Herzog. Für Enns ist ein umfangreiches Stadtrechtsdokument aus dem Jahre 1212 erhalten, der Freiheitsbrief für Wien ist vom 18. Oktober 1221 datiert. Wien galt damals nach Köln als größte Stadt Deutschlands. Der Durchzug der Kreuzfahrerheere mag starke wirtschaftliche Impulse gegeben haben, von entscheidender Bedeutung war aber sicherlich die Lage der Stadt, war der Glanz, der von der Babenbergerresidenz ausstrahlte. Wien und Enns waren landesfürstlich, doch wurden ihnen bereits eine gewisse Selbstverwaltung und vor allem ertragreiche wirtschaftliche Vorrechte gewährt, so genoß Wien ein Stapelrecht, das die Stadt zum Zentrum des Osthandels machte.

Die landesfürstliche Verwaltung wurde modern eingerichtet. Zum erstenmal trat ein Landschreiber *(scriba ducis)* als höchster Finanzbeamter des Herzogtums in Erscheinung. Ankäufe vermehrten das babenbergische Hausgut – so ging unter anderem zu dieser Zeit Linz in den Besitz des Landesfürsten über.

Das *sacrum imperium* hatte seinen Höhepunkt überschritten. Schatten lagerten sich über das Reich. Sie machten vor der herzoglichen Familie nicht halt. Leopold VI. hatte 1203 die byzantinische *Prinzessin Theodora,* eine Enkelin *Kaiser Isaaks Angelos,* geheiratet. Ihr Sohn Leopold verunglückte früh in Klosterneuburg beim kindlichen Spiel. Ein anderer Sohn erhielt den Beinamen »der Grausame«. Er spielte im Lande keine glückliche politische Rolle. *Friedrich II., der Streitbare,* übernahm nach dem Tode des Vaters die Herrschaft. Als er 1246 ohne Nachkommen zu hinterlassen in der Schlacht bei Wiener Neustadt gegen die Ungarn fiel, folgten auch für Österreich bittere Jahre eines politischen Interregnums.

Der Dichter des Nibelungenliedes

VON ALOIS WOLF

Die bisher bekanntgewordenen Fassungen des *Nibelungenliedes* (über 30 Handschriften, teils vollständig, teils als Fragmente, die in den Zeitraum vom 13. bis 16. Jahrhundert gehören) sagen nichts aus über die Person des Dichters. Das *Nibelungenlied* weist weder Prolog noch Epilog auf, in denen in mittelalterlichen Erzählwerken über Autor, Werk, Publikum und Absichten gesprochen zu werden pflegt, und im Werk selbst fehlt jede Andeutung. Auch die Zeitgenossen und Nachfahren, in deren Werken es an literarhistorischen Anspielungen nicht mangelt, schweigen in dieser Hinsicht, obgleich auf den Stoff des *Nibelungenliedes* selbst häufig angespielt wird.

Eine Ausnahme macht die sogenannte *Klage,* eine Art Fortsetzung des *Nibelungenliedes* in höfischen Reimpaaren, in den vollständigen Handschriften mit dem *Nibelungenlied* überliefert. Dort ist (Vers 4295 ff.) davon die Rede, daß der *Bischof Pilgrim von Passau* die Ereignisse um den Untergang der Nibelungen an Etzels Hof auf lateinisch aufzeichnen ließ. Der Schreiber wird *Magister Konrad* genannt; später, so heißt es dann, seien in deutscher Sprache Dichtungen darüber entstanden. Gemeinhin faßt man diese Angaben als Fabelei auf. Im *Nibelungenlied* haben nun tatsächlich der Raum zwischen Passau und Wien (aus Wien besorgt Rüdeger elegante Kleider, in Wien und nicht in Etzelburg werden Kriemhild und Etzel getraut) und ganz besonders Passau selbst eine recht auffällige Position. Die präzisen Angaben, die sich im *Nibelungenlied* zu diesem Raum finden, zeigen, daß sich der Erzähler hier gut auskannte, daß hier wohl sein Wirkungsbereich war. (Versuche, den Dichter des *Nibelungenliedes* anderswo anzusiedeln, überzeugen nicht.) Die unfreundliche Einstellung gegenüber den Bayern (Str. 1164, 1174, 1603 ff.) liefert ebenfalls historische und geographische Abgrenzungsmöglichkeiten. Passau ist so auffällig in den Gang der Erzählung eingesetzt worden, daß das nicht Zufall sein kann (unmittelbarer Niederschlag solider Lokalkenntnis zeigt sich z. B. in dem realistischen Hinweis auf den Zusammenfluß der beiden Ströme: Str. 1295). Die Person des Bischofs von Passau ragt in merkwürdiger Weise heraus; die Boten Etzels und die Burgunder selbst auf ihrem Zug werden mit ihm in Kontakt gebracht, ohne daß es die Handlung eigentlich erfordern würde. Falls es sich dabei nicht um eine Interpolation handelt *(Hempel)* – was aber das Problem auch nicht recht aus der Welt schafft –, so zeigt sich darin, daß sich der Erzähler vor jemandem verneigt und ihm ein Denkmal setzt. Man geht nicht fehl, wenn man einen so bedeutenden Mäzen wie den *Bischof Wolfger,* nachmaliger Patriarch von Aquileia, hinter dem Bischof Pilgrim vermutet. Im Zusammenhang mit *Walther von der Vogelweide* ist er besonders wichtig. *Dietrich von Kralik* setzte die Gleichung Pilgrim (10. Jh.) = Wolfger (Ende 12. Jh.) noch fort und setzt den Konrad der Klage mit einem *Konrad von Rußbach* (NÖ.), der urkundlich belegbar ist und eine Reihe der Anforderungen, die man an einen Dichter des *Nibelungenliedes* stellen würde, erfüllt, gleich. *A. Heusler* u. a. wiederum sehen im Dichter des *Nibelungenliedes* einen Spielmann höherer Art; eine Ansicht, die viel für sich hat (vgl. die neueren Forschungen auf dem Gebiet der Heldenepik) und Passau als Zentrum keineswegs ausschlösse. Der Text bietet für beides Anhaltspunkte, außerdem wird man zwischen Spielmann und *clericus* keine zu festen Wände aufbauen dürfen, wie das die ältere Forschung oft zu tun pflegte. Der Spielmann Volker, ein Neuankömmling in der Nibelungensage, der den Gunther aus dem alten typischen Heldenpaar Hagen–Gunther in einem neuen Paar Hagen–Volker streckenweise ersetzt und an dem der Erzähler seine besondere Freude hat, gibt doch zu denken. (Die französische Überlieferung z. B. kennt solche hohen Spielleute.) Der *clericus*, in der Gestalt des Hofkaplans, ebenfalls ein Spätkömmling in der Entwicklung der Nibelungensage, könnte, wenn diese Gestalt auch nicht die Größe Volkers erreicht, ebenfalls einen Hinweis auf den Autor enthalten. Daß diese Gestalt überhaupt in die Handlung eingebaut wird, daß der Erzähler dadurch Schwierigkeit in Komposition und Motivierung in Kauf nimmt (Ertränkungsversuch, Zerschlagen des Bootes), muß beachtet werden. Der Kaplan ist auch der einzige, der heil zurückkehrt. Da mit den Bezeichnungen *clericus* oder Spielmann ja keine Aussagen über Haltung und dichterische Qualitäten des betreffenden Individuums verbunden werden dürfen, muß man hier innehalten, Argument steht gegen Argument.

Der Hof Wolfgers könnte der Hintergrund für das Werk sein. Pflege einheimischer Dichtungstraditionen ist bei Wolfger als sicher anzunehmen. Er steht damit in einer Reihe mit anderen mittelalterlichen Kirchenfürsten; man denke an *Bischof Gunther von Bamberg* (11. Jh.), der sich auf seinen Gütern in Kärnten mit germanischer Heldensage befaßte. Das Biographische, die Identifizierung entziehen sich unserem Zugriff. Dürfen wir überhaupt vom *Dichter* sprechen oder täten wir nicht besser, ihn nur *Erzähler* zu nennen? Für den *Dichter* spricht die Tatsache, daß die einzelnen Handschriften des *Nibelungenliedes* sich doch ähnlich verhalten wie die Handschriften jener mittelalterlichen Werke, die eindeutig einem bestimmten Autor zuzuordnen sind. Freilich weisen schon die ältesten Handschriften Abweichungen voneinander auf, die nicht nur auf Abschreibertätigkeit zurückgeführt werden können, sondern etwas tiefer gehen, aber doch wieder nicht tief genug (man vergleiche damit etwa die beiden *Atlilieder* der *Edda!*). Es handelt sich bei den Texten des *Nibelungenliedes* nicht um Aufnahmen verschiedener Rezitationen. Dieses Stadium, das bis in die jüngste Zeit bei den Südslawen noch studiert werden konnte *(Lord)* – wobei bei allen Konstanten mündlichen Erzählens und aller formelhaften Sprache doch recht unterschiedliche Fassungen herauskommen können, je nach Publikum und Umständen –, scheint beim *Nibelungenlied* schon verlassen zu sein zugunsten des geplanten Buchwerkes, das alle anderen Fassungen des Nibelungenstoffes außer Kurs zu setzen imstande war. Selbst die so bemerkenswerte Handschrift C, die nicht unerhebliche Veränderungen im einzelnen bringt (was Hagen und Kriemhild angeht vor allem), ist nicht so sehr Zeuge einer anderen Erzähltradition, sondern literarischer Versuch, die vorliegende und dominierende Gesamtdarstellung des Geschehens punktuell moralisierend zurechtzubiegen. Wir wollen also getrost vom Dichter des *Nibelungenliedes* sprechen.

Forschungsgeschichtlich ist es interessant, daß in letzter Zeit sich in dieser Hinsicht auch wieder ernstzunehmende Skepsis zu zeigen beginnt (*Wolfgang Mohr*); manches aus dem 19. Jahrhundert, was man – oft voreilig – schon endgültig abgetan glaubte, kann aufgrund neuer Einsichten und auf höherer Ebene wieder in die Diskussion gebracht werden. Die Anonymität dieses Dichters ist eine Ausnahme, wenn wir an seine dichtenden Zeitgenossen denken; sie dürfte aber nicht zufällig sein und ist in manchem gattungsgebunden *(Otto Höfler)*.

Der Dichter hatte einen traditionsreichen Stoff vor sich, der dem Publikum bekannt war und ein zähes Eigenleben besaß, das sich auch über literarische und geistige Moden hinwegzusetzen vermochte und große Zeiträume überdauerte. Quellengebundenheit ist bei mittelalterlichen Autoren Norm, man verweist auf Vorlagen und stützt den für die Literatur dieser Zeit immer noch wichtigen Wahrheitsanspruch. Im *Nibelungenlied* fehlen Berufungen auf schriftliche Quellen. Die spät hinzugekommene erste Strophe nennt ausdrücklich nur mündliche alte Quellen. Der Dichter des *Nibelungenliedes* hatte es tatsächlich in erster Linie mit mündlicher Tradition zu tun, was seine Stellung entscheidend beeinflußte. Eigengesetzlichkeit des alten Stoffes und die damit verbundene wissende Erwartung des Publikums legen ihn fest. Der Dichter des *Nibelungenliedes* aber hat sich nicht mit dem bloßen Tradieren des alten Stoffes begnügt – und da beginnt der Terminus Dichter sinnvoll zu werden –, er hat aus dem bekannten Stoff, der wohl in kürzeren epischen Liedern und in formlos tradiertem Wissen vorlag, ein Buch gemacht und damit im großen und ganzen eine lange mündliche Tradition auf eine neue Stufe gehoben – aber auch zum Abschluß gebracht. Das *Nibelungenlied* wird sozusagen auf das Normalniveau der literarischen Werke um 1200 gehoben – der Autor aber bleibt dennoch anonym.

Die beiden Faktoren, Buchhaftigkeit (an sich mit Nennung des Autors verbunden) und Anonymität (weitgehend Merkmal mündlichen Erzählens) werden vereinigt. In diesem Spannungsfeld von – nicht mehr erhaltenen – Einzelliedern und großem Buchwerk wird man am ehesten den Dichter des *Nibelungenliedes* in seinen Absichten, Leistungen und Grenzen zu fassen bekommen. Den literarischen Großformen, die einem deutschsprachigen Erzähler um 1200 verfügbar waren (Artusroman, Antiker Roman, französische Heldenepik, Abenteuerroman u. a.), stand der verbindlich vorgeprägte Nibelungen-Stoff gegenüber. Der Dichter des *Nibelungenliedes*, der diesen wichtigen Schritt zur literarischen Großform tat – er war, wie vor allem *Fr. Panzer* gezeigt hat, ein belesener Mann –, vermochte auch keine totale Integration der verschiedenen Faktoren zu vollbringen. Er schwenkte teilweise in die eine oder andere Bahn der einen oder anderen Gattung ein oder übernahm Elemente daraus, was zu Uneinheitlichkeiten im Gefüge, in der Motivierung und der Menschendarstellung führen mußte. So erkennt man, daß an manchen Stellen Elemente aus dem an sich nach eigenen Gesetzen gefügten Werbungsroman »spielmännischer« Prägung eine Rolle spielen. Bei Gunthers Werbung um Prünhilt ist das schon im Stropheneinsatz erkennbar (Str. 326), was ein Einschwenken in recht vordergründige, stofflich orientierte Unterhaltungsliteratur bedeutet. Parallel dazu – was den ordnenden Dichter am Werk zeigt – wird auch Siegfried in den Erzähltyp »gefährliche Brautwerbung« hineingenommen. Typisch für das *Nibelungenlied:* solches Einschwenken in bestehende Erzählschemata kann dann einfach wieder aufgegeben werden, mancher Faden bleibt eben liegen.

Dieses Einschwenken auf anspruchslosere Unterhaltungsliteratur bringt es auch mit sich, daß burleske und derbe Elemente nicht fehlen. Bezeichnenderweise aber konzentriert sich das auf den ersten Teil, der natürlich für einen ordnenden Dichter, der eine umfassende Geschichte aus dem vielgestaltigen Stoff machen wollte, viel schwieriger zu bewältigen war. So öffnet sich der Erzähler auch dem Fabulösen etwa in der Schilderung von Siegfrieds Fahrt ins Nibelungenland. Wenn der Dichter an solchen Erzähltypen und Einzelelementen sicherlich auch selbst dann und wann seine Freude hatte, so ist doch zu sagen, daß seine Intention in eine andere Richtung ging. Das zeigt sich etwa bei der Schilderung von Siegfrieds Jugend, wo geradezu mit Gewalt das Fabulöse und Archaische zurückgeschoben wird (Einschwenken in höfische Vorgeschichten von Hauptgestalten), ohne natürlich ganz beseitigt werden zu können. Die Fabel der Horterwerbung spielt für unseren Dichter kaum noch eine Rolle, Hagen berichtet kurz darüber, der Dichter tritt diese Information an eine Gestalt ab, macht daraus etwas Sekundäres, was er nur aus rein stofflichen Gründen und um nicht mit Motivierungen zu sehr in Schwierigkeiten zu kommen, einbeziehen muß. Auf die vom Dichter zweifellos gewollte Zurückdrängung der Gestalt der Prünhilt, die ja eben mit der dem Dichter unangenehm gewordenen fabulösen Vorgeschichte Siegfrieds verbunden ist, sei in diesem Zusammenhang ebenfalls hingewiesen.

Der Dichter trifft eine gewisse Auswahl und akzentuiert – bei allem Traditions-, Gattungs- und Stoffzwang – durchaus selbständig; er registriert nicht nur die im Umlauf befindlichen Fabeln, sondern stemmt sich auch dagegen, weil er eben doch auch ein selbständiges Konzept hat. Letzte Konsequenz darf man natürlich nicht von ihm verlangen. Sein Wirken wird aber in solchen Akzentuierungen doch erkennbar.

Der Dichter, um auf das Äußerliche hinzuweisen, versuchte, den beiden Hauptteilen *(Siegfrieds Tod, Kriemhilds Rache)* ungefähr gleichen Umfang zu geben, was sich beim ersten Teil nicht ohne Verlust an Dichte und Kohärenz erreichen ließ. Die Ausweitungen im zweiten Teil ließen sich dagegen, schon von der Sache her, nicht nur leichter bewältigen, sondern zeigen den Dichter als großen Baumeister von eindrucksvollen Szenen.

Ein kühnes Einschwenken auf die Bahn zeitgenössischer Dichtung liegt aber auch im zweiten Teil insofern vor, als der Dichter das große höfische Fest – in der Artusdichtung Höhepunkt optimistisch angelegter Erzählabläufe – zum Rahmen furchtbarer und vernichtender Vorgänge machte. Das alte germanische Gelage *(Atlilied)* verschwindet hier ganz hinter der aktuellen höfischen hôchgezît! Geht der Dichter über die ihm zur Verfügung stehenden Lieder und Traditionen hinaus, so wagt er es nicht, die Form der alten Lieder grundsätzlich anzutasten und in die seit *Heinrich von Veldeke* gültigen glatt dahinfließenden höfischen Reimpaare umzuschmelzen. Der Endreim war natürlich schon auf einer früheren Stufe der Entwicklung eingedrungen. Auf manche Errungenschaft des damaligen Erzählens – romanhafte Mittellage, Konversationston, Streben nach erzählerischem Kontinuum, das souveräne und subtile Eindringen in die Regungen des Innenlebens – verzichtete er, oder mußte er verzichten. Er erhielt damit dem *Nibelungenlied*-Stoff die archaisch-strophische, das Grelle liebende Erzählweise, welche die Pathetik epischer Formelhaftigkeit bewahrt, Wortwahl und Wortstellung prägt, bestimmte darstellerische Perspektiven mit anderen Möglichkeiten und Grenzen als der höfische Roman festlegt und einen Vortrag bedingt, der noch nicht ganz Vorlesen ist, vom stillen Lesen ganz zu schweigen, sondern dem musikhaltigen Sprechen des Rhapsoden noch nahesteht; freilich, der Dichter ist ein Kind seiner Zeit und gewährt auch den Errungenschaften des damals modernen Erzählens da und dort Einlaß (oft nicht zum Vorteil). An manchen Stellen baut der Dichter ältere Strophen aus vorhandenen Liedern in seinen Text ein; zu einer totalen Modernisierung des Stoffes kommt es nicht, was ein Fingerzeig für die Deutung des *Nibelungenliedes* sein muß: der Dichter wußte um das Archaische, das er bewahrt, und er wußte damit etwas anzufangen. Das wird nicht nur für die strophische Form gelten, sondern auch für den Gehalt.

Von der anspruchsvollen romanhaften Großform, wie sie das ausgehende 12. Jahrhundert in den Volkssprachen entwickelte, nahm der Dichter das Bemühen, nicht nur eine ungefähre Gleichheit der beiden Teile in ihrem äußeren Umfang zu erreichen, sondern eine weitgespannte innere Verklammerung zu vollziehen. Der Dichter läßt keinen Zweifel daran, daß er das Ganze überblickt, er bringt entsprechende Signale an (liep-leit-Formel am Beginn und am Ende), und, vor allem, er will das leidvolle Schicksal der großen Frauengestalt Kriemhild zum epischen Rückgrat des Ganzen werden lassen *(W. Schröder)*. Dabei verbindet sich eine alte stoffimmanente Tradition von der hohen Frauengestalt – wie sie z. B. aus altnordischen Texten eindrucksvoll hervortritt – mit den Errungenschaften der europäischen Seelenkultur des ausgehenden 12. Jahrhunderts, worin die Gestalt der Frau eine besondere Rolle erhielt.

Freilich darf nicht an ein völlig kontinuierliches Vorgehen des Dichters gedacht werden; dies läßt sich nur streckenweise erkennen, vor allem im zweiten Teil. Nicht nur das, der Dichter scheint stellenweise – allerdings ohne wirkliche Stoßkraft, was erneut die Macht des Stoffes zeigt und den Respekt des Dichters ihm gegenüber – eine Sinngebung andeuten zu wollen, was auf Einfluß der großen Buchliteratur seiner Zeit zurückzuführen ist. Punktuell führt er z. B. mit dem Teufel ein an sich stofffremdes Prinzip ein *(Hans Kuhn)* (Str. 1394, die bezeichnenderweise in der Handschrift C fehlt), wobei man den ansatzweisen Versuch des mittelalterlich-christlichen Dichters beobachten kann, einen religiös irrelevanten Stoff, der auch in der christlichen Geschichtsdichtung keinen Platz haben konnte, einzuordnen. Wie zögernd der Dichter dabei vorgeht, zeigt, daß er zu spüren schien, etwas nicht Stoffgemäßes zu tun (selbst der Verfasser der Handschrift C, der in glättender Sinngebung weitergeht, brachte es nicht fertig, das *Nibelungenlied* völlig in die damals verfügbaren Sinngebungsmöglichkeiten erzählerischer Werke einzufügen!).

Man wird auch nicht sagen können, es handle sich – wozu etwa vom Schluß her punktuelle Hinweise beigebracht werden könnten – beim *Nibelungenlied* um eine Exempeldichtung. Man kann vielmehr feststellen, daß der Dichter des *Nibelungenliedes* der deutschen Literatur um 1200 eine Dimension erhalten bzw. erschlossen und literaturfähig gemacht hat, die keineswegs zu den Dominanten dieser Literatur gehört, nämlich das Tragische. Auch von der erzähltechnischen Seite wird man darauf vorbereitet: der Erzähler tritt ja – was gut mittelalterlicher Brauch ist – an vielen Stellen kommentierend und wertend, das Publikum ansprechend, hervor, manchmal aber läßt er erkennen, daß er das, was vorgeht im Werk, nicht ganz durchschaut. An sich gehört das zu erzählerischen Kniffen (gelegentliches Zugeben des Unwissens des Erzählers steigert natürlich im allgemeinen dessen Glaubwürdigkeit), geht aber im *Nibelungenlied* nicht immer darin auf, vielmehr erkennt man an einigen markanten Stellen, daß der Dichter sich nicht anmaßt, über die letzten Hintergründe des Handelns bestimmter Gestalten in bestimmten Situationen etwas auszusagen, daß er selbst geradezu fassungslos vor dem ungeheuerlichen Geschehen steht und es einfach abrollen läßt *(Linke)*, dem Undurchsichtigen, Unbegreiflichen in seiner Darstellung Raum gewährt.

Von da aus ist nur noch ein kleiner Schritt – und der Dichter hat ihn getan – zur weiteren Ausgestaltung des Geschehens. Es zeigt sich dabei, daß der Dichter einen besonderen Sinn für das Tragische gehabt hat, denn gerade stoffgeschichtlich ganz junge Episoden, vielleicht sogar Werk unseres Dichters selbst, werden in hohem Maße von solcher Haltung geprägt. Er bewahrt also nicht nur aus dem Zwang des Stoffes heraus tragische Züge, sondern vermag auch neuhinzugekommene Episoden aus diesem Geist heraus zu gestalten, ja es entstehen dabei sogar Höhepunkte. Man denke an die sagengeschichtlich ganz junge Gestalt Rüdegers von Bechelarn, die mit der archaischen Gestalt Hagens zum Träger einer der größten Szenen wird, die die deutsche Dichtung des Mittelalters hervorgebracht hat: ein ›geschauter Auftritt‹, der in Aufbau, Raumregie, Gestik, Redeführung, Einführung und Reaktion der Personen die Starre des Waffengeschehens gerade an dem Punkt der Handlung, wo alles Humane unmöglich geworden zu sein scheint, in eine ergreifende Offenbarung des Menschlichen verwandelt. Dabei vermeidet der Dichter jeden billigen Ausweg, jede leichte Sinngebung, die an sich in der zeitgenössischen Literatur bereitlagen (Legende, Artusroman). Er verschaffte dem Tragischen in darstellerisch überzeugender Weise einen festen Platz in der Literatur um 1200, in der ja sonst nur die heillose Geschichte von Tristan und Isolde an das Tragische heranzuführen imstande war.

Dieser Sinn für Tragik ist nicht richtig erfaßt, wenn man nur auf politische Verhältnisse um 1200 oder auf irgendwelche ›Krisen‹ im sogenannten hochmittelalterlichen Weltbild blickt. Das Tragische hat seine feste Wurzel im Nibelungenstoff selbst. Dieser Stoff fand im Dichter des *Nibelungenliedes* einen Erzähler, der – wie sein Publikum, das diesen alten Erzählstoff liebte und immer wieder hören wollte – von der Größe dieses alten Stoffes ergriffen war. Er stellte diesen Stoff, zum Heldenbuch *(Heusler)* ausgeformt, den großen modischen Literaturwerken um 1200 an die Seite, gleichberechtigt neben erbaulichen Werken, den subtilen höfischen Romanen mit ihrer anspruchsvollen Deutung ritterlichen Daseins, und den Werken einer anspruchsloseren Unterhaltungsliteratur, wo die Befriedigung des Stoffhungers im Vordergrund steht.

Die Schleierlegende; Buchmalerei aus dem Urbar des Propstes Hausmanstetter, 1513

Der Dichter des *Nibelungenliedes* ist in erster Linie ein Gestalter von Menschen und Auftritten, die er nicht einer höheren Sinngebung zuliebe, sondern weitgehend ihrer selbst willen erzählt. Es geht ihm – bei aller Planung, Vorausschau, Wertung und dem Einschwenken in andere Erzählstrukturen – um die packende Szene, die Konfrontierung von Personen, die Füllung des Raumes, die große Gebärde und pathetische Replik. Das führt ihn manchmal zu dem, was man Inkonsequenzen genannt hat, weil man die Eigenart dieses Erzählens verkannte. (Man vergleiche etwa das recht unsympathische Auftreten Kriemhilds gleich nach Ankunft der Burgunder am Hofe Etzels, Str. 1749, mit der – jungen – großen Szene, die sich unmittelbar anschließt, wo dieselbe Kriemhild, eben noch unsympathisch, ja verächtlich, nun als Königin vor ihren Todfeind tritt, Str. 1770 ff., und die erschütternde Größe der alten, leidgeprüften und haßerfüllten Frau erreicht.) Der Leser des *Nibelungenliedes* kann daraus wertvolle Schlüsse auf Sehweise, situations- und szenengebundenes Erzählen und Intention des Dichters ziehen. Man sollte diesen Dichter nicht in die gängige und falsche Opposition germanisch-›hochmittelalterlich‹ einspannen. Er zeigt uns vielmehr, welche Erlebnisbreite und Gestaltungsmöglichkeiten um 1200 im Südosten des deutschen Sprachraums vorhanden waren.

Walther von der Vogelweide

VON INGO REIFFENSTEIN

Der künstlerische Rang *Walthers von der Vogelweide* stand bereits den Zeitgenossen, angefangen von *Gottfried von Straßburg* und *Wolfram von Eschenbach,* außer Frage – wie immer sie auch sonst zu ihm stehen mochten. An diesem Urteil hat sich bis heute im Grunde wenig geändert. Walthers lyrisches Werk steht nach Umfang und thematischer Breite, nach Formbeherrschung und dem dahinterstehenden persönlichen Engagement in der deutschen Dichtung der hochmittelalterlichen Blütezeit um 1200 einzigartig da. Walther kann als der erste deutsche Berufsdichter im vollen Wortsinn bezeichnet werden, der erste, der bewußt und mit Einschluß aller damit verbundenen Gefährdungen seine Existenz auf seine Kunst gestellt hatte. Wie zur Bestätigung dieser ungewöhnlichen gesellschaftlichen Stellung nennt ihn eine Notiz in den Reiserechnungen des *Bischofs Wolfger von Passau* (des Gönners auch des Nibelungenlied-Dichters?) anläßlich der Schenkung eines größeren Geldbetrages für die Anschaffung eines Pelzrockes zu Martini 1203 »Waltherus cantor de Vogelweide«. Keinen anderen der hochmittelalterlichen Ritterdichter fassen wir solcherart außerhalb seiner Dichtung als Dichter, auch nicht urkundlich gut bezeugte wie die hochadligen Dichter des Kreises um *Friedrich von Hausen* oder wie *Heinrich von Morungen.* Die Nennung Walthers als *cantor* ist ein freilich zufälliges und für sich wenig gewichtiges Zeugnis dafür, daß Walther schon im Bewußtsein der Zeitgenossen als Künstler und nur als solcher lebte.

Die älteste und faßbare Liebeslyrik in deutscher Sprache wurde in den Ritterburgen des bayerisch-österreichischen Donautales gesungen. Von der neuen Minneauffassung der provenzalischen Troubadours, der Steigerung und Spiritualisierung des Frauenbildes zum unerreichbaren Idol, von dem Eros des unerfüllbaren Werbens, des *senelichen dienens,* wie es im Deutschen heißen sollte, wußte diese donauländische Lyrik noch nichts. Unverhüllt und unbefangen wird in ihr das Verlangen nach Liebe und das Glück ihrer Erfüllung ausgesprochen. Charakteristisch ist der Rollencharakter all dieser Strophen: das lyrische Ich des Dichters spricht sich in der 3. Person, in der Rolle des liebenden Mannes oder der verlangenden Frau, aus. Breiten Raum nehmen Klagen der Frau oder des Mädchens ein: Klagen der Sehnsucht nach dem fernen oder verlorenen Geliebten, Klagen der Eifersucht. Es spricht viel dafür, daß wir in solchen Mädchenklagen etwas wie einen Archetypus der ältesten Liebesdichtung aller Völker zu fassen bekommen. Zeugnisse dafür bieten die altspanische und die portugiesische Literatur ebenso wie die ägyptische oder die chinesische. In den männlich-selbstbewußten Langzeilen-Strophen des *Kürnbergers,* wahrscheinlich eines Ritters aus der Gegend von Linz, der um 1150/60 gedichtet hat, und in den weicheren, lyrischeren Strophen und Liedern seines etwas jüngeren Landsmannes *Dietmar von Aist,* dem schon der neue »Dienst«-Gedanke nicht mehr fremd ist, fassen wir die archaischeste Gestalt der donauländischen Lyrik.

Walther von der Vogelweide ist gut eine Generation jünger als der Kürnberger. In diesen 30–40 Jahren hatte sich die weltliche deutsche Lieddichtung ein beträchtliches Stück weiterentwickelt; sie war Teil des von der Provence ausgehenden europäischen Phänomens der höfischen Minnedichtung des hohen Mittelalters geworden. Immer gleiches und immer wieder neu variiertes Thema war die hohe Minne, der Prozeß der Selbstläuterung und Selbsterziehung durch willentlichen Verzicht auf den ersehnten »Lohn« der sinnlichen Vereinigung (des *bî ligens*), der doch wieder Ziel des Werbens, des »Dienstes« war. Das erregend Neue dieser Kunst war die Entdeckung der Autonomie des Individuums, ihr unlösbares Paradoxon, daß diese Autonomie nur in der Gesellschaft und gegen sie möglich war. An die Form wurden nach Ebenmäßigkeit und Geschmeidigkeit des Ausdrucks und nach ihrer Variabilität hohe, bisher ungekannte Ansprüche gestellt. Da wir aber die Melodien nur zu einem ganz geringen Teil kennen und auch nur unvollkommen lesen können, ist es schwer, ein völlig angemessenes Bild vom Formenreichtum dieser Liedkunst, besonders vom Zusammenwirken von Text und Musik zu gewinnen.

Von Walthers Leben wissen wir, abgesehen von dem Vermerk in Wolfgers Reiserechnungen, nur das, was wir seiner Dichtung entnehmen können. Da er seit den großen Reichssprüchen von 1198 bis zur Kreuzzugsdichtung von 1227/28 in seiner politischen Lyrik zu Tagesfragen Stellung bezogen hat, ist dies freilich mehr als bei irgendeinem anderen Dichter des Hochmittelalters. Seinen Geburtsort und seine Familie allerdings kennen wir nicht. Keiner der zahlreichen Lösungsversuche der Heimatfrage ist mehr als eine unbeweisbare Hypothese – auch derjenige nicht, der Walthers Wiege in Südtirol (am Eingang des Grödner Tales) lokalisieren wollte. Daß Walther ritterbürtig war, ist wahrscheinlich; sicher ist, daß er in der Skala der ständischen Hierarchie weit unten rangierte. Auch die Möglichkeit, »von der Vogelweide« sei bloß ein Künstlername, kann nicht völlig ausgeschlossen werden. Nicht aus ritterlicher Tüchtigkeit jedenfalls, aus dem *schildes ambet (Wolfram),* hat Walther seinen Anspruch auf Ansehen und Ehre abgeleitet, sondern aus seinem gesellschaftlichen Wirken als Künstler, aus seinem *werben umbe werdekeit mit unverzageter arebeit* (66, 34), wie es in einem ganz späten Lied der Rückschau (*Summa vitae,* Abschied) heißt; und daher kann er am Ende seines Lebens in eben diesem Lied trotz der Abkehr von der Welt stolz von sich sagen:

So bin ich doch, swie nider ich sî, der werden ein,
genuoc in mîner mâze hô. (66, 37)

Kennen wir auch nicht Walthers Geburtsheimat, so läßt er uns über seine geistige Heimat nicht im Zweifel: *ze Osterrîche* (dem heutigen Niederösterreich) *lernt ich singen unde sagen* (32, 14). An den *wünneclichen hof ze Wiene* (84, 10), die Residenz der Babenberger, wo in der modernen Liedkunst die Minnereflexion *Reimars* und seine durch *zuht* und *mâze* gebändigte Klage den Ton angaben, mag Walther, etwa 20jährig, um 1190 gekommen sein. Und dorthin strebt er sein ganzes Leben lang zurück, nachdem es 1198, nach dem Tod seines Gönners *Herzog Friedrich I.*, mit dessen Bruder *Leopold VI.* (unter Zutun Reimars?) zum Bruch und zum Scheiden Walthers aus Österreich gekommen war. Im November 1203 finden wir ihn in Zeiselmauer bei Wien im Gefolge Wolfgers (Pelzrock-Urkunde), wohl anläßlich von Leopolds Hochzeit mit der byzantinischen *Prinzessin Theodora Komnena.* Dort mag auch, im Wettstreit mit Reimar, das große Preislied (*Ir sult sprechen willekomen* 56, 14) vorgetragen worden sein, das gleichzeitig Bitte um Wiederaufnahme in Wien ist. Diese Bitte durchzieht immer wieder seine Sprüche, sie steht unüberhörbar auch hinter dem einige Jahre später nach oder in Wien gesungenen schönen Nachruf auf den Rivalen Reimar (82, 24). Leopold hat sich nicht umstimmen lassen. Nicht er, sondern der Staufer *Friedrich II.* hat dem Dichter, wahrscheinlich in Würzburg, einen kleinen Besitz zugewiesen (*Ich hân mîn lêhen, al die werlt, ich hân mîn lêhen* 28, 31). Aber noch eines seiner letzten politischen Lieder, Werbung für Friedrichs Kreuzzug von 1228 und zugleich ergreifender Abschied von einer fremd gewordenen Welt, ist an die österreichische Ritterschaft gerichtet; Walther macht das im Ton deutlich, wenn er auf die alte Langzeile der donauländischen Lyrik und der Nibelungenstrophe zurückgreift (*Owê war sint verswunden alliu mîniu jâr* 124, 1).

Walther hat die Trennung von Wien schwer getroffen. Ohne sie aber, ohne das Umhergetriebensein von einem Hof zum anderen, ohne die Erfahrungen eines unsteten Lebens, hätte er nicht der werden können, der er geworden ist. Die Lösung aus der konventionellen Geborgenheit des Wiener Hofes machte Walther zum politischen Dichter. Damit wird das Jahr 1198 zum Wendepunkt in Walthers Leben und künstlerischem Schaffen. Denn der politische Spruch, den er sich als Kunstform völlig neu erschaffen mußte, ist seine eigentliche, jedenfalls seine persönlichste Leistung. Der Spruch, gesungen wie das Minnelied, war eine altheimische Dichtform der unritterlichen Fahrenden. Die Themen dieser einstrophigen Gebilde spannten sich von allgemeiner Weisheitslehre über Lob und Schelte bis hin zur persönlichen Bitte um Gunstbeweise. Es ist Walthers Verdienst, die Gattung des Spruches, die bis dahin vom höfischen Minnesang streng geschieden war, »von der Straße an den Hof« *(Wapnewski)* geholt zu haben. Er hat aus dem Spruch ein Instrument gemacht, das formal allen höfischen Ansprüchen genügte und das ihm erlaubte, treffsicher und scharf pointiert das politische Geschehen zu kommentieren und leidenschaftlich dazu Stellung zu nehmen. Auch und gerade vor Papst und Kaiser machten seine Schelte und sein ätzender Spott nicht halt. Oft ist seine Polemik maßlos und ungerecht.

Walther hat mehreren Herren gedient, und er hat sich sichtlich ohne viele Skrupel auch wieder von ihnen gelöst, wenn es seine persönlichen Verhältnisse erforderten, so von *König Philipp,* dem er wenige Jahre zuvor (1198) für die Aufnahme nach dem Bruch mit Wien überschwenglich gedankt hatte; so von *Kaiser Otto* nach der Niederlage von Bouvines, da alle sich dem jungen Friedrich II. zuwandten. Dazwischen finden wir Walther an dem berühmt-berüchtigten Prasserhof des *Landgrafen Hermann von Thüringen,* bei *Markgraf Diethrich von Meißen* und in loser Beziehung zu verschiedenen anderen Großen des Reiches. Derjenige, der in seinen Sprüchen am öftesten direkt angesprochen wird, Leopold von Österreich, hat ihn freilich nie in die »familia« seines Hofes aufgenommen.

Es braucht nicht verschwiegen zu werden, daß Walther um Brot singen mußte und daß sich manche Widersprüche seiner politischen Haltung, der mehrmalige Wechsel von hymnischem Preis zu bitterböser Schelte zumindest auch daraus erklären. Besonders heftig und schmerzlich (und politisch, vom Reichsgedanken her gesehen, unmotiviert) ist dieser Umschlag im Verhältnis Walthers zu Philipp, der Umschlag von der Trias des Reichstones (8, 4 ff.) und den Preisstrophen an Philipp (*Diu krône ist elter danne der künec Philippes sî* 18, 29 und 19, 5) zu dem persönlich taktlosen Spießbratenspruch (17, 11). Gleichzeitig – und darin liegt der eigentlich tragische Widerspruch – ist dies ein Umschlag von der visionär verkündeten Reichsidee zur egoistischen Fürstenideologie, die nur auf ein möglichst großes Stück vom »Braten« gerichtet war und die das Reich letztlich viel entscheidender getroffen hat als der von Walther sein Leben lang attackierte Machtanspruch des Papstes.

Sieht man von solchen Widersprüchen ab, so zeigt Walthers hohe politische Dichtung sehr wohl eine durchgehende einheitliche Konzeption: die mittelalterlichem, konservativem Denken gemäße Idee vom Reich als dem irdischen Ordnungsfaktor schlechthin, dem Abbild des ordo der göttlichen Schöpfung. Es ist jene Reichsidee, die das staufische Imperium getragen hatte, dessen letzte Blüte und dessen inneren Zerfall nach dem frühen Tod *Heinrichs VI.* (1197) Walther miterlebte und miterlitt. Die drei Strophen des Reichstones (8, 4 ff.), jede für sich geschlossen und doch zusammen gedanklich wie formal eine höhere Einheit (obwohl die letzte Strophe drei Jahre später entstanden ist), zeigen im ersten Wurf schon den ganzen Meister. Lediglich in der Strophengestaltung wird sich Walther von dem noch sehr einfachen Bau des Reichstones entfernen. Erst im Alter findet er in der Kreuzzugsdichtung, auch in der Elegie, wieder zu ähnlich einfachen Formen zurück. Mit der pathetischen Gebärde des Denkers (so noch bei *A. Rodin!*), mit der dreifachen Anapher des für Walther so kennzeichnenden Ich-Einsatzes *(Ich saz ûf eime steine, Ich hôrte . . ., Ich sach . . .)* beschwört Walther in brechtisch einfachen Bildern die gottgesetzte Ordnung im Tierreich, eine gottbezogene starke Ordnung in der menschlichen Gesellschaft (Werte-Trias) – und das Gegenbild einer aus den Fugen geratenen Gegenwart: *gewalt vert ûf der strâze* (8, 25). Die spätere Strophe (9, 16) nennt den Gegenspieler der imperialen Ordnung, von dem Walther alles Unheil und allen Zwist ausgehen sah: den Papst; dem Denker entspricht der *klôsenaere*, der Gott um Hilfe – gegen Papst und Klerus! – für die Christenheit anruft. Mit der Polemik gegen den Papst ist ein Thema angeschlagen, das Walther besonders in seinen späteren Sprüchen, unter Otto und Friedrich II., zu zügelloser, ja zynischer Schärfe hinreißt (33, 1 ff., z. B. *Ahî wie kristenlîche . . ., Sagt an, hêr Stoc . . .)*. Der Anspruch des Reiches als einer über die Tagespolitik hinausreichenden Konzeption muß später freilich zurücktreten hinter den konkreteren, persönlicheren Forderungen des Tages. Walther verleiht seiner Sprache besonders in den Sprüchen für Otto eine Prägnanz und zupackende Kraft, die vor ihm unerhört war. Nicht weniger unerhört ist freilich das anmaßende Selbstbewußtsein des Sängers (schon in den bösen Papst-Strophen, die ja auch für Otto vorgetragen wurden), das etwa aus den drei Strophen an Otto spricht, die durch den gleichen Eingang *Hêr keiser* zusammengebunden sind:

Hêr keiser, ich bin frônebote
und bring iu boteschaft von gote:
ir habt die erde, er hât daz himelrîche (12, 6).

Paßt sich der anmaßende Ton dieser Sprache der Eigenart des Auftraggebers an wie der zynische Egoismus des Spießbratenspruches derjenigen des Thüringer Landgrafen? Wie der feierliche Ton zweier früher Strophen für Philipp, die vom Gottesgnadentum des Herrscheramtes erfüllt sind (18, 29 ff.), der Eigenart und Sendung des Staufers?

Mit welcher inneren Anteilnahme Walther die Ansprüche der Fürsten an König und Kaiser vorgetragen hat, können wir nicht wissen. Daß es ihm um die Bewahrung des Reiches, das er in seiner Jugend noch im Glanz Barbarossas erlebt hatte, ernst war, ist sicher. Wie sehr der Konflikt mit den Sonderinteressen der Fürsten und der sich bildenden Territorien die Existenz des Reiches gefährdete, konnte er offenbar nicht sehen. Ihm mußten die Forderungen legitim erscheinen: Dienst darf Lohn fordern; er selbst tat es ohne Scheu und mit Nachdruck. Hier wie in der Minnelyrik befand sich Walther in einer tragischen

Situation, die er nicht selber geschaffen hatte, sondern die aus dem Umbruch der Zeiten erwuchs: er wollte das Alte bewahren und wurde doch zum Wegbereiter des Neuen.

Der »klassische« hohe Minnesang, der von Walther sicher höher bewertete andere Teil seines dichterischen Werkes, erreichte seinen Gipfel in den Liedern des Thüringers *Heinrich von Morungen* und *Reimars,* der vielleicht aus dem elsässischen Hagenau stammte, dessen Wirken aber untrennbar mit dem Wiener Hof verbunden war. So gegensätzlich die durchglühte Leuchtkraft der Bild- und Sprachwelt Morungens, dessen Lieder wohl zum Bedeutendsten der deutschen Lyrik bis hin zu *Christian Günther* zählen, zu derjenigen des beherrschten, leiseren, unlyrischeren Reimar auch ist, beide gehen von gleichen Voraussetzungen aus und bleiben im gleichen »System«. Minne wird ganz ins Lied genommen, ist nur, soweit sie ein Teil der Kunstwirklichkeit ist. Morungen hat den Raum der hohen Minne bis an seine Grenzen ausgeschritten, bis dahin, wo es nur mehr ein Verstummen gibt. Reimar, der mit fast dogmatischer Strenge an der Fiktion der hohen Minne festhält, gerät an diese Grenzen nicht. Aber gerade seine reifsten Lieder machen deutlich, daß es auf diesem Weg allenfalls ein statisches Verharren in stilisierter Schönheit geben konnte, aber keine Entwicklung.

Von reimarischen Liedern Walthers wissen wir nicht viel. Er wird uns greifbar, als er ein Eigener zu werden beginnt. Den eigenen Weg kann aber Walther zunächst nur in Auseinandersetzung mit Reimar finden; auch die Bekanntschaft mit Gedichten Morungens noch in den Wiener Jahren hat Walther erwiesenermaßen gefördert. Am »Überloben« der »Dame« durch Reimar kommt es zum offenen Bruch. Mit souveräner Meisterschaft und Schärfe, unter raffinierter Ausnützung aller Möglichkeiten des Zitats, im Ton des inkriminierten Liedes (Reimar MF 159, 1) weist Walther Reimars Anspruch als maßlos, als Anmaßung zurück (*mates buoz* 111, 22). Auch Wolfram hat dem Schlag gegen Reimar kräftig sekundiert. Thema der besonders von Walther polemisch geführten Auseinandersetzung war letztlich der Absolutheitsanspruch des hohen Minnesangs reimarischer Prägung und seine daraus resultierende radikale Fiktionalität, seine Wirklichkeitsferne. Walther wollte nichts weniger als eine Zerstörung der höfischen Minne. Das sollte seine spätere Abwehr des neuen dissonanten Sanges *Neidharts* deutlich zeigen. Gerade um die ethischen Werte der höfischen Minne zu bewahren, versuchte Walther, ihr den Realitätsbezug zurückzugeben. Mit schonungsloser Deutlichkeit hat Walther die fiktive, »literarische« Realität der *Minne-frouwe* im *Sumerlaten-Lied* (72, 31) enthüllt: Reimar hatte (MF 158, 27 ff.) gesungen

Ich muoz wol sorgen umbe ir leben:
stirbet si, sô bin ich tôt.

Walther zeigte, daß das Verhältnis umgekehrt ist:

ir leben hât mînes lebennes êre: stirbe ab ich, sô ist si tôt.

Das freilich bedeutet den Tod des Minnesangs.

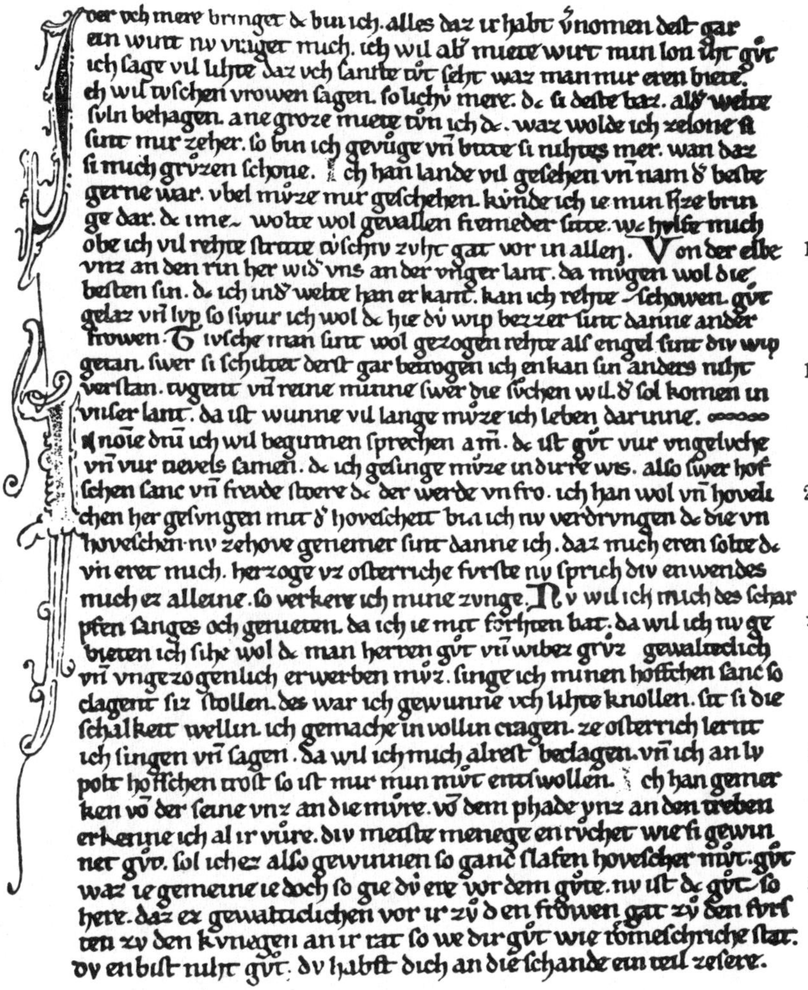
ner vch mere bringet dc bin ich. alles daz ir habt v̾nomen dest gar
ein wint nv vraget mich. ich wil ab̾ miete wint min lon iht gůt
ich sage vil lihte daz vch sanfte tůt seht waz man mir eren biete.
ch wil tvschen vrowen sagen. solichv mere. dc si deste baz. alr̾ welte
svln behagen. ane groze miete tůn ich dc. waz wolde ich zelone si
sint mir zeher. so bin ich gevůge vn̄ bitte si nihtes mer. wan daz
si mich grůzen schone. Ich han lande vil gesehen vn̄ nam d̾ beste
gerne war. vbel můze mir geschehen. kvnde ich ie min h̾ze brin
ge dar. dc ime wolte wol gevallen fremeder site. wc hulfe mich
obe ich vil rehte stritte tůschiv zvht gat vor in allen. Von der elbe
vnz an den rin her wid̾ vns an der vnger lant. da mvgen wol die
besten sin. dc ich und̾ welte han erkant. kan ich rehte schowen. gůt
gelaz vn̄ lyp so sihur ich wol dc hie dv wip bezzer sint danne ander
frowen. Tivsche man sint wol gezogen rehte als engel sint div wip
getan. swer si schiltet derst gar betrogen ich enkan sin anders niht
verstan. tugent vn̄ reine minne swer die svchen wil. d̾ sol komen in
vnser lant. da ist wunne vil lange můze ich leben darinne.
Nv̄ noie drū ich wil beginnen sprechen am̄. dc ist gůt vur vngelvche
vn̄ vur tievels samen. dc ich gesinge můze in dirre wis. also swer hof
schen sanc vn̄ frevde stoere dc der werde vn fro. ich han wol vn̄ hovesl
chen her gesvngen mit d̾ hovescheit bin ich nv verdrvngen dc die vn
hoveschen nv zehove genemer sint danne ich. daz mich eren solte dc
vn eret mich. herzoge vz osterriche fvrste nv sprich div enwendes
mich ez alleine. so verkere ich mine zvnge. Nv wil ich mich des schar
pfen sanges och genieten. da ich ie mit forhten bat. da wil ich nv ge
bieten ich sihe wol dc man herren gůt vn̄ wibez grůz gewalteclich
vn̄ vngezogenlich erwerben můz. singe ich minen hofschen sanc so
clagent siz stollen. des war ich gewinne vch lihte knollen. sit si die
schalkeit wellin. ich gemache in vollin cragen. ze osterrich lernt
ich singen vn̄ sagen. Da wil ich mich alrest beclagen. vn̄ ich an ly
polt hofschen trost so ist mir min můt entswollen. Ich han gemer
ken vō der seine vnz an die mvre. vō dem phade vnz an den treben
erkenne ich al ir vůre. div meiste menege enrvchet wie si gewin
net gůt. sol ich ez also gewinnen so ganc slafen hovescher můt. gůt
waz ie gemeine ie doch so gie dv ere vor dem gůte. nv ist dc gůt so
here. daz ez gewalteclichen vor ir zv den frowen gat zů den fvrs
ten zv den kvnegen an ir rat so we dir gůt wie romeschriche stat.
dv enbist niht gůt. dv habst dich an die schande ein teil zesere.

Walther von der Vogelweide: Faksimile aus der Kleinen Heidelberger Liederhandschrift

Walther suchte einen Ausweg im Rückgriff auf die romanische Pastourelle und besonders auf die erotisch unbefangen offenen lateinischen Mädchenlieder der Vaganten, indem er das Mädchen zur *frouwe,* zur Herrin, machte und gegenseitige, erfüllte Liebe wieder in ihr Recht einsetzte. Diesem Versuch verdanken wir Lieder, die zu Walthers schönsten gehören wie das zwischen Traum und dichterischer Realität, zwischen Verhüllen und Enthüllen ungemein schwebende von der Traumliebe (*Nemt, frouwe, disen kranz* 74, 20), reine, innige Lieder des Glücks der Erfüllung. Daß dieser Weg indes gefährlich war, daß man ihn nicht bis zum Lindenlied (*Unter der linden* 39, 11) gehen durfte, wenn die sittigende, erzieherische Kraft der Liebe nicht wieder dem bloßen Triebverlangen weichen sollte, mußte auch Walther einsehen (hierzu wohl das schwierige Lied von der *Mâze: Aller werdekeit ein füegerinne* 46, 31). Er suchte der Gefahr zu entgehen, indem er zur *frouwe* der hohen Minne zurückkehrte, ohne aber den Zuwachs an »Realität«, ohne die Gegenseitigkeit der Liebe preiszugeben. So prächtige Lieder es auch im Zeichen der »neuen hohen Minne« gibt, etwa das prunkvoll-höfische *Sô die bluomen ûz dem grase dringent* (45, 37) oder das jüngst neu gedeutete geistreiche Lied vom *wünschen unde waenen* (184, 1), so ist Walther doch die letzte gültige Lösung versagt geblieben. Mit Empörung und Entsetzen mußte er erleben (*Owê, hovelîchez singen* 64, 31), daß die höfische Gesellschaft Wiens, keine 30 Jahre nach Reimars Tod, sich von den neuen Weisen Neidharts hinreißen ließ, die unter raffiniertem Einsatz der künstlerischen Mittel des hohen Minnesangs (man ist versucht, von Montage und Verfremdung zu sprechen) und in konsequenter Weiterentwicklung von Keimen, die er, Walther, selbst gesetzt hatte, die Minne zum Zerrbild roher Sexualität erniedrigte.

Am Ende von Walthers Leben steht Klage und Resignation. Die Welt ist ihm fremd geworden, Ordnung und höfische Freude sind dahin, alle irdischen Werte sind ihm zusammengebrochen. Was bleibt, ist die Weltabkehr und die reuige Hinwendung zu Gott. Spruch und Lied münden in den Altersgedichten in dies eine Thema. Aber Walther war kein tief religiöser Mensch und schon gar kein demütiger. Noch aus dem späten Abschiedslied (*Ir reinen wîp, ir werden man* 66, 21) spricht ungebrochener Stolz, der sich auf das Wissen des ernsthaften Bemühens gründet, das Achtung gebietet: *wol vierzec jâr hab ich gesungen oder mê.* Wenn danach trotzdem nur die Absage an eine eitel, öde, brüchig gewordene Welt übrigbleibt, so steht dahinter weniger ergebene Demut als vielmehr Verzweiflung – und darin wird sich die Lebenserfahrung des Antipoden Neidhart ein Jahrzehnt später mit der Walthers treffen: in der Verzweiflung über eine zusammenstürzende Welt.

Die Hinweiszahlen bei Walther von der Vogelweide beziehen sich auf die Ausgabe von Karl Lachmann (13. Aufl., hrsg. von Hugo Kuhn), Berlin 1965; bei Reimar von Hagenau auf: Des Minnesangs Frühling, hrsg. von Carl von Kraus, 34. Aufl., Stuttgart 1967.

Hausmacht und Raum

VON WALTER POLLAK

Das Aussterben der *Babenberger* mit dem Tode *Friedrichs des Streitbaren* im Jahre 1246 und der vier Jahre später erfolgte Tod des *Staufer-Kaisers Friedrich II.* markieren den Beginn des Interregnums, jener rund ein Vierteljahrhundert dauernden »kaiserlosen, schrecklichen Zeit«, die das Ende der mittelalterlichen Kaiseridee, den Machtverfall des Reiches im Inneren wie nach außen als unwiderruflichen Tatbestand deutlich machte.

Um sich auf seine Italienpolitik konzentrieren zu können, hatte der Staufer selbst den partikularen Tendenzen der deutschen Territorialherren das Tor geöffnet. Sein Plan, sich des babenbergischen Erbes zu bemächtigen, um sein und seines Hauses politisches Gewicht im Reiche wieder zu stärken, sank mit ihm ins Grab. *Wilhelm von Holland, Alfons von Castilien* und *Richard von Cornwall,* die sich vom Auslande her als deutsche Könige anboten, waren Spielball ihres politischen Ehrgeizes und der egoistischen, einander widerstreitenden Interessen der deutschen Kurfürsten und nicht fähig, die Ordnung im Reiche auch nur in Ansätzen wiederherzustellen. Die Absicht der Territorialherren war nur noch darauf gerichtet, die eigene Macht, abgesichert durch möglichst großen Eigenbesitz, zu mehren. Soweit in ihren Erwägungen das deutsche Königtum überhaupt noch eine Rolle spielte, wünschten sie einen schwachen König, der nicht in der Lage war, ihre Interessen zu beschneiden und ihnen gegenüber das Reichsrecht wieder voll und ganz zur Geltung zu bringen.

Daß in dieser Schicksalsstunde des Reiches auch die Herzogtümer Österreich und Steiermark an seiner Ostgrenze verwaist waren, mußte von folgenschwerer Bedeutung sein. Von daher gesehen erhält die Usurpation *Přzemysl Ottokars II.* über das babenbergische Erbe historischen Sinn, weil mit ihm eine ordnende Hand in das Geschick der Länder eingriff. 1251 wählten ihn die österreichischen Stände zum Herzog, während sich die steirischen Stände für *Stephan von Ungarn,* den Sohn *König Bélas IV.*, entschieden. In der Auseinandersetzung der beiden Herrscher mußte Ottokar zwischen 1254 und 1261 auf die Steiermark verzichten; 1269 fielen ihm dann auch Kärnten und Krain zu. Die Belehnung Ottokars mit den babenbergischen Ländern im Jahre 1262 durch den deutschen Schattenkönig Richard von Cornwall kann man angesichts der Bedeutungslosigkeit dieses Königtums nur als einen formalen Akt ansehen, der Ottokars Versuchen zuzurechnen ist, seiner Usurpation den Schein der Legalität zu verleihen. Der bedeutendste dieser Versuche war seine Ehe mit *Margarethe*, der Schwester Friedrichs des Streitbaren. Wie immer man die Herrschaft des Přzemysliden in den babenbergischen Ländern einschätzt, wird man nicht übersehen können, daß im Vergleich mit den Zuständen im übrigen Reich hier relative politische Stabilität herrschte.

Von der Reichspolitik her gesehen, waren Ottokars Pläne allerdings gefährlich; es ist nicht übertrieben zu sagen, daß damals für Mitteleuropa Entscheidungen bevorstanden, die weltpolitische Aspekte sichtbar machten. Gegenüber einem in Ohnmacht gesunkenen, vom Zerfall bedrohten Reich agierte ein Reichsfürst, der Ottokar ja war, mit einem politischen Konzept, das im Falle seines Gelingens dem Reiche den Todesstoß versetzt, es zumindest aber zur völligen Machtlosigkeit verurteilt hätte. Nicht nur, daß die Verselbständigung Böhmens und Mährens, also der Verlust der Lehenshoheit des Reiches über diese Länder, drohte, zielten die Pläne Ottokars auf die Errichtung eines slawischen Großstaates. Erstmals in der Geschichte beherrschte ein slawischer Fürst die Landmasse vom Riesengebirge bis zur Adria, ein Konzept, das in den slawischen politischen Vorstellungen bis in unsere Zeit immer wiederkehrt.

Ottokar war ein begabter Herrscher, der vor allem auf dem Gebiete des Städtewesens, der Staatsorganisation und -verwaltung bleibende Spuren in Österreich hinterlassen hat: u. a. ist die Begründung der Verwaltungseinheit der »ob der ennsischen« Gebiete, also des heutigen Oberösterreich, auf ihn zurückzuführen, ebenso die Verwaltungseinteilung der beiden Herzogtümer »ob und unter der Enns«. Das große Ziel aber, das ihm vorschwebte, wird in seinem Kreuzzug gegen die heidnischen Preußen sichtbar und enthüllt sich vollends in den Jahren der Entscheidung zwischen ihm und *Rudolf von Habsburg*, als er das Bündnis mit den polnischen Fürsten suchte.

Er fühlte sich aller Verpflichtungen gegenüber dem Reiche ledig und handelte wie ein Souverän, als er versuchte, die Wahl des Habsburgers zum deutschen König zu verhindern. Er konspirierte mit den ghibellinischen Städten Oberitaliens zugunsten *Alfons' von Castilien*, an dem auch er als deutscher König festhielt; beschwörend wandte er sich an den Papst, brachte *Heinrich von Bayern* auf seine Seite und mißachtete Ladung und Weisung mehrerer Reichstage. Als Rudolf von Habsburg trotz Ottokars Intrigen zum deutschen König gewählt worden war und dem Přzemysliden nun im Namen des Reiches entgegentrat, um die Reichslehen von ihm zurückzufordern, mußte Ottokar Ende 1276 vor Wien zum ersten Male kapitulieren. Er vermochte es aber nicht, sich in die Lage zu fügen. Um nochmals gegen das Reich und Rudolf sich erheben zu können, suchte er das Bündnis mit den polnischen Fürsten. In den erhaltenen Dokumenten enthüllt sich die tiefere Absicht des Ottokarschen politischen Konzepts. In einem an der Jahreswende von 1277/1278 mit *Herzog Bolislaus von Krakau* geschlossenen Vertrag wird dieser als ein »Bündnis, durch die Natur und die Verwandtschaft des Blutes geboten«, genannt. Und in einem Schreiben Ottokars an die polnischen Fürsten im Frühjahr 1278 heißt es: »Von allen Nationen steht die polnische der böhmischen am nächsten: durch Gleichheit der Sprache, durch unmittelbare Nachbarschaft, durch Verwandtschaft des Blutes. Doch nicht dies allein wird die Polen zu kräftiger Hilfe bewegen, etwas anderes muß noch stärker wirken: unterliegt Böhmen, die Vormauer Polens, dann strecken diese unersättlichen Deutschen ihre gierigen Hände auch nach Polen aus, dann werden sie sich nicht damit begnügen, Euch zu unterwerfen, sondern sie werden Euch Eure Güter entreißen, Euch mit unerträglichen Bedrückungen quälen, Euer menschenreiches Land mit der Schärfe des Schwertes entvölkern und in elende Knechtschaft zwingen« (zitiert nach *Oswald Redlich: Rudolf von Habsburg).*

Im Lichte dieser Absichten erhalten der Sieg Rudolfs von Habsburg in der Schlacht bei Dürnkrut am 12. August 1278 und die Begründung der habsburgischen Hausmacht ihre welthistorische Perspektive. Sicherlich hat das »Was-wäre-gewesen-wenn ...« in der historischen Betrachtung kein Gewicht. Aber es fällt nicht schwer sich vorzustellen, wie anders die Geschichte der folgenden Jahrhunderte bis auf den heutigen Tag verlaufen wäre, wenn damals die Entscheidung zugunsten Ottokars gefallen wäre.

Mit Zustimmung der Kurfürsten war es dem Habsburger gelungen, das Reichslehen über die Herzogtümer Österreich und Steiermark seinem Hause zu sichern. Nicht nur, daß damit die Grundlage für eine geschlossene Hausmacht gegeben war, einen Herrschaftsbereich also, den in gleicher Geschlossenheit zu begründen ihnen im Südwesten des Reiches versagt geblieben war, bedeuteten die Herzogtümer eine materielle Basis von Gewicht: die Erträgnisse der beiden Herzogtümer brachten mehr als doppelt soviel ein als der Hausbesitz Rudolfs und die Jahressteuern der Reichsgüter zusammengenommen.

Rudolf von Habsburg hatte seinem Hause die Grundlage für künftige politische Bestrebungen gelegt. Aber gesichert war ihre Herrschaft doch nicht, geschweige denn die Erfüllung ihrer hochfliegenden politischen Pläne. Nicht nur die Auseinandersetzung mit den Ständen im Inneren und die Rivalitäten mit den *Luxemburgern* in Böhmen und den *Anjous* in Ungarn stellten ihre Macht und ihre Ziele in Frage, sondern vor allem familiäre Probleme der Dynastie, die mit der Teilung in die albertinische und leopoldinische Linie nach dem Tode *Rudolfs IV., des Stifters,* ihren Höhepunkt fanden. Rund zwei Jahrhunderte dauerte es, bis die habsburgische Herrschaft konsolidiert war.

Schon *Albrecht I.* (1282–1308), den praktischer alemannischer Sinn und realer Blick für das Mögliche in der Politik auszeichneten, hatte sich mit dem aufrührerischen österreichischen und steirischen Adel ebenso auseinanderzusetzen wie mit den widerspenstigen Wiener Bürgern, weil er Privilegien und Rechte, die sein Vater gegeben hatte, zurücknahm, den landesfürstlichen Rat durch einen geheimen Rat seiner Vertrauten ersetzte und die Verwaltung nach dem Vorbild der westlichen Länder des habsburgischen Hausbesitzes einrichtete. In dieser gärenden Zeit, da die Bedeutung der Städte wuchs, sich ein eigener Stadtadel entwickelte und das traditionelle Feudalsystem bedrohte, sah sich jeder Herrscher mit den alten und den werdenden Strukturen konfrontiert. Adel und Stände waren nie vollkommen befriedigt und befriedet. Sie lauerten auf jede Möglichkeit, ihre Position in der Gesellschaft zu festigen. Den Höhepunkt erreichte diese Entwicklung, als sich die streitenden Herzöge der albertinischen (österreichischen) und der leopoldinischen (steirischen) Linie, aber auch die der steirischen Linie untereinander in finanzielle Abhängigkeit gebracht hatten und Adel, Kirche und Stände Partei für den einen oder anderen der streitenden Herzöge ergriffen. Die sich daraus ergebenden Zustände schildert der Geschichtsschreiber *Thomas Ebendorfer* als einen Aufruhr, in dem einer den anderen beraubte, »der Nachbar den Nachbarn, je nachdem einer der Vasall eines Barons oder Prälaten oder Ritters war«.

Erbfolgefragen haben mehrmals in der Geschichte die habsburgische Politik wesentlich beeinflußt; nicht immer zu ihrem Vorteil, wie vor allem die beiden ersten Jahrhunderte nach der Besitzergreifung Österreichs und der Steiermark zeigen. Schon *Rudolf I.* hat seine beiden Söhne *Albrecht* und *Rudolf* mit dem babenbergischen Erbe belehnt. Die darin liegende Problematik wurde sogleich sichtbar: kaum ein halbes Jahr nach der Doppelbelehnung (im Juni 1283) mußte diese auf Albrecht reduziert werden, weil die Landesherren geltend machten, daß man »nicht zwei Herren dienen könne«. Schon in der übernächsten Generation stellte sich das gleiche Problem in noch schwierigerer Form, als *Albrecht II.* in seiner Hausordnung vom 25. November 1355 bestimmte, daß seine vier Söhne *Rudolf, Friedrich, Albrecht* und *Leopold* über den unteilbaren Gesamtbesitz gemeinsam regieren sollen. Als nach dem Tode Albrechts II. ihm sein ältester Sohn *Rudolf IV.*, nachmals »der Stifter« genannt, folgte, ergaben sich während seiner siebenjährigen Regierungszeit bis 1365 keine Schwierigkeiten. Seine beiden Brüder Albrecht und Leopold waren noch zu jung und kamen für eine Mitregentschaft nicht in Frage. Nach dem Tode Rudolfs IV. übernahmen *Albrecht III.* und *Leopold III.* die Regierung, ohne persönliche Reibereien und Zwistigkeiten ausgleichen zu können. Nachdem sie sich in vierzehnjähriger gemeinsamer Regierungszeit mehr auseinandergelebt als miteinander regiert hatten, schlossen sie am 25. September 1379 den Neuberger Teilungsvertrag. Danach erhielt Albrecht III. (albertinische Linie) Österreich ob und unter der Enns, Steyr, das Gebiet von Hallstatt und Ischl, während Leopold III. (leopoldinische Linie) Steiermark, Kärnten, Krain, die Windische Mark, Istrien, Tirol und Vorderösterreich zugesprochen bekam. Nur ein dünner Faden, bei der geringsten Spannung zerreißbar, ließ einen Schein von Gemeinsamkeit noch erkennen: das gegenseitige Vorkaufsrecht bei Veräußerungen der Gebiete und das Recht der Erbfolge beim Aussterben einer der beiden Linien; schließlich die Gemeinsamkeit gegenüber dem Reich als Lehensherrn. Auch das außenpolitische Interesse der beiden Linien war nun, schon durch die geographischen Bedingungen der beiden Teile, aufgespalten: Leopolds Interesse war, etwa der Linie staufischer Tradition folgend, auf Schwaben und Italien gelenkt, während sich Albrechts Interesse, im Sinne babenbergischer Tradition, auf Ungarn und Böhmen konzentrierte. Was seit den Babenbergern zur Einheit verschmolzen war und sein politisches Gewicht erworben hatte, schien einen geschichtlichen Augenblick lang unrettbar dem Zerfall preisgegeben.

Die natürlichen Gegebenheiten des Raumes bedurften einer sicheren und zielstrebigen Herrschaft. Die habsburgischen Herzogtümer Österreich und Steiermark boten sich als natürlicher Kristallisationskern für den Länderkomplex an, der durch den Lauf der Donau einerseits, andererseits durch den nördlichen Gebirgszug der Sudeten und Karpaten bestimmt wird. Schon der Begründer der Hausmacht, Rudolf I., hatte versucht, durch geplante Heiratspolitik diesem Umstand Rechnung zu tragen.

In Böhmen hatten sich die Luxemburger festgesetzt und als deutsche Könige versucht, sich hier eine Hausmacht zu schaffen. Ungarn war für einige Jahrzehnte unter den Anjous zu einer Macht von Rang geworden. Alle drei Dynastien, Habsburger, Luxemburger und Anjous, hatten immer den ganzen Raum in ihrem politischen Blickfeld; vor allem durch Heiratspolitik und Erbverträge versuchten sie, sich die Anwartschaft auf die Kronen zu sichern. Mit *Sigmund* (1387 bis 1437) gelang den Luxemburgern der Griff nach der ungarischen Krone. Der Habsburger *Albrecht V.* konnte für zwei karge Jahre (1438/1439) die Herrschaft über Österreich, Böhmen und Ungarn in einer Hand vereinen. Schließlich zeigten die Erwerbung der böhmischen Königskrone durch *Matthias Corvinus* und sein Vorstoß nach Österreich mit der Eroberung Wiens (1485), wie gefährlich die peripheren Kräfte für die Beherrschung des Gesamtraumes werden konnten.

In einer Zeit also, in der österreichische, böhmische und ungarische Komponenten um Macht und Zukunftgestaltung dieses Raumes rangen, minderten die Habsburger ihr politisches Gewicht durch fortgesetzten Familienstreit. Zu bürgerkriegsähnlichen Zuständen hatte dieser bereits geführt, als die Vormundschaft über Albrecht V. zwischen *Leopold IV.* und *Ernst dem Eisernen* zu heftigen Gegensätzen geführt hatte. Dieser Streit trug den Ständen bereits eine gewisse politische Aufwertung ein. Sie nahm gefährliche Formen an, als *Friedrich III.* die Vormundschaft über *Ladislaus Postumus,* den Sohn Albrechts V., übernahm und darüber nicht nur zu seinem Bruder *Albrecht VI.* in Gegensatz geriet, sondern auch die Stände gegen sich aufbrachte (Mailberger-Bund 1451). Hier wurde eine Art antihabsburgische Front sichtbar. Der, wenn man so sagen darf, innerpolitischen Auflehnung der Stände verbündeten sich außenpolitische Faktoren: *Johann Hunyadi* und *Georg von Podiebrad,* die beide die Verweserschaft für Ladislaus Postumus in Ungarn bzw. in Böhmen ausübten. Als Ladislaus Postumus 1457 starb, traten die Früchte dieser Konstellation zutage: *Matthias Corvinus-Hunyadi* wurde König von Ungarn und *Georg von Podiebrad* König von Böhmen.

Neben diesen machtpolitischen Problemen gab es Beschwerden genug, die auf den habsburgischen Ländern lasteten. Im Westen hatte sich vom Beginn des 14. Jahrhunderts an in kontinuierlicher Entwicklung die Eidgenossenschaft der vier Waldstätte ausgeweitet und schließlich die Herrschaft der Habsburger gebrochen. Wie ein fernes Beben kündigte sich die Türkengefahr an. Zunächst von Johann Hunyadi und dann von dessen Sohn Matthias Corvinus dem Reich ferngehalten, verwüsteten blitzartige Streifzüge der Türken Teile der Steiermark und Kärntens. Geißlerzüge beunruhigten das Land, die Pest wütete unter der Bevölkerung, und Heuschreckenschwärme führten zu argen Mißernten. Von Not und Steuerlast gedrückt, erhoben sich die Bauern in Kärnten unter ihrem Führer *Peter Wunderlich.* Ihr Begehren aber ging über die Überwindung der materiellen Not hinaus. Auf dem Bauerntag von 1478 bei Villach nahmen sie Verbindung mit dem Bund der Bauern in Schladming auf und verlangten freies Gericht und Wahl der Geistlichen durch die Gemeinde. Seit 1419 verwüsteten tschechische Hussiten das Land nördlich der Donau. Mit der neuen Form eines religiösen Nationalismus, wie er von den tschechischen Hussiten vertreten wurde, mit ihren in mehr als einer Beziehung den Kommunismus vorwegnehmenden sozialreformerischen Ideen und ihrer Neigung zu geistiger Abschließung kündigte sich eine neue Zeit an, eine politische Vorstellungswelt, die an die Grundfesten der traditionellen Macht rührte.

Andererseits konnte Habsburg in diesem zwei Jahrhunderte andauernden Zeitraum Erfolge räumlicher Ausdehnung erzielen, die für das spätere Wachstum der habsburgischen Monarchie von großer Bedeutung wurden.

Die wichtigste Erwerbung war wohl die von Tirol (1363), die von *Albrecht II.* gegen die Rivalität der *Wittelsbacher* mit ungewöhnlichem diplomatischem Geschick vorbereitet worden war. Es war nicht nur der Landgewinn, der diese Erwerbung wesentlich machte, sondern auch die politische Verfassung des Landes. Mit Tirol trat ein Gemeinwesen in den Kreis der habsburgischen Länder, dessen relative demokratische Entwicklung, gemessen an den Verhältnissen jener Zeit, am weitesten fortgeschritten war. Im Rahmen der »Landschaft« fanden die Vertreter der Stände Gehör, die Bauernschaft besaß eine Art örtlicher Selbstverwaltung, und die Leibeigenschaft war in rapidem Rückgang begriffen; 1525 gab es nur mehr drei Adelsgeschlechter, die über Leibeigene verfügten.

Der Erwerbung Tirols war 1335 die Belehnung der Habsburger mit Kärnten und südtirolischem Gebiet vorausgegangen. Freiburg im Breisgau wurde durch finanzielle Aufwendungen botmäßig und zum Zentrum der österreichischen Vorlande gemacht. 1374 fiel Istrien durch Erbe an die Habsburger, und acht Jahre später stellte sich Triest unter ihren Schutz. Von Tirol aus erfolgte 1451 die Erwerbung der Stadt Bregenz und anderer Vorarlberger Gebiete.

Bedenkt man das wechselvolle Auf und Ab des habsburgischen Schicksals in diesen beiden Jahrhunderten, an deren Ende mit der Heirat *Maximilians I.* und *Marias von Burgund* sich der habsburgische Schritt zur Großmacht, ja zur Weltmacht ankündigte, wird man sich vor allem zweier Herrscherpersönlichkeiten zu erinnern haben, die auch dann, wenn die realen Tatsachen noch so trostlos schienen, unbeirrt und beharrlich an den Vorstellungen von der Aufgabe und der Größe ihres Hauses festhielten: *Rudolf IV., der Stifter,* und *Kaiser Friedrich III.* aus der steirischen Linie.

Das unaufhörliche Streben der Habsburger nach der deutschen Königswürde hatte seinen Ursprung zweifellos nicht nur im dynastischen Ehrgeiz. Wohlerwogene politische Gründe standen hier Pate. Der deutsche König war immer noch Lehensherr; die Belehnung *Sigmunds von Luxemburg* mit der Mark Brandenburg durch seinen Vater *König Karl IV.* hatte ebenso wie *Rudolfs I.* Griff nach den babenbergischen Herzogtümern gezeigt, wie sehr die Königswürde der Ausweitung der Hausmacht dienlich sein konnte. Die Reichsgewalt, so sehr sie auch unterminiert und verdünnt war und keinen Vergleich mehr aushielt mit dem Reich der Staufer, war als Rückendeckung für die politischen Zielsetzungen der Habsburger im österreichisch-böhmisch-ungarischen Raum eine Notwendigkeit. Die Habsburger hatten das Ringen um die Königswürde gegen die Luxemburger verloren. Sieht man von der Episode der Doppelwahl des Habsburgers *Friedrich des Schönen* und des Wittelsbachers *Ludwig* ab, so gab es seit 1308 keinen Habsburger mehr auf dem deutschen Königsthron.

Als der deutsche König Karl IV. aus dem Hause Luxemburg 1356 die Goldene Bulle erließ und darin die Habsburger bei der Vergebung der Kurfürstensitze überging, empfand *Rudolf IV.* dies nicht nur als eine Kränkung seines Hauses, sondern zweifellos auch als einen politischen Schachzug des Königs, das politische Gewicht des rivalisierenden habsburgischen Hauses noch mehr zu schmälern. Rudolf reagierte mit einem für die damalige Zeit nicht ungewöhnlichen Schritt. Er faßte bestehende und erst zu erstrebende Vorrechte in dem gefälschten Dokument *Privilegium maius* zusammen, um so die Sonderstellung und Erhöhung seines Hauses zu untermauern und zu begründen. Es war Rudolfs Wille und sein Traum, die böhmische Metropole der Luxemburger, Prag, einzuholen, wenn möglich zu übertreffen. Es gelang ihm zwar nicht, die Erhebung Wiens zum Bistum zu erreichen, aber St. Stephan zu Wien wurde wenigstens zu einer Kollegialkirche erhoben, zu einer Probstei mit 24 Kanonikern. Die Universität wurde 1365 gegründet, ein Zentrum vor allem der Astronomie und Mathematik, ehe sie durch die Errichtung einer theologischen Fakultät unter *Albrecht III.* voll ausgebaut wurde. Zweifellos hat Rudolf mit seinen Schritten dazu beigetragen, das Selbstbewußtsein, den Glauben an die besondere Aufgabe seines Hauses zu fundieren, und damit den Weg vorbereitet, auf dem Habsburg mehr als sieben Jahrzehnte später die Königswürde wiedererlangte und diesmal bis zum Ende des römisch-deutschen Reiches im Jahre 1806 behielt.

Friedrich V., als deutscher Kaiser der III., war in den Familienstreit der Habsburger verstrickt und von den Auseinandersetzungen mit den Ständen ebenso gefährdet wie durch die drohenden Angriffe aus Ungarn und Böhmen. Unbeirrbar aber hielt er an dem Glauben an die Auserwähltheit seines Hauses fest, die er in der Symbolformel A.E.I.O.U. ausdrückte. Es gab Zeiten, in denen er rettungslos verloren schien. Schließlich aber gelang ihm nicht nur die Einigung des Hausbesitzes, wobei, wie so oft in der Geschichte dieses Hauses, der Zufall, selbst tödliche Zufälle, als Schicksalsfügung eine Rolle spielten, sondern auch die Verknüpfung Habsburgs mit Burgund durch die Heirat seines Sohnes *Maximilian I.* mit *Maria von Burgund.*

Am Ende dieses zweihundertjährigen Abschnittes war die Herrschaft Habsburgs im Südosten konsolidiert, das Reich stand an der Schwelle zur Großmacht. Aber schon neue Probleme kündigten sich an, mit denen Habsburg in Zukunft gerade wegen seiner räumlichen Ausdehnung zu rechnen hatte: in seinem eigenen südöstlichen Machtbereich standen die Türken vor der Türe; im Westen wurde die Kollision mit den Interessen Frankreichs sichtbar; im Süden stand das »Haus Österreich«, wie es seit etwa 1400 genannt wurde, an der Adria im Interessengegensatz zur venezianischen Seemacht.

Rudolf von Habsburg

VON WALTER POLLAK

Als der *Böhmenkönig Přzemysl Ottokar* bei *Papst Gregor X.* gegen die Wahl *Rudolfs von Habsburg* zum deutschen König protestierte, nannte er diesen in seinem Schreiben einen »unbekannten, machtlosen, bettelarmen Mann«. Was bei Ottokar, der in Wahrheit einen Mann, auf den diese Charakteristik paßte, an der Spitze des Reiches wünschte, ein taktischer Schachzug war, hielt sich in einem Teil der Geschichtsschreibung durch Jahrhunderte als billige Version: die Kurfürsten hätten sich auf diesen unbekannten und unbemittelten Grafen als Kandidaten geeinigt, weil nicht zu befürchten war, daß er die Rechte der Fürsten schmälern, die partikularen Strömungen zugunsten des Reiches zurückdrängen würde. Ottokar wußte, daß der Papst einen starken Herrscher wünschte, um seine Kreuzzüge verwirklichen zu können.

Das Geschlecht der Habsburger gehörte zu den angesehensten und reichsten Geschlechtern im Südwesten des Reiches. Es stützte sich auf ausgedehnte Landbesitzungen im Elsaß und in Schwaben, besaß die Grafschaft im Zürichgau, im Aargau und die Landgrafschaft im oberen Elsaß.

Rudolfs harte Hand als Politiker hatte sich erwiesen, als er den *Kiburgern* half, die Ausbreitung des Hauses *Savoyen* nördlich des Genfer Sees zu verhindern. Durch das Kiburgsche Erbe, das 1267 an die Habsburger fiel, wurde deren Stellung noch gefestigt.

Wesentlich für das Ansehen Rudolfs war seine Stellung als staufischer Parteigänger. Dem Kinde Rudolf, das am 1. Mai 1218 geboren worden war, wurde der staufische *Kaiser Friedrich II.* Taufpate. *König Konrad IV.* hatte er sich so sehr verpflichtet, daß ihm dieser Breisach verpfändete. Noch mit *Konradin* hielt er Verbindung, was sein persönliches Naheverhältnis zu *Meinhard von Tirol* und *Ludwig von Bayern* begründete.

Als sich die Kurfürsten nach einer eindringlichen Mahnung Papst Gregors X. auf Rudolf von Habsburg einigten und ihn am 1. Oktober 1273 zum deutschen König wählten, trat ein Mann an die Spitze des Reiches, der Ansehen hatte, über ausgedehnten persönlichen Besitz verfügte und dessen politisches Geschick bereits offenkundig war. Am 24. Oktober erfolgte seine Krönung in Aachen.

Rudolf verkörperte den politischen Typus jener Übergangszeit von der staufischen Reichsidee zur Entfaltung partikularer Fürstenmacht, deren Realität

Romanisches Portal der Stiftskirche von Heiligenkreuz, Niederösterreich, 12. Jh.

Das Opfer Kains und Abels, Apsis der Kirche von Schöngrabern, Niederösterreich, 13 Jh.

Herzog Heinrich II. Jasomirgott auf dem 2. Kreuzzug; aus dem Stammbaum der Babenberger des donauländischen Meisters von 1497; Stift Klosterneuburg

Herzog Leopold V. der Tugendhafte; aus dem Stammbaum der Babenberger

19

20

fridrich der
streitper

Friedrich II. selbst legalisiert hatte, als er 1220 und 1232 den Fürsten wesentliche Privilegien gegeben hatte. Der Habsburger auf dem deutschen Königsthron fühlte sich zweifellos schon aus seinem staufischen Gesinnungserbe dem Reiche verpflichtet, versäumte aber als ein Kind seiner Zeit nicht, sein Augenmerk auch auf die Vermehrung seiner Hausmacht zu lenken, was sich sehr bald erweisen sollte.

Während des Interregnums war die Ordnung im Reiche weithin zerfallen. Unsicherheit herrschte im Lande, Territorialfürsten eigneten sich willkürlich Reichsgut an. Die Aufgabe, vor die sich der neue König gestellt sah, war die Wiederherstellung des Landfriedens und die Einziehung »allen Reichsgutes, das auf ungehörige Art an sich gebracht« worden war. Rudolf entledigte sich dieser Aufgabe mit sicherer Hand und raschem Erfolg.

Nur das böhmische Problem bereitete ihm und den Reichstagen Sorge. Ottokar hatte seine böhmische Monarchie so fest ausgebaut, daß sie zu einem dem Reiche feindlichen Staat geworden war. Sie sollte nun zurückgedrängt werden auf ihre alten Grenzen und auf ihre alte Stellung im Reiche. Das entfremdete Reichsgut, das sich Ottokar in Österreich, Steiermark, Kärnten, Krain und der Windischen Mark angeeignet hatte, die heimgefallenen Lehen, die er nach dem Tode des letzten Babenbergers widerrechtlich angetreten hatte, sollten ihm wieder abgenommen, der Rechtszustand wiederhergestellt werden.

Ottokar erschien nicht auf den Reichstagen, zu denen er geladen wurde, und setzte durch seine Bevollmächtigten den Kampf gegen die Wahl Rudolfs zum deutschen König, die er als unrechtmäßig bezeichnete, fort. Bis schließlich am 22. Juli 1275 die Reichsacht über ihn verhängt wurde und ein Jahr später Bann und Interdikt über ihn gesprochen wurden.

Rudolf erwies sich in dieser Auseinandersetzung als Politiker von hohem Rang und diplomatischem Geschick. Er tat keinen Schritt, der nicht durch Beschlüsse der Reichstage gedeckt war, entknüpfte mit großer Geduld die politischen Fäden, die Ottokar gesponnen hatte, bis dieser, von seinen Verbündeten verlassen, allein stand.

Solcherart war die militärische Aktion des Reiches gegen Ottokar wohl vorbereitet. Als im August und September 1276 ein Heer unter Meinhard von Tirol in Kärnten und eines unter *Albrecht,* dem Sohn Rudolfs, in Krain eindrang, fanden sie keinen Widerstand mehr. Rudolf selbst konnte an der Spitze eines Heeres ohne alle Schwierigkeiten bis Wien vorrücken. Die Ottokar ergebenen Standesherren hatten diesen bis auf wenige verlassen.

Zwei Jahre später versuchte Ottokar nochmals sein Glück. In der Schlacht am 26. August 1278 bei Dürnkrut fand Ottokar den Tod, und Rudolfs Sieg setzte der böhmischen Macht ein Ende. In dieser Schlacht hatte sich Rudolf auch als überlegener Feldherr bewährt. Gegen die Auffassung seiner Zeit hatte er die

Herzog Friedrich II., der Streitbare, fällt in der Schlacht an der Leitha; aus dem Stammbaum der Babenberger

schwer gepanzerte und bewaffnete Ritterschaft aus dem Heer herausgezogen und in Bereitschaft gestellt. Als die Schlacht auf des Messers Schneide stand, konnte diese Ritter-Reserve eingesetzt werden und Rudolf den Sieg sichern.

Damit hatte er die ehemals babenbergischen Reichslehen dem Usurpator Ottokar abgenommen und dem Reiche wiedergegeben. Gleichzeitig bot sich ihm aber die Möglichkeit, sich dieser Gebiete als Basis der Macht seines Hauses zu versichern. Was ihm im Südwesten des Reiches nicht gelungen war, seinen Hausbesitz zu einem einheitlichen Territorium abzurunden, bot sich hier im Osten ganz von selber an: aus den Bedingungen des Raumes gewachsene, in sich geschlossene Länder.

Rudolf erwies sich auch hier als geduldiger und weitschauender Politiker. Er verzichtete auf rasches Handeln und bereitete die Entscheidung wohlbedacht vor. Er selbst blieb viereinhalb Jahre in Wien und kümmerte sich um die österreichischen und steirischen Angelegenheiten. Erst 1281, ein Jahr bevor er Österreich verließ, setzte er seinen Sohn Albrecht als Reichsverweser ein. Als er die Fürsten des Reiches endlich für seinen Plan gewonnen hatte, wurden seine beiden Söhne *Albrecht* und *Rudolf* im Dezember 1282 vom Reichstag zu Augsburg feierlich mit Österreich, Steiermark, Krain und der Windischen Mark belehnt. Kärnten wurde ausgeklammert und 1286 Meinhard von Tirol zum Lehen gegeben. Rudolf wollte den Freund, dem er für politische Treue und manchen Dienst Dank schuldete und dessen Aspirationen er kannte, nicht vor den Kopf stoßen. Am 1. Juni 1283 wurde Albrecht allein Lehensträger, weil die Landesherren eingewendet hatten, niemand könne zwei Herren dienen.

Als Rudolf am 15. Juli 1291 die Augen für immer schloß, wurde er seinem Wunsche gemäß neben *Philipp von Schwaben*, dem letzten Staufer, der auf deutschem Boden beigesetzt worden war, im Dom zu Speyer zur ewigen Ruhe bestattet. So hatte sich am Ende dieses Lebens noch einmal seine Verbundenheit mit diesem letzten großen deutschen Kaisergeschlecht offenbart. Aber er war als deutscher König Realist genug gewesen und den Traumspuren der Staufer nach dem Süden nicht gefolgt. Um des Friedens mit den Päpsten willen hatte er auf die Reichshoheit über weite norditalienische Gebiete verzichtet. Daß es ihm trotzdem nicht gelungen war, die Kaiserkrönung in Rom zu erleben, mag er ebenso bitter empfunden haben wie das Fehlschlagen seiner Politik, die seinem Hause die Nachfolge auf dem Königsthron sichern sollte. Im Rahmen der neuen Gegebenheiten partikularer Machtentwicklung hatte er für das Reich getan, was er konnte: der Landfriede war wiederhergestellt; im innerdeutschen Machtspiel hatte er den Einfluß der Bischöfe paralysiert, indem er den Städten Freiheiten und Privilegien gab, die deren Zukunftsentwicklung vorteilhaft beeinflußten; der Reichsverwaltung und dem Steuerwesen hatte er neue Grundlagen gelegt.

Rudolf muß eine einfache, imponierende Persönlichkeit gewesen sein, in der sich manche Gegensätzlichkeit vereinte. Er war mit unzweifelbarer politischer Klugheit und mit Weitblick begabt, doch gibt es keinen Hinweis, daß er des Lesens und Schreibens kundig gewesen wäre. Von der Bescheidenheit persönlicher Lebensführung ausgezeichnet, die im Volksmund schon zu seiner Lebenszeit zur Legendenbildung führte, verstand er es doch allen Prunk zu entfalten, wenn es um die Repräsentation des Reiches und des königlichen Amtes ging. Er verstand auch den Gegensatz des Königs und des Landesfürsten in sich aufzuheben. Reichs- und Fürstenmacht hatten seit den staufischen Zeiten miteinander gerungen. Im Grunde war die Entscheidung für die partikulare Fürstenmacht schon gefallen. Als König hatte er die babenbergischen Länder dem Reiche heimgeholt; ganz ein Kind seiner Zeit, hatte er aber als Fürst jene Tat gesetzt, die von fortwirkender Bedeutung blieb: durch die Belehnung seines Sohnes Albrecht mit den österreichischen Ländern hatte er seinem Hause die Voraussetzung geschaffen, aus der sich in den folgenden Jahrhunderten die Macht der Habsburger entfalten konnte.

Meinhard II. von Tirol

VON JOSEF RIEDMANN

Meinhard II. vereinigte in seiner Person das Erbe zweier hochadeliger Geschlechter, die auf Grund einer sehr ähnlichen Ausgangslage als Verfechter einer gleichen Politik zu entsprechenden Erfolgen gelangten. Wie die Görzer Grafen ihren Aufstieg als Vögte des Hochstifts Aquileja nahmen, indem sie auf Kosten des Patriarchats immer mehr Abgaben und Gerechtsame an sich brachten, so gewann und erweiterte das Haus der Grafen von Tirol seine Macht durch kluges und oft auch rücksichtsloses Vorgehen gegen die Bistümer Trient und Brixen. Anstelle möglicher geistlicher Territorien entstanden weltliche Herrschaftsgebiete. Das Verdienst, dieser Entwicklung im Tiroler Raum endgültig zum Durchbruch verholfen zu haben, kommt Meinhard II. zu, wobei er an die Bemühungen seines Großvaters mütterlicherseits, des letzten Tiroler Grafen, *Alberts III.*, anknüpfen konnte. Diesem war es gelungen, zu der Vogtei über das Hochstift Trient auch die Schutzgewalt über Brixen in seine Hand zu bekommen, so daß sich sein Herrschaftsgebiet über Grafschaften des Etsch-, Eisack- und Inntales erstreckte. Nach seinem Tod im Jahre 1253 wurde die sich abzeichnende Einigung des Landes Tirol noch einmal durch die Teilung der Herrschaft Alberts unter seine beiden Schwiegersöhne unterbrochen. Als äußerst folgenschwer hatte sich das letzte gemeinsame Unternehmen Alberts von Tirol und *Meinhards III.* (I.) erwiesen, denn nach einem mißglückten Gewaltstreich gegen das Kärntner Herzogshaus der *Spanheimer* mußten sich die beiden zum Abschluß eines überaus harten Friedens verstehen und als Bürgen den jungen *Meinhard IV.* (II.) und seinen Bruder *Albert* in den Gewahrsam des Salzburger *Erzbischofs Philipp von Spanheim* übergeben. Meinhard stand damals im Alter von fünfzehn Jahren, und erst als 21jähriger sollte er die Freiheit wiedererlangen.

Die Zeit der Haft auf der Burg Hohenwerfen mag entscheidend auf den Charakter des jungen Grafen eingewirkt haben. Seine Selbstzucht und Selbstkontrolle, die ihm vor allem bei Verhandlungen zustatten kamen, aber besonders seine Wertschätzung der Macht des Geldes als wirksamstes Mittel der Politik dürften in dieser Epoche geprägt worden sein. Nicht die Ideale des höfischen Rittertums, sondern ein nüchterner und energischer Materialismus, der Erfolg zu begründen vermag, bildete in Verbindung mit der notwendigen Klugheit den Grundzug von Meinhards Persönlichkeit.

Als sein Vater im Jahre 1258 starb, befand sich Meinhard immer noch in Haft; erst das folgende Jahr brachte ihm die Freiheit. Sogleich ließ sich der junge Graf von *Bischof Egno von Trient* die Lehen des Hochstifts übertragen, womit die Herrschaft über dieses Bistum neu begründet war; die nachgiebige Haltung des Bischofs erlaubte es Meinhard sogar, die Besitzungen der Trienter Kirche durch eine Reihe erzwungener Verträge nahezu zur Gänze in seine Hand zu bekommen.

Eine Voraussetzung für Meinhards zielstrebiges Vorgehen bildete der Ausgleich mit seinem jüngeren Bruder Albert II. Obwohl dem älteren der Brüder eher die väterlichen Gebiete der Görzer Linie zugestanden wären, verglich man sich im Jahre 1271 in einem Teilungsvertrag dergestalt, daß Meinhard II. die Grafschaft Tirol, Albert II. die Grafschaft Görz übernahm; als Grenze der beiden Herrschaftsbereiche wurde die Mühlbacher Klause am westlichen Eingang des Pustertales gewählt.

Meinhard war mit *Elisabeth von Bayern*, der Witwe *König Konrads IV.* und Mutter des letzten Staufers *Konradin*, vermählt. Die Ehe mit der zwar beträchtlich älteren Königin zeigt deutlich die Stellung Meinhards in der Tradition seiner staufertreuen Vorfahren, und sie eröffnete ihm die Aussicht auf Erwerb des staufischen Besitzes in Tirol. Zudem gestattete die Verbindung den unglücklichen Zug Konradins nach dem Süden, und sie vermittelte die für beide Teile so wichtige und folgenreiche Freundschaft zwischen Meinhard und *Rudolf von Habsburg*. Beide Grafen hatten sich von Konradins Unternehmen vorzeitig zurückgezogen, und noch vor der Wahl des Habsburgers zum König war es zu einer Absprache über die Heirat von Rudolfs ältestem Sohn *Albrecht* mit Meinhards Tochter *Elisabeth* gekommen.

Die Wahl Rudolfs von Habsburg zum römisch-deutschen Herrscher geschah vielleicht nicht ohne Zutun Meinhards; sie stellt in der Tat einen der größten Glücksfälle dar, die dem Grafen zuteil werden konnten, denn erst die enge Verbindung mit dem Reichsoberhaupt erlaubte dem Tiroler sein energisches und damit erfolgreiches Vorgehen gegen die geistlichen Hochstifte und gegen andere Widersacher, die den Bestrebungen zur Ausbildung der Landesherrschaft im Wege standen. Die glänzendsten Aussichten aber eröffneten sich Meinhard, als es galt, *Ottokar II. von Böhmen* aus den ehemals babenbergischen und spanheimischen Ländern zu vertreiben. Nach dem Sturz des Böhmen fielen vorerst die Hauptmannschaft von Kärnten und als Pfand Ämter und Einkünfte in Krain und den Windischen Marken an Meinhard; möglicherweise dachte Rudolf bereits damals daran, Kärnten dem Tiroler Bundesgenossen zu überlassen.

Die Erhebung Meinhards zum Herzog von Kärnten war erst nach Überwindung zahlreicher Widerstände, vor allem von Seiten der geistlichen Kurfürsten, möglich. Ein Bannstrahl – nicht der erste –, der den Grafen im Zusammenhang mit dem Konflikt mit dem Trienter Bischof ereilte, schien die Übergabe Kärntens an den Tiroler in noch weitere Ferne zu rücken. Erst im Jahre 1286 wurde die Belehnung des neuen Herzogs mit Kärnten vollzogen; Meinhard wurde in die Reihe der Reichsfürsten aufgenommen und hatte ein Ziel erreicht, das seine Vorfahren vergebens angestrebt hatten. Es galt nun, nicht nur die Besitzungen nach innen und außen abzurunden, sondern auch eine generelle Neuordnung der eben gewonnenen Gebiete durchzuführen.

Die Maßnahmen Meinhards II. auf dem Gebiet der Verwaltung und aller damit zusammenhängenden Fragen wurzeln im glücklichen Zusammentreffen verschiedener Umstände. Die energische, von keinen idealistischen Skrupeln belastete Persönlichkeit des Grafen verband sich mit fortschrittlichen Einflüssen in einer für Neuerungen überaus günstigen Zeit des allgemeinen Wandels. So verdankt Tirol Meinhard eine einheitliche und zielstrebige Verwaltungsorganisation, wie sie in ihren Nachwirkungen noch zur Zeit *Maximilians I.* als Vorbild dienen konnte. Meinhard benutzte als Zentralinstitution die Kanzlei, die nahezu sämtlichen vergleichbaren Behörden benachbarter Territorien überlegen war. In enger Verbindung mit der Kanzlei arbeitete die landesfürstliche Kammer, der die Finanzverwaltung oblag. Die seit den Tagen Meinhards auf uns gekommenen Rait (= Rechnungs)-bücher und das große Urbar als Verzeichnis aller Erträgnisse landesfürstlicher Güter stellen beinahe bürokratisch zu nennende zukunftweisende Neuerungen dar. Das geordnete Steuerwesen und die in Tirol als Durchzugsland besonders ertragreichen Zollabgaben, welche infolge der Förderung des Handels und Verkehrs durch Meinhard eine weitere Steigerung erfuhren, erlaubten geradezu eine weitplanende Wirtschaftspolitik. Meinhards Geschick in monetären Belangen kommt auch in der Ausprägung des Adlergroschens und Kreuzers, in den landesfürstlichen Wechselbanken und in anderen gewinnbringenden Geldgeschäften deutlich zum Ausdruck.

Wenn sich die Verfassungseinrichtungen des Landes Tirol im Spätmittelalter sehr klar von denen seiner Nachbarländer abhoben, so gehen auch darin bezeichnende Züge in die Zeit Meinhards zurück. Besondere Förderung erfuhr damals der Bauernstand, denn in erster Linie die Bauern waren die Nutznießer der landesfürstlichen Bestrebungen, die adelige grundherrliche Gerichts- und Verwaltungshoheit auszuschalten, was sogar eine gewisse Selbstverwaltung der bäuerlichen Gemeinde begünstigte. Die hohe soziale Stellung des Bauerntums und das völlige Zurücktreten der adeligen Grundherrschaft bilden durch Jahrhunderte ein Charakteristikum Tirols. Ebenso scheint das nur in Bruchstücken auf uns gekommene Tiroler Landrecht Meinhards II. für den Bauernstand günstige Bestimmungen enthalten zu haben. Die Angehörigen edelfreier Geschlechter befanden sich Ende des 13. Jahrhunderts auf derselben Stufe wie die Ministerialen, und auch diese traten unter Meinhard zurück, vielmehr bediente sich der Landesfürst in seiner Verwaltung einer neuen sozialen Schicht, nämlich seiner unfreien Familiaren, welche sich in die überkommene Lehenspyramide nicht einordneten. Das Verhältnis Meinhards zur Kirche war durch seinen nüchternen, materialistisch eingestellten Charakter bestimmt. Sein Aufstieg und seine Erfolge gingen hauptsächlich zu Lasten der weltlichen Herrschaftsrechte und Besitzungen der Hochstifte, und der Kampf mit den Bischöfen zieht sich wie ein roter Faden durch die ganze Regierungszeit Meinhards. Die fromme Gesinnung des oftmals Gebannten wird nur in der Gründung des Zisterzienserklosters Stams greifbar; doch als Gedächtnisstätte und Grablege der Tiroler Landesfürsten trägt auch diese Tat teilweise politische Zielsetzung und sollte der Verherrlichung des eigenen Geschlechtes dienen.

Seit dem Jahre 1286, als Meinhard endgültig die Herzogswürde von Kärnten errungen hatte, versuchte er auch in diesem Land die gleichen Maßnahmen wie in Tirol einzuleiten, um seine Stellung als Landesherr ausschlaggebend zu kräftigen. Die Verhältnisse in Kärnten lagen gleichwohl anders als in seinem westlichen Nachbarland, denn die geschlossene Front der weltlichen Adelsgeschlechter, die zudem mit ihren Standesgenossen in Steiermark und Österreich in Verbindung standen und mit den Hochstiften und Klöstern zusammenarbeiteten, verhinderte größere Erfolge. Zum offenen Ausbruch der Gegensätze führte im Jahre 1291 der Tod König Rudolfs; durch die Wahl *Adolfs von Nassau* schien die Neuordnung des Südwestens des Reiches im Sinne der Habsburger und Meinhardiner auf das höchste gefährdet. Trotz einiger Rückschläge gelang es Meinhard und seinem Schwiegersohn Albrecht von Habsburg 1292/93, der Rebellion in Kärnten und Steiermark Herr zu werden. Wenn auch die Macht des Herzogs in Kärnten damit als gemehrt und gesichert galt, das Hauptgewicht seiner Herrschaft bildete für Meinhard die zwar an Rang niedrigere, aber einträglichere angestammte Grafschaft Tirol.

In den letzten Regierungsjahren des Herzogs flammten die Auseinandersetzungen mit Trient und Brixen noch einmal mit aller Heftigkeit auf. Seit *Papst Bonifaz VIII.* den Thron des hl. Petrus bestiegen hatte, spitzte sich der Konflikt weiter zu; dem Bann der Kirche drohte die Reichsacht und die Aberkennung aller Lehen durch König Adolf zu folgen. Der Tod Meinhards im Jahre 1295 beendete den langjährigen Streit. Auf dem Sterbebette verfügte der Herzog die Rückgabe aller unrecht erworbenen Besitzungen; im Kloster Stams sollte der Leichnam seine letzte Ruhe finden. Dies konnte allerdings erst geschehen, nachdem die Kurie der kirchlichen Beisetzung des im Bann Verstorbenen zugestimmt hatte.

Gut ein Jahrhundert hat die Herrschaft des Görzer Hauses im Land an der Etsch und im Gebirge gewährt, und annähernd ein Drittel dieses Zeitraumes nimmt die Regentschaft Meinhards II. ein. Wägt man die Jahre nach ihrer Bedeutung, so bildet die kurze Spanne bis zum Regierungsantritt dieses Grafen ein knappes Vorspiel für dessen erstaunliche und weitreichende Erfolge, die Epoche seiner Nachkommen hingegen eine Periode des Niederganges und Zurücktretens an Macht und Einfluß des Geschlechtes. Allein der Persönlichkeit Meinhards II. war es gelungen, dem Kern des von ihm maßgeblich geprägten politischen Gebildes jenen nötigen inneren Halt zu verleihen, der den Bestand des Landes Tirol in der damals geschaffenen Gestalt bis in die jüngste Gegenwart ermöglichte.

Herzog Rudolf IV., genannt der Stifter

VON HANNS LEO MIKOLETZKY

Herzog Rudolf IV. von Österreich war gewiß für viele seiner Zeitgenossen erstaunlich und verwirrend. In jenen Tagen tiefster Devotion und Verkirchlichung wagte es deshalb der Chronist von Mattsee, *Christian Gold,* ihn einen Zerstörer und Verfolger des Klerus zu nennen, der in seinem Land selbst Papst, Erzbischof, Bischof, Dechant und Pfarrer sein wolle und gedroht habe, er werde, wenn andere Fürsten ihm beiständen, allen Klerikern die Haut abziehen: Er sei eben vom Stamm Neros. Hundert Jahre später nannte man ihn schon einen »Vater des Klerus«, und nach neueren Geschichtsschreibern war er »eine der auffallendsten Erscheinungen des Mittelalters, begabt mit unvergleichlichen Talenten und hinreißendem Schwung«, mit dem »etwas Neues, Ungewöhnliches in Erscheinung« trat. Es ist dieser Gegensatz zwischen der ursprünglichen Wirkung und dem bleibenden Eindruck, der immer wieder als ein Merkmal des Bahnbrechers in der Geschichte auffällt, und dieser Zwiespalt ist zweifellos aus dem Zwiespalt im Helden selbst zu erklären, der, an einer Grenze stehend, aus Altem und Jungem, aus Tradition und Revolution zusammengesetzt, Epoche macht.

Rudolf war ein Urenkel *Rudolfs I. von Habsburg.* Sein Vater *Albrecht II.* (1308–1358) war seit einem Vergiftungsversuch an Händen und Füßen gelähmt. Die Zeiten waren unruhig. Der Kaiser und die Kurie in Avignon befanden sich wieder einmal in heftigstem Zwist.

Neun Jahre nach dem Mordanschlag wurde Albrecht nach fünfzehnjähriger kinderloser Ehe im Alter von 41 Jahren von seiner Gemahlin *Johanna von Pfirt* (Sundgau), die damals auch bereits im Alter von 39 Jahren stand, am Allerheiligentag 1339 der älteste Sohn, eben Rudolf, geboren. Vom energischen Vater hatte er die ehrgeizige Zielstrebigkeit und von der aus französischem Blut stammenden Mutter die ungeduldige Phantasie geerbt. Aufgewachsen unter Einfluß und Obhut erlesener Männer, wurde Rudolf, noch nicht neun Jahre alt, mit der sechsjährigen *Katharina von Böhmen,* einer Tochter *König Karls IV.* aus dessen erster Ehe mit *Blanche von Frankreich,* verlobt, die mit ihm aufwuchs und die er dann 1353 heiratete. Die Jugend Rudolfs war von vielerlei Geschehnissen beeinflußt: Die Pest und die damit zusammenhängenden Judenverfolgungen sowie die Geißlerzüge von 1348, Hostienfrevel, Heuschreckenschwärme und Erdbeben werden die wohl noch tief im Mittelalterlichen steckenden Menschen seiner Umgebung und dadurch ihn selbst erschreckt haben. Die gottesfürchtige Gesinnung der Eltern, des reliquiensammelnden Schwiegervaters und seiner eigenen Gattin wird den seelisch Reizsamen in einem besonderen Sinn beeinflußt haben: Geht doch der reiche Reliquienschatz St. Stephans in seinen Hauptstücken gleichfalls auf Rudolf IV. zurück.

Bildete sich auf solche Weise das Substrat der Anlagen des künftigen Herzogs, so ist der zwingende Auftrieb dieses fackelähnlich aufleuchtenden Lebens möglicherweise anderswo zu suchen. Tatkräftiger als der sprunghafte *Joseph II.* und ihm doch in der überstürzten Reformfreude ähnlich, ist es kaum zu übersehen, daß der Herzog ebenso wie der Kaiser an einem Lungenleiden laborierte: daher die fieberhafte Sucht, die Früchte des Angebahnten und kaum Gesäten auch schon zu ernten, die bei gegebener Zeit sicher müheloser gereift wären. Daher die Schnelligkeit, mit der das übergroße Regierungsprogramm mit seinen oft sehr weitreichenden Plänen durchgesetzt werden sollte. Man hat sich lange nicht näher mit der Krankheitsgeschichte Rudolfs IV. befaßt und einfach hingenommen, daß er vor seinem Tod beinahe sechs Wochen lang siech darniederlag, weil er sich infolge der Anstrengungen einer Gebirgsreise eine Krankheit zugezogen hatte, die schließlich in einem hitzigen Fieber endete. Man hat gelegentlich von Bauchtyphus gesprochen und auch einer Notiz des 16. Jahrhunderts auf einem Manuskript von *Leopold Stainreuters Chronik der 95 Herrschaften* geglaubt, nach der Rudolf »an den mala francosa so er von frau Maultaschin bejuckhet« gestorben sei. Ohne weiter zu untersuchen, ob so nahe Beziehungen zu einer Frau, die als »semifatua«, also als halbblöd, bezeichnet wird, überhaupt bestanden hatten, beziehungsweise ob man in jenen Tagen alle Formen und Folgen einer Geschlechtskrankheit kannte – falls die Lues in der heutigen Gestalt vor der Entdeckung Amerikas überhaupt aufgetreten ist –, meinte man daraus ein Krankheitsbild zu gewinnen, das die letzten Handlungen und den Tod des Herzogs hinreichend erklären sollte. Dagegen ergaben 1933 gründliche Untersuchungen von Rudolfs Schädel, daß dessen Nähte auf ein Alter von fünfzig Jahren schließen lassen würden, wüßte man nicht, daß man es mit einem noch nicht Sechsundzwanzigjährigen, also mit einem Frühreifen und Frühvollendeten, zu tun hatte, der spätestens seit 1363 seinen baldigen Tod geahnt und in seine Pläne einbezogen hat.

1358 war Herzog Albrecht im 69. Lebensjahr seiner sieben Jahre früher verschiedenen Gattin in den Tod gefolgt. Rudolf war damals noch nicht neunzehn, seine Brüder waren elf, neun und sieben Jahre alt. Es mag überraschend anmuten, wie zielbewußt der junge Mensch die Zügel der Regierung ergriff. Rudolf trug den Tod schon spürbar in sich, als er daranging, sein verhältnismäßig kleines Österreich aus dem Rahmen der Territorialgeschichte auf die Bühne der Universalhistorie zu heben. Man übertreibt, wenn man ihn als den Schöpfer der österreichischen Staatsidee bezeichnet, denn der überlieferte Reichsgedanke reicht ins sterbende abendländische Mittelalter zurück. Aber es fällt immerhin auf, daß es Rudolf war, der die Bewußtheit Österreichs als eines souveränen politischen Gebildes erweckte und so handelte, als ob es nur von ihm abhinge, seiner Auffassung die nötige Geltung zu verschaffen. Man findet oft die Meinung, daß zu staatsmännischer Größe der Sinn für das Mögliche gehöre: Dürfen wir Rudolf IV. einen Staatsmann nennen, weil er den Instinkt dafür hatte, oder ist zu sagen, daß der von ihm aufgewendete Apparat in dem Sinn überflüssig war, als Österreich auch ohne ihn zu Weltgeltung gelangt wäre?

Der Weg dazu war seit seinem Großvater *Albrecht I.* geebnet. Wenn auch König Rudolf I. keine jener gewaltigen Naturen war, die großartige Pläne mit rücksichtsloser Kraft durchzusetzen suchen, und sich für das Reich im allgemeinen der Satz ausgebildet hatte, »es sei nicht Rechtens, daß der Sohn unmittelbar dem Vater folge«, so wäre Albrecht I. zweifellos der Mann gewesen, einer Anerkennung des Erbfolgerechts den Weg zu bereiten. Doch schon er hinterließ die österreichischen Lande zu gesamter Hand unter der Bedingung, daß nur der Älteste die Regierung führe, schon er dachte weniger an das Römische Imperium als an die Festigung der habsburgischen Hausmacht. Rudolf IV. folgte also im wesentlichen nur bereits ausgefahrenen Straßen, die er freilich weiter auszubauen bestrebt war, wobei er in seiner Freude an der Herausstellung seiner selbst nie versäumte, alles Licht auf sich zu konzentrieren. Dennoch müssen wir ihn zu den größten Staatsmännern Österreichs zählen.

Schon bald bekam sein ganzes Regiment das individuelle Gepräge seines Oberhaupts, dessen Geltungsbedürfnis bereits aus den Urkunden des Jünglings spricht. Er hat viel auf den Schein gegeben, und dieses Nachaußenleben drückt sich in seinen frühesten Diplomen durch die Aufzählung aller seiner Titel und Besitzungen aus.

Fußend auf dem von seinem Vater begründeten Zentralismus, ging der Sohn bei seinen Plänen unzweifelhaft zunächst von der Tatsache aus, daß sein Schwiegervater, Karl IV., noch keine Söhne hatte. Rudolf wünschte daher schon bei Lebzeiten des Kaisers das Recht, »in allen seinen Ländern, Herrschaften und Städten, die er innehabe oder noch gewinnen würde, alle Freiheiten und Gnaden, Rechte und Gerechtigkeiten . . . so gut wie ein Römischer Kaiser oder König in des Heiligen Reiches Gebieten« auszuüben. Es lag hier eine Intensität des Anspruchs vor, die erschrecken mußte und Karl IV. in der Tat schon früh abgestoßen haben mag.

Bereits im Winter 1358 auf 1359 war die aus der herzoglichen Kanzlei stammende Fälschung der sogenannten Hausprivilegien aufgetaucht, die den österreichischen Fürsten und deren Ländern angeblich von verschiedenen römischen Herrschern (*Julius Caesar* und *Nero*) sowie deutschen Königen verliehen worden waren und dem Herzog als »Pfalzerzherzog« eine kurfürstenähnliche Stellung gaben. Es handelte sich dabei um insgesamt fünf Urkunden, darunter das berüchtigte *Privilegium maius,* denen das Haus Österreich allerdings keineswegs seine Großmachtstellung verdankt, obwohl der Kaiser sie trotz dem negativen Urteil des Humanisten *Petrarca* ebensowenig grundsätzlich und generell ablehnte wie seine Nachfolger. Dennoch haben sie auf ihre Weise das Schicksal Mitteleuropas mitbestimmt, weil vor allem der Herzog, auf diese »Rudolfinen« gestützt, immer maßloser wurde. Die Eitelkeit springt vielleicht am meisten ins Auge, doch ist sie nicht das einzig Bemerkenswerte an ihm. Freilich zeigt sich der Zeit und Folgezeit überblickende politische Mensch mit dem kühlen Fingerspitzengefühl der Berechnung erst etwas später: bei der Erwerbung Tirols, bei den Erbverträgen mit den Görzern und Luxemburgern und bei seinem Wirken im Innern des Landes.

An Tirol hatten die Habsburger schon früh gedacht. Und obwohl die Gräfin von Tirol, *Margarete Maultasch*, am 17. Jänner 1363 ihren Räten, die sie deshalb hart bedrängten, die Zusicherung gegeben hatte, alles von deren Zustimmung abhängig zu machen, gelang es am 26. Jänner desselben Jahres in einem überaus umsichtig angelegten Dokument, einem wahren Meisterstück der Staatskunst, die Gräfin dazu zu bestimmen, für den Fall ihres Ablebens die Herzoge *Rudolf*, *Albrecht* und *Leopold* von Österreich, also die Herrscher, nicht das Land, als ihre Nachfolger bereits bei Lebzeiten einzusetzen: Sie waren miteinander nahe verwandt, da Margaretes Tante, die Schwester ihres Vaters *Heinrich*, als Gemahlin König Albrechts I. die Großmutter der Brüder war, was in diesen dynastischen Zeiten eine große Rolle spielte. Rudolf, der im Winter trotz der schwierigen Wegeverhältnisse nach dem Tod des einzigen Sohnes der Gräfin, *Meinhards III.*, nach Tirol gekommen war, vermochte die letzten Bedenken der Betroffenen durch eine merkwürdige, von ihm wohl mitgebrachte Urkunde vom 2. September 1359 zu beseitigen, in der Margarete für den Fall des erbenlosen Todes ihres Gatten und Sohnes die Herrschaft über Tirol den Habsburgern in Aussicht stellt, durch ein Dokument also, das offensichtlich vor der Vereinbarung mit den Räten vom 17. Jänner ausgestellt war und diese somit von vornherein hinfällig machte. Es ist aber wahrscheinlich, daß es mit Zustimmung der Gräfin in der mit sämtlichen Fälschertricks bekannten Kanzlei des Herzogs erst 1363 nach dem Tod von Mann und Kind fabriziert wurde, um allen Eventualitäten vorzubeugen. Die Erwerbung Tirols bewirkte nicht bloß nach einer längeren östlichen Entwicklung die endliche Annäherung Österreichs an die Vorlande, sondern auch an Oberdeutschland und Oberitalien. Von hier aus wurden vor allem die Fäden zu Burgund gesponnen und die Weltmacht des Hauses Habsburg angebahnt.

Neben dieser endgültigen Erwerbung liefen Planungen auf längere Sicht, durch die Görz zunächst schon 1374 teilweise, zur Gänze allerdings erst im April 1500 an Österreich fiel. Wahrscheinlich 1362 hatte Rudolf auch mit *König Ludwig I. von Ungarn* – beide waren Urenkel Rudolfs I. – einen Erbvertrag abgeschlossen, durch den das ungarische und das österreichische Herrscherhaus für den Fall des Aussterbens einander die Nachfolge in ihren Ländern zusicherten. Und endlich versöhnten sich zwei Jahre später unter Einflußnahme Katharinas Schwiegervater und Schwiegersohn und unterzeichneten gleichfalls einen Erbvertrag. Daher ist es nicht übertrieben, wenn man die Vereinigung der österreichischen, ungarischen und böhmischen Länder sowie die Schaffung des Kaiserstaates in gewisser Weise Rudolf IV. zuschreiben wollte: Denn wenn auch am

Ende ganz andere Faktoren für das Gelingen maßgebend waren, so ist es doch Rudolfs Werk gewesen, daß der Gedanke überhaupt auftauchte.

Sein Vorgehen als Landes- und Stadtherr beweist das deutliche Streben, den für Österreich ersehnten äußeren Rang in Parallele mit einer inneren Solidität zu setzen. Besondere Bemühungen galten seiner Residenz, die nach dem Vorbild Prags ausgestaltet werden sollte, zumal die Stadt recht hergenommen war, seit am 31. Mai 1361 eine Feuersbrunst ein Drittel davon zerstört hatte. Eine Besserung der Lage der Untertanen durch eine musterhafte Verwaltung, durch Begünstigungen, Hintansetzung von Übervorteilung und Schädigung sowie durch Begründung eines gewissen Wohlstandes herbeizuführen war sein Ziel. Auf daß die Stadt, wie es heißt, nicht von »irer wirde« komme und eine neue Entwicklung angebahnt werde, erließ der Herzog Reformgesetze, die vor allem die Einwanderung in die Stadt, die Vermehrung der Bevölkerung und die freie Entwicklung des Bürgertums unterstützen sollten. Die Einführung einer Getränkesteuer, des sogenannten Ungelds, die zehn Prozent von allen in öffentlichen Gasthäusern ausgeschenkten Getränken (Wein, Bier und Met) betrug, brachte bereits im Jahre 1437 30.563 Pfund Pfennig, beinahe die Hälfte der herzoglichen Einnahmen, ein! Es ist begreiflich, daß dies alles Rudolf IV. nicht beliebt machte.

Besonders die Kirche hatte zu klagen, weil die staatliche Autorität ihr gegenüber in einem bisher unerhörten Maß zur Anwendung gelangte: Die Steuerleistung des österreichischen, steirischen und kärntnerischen Klerus soll unter Rudolf IV. 70.000 Pfund betragen haben, ohne daß die sonst obligatorische Zustimmung des Papstes erbeten wurde, eine Mißachtung, die sich rächen konnte, zumal sie von einem Mann kam, der sonst im Ruf großer Frömmigkeit stand und seine höchsten Wünsche nicht ohne Mithilfe der Kurie auszuführen imstande war.

Denn als Endziel seines Wollens schwebte dem Herzog die Erfüllung alter, schon von dem Babenberger *Leopold VI.* (1198–1230) gehegter Pläne vor, nämlich die Begründung eines selbständigen Landesbistums. Die Vorstufe dazu sollte die Stiftung eines von der Gewalt des Erzbischofs von Salzburg und des Bischofs von Passau eximierten Kollegiatkapitels mit einem Propst an der Spitze bilden, der im Grund mehr als ein Pfarrer und weniger als ein Bischof war. Schon der Siebzehnjährige hatte sein Zimmer in der Burg zu einer mit manchen Gütern und Rechten versehenen Allerheiligenkapelle umgestaltet, die sich aber schließlich doch als zu klein für seine weitreichenden Entwürfe erwies, weshalb er mit Zustimmung *Urbans V.* seine Stiftung nach der Pfarrkirche von St. Stephan übertrug, zu deren Langhaus bereits im April 1359 der Grund gelegt wurde.

Wie dieses Zeugnis des ringenden Menschengeistes zumindest in einer früheren Absicht und der beziehungsreichen Namenswahl von seinem Schöpfer auf sich zugeschnitten war, so läßt sich dasselbe Bemühen in dem berühmten Vertrag nachweisen, den Rudolf wohl nicht ganz freiwillig mit seinen mittlerweile herangewachsenen Brüdern schließen mußte. Schon Karl IV. hatte bei der durch das *Privilegium maius* eingeführten Senioratserbfolge bemerkt: »Mögen die Brüder des Herzogs bedenken, ob sie unter einer solchen Gefahr der Enterbung bleiben wollen«, was eine direkte Aufforderung darstellt, eine Länderteilung zu verlangen. Noch kam es nicht soweit, obwohl auf das Hausgesetz Albrechts II. zurückgegriffen werden mußte. Denn wenn auch dem ältesten Sohn keine Alleinherrschaft mehr zugestanden wurde, so ward ihm doch als »Vorgeher, Besorger und Verweser« eine entsprechend bevorrechtete Stellung gesichert.

Und ein Vorgeher, Besorger und Verweser ist er auch geblieben. »Stifter« wurde er wohl nie genannt. Abgesehen davon, daß – vielleicht mit Ausnahme des nachmals kanonisierten *Markgrafen Leopold III.*, der möglicherweise schon bei Lebzeiten als *pius marchio* (der fromme Markgraf) bezeichnet wurde – kein einziger mittelalterlicher Landesfürst einen echten, das heißt nicht erst von der Nachwelt zurechtgemachten Beinamen erhielt, ist Rudolf IV. jahrhundertelang gar nicht so bezeichnet worden. Erst als man im 18. Jahrhundert in der Stephanskirche auf einen Stein stieß, der in einer vom Herzog selbst ersonnenen Geheimschrift die Worte trug: »Hic est sepultus dei gratia dux Rudolfus fundator (Hier liegt begraben der Herzog von Gottes Gnaden Rudolf, der Stifter)«, wurde der Zusatz »fundator«, der sich lediglich auf die Gründung des Kollegiatkapitels und des Domes von St. Stephan bezieht, fortan als Beiname aufgefaßt und hat sich bis heute in diesem Sinn erhalten.

Er hängt also gewiß nicht mit einer weiteren Tat des Herzogs zusammen, mit der er, neuerlich dem Beispiel Karls IV. folgend, auch in Österreich ein Zentrum geistiger Freiheit schaffen wollte und am 12. März 1365 gleichzeitig mit der Gründung der Propstei zu St. Stephan die Errichtung der Universität Wien befahl, die daher lange nicht ohne äußerliche Verbindung mit der letzteren blieb. Vorbild der neuen Gründung war offensichtlich die Sorbonne in Paris, woher auch der Berater des Herzogs während seiner Verhandlungen mit dem Papst, *Albert von Sachsen* (auch *von Riggensdorf* genannt) kam, der zum ersten Rektor gewählt wurde. War schon die *Capella regia Austriaca*, die Stephanskirche, als »Königskirche« und nicht, wie man auch gemeint hat, als eine zur »Erzherzogskirche aufgewertete Pfarr-Hallenkirche einer Bürgergemeinde« gedacht gewesen und hatte Rudolf damit auf spätbabenbergisches Gedankengut aus der Zeit des streitbaren *Herzogs Friedrich* (1230–1246) zurückgegriffen, das ein praktisch unabhängiges, sich dem Lehensverband des Römisch-Deutschen Reiches entziehendes Königreich Österreich ins Auge faßte, so konnten in jenen Tagen nur Päpste und gekrönte Häupter, wie zuletzt Karl IV. 1348 in Prag und 1364 *Kasimir III.* in Krakau, hohe Schulen gründen und mit Vorrechten ausstatten. Wie St. Stephan besaß auch die Wiener Universität den einzigartigen Charakter einer zwar erzherzoglichen, aber doch im Kern quasi königlichen Schöpfung, was auch in Rudolfs Wahlspruch Ausdruck fand, daß »Österreich der Schild und das Herz des Römischen Reichs« sei.

Am 18. Juni 1365 wurde die Universität von *Papst Urban V.* zum Teil bestätigt. Schon 1364 hatte Rudolf dem Heiligen Vater seinen Entschluß mitteilen lassen, ein *studium generale* in Wien zu errichten. Es mag sein, daß bereits

Todesahnungen zu einer fast überstürzten Gründung führten, denn der Herzog hat das Einlangen der päpstlichen Zustimmung gar nicht mehr abgewartet: Sie traf erst drei Monate nach der Ausstellung der Stiftungsurkunde ein, und es ist fraglich, ob er sie noch zur Kenntnis nehmen konnte. Jedenfalls ist dann Rudolf IV. eine herbe Kränkung erspart geblieben, da der Papst entgegen dem voreiligen Stiftbrief der neuen Gründung gleichsam das Rückgrat, nämlich die Theologische Fakultät, vorenthalten hatte, die erst 1384 von *Albrecht III.* bei *Urban VI.* durchgesetzt werden konnte.

Inmitten von Zwistigkeiten mit dem Patriarchen von Aquileja und dem Herrn von Padua, *Francesco I. Carrara,* sowie der Festlichkeiten, die *Bernabô Visconti* zu Ehren der Hochzeit seiner Tochter *Viridis* mit Rudolfs Bruder, *Leopold III.*, veranstaltete, ist der Herzog am 27. Juli 1365, wenige Monate vor seinem 26. Geburtstag, nach siebenjähriger Regierung in Mailand gestorben. In eine schwarze Ochsenhaut eingenäht, wurde er nach Wien gebracht, wo er in der Herzogsgruft von St. Stephan beigesetzt wurde.

Als man 1739 und 1933 den Sarg öffnete, fand man darin ein bleiernes Kruzifix mit einer Inschrift, die für die Weisheit und letzten Endes Mäßigung des einst eher Unmäßigen spricht, wenn er darin nur das Gültige und Vollendete, die Erwerbung Tirols sowie die Erbauung der Stephanskirche neben der Errichtung des Kollegiatstiftes, als seines kurzen Lebens Summe anführt. Kein Wort vom Pfalzerzherzog und keines vom Torso seiner Universität, deren Ausbau und Blüte erst unter Albrecht III. begann! In diesem Scheiden ohne Bitternis zeigen sich politischer Höhenflug und religiöse Erkenntnis, Stolz und Ergriffenheit, insbesondere aber jenes letzte Wissen um die Voraussetzungen menschlichen Herrschaftsstrebens, das er am 8. Juli 1360 in einer Urkunde für das Schottenstift niedergelegt hatte: »Aller Ruhm und alle Macht einer Regierung beruhen auf dem festbegründeten Glück der Untertanen.«

Kaiser Friedrich III.

VON KARL GUTKAS

In der zweiten Hälfte des 15. Jahrhunderts wurden das Haus Habsburg, Österreich und das Reich durch einen Herzog und Kaiser repräsentiert, dessen Bild bei den Zeitgenossen und den späteren Historikern eher negativ gezeichnet wird. Trotzdem stehen die offensichtlichen persönlichen Schwächen, die vielen Niederlagen, die er während seines langen Herrscherdaseins einzustecken hatte, im krassen Gegensatz zu den langfristigen Erfolgen seiner Politik. Er war es, der das Haus Habsburg aus den engen Verhältnissen der Donau- und Alpenländer hinausführen konnte in die Zentren der gotischen Kultur Westeuropas, der, persönlich noch in den alten Bildungsvorstellungen des Mittelalters steckend, dem neuen Geist des Humanismus sichtbaren Einfluß zugestand, der also im wahrsten Sinne des Wortes ein Herrscher war, der sich selbst noch zu den Lebensformen des Mittelalters bekannte, aber doch die Wege in die Neuzeit erahnte und damit anbahnte.

Kaiser Friedrich III. entstammte der steirischen Linie des Hauses Habsburg, und es war bei seiner Geburt keineswegs sicher, daß er zur höchsten Würde des Reiches aufsteigen sollte. Sein Vater war *Herzog Ernst der Steiermark,* der dieses Land nebst den Herzogtümern Kärnten und Krain verwaltete, seine Mutter die *Prinzessin Cimburgis von Masowien,* der sowohl Körperkraft wie Schönheit nachgesagt werden. Friedrich, der Älteste von vier Kindern, verlor früh seine Eltern, denn Herzog Ernst starb, als der Sohn im neunten Lebensjahr stand, seine Mutter, als er 14 Jahre alt war. Sein Vormund wurde *Herzog Friedrich IV. von Tirol.* Erst als Zwanzigjähriger vermochte er sich dieser Vormundschaft zu entziehen und unternahm im folgenden Jahr, begleitet von jungen Adeligen Österreichs und seiner Erblande, eine Pilgerfahrt nach Jerusalem, wo er am Heiligen Grab am 9. September 1436 zum Ritter geschlagen wurde.

Durch zwei plötzliche Todesfälle in den beiden anderen Linien des Hauses Habsburg – seinem früheren Vormund Herzog Friedrich, der am 24. Juni 1439 starb, folgte wenige Monate später *König Albrecht II.* – wurde er erst vierundzwanzigjährig Oberhaupt der Dynastie und Vormund des *Herzogs Sigmund* aus der Tiroler Linie und des nachgeborenen *Ladislaus* aus der österreichischen. Im Jahre 1440 wurde er auch zum deutschen König gewählt.

Friedrich war der erste Habsburger, der die römisch-deutsche Kaiserkrone auf einem Zug nach Rom im Jahre 1452 erwerben konnte, und zugleich der letzte Herrscher, der sich in Rom vom Papst krönen ließ. Er steht damit symbolisch am Anfang wie am Ende einer Zeit. Zu Ende war die lange Reihe deutscher Könige, die als Höhepunkt ihres Herrscherdaseins und Demonstration ihrer Macht im Zuge nach Italien sich die Kaiserkrone holten, nun mußten auch die Kaiser aus dem Boden ihrer Stammlande jene Machtmittel schöpfen, die sie für die Reichspolitik brauchten. Wie Böhmen zur Zeit der Luxemburger mußte jetzt Österreich Herz und Schild des Reiches werden. Daher stand für Friedrich die österreichische Politik immer im Vordergrund, und die Reichspolitik mußte sich den Interessen der Erblande unterordnen. Aus dieser Symbiose ergaben sich aber auch neue Blickpunkte für die österreichische Politik, denn zu Friedrichs Regierungszeit stellten die Türken erstmals eine Gefahr für seine engeren Erblande (Steiermark, Kärnten und Krain) und somit für das Reichsgebiet dar, andererseits brachte die Verbindung seines Hauses mit Burgund Österreich ebenso zum ersten Male in größere Auseinandersetzungen mit dem französischen Königtum.

Einfach waren die Verhältnisse in den habsburgischen Stammlanden für Friedrich keineswegs. Allgemein und unbestritten wurde er nur in den drei Ländern der steirischen Linie anerkannt, von dort erhielt er Hilfe in Zeiten der Bedrängnis; in der Steiermark, in den Burgen von Wiener Neustadt und Graz, residierte er die längste Zeit seiner Herrschaft. Nur ein einziges Mal, bei der Baumkirchner Fehde des Jahres 1471, waren ihm von dort Schwierigkeiten bereitet worden.

Anders war die Situation im Land Österreich. Dieses Herzogtum an der Donau fühlte sich als Kern des habsburgischen Landes, war aber nach den Hussitenkriegen Fehden der Stände ausgesetzt und als Folge der Großmachtpolitik des letzten Herzogs Albrecht in schlechter wirtschaftlicher Verfassung. Friedrich als Verweser des Landes und später als Vormund für Albrechts nachgeborenen Sohn Ladislaus, durchdrungen vom Primat seiner Rechte als ältester Habsburger vor den anderen Mitgliedern des Hauses, zeigte diese Gesinnung nicht nur gegenüber seinen Mündeln, sondern auch gegen seinen Bruder *Albrecht VI.*, dem er Mitspracherecht und Mitbesitz in der Steiermark vorenthielt. Während er in den anderen Ländern des Ladislaus, in Ungarn wie in Böhmen, einheimische Adelige als Verweser bis zur Großjährigkeit des Ladislaus anerkannte, hielt er die Zügel in Österreich fest in der Hand und machte damit die österreichischen Stände mißtrauisch. Aufgestachelt und unterstützt von den *Grafen von Cilli* und den südböhmischen *Herren von Rosenberg*, schlossen die österreichischen Stände unter Führung des tüchtigen und gewandten Adeligen *Ulrich von Eyczing* im Herbst 1451 den Mailberger Bund und entfachten einen Aufstand gegen Friedrich, als dieser gerade zum Krönungszug nach Rom aufbrach und dort auch seine Hochzeit mit der portugiesischen *Prinzessin Eleonore* feiern wollte.

Aus Italien heimgekehrt, unterlag er dem österreichischen Ständeheer im Herbst 1452 vor Wiener Neustadt und mußte Ladislaus das Herzogtum Österreich ausliefern und auf eine Mitsprache in den böhmischen und ungarischen Ländern verzichten. Für ein weiteres Jahrzehnt war somit der erste Kaiser aus dem Hause Habsburg auf die drei Südalpenländer Steiermark, Kärnten und Krain als Hausmacht angewiesen.

Am 6. Jänner 1453 vollzog er eine Standeserhöhung seines Hauses, indem er die von *Herzog Rudolf IV.* hergestellten Privilegien des Landes Österreich wie schon 1442 als deutscher König nun auch als Kaiser bestätigte, den Mitgliedern der steirischen Linie den Titel Erzherzog verlieh und dem Lande Österreich eine bevorzugte Stellung innerhalb des Reiches zuerkannte. Er gab damit dem Land Österreich eine neue Verfassung, die in irgendeiner Form bis ins 19. Jahrhundert wirksam blieb.

Trotzdem konnte er sich auch nach dem Tod des Ladislaus gegen die Stände der drei Ländergruppen, die dieser beherrscht hatte, nicht durchsetzen. Böhmen und Ungarn wählten nationale Herrscher, dieses den Hussitenkönig *Georg von Podiebrad*, jenes den sechzehnjährigen *Matthias Hunyadi*, der als *Matthias Corvinus* in die Geschichte einging. Somit waren diese Länder dem unmittelbaren Einfluß des Habsburgers entzogen. Aber auch Österreich machte dem Kaiser sein Bruder Albrecht VI. streitig, der nun hoffte, endlich zu dem schon oft von Friedrich versprochenen Länderbesitz zu kommen. Bis zu Albrechts Tod im Dezember des Jahres 1463 hatte der Kaiser mit ihm um Österreich zu ringen. Schon damals zeigte sich, daß Friedrich in der Behandlung der Österreicher keine glückliche Hand besaß und es dem hohen Adel des Landes nie verzeihen konnte, daß man ihn als Vormund des Ladislaus hier schlechter behandelt hatte als in

Ungarn und Böhmen. Nun verscherzte er es sich auch mit den Wienern und wurde von der Bürgerschaft im Herbst 1462 wochenlang mit seiner Familie, nur von einer kleinen Besatzung geschützt, in der Burg belagert. Durch das Eingreifen Podiebrads befreit, zog er sich verbittert nach Wiener Neustadt zurück und belegte von dort aus die abtrünnige Stadt Wien mit der Reichsacht, entzog ihr die Privilegien und verlieh diese anderen Städten. Erst als Albrecht am 2. Dezember 1463 starb, wurde Friedrich anerkannter Landesfürst von Österreich, eines Landes, das wirtschaftlich durch die jahrelangen Bürgerkriege und Fehden schwer gelitten hatte und weiterhin von seinen böhmischen Nachbarn belästigt wurde. Zum Schutz des Landes rief der Kaiser den Ungarnkönig Matthias Corvinus zu Hilfe und übertrug ihm die Landesverwaltung, als er im Herbst 1468 zum zweiten Male nach Italien zog, um ein während der Wiener Belagerung getanes Gelübde zu erfüllen. Wohl brachte er von dort wesentliche kirchenpolitische Zugeständnisse mit heim; das Gebiet der Städte Wien und Wiener Neustadt wurde zu Bischofssitzen erhoben und damit Österreich die lang ersehnten Bistümer gegeben, Matthias hatte aber auch Geschmack an Österreich bekommen. Seither hatte Friedrich mit ihm um das Land zu kämpfen, wobei immer wieder österreichische Adelige den Ungarn unterstützten und Anlaß zu dessen Eingreifen boten. 1477 eroberte Matthias zum ersten Male Österreich. Nachdem es König Matthias gelungen war, im Jahre 1485 auch Wien zu erobern, schien es, als würde den Habsburgern ihr österreichisches Stammland verlorengehen. Aber auch diesmal überlebte Friedrich seinen Gegner, denn Matthias starb plötzlich im Jahre 1490 in Wien, wo er sich schon als Landesfürst einzurichten begonnen hatte.

Vom österreichischen Standpunkt mag es verwunderlich erscheinen, daß Friedrich die Auseinandersetzung mit Matthias Corvinus so nachlässig führte, selbst die Hauptstadt Wien preisgab und sich in diesen Jahren im Niederrheingebiet aufhielt. Ihm selbst aber schien die Verteidigung der Länder seiner Enkel, die nun sein Sohn *Maximilian* verwaltete, wichtiger als die Verteidigung der habsburgischen Stammlande.

Seit dem Jahre 1473 hatte er sich immer mehr westeuropäischen Interessen zugewandt und war mit *Herzog Karl dem Kühnen* von Burgund in Verbindung getreten. Auch hier bekundete er beachtliches diplomatisches Geschick, durchkreuzte die Pläne des Herzogs nach der römischen Königskrone und erreichte trotzdem im Jahre 1477 die Eheschließung seines Sohnes Maximilian mit *Maria,* der Erbin von Burgund.

In seinen letzten Lebensjahren wohnte der Kaiser in Linz, zwar nicht in der schwer beschädigten Burg, sondern in einem Stadthaus. Dort ist er auch am 19. August 1493, vom Alter schwer gezeichnet und nachdem ihm vorher ein Bein amputiert worden war, gestorben.

Friedrich war kein umgänglicher Mensch. Charakteristisch für ihn war seine Hartnäckigkeit, mit der am einmal gefaßten Entschluß festhielt, zum anderen auch seine Unversöhnlichkeit und Rachsucht. Er neigte auch dazu, in Ausnüt-

Kaiser Rudolf I. von Habsburg; Stich, J. Picini zugeschrieben

Ottokar II. Przemysl, König von Böhmen; Stich von Anton Birkhart

Graf Meinhard II. von Tirol; Stich von Ignaz Krepp; aus Hormayrs »Taschenbuch für die vaterländische Geschichte«, 1811–1848

Oswald von Wolkenstein; Gemälde in der Innsbrucker Liederhandschrift von 1432

Herzog Rudolf IV.; ältestes selbstständiges Porträt der deutschen Kunst; um 1365, vermutlich von dem Wiener Maler Heinrich Vaschang

Kaiser Friedrich III.; Ausschnitt aus der Deckplatte des Friedrichsgrabes im Wiener Stephansdom, 1467–1513

Kaiser Maximilian I.; zeitgenössisches Gemälde

Kaiser Maximilian II.; Stich von Martin Rota, 1575

zung seiner Würde geheime Maßnahmen zu treffen, die ihm zum Vorteil und eventuell anderen zum Schaden gereichen konnten. Seinem Wesen und keinen fremden Intrigen war es also zuzuschreiben, daß 1454 einige Kurfürsten an seine Absetzung und an die Königswahl seines Bruders Albrecht dachten.

Wir kennen sein Aussehen von einer Reihe von Abbildungen, wissen, daß er relativ groß war, blondes Haar hatte und daß in seinem ausdruckslosen, blassen Gesicht mit mageren Wangen eine starke Nase hervortrat. Altersbilder zeigen ihn fast verfallen und mit kummervollen Zügen. Er trug meist schlichte Kleidung, war selten im Prunkgewand zu sehen, verstand es aber trotzdem, der eigenen Würde Ausdruck zu verleihen.

Bis zu einem gewissen Grad war er ein Romantiker, der das Lebenswerk Rudolfs IV. fortsetzen und vollenden wollte. So hat er die Heiligsprechung des *Markgrafen Leopold III.* durchgesetzt und dem Land Österreich somit seinen Patron gegeben, in der Wappenwand der Georgkirche in Wiener Neustadt die Geschichte Österreichs von der Erschaffung der Welt an symbolisch dargestellt und auch seine Daten und Besitztümer gekennzeichnet, indem er überall dort, wo er beteiligt war, die Symbolformel A.E.I.O.U. anbringen ließ. Bei der Auslegung dieser Symbole war er mehr als ein österreichischer Patriot.

Geradezu märchenhaft war seine Sparsamkeit, die nur zu oft in Geiz umschlug. Selbst Gesandtschaften in andere Länder pflegte er nur sparsamst auszustatten. So war auch sein Privatleben eher bescheiden als fürstlich und seine Wiener Neustädter Hofhaltung wenig repräsentativ.

Obwohl er Wien nicht liebte und mit der Stadt in ständigem Konflikt stand, hatte er sich doch bereits zu Lebzeiten in der Stephanskirche ein prunkvolles Grabmal errichten lassen. Dorthin wurde auch sein Leichnam von Linz überführt.

Ulrich von Eyczing

VON KARL GUTKAS

Ulrich von Eyczing, der bedeutendste Politiker Österreichs im 15. Jahrhundert, entsproß einer Familie, die im 14. Jahrhundert im bayerischen Teil des oberösterreichischen Innviertels beheimatet war und zu den edlen Knechten gezählt wurde. In Oberösterreich standen die Eyczinger in Beziehung zum Machtbereich der *Herren von Schaunberg*. Schon in der 2. Hälfte des 14. Jahrhunderts tauchten Ministeriale des österreichischen Landesfürsten und der *Grafen von Hardegg* dieses Namens in Österreich auf. Ulrichs Vater *Georg* hatte in einigen niederösterreichischen Orten als Ministeriale der *Herren von Maissau* Besitz, seine Mutter entstammte dem wenig bedeutenden niederösterreichischen Herrengeschlecht der *Wildungsmauer*. Die Verbindung mit einem Herrengeschlecht mag mit Ursache gewesen sein, daß der österreichische Zweig der Eyczinger im 15. Jahrhundert allgemein zu den Rittern gezählt wurde.

Ulrich wurde vor dem Jahre 1398 geboren, trat 1416 erstmals handelnd in Urkunden auf und wurde Beamter des landesfürstlichen Kastenamtes. Vor dem Jahre 1423 heiratete er *Barbara Kraft*, die Tochter des Amtmannes von Gmunden und späteren Pflegers des Ischllandes und von Steyr. Sie war mit dem Hubmeister *Berthold von Mangen*, der die Finanzen *Herzog Albrechts V.* verwaltete, verwandt und ermöglichte Ulrich mit ihrem Heiratsgut die Erwerbung beträchtlicher Besitzungen.

Schon vorher hatten Ulrich und sein älterer Bruder *Martin* im Gebiet von Retz Besitzungen erworben, nun erhielten sie unter anderem die landesfürstliche Pflege über die Feste Kaya und erwarben Besitzungen in Schrattenthal und im angrenzenden Mähren. Ulrich wurde 1430 landesfürstlicher Pfleger zu Dürnstein, später auch von Eggenburg und Znaim. In diesen Jahren erwarb er ein großes Vermögen, das ihn instand setzte, 1437 nach dem Tode Bertholds von Mangen dessen Nachfolge anzutreten und selbst Hubmeister von Österreich zu werden. Albrecht, seit 1404 Herzog von Österreich und seit 1438 deutscher König, setzte in ihn unbegrenztes Vertrauen und übertrug ihm die Aufbringung der bedeutenden Summen, die für seine Politik als König der Deutschen, Böhmen und Ungarn notwendig waren. Welchen Einfluß Ulrich hatte, zeigte sich am besten in König Albrechts Testament, wo er entgegen den habsburgischen Hausordnungen die Mutter der Königskinder als Mitvormund durchsetzen konnte. Nach König Albrechts II. baldigem Tod im Jahre 1439 legte er das Hubamt zurück und wirkte vorerst für die *Königinwitwe Elisabeth.* Zum neuen König, *Friedrich III.*, der auch die Vormundschaft des nachgeborenen *Prinzen Ladislaus* in Österreich innehatte, stand er anfangs in guten Beziehungen und vermochte von ihm die Bestätigung des 1439 erhaltenen Freiherrenstandes für sich und seine Brüder *Oswald* und *Stephan* zu erreichen.

In den künftigen Jahren widmete sich Ulrich von Eyczing vorwiegend dem Ausbau seines Besitzes, wobei alle möglichen Formen der Erwerbung gewählt wurden: Burghut, Pflegschaft, Vogtei, Lehen, Pfandschaft und freies Eigen. Ulrich von Eyczing erkannte die Bedeutung von Marktorten für das Wirtschaftsleben und bemühte sich, landesfürstliche Märkte als Pfand zu erhalten. Seine Güter nutzte er nach neuen Erkenntnissen, er hat in den Herrschaften am Kamp und am Pulkaubach mit Erfolg die Teichwirtschaft eingeführt.

Eine Folge seiner bedeutenden wirtschaftlichen und finanzpolitischen Begabung war das Streben nach politischer Macht. Er hat sich gegen die Gefahren politischen Engagements dadurch abgesichert, daß er andere Mitglieder seiner Familie, vor allem seine Brüder, an den Besitzungen mitbeteiligte, wie denn die Eyczinger überhaupt einen geradezu legendären Familiensinn zeigten. Darüber hinaus war er immer bestrebt, zur Verwaltung und zum Schutz seiner vielen Burgen eine große ritterliche Mannschaft zu halten. Entgegen dem Trend der Zeit hielt er von Söldnern nicht viel.

Zum ersten Mal trat er nach dem Jahre 1450 in das Licht der großen Politik, als die Stände wohl unter dem Einfluß der südböhmischen *Herren von Rosen-*

berg sich anschickten, in der Landespolitik eine größere Rolle zu spielen. Im Jahre 1451 erwuchs durch sein Wirken eine ständische Bewegung gegen König Friedrich, die sich zum Ziele setzte, die vorzeitige Freilassung des noch im Kindesalter stehenden Landesfürsten Ladislaus aus der Vormundschaft seines Oheims, König Friedrichs, zu erreichen. In diesem Rahmen entwickelte Ulrich beachtliche politische Begabung und zeigte großen persönlichen Mut. Er stellte sich an die Spitze der ständischen Bewegung, als sie noch in den Anfängen steckte, kämpfte in wochenlanger Arbeit ihre Anerkennung durch und warf auf dem Wiener Dezember-Landtag des Jahres 1451 das ganze Gewicht seiner Persönlichkeit in die Waagschale, um der ständischen Bewegung zum Sieg zu verhelfen.

Als sich die Stände dann von Friedrich lossagten, wurde Ulrich von Eyczing zum Vollstrecker ihres Willens gewählt. Nun strebte er in Österreich eine ähnliche Stelle an, wie sie zur gleichen Zeit *Georg von Podiebrad* in Böhmen errang und *Johann Hunyadi* in Ungarn schon erreicht hatte. Hier zeigten sich nun die Grenzen seiner politischen Fähigkeiten. Im letzten Stadium der Entwicklung war er nämlich von einem genialen, aber skrupellosen Politiker, von *Ulrich von Cilli,* einem Onkel des Ladislaus mütterlicherseits, überflügelt worden. Als die Stände gegen den nunmehrigen Kaiser Friedrich III. im Kampf vor Wiener Neustadt die Freilassung des jungen Landesfürsten erreichten, mußte Ulrich von Eyczing die Führerschaft an den Cillier abgeben. Nunmehr entwickelte sich eine Rivalität zwischen beiden Männern, bei der Ulrich von Eyczing im Lande siegreich blieb und nach des Cilliers Ermordung in Belgrad wieder großen Einfluß auf den jungen König ausüben konnte. Als dessen politischer Lenker machte er sich aber unbeliebt und verlor, da sich immer stärker persönliche Interessen zeigten, das Vertrauen des ständischen Adels. Dies kam sehr bald zum Ausdruck, als Ladislaus Postumus unerwartet am 23. November 1457 in Prag starb. Kurz zuvor hatte der Eyczinger noch eine Aussöhnung und Einigung zwischen Kaiser Friedrich und dem jungen König herbeiführen können. Nun, nach des Ladislaus' Tod, schlug er sich ganz auf die Seite des Kaisers und hoffte, von ihm dafür belohnt zu werden, vorerst mit dem Titel eines Grafen. Wegen seiner nunmehr kaisertreuen Gesinnung, aber auch wegen des Einflusses, den er als führender Adeliger bei der vorübergehend ständischen Verwaltung des Landes Österreich hatte, wurde er von *Erzherzog Albrecht VI.* als Feind angesehen und in Wien gefangengesetzt. Dies hatte wohl starken Widerhall bei den Ständen zur Folge, eine wirkliche Hilfe erhielt er aber von keinem seiner österreichischen Freunde. Erst als seine Verwandten den Böhmenkönig Georg alarmierten und dieser mit Heeresmacht in Österreich einfiel, wurde Ulrich im Oktober 1458 freigelassen. Vorerst zog er sich nach Schrattenthal, das später als Hauptsitz der Eyczinger zur Stadt erhoben wurde, zurück, kam aber bald wieder mit dem Kaiser in Zwist. Friedrich hatte nämlich die Absicht, die nach der Freilassung des Ladislaus ausgegebenen landesfürstlichen Güter wieder einzuziehen und alle seither durchgeführten Belehnungen als ungültig zu erklären. So kam es unter Ulrich von Eyczings Führung neuerlich zu Bündnissen der betroffenen Adeligen, und am

4. Juli 1460 sollte der Mailberger Bund in Göllersdorf wiederholt werden. Diesem neuen Bündnis gegen den Kaiser lieh König Georg von Böhmen seine Schutzherrschaft. Im Gegensatz zu 1451 war diesmal kein Fürstenkind vorhanden, für dessen Recht man eintreten konnte, der zu Göllersdorf besiegelte Bund richtete sich gegen den Landesfürsten selbst.

So wurde der Göllersdorfer Bund, dem nur achtzehn Herren, Ritter und Knechte beitraten, eine eindeutige Niederlage für Ulrich von Eyczing, der wohl noch mit Friedrich, von den Böhmen unterstützt, verhandelte, aber keine Einigung erreichte. Es war nicht abzusehen, welche Folgen dieses Zerwürfnis noch haben würde, denn nun verschrieb sich Ulrich mit seinen Anhängern vollkommen den Wünschen der Böhmen. Während dies geschah und bevor sich noch ein Ergebnis und böse Folgen zeigten, starb Ulrich von Eyczing am 20. November 1460 in seinem Schloß Schrattenthal bei Retz an der Pest.

Wenn wir sein politisches Wirken werten wollen, müssen wir das Urteil des Zeitgenossen *Thomas Ebendorfer* an die Spitze stellen, der dem Adeligen Achtung zollte und ihn den Motor der Stände Österreichs nannte. Tatsächlich haben wir es mit einem ungemein fähigen Mann zu tun, dem jedoch die Verbindung von persönlicher Bereicherung und politischem Machtstreben zum Verhängnis wurde. Die Stände Österreichs hatten aber während des ganzen Mittelalters keine andere Persönlichkeit von ähnlichen Führungsqualitäten in ihren Reihen. Ulrich war nicht nur ein Politiker im spätmittelalterlichen Sinn, also ein Hochadeliger mit eigenen Interessen, aber doch dem Bestreben, seinem Fürsten zu dienen, er war auch einer der ersten führenden Männer Österreichs, die mit Geld umzugehen verstanden.

Stellt man ihn aber hinein in die überlokale Geschichte, so müssen wir doch feststellen, daß er wohl den Ehrgeiz hatte, es den späteren nationalen ungarischen und böhmischen Königen gleichzutun, daß aber dafür sein politisches Geschick nicht ausreichte.

Oswald von Wolkenstein

VON FRANZ VIKTOR SPECHTLER

Der Südtiroler *Oswald von Wolkenstein* (1376/78–1445) darf als einer der begabtesten und zugleich originellsten Dichter und Komponisten der Zeit von etwa 1350 bis 1450 angesehen werden. Diese Epoche ist in der deutschen Literatur Abschluß und Neubeginn zugleich: Abschluß der mittelalterlichen Lyrik, die um 1160 mit dem donauländischen Minnesang des *Kürnbergers* und *Dietmars von Aist* zuerst in deutscher Sprache eingesetzt und mit *Walther von der Vogelweide* um 1200 den Höhepunkt erreicht hatte. Der Steirer *Ulrich von Liechtenstein* (ca. 1200–1275) stand etwa noch ganz in dieser Tradition des höfischen Minnesangs, die allerdings schon von Walther durchbrochen worden war. Der Neubeginn kündigte sich im 15. Jahrhundert mit Übersetzungen in neuhochdeutscher Sprache an; 1400/01 hat *Johann von Tepl* den *Ackermann aus Böhmen*, jenes Streitgespräch zwischen dem verwitweten Ackermann und dem Tod, in neuhochdeutscher Prosa geschrieben. Die Liederbücher des 15. Jahrhunderts und der Meistergesang sind ebenfalls Erscheinungen dieser Zeit.

In der zweiten Hälfte des 14. Jahrhunderts dichten die Österreicher *Heinrich der Teichner* (Tätigkeit ca. 1350–1365) und *Peter Suchenwirt* (Tätigkeit 1353 bis 1395), ein Fahrender. Des Teichners über 700 Spruchgedichte haben, ausgeschmückt durch allerlei Gelehrsamkeit, hauptsächlich die drei Stände Bauern, Ritter und Priester zu Themen; weder auf Politik noch auf das in dieser Zeit immer bedeutender werdende städtische Leben nimmt er Bezug.

Die Gedichte des Teichners unterscheiden sich grundlegend von jenen Suchenwirts. Suchenwirt hat in den Gedichten auf verstorbene und lebende Herrscher wie *König Ludwig, Herzog Albrecht II. von Österreich* († 1358), *Herzog Heinrich von Kärnten* († 1331) die Kunst der Wappenbeschreibung, die schon *Konrad von Würzburg* (ca. 1225/30–1287) großartig beherrschte, neuerlich belebt. Auch das politische Gelegenheitsgedicht mit recht genauen Daten übte er, denken wir nur an die Preußenfahrt *Herzog Albrechts III.* von 1377, an der nach dem Zeugnis des Dichters auch *Hugo von Montfort* teilgenommen haben soll, ferner an das Schisma im Gedicht *Von zwain päbsten* (1378), an die Schlacht von Sempach (1386) oder an den Städtebundkrieg. Daß er angesichts dieser Ereignisse mit *Es get ein andre welt her für* die gesellschaftlichen Zustände kritisiert, was oft in Klagen über die Welt mündet, ist nur verständlich. Spiel und Erwerbssucht gelten seine besonderen Angriffe. Außer der Dichtung des Teichners und Konrads von Würzburg, von dessen Mariendichtung *Die Goldene Schmiede* das Gedicht *Die sieben Freuden Mariae* abhängig ist, dürfte er auch die *Heinrichs von Mügeln* (bezeugt 1345–1370) und *Frauenlobs* (ca. 1250–1318) gekannt haben.

Ein bedeutender Zeitgenosse Oswalds ist der in Bregenz geborene *Hugo von Montfort* (1357–1423). Er unterscheidet sich, gleich Ulrich von Liechtenstein, schon einmal dadurch wesentlich von den meisten Dichtern des Mittelalters, daß er selbst adeliger Herr und Politiker war. Ab 1413 ist er auch für drei Jahre Landeshauptmann von Steiermark gewesen. Dichten war für ihn Nebenbeschäftigung, wie er selbst sagt.

Er teilt seine Werke in sogenannte Reden, Briefe und Lieder. In den vielstrophigen Reden, die als Weiterbildung des einstrophigen Spruchs beim Teichner und bei Suchenwirt beobachtet werden konnten, entwickelt er seine moralischen Grundsätze. Im Mittelpunkt der Liebesbriefe und der Lieder aber steht die Ehe. Das unterscheidet ihn wieder grundlegend von den Dichtern vor ihm. Denn seine datierten Liebesbriefe sind eben nicht Fiktion, sondern sie wurden tatsächlich von seinen vielen Reisen an seine Gattinnen geschickt. Die Ehefrau also, und nicht die unerreichbare Herrin des Minnesangs, ist das Ziel seines Preises. Rechte eheliche Liebe und Gottes Huld gilt es zu bewahren. Das Thema der nichtigen Frau Welt – von Angesicht schön, am Rücken häßlich – fügt sich gut dazu. Und was für den Brief gilt, ist auch für das Tagelied entscheidend:

Diesem mittelalterlichen Typus, der gleichsam als Ventil des hohen Minnesangs das Erwachen der Liebenden nach gemeinsamer Nacht darstellt, wird seine Schärfe genommen, denn die beiden müssen sich bei Hugo von Montfort eben nicht verabschieden, weil sie durch die Ehe verbunden sind. Dazu pflegt er das geistliche Lied und die Tanzweisen, zu denen sein Bregenzer Schreiber *Bürk Mangolt* nach des Dichters eigenen Angaben die Melodien schreibt, was wiederum bemerkenswert ist, war doch im Mittelalter der Dichter in der Regel auch Komponist.

Wollen wir die Vielfalt der Lyrik des 14. Jahrhunderts recht erfassen, so darf der *Mönch von Salzburg* (2. Hälfte des 14. Jahrhunderts) nicht vergessen werden, der zur Regierungszeit des Salzburger *Erzbischofs Pilgrim II.* (1365–1396) seine 49 geistlichen und etwas über 50 weltlichen Lieder geschaffen hat, die in über 80 Handschriften mit Melodien überliefert sind. Er hat – im Gegensatz zu den schon genannten Dichtern – nachweislich und unmittelbar auf Oswald gewirkt, was aber erst genügend untersucht werden muß. Von den geistlichen Liedern sind mehr als die Hälfte teils ziemlich wörtliche, teils freiere Übertragungen lateinischer Hymnen und Sequenzen, die sich über das ganze Kirchenjahr verteilen. Die Zahl von 20 Marienliedern weist auf den Aufschwung der Marienverehrung im 14. Jahrhundert hin. Wir haben uns den begabten Dichter und Komponisten im Gegensatz zu früheren Annahmen am Hof des Erzbischofs und Landesherren im Kreise einer kunstsinnigen Gesellschaft vorzustellen. Leider ist die Namenfrage – Hermann oder Johann(es) – noch nicht geklärt. Die übrigen geistlichen Lieder, von denen das *Josef, lieber neve mein* heute noch lebendig ist, verteilen sich auf die Feste des Kirchenjahres und von Heiligen, auf einen Tischsegen, Abendgebete und ein Kalendergedicht (Jahrweise). Das weltliche Liedschaffen ist – mit Ausnahme des *Herbstliedes* und der *Martinslieder,* die Essen und Trinken loben – Liebeslyrik mit all ihren Formen. Die durchkomponierte Großform des Leichs belebt er ein letztes Mal. Besonders in diesen weltlichen Liedern sind die engen Beziehungen zur Hofgesellschaft klar nachweisbar. Ja die Hofgesellschaft spielt in den Liedern – im Gegensatz zu Oswald – eine bedeutende Rolle.

Diesen bunten Fächer spätmittelalterlicher Liedkunst hat Oswald von Wolkenstein noch einmal zu hoher Wort- und Tonkunst geführt. Zeugnisse dieser Kunst sind auch in Südtirol nachweislich bekannt gewesen, nämlich durch die heute verschollene *Sterzinger Miszellaneenhandschrift* aus dem Ende des 14. Jahrhunderts. Sie enthielt neben lateinischen Dichtungen auch verschiedene deutsche Lieder, darunter auch solche von *Johann Bopfingen* und eben dem Mönch von Salzburg.

Oswald wurde zwischen 1376 und 1378 als Kind der Tiroler Adelsfamilie *Vilanders,* von der ein Zweig seit dem Ende des 14. Jahrhunderts auf der Burg Wolkenstein im Grödnertal seinen Sitz hatte, geboren. Schon als Kind dürfte er durch einen Unfall sein rechtes Auge verloren haben und nicht, wie man glaubte, im Verlaufe seiner vielen Fahrten und Auseinandersetzungen, die sein wechselvolles Leben durchziehen. Denn der Ruhelose hat nicht nur in der Dichtung, sondern auch in seinem Leben aus dem Vollen geschöpft. Zunächst sind Ereignisse aus seiner nächsten Umgebung in Südtirol in seine Dichtung eingegangen, so etwa der Streit um das Erbe der Burg Hauenstein am Schlern, die zu zwei Dritteln dem Edlen *Martin Jäger* und zu einem Drittel Oswald gehörte, von diesem aber zur Gänze beansprucht wurde. Die Tochter Jägers, die spätere *Hausmannin,* ist der *lieb* und der *puel* (Buhl, Geliebte) seiner frühen Liebeslieder, die an Vorbilder des Mönchs und der Sterzinger Handschrift anschließen. Sie war es auch, die ihn wegen der Erbschaftsstreitigkeiten in den Hinterhalt lockte und als Gefangenen auf der Burg Forst bei Meran festsetzte. Nach der Art dieser Liebeslieder dichtete er auch die auf seine Gret, *Margarethe von Schwangau,* die er 1417 geheiratet hatte. Oswald hat in seiner eigenwilligen Art aber auch in der Landespolitik genauso seinen Mann gestellt wie als Mitglied des Hofes von *König Sigmund.* Er unternahm 1409/10 eine Pilgerreise ins Heilige Land, war zur Zeit des Konzils (1414–1418) auch zeitweise in Konstanz und hat durch Sigmund auf ausgedehnten Reisen Deutschland, England, Schottland, Portugal, Frankreich, Ungarn und Italien, wo er sich 1432 von einem italienischen Meister porträtieren ließ, kennengelernt. Viele Erlebnisse finden in seiner Dichtung und besonders in seinen Reiseliedern den Niederschlag. Er kann somit als der erste Dichter deutscher Sprache angesehen werden, der Biographisches in diesem Maße verarbeitet hat, obwohl gerade diese Lieder heute mehr denn je als Wahrheit und Dichtung verstanden werden müssen.

Ein treffliches Beispiel dafür, wie in dieser Spätzeit Liedtypen, Motive, Sprachformeln frei verfügbar sind, ist das bei Hugo von Montfort und dem Mönch von Salzburg stark vertretene Tagelied. Nur wenige dieser Art dichtete und komponierte Oswald nach dem vorgeprägten Typ, der die lyrisch-epische Szene mit oder ohne Warnruf des Wächters, den Tagesanbruch, die Klagen und die letzten Liebkosungen der Liebenden schildert. Er weitete etwa durch die Aufzählung aller Länder, die der Morgenwind durchstrichen hat, aus. Zu seinen lebendigsten und kunstvollsten Schöpfungen aber gehören die mehrstimmigen Tagelieder, die – wie heute gesagt werden kann – ihre Vorbilder weit über wörtliche Anklänge hinaus beim Mönch von Salzburg haben. Das Tagelied *Los, frau, und hör des hornes schal* zum Beispiel hat Oswald wie andere als Typus vom Mönch übernommen. Es handelt sich um ein Duett, das aber von drei Personen gesungen wird. Dabei bemerkt die *Mondsee-Wiener Liederhandschrift* zum Lied des Mönchs: *Das haisst die trumpet und ist auch gut zu blasen.* Das weist darauf hin, daß zumindest Teile der Melodie, zum Beispiel die Quartsprünge am Anfang, geblasen worden sind. Von der literarischen Tradition her gesehen, ist die Tageliedsituation zu einem nächtlichen Gespräch verkehrt. Es singen *Er* und *Sie,* wie es die Handschrift bezeichnet, auf eine Melodie, wobei sie zeilenweise wechseln:

Er: Hör, libste frau, mich, deinen knecht!
Sie: Was bedeutt des nachts das lang geprecht?
Er: Nicht anders, frau, denn eitel gut.
Sie: Sag an, was dir sei zu mut.
Er: O, wie we mir meiden tut!
Sie: Wahin sent sich dein begir?
Er: Herzenliebste frau, zu dir.

Und dann bittet er, nicht – wie sie vorschlägt – am Tag, sondern im Schutz der Nacht zu ihr kommen zu dürfen. Die böse Hofgesellschaft mit ihren Aufpassern sei ein großes Hindernis. Sie weist ihn ab. Er bittet um einen Gutenachtgruß. Als zweite Stimme singt der Wächter seine Warnrufe: *Ich wil euch warnen zwar ane var / als ich sol, wann ich gan euch paiden gutes wol.* Auch er weist dann auf die höfischen Neider, die beim Mönch – ganz im Gegensatz zu Oswald – zusammen mit der Hofgesellschaft in der Dichtung eine große Rolle spielen. Oswald nun variiert den Typus dahingehend, daß der Mann den durchgehenden Ténor singt und die Geliebte mit dem Wächter abwechslend den Discantus, die zweite Stimme. Er ruft:

Los, frau, und hör des hornes schal
berg und tal überal ane qual, ouch hör ich die nachtigal;
des liechten morgen röte sich vor der plew her dringt blas schon,
wachter! ich spür dein zoren michel gross.

Auch die Melodien sind sehr kunstvoll gebaut. Während der Mann seine Stimme durchsingt, beginnt der Discantus zunächst mit Hornquinten, also Hornrufen, die als Mahnrufe zu verstehen sind. Nach vier Takten setzt die Frau erst ein, die genauso wie der Mann auf die soeben ertönten Hornrufe Bezug nimmt:

Sag an, herzlieb, nu was bedeutet uns so gar schricklicher hal
mit seinem ton?

Und jetzt ruft der Wächter:

Ahü, ahü, wol auf, die nacken bloss.

Die Frau klagt über den störenden Wächter, der den Discantus mit seinen Rufen und Warnungen sowie der Aufforderung an die beiden, sich zu trennen, schließt. Es entsteht also ein fuga-artiges Duett.

Glaubte man bis jetzt, Oswald hätte die Mehrstimmigkeit spätestens bei seinem Frankreichaufenthalt 1415/16 kennengelernt, so können wir die mehrstimmigen Vorbilder schon beim Mönch nachweisen, wo – soviel wir heute sehen – die Mehrstimmigkeit im deutschen Lied überhaupt zum ersten Mal überliefert ist.

Auch die Tageliedparodie mit der dörflichen Szene, die bei *Neidhart von Reuenthal* in der höfischen Lyrik zu Anfang des 12. Jahrhunderts vorgeformt ist, kennen beide Künstler. Im *Kühhorn* des Mönchs mit seiner leicht blasbaren Melodie wird das Nachmittagsschläfchen von Dirn und Knecht gelobt, wobei die Dirn zum Melken der Kühe zu spät zu kommen droht. Oswald geht einen Schritt weiter und nennt die beiden Gretel und Künzel, den Knecht aus dem

Zillertal. Er komponiert das Duett mit den drei Personen so, daß die rufende Bäuerin *(Stand auf, Maredel, liebes Gredel, zeuch die rüeben aus!)* den Ténor ausführt und die zweite Stimme von der Magd und dem Knecht abwechselnd gesungen wird.

Neben den vielfältigen Liebesliedern, Reiseliedern, Tageliedern, Trink- und Tanzliedern schuf Oswald noch eine bisher wenig beachtete Zahl von geistlichen Liedern. Es ist auch nicht verwunderlich, daß sich in den Altersliedern und in denen aus seinen drei Gefangenschaften die religiösen Stellen mehren und die Absage an Frau Welt gestaltet wird. Reflexionen über die Minne fehlen bei ihm im Gegensatz zum Mönch ganz. Dagegen erhalten die erlebte Welt und das eigene Leben vor allem seit etwa 1416 ihre Bedeutung. Die Nennung des Namens *(ich Wolkenstain)* bestätigt das. Künstlichkeiten wie Reimhäufungen, Wörter aus zahlreichen Fremdsprachen und dergleichen geben zahlreichen Liedern ihr besonderes Gepräge. Das Jahr 1432 bedeutet für seine Dichtkunst ein gewisses Ende, denn in diesem Jahr werden seine Lieder unter seiner Aufsicht in einer großen Handschrift gesammelt, die von dem erwähnten Porträt, das das erste eines deutschen Dichters ist, eröffnet wird.

Oswald von Wolkenstein stellt in der Geschichte der deutschen Lyrik des Mittelalters unter Verwertung aller verfügbaren Typen und Formen den letzten großen Höhepunkt an einer Wende dar. Er hat Sprache und Tonkunst gleichermaßen beherrscht und im Anschluß an den Mönch von Salzburg schon das Neue im Lied durchgeführt: die Mehrstimmigkeit.

Helene Kottanerin

VON FRANZ PROBST

Als 1846 *Stephan Endlicher* unter dem Titel *Aus den Denkwürdigkeiten der Helene Kottanerin* diese Wiener Handschrift einer breiteren Öffentlichkeit zugänglich machte, setzte auch die Forschung ein und versuchte, die Gestalt dieser eigenartigen Frau dem Dunkel zu entreißen und das Neue, das ihr Werk in der Literatur und Geschichtsschreibung in der Mitte des 15. Jahrhunderts darstellt, aufzuzeigen.

Denn in Helene Kottanerin steht nicht nur zum erstenmal der dichtenden Nonne – in Wien etwa durch die Mystikerin *Agnes Blannbekin,* in deren *Vita et revelationes* auch politische Ereignisse, wie die Vorfälle in Ungarn seit 1293 hineinspielen, repräsentiert – eine weltliche, deutschschreibende Chronistin als neuer Frauentypus gegenüber; an der Wende vom Spätmittelalter zur Frührenaissance steht sie mit ihren Memoiren auch für einen Wandel im politischen, geistigen und kulturellen Gefüge der Zeit, für jenes städtische Patriziertum, das immer mächtiger neben Geistlichkeit und Adel tritt und sich als dritte geistige Kraft anschickt, politische Aktivität zu entfalten und kulturelle Ansprüche zu erheben.

Leben und Werk Helene Kottanerins sind eingebettet in eine Entwicklung, die politisch durch Machtkämpfe und wachsende Türkengefahr im Osten und den gleichzeitigen Aufstieg Habsburgs zur Großmacht gekennzeichnet ist. Das geistige Bild der Zeit prägen gleichermaßen ritterlicher Minnesang, höfische Geistigkeit, die hochscholastische Philosophie, die Kultur der Orden, die Universitäten und der Einbruch des Humanismus. Dies und die geistige Öffnung, die sich durch das Einströmen volkstümlich-religiöser und zeitgeschichtlicher Elemente in die Dichtung ausdrückt, stempeln gerade das 14. und 15. Jahrhundert zu einer Zeit des Überganges. Denn neben den Hof treten in den Städten der Landadel, der mit dem Erwerb von Besitz in der Stadt zu verstädtern begann, sowie die bürgerlichen Oberschichten. Sie sprengen die geistige Welt der höfisch-ritterlichen Kultur, schaffen sich eine speziell bürgerliche Moralwelt und ein spezifisch bürgerliches Geistesleben. Vollends umgeformt durch diese neue geistige Haltung wird die junge Historiographie, die Chronikliteratur, in der das Streben nach dem souveränen Staat am deutlichsten sichtbar wird.

Im Willen, für den sich bildenden und festigenden Staat auch die Geschichte zu schreiben, und im Hervortreten der Persönlichkeit, im Selbständigwerden des Geistes, im eigenen Handeln und im Nachdenken über die Fragen des Lebens finden wir das wahrhaft Neue dieser Zeit.

Denn nicht nur Jahrhunderte, sondern auch Welten trennen die Geschichtsdichtungen *Jans Enikels, Otachers ouz der Geuls* und *Heinrich von Mügelns Ungarnchronik* von *Michael Beheims Buch von den Wienern* und der Prosa der Helene Kottanerin und *Hans Hiersmanns,* die aus dem Gefühl heraus, an einem bedeutsamen politischen Ereignis mitgewirkt zu haben, als Tagebuch und Erlebnisbericht eines Augenzeugen ihre Werke schrieben. Von den von fabulistischen Elementen überwucherten Geschichtenbüchern des 13. Jahrhunderts über die in die Form geistlicher Traktate gekleideten Exzerpte gelehrter Chroniken des 14. Jahrhunderts hin zur klaren, einfachen und lebendigen Zeitgeschichte in deutscher Sprache, wie sie in den *Denkwürdigkeiten* Helene Kottanerins persönlich beteiligter und deshalb unmittelbarer und gehaltvoller als von all ihren Zeitgenossen geschrieben wurde, war ein weiter Weg. Er konnte nur durch jene Erweckung und Aktivierung der Persönlichkeit bewältigt werden, wie sie in der Gestalt der Kottanerin sichtbar wird.

Sie war Kammerfrau im Dienste *Kaiserin Elisabeths,* der Witwe *Albrechts II.,* des deutschen Kaisers und Königs von Ungarn und Böhmen, der ohne männlichen Nachfolger gestorben war. Herrenlos war nun die ungarische Krone, eifersüchtig gehütet von Magnaten und Adeligen, die in der Zeit der wachsenden Türkengefahr weder ein Weib noch ein unmündiges Kind auf dem Throne Ungarns sehen wollten. Sie drängten Elisabeth zu einer Heirat mit dem *Polenkönig Wladislaw,* dem von einer Magnatengruppe die Krone Ungarns bereits angeboten worden war. Elisabeth stimmte diesem Plan nach langer Zeit zu, doch als sie just zu der Zeit, da eine Gesandtschaft auf dem Wege nach Polen war, um Vermählung und Krönung festzulegen, einen Knaben gebar, tat sie alles, um diesem die Krone zu sichern. Sie bereitete den Raub der ungarischen Krone aus der Burg von Visehrad vor, und Helene Kottanerin sollte die Tat ausführen. Die Kammerfrau rechtfertigte das in sie gesetzte Vertrauen, mit Umsicht und Kaltblütigkeit tat sie das schier Unmögliche, brachte die Krone an sich, und am 15. Mai 1440 konnte in Stuhlweißenburg *Ladislaus* zum König von Ungarn gekrönt werden.

Sie wurde damit Angelpunkt der politischen Entwicklung von Jahrzehnten, denn ihre Tat brachte letztlich die kriegerischen Auseinandersetzungen um die Königskrone ins Rollen. Wer war nun diese Frau, die schon durch ihre Tat, aber mehr noch durch den Drang, das Erlebte aufzuzeichnen, vor allem aber durch die Art der Darstellung als »singuläre Erscheinung und Persönlichkeit« aus ihrer Zeit hinausgehoben worden ist, deren autobiographisches Werk das erste literarische Zeugnis einer bürgerlichen Frau dieses Zeitalters darstellt und all das, was an historischer Dichtung und literarischer Geschichtsschreibung aus dieser Zeit erhalten ist – die historischen Lieder *Liebhardt Egkenvelders, Jacob Veters, Hans Wispecks* oder *Chyphenwegers* und Michael Beheims, der am Hofe Ladislaus' V. lebte, aber auch die Zeugnisse von *Enea Silvio Piccolomini* – weit in den Schatten stellt?

Gustav Freytag hat ihre Heimat ziemlich unkritisch und willkürlich nach Franken verlegt, *Karl Uhlirz* stempelte sie zur Wienerin, weil sie in Wien Häuser besaß, und *Bela von Pukanszky* glaubte an eine siebenbürgisch-sächsische Abstammung. Doch die Forschung hat in mühevoller Kleinarbeit nachgewiesen, daß sie aus Ödenburg, also aus dem österreichisch-ungarischen Grenzraum, stammt und um 1400 als Tochter des Kleinadeligen *Peter Wolfram,* der wohl im Dienste westungarischer Adelsherren stand, weil er im Steuerregister der Stadt nicht erscheint, geboren wurde. In erster Ehe war sie mit dem langjährigen Ratsherren und Bürgermeister von Ödenburg, *Peter Gelusch,* verheiratet. Um 1431 muß dieser gestorben sein, was aus einem Schreiben des Dompropstes von St. Stephan, *Wilhelm Türs,* vom 2. Jänner 1432 an den Bürgermeister, Richter und Rat zu Ödenburg hervorgeht. 1436 finden wir Helene Kottanerin bereits in den Diensten Elisabeths, und mit ihrer Familie folgt sie 1439 auch ihrer Herrin nach Ungarn.

Die Beschreibung der Ereignisse und Erlebnisse bis zum Juni 1440 bildet den Inhalt der Denkwürdigkeiten von Helene Kottanerin. Niedergeschrieben oder diktiert hat sie diese Erinnerungen an eine bewegte Zeit aber erst später, zwischen 1442 und 1457, als die meisten der Beteiligten bereits tot waren und es auch um sie selbst still geworden war. 1452 lohnt der Gubernator von Ungarn, *Johann Hunyadi,* ihre König Ladislaus V. erwiesenen Dienste mit der Schenkung des königlichen Besitzes Kisfalud auf der Schüttinsel, 1466 beziehungsweise 1470 bestätigt *Matthias Corvinus* diese Schenkung, und dann schweigen auch die Urkunden über Helene Kottanerin.

Nicht bewußt schriftstellerisch wie ihr Bruder, der Karmelitermönch *Veit Huendler,* dem wir das einzige signierte deutschsprachige Handschriftenbruchstück, eine in der Tradition von *Heinrich dem Teichner* und der religiös-lehrhaften Volksdichtung stehende Spruchsammlung verdanken, tritt uns Helene Kottanerin, die als Repräsentantin des politisch und geistig aufbrechenden Bürgertums und für die Bewußtwerdung dieser jungen neuen Kraft gelten kann, entgegen. Nicht bewußte Literatur ist es, die sie und das Bürgertum am Beginn des Schöpferischwerdens anzieht. Beobachterin war sie und Registratorin und Beweis dafür, wie unmittelbar damals das Bürgertum bereits Geschichte erlebte und wie unmittelbar tätig es Geschichte mitgestaltete.

Michael Pacher

VON ERICH EGG

Die deutsche Spätgotik findet neben der baukünstlerischen Leistung der Hallenkirche ihren Höhepunkt im Flügelaltar, der als Gemeinschaftsleistung der Bildschnitzer und Maler aus der ursprünglich nur gemalten Altartafel in einem hundertjährigen Werdegang entstanden war. Der Flügelaltar ist durch keine spätere Altargestaltung übertroffen worden, denn er war ein »Wandelaltar«, der sich dem Kirchenjahr und den Festlichkeiten anpassen konnte.

In der 2. Hälfte des 15. Jahrhunderts wurde bei großen Altären ein weiteres Flügelpaar eingesetzt, das das Leiden Christi gemalt zeigte und so besonders in der Fasten- und Passionszeit das Hauptthema des Christentums dem Volk vor Augen stellte. An der Entwicklung dieses Doppelflügelaltars hatte *Michael Pacher* einen führenden Anteil. Während Bildschnitzer und Maler im Mittelalter meist zwei getrennte Kunstberufe waren, tritt bei Pacher der seltene Fall einer Doppelbegabung ein, so daß in seinen Altären Malerei und Plastik gleichwertig sind und sich gegenseitig ergänzen. Dazu kommt noch, daß er als Maler und als Bildschnitzer von gleicher Größe ist. Unter dem Dreigestirn der deutschen Spätgotik *Veit Stoß, Tilman Riemenschneider* und Michael Pacher ist er der gotischeste, der gläubigste und ganz auf die kirchliche Kunst ausgerichtet. Darum brauchte er auch nicht wie Veit Stoß und Tilman Riemenschneider die Atmosphäre und das kulturelle Leben einer großen Stadt, sondern arbeitete abgeschieden in einer Tiroler Kleinstadt, wo er ohne große Mäzene und ohne Gleichgesinnte nur aus der eigenen Kraft schöpfen konnte.

Er wurde um 1430 wahrscheinlich in Bruneck geboren, einer bischöflich brixnerischen Stadt, die allerdings eine feste künstlerische Tradition besaß. Hier haben seit 1430 bedeutende Bildschnitzer gearbeitet, deren Altäre in St. Sigmund und bei den Ursulinen in Bruneck mit ihren kraftvollen, bedächtigen Heiligenstatuen Meilensteine der spätgotischen Kunst in Tirol sind. Zugleich bestand im nahen Brixen ein Zentrum der Malerei mit den Meistern *Jakob von Seckau* und *Leonhard von Brixen,* das ähnliche Tendenzen verfolgte.

Sein erstes künstlerisches Erlebnis war der 1458 aufgestellte prachtvolle Flügelaltar in Sterzing, das Werk des größten Frühmeisters der Spätgotik *Hans*

Multscher aus Ulm. Der Realismus der bürgerlichen Welt mit den aus der Umwelt kommenden Frauen und den geharnischten Ritterheiligen beeindruckte den jungen Pacher tief, denn der Sterzinger Altar war das Qualitätsvollste und Modernste, was die deutsche Gotik in jenen Jahren zu bieten hatte. Die üblichen Wanderjahre führten Pacher nach Schwaben, wo die Spätgotik damals ihre reichste Kraft entfaltete. In Konstanz lernte er das Werk des Bildhauers *Niklas von Leyden* kennen, der als erster der Plastik einen malerischen Zug verliehen hat. Durch die völlige Beherrschung von Holz und Stein bereicherte Meister Niklas die Oberfläche seiner Heiligen mit Falten und Schatten, so daß sie sich der Malerei näherten. Gleichzeitig lernte Pacher in der schwäbischen Malerei den Einfluß der Niederlande kennen, das Werk *Rogiers van der Weyden* mit der Beobachtung des Lichtes und der Schatten, den gemalten Architekturrahmen, die ihrerseits eine Brücke zur dreidimensionalen Plastik schlugen.

Das Ergebnis der um 1460 erfolgten Studienfahrt nach Schwaben sind die Altäre in St. Lorenzen bei Bruneck und Gries bei Bozen. Vom *Altar in St. Lorenzen* (1462–1465) sind noch die drei Schreinfiguren Marias und der hll. Laurentius und Michael (in St. Lorenzen, dem Tiroler Landesmuseum Ferdinandeum und dem Bayerischen Nationalmuseum München) erhalten. Die Oberfläche der geschlossenen, echt tirolisch blockhaften Figuren wird durch den feinen Faltenwurf malerisch aufgebrochen. Die dazugehörenden gemalten Reste der Flügel (Verkündigung und Marientod in München) sind in ihrer steifen Feierlichkeit vom Sterzinger Altar beeinflußt. Vom *Altar der Alten Pfarrkirche in Gries* (1471 bis 1475) ist nur die Bildhauerarbeit erhalten. Im Schrein mit der Krönung Mariens durch Christus und Gottvater zeigt Michael Pacher erstmals sein Thema der malerischen Plastik, eine Handlung anstelle einzelnstehender Figuren. In den im Relief geschnitzten Flügelbildern (Verkündigung und Anbetung der Könige) wird ein Thema der Malerei ebenfalls in die Plastik übersetzt.

Als Bildhauer fand Pacher in Schwaben alles, was die Zeit damals zu geben hatte, als Maler wies ihm die niederländische Kunst aber den Weg nach dem Süden, nach Italien, wo die Vermenschlichung des Heiligen, die durch die Perspektive gewonnene Raumtiefe und die Beherrschung des Körpers noch stärkeren Ausdruck gefunden hatte. Die italienischen Einflüsse, die die Fresken in den Kirchen und Klosterkreuzgängen Tirols darboten, wiesen Pacher als erstem spätgotischem Künstler den Weg nach dem Süden. Die politischen Umstände haben diesen Weg erleichtert.

1464 war der *Kardinal Francesco Gonzaga von Mantua* zum Bischof von Brixen bestellt worden. Seine Schwester *Paola* war die Gattin des *Grafen Leonhard von Görz*, dessen Lande die bischöfliche Stadt Bruneck wie eine kleine Insel umschlossen. Wenn auch der Kardinal schon 1466 das Bistum Brixen mit Mantua vertauschte, so muß doch eine Beziehung Pachers zu diesem bestanden haben, weil er als Vormund der Kinder eines Brunecker Bürgers 1481 mit einem »welschen Freund und Diener des Kardinals« verhandelte. Diese erste Studienreise um 1474/75 führte Pacher nach Padua, wo er die Fresken *Fra Filippo Lippis* in der Apsis und die Reliefs des Bildhauers *Donatello* am Hochaltar des »Santo« kennenlernte. Die scharfe Charakteristik, die knorrigen Gestalten, die monumentale Auffassung und die in die Tiefe führenden Perspektiven hat er als Maler aus Italien mitgebracht. Als Bildhauer sah er dort die Gruppendarstellung, während in der deutschen Gotik noch die Einzelfigur vorherrschend war.

Das Ergebnis der Italienreise ist der *Altar von St. Wolfgang* am Wolfgangsee. Obwohl schon 1471 in Auftrag gegeben, hat Pacher ihn erst um 1475 begonnen und 1481 vollendet. Daß der Abt des Stiftes Mondsee auf Michael Pacher im fernen Bruneck verfiel, beweist, daß dieser damals bereits einen großen Namen hatte. Der Altar in St. Wolfgang, einer der seltenen unversehrt erhaltenen Flügelaltäre überhaupt, zeigt Pacher am Höhepunkt seiner Kunst. Plastik und Malerei sind einander ebenbürtig. Der Schrein stellt wiederum die Krönung Mariens dar. Sie ist ein in feierlichem Gold gehaltenes »geschnitztes Gemälde«, die Summe des Malerischen in der Plastik. Waren in Gries die Figuren noch Einzelwesen, so ist in St. Wolfgang die Einzelfigur nur mehr untrennbarer Teil des Ganzen, ein feierliches Gewirr aus Türmchen, Engeln und Heiligen, ein Abbild des Himmels. Als Bildschnitzer hat Pacher hier ein Werk geschaffen, das unübertroffen blieb und alles vereinigt, was den Begriff der Spätgotik bildet.

In den gemalten Flügelbildern dieses doppelten Wandelaltares setzt der Maler Michael Pacher einen Meilenstein seines eigenen Schaffens. Die Wochentagsseite zeigt vier Szenen der Wolfgangslegende, eine lyrische Erzählung, die sein Mitarbeiter *Friedrich Pacher* ausgeführt hat. Hier geht es in echt tirolischer Realistik um die behagliche Schilderung des Lebens des Heiligen.

Die acht Tafeln des Lebens Christi lassen dann Michael Pachers persönliches Anliegen anklingen. Es geht um die Sichtbarmachung des Wunderbaren, die Feierlichkeit des Sakralen und die Aufbietung aller Details, um das Wunder für den Menschen faßbar zu machen. Der durch den Italienaufenthalt gewonnene Raum mit seiner in die Tiefe reißenden Perspektive läßt die Figuren, befreit aus der mittelalterlichen Enge, zum erstenmal handeln und sich frei bewegen. Die Einzelfigur ist nach italienischem Vorbild in voller Handlung und Körperbeherrschung gegeben, die heilige Erregung des Geschehens glüht in den mit allem Wirklichkeitssinn erfaßten Gestalten. Die prächtigen Kleider mit den in den Falten knisternden Stoffen und die nach der Tiefe hin kleiner werdenden Figuren lassen das Geschehen zeitnah werden. So wie im mittelalterlichen Passionsspiel ist das Hauptgeschehen ganz vorn auf die Bühne gestellt. Die eindringlichen Gesten und das feierliche Tun sind auf Bühnenwirksamkeit abgestimmt.

Pacher beherrscht Themen, die der zeitgenössischen Kunst sonst fremd und als Erfindung ohne Vorbild waren: die erregende Vertreibung der Händler aus dem Tempel, die in panikartige Flucht ausartet, der Versuch der Steinigung mit den interessanten Rückenfiguren, die Auferweckung des Lazarus mit der eindrucksvollen Darstellung des nackten Lazarus und dem ungläubigen Staunen des Volkes oder die feierliche Stille nach den Worten Christi über die Ehebrecherin. Über diesem Bühnengeschehen wölbt sich der weite Raum einer gotischen

Hallenkirche und greift in die Tiefe. Ein Bogen oder ein Baldachin hemmt diese reißende Perspektive und läßt sie im Hintergrund ruhig ausklingen. Zu diesen geistigen und technischen Mitteln tritt die Farbe mit der Verteilung von Licht und Schatten und mit allen Feinheiten der modischen Kleidung. So verbindet Pacher mit der feierlichen Anschaulichkeit des Wunders die Aktualität der Gegenwart. Was er aus Italien mitgebracht hat, die Beherrschung des Körpers und seiner Bewegungen und die Perspektive, mit der er den Bildraum erobert, ist nur Hilfsmittel zur vollendeten Darstellung des spätgotischen Andachtsbildes. Die Selbstverständlichkeit und Unaufdringlichkeit dieser neuen Errungenschaft sind ein Beweis für die Größe des Malers Michael Pacher.

Die vier gemalten Tafeln des Marienlebens, die festlichste Seite des Altars, sind mit dem geschnitzten Schrein unmittelbar verbunden. Die Feierlichkeit der Krönung Mariens im Schrein wird in den vier Flügelszenen weitergesponnen. Goldhintergrund, besonderer Reichtum der Kleider, eine ruhige Symmetrie und die vornehme, zurückhaltende Gestik der Figuren sind dem Schreinthema verwandt. Maria ist der heilige Mittelpunkt der Geburt Christi, die vom architektonischen Gebälk des Stalles schützend eingefaßt wird. Der Hintergrund gibt mit seinem intimen Blick in die Gasse einer Tiroler Stadt jene weihnachtliche Stimmung, die heute noch gültig ist. Sakrale Feierlichkeit wird dagegen bei der Beschneidung vom Hohen Priester zelebriert und mit zurückhaltendem Staunen von den Teilnehmern zur Kenntnis genommen. Im Tod Mariens wird bei der architektonischen Umrahmung des Bildes das niederländische Erlebnis im Sinne Rogiers van der Weyden wieder lebendig. Pacher hat nicht wie die folgenden deutschen Künstler der Dürergeneration mit seinem Italienerlebnis vor den Zeitgenossen prunken wollen, er hat es sorgsam in sein spätgotisches deutsches Konzept eingebaut und die spätgotische Kunst damit zur letzten Höhe gesteigert.

Kurz nach der Vollendung des Altars von St. Wolfgang war Pacher ein zweitesmal in Padua und Mantua. Sicher war es der Ruhm des großen Malers *Andrea Mantegna*, der ihn diesmal angezogen hat. Mantegna ist der monumentale Künstler der oberitalienischen Renaissance, der das geistige Ideal des Humanismus und der Antike vertrat und nicht mehr allein von Perspektive, Körperbewegung und Raumentdeckung fasziniert war. Er gab Pacher den letzten Anstoß zu einer neuen Sicht seiner eigenen Kunst. Das erste Werk ist der *Kirchenväteraltar* im Kloster Neustift bei Brixen (1483, jetzt in den Bayerischen Staatsgemäldesammlungen München). Hier wandelt Pacher die geschnitzte Malerei des Schreines von St. Wolfgang zur gemalten Schnitzerei eines Tafelbildes ab. Die vier sitzenden Kirchenväter sind mit der für Pacher typischen Charakterisierung der Köpfe und dem malerischen Prunk der Kleider gegeben, aber aus ihrer Haltung spricht die feierliche Monumentalität Mantegnas. Auch in den vier Szenen der Wolfgangslegende auf der Rückseite des Altars dominiert jetzt die Einzelfigur des Heiligen in stiller Gebärde, nur Engel und Teufel vollführen noch jene erregten Bewegungen der früheren Bilder.

Noch feierlich ruhiger sind die vier Szenen der Legende des hl. Laurentius, die

Pacher erst um 1485 auf die Außenflügel des von ihm viel früher geschaffenen *Altares in St. Lorenzen* bei Bruneck (Bayerische Staatsgemäldesammlungen München und Kunsthistorisches Museum Wien) gemalt hat. Die monumentale Haltung der Figuren, die Ausgewogenheit der Szenen, die Sparsamkeit der Gesten und die Feinheit des Kolorits zeigen, wie Michael Pacher das Erlebnis der zweiten Italienreise verarbeitet hat.

1484 erhielt der Meister seinen letzten und größten Auftrag, den *Hochaltar für die Pfarrkirche in Salzburg*, für den er die gewaltige Summe von 3 500 Gulden zugesagt erhielt. Als er 1498 in Salzburg starb, war dieser Altar bis auf die Predella vollendet. Leider sind gerade von diesem größten und wohl reifsten Werk Pachers nur geringe Reste auf uns gekommen: die Plastik der sitzenden Madonna und Reste der Tafelbilder: Geißelung Christi, Vermählung Mariens und Josef wird in den Brunnen geworfen (Österreichische Galerie). Sowohl die Plastik als auch die Bilder sind Zeugnisse der feierlichen Monumentalität in Pachers Altersstil. Die Bildgestaltung ist selbst bei der Geißelung nicht mehr erregend, sondern menschlich und still. Die Verkürzungen sind gemäßigt, der Raum ist nicht mehr Hintergrund, sondern schließt die Szene zusammen, die Farben werden tonig und gedämpft. Irgendwie hat man das Gefühl, daß bei Pacher jetzt nicht nur die technischen Errungenschaften Italiens, sondern auch der Humanismus, die neue Geisteshaltung der Zeit um 1500, wirksam werden. Dies ist um so leichter verständlich, als auch in Salzburg der Humanismus als Geisteshaltung in den Kreisen der Geistlichkeit und der Gelehrten Eingang gefunden hatte.

Damit endet das Werk Michael Pachers, des größten Bildschnitzers und Malers der Spätgotik in Österreich. Gegen seine realistische Anschaulichkeit des religiösen Geschehens ist Veit Stoß pathetisch, Riemenschneider melancholisch und die Kunst der Schwaben verzagt pessimistisch.

Georg Aunpeck von Peuerbach

VON KONRADIN FERRARI D'OCCHIEPPO

Schon von seinen Zeitgenossen wurde *Georg Aunpeck* meist nach seinem Geburtsort *Peuerbach* in Oberösterreich genannt, wie es damals in Gelehrtenkreisen Brauch war. Sein eigentlicher Familienname ist uns nur in wenigen Urkunden, so in der Wiener Universitätsmatrikel, überliefert. Peuerbach war einer der bedeutendsten Wegbereiter des neuen sonnenzentrischen Weltbildes, das im darauffolgenden Jahrhundert *Nicolaus Copernicus* (1473–1543) begründet hat. Freilich konnte Peuerbach selbst dieses Ziel noch nicht einmal erahnen. Es mußte ja, bildlich gesprochen, für den Brückenschlag zu neuen Einsichten erst das Widerlager am diesseitigen Ufer frisch befestigt werden. Denn infolge der frühzeitig eingetretenen Entfremdung zwischen Griechen und Lateinern waren die mathematischen und astronomischen Leistungen der hellenistischen Gelehrten

Michael Pacher, Mariä Verkündigung: von der Predella des Flügelaltares in St. Wolfgang, 1475 bis 1481

des späteren Altertums im Abendland großenteils unbekannt geblieben. Sogar das grundlegende astronomische Handbuch des *Klaudios Ptolemaios* (um 140 n. Chr.) lag nur in schlechten lateinischen Übersetzungen vor. Dieses und andere Werke den nachfolgenden Astronomengenerationen wieder erschlossen zu haben ist das große Verdienst Peuerbachs und seines hervorragenden Schülers *Johannes Müller,* genannt *Regiomontanus.* Beide erkannten auch die Wichtigkeit planmäßiger eigener Himmelsbeobachtungen als Voraussetzung für jede wesentliche Verbesserung der überlieferten Theorien.

Georg von Peuerbach war der Sohn eines gewissen *Ulrich Aunpeck.* Sein Geburtsdatum, der 30. Mai 1423, ist genau bekannt, weil er selbst, einer herrschenden Lehrmeinung seiner Zeit folgend, sich auf diesen seinen Geburtstag das Horoskop berechnet und gedeutet hat. Nachrichten über seine Jugendzeit fehlen. Erst als Dreiundzwanzigjähriger wurde er zum Sommersemester 1446 als Student an der Universität Wien immatrikuliert. *Johann von Gmunden,* der den Ruf Wiens als einer in Mathematik und Astronomie führenden Hochschule begründet hatte, war zwar schon gestorben (23. Februar 1442), hatte aber seine zahlreichen Fachbücher – noch ausnahmslos Handschriftenbände – als Grundstock der Universitätsbibliothek gewidmet und dadurch für den Fortbestand einer gewissen astronomischen Lehrüberlieferung gesorgt.

Zu Neujahr 1448 erlangte Aunpeck das Bakkalaureat, den untersten akademischen Grad. In den folgenden Jahren mußte er wieder als »Werkstudent« zwischen allerlei Erwerbstätigkeit sein Studium fortsetzen, dessen Abschluß sich dadurch verzögerte. Endlich wurde er 1453 zum *Magister Artium* promoviert; den Doktorgrad gab es damals nur in Theologie, Rechtswissenschaft und Medizin. Die Einnahmen aus der Vorlesungstätigkeit an der Universität reichten oft kaum zum Lebensunterhalt. Daher mußte Peuerbach froh sein, daß ein Freund ihn an den jungen König *Ladislaus Postumus* von Böhmen und Ungarn empfahl, der ihn gegen ein Jahresgehalt von 24 Gulden bei freier Kost als Astrologen in seine Dienste nahm. Wahrscheinlich über Auftrag seines Herrn hielt er sich um 1455 vorübergehend in Oberitalien auf, wo er mit dem Astronomen *Bianchini,* vielleicht auch mit *Paolo dal Pozzo,* Verbindungen anknüpfte und an der Universität Padua Gastvorträge hielt. 1457 starb Ladislaus. Aber *Kaiser Friedrich III.* schätzte gleichfalls Sternkunde und Sterndeutung und versah Peuerbach mit Aufträgen, wie er es schon seit mehreren Jahren getan hatte.

Es handelte sich dabei durchaus nicht nur um Horoskopberechnungen, die der Kaiser sogar selbst auszuführen verstand. Vielmehr scheint Peuerbach auch Kunsthandwerkern Anleitung zur sachgemäßen Herstellung kleiner Beobachtungsgeräte, insbesondere Quadranten und Reisesonnenuhren, gegeben zu haben. Diese etwa handgroßen Sonnenuhren bestanden aus zwei durch Scharniere zusammengehaltenen Teilen, der Grundplatte mit dem Kompaß und dem Zifferblatt. Zusammengeklappt konnte man sie bequem in die Tasche stecken. An dem Kompaß brachte Peuerbach eine wichtige Verbesserung an, nämlich die Marke der Mißweisung, da die Kompaßnadel bekanntlich nicht genau die Nordsüdlinie anzeigt. Zwar ist nicht ganz sicher erwiesen, daß Peuerbach diese Neuerung durch sorgfältige Sonnenbeobachtungen selbst gefunden hat. Aber jedenfalls ist er der erste, von dem wir wissen, daß er sie angewendet hat, während sie bei Schiffskompassen erst mehrere Jahrzehnte später allmählich beachtet wurde.

In den Frühsommer 1456 fiel eine Wiederkehr des großen Kometen, der später unter dem Namen seines Berechners *Halley* (1656–1742) berühmt wurde. Noch während der Sichtbarkeit dieses Schweifsterns verfaßte Peuerbach einen kurzen Bericht darüber in deutscher Sprache für König Ladislaus und dann eine umfangreiche lateinische Abhandlung, in der ein bemerkenswerter Versuch zur Berechnung der wahren Bahn und der Größe des Kometen aus den Beobachtungen enthalten ist. Zu Peuerbachs Ärger – das wissen wir aus einem gleichzeitigen Brief – verlangten aber die Leute von ihm vor allem ausführliche Vorhersagen, welche Wirkungen die seltsame Himmelserscheinung auf die irdischen Verhältnisse haben werde. Obwohl Peuerbach schwerlich die Daseinsberechtigung der Sterndeutung an sich leugnete, widerstrebte es ihm doch, seinen wissenschaftlichen Ruf durch eine allzu bald nachprüfbare Fehlvorhersage aufs Spiel zu setzen.

Schon in Briefen dieser Zeit klagte Peuerbach über seinen schlechten Gesundheitszustand. Dieser ist nicht verwunderlich, wenn man bedenkt, wie schonungslos er seine Kräfte verausgabte. Vielleicht sind nicht einmal alle seine wissenschaftlichen Handschriften erhalten geblieben. Seine elementaren Lehrbücher erfreuten sich lange Zeit besonderer Wertschätzung bei der Nachwelt. Rund ein Jahrhundert hindurch wurde ein von ihm verfaßtes Rechenbuch wiederholt nachgedruckt; noch länger hielt sich seine Einführung in die geozentrische Planetenlehre, *Theoricae Novae Planetarum*, mit vielen einprägsamen Abbildungen ausgestattet; es war das erste astronomische Werk, das in Regiomontanus' eigener Druckerei 1473 erschien, und hat in den folgenden 180 Jahren insgesamt sechsundfünfzig Auflagen erfahren.

Im Mai 1460 kam der gelehrte griechische *Kardinal Bessarion* nach Wien, um im Auftrage des Papstes für einen Kreuzzug gegen die Türken zu werben. Trotz dieser höchst dringlichen Sorge knüpfte der Kirchenfürst, ein eifriger Förderer der Wissenschaften, auch mit Peuerbach Beziehungen an. Dieser sollte einen zum Lehrgebrauch geeigneten Auszug aus dem *Almagest*, dem astronomischen Handbuch des *Ptolemaios*, herstellen und später den Kardinal nach Italien begleiten. Auch wenn man annimmt, daß Peuerbach gewisse Vorarbeiten schon früher geleistet hatte und daß sein Schüler Regiomontanus ihn bei der Durchführung der gesetzten Aufgabe unterstützte, so muß er doch in diesen letzten Monaten seines Lebens mit ungeheurer Anspannung tätig gewesen sein. Er hatte nahezu die Hälfte seines Auftrages vollbracht, als ihn am 8. April 1461 der Tod ereilte.

Den Auftrag des Kardinals übernahm anstelle des zu früh Verstorbenen nun sein Schüler *Regiomontanus*. Er war als Sohn eines wohlhabenden Müllers in der Nähe des kleinen fränkischen Städtchens Königsberg am 6. Juni 1436 geboren worden und muß ein wahres Wunderkind gewesen sein. Erst elf Jahre alt

Tabulae Eclypsiū Magistri Georgij Peurbachij. Tabula Primi mobilis Joannis de Monteregio.

Indices praeterea monumētoꝝ (quae clarissimi uiri Studii Viennensis alumni in Astronomia & aliis Mathematicis disciplinis scripta reliquerūt. q si lector haec te oblectauerint: curabimus ut & alia in lucē bono Auspicio aliquando progrediantur.

Postremo vt nihil te: quod scitu dignum est praetereat:

Inuenies studiose lector ex hoc diligenter impresso uolumine mirum quendam & foecūdissimū pluriū tabularū: & pene omniū instrumentoꝝ: puta Astrolabii: Saphea: Organi Ptolemaei: Methecroscopii: Armillarū: Torquetis: Rectanguli: Quadrantū: & id genus alioꝝ (quae recensere longū esset) usum & expeditam praxim. Sunt eni Theoreumata tabulae Primi mobilis uniuersalia; omni prorsus regioni accōmodata, ex scientia sphaericoꝝ triangulorꝝ transumpta. Nouarū insuper tabularū & instrumētoꝝ inueniendoꝝ area latissima pspicacis ingenii uiris oblata est.

Coelum Tabella Fati.

Edicto Imperatorio vetitum est: ne quis in decēnio hoc insigne opus impmat vel alioꝝ ductu & impensis excusum venditet: sub multa amissionis omniū exēplariū: & quinquaginta nūmorū aureoꝝ pro singulis impressis vel venditis.

Titelseite astronomischer Tabellen des Georg Aunpeck von Peuerbach und des Johannes Müller Regiomontanus, herausgegeben von G. Taunstetter, Wien 1514

wurde er 1447 an der Universität Leipzig immatrikuliert und berechnete schon für das folgende Jahr einen astronomischen Kalender, dessen Angaben weitaus besser stimmten als die aller anderen aus dieser Zeit bekannten Kalender. Angelockt vom Ruhm des noch nicht promovierten Peuerbach zog Johannes Müller 1452 nach Wien. Trotz des beträchtlichen Altersunterschiedes fanden sich beide in einer fruchtbaren Gelehrtenfreundschaft zusammen. Im gesetzlichen Mindestalter von 21 Jahren wurde der junge Müllerssohn zum Magister promoviert.

Regiomontanus, noch glänzender begabt als sein Meister, reiste alsbald mit dem Kardinal nach Italien und erlernte binnen weniger Monate so gründlich die griechische Sprache, daß er die Werke der hellenistischen Mathematiker und Astronomen im Urtext studieren konnte. Bei seinen Nachforschungen unter den nach Italien gelangten griechischen Handschriften hatte er das Glück, ein bis dahin verschollen gewesenes Werk des Mathematikers *Diophantos* wiederzufinden. Nach einiger Zeit kehrte er an die Universität Wien zurück, folgte aber dann einem Ruf des *Königs Matthias Corvinus* an die neugegründete Universität Preßburg. Hier hielt es ihn jedoch nicht lange. 1471 übersiedelte er in seine fränkische Heimat und ließ sich in Nürnberg, der damals größten Stadt Deutschlands, nieder. Zusammen mit dem wohlhabenden Bürger *Bernhard Walter* errichtete er eine kleine Sternwarte und eine Druckerei, in der er vor allem astronomische und mathematische Werke, sogar solche in griechischer Sprache, herausbringen wollte. Aber nur ein kleiner Teil des ansehnlichen Verlagsprogramms hatte die Presse verlassen, als Regiomontanus als Sachverständiger für die Kalenderreform nach Rom berufen wurde und dort Anfang Juli 1476, wahrscheinlich an der Pest, starb.

Regiomontanus hat sich selbst stets bescheiden als Vollender des Werkes seines Lehrers Peuerbach gefühlt. Aber er wuchs dabei weit über jenen hinaus. Den Vorsprung, den Regiomontanus' erster Kalender gegenüber ähnlichen gleichzeitigen Arbeiten gehabt hatte, bauten die späteren astronomischen Kalender namentlich in der Vorausberechnung der Finsternisse – auch dies in Anknüpfung an ein Werk Peuerbachs – weiter aus. Vor allem aber schuf Regiomontanus mit seiner Dreieckslehre ein auf lange Zeit grundlegendes mathematisches Werk, das durch Sinus- und Tangenstafeln ergänzt wurde, die eine bis dahin unerhörte Stellenanzahl aufwiesen.

Reformation und Gegenreformation

VON WALTER POLLAK

Nicht Völker und Nationen bestimmten damals den Gang der Ereignisse, sondern die Dynastien, ihr Ehrgeiz, ihre Wünsche und Sehnsüchte. Vom Westen waren die Habsburger nach dem Südosten des Reiches gekommen und begannen hier, ihre Hausmacht aufzubauen, und griffen auch auf Böhmen und Ungarn über. Mit ihren Besitzungen im Südwesten blieben sie diesem verbunden und waren immer wieder versucht, ihre Politik auch nach dieser Richtung zu orientieren.

Mit der burgundischen Hochzeit zwischen *Maximilian I.* und *Maria von Burgund* wurde von den Habsburgern das Tor zum Westen aufgestoßen; in einem Maße wie niemals zuvor. Es wurde jene schicksalhafte Entwicklung eingeleitet, in der die gelegentlichen Interessengegensätze mit Frankreich zum latenten Konflikt gesteigert wurden, und schließlich begann mit dem spanischen Erbe jener stolze dynastische Ausgriff, der unter *Karl V.* mit dem Reich, »in dem die Sonne nicht unterging«, seinen Höhepunkt erreichte. Ereignisse dieser Art werden von einem Teil der Geschichtsschreibung und im Bewußtsein des Volkes von einer Gloriole umgeben, die nur einem Teil der Wirklichkeit gerecht wird. Einen weltgeschichtlichen Augenblick lang verkörperte die habsburgische Dynastie, das Haus Österreich, weltumspannende Herrschaft, die von den Karpaten bis zu den Vorlanden reichte, sie waren römisch-deutsche Kaiser und Könige von Spanien, das die neuen Kolonialgebiete im eben entdeckten Amerika umschloß. Daraus eine feste, dauernde Machtposition zu gestalten, war chancenlos. Aber die dynastischen Interessen, die sich aus dieser Lage zwischen der spanischen und der österreichischen Linie der Habsburger ergaben, belasteten etwa zwei Jahrhunderte lang die Reichspolitik und die des habsburgischen Besitzes. In der Schicksalsstunde des Reiches und der österreichischen Erblande, am Vorabend und während des Dreißigjährigen Krieges wurde das besonders deutlich. 1617 als präsumtiver Nachfolger seines Onkels *Matthias* versprach *Ferdinand III.* in einem Geheimvertrag seinem spanischen Vetter *Philipp III.* die ledigen Reichslehen in Italien und das Elsaß, sobald sie ihm oder seinem Sohn zufallen würden; der Vorrang der männlichen Nachkommen Philipps vor den weiblichen Ferdinands bei der Erbfolge in den Erblanden wurde festgelegt. Dagegen verzichtete Philipp auf seinen Erbanspruch in den Erblanden und auf seine Kandidatur zum römischen Kaiser. Später haben in der Affaire um *Albrecht von Wallenstein* spanische Schranzen am Wiener Hof eine wesentliche Rolle gespielt.

Es kann allerdings nicht übersehen werden, daß die Politik Maximilians I., so sehr sie auch von dynastischen Antrieben ausgelöst wurde, den Reichsinteressen konform war. Burgund war das natürliche Glacis im Westen des Reiches. Durch die Vermählung seines Sohnes *Philipp* mit *Johanna von Kastilien-Aragon* und seiner Tochter *Margarete* mit *Johann, dem Prinzen von Asturien,* durchkreuzte Maximilian die bourbonischen Aspirationen auf den spanischen Thron. Die Erwerbung Burgunds und die Verhinderung französischer Machtausweitung lagen durchaus im Reichsinteresse. Was aber war das Reich mit seinen partikularfürstlichen Interessen und Egoismen? Der Glanz der römischen Kaiserwürde stand im umgekehrten Verhältnis zur kaiserlichen Macht. Von *Maximilian I.* ist das Wort überliefert: »Mein ehr ist deutsch ehr und deutsch ehr ist mein ehr«, das erkennen läßt, daß er sein Kaisertum nicht nur als repräsentative Würde aufgefaßt wissen, sondern vielmehr mit realem politischem Inhalt erfüllen wollte. Aber die Reichsfürsten waren eifersüchtig auf Vorteil und Vorrecht bedacht und strebten nach einer Reichsreform, die der fürstlichen Kontrolle über den Kaiser noch mehr Einfluß gewähren sollte.

Die verläßlichste Stütze des Kaisers blieb seine Hausmacht. Nachdem er seinem Onkel *Sigmund* gegen eine Leibrente Tirol abgenommen hatte (1490), vereinigte er den habsburgischen Hausbesitz wieder in einer Hand. Im Norden und Süden wird der tirolische Besitz abgerundet: In der Auseinandersetzung mit Venedig dringt Maximilian I. in Friaul und Südtirol ein, Kitzbühel, Rattenberg, Kufstein und Mondsee erhält er als Lohn für politische Hilfe von *Herzog Albrecht von Bayern.* Die Grafschaft Görz fällt ihm auf dem Erbwege zu, wodurch auch die Herrschaft Lienz und das Pustertal an Habsburg fallen. Als Ergebnis der Auseinandersetzung mit Venedig bringt er die »welschen Konfinen« Rovereto, Ala und Cortina an Tirol, muß dafür aber Gardenone aufgeben. Sein wesentliches Verdienst aber bleibt, daß er mit seiner Verwaltungsreform die Grundlage zur österreichischen Gesamtstaatsidee gelegt hat.

Die Zusammenfassung der Erblande in zwei Verwaltungskreise, den oberösterreichischen (Tirol und die Vorlande) und den niederösterreichischen (Österreich ob und unter der Enns, Steiermark, Kärnten und Krain) mit dem Regiment und der Rechenkammer als Verwaltungsspitze, bilden die Basis der Entwicklung zum modernen Beamtenstaat. Gleichzeitig ringen die Stände noch um ihre selbständige Bedeutung, was seinen sichtbaren Ausdruck in den Landtagen findet.

Als *Karl V.* seinem Bruder *Ferdinand I.* die Regentschaft in den Erblanden überträgt, wird der habsburgische Lieblingsgedanke, die Erhöhung des Hauses durch die Errichtung eines österreichischen Königtums, noch einmal erwogen. Mit der Hofstaatsordnung, die Ferdinand I. am 1. Jänner 1527 erläßt, wird der zweite wichtige Schritt auf dem Wege der Verwaltungsreform getan: Der geheime Rat, ein beratendes Kollegium von Vertrauten des Fürsten, ist die erste Form des Ministerkabinettes; die Hofkanzlei, mit dem Hofkanzler und seinem Apparat, den Sekretären und Schreibern, ist die eigentliche politische Instanz; der Hofkammer, als zentraler Behörde, obliegt die Verwaltung des fürstlichen Kammergutes; der vom Fürsten ernannte Hofrat ist die oberste gerichtliche Instanz. Nach der Kaiserwahl Ferdinands I. wurden Hofrat und Hofkanzlei zu Reichseinrichtungen, womit die Absicht ausgedrückt wurde, die Reichsaufgabe des Kaisers durch die verwaltungsmäßige Bindung an die gleichen Agenden der

Erblande zu vertiefen und zu straffen. Erst als Folge der inneren Auflösungstendenzen im Reich während der Auseinandersetzung zwischen Reformation und Gegenreformation beendete *Ferdinand III.* diesen Versuch der Vereinheitlichung und errichtete unabhängig von der Reichskanzlei 1620 die Hofkanzlei in Wien. Sieben Jahre später wurde die böhmische Hofkanzlei von Prag nach Wien verlegt. Mit dem Sieg der Gegenreformation war auch den Selbständigkeitsbestrebungen der Stände das Rückgrat gebrochen; wenn auch nicht überall im gleichen Maße wie durch die erneuerte Landordnung in Böhmen und Mähren, so war doch die Gesamtstaatsidee, deren Träger der Adel war, durchgesetzt.

Der Geist der Zeit hat das Seine getan, diese Entwicklung zu fördern. Die Umorientierung des Menschen ist in vollem Gange: Im Vordergrund steht nicht mehr die von Gott abgeleitete Existenz, sondern vielmehr ihre individuelle Bedeutung im Diesseits, nicht mehr die Gottgefälligkeit der eigenen Taten, sondern deren Wirkung auf die Um- und Nachwelt. Für diese neue Geisteshaltung, die den Menschen in den Mittelpunkt des Daseins stellt, ist der Dombaumeister zu St. Stephan in Wien, *Anton Pilgram,* im Vergleich zu seinen bedeutendsten Vorgängern in der langen Reihe der Wiener Dombaumeister, *Michael Chnab* und *Hanns Puchsbaum,* ein eindrucksvolles Beispiel. War der herzogliche Baumeister Michael Chnab noch an den Plan *Rudolfs IV., des Stifters,* gebunden und konnte nur in dem so gegebenen Rahmen seine eigenschöpferische Leistung, vor allem beim Ausbau des Südturmes, verwirklichen, so ist Hanns Puchsbaum, im Dienste einer bürgerlichen Stadt tätig, immer noch eingebunden in die Wiener Bauhüttentradition, setzt aber bei der Einwölbung des Langhauses mit seiner faszinierenden Raumwirkung Akzente einer in die Zukunft wirkenden Dynamik. Anton Pilgram endlich lebt rücksichtslos seinen eigenen schöpferischen Ideen, wenn es sein muß auch gegen die jahrhundertealte Bauhüttenordnung, die ihre Macht verloren hatte. Diesem Meister verdankt der Dom, als bewußte individuelle Leistung, den plastischen Schmuck, für den nun, auch das ein Zeichen der Zeit, bürgerliches Mäzenatentum in Erscheinung trat.

Maximilian I., selbst ein guter Lateiner, holte heimische und fremde Gelehrte nach Wien, vor allem solche aus den italienischen Städten, wo die Universitäten bereits Tradition besaßen. *Cuspinian* schrieb in seiner *Austria:* »Ganz Deutschland besitzt kein Land, das Österreich gleicht.« Die Grundlage der Nationalbibliothek wurde gelegt, die Hofkapelle gegründet und *Heinrich Isaac* an sie berufen. Der Mensch jener Zeit steht im Banne der weltweiten Entdeckungen neuer Erdteile und der Buchdruckerkunst, die Erfindung des Schwarzpulvers leitet eine neue Waffentechnik ein, die das Rittertum als gesellschaftliches Leitbild in seiner Substanz traf. Der Mensch gewann nicht nur von daher neue Perspektiven in der Betrachtung seiner Selbst und seiner Umwelt, sondern vielmehr noch durch die Neuentdeckung seiner Vergangenheit. Das Altertum als Grundlage eines neuen begrifflichen Denkens und künstlerischer Entfaltung wird wieder verlebendigt; heidnische und christliche Elemente finden sich zur Synthese. Anders als im Mittelalter konzentriert sich der Geist nun auf diesseitige, irdische Ziele. In steigendem Maße sprengen die neuen Anschauungen vom Staat, der Nation, kapitalistische Wirtschaftsauffassungen die mittelalterliche Vorstellung eines an jenseitigen Zielen orientierten Gesamtsystems sozialer Bindungen. Statt der mittelalterlichen Ordnungsidee des Ganzen erhalten nun Begriffe wie die Staatsräson oder der Lebens- und Interessensbegriff der Nation immer größere Bedeutung. Vor diesem geistigen Hintergrund entfaltet sich der bedeutende Beitrag dieses Landes in der bildenden Kunst und der Musik, in der Mathematik und Astronomie, in der Geographie und Kartographie. Die großen Entdeckungen hatten das Interesse an der Beschaffenheit ferner Länder aber auch an der des eigenen Landes geweckt und der Geographie und der Kartographie starken Impuls gegeben. Damals wurde der Grundstein für die große Tradition der österreichischen Kartographie gelegt, die bis in unsere Tage wirksam ist. Der Oberösterreicher *Johannes Stabius-Stöberer* (etwa 1450–1522) war der erste Kartenprojektionstheoretiker der Neuzeit und Begründer der Zweiten Wiener Mathematiker-, Astronomen- und Kartographenschule. Von ihm stammen die erste gedruckte Sternkarte und eine Karte der östlichen Halbkugel in orthogonaler Projektion; seine Idee, die Erde in herzförmiger Projektion darzustellen, ist als *Stab-Wernersche Projektion* in die Literatur eingegangen. Die *Typi Chorographici Prouin. Austriae* des *Wolfgang Lazius* (1514–1565) gilt als der erste österreichische Atlas. *Paulus Fabricius* (1519–1589), ebenso wie Lazius Mediziner, schuf die erste Karte von Mähren. *Sigismund von Herberstein* (1486–1566) wieder brachte als Frucht einer Gesandtschaftsreise nach Moskau nicht nur eine Beschreibung des Landes, sondern auch dessen erste kartographische Aufnahme mit. Dies sind nur wenige Beispiele einer regen kartographischen Tätigkeit, die sich schon in der nächsten Generation österreichischer Geographen weltweit fortgesetzt hat.

Wie verheißungsvoll diese Epoche unter Maximilian I. auch angebrochen war, zogen doch bereits dunkle Wolken auf, die das weitere Schicksal bestimmten. Die anstürmenden Türken bedrohten die Erblande und das Reich, und in engstem Zusammenhang damit mußte der Anspruch der Habsburger auf die ungarische Krone gegen ungarische Magnaten verteidigt werden. Zwei Jahre vor Maximilians I. Tod hatte *Martin Luther* seine Thesen an der Kirche zu Wittenberg angeschlagen und jenen folgenschweren Kampf zwischen Reformation und Gegenreformation ausgelöst, der das Reich bis in seine Grundfesten erschüttern sollte.

Während die Türken 1521 Belgrad einnehmen und Ungarn bedrängen, beginnen sich *Ferdinand I.* und seine Umgebung in Wien einzuleben. Zunächst ist dem Erzherzog seine neue Aufgabe fremd, wofür nicht zuletzt sein vorwiegend spanischer Hofstaat Ursache sein mochte. Jedenfalls wurde in den ersten Jahren das Regiment Ferdinands von den Wienern als eine Art Fremdherrschaft empfunden. Als die Wiener auf verbriefte Rechte pochten, mußten das ihr Bürgermeister *Hanns Rinner* sowie *Martin Siebenbürger*, *Michael Eitzinger*, *Hanns von Puchheim* und vier weitere Wiener Bürger mit der Enthauptung in Wiener Neustadt büßen. Ungarn bedurfte der Hilfe der Erblande und des Reiches gegen die Türken, stieß zunächst aber in Wien nur auf Verständnislosigkeit. Erst als die Türken am 29. August 1526 bei Mohács das ungarische Heer überrennen und der ungarische *König Ludwig II.*, der letzte Jagellone, fällt, begreift man in Wien, daß nun die schicksalsschwere Stunde geschlagen hat, in der die schwere Bürde der Verteidigung Europas Österreich zufiel, da die ungarische Barriere gefallen war. 1529 ging Ofen an die Türken verloren, und diese drängten weiter über die Raab und die Leitha gegen Wien. Unter dem Grafen *Niklas von Salm* hielten die Wiener heldenmütig der Übermacht stand und fügten den vehement anstürmenden Türken hohe Verluste zu, bis sich *Soleiman II.* zur Aufgabe der Belagerung entschloß. Krankheiten im türkischen Belagerungsheer waren den Belagerten zustatten gekommen. Die Kräfte aber waren zu schwach, den Türken nachzustoßen, ein Sachverhalt, der bis zu den Tagen des *Prinzen Eugen* immer wieder diese Auseinandersetzung mitbestimmte. Immerhin konnten Teile von Nord- und Westungarn wieder besetzt werden.

Diese Misere, die vor allem von der inneren Organisation des Reiches und der Art seiner Bündnisse herrührte, wurde besonders augenfällig, als die Türken 1532 einen neuen Vorstoß gegen Wien in Szene setzten. In der Nähe Wiens hatte *Kaiser Karl V.* selbst ein Reichsheer in der Stärke von 86 000 Mann versammelt. Die Türken wurden an der von *Niklas Juricić* mit bloß 700 Mann Besatzung verteidigten Festung Güns aufgehalten, was das türkische Heer so entmutigte, daß sich Soleiman II. auf räuberische Einfälle in Österreich bis zur Enns beschränkte und dann den Rückzug antrat. Die sich anbietende Gelegenheit, mit dem Heer unter Karl V. den Türken nachzustoßen, unterblieb, weil die Führer sowohl der Reichskontingente wie auch jene der aus Spaniern und Italienern zusammengesetzten erklärten, ihr Auftrag beschränke sich auf die Verteidigung Wiens.

1541 nutzten die Türken den Nachfolgestreit nach *Johann Zápolya,* besetzten Ofen neuerlich und erklärten Ungarn zur türkischen Provinz. Um sich Rückenfreiheit zu schaffen – die erfolgreiche Schlacht bei Mühlberg gegen den Schmalkaldischen Bund lag gerade hinter ihm –, schloß Ferdinand I. einen fünfjährigen Friedensvertrag mit den Türken und unterwarf sich der Bedingung, jährlich 30.000 Dukaten als Tribut an die Pforte zu bezahlen. Als die Festung Sziget 1566 fiel, die von *Niklas Zriny* heldenhaft verteidigt worden war, stand wieder ein Heer von 60.000 Mann unter *Maximilian II.* untätig an der Raab. Wie so oft in der Geschichte gab unverdientes Glück den Ausschlag. Während der Pascha von Ofen dem Feldhauptmann Graf Salm das Haupt des gefallenen Zriny schickte, starb vor den Mauern Szigets Soleiman II.; das türkische Heer löste sich auf. In den Jahren zwischen 1575 und 1582 wurden 188 Einfälle der Türken ins Grenzgebiet gezählt. Selbst in sogenannten Friedensjahren gehörte es zu ihrer Taktik, mit überraschenden Einfällen, die häufig bis tief ins Land vordrangen, Unruhe zu stiften. Besonders die Steiermark, Kärnten und Österreich unter der Enns waren davon betroffen.

Der Türkenkrieg von 1593 bis 1606 zeigte ein deutliches Nachlassen der türkischen Schlagkraft, führte den Habsburgern aber eindringlich vor Augen, daß sie bei der Lösung des ungarischen Problems mit der militärischen Potenz des osmanischen Reiches nach wie vor zu rechnen hatten. *Ferdinand III.* gelang es 1627 endlich, einen Friedensvertrag für die Dauer von 25 Jahren abzuschließen, der den Erblanden während der zweiten Hälfte des Dreißigjährigen Krieges einigermaßen den Rücken freihielt.

Die Auseinandersetzung mit der türkischen Aggression muß in engstem Zusammenhang mit jener um den ungarischen Thron gesehen werden, weil die Gegnerschaft eines Teiles der magyarischen Magnaten gegen die Ansprüche Habsburgs auf die heilige Stephanskrone sich immer wieder als politischer und militärischer Faktor zugunsten der Türken auswirkte.

Zehn Jahre nachdem Ungarn auf dem Reichstag zu Rákios (1505) beschlossen hatte, nur einen Ungarn zum König zu wählen, war es dem kaiserlichen Kanzler *Matthäus Lang*, dem späteren Erzbischof von Salzburg, 1515 im Verein mit *Johann Cuspinian* gelungen, in Wien eine festliche Zusammenkunft der drei Herrscher Maximilian I., *König Vladislav II. von Böhmen und Ungarn* und *Sigismund von Polen* zustande zu bringen. Hier wurde jene Doppelhochzeit beschlossen, die Habsburg Böhmen und Ungarn sichern sollte, eine Hochzeit also, die von ähnlich weitreichender politischer Bedeutung war wie die burgundische Maximilians I.

Als Ludwig II. bei Mohács gefallen war, stellten sich bereits die ersten Schwierigkeiten der Erfüllung der dynastischen Pläne entgegen. Von den westungarischen Komitaten wurde Ferdinand I. in Preßburg zwar zum König gewählt, aber die Mehrheit der Magnaten hielt am Beschluß von Rákios (1505) fest und wählte in Stuhlweißenburg den Wojwoden von Siebenbürgen, Johann Zápolya, zum Gegenkönig. Erst als es Ferdinand gelungen war, Zápolya bei Tokai zu schlagen, konnte er als König in Ofen einziehen. Ein Jahr darauf bereits verlangte Soleiman II. von den Habsburgern die Räumung Ungarns und unterstützte die Ansprüche Zápolyas, dem sie nach der Eroberung Ofens (1529) Ungarn als türkisches Lehen gaben. Der Weg nach dem Westen war damit frei.

Der ungarische Nationalismus, der wesentlich ein Machtanspruch der magyarischen Herrenschicht war, sollte von da an bis zum Ende der Monarchie ein Unruhe- und Unsicherheitsfaktor für die habsburgische Herrschaft bleiben. Zu jener Zeit waren es immer wieder magyarische Magnatenfamilien, die, sich teilweise auf Polen stützend oder die türkische Oberhoheit anerkennend, den Habsburgern die Stephanskrone streitig machten. Den Zápolyas folgten die *Báthorys*, diesen die *Bocskays*, dann die *Bethlens* und schließlich die *Rakocsys*. Das Fürstentum Siebenbürgen als Basis, lavierten sie alle zwischen den Mächtigen der Zeit, schlossen gelegentlich auch Bündnisse mit dem Kaiser, in entscheidenden Situationen aber gegen diesen, wie etwa *Georg I. Rakocsy* mit Frankreich und Schweden 1643, gerade zu dem Zeitpunkt, als der schwedische Heerführer *Torstenson* Wien bedrohte. Erst nach dem Frieden zu Linz (1645) wurde *Ferdinand III.* (1647) zum König von Ungarn gewählt und gekrönt. Die Schwierigkeit der Habsburger bestand darin, daß sie nicht nur den Zweifrontenkrieg im Osten und im Westen führen mußten, sondern zeitweilig auch einen Zweifrontenkrieg im Osten gegen die Türken und die magyarischen Fürsten von Siebenbürgen.

Das entscheidende Problem aber, von dem die Existenz des Reiches und der Erblande substantiell bedroht wurde, waren Reformation und Gegenreformation. Sie haben das Schicksal des Reiches für die Zukunft bestimmt und die Macht des Kaisers, soweit sie überhaupt noch vorhanden war, vollends untergraben.

Schon im Jahre nach dem Anschlag der lutherischen Thesen an der Kirchentüre zu Wittenberg hat die Reformation vor allem in Oberösterreich Fuß gefaßt und sich rasch in den Erblanden ausgebreitet. In Linz wurde 1524 die reformatorische Schrift des *Leonhard Eleutherius* mit einer aggressiven Einleitung von *Johann Bugenhagen* als erste Reformationsschrift in Österreich herausgegeben. *Paulus Speratus,* ehemals Domprediger zu Würzburg und Salzburg, predigte nach dem Worte Luthers im Wiener Stephansdom. Besonders die radikale, auf den Umsturz der Gesellschaft gerichtete Sekte der Wiedertäufer fand in Österreich so großen Anklang, daß sich die Obrigkeit veranlaßt sah, mit den schärfsten Mitteln gegen sie vorzugehen: Ihr Wiener Führer *Dr. Baltasar Hubmaier* wurde 1528 verbrannt, *Jakob Hutter* 1536 in Innsbruck.

Der Adel wandte sich in seiner Mehrheit der neuen Lehre zu und nützte die gefährdete Situation des Kaisers für seine Sache; er verlangte gewissermaßen als kaiserliche Gegenleistung für die finanzielle Unterstützung der Türkenkriege die Gewährung der Toleranz. Der Ausschußlandtag der niederösterreichischen Stände forderte 1532 in Innsbruck die Predigt des Wortes Gottes im protestantischen Sinne. Zahlreiche Klöster wurden aufgelassen; so Enns 1553, Steyr 1559, Judenburg 1562, Lankowitz 1564; das zum Landhaus umgebaute Kloster in Linz wurde ein Zentrum des Protestantismus.

Unter den österreichischen Herrschern jener Zeit war *Maximilian II.* die große Hoffnung der Protestanten. Er neigte selbst dem Protestantismus zu, war aber den Bindungen und Bedingungen seines Hauses – seinem Vater hatte er versprechen müssen, nicht zum Protestantismus überzutreten – so verhaftet, daß er zu keinen endgültigen Entschlüssen kam und für die Zukunft alles offenblieb. Noch einmal versuchten die Protestanten – eine Welle der Gegenreformation war eben über sie hinweggegangen – aus dem Bruderzwist zwischen *Rudolf II.* und *Matthias* für sich Nutzen zu ziehen, indem sie sich 1608 zu Preßburg mit Matthias verbündeten. In Österreich ob der Enns wurden die protestantischen Schulen wieder eröffnet, der protestantische Gottesdienst wurde wieder eingeführt, das Linzer Schloß besetzt und der Landeshauptmann abgesetzt.

Die Ausbreitung der Reformation in Österreich ist, trotz der führenden Rolle, die der Adel dabei spielte, nicht ohne die soziale Komponente der unzufriedenen und rebellierenden Bauernschaft zu verstehen.

Der große deutsche Bauernkrieg in den Jahren 1525/26 wurde nicht durch die Reformation ausgelöst, wohl aber begünstigt. Der Bauernkrieg hat Vorläufer bis an den Anfang des 14. Jahrhunderts und hat eine eigene sehr diesseits gerichtete Religiosität entwickelt, indem er das Evangelium zum Maßstab der weltlichen Ereignisse, vor allem der eigenen Not machte. Beide, Reformation und Bauernkrieg, sind Strömungen des gleichen Zeitgeistes; die Reformation Luthers war ganz auf religiöse Erneuerung gerichtet, während die Bauernaufstände und schließlich der Bauernkrieg in sozialen und politischen Vorstellungen, die sich am Evangelium, an der »Göttlichen Gerechtigkeit« orientierten, fixiert waren.

Am Bauernkrieg waren auch die niederen Stände der Städte beteiligt. Geistig wurde er wesentlich vom programmatischen Schrifttum bürgerlicher Intellektueller beeinflußt. Es handelte sich um einen Aufstand auch gegen den Versuch der territorialen Staatenbildung der Fürsten und erst in letzter Linie um einen solchen gegen den materiellen Druck, der auf den Bauern lastete. Die Berufung auf das reine Evangelium bei Luther und bei den Bauern ebenso wie der Ton, den viele kleine Predikanten anschlugen, die sich den Bauern angeschlossen hatten, die aber durchaus nicht immer lutherisch waren, ließen die allgemeine Auffassung entstehen, Reformation und Bauernkrieg gehörten unlösbar zusammen.

Nicht zu übersehen ist der staatspolitische Einschlag der Bewegung, die nur in seltenen Fällen republikanische Vorstellungen in den Vordergrund rückte, während sie in ihrem wesentlichen Gehalt den Kaiser nicht nur unangetastet ließ, ihm vielmehr auf Kosten der Fürsten und vor allem der geistlichen Gewalt mehr Macht zuerkennen wollte. Auch die sozialpolitischen Vorstellungen gingen weit über die Bedürfnisse der Bauern hinaus, wenn die Abschaffung der Handelsgesellschaften und der Zünfte sowie die Verstaatlichung der Bergwerke verlangt wurde. Richtig gesehen ist der Bauernkrieg die erste große soziale und politische Revolution im deutschen Raum. Wie dreieinhalb Jahrhunderte später in der Arbeiterbewegung des 19. Jahrhunderts waren es auch hier geistige Kräfte des Bürgertums, die der Bewegung die großen Perspektiven gewiesen haben.

Kaiser Karl V., der als spanischer König mit den Problemen seines Reiches, »in dem die Sonne nicht unterging«, beschäftigt war, nahm die Gelegenheit nicht wahr, die sich ihm hier bot, durch Kooperation mit der Volksbewegung seine Zentralgewalt gegen die partikularen Herren zu stärken. Sein Bruder, *Ferdinand I.*, beschränkte sich auf die Aktionen in den Erblanden.

Die österreichischen Aufstände wurden zwar vielfach von den Vorgängen im Reich beeinflußt, bilden mit diesen aber keine Einheit. Am weitesten schritt der Aufstand in Tirol voran, weil dort die Bauern als Landstände Mitglieder des Landtages waren und solcherart Gelegenheit hatten, ihre Beschwerden ganz legal vorzubringen. Ursache des Unmutes der Bauern war eine Steuerverweigerung, die sich vor allem gegen den jüdischen Spanier *Gabriel Salamanca* richtete, der im Auftrag Ferdinands I. das Finanzwesen beherrschte und damit die eigentliche Macht ausübte. Dazu kam eine Predigerausweisung aus Hall und die Aufforderung der schwäbischen Bauern, sich ihrem Aufstand anzuschließen. Die Verhinderung einer Hinrichtung in Brixen löste den Aufstand unmittelbar aus, der sich vor allem in Südtirol ausbreitete und siegreich war. Die Räte, mit Salamanca an der Spitze, wurden ebenso des Landes verwiesen wie die Bischöfe von Brixen und Trient. Führer des Aufstandes war *Michael Gaismair,* Sohn einer Sterzinger Bergknappenfamilie, der sich als Schreiber des Landeshauptmannes und des Brixener Bischofs politische Erfahrungen hatte erwerben können.

Am 30. Mai 1525 hielten die Aufständischen zu Meran einen Landtag ab, der in 64 Artikeln ihr Programm formulierte. Dieses beschränkte sich im wesentlichen auf bäuerliche Forderungen und verlangte lediglich das Recht, Richter und Beamte einsetzen zu dürfen. Die von Michael Gaismair verfaßte Landesordnung ging wesentlich darüber hinaus. Während die Meraner Artikel nach wie vor den habsburgischen Erzherzog an der Spitze des Landes sehen wollten, projektierte Gaismair eine republikanische Staatsform auf christlicher Grundlage. Im übrigen hatte die Gaismairsche Landesordnung verschiedene soziale und politische Aspekte, die seiner Zeit vorauseilten: Klöster sollten in Krankenhäuser umgewandelt werden, der Zehent sollte zur Fürsorge für die Armen verwendet werden, alle ständischen Unterschiede sollten verschwinden. Lediglich in den wirtschaftlichen Fragen erwiesen sich die Gaismairschen Vorstellungen als unrealistisch. Er strebte nach Autarkie und verlangte die Verstaatlichung der Bergwerke zur Deckung der öffentlichen Ausgaben, berücksichtigte aber nicht die über die Landesgrenzen hinauswirkenden handelspolitischen Verflechtungen Tirols, die sich aus der Tatsache des Bergbaues und vor allem des Durchzugshandels in nord-südlicher Richtung ergaben.

Ferdinand I. berief für den 12. Juni einen Landtag nach Innsbruck ein, der bereits im Schatten der Niederlage der Bauern im Reiche stand. Ferdinand zeigte sich in der Erfüllung wirtschaftlicher Forderungen einigermaßen aufgeschlossen, blieb aber gegenüber den politischen Forderungen hart und unnachgiebig. Gaismair wich, da er seine Sache verloren sah, nach Salzburg aus.

Dort war seit 1519 *Matthäus Lang* Fürstbischof, der ebenso wie alle Territorialfürsten danach strebte, seine weltliche Macht zu festigen und auszubreiten. Als im Mai 1525 für Salzburg anstatt der bisherigen Privilegien ein neues Stadtrecht verordnet wurde und die Verfolgung der Lutheraner einsetzte, standen die Bauern auf. In den Gasteiner Artikeln wurden die Einzelbeschwerden zusammengefaßt, und für das Gebiet wurde mehr Einfluß auf die Verwaltung und das Gerichtswesen verlangt. Neben den Bauern aus der Gegend von Werfen, dem Salzachtal, des Pongau und des Pinzgau spielten hier vor allem die Knappen des Gasteiner Tales eine wichtige Rolle. Der Fürstbischof, bereits zum Nachgeben geneigt, wurde durch das Eingreifen des *Schwäbischen Bundes* aus seiner bedrängten Lage befreit. Der Bayrische Rat *Dr. Leonhard von Eck,* der seit 1517 im Schwäbischen Bund besonderen Einfluß ausübte, hatte die Intervention zustande gebracht. Am 2. Juli 1526 wurden die Bauern geschlagen, Gaismair flüchtete in venezianische Dienste, wo er 1530 durch einen gedungenen Spanier ermordet wurde.

Unter dem Einfluß von Salzburg, allerdings schwer beeinträchtigt durch türkische Einfälle, standen auch die Kärntner Bauern auf. In Oberösterreich handelte es sich lediglich um Ereignisse, die durch die Ausstrahlung des Salzburger Geschehens verursacht worden waren und im Juli 1525 niedergeworfen werden konnten.

Im Land ob der Enns flackerten Jahrzehnte später kleinere Widerstände auf, so am 10. Mai 1594 in St. Peter am Wimberg wegen der Einsetzung eines katholischen Geistlichen; 1592 im Hausruckviertel unter *Lazarus Doppler;* im Traunviertel unter *Georg Tasch,* dem Wirt von Pettenbach, und *Hans Gundenstorfer* aus Kematen. 1597 wurde die Befriedung durch *Gotthard von Starhemberg,* der selbst Protestant war, durchgeführt.

Hier flammte genau 100 Jahre nach dem großen Bauernkrieg der Unwille der Bauern nochmals in bedrohlicher Form auf. Das Land war *Maximilian von Bayern* zeitweilig verpfändet und *Graf Adam Herberstorf* als Statthalter eingesetzt. 1624 erging der Befehl, die evangelischen Prediger und Schulmeister zu entfernen, zu Ostern 1625 wurde der Bevölkerung befohlen, bei Strafe der Landesverweisung sich als katholisch zu bekennen. Hier stellte sich *Stefan Fadinger* aus St. Agatha bei Waizenkirchen an die Spitze des Aufstandes und führte seine Bauern bis vor Linz, bei dessen Belagerung er 1626 den Tod fand. Seine Nachfolger *Christoph Zeller,* Fadingers Schwager, und *David Spat* waren ihm nicht ebenbürtig. Der Aufstand war verloren. 1626/27 wurde dem oberösterreichischen Adel die Alternative gestellt, entweder katholisch zu werden oder auszuwandern.

Dieser oberösterreichische Aufstand steht in keinem Zusammenhang mehr mit dem eigentlichen Bauernkrieg, der 100 Jahre zuvor stattgefunden hatte. Hier handelte es sich bereits um die Auflehnung gegen die Gegenreformation.

Der Abschluß des Trientiner Konzils am 4. Dezember 1563 legte mit seiner intransigenten Haltung gegenüber jeder Versöhnung der Konfessionen die Grundlage für die katholische Restauration. Um die Unruhe in seinen Ländern abzufangen, erbat Ferdinand I. vom Konzil für die Erblande die Priesterehe und das Abendmahl in beiderlei Gestalt, ohne Gehör zu finden. Bereits 1527 hatte Ferdinand I. ein Zensurgesetz erlassen, das die Bevölkerung seiner Länder vor dem Einfluß des evangelischen Schrifttums bewahren sollte. Damit beginnt jene Kette geistiger Bevormundung der österreichischen Bevölkerung, die mit kurzen relativen Auflockerungen zur Zeit Maximilians II. und *Josephs II.* bis 1848 andauerte. 1541 wurden die Jesuiten zur Reorganisation der Wiener Universität berufen. *Canisius,* der 1552 nach Wien gekommen war, verfaßte gewissermaßen als schriftliches Rückgrat der Gegenreformation den großen und kleinen Katechismus. Welchen Erfolg die Gegenreformation zu verzeichnen hatte, geht etwa daraus hervor, daß das Jesuitengymnasium in Wien bei seiner Gründung nur 3 Schüler hatte, nach drei Jahren waren es bereits 120, nach vier Jahren 500. 1600 fand in Linz nach 40 Jahren wieder eine Fronleichnamsprozession statt, 1603 waren die Elementarschulen wieder katholisch.

Der durchdachteste Plan für die Rekatholisierung stammte vom Bischof von Lavant, *Georg Stobäus,* der zur Richtschnur *Ferdinands III.* zunächst ab 1596 in der Steiermark und ab 1619 in ganz Österreich wurde. Eine Reformationskommission unter der Leitung von *Andreas von Herberstein* hatte die Aufgabe, Predikanten auszuweisen, die Bürger auf ihren Glauben zu prüfen, sie zu überreden, und wenn dies nichts fruchtete, sie zur Auswanderung zu zwingen. Bewaffnete Knechte begleiteten die Kommissionen, um ihnen den gebührenden Nachdruck zu verleihen. Breite Bevölkerungsteile entschlossen sich zur Auswanderung. Von Ferdinand III. ist der Ausspruch überliefert, er wolle lieber über eine Wüste herrschen als über ein Land voller Ketzer.

Die Gegenreformation zeitigte einen wesentlichen staatspolitischen Effekt: Sie brach nicht nur den neuen Glauben, sondern gleichzeitig auch die Vorrechte der Stände, womit sich der zentralistische Absolutismus ankündigte.

Inzwischen war das religiöse Problem zu einem machtpolitischen geworden. Am 4. Mai 1608 wurde der Schmalkaldische Bund von den protestantischen Ländern Pfalz, Anhalt, Württemberg, Baden und Brandenburg erneuert und später durch ein Bündnis mit Frankreich und Holland zur Union ausgeweitet. 1609 bildeten die katholischen Fürsten Süddeutschlands die Liga, die ihrerseits sich auf die Hilfe Spaniens, italienischer Fürsten und des Kirchenstaates stützen konnte. Damit zeichnete sich bereits die Frontstellung des Dreißigjährigen Krieges ab, der am 23. Mai 1618 durch den Prager Fenstersturz ausgelöst wurde. Am 5. November 1620 erlitt die Konföderation in der Schlacht auf dem Weißen Berg ihre entscheidende Niederlage. Am 21. Juni 1621 besiegelte Ferdinand seinen Sieg durch das Blutgericht am Altstätter Ring zu Prag, wo 27 Tschechen und Deutsche, Mitglieder des Landtages, hingerichtet und ihre Köpfe 10 Jahre lang zur Abschreckung auf der Karlsbrücke aufgepflanzt wurden. Es folgte eine rigorose Konfiskation der protestantischen Adeligen und eine Besitzumschichtung zugunsten der Parteigänger Ferdinands. Unter den Nutznießern befand sich auch Albrecht von Wallenstein.

Wallenstein ist ein besonderes Problem sowohl in der Geschichte Österreichs als auch des Reiches, das zum Vergleich mit den gleichzeitigen Vorgängen in Frankreich herausfordert. Dort hatte im August 1624 Kardinal *Richelieu* die politische Führung übernommen. Ihm gelang der letzte und entscheidende Schritt, Frankreich nicht zuletzt durch Straffung und Zentralisierung seiner inneren Organisation zu einer dominierenden europäischen Macht zu machen. Der Historiker *Burckhardt* weist treffend auf die Gleichzeitigkeit zweier Ereignisse des Jahres 1628 hin: Während es Richelieu gelingt, die Festung La Rochelle zu nehmen und damit die Hugenotten endgültig niederzuzwingen, belagert Wallenstein vergeblich die Festung Stralsund, deren Fall ein entscheidender Schlag gegen die protestantische Partei im Dreißigjährigen Krieg gewesen wäre. Ein weiterer Aspekt kann nicht übersehen werden: nämlich was die Potenz der militärischen Macht, die Wallenstein auf die Beine gestellt hatte, für einen Kaiser hätte bedeuten können, der das klare politische Ziel der Ausschaltung der übermäßigen Macht der partikularen Fürsten vor Augen gehabt hätte. Es lag wohl an beiden, sowohl an der Unzulänglichkeit Wallensteins wie auch an der Ferdinands III., daß es dazu nicht hatte kommen können. Die undurchsichtigen Handlungen Wallensteins nach seiner Wiederberufung im Jahre 1631 waren ohne Zweifel trotz der fast unbeschränkten Vollmachten, die ihm gegeben worden waren, von seinem verletzten Stolz wesentlich beeinflußt; dieser stolze, ja hochfahrende Mann mußte es bitter empfinden, daß er 1630 den Intrigen *Maximilians von Bayern* und der spanischen Partei am Wiener Hof geopfert worden war. Nun da er Lützen 1632 gewonnen hatte, jene Schlacht, in der *Gustav Adolf* gefallen war, begann er, der zum Herzog von Friedland erhöhte und immens reich gewordene Mann, eine Politik zu treiben, die von den Historikern bis zum heutigen Tag nicht vollkommen durchleuchtet werden konnte. Die Frage bleibt offen, ob er nur den Frieden zwischen den Konfessionen zum Ziele hatte, um dem Reiche weiteres Blutvergießen zu ersparen, oder ob er eigene politische Pläne, vielleicht sogar die Krone Böhmens anstrebte. Ferdinand, wesentlich beeinflußt von seinen Ratgebern, empfand jedenfalls die Haltung Wallensteins als beginnenden Verrat und ließ den Feldherrn in der Nacht vom 25. auf 26. Februar 1634 in Eger ermorden.

Der Dreißigjährige Krieg hatte sich längst von seinem religiösen Ausgangspunkt entfernt und war ein Machtkampf von europäischem Ausmaß geworden. Das Frankreich Richelieus hatte sich im Namen der Libertät in den Krieg eingeschaltet, Gustav Adolf von Schweden als Schutzherr des Protestantismus. Die Territorialherren des Reiches versuchten ihre egoistischen Interessen zu wahren. Der Krieg war zu einer reinen Machtfrage geworden. Nach dem am 24. Oktober 1648 zu Münster und Osnabrück geschlossenen Frieden war das Heilige Römische Reich in mittlere, kleine und kleinste Territorien aufgelöst und blutete aus unzähligen Wunden.

Österreich war durch das Aufeinanderprallen von Reformation und Gegenreformation, vor allem durch die gnadenlose Durchführung der Gegenreformation, ein im wesentlichen einheitlich katholisches Land geblieben, während das Reich selbst in zwei nahezu gleich große evangelische und katholische Teile zerfallen war. In Österreich war als Folge der von Maximilian I. begonnenen Verwaltungsreformen und als Ergebnis der Gegenreformation ein wesentlicher Schritt zu einer österreichischen Gesamtstaatsidee getan. Trotzdem wird man nicht übersehen dürfen, daß die Gegenreformation mit ihrer Zwangsrekatholisierung der Bevölkerung psychisch und charakterlich schweren Schaden zugefügt hat: eine Folge der tragischen Alternative, das Land zu verlassen oder in der Lüge zu leben, wenn man den evangelischen Glauben bewahren wollte. Demgegenüber kann ebensowenig übersehen werden, daß die Gegenreformation mit dem Barock eine Kultur- und Kunstgesinnung von hoher Bedeutung heraufgeführt hat, gleichsam eine rauschhaft-werbende Geste, durch Spiel und Prunkentfaltung den verlorenen Kindern den Weg zurück zur Kirche zu erleichtern.

Rueland Frueauf d. J.: Sauhatz; aus der Legende von der Gründung des Stiftes Klosterneuburg; Tafelbild in Stift Klosterneuburg, 1505

Kaiser Maximilian I.

VON KARL GUTKAS

Seit *Friedrich Schlegel* im Jahre 1810 in seinen Wiener Vorlesungen *Maximilian* als »Ritter und vaterländisch gesinnten Deutschen, der nochmals Kirche, Kaisertum und Rittertum als Ideale verfochten hat«, gezeichnet und *Anastasius Grün* in seinem dreibändigen Roman *Der letzte Ritter* 1830 dieses Bild popularisiert hat, ist der Kaiser in Österreich in diesem Sinne zu einer beliebten patriotischen Lesebuchfigur geworden. Außerhalb Österreichs hob man entweder die Utopie seiner vielen unausgeführten Planungen hervor und nannte ihn einen Träumer, oder man zeichnete von ihm das Bild eines Machtmenschen, der die Kunst des Maskierens vortrefflich verstand und seine wirklichen Ziele ideologisch zu verschleiern wußte. Die Kulturhistoriker wieder fanden, er sei ein echter Renaissancemensch gewesen, ein *uomo universale,* der alle möglichen Kunstfertigkeiten zu beherrschen wußte, während man in letzter Zeit ihn als Leistungsmenschen sieht, der, vielseitig gebildet und interessiert, seine Leistungen der Würde und den Möglichkeiten seiner Ämter gemäß zu gestalten sich bemühte.

Wir sehen also, daß die Meinungen über Kaiser Maximilian weit auseinandergehen, vorwiegend deshalb, weil er in vielen Bereichen tätig war und damit verschiedene Perspektiven für eine Beurteilung und Wertung eröffnete. Wenn wir ihn in seiner Zeit sehen, müssen wir feststellen, daß er von den weltbewegenden Entdeckungen dieser seiner Zeit unberührt blieb, daß ihn das Hinausstreben der am Atlantik lebenden Völker in die Welt kaum berührte, obwohl er in ihre Länder vielversprechende Familienverbindungen gesponnen hatte. Für sein Handeln bildete das römisch-deutsche Reich den Rahmen, so wie es aus dem Mittelalter überkommen war. Er bemühte sich, den Verpflichtungen dem Reich gegenüber nachzukommen, wenn auch nicht immer mit großer Ausdauer und selten mit Erfolg. Viel mehr berührte ihn das Schicksal seiner österreichischen Erblande und insbesondere die Stellung seiner Dynastie.

Am 22. März 1459 wurde *Maximilian* als Sohn *Kaiser Friedrichs III.* und seiner portugiesischen Gemahlin *Eleonore* in der Burg von Wiener Neustadt geboren. Mit dem wechselnden Geschick eines Herrschers wurde das dreijährige Kind erstmals vertraut, als es mit den Eltern im Herbst 1462 in der Burg zu Wien von den Bürgern belagert wurde. Diese Eindrücke waren bleibend, und der spätere Herrscher konnte sich im Herzen niemals mehr mit der Stadt Wien aussöhnen, wenn er auch ihre Bedeutung nicht verkannte.

Die kleine Stadt Wiener Neustadt mit dem eher provinziellen und ärmlichen Kaiserhof war die Umgebung seiner Kinderjahre, hier wurde er streng, aber gut unterrichtet, zumal er erst sehr spät richtig sprechen gelernt hatte. Im Umgang mit Soldaten und Gesinde lernte er neben dem ihm von seinen Lehrern beigebrachten Latein noch italienisch, spanisch, englisch, tschechisch und slowenisch sprechen, beherrschte aber keine dieser Sprachen wirklich vollständig.

Als sein Onkel *Sigmund von Tirol* eine Heiratsverbindung mit der um zwei

Jahre älteren Erbtochter des *Herzogs von Burgund* vorschlug, ging Friedrich gerne darauf ein. Herzog Karl von Burgund hoffte, durch verwandtschaftliche Bindung an die Familie des römisch-deutschen Kaisers selbst die Würde eines römischen Königs zu erhalten und damit seinen wirtschaftlich reichen und kulturell glänzend entwickelten Provinzen noch die nötige äußere Stellung zu geben. So trafen sich denn im September 1473 die Fürsten zu Verhandlungen in Trier, und dort lernte der vierzehnjährige Maximilian die Pracht der burgundischen Adelskultur kennen und bewundern. Während Herzog Karl den bescheidenen Kaiser nicht beeindrucken konnte, fand er in Maximilian einen echten Bewunderer.

Die Verhandlungen führten aber zu keinem Ergebnis, Friedrich konnte, unter dem Druck der Reichsstände stehend, dem Wunsche Karls nach der Königswürde nicht nachgeben. Nach seiner plötzlichen Abreise übergab er den Sohn dem Bischof von Augsburg zur Erziehung. Hier lernte Maximilian nicht nur die Landschaften bis hinein ins Hochgebirge Tirols kennen, sondern auch die wirtschaftliche Kraft einer Reichsstadt. Diese Landschaften hat er stets ins Herz geschlossen und sich später dort am liebsten aufgehalten.

Unterdessen gingen die Verhandlungen mit Burgund weiter, und noch vor seinem Tode vor der Festung Nancy am 5. Jänner 1477 hat Karl der Kühne in die Heirat Maximilians mit *Maria* gewilligt. Nun mußte sie schnell vollzogen werden, denn Frankreichs *König Ludwig XI.* wollte die burgundischen Lehen einziehen. Maximilian reiste in die Niederlande, heiratete Maria und konnte die Franzosen noch im gleichen Jahre bei Guinegate besiegen. Die Ehe wurde glücklich, zwei Kinder, ein Sohn *Philipp* und eine Tochter *Margarethe,* überlebten die Mutter, die 1482 nach einem Sturz vom Pferd starb und den Witwer mit persönlichen und politischen Problemen zurückließ. Als Regent des kleinen Fürsten Philipp hatte er bald größte Schwierigkeiten mit den niederländischen Ständen, denen er das Kind ausliefern mußte. Im Frieden von Arras mußte er auch Frankreich große Zugeständnisse machen, unter anderem wurde seine noch nicht dreijährige Tochter Margarethe dem französischen Kronprinzen verlobt und zur Erziehung an den Pariser Hof gebracht.

Wechselvolle Kämpfe mit den Niederländern und Franzosen kennzeichnen die nächsten Jahre. Als Maximilian 1488 von den Bürgern Brügges gefangengenommen wurde, erreichte er dort den Tiefpunkt seines Schicksals.

Zu dieser Zeit war er bereits zum römischen König und damit zum Nachfolger seines Vaters im Reich gewählt worden. Gerade als *Matthias Corvinus* von Ungarn dem Kaiser das österreichische Stammland entreißen konnte, gelang Maximilian dieser Erfolg. Die Rückgewinnung Österreichs wurde nun Maximilian vom Vater aufgetragen. Zuerst reiste er nach Tirol, wo sein Onkel Sigmund sich in größten Schwierigkeiten befand, die er selbst hervorgerufen hatte. Die vielen kostspieligen Bauten, die Versorgung seiner zweiundfünfzig unehelichen Kinder, allzugroße Prunkentfaltung und Sorglosigkeit hatten ihn in wirtschaftliche und innenpolitische Schwierigkeiten gebracht. Maximilian konnte Sigmund 1490 dazu bewegen, ihm seine Länder abzutreten. Zur gleichen Zeit starb König Matthias Corvinus kinderlos in Wien, und Maximilian konnte im Sommer nicht nur fast kampflos das Land unter der Enns wieder in Besitz nehmen, sondern sich auch Hoffnung auf Erringung der ungarischen Krone machen. Dies mißlang aber, und im Preßburger Frieden von 1491 konnte er nur die Anwartschaft auf die Erbfolge in Ungarn erneuern.

Während er in Wien weilte, heiratete Maximilian per procuram die Erbtochter des *Herzogs der Bretagne, Anna.* Dies war wieder eine gegen Frankreich gerichtete Handlung, ebenso wie seine früheren Versuche, mit Spanien in Heiratskontakte entweder für sich oder seine Kinder zu treten. Der französische *König Karl VIII.*, Maximilians versprochener zukünftiger Schwiegersohn, ließ sich dies auch nicht gefallen und stellte die Prinzessin Anna vor die Wahl, entweder ihn zu ehelichen oder ihr Land zu verlieren. Maximilian mußte nun den Skandal erleben, daß seine ihm angetraute Frau die Heiratsbriefe für ungültig erklärte. Für Maximilian wurde dadurch der Weg frei zu einer Doppelheirat seiner Kinder mit den Kindern der spanischen Könige: *Philipp*, mündig erklärt und Regent der Niederlande geworden, heiratete *Johanna von Kastilien-Aragon*, der spanische Erbprinz *Johann, Prinz von Asturien*, Maximilians Tochter *Margarethe.*

Diese Heiratsverbindung stand im Zeichen eines Bündnisses gegen Frankreich, das zu dieser Zeit in Italien eingebrochen war. Als Abwehr hatte sich die Heilige Liga von Venedig gebildet. Auch Maximilian wollte in diesem Rahmen einen Italienfeldzug unternehmen, um sich nach alter Sitte nach Herstellung der Reichsrechte in Italien in Rom die Kaiserkrone zu holen.

Dieser Zug über die Alpen, von deutschen Fürsten kaum unterstützt, begegnete in Italien größtem Mißtrauen und endete schließlich vor dem vergeblich belagerten Livorno.

Auch spätere außenpolitische Aktionen endeten mit Mißerfolgen. Dies hatte zur Folge, daß die Reichsstände ungeduldig wurden und unter der Führung des *Erzkanzlers Berthold von Mainz* eine Reform des Reiches verlangten. Auf dem Reichstag von Worms, 1495, wurden die ersten Maßnahmen gesetzt, durch einen »ewigen Landfrieden« ein Fehdeverbot erlassen und zur Wahrung des Rechtes ein Kammergericht eingesetzt.

Bei der Einteilung des Reiches in Kreise hatte er einen burgundischen und einen österreichischen Kreis geschaffen. Diese erstmalige Zusammenfassung aller habsburgischen Erblande wurde durch gemeinsame Landtagsverhandlungen unterstrichen. Im Jahre 1518 kam es erstmals zu einem Ausschußlandtag der Stände aller habsburgischen Länder in Innsbruck. Diese Versammlung, die über verschiedene alle Länder betreffende Maßnahmen beriet, kann als erstes österreichisches Parlament bezeichnet werden.

Für die Zeit seiner Abwesenheit schuf Maximilian auch landesfürstliche Behörden, die man »Regiment« nannte. So errichtete er Behörden für die niederösterreichischen Länder und eigene für die oberösterreichischen, wobei Maximilians Lieblingsaufenthalt Innsbruck immer mehr in den Vordergrund trat.

Mit dem venetianischen Krieg sind zwei hochbedeutsame Ereignisse verbunden. Am Beginn steht die Kaiserproklamation in Trient im Jahre 1508. Als Maximilian sah, daß er vor allem in Venedig bei einem geplanten Romzug einen Feind hatte, ließ er sich ohne Salbung und Krönung, aber mit nachträglicher Genehmigung des Papstes zum Kaiser proklamieren und eröffnete somit die Reihe der »erwählten römischen Kaiser«. Als später *Papst Julius II.* sich ebenfalls gegen ihn wandte, wollte er 1511 selbst das Papsttum erringen, sei es als Koadjutor oder Nachfolger des damals erkrankten Julius oder äußerstenfalls sogar als Gegenpapst. Dies blieb zwar nur Episode, zeigt aber, daß der nach einer nicht sehr glücklichen Ehe mit *Bianca Maria Sforza* am Silvestertag 1510 wieder Witwer gewordene Kaiser nach jeder Würde zu greifen willens war.

Wir sehen daraus aber auch, welch hohe Auffassung Maximilian von seiner eigenen Person hatte. Seit seiner Jugend beschäftigte er sich mit der Geschichte seines Hauses und hielt sich in *Dr. Jakob Mennel* einen Hofhistoriographen, der den Beweis erbringen sollte, daß in Maximilian alles edle Blut des Kontinentes und der Antike sich vereinigt hatte. Eine Theorie führte das Herrscherhaus auf edle stadtrömische Geschlechter, die *Colonna* oder *Pierleoni*, zurück, die andere auf die Frankenkönige und über diese auf die Trojaner. Diese letzte Version behagte dem Kaiser, und er ließ zahlreiche Genealogien aufstellen, um diese Theorien wissenschaftlich zu erhärten. Nicht weniger als 47 Selige und 123 Heilige umfaßte die *Sipp-, Mag- und Schwägerschaft* des Kaisers, wie seine Gelehrten feststellten. Bedeutende Künstler, unter ihnen *Hans Burgkmair* und *Albrecht Dürer*, wurden aufgeboten, um diese Theorien zu illustrieren, in Holzschnitten darzustellen und damit ihre Verbreitung vorzubereiten. Die bedeutendsten Werke zur Auswertung dieser Forschungen sind die gewaltigen Dürerschen Holzschnitte der *Ehrenpforte* und des *Triumphzuges;* hier wird Maximilians Verwandtschaft nur bis zurück auf den *Frankenkönig Chlodwig* dargestellt, weil man keine Heiden miteinbeziehen wollte, dort die ganze Frage mehr ins Allegorische übersetzt.

Zu seinem eigenen Ruhme hat Maximilian zwei Werke fertigstellen lassen und den Text dazu selbst seinen Sekretären diktiert. Im *Theuerdank* schilderte er die Brautfahrt in die Niederlande, im *Weißkunig* seine Jugend und Erziehung und schließlich sein bewegtes Leben als Kaiser und König. Im unvollendet gebliebenen *Freydal* sollten die Rennen und Stechen, Kämpfe und Mummereien des unentwegten Turnierhelden Maximilian dargestellt werden. Diese Werke sind als literarische Denkmäler nicht sehr bedeutend, als Selbstbiographien schon wertvoller, doch liegt ihr wirklicher Wert in der künstlerischen Ausführung, haben doch *Leonhard Beck* aus Augsburg und *Hans Burgkmair* die Illustrationen geliefert.

Das größte Werk der eigenen Persönlichkeitsdeutung ist aber Maximilians Grabmal in der später erbauten Hofkirche zu Innsbruck. Hier ließ sich Maximilian sein größtes künstlerisches Unternehmen überhaupt konzipieren. Einhundertvierundsiebzig Bildwerke verschiedener Größe, Statuen der Ahnen und Vorbilder, Brustbilder der Vorgänger in der Kaiserwürde und Statuen von Heiligen aus der Sipp-, Mag- und Schwägerschaft des Kaisers sollten seinen Sarkophag umstehen, aus Erz gegossen und vergoldet. Obwohl schon zu Lebzeiten Maximilians fünfzehn Jahre daran gearbeitet wurde, ist doch nur ein Teil davon fertig geworden.

In Innsbruck steht auch als bedeutendstes an den Kaiser gemahnendes Bauwerk das Goldene Dachl, als Prunkerker errichtet, von dem aus der Hof die Volksbelustigungen mitansehen konnte.

Österreich und Wiener Neustadt, insbesondere den St.-Georgsorden, hat Maximilian nie vergessen, und in seinen letzten Lebensjahren zog er fast alljährlich im Sommer durch seine Erblande. Immer stärker beschäftigten ihn die Erbfolgeprobleme in Böhmen und Ungarn sowie der von Jugend an erträumte Zug gegen die Türken. Der Türkenkrieg war sein besonderes Anliegen, diesem zuliebe hatte er den Georgsorden mit einer Bruderschaft erweitert, aber über Pläne kam er nicht hinaus. Hingegen konnte er die Nachfolgefrage in Ungarn lösen. Als sich die spanisch-niederländische Erbfolge zugunsten seines Enkels Karl geklärt hatte, befaßte er sich neuerlich stärker mit mitteleuropäischen Plänen. Hier hatte ein Kriegszug gegen Ungarn im Jahre 1506 keine Erfolge gebracht und nur bewirkt, daß sich die Ungarn schworen, künftighin nur mehr einen aus ihrem Volke zum König zu wählen. Es half vorläufig Maximilian wenig, daß er beteuerte, er sei im Ostturm der Wiener Neustädter Burg, der fast schon in Ungarn liegt, geboren, der Adel mochte ihn nicht. Intensiven Bemühungen seines Diplomaten *Johann Cuspinian* und schließlich noch Maximilians Bündnisverhandlungen mit dem russischen *Großfürsten Wassilij III.* war es zuzuschreiben, daß die Könige aus jagellonischem Hause in Ungarn, Böhmen und Polen doch noch mit Maximilian einen Erbfolgevertrag abschlossen. Ein rasch improvisierter Kongreß in Wien im Juli 1515 besiegelte dieses Bündnis wieder durch eine Doppelhochzeit: *Ludwig,* der ungarische und böhmische Kronprinz, heiratete Maximilians Enkelin *Maria,* der alte Kaiser die kleine ungarische Prinzessin *Anna.* Sollte binnen einem Jahr ein Kaiserenkel, *Ferdinand* oder *Karl,* Anna heiraten, werde der Kaiser zurückstehen, wurde beschlossen. Die Ehe sollte sowieso erst vollzogen werden, wenn die jungen Prinzen ein angemessenes Alter erreicht hatten. Tatsächlich geschah dies dann 1521.

Zu diesem Zeitpunkt war Maximilian schon gestorben, seine Hochzeit mit der noch im Kindesalter stehenden Ungarin war aber die Grundlage zur Bildung der österreichisch-ungarischen Monarchie.

Die letzten Lebensjahre verbrachte Maximilian zumeist auf oberdeutschem oder österreichischem Gebiet. Er war zu dieser Zeit nicht mehr recht gesund und führte ständig seinen Sarg mit sich.

Für den Sommer des Jahres 1518 berief er nochmals einen Reichstag in das von ihm so geliebte Augsburg. Die Nachfolge seines Enkels Karl im Reich sollte geregelt und gleichzeitig die Kaiserkrönung Maximilians durch den Papst ausgehandelt werden. Weiters wollte man über den Türkenkrieg verhandeln und die durch Luthers Auftreten ausgebrochenen Religionswirren schlichten. All dies blieb erfolglos, und im Oktober verließ der erkrankte Kaiser die Reichsstadt. Auf dem Wege nach Innsbruck erhoffte er sich auf der Jagd Wiedererlangung der Gesundheit. Als er sich schließlich nach Innsbruck wandte, bereitete ihm die Stadt eine arge und ihn schwer treffende Enttäuschung. Wegen alter Schulden weigerten sich die Wirte, Maximilians Gefolge aufzunehmen. Verbittert verließ er nach wenigen Tagen jene Stadt, die er so geliebt, für die er so viel getan hatte, und zog innabwärts, um sich in den ersten Jännertagen des folgenden Jahres in Wels mit hohen Beamten zu treffen. Auf dem Wege dorthin erkrankte er ernstlich und mußte, in der Burg von Wels angekommen, das Bett hüten. Die Todeskrankheit nahm einen raschen Verlauf, und in den Morgenstunden des 12. Jänner 1519 verschied der Kaiser. Vermutlich war Darmkrebs die Todesursache.

In seinem Testament, wenige Tage vor dem Tode erstellt, bestimmte er die Georgskirche in der Burg zu Wiener Neustadt als seine Grabstätte. Dort wollte er unter dem Altere ruhen, so daß der Priester bei der heiligen Handlung auf seiner Brust zu stehen komme.

Kaiser Maximilian II.

VON GRETE MECENSEFFY

Kaiser Maximilian II. ist eine der umstrittensten Gestalten der Weltgeschichte. Wurde er doch von einigen Historikern als aufrichtiger Protestant bezeichnet, von anderen als Heuchler. Die Wahrheit dürfte in der Mitte liegen.

Der älteste Sohn *Ferdinands I.* und seiner Gemahlin *Anna von Ungarn* wurde am 1. August 1527 in der Wiener Hofburg geboren und auf den Namen des Urgroßvaters getauft.

Erzherzog Maximilian wuchs mit seinen Geschwistern in Innsbruck auf, weil die Residenzstadt Wien von den Türken bedroht und von der Pest öfters heimgesucht wurde. Einer seiner Lehrer, der Elsässer *Wolfgang August Schiefer*, entpuppte sich zum Entsetzen des Vaters, der vom Katholizismus Spaniens geformt worden war, als evangelisch und wurde 1538 entlassen. Es ist möglich, daß Schiefer die ersten Samen evangelischer Lehre in die Seele des aufnahmebegierigen, begabten und lebhaften Knaben gesenkt hat. 1538 wurde die Hofhaltung der beiden Erzherzöge Maximilian und Ferdinand nach Wien verlegt, wo der ältere in die Staatsgeschäfte eingeführt werden sollte. Dieser Erziehung diente auch die Beteiligung der jungen Fürsten an Reichstagen und Kriegszügen. Aus solchem Anlaß lernte Maximilian den *Herzog Moritz von Sachsen* und dessen Bruder *August* kennen, es war die erste Fühlungnahme mit evangelischen Fürsten. Die vorteilhafte äußere Erscheinung des hochgewachsenen jungen Mannes sowie seine Liebenswürdigkeit und Lebhaftigkeit machten auf alle, die ihn trafen, einen guten Eindruck.

Schon warf der kommende innerdeutsche Krieg seine Schatten voraus: *Karl V.*

rüstete zum Kampf gegen den Schmalkaldischen Bund. Auch Maximilian sollte an diesem Kriege teilnehmen. Es war ein eindrucksvoller Anschauungsunterricht für ihn, im Lager des Kaisers auch evangelische Fürsten anzutreffen: *Moritz von Sachsen, Erich von Brandenburg, Hans von Küstrin,* die gegen die »aufrührerischen« Fürsten *Johann Friedrich von Sachsen* und *Philipp von Hessen* zu Felde zogen. Im Lager fühlte sich Maximilian nicht glücklich; sein eigenwilliges, störrisches Wesen zeigte sich im Widerstand gegen Befehle des Kaisers. Als er vom plötzlichen Tod seiner Mutter (27. 1. 1547) nach Geburt eines Mädchens vernahm, wagte er einen Fluchtversuch, wurde aber von seinem besonnenen Kämmerer, dem Belgier *Perrenot von Chantonnay,* rechtzeitig zurückgeholt. Damals scheinen König Ferdinand ernste Bedenken wegen der religiösen Einstellung des Sohnes gekommen zu sein, denn vom Februar 1547 datiert ein Kodizill zum Testament des Königs vom Jahre 1543, das einen beschwörenden Appell an seine Söhne enthält, am wahren heiligen Glauben der Väter festzuhalten.

Nach dem Sieg bei Mühlberg und der Gefangennahme des Kurfürsten von Sachsen und des Landgrafen von Hessen beschloß Karl V., die religiösen Angelegenheiten Deutschlands aus eigener Machtvollkommenheit durch das sogenannte Interim zu ordnen, das den Evangelischen Priesterehe und Laienkelch gewährte, im übrigen aber die katholische Religion aufrechterhielt. Dies geschah 1548 auf dem Reichstage zu Augsburg. Moritz von Sachsen, der sich die Kurwürde schon im Lager vor Wittenberg geholt hatte, erkannte die kaiserliche Entscheidung etwas abgeändert im Leipziger Interim an.

Diese Ereignisse hat Maximilian nicht in Deutschland erlebt, denn schon hatte die Familienpolitik anders über ihn verfügt. Entgegen seinen eigenen Hoffnungen auf die Statthalterschaft in den Niederlanden oder die Ausübung seiner Königsrechte in Böhmen hatten die Brüder Karl und Ferdinand beschlossen, Maximilian zum Gemahl der Kaisertochter *Maria* zu machen und ihn als Statthalter nach Spanien zu schicken. Dahinter stand der Plan, nach dem Tode König Ferdinands, der zum Nachfolger Karls ausersehen war, Philipp zum Kaiser zu machen. So mußte Maximilian von Innsbruck über Mailand nach Genua, von dort nach Barcelona übersetzen und die alte Königsstadt Valladolid erreichen, wo alles zur Hochzeit vorbereitet war. Maximilian heiratete ein Mädchen, das er vorher nicht gesehen hatte; dennoch wurde die Ehe mit der klugen und bescheidenen Frau sehr glücklich; trotz allen Kummers, den ihr der Gatte durch seine religiöse Einstellung bereitete, harrte sie treu bei ihm aus. Gegen alles Spanische wurde er von immer größerem Widerwillen erfüllt. Er nahm den Briefwechsel mit Moritz von Sachsen auf, und endlich kam die ersehnte Abberufung: Er durfte im Oktober 1550 Spanien verlassen und traf am 10. Dezember in Augsburg ein.

In Deutschland schlug dem deutschen Habsburger eine Welle des Vertrauens entgegen. Infolge der Abneigung, die die Deutschen, allen voran Moritz von Sachsen, gegen die spanischen Sukzessionspläne hegten, sah sich Maximilian ohne sein Zutun auf die Seite der evangelischen Fürsten gedrängt. Es kostete

Karl V. schwere Mühe, seine Verwandten zur Annahme seines Planes im März 1551 zu gewinnen, daß Maximilian erst nach dem Tode seines Vaters und seines Vetters Philipp Kaiser werden sollte. Maximilian konnte nach Spanien zurückreisen, um Frau und Kinder zu holen. Moritz von Sachsen und seine Freunde wollten das spanische Projekt zu Fall bringen. Zurückgekehrt traf Maximilian am 31. Dezember 1551 beim Kaiser in Innsbruck ein; drei Wochen später wünschte Moritz ihn zu sprechen. Des Kurfürsten kaum zu verbergende Betriebsamkeit, seine Absprachen mit Frankreich kamen dem Kaiser höchst verdächtig vor. Bei den Verhandlungen, die Ferdinand mit ihm in Linz führen sollte, war Maximilians Anwesenheit vorgesehen. Im April 1552 begannen die Gespräche, die durch den Überfall des Kurfürsten Moritz auf den Kaiser in Innsbruck, dem dieser mit Not entging, unterbrochen, aber nicht vereitelt wurden. Sie führten zum Passauer Vertrag, dem Vorspiel des Augsburger Religionsfriedens von 1555, den nicht mehr der zur Abdankung entschlossene Kaiser, sondern Ferdinand aushandelte. Der Friede zwischen den Konfessionen schloß die Anerkennung des Augsburger Bekenntnisses und seiner Anhänger ein.

Von dieser Zeit an nahm die Hinneigung Maximilians zum Protestantismus zu. 1554 war das denkwürdige Jahr, in dem *Johann Sebastian Pfauser*, 1520 zu Konstanz geboren, als Prediger an den Wiener Hof kam und von Maximilian in persönlichen Dienst genommen wurde. Er war ein ausgezeichneter Kanzelredner und muß wohl, nicht nur wegen seiner Verheiratung, als lutherisch angesehen werden. Er gewann bestimmenden Einfluß auf Maximilian; zu spät erkannte Ferdinand, wen er als Hofprediger angestellt hatte. Es war die Zeit, in der Maximilian in eifrigen Verkehr mit den evangelischen Fürsten des Reiches trat. Im Frühjahr 1556 brach Maximilian mit seiner Familie nach den Niederlanden auf; auch Pfauser befand sich in seinem Gefolge.

Ob dem künftigen Herrn der Erblande damals schon bewußt war, daß viele seiner Untertanen evangelisch waren? Die Ausbreitung der neuen Lehre schien tatsächlich unaufhaltsam. Ein Mandat König Ferdinands, das 1554 den Empfang des Abendmahles unter beiderlei Gestalt verbot, war wirkungslos geblieben. 1556 legte der evangelische Landeshauptmann der Steiermark, *Hans Ungnad von Sonnegg*, sein Amt nieder; im gleichen Jahre gaben die Herren auf dem Ausschußlandtag der »niederösterreichischen« Länder unmißverständlich zu verstehen, daß sie Behandlung ihrer religiösen Beschwerden erwarteten, ehe sie die Türkenhilfe bewilligen wollten. König Ferdinand graute bei dem Gedanken, daß bei Abfall des Thronfolgers von der römischen Kirche der Abfall der Untertanen unvermeidbar war. Im Dezember 1555 war es zu einem heftigen Auftritt mit Pfauser gekommen, dem Ferdinand schließlich elf Fragen vorlegen ließ, die Maximilian durch Vermittlung des kaiserlichen Rates *Caspar Nidbruck* nach Wittenberg an *Melanchthon* sandte. So trat der Erzherzog mit dem Manne in Verbindung, der das Verbindende bei der Auseinandersetzung der Konfessionen betonte; das Gezänk im evangelischen Lager, wie es sich etwa beim Wormser Religionsgespräch 1557 zeigte, war Maximilian verhaßt.

In Brüssel, wo die erzherzogliche Familie Mitte Juli 1556 eintraf, erfüllte sich Maximilians Hoffnung auf die Statthalterschaft der Niederlande nicht. Um so eifriger nützte der Erzherzog die Reise zu Zusammenkünften mit den evangelischen Fürsten des Reiches aus. Er wurde aber auch dadurch enttäuscht, daß 1558 wohl die Erhebung seines Vaters zum Kaiser erfolgte, nicht aber seine eigene zum römischen König. Es verstimmte ihn auch, daß der Vater ihn von allen Reichsangelegenheiten fernhielt und ihm nur den Vorsitz auf Landtagen übertrug. Sollte aber Maximilians Wahl zum römischen König erfolgen, so mußte seine religiöse Haltung als uneingeschränkt katholisch vor aller Welt bestätigt werden. Die Gegensätze versteiften sich. Im November 1559 wurde *Pfauser* aller seiner Ämter am Kaiserhof enthoben. Zu Ostern 1560 weigerte sich Maximilian, das Abendmahl unter einer Gestalt zu nehmen. Ferdinand hatte vergebens gehofft, für den Sohn eine Dispens vom neuen *Papst Pius IV.*, der dem strengen *Paul IV.* gefolgt war, zu erlangen. Briefe Maximilians an seine Freunde, vor allem an den Bruder des Kurfürsten von Brandenburg, *Hans von Küstrin,* zeugen von tiefer Niedergeschlagenheit. Was sollte er um der Religion willen tun? Er beschloß, sich über die Haltung seiner Gesinnungsgenossen im Reich Gewißheit zu verschaffen, und sandte seinen vertrauten Rat *Nikolaus von Warnsdorf* an die Höfe der drei protestantischen Kurfürsten, Brandenburg, Sachsen und Pfalz, außerdem zu Hans von Küstrin, Philipp von Hessen und Christoph von Württemberg. Er bat um die Beantwortung zweier Fragen: Einmal, wie sollte er sich verhalten, wenn er keinen evangelischen Prediger mehr halten dürfe und gezwungen werde, der päpstlichen Messe beizuwohnen, und zum anderen, wieweit er auf Hilfe rechnen könne, wenn er zur Flucht vor dem Vater gedrängt werde?

Die Zeit bis zur Rückkehr Warnsdorf verging mit einer Kur in Waltersdorf (an der Triesting, NÖ) und mit unergiebigen Gesprächen mit dem neuen Nuntius, *Stanislaus Hosius,* Bischof von Ermeland. Die Antworten, die Warnsdorf zurückbrachte, waren für den Kaisersohn niederschmetternd. Der einzige, der zumindest Asyl anbot, war der wegen seiner calvinistischen Einstellung später erbitterte Gegner Maximilians, *Kurfürst Friedrich III. von der Pfalz.* Die Scheu vor der geheiligten kaiserlichen Majestät war zu groß.

Maximilians politische Rücksichtnahme schloß nun mit seiner religiösen Überzeugung ein Kompromiß: äußerlich blieb er katholisch, wie er dies seinem Vater in feierlicher Loyalitätserklärung in Prag 1562 versprach; innerlich hegte er die gleichen Sympathien für die evangelische Lehre und ihre Träger wie früher, aber es begann das Lavieren, es kam zu halben Versprechungen, halben Gewährungen, während die katholische Seite zu neuen Angriffen rüstete. Am 24. November 1562 erfolgte auf dem Kurfürstentag zu Frankfurt seine Wahl zum römischen König, nachdem der Vater die Dispens des Laienkelches bei der Kurie durchgesetzt hatte. Der damalige Obersthofmeister des Königs, *Christoph von Eyczing*, gehörte der protestantischen Führerschicht an.

Am 25. Juli 1564 starb Kaiser Ferdinand I. In seiner letzten Aussprache mit seinem Beichtvater *Matthias Cithard* beschwor er diesen, dem Obersthofmeister seines Sohnes Maximilian, *Leonhard IV. von Harrach,* den letzten Wunsch des Sterbenden zu überbringen, er möge alles daran setzen, daß die katholische Religion in Österreich erhalten werde.

Zunächst schien das Tauziehen zwischen katholischem Herrscher und evangelischen Ständen weiterzugehen. Maximilian bewilligte auf seinen ersten Landtagen in Wien und Linz keine Glaubensfreiheit. Er gedachte des sektiererischen, reformierten Kurfürsten von der Pfalz, Friedrichs III., des vornehmsten unter den weltlichen Kurfürsten des Reiches, dem er als dem Angehörigen eines anderen als des augsburgischen Bekenntnisses die Reichsstandschaft aberkennen wollte. Dies gelang ihm allerdings nicht, weil die übrigen Kurfürsten davor zurückscheuten, einen der Ihrigen der Generalcondemnation und der Ausschließung aus dem Religionsfrieden preiszugeben. Damit war der Calvinismus gerettet, der in dem von *Heinrich Bullinger* verfaßten *Zweiten Helvetischen Bekenntnis* maßvollen und ergreifenden Ausdruck gefunden hatte.

Da der Landesherr aus freien Stücken die unablässig erbetene Religionsfreiheit nicht gewähren wollte, erkauften sie die Stände des nieder- und oberösterreichischen Landes durch die Übernahme der gewaltigen Schuldenlast von zweieinhalb Millionen Gulden. Maximilian gewährte 1568 die Religionskonzession unter der Bedingung, daß eine Agende erstellt werde. Dies geschah durch den Rostocker Professor *David Chyträus* im Vereine mit dem Prediger der Herrn von Grabner auf der Rosenburg am Kamp. Am 14. Jänner 1571 erlangte der Protestantenführer und gelehrte Historiograph *Reichard Strein von Schwarzenau* die Unterschrift des Kaisers unter die Religionsassekuration. Aber auch diese war ein halbes Werk. Glaubensfreiheit wurde nur den Herren und Rittern auf ihren Schlössern auf dem Lande, nicht aber den Bürgern in den Städten gewährt.

Das Verbot der Glaubensübung hinderte indes die Stadtverwaltungen, besonders in Oberösterreich, nicht, den evangelischen Gottesdienst in ihren Bereichen einzuführen. Die Hohe Zeit des evangelischen Glaubens in Österreich war angebrochen. Sie brachte einen Kulturaufschwung, der sich vor allem im Ausbau des Schulwesens durch die adeligen Stände auswirkte.

Das Ziel seines Lebens, den Religionsausgleich, hat Maximilian nicht erreicht; ein härteres Zeitalter zog herauf, als er nach wochenlangem Krankenlager am 12. Oktober 1576 während des Reichstages in Regensburg starb, ohne das heilige Abendmahl nach katholischem Ritus empfangen zu haben; dagegen hatte er sich standhaft gewehrt.

Von guten Anlagen und Geistesgaben, im Bestreben, das Rechte zu tun, war Maximilian II. in eine Zeit hineingestellt worden, deren widerspruchsvollen Kräften er nicht gewachsen war.

Erzbischof Wolf Dietrich von Raitenau
Erzbischof Markus Sittikus von Hohenems
Erzbischof Paris Graf Lodron

VON REINHARD RUDOLF HEINISCH

Das Erzstift Salzburg war seinem Wesen nach ein geistlicher Fürstenstaat, der Erzbischof also gleichzeitig Landesfürst. Der Salzburger Landesherr war unmittelbarer Fürst des Heiligen Römischen Reiches Deutscher Nation, also Reichsstand mit Sitz und Stimme in den Reichsversammlungen. Er war auch vorsitzender Fürst und Direktor des Reichsfürstenrates, wo er in der Rangordnung den ersten Platz nach den drei geistlichen Kurfürsten einnahm. Darüber hinaus war der Salzburger Erzbischof Direktor im Bayerischen Kreis, eine Stellung, die erst seit 1555 gemeinsam mit Bayern ausgefüllt wurde. Im kirchlichen Bereich war er Legat des päpstlichen Stuhles und Primas von Deutschland.

Vor diesem machtpolitischen Hintergrund wurde am 2. März 1587 der erst achtundzwanzigjährige *Wolf Dietrich von Raitenau* zum Erzbischof gewählt. Mit ihm kam wohl eine der eigenwilligsten Persönlichkeiten, ein ganz vom römischen Geiste erfüllter Domherr, zur Regierung, der die Reihe der Barockfürsten eröffnete.

Wolf Dietrichs Interesse galt am Beginn seiner Regentschaft in erster Linie religiösen Problemen. Im Religionsmandat vom September 1588 zeigte er sich als kompromißloser Verfechter der Gegenreformation, der auch die Ausweisung der Protestanten betrieb. Erst 1595/96 läßt sich, durch volkswirtschaftliche Erwägungen bedingt, ein Wandel in dieser Auffassung feststellen, an die Stelle der Landesverweisung tritt Belehrung, Mission und individuelle Behandlung.

Während sich in religiösen Belangen die Haltung des Erzbischofs immer mehr der Toleranz näherte, vollzog sich im politischen Bereich die Wandlung Wolf Dietrichs zum unumschränkten Gewaltherrscher, der als Landesfürst seine kräftige Hand spüren ließ. Am Ende dieser Entwicklung stand der absolute Despot, der keine Mitregierung duldete.

Bei allem Despotismus blieb aber das Interesse des Landes immer im Vordergrund der Überlegungen Wolf Dietrichs. Er kümmerte sich wenig um den Willen des Papstes und des Kaisers, dafür um so mehr um Bildung und Wohlfahrt der Untertanen. Im Rahmen seiner Bemühungen um die Hebung der Elementarschulen entwarf er selbst eine Schulordnung, in der für diese Zeit sehr fortschrittliche Grundsätze vertreten wurden. Im Zusammenhang mit der Pest zeigte der Erzbischof moderne hygienische Ansichten.

Seine zweifellos vorhandene Volkstümlichkeit geht vor allem auf sein tragisches Ende und seine rege Bautätigkeit zurück. Mit dem Umbau der Residenzstadt kam unter seiner Regierung die Renaissance in der Form des Frühbarocks elementar zum Durchbruch. Nach der Demolierung der mittelalterlichen Stadt wurde der Neubau der Residenz in Angriff genommen, Schloß Mirabell erbaut und nach dem Abbruch des romanischen Münsters ein neuer Dom geplant. In seiner Rolle als Kunstmäzen gab Wolf Dietrich seinen Nachfolgern die Linie für künftige bauliche Pläne. Damit muß er als Schöpfer des neuzeitlichen Salzburg gelten.

Aus seiner Theorie, er sei Reichsfürst, der das Erzstift als Vasall des Kaisers regiere und daher dem Papst nicht unterworfen sei, lassen sich Parallelen zu den aufklärerischen Ideen des *Erzbischofs Hieronymus Colloredo* (1772–1803) ziehen. Auch in seiner Geringschätzung der Reliquien, der Einschränkung der Feiertage und in den seltsamen Verfügungen über sein Leichenbegängnis zeigt sich Wolf Dietrich als früher Aufklärer.

Charakterlich war der Raitenauer, der besonders dem Kriegswesen große Neigungen entgegenbrachte, sicher zügel- und hemmungslos. Pietät scheint ihm fremd gewesen zu sein, wenn man an die Liquidierung des Domfriedhofes denkt, echte Frömmigkeit ist ihm aber nicht abzusprechen. Sein Verhältnis mit *Salome Alt*, einer Salzburger Patriziertochter, die dem Erzbischof 15 Kinder schenkte, trägt geradezu rührende Züge, wie sie bei den sonst üblichen Gepflogenheiten der Renaissancefürsten kaum zu finden sind.

Die Maßlosigkeit Wolf Dietrichs führte schließlich nach fast 25jähriger Regierung zu seinem unvermeidlichen Sturz. Nachdem er im Oktober 1611 Berchtesgaden besetzt hatte, um seine Forderungen im Salzhandel mit Bayern durchzusetzen, ließ Maximilian I. seine Truppen gegen das Erzstift aufmarschieren. Der Erzbischof mußte sich nach wenigen Tagen zur Flucht entschließen, wurde aber gefangengenommen und am 7. März 1612 zur Resignation gezwungen.

Bereits am 18. März wurde *Markus Sittikus von Hohenems*, ein Vetter Wolf Dietrichs, zu seinem Nachfolger gewählt. Menschlich besonders tragisch war es, daß Wolf Dietrich nach einem Prozeß gerade von einem nahen Verwandten in dauernder Gefangenschaft gehalten wurde, von der er nach einigen vereitelten Fluchtversuchen erst 1617 durch den Tod erlöst wurde. Als der Nachfolger eines bedeutenden Mannes war es das Los Markus Sittikus', im Geschichtsbewußtsein der Nachwelt zu verblassen.

1574 geboren, erhielt Markus Sittikus bereits 1589 ein Salzburger Kanonikat. Seine Wahl zum Erzbischof war ein ausgesprochener Kompromiß, er blieb der einzige Kirchenfürst Salzburgs, der seine Erhebung rein kurialen Beziehungen verdankte. Er konnte trotz einer von Bayern beeinflußten Wahlkapitulation die Freiheit seiner Entschlüsse nach allen Seiten hin wahren und folgte im wesentlichen der Politik seines gelästerten Vorgängers.

Als einem der frömmsten Erzbischöfe war Markus Sittikus die Glaubensrestauration im Lande eine Herzenssache, die mit dem Staatsinteresse konform ging. Wenn auch in Salzburg die Durchsetzung des *Cuius regio, eius religio* als Ausfluß des Landesfürstentums auf dem Programm stand, so nahm doch das Reformationswerk einen ruhigeren Verlauf als in den Nachbarländern. Hand in Hand mit der Gegenreformation, die allerdings nur Scheinerfolge zeitigte, zog Markus Sittikus die Bergwerke an sich und damit an die Hofkammer, ein Monopolisierungsprozeß, der erst unter Paris Lodron seinen Abschluß fand.

Die eigentliche Bedeutung des Erzbischofs liegt auf kulturellem Gebiet. 1617 berief er die Benediktiner nach Salzburg, die ein Gymnasium errichteten, aus dem unter Paris Lodron die Universität entstehen sollte. In der Theatergeschichte machte sich Markus Sittikus einen glänzenden Namen; schon 1616 wurden in Hellbrunn die ersten Opern nördlich der Alpen aufgeführt.

In den sieben Jahren seiner Regierung entwickelte der Landesfürst eine erstaunliche Bautätigkeit, die durch zielsicheres Handeln und durch erlesenen Geschmack gekennzeichnet ist. Nachdem 1614 neuerlich ein Grundstein für den Dom gelegt worden war, schritt das Werk rasch fort. Im Zentrum der Planungen stand das Lustschloß Hellbrunn, das von Markus Sittikus zu einem einzigartigen Juwel gestaltet wurde.

Die letzten eineinhalb Jahre der Regierung des Hohenemsers waren überschattet von den Auseinandersetzungen in Böhmen nach dem Prager Fenstersturz. In diese sorgenvolle Zeit fiel der Tod des Erzbischofs, der am 9. Oktober 1619 nach kurzer Krankheit starb.

Das Erzstift Salzburg hatte in einer mehr als kritischen Zeit seinen Landesherrn verloren. Um so mehr mußten die Domherren darauf bedacht sein, alle selbstsüchtigen Interessen hintanzusetzen und dem Lande ein starkes Oberhaupt zu geben. Dieses fand sich in der Person *Paris Graf Lodrons,* der am 13. November 1619 zum 64. Nachfolger des heiligen Rupert gewählt wurde.

Paris Lodron, der vielfach als der erste Italiener auf dem erzbischöflichen Stuhl angesehen wird, entstammte einem alten Südtiroler Geschlecht, das 1452 in den Reichsgrafenstand erhoben worden war. Als Sproß dieser Familie, deren bedeutendstes Mitglied *Paride il grande* im 15. Jahrhundert als Heerführer im Dienste der Republik Venedig gestanden war, wurde Graf Paris im Jahre 1586 als zweiter Sohn des kaiserlichen Kämmerers und Landeshauptmannes in Tirol, *Nikolaus Graf Lodron,* geboren. Nach Studien in Trient, Bologna und Ingolstadt wurde er 1606 Mitglied des Salzburger Domkapitels. Auf ausdrücklichen Wunsch Markus Sittikus' zum Dompropst gewählt, erfolgte fast gleichzeitig seine Ernennung zum Präsidenten der erzbischöflichen Hofkammer.

Alle Regierungshandlungen des neuen Landesfürsten standen unter dem Eindruck des großen Krieges, der für das Erzstift und seine Bewohner von einschneidender Bedeutung war. Zur Befriedigung der finanziellen Anforderungen, die der ausgebrochene Krieg erwarten ließ, brauchte Paris Lodron eine breitere Grundlage, weshalb er von der Praxis seiner Vorgänger abging und sich zur Wiedererrichtung der Landschaft bereit erklärte, wie er es in einer Wahlkapitulation versprochen hatte.

Neben der Um- und Neuorganisation des Heerwesens war die Befestigung der Hauptstadt eine der dringendsten Aufgaben. Die neuen Verteidigungsanlagen, die den Raum der Stadt beträchtlich erweiterten, entstanden in den Jahren 1620 bis 1646. Als Festungsbaumeister stand dem Erzbischof der durch seinen Dombau berühmt gewordene Italiener *Santino Solari* zur Verfügung. Unter seiner Leitung entstanden großartige Befestigungswerke, die Salzburg unbezwinglich erscheinen ließen und denen es seine Sicherheit während des Krieges zu verdanken hatte.

Durch die umsichtige und kluge Politik seines Landesherrn blieb das Erzstift bis zum Westfälischen Frieden von Durchmärschen, Einquartierungen oder gar Kriegshandlungen auf eigenem Gebiet verschont.

Diese Politik Paris Lodrons während des Dreißigjährigen Krieges wurde bisher nur unter dem Aspekt einer Neutralität des Erzstifts gesehen. Es existieren aber Belege dafür, daß der Erzbischof über die Reichs- und Kreiskontributionen hinaus die katholischen Kriegführenden, also die Liga, mit Truppenkontingenten unterstützte, wozu er nicht verpflichtet gewesen wäre. Als nach dem Prager Frieden die Kontributionsforderungen von seiten des Reiches ein ungeahntes Ausmaß erreichten, stellte Paris Lodron die Abkommandierung von Truppen ein. Das geschah freilich nicht auf Grund einer neutralen Haltung, viel eher muß dafür ein gewisser landesfürstlicher Egoismus verantwortlich gemacht werden.

Paris Lodrons Bedeutung liegt auch in seinem Wirken für Kunst und Kultur, womit er das Mäzenatentum seiner beiden Vorgänger fortsetzte. Durch den Stiftungsbrief vom 1. September 1623 baute er das von Markus Sittikus errichtete Gymnasium zur Universität aus. Sie war dazu bestimmt, den Kampf des Katholizismus gegen das Luthertum, den man 30 Jahre lang auf den Schlachtfeldern zu entscheiden suchte, mit geistigen Waffen zu führen. Aus bescheidenen Anfängen entwickelte sich die *Alma mater Salisburgensis* zu einem beachtlichen geistigen Zentrum.

Trotz der Bedrängnis durch den Krieg galt Paris Lodrons Hauptaugenmerk dem Dombau, den er am Beginn seiner Regierung unvollendet übernommen hatte. 1628 war das Werk so weit gediehen, daß am 25. September die Weihe des Domes stattfinden konnte.

Das kulturelle Leben war im wesentlichen von der Pflege der Musik bestimmt, die einen besonderen Höhepunkt bei den Domweihefeierlichkeiten erlebte. Neben den Aufführungen im Hellbrunner Steintheater wurde das Schauspiel vor allem an der Benediktineruniversität gepflegt. Die kulturelle Tätigkeit wurde erst durch die zunehmende Härte des Krieges nach dem Eingreifen Schwedens in den Hintergrund gedrängt.

Auf wirtschaftlichem und sozialem Gebiet hat Paris Lodron Bedeutendes geleistet. Durch seine frühere Stellung als Hofkammerpräsident mit finanziellen Problemen vertraut, entwickelte er während seiner Regierung eine Genialität, die es meisterhaft verstand, zwischen den Steuererträgen des Landes und den Forderungen von Reich und Kreis auszugleichen. Mit der Trockenlegung der Moore in der Vorstadt Schallmoos und mit dem Bau der *Lodronstadt* wurde die soziale Frage der Arbeitsbeschaffung gelöst und darüber hinaus auf sanitärem Gebiet angesichts der Pestepidemien während des Krieges ein Markstein gesetzt.

Paris Lodron erlebte noch das Ende des großen Krieges. Erst am 15. Dezember 1653 endete mit seinem Tod die wohl beste Regierung der neueren Salzburger Geschichte. Nicht nur in der Gegenwart erscheint uns die Zeit Paris Lodrons als eine trotz des Krieges glanzvolle Epoche. Bereits in seinen letzten Lebensjahren wurde der Erzbischof als Vater des Vaterlandes verehrt, und im 18. Jahrhundert betrachtete man sein Zeitalter als das klassische. Tatsächlich setzte unter seinen Nachfolgern ein steter Niedergang ein, der in der Säkularisation des Erzstifts seinen Abschluß fand.

Georg Erasmus Tschernembl

VON HANNS STURMBERGER

Georg Erasmus Tschernembl, dessen Leben sich von 1567–1626 erstreckte, gehört durch Geburt und Erziehung jenem 16. Jahrhundert an, das der Franzose *Jules Michelet* als das »fanatische« bezeichnete. Wenn auch das Hauptgewicht seines politischen Wirkens im 17., dem »bigotten« Jahrhundert, wie Michelet es nannte, lag, so war doch der Geist jener leidenschaftlichen Epoche, in der er geboren worden war, stets in ihm lebendig und hat sein Werk, den Kampf gegen den wiedererstehenden Katholizismus und den sich formierenden fürstlichen Absolutismus, weitgehend bestimmt. Tschernembl wurde in den zwei Jahrzehnten vor dem Ausbruch des Dreißigjährigen Krieges zum unbestrittenen Führer der evangelisch-ständischen Fronde gegen die absolutistischen Tendenzen des Hauses Österreich und zum Repräsentanten der radikaleren Richtung im Protestantismus der habsburgischen Erblande.

Tschernembl war Herr auf Schwertberg und Windegg in Oberösterreich und Mitglied des obderennsischen Herrenstandes.

Die beiden Lebensdaten – 1567 als sein Geburtsjahr und das Jahr 1626 als das Jahr seines Todes – umfassen die ganze Ära, die sich zwischen der Religionskonzession *Kaiser Maximilians II.* von 1568 und dem Reformationspatent *Kaiser Ferdinands II.* von 1625 erstreckt. Diese beiden Knotenpunkte in der Geschichte des österreichischen Protestantismus kennzeichnen die Grundlinie von Tschernembls Leben und sind symbolhaft für den Weg, den das evangelische Bekenntnis in Österreich zurücklegte.

Auch in das Land ob der Enns war nach dem Thesenanschlag *Luthers* in mächtigem Strom der Geist des Luthertums eingedrungen. Der Reformator selbst hatte an *Dorothea Jörger* auf Tollet in Oberösterreich geschrieben: »Bei Euch ist Hunger und Durst nach dem Evangelium.« Schon früh waren die Landstände die großen Förderer und Schutzherren des neuen Glaubens in Oberösterreich, und bereits 1525 hatten sie auf dem Linzer Landtag von *Ferdinand I.* die »lautere Predigt des Evangeliums« verlangt. Fast das ganze Land wurde allmählich protestantisch. Aber die Gewissen waren noch nicht frei. Der Augsburger Religionsfriede von 1555 hatte den Landesfürsten die Entscheidung über das religiöse Bekenntnis der Untertanen überlassen, das heißt also für Österreich, daß die katholischen habsburgischen Herrscher das Recht hatten, die Konfession der Untertanen zu bestimmen. Ein Versuch der Landstände, anläßlich der Huldigung für Maximilian II. die Freistellung der Religion zu erreichen (1565), mißlang. Doch zwangen schließlich die Türkenkriege mit ihren hohen Kosten den Kaiser, den Ständen Zugeständnisse zu machen. Für 1 200 000 Gulden, welche die oberösterreichischen Landstände dem Kaiser für den Türkenkrieg zur Verfügung stellten, erhielten sie 1568 die *Religionskonzession,* in welcher den Mitgliedern des Herren- und Ritterstandes die Ausübung des Augsburgischen Bekenntnisses auf ihren Schlössern, Dörfern, Städten und allen ihren Patronatskirchen gestattet wurde, während die landesfürstlichen Städte ausgenommen blieben. Die Religionskonzession war eine große konfessionspolitische Errungenschaft des oberösterreichischen Adels zu einer Zeit, da der erneuerte Katholizismus in Europa bereits wieder im Vormarsch war.

Die Religionskonzession – von *Pius V.* mit einem Verkauf des Blutes Christi verglichen – war die Grundlage für die Existenz des oberösterreichischen Protestantismus, zugleich aber auch der Ausgangspunkt für ein permanentes Ringen zwischen Fürstentum und Ständen. Denn dem Streben der Stände, diese beschränkte Religionsfreiheit etwa zugunsten der Städte und Märkte zu erweitern, stand das Trachten des Landesfürsten gegenüber, diese in politischer Ohnmacht gewährte Freiheit wieder einzudämmen oder rückgängig zu machen. Mit den rein konfessionellen Motiven dieses Ringens liefen aber parallel die beiden gegensätzlichen politischen Prinzipien der ständischen Staatsauffassung und des fürstlichen Staatsdenkens. Das waren Rahmen und Ausgangspunkt für das Wirken Tschernembls.

Tschernembl entstammt einem im Krainischen, auf Schloß Tschernembl, seßhaften Geschlecht, welches erst im 16. Jahrhundert in Österreich Fuß faßte, im Jahre 1557 die Herrschaft Windegg im Machland und 1563 Schloß und Herrschaft Schwertberg erworben hat. Er wurde am 26. Jänner 1567 als Sohn des *Hans von Tschernembl* und der *Barbara,* einer gebürtigen *Starhemberg,* geboren. Durch seine Mutter trug er das Erbe der kurz vorher ausgestorbenen *Grafen von Schaunberg* in sich. Er wuchs in Schwertberg in einer Atmosphäre auf, die in gleichem Maße die Frömmigkeit des Luthertums und die Traditionen des Herrenstandes pflegte, dem sein Vater, der auch politische Funktionen im Lande ausübte, angehörte. Für seine spätere Zugehörigkeit zum Calvinismus ist sein vierjähriger Aufenthalt (1580–1584) an der Akademie in Altdorf bei Nürnberg von großer Bedeutung. Entscheidend für seine Hinwendung zum calvinischen Bekenntnis scheint aber die große Kavalierstour gewesen zu sein, die Tschernembl im Geiste des adelig humanistischen Bildungsstrebens der Zeit im Anschluß an seine Altdorfer Jahre angetreten hat. Als Hofmeister begleitete ihn auf dieser Bildungsreise der fränkische Dichter *Paulus Melissus,* der selbst Jahre hindurch in Genf geweilt hatte und in engerem Kontakt zu *Theodor Beza,* dem Nachfolger *Calvins,* stand. Paris (1584), London (1585) und vor allem Genf (1586) waren die wichtigsten Stationen dieser Reise. In Genf trat Tschernembl

Meister Pilgram, Selbstbildnis am Orgelfuß im Wiener Stephansdom, 1513

Hauptschiff des Wiener Stephansdomes

Spinnerin am Kreuz zu Wiener Neustadt; von Michael Chnab, 1348

Wolf Dietrich von Raitenau;
Stich von Dominicus Custodis, 1597

Paris Graf Lodron;
Stich von Johann Jenet, 1627

Paracelsus; Stich von Peter Aubry d. J. nach einem
Gemälde von Peter Paul Rubens

Konrad Celtis;
Schabblatt von Johann Jakob Haid

in persönlichen Kontakt mit *François Hotman,* dem Autor der *Franco Gallia.* 1591 weilte er in der Stadt des Reichskammergerichtes – in Speyer –, einer Schule der Praxis für alle jungen Juristen der Zeit. Als Anhänger der calvinischen Lehre ist Tschernembl von seiner »Peregrinatio« nach Oberösterreich zurückgekehrt. Das war für die spätere Entwicklung von größter Wichtigkeit, denn im Land ob der Enns waren die Calviner eine bescheidene Minderheit. Wenn der Geist des Calvinismus in der Politik der oberösterreichischen Stände später wirksam war, so nur durch die wenigen seiner Anhänger, wie *Tschernembl, Reichard* und *Gotthard Starhemberg,* welche der ständischen Bewegung jenen Schwung verliehen, der dem quietistischen Luthertum eigentlich fremd gewesen ist. Tschernembl hat in seiner Jugend gerade in der Reichsstadt Speyer eine sehr deutliche Vorstellung vom konfessionellen Hader zwischen Lutheranern und Reformierten gewonnen, und er gab damals in einem Brief an den Basler Pfarrer *Johann Jakob Grynäus* seiner Erschütterung darüber lebhaft Ausdruck. Er blieb seit dieser Zeit trotz seines eindeutigen Bekenntnisses zu Calvin ein Mann der evangelischen Eintracht und machte diesen Gedanken zum Grundsatz für seine Politik in der Auseinandersetzung mit den Gegnern des Protestantismus.

Bald nach seiner Rückkehr in die Heimat, nach seiner 10 Jahre umfassenden Ausbildung, trat er in das politische Leben ein. Schon 1593, als der türkische *Großvesir Sinan Pascha* mit einem Heere siegreich in Ungarn vordrang, war Tschernembl als Diplomat der Stände in Wien tätig und reiste 1594 an die Höfe von Innsbruck und München, um militärische Hilfe für den Fall des Eindringens der Türken in Österreich zu erwirken. Der zweite oberösterreichische Bauernkrieg (1595–1597) führte ihn an den Hof *Erzherzog Ferdinands* nach Graz und zu *Kaiser Rudolf II.* nach Prag. Tschernembl sah den Grund der Erhebung der zumeist evangelischen Bauern in erster Linie in deren Bedrückung durch die geistlichen Obrigkeiten. Er hatte – inzwischen selbst Herrschaftsbesitzer geworden – wenig Verständnis für die sozialrevolutionäre Seite der Bewegung. Er vertrat daher in aufschlußreichen Gutachten die Meinung, der Aufstand müsse mit Gewalt niedergeworfen werden, was auch tatsächlich geschah.

Die eigentlich bewegenden Ideen Tschernembls aber wurden erst nach der Durchführung der Gegenreformation durch Rudolf II. – als unmittelbarer Folge des Bauernkrieges – wirksam. Es gab drei Phasen während Tschernembls politischer Tätigkeit, in denen die beiden Ideen Gewissensfreiheit und ständische Libertät in untrennbarer Einheit in Erscheinung traten. Zunächst geschah dies in dem dramatischen Kampf um das Linzer Landhaus-Ministerium in den Jahren 1600 bis 1601. Die zweite Phase war dann die Zeit des habsburgischen Bruderzwistes von 1608 bis 1611, und die dritte, welche die Katastrophe brachte, erstreckte sich etwa von 1618 bis 1620 und ist charakterisiert durch den Anschluß an das aufrührerische Böhmen und die Verweigerung der Huldigung an *Kaiser Ferdinand II.*

War der geistige Träger der sogenannten rudolphinischen Religionsreformation *Bischof Urban von Passau,* so war Landeshauptmann *Hans Jakob Löbl zu*

Greinburg der große Exekutor der kaiserlichen Befehle. Als Löbl im Jahre 1600 die Sperre des evangelischen Landhaus-Gottesdienstes in Linz, die Aufhebung der Landschaftsschule und die Austreibung der Prädikanten erzwang, da erhob sich schließlich der offene Widerstand der Stände gegen die Gegenreformation. Tschernembl war das Haupt des Widerstandes. Er hatte sich in diesen Jahren vertraut gemacht mit der Literatur der französischen Hugenotten, hatte sich eifrig mit dem Problem des Widerstandsrechtes des Volkes gegen die Obrigkeit befaßt und vermutlich selbst in einer Studie *De resistentia subditorum adversus Principem legitima* diese Probleme zu lösen versucht. Er führte auch praktisch den Kampf gegen die Maßnahmen der Regierung. Seit 1599 stand er als Verordneter der Stände in führender Position des Landes und hielt die Fäden weitgehend in seiner Hand. Am Prager Hof, dessen Korruptheit ihn bewog, mit Bestechungen und Täuschungen zu arbeiten, suchte er die Maßnahmen des Landeshauptmannes rückgängig zu machen. Von Prag aus rief er die Stände zum offenen Widerstand auf. Schon damals knüpfte er die später so verhängnisvollen Beziehungen zum radikalen Flügel des deutschen Protestantismus, zu *Fürst Christian von Anhalt,* dem großen Agitator und Feind des Hauses Österreich. Schon in diesen frühen Jahren vertrat Tschernembl die Idee einer Union aller protestantischen Stände. Auf sein Betreiben hin führten die Landstände in Linz über Nacht am 11. Feber 1601 wieder den evangelischen Gottesdienst im Landhaus ein. Aber der Sieg der Landstände war nur von kurzer Dauer. Noch im Frühjahr 1601 zwang die Regierung die Stände, ihren Widerstand aufzugeben. Die Gefahr, das Religionsprivileg von 1568 ganz zu verlieren, hatte Tschernembl zum Zurückweichen bewogen. 1603 schied er aus dem Verordneten-Amt.

Erst als die Spannungen im Hause Habsburg für die evangelischen Stände neue Möglichkeiten in Aussicht stellten, war er wieder führend an deren Politik beteiligt. Bereits beim Wiener Frieden mit Bocskay (1606) erscheint er als Vertreter der oberösterreichischen Stände. Im folgenden Jahre schmiedete er an der großen Konföderation der Stände der habsburgischen Erblande, deren geistiger Führer er mit dem Mährer *Karl von Zierotin* war. Dieser große Bund der evangelischen Stände Österreichs, Mährens und Ungarns sollte bei der Austragung des brüderlichen Zwistes zwischen dem Kaiser und dem Erzherzog Matthias die ständische Macht zu neuer Höhe führen. Die Grundlage für den Feldzug des Erzherzogs gegen Prag war der Preßburger Pakt vom 1. II. 1608, an welchem Tschernembl maßgebend mitwirkte. Er war in der Folge auch bei den wichtigen Ständetagungen in Eibenschitz und Tschasslau führend beteiligt und machte selbst den Zug nach Prag mit, wo er mit Zierotin vergeblich die böhmischen Stände zum Anschluß zu bewegen suchte. Im Liebener Vertrag vom 25. Juni 1608, der auch Tschernembls Unterschrift trägt, hatte Rudolf II. Ungarn, Mähren und Österreich an Matthias abgetreten.

Nach dem Vertrag von Lieben stand Tschernembl auf dem Höhepunkt seines Wirkens. Er hatte seit dem Wiener Frieden an der Stärkung der Ständemacht seinen Anteil gehabt, er hatte die Beseitigung des Regimes des Kaisers bewirkt und konnte nun hoffen, von Matthias das freie Religionsexerzitium – wenn möglich nach ungarischem Vorbild mit Tolerierung des Calvinismus – zu erreichen. Als Matthias selbst Landesfürst war, wollte er nicht gewähren, was seine Partner von Preßburg nun von ihm begehrten. Als Sicherung zum Schutz ihrer Freiheiten schlossen daher die ständischen Vertreter am 29. Juni 1608 den Geheimen Ständebund von Sterbohol. Dem König-Erzherzog sollte die Huldigung verweigert werden, wenn einer der Partner von Sterbohol in seinen Freiheitsrechten oder in religiöser Hinsicht beschwert werde.

Während Mähren dem König huldigte, kam es in Oberösterreich, wo Matthias schon vor der Huldigung Regierungsmaßnahmen vornahm, zur Krise. Die oberösterreichischen Stände verweigerten dem Erzherzog die Erbhuldigung vor Bestätigung ihrer Privilegien und beschlossen die freie Religionsausübung. Unter Tschernembls Einfluß folgten die Niederösterreicher, die sich im Horner Bund vereinigten und ebenfalls die Huldigung verweigerten. Militärische Maßnahmen auf beiden Seiten zeigten die Gefahr einer kriegerischen Auseinandersetzung. Nun kam ein Jahr des zähen Ringens zwischen den evangelischen Ständen, an deren Spitze de facto Tschernembl den Weg wies, und dem neuen Landesherrn Matthias. Tschernembl entfaltete jetzt alle seine Kräfte und proklamierte seine These vom herrschenden Interregnum, in dem die Stände zur Regierung und Verwesung des Landes befugt seien. In viel größerem Ausmaße als 1601 suchte er eine geschlossene Front der evangelischen Stände der Erblande und Ungarns und spann seine Fäden zur neuentstandenen Ahausener Union im Reich. In Wittingau in Böhmen konferierte er mit dem Fürsten Christian von Anhalt. Damals sprach Tschernembl den Gedanken aus, die österreichischen Länder müßten sich um ein neues Fürstenhaus umsehen.

Im Zuge der intensiven Verhandlungen in Wien, bei den ungarischen und mährischen Ständen, hielt Tschernembl seine großen klassischen Reden, in denen er ein ganzes System des ständischen Staates entwarf. Mit großem Selbstbewußtsein betonte er die überragende Stellung des Adels im Staat und stellte an Matthias, den er vor dem Schicksal Rudolfs II. warnte, die Forderung, »daß unsere Glaubensgenossen in Österreich, sie seien hohen oder niederen Standes, unter was Obrigkeit sie wöllen ... zu einer andern Religion wider ihr Gewissen nit gedrungen werden ... weil die Gewissen und Herzen allein in der Regierung des Allmächtigen«. Er verhehlte dem König in diesen spannungsvollen Tagen auch seine Kontakte zum europäischen Protestantismus nicht und sagte: »So wir die ganze Welt könnten in die Konföderation ziehen, wir wollen kein Fleiß noch Zeit versäumen.« Matthias fühlte die große Gefahr, die von Tschernembl dem Hause Österreich drohte. Er schrieb damals an die geistlichen Kurfürsten, die Stände wollten nicht nur in der Religion, sondern auch in *Politicis* frei sein, sie wollten »gleichsam eine freie rem publicam«.

Tschernembls große Reden während des Horner Zwistes erschienen in Druck (Relation 1610), und Kaiser Matthias bezeichnete dieses *Traktätlein* noch 1614 als ein gefährliches Propagandamittel. Es kam jedoch zu keinem bewaffneten

Konflikt, da der maßvolle Karl von Zierotin Matthias zum Nachgeben bewog. Die *Kapitulationsresolution* vom 19. März 1609 war das Ergebnis der dramatischen Auseinandersetzung. Sie ist ein Ausdruck der tatsächlichen Machtverhältnisse, die Waage hatte sich zugunsten der Stände gesenkt. Alle Erfolge der Gegenreformation waren mit dieser Resolution von 1609 beseitigt. Sie hatte die Religionskonzession Maximilians II. auch auf die Städte und Märkte ausgedehnt. In den folgenden Jahren rang Tschernembl um die tatsächliche Durchführung dieser großen Errungenschaft. Protestantismus und Ständetum hatten einen Höhepunkt an Geltung in Österreich erreicht.

Tschernembl trat nun, nachdem er nach dem Tode Rudolfs II. 1612 den pfälzisch calvinischen Gruppen im Reich die Wahl Matthias' zum Kaiser empfohlen hatte, wieder etwas in den Schatten. In diesen Jahren bis zum Ausbruch der böhmischen Krise widmete er sich mehr seiner Familie und der Verwaltung seiner Herrschaft. Er selbst vereinte in diesen Tagen seiner besten Mannesjahre Wesentliches der Bildung seiner Zeit in sich. Dies spiegelt sich auch in seiner reichen Bibliothek, deren Katalog uns erhalten ist. Bei ihm holte sich *Abraham Schwarz,* der das oberösterreichische Gewohnheitsrecht kodifizierte, Rat, und *Johannes Kepler,* den Tschernembl schon 1595 in Graz für den Dienst bei den Landständen in Linz gewinnen wollte, zählte den Herrn von Schwertberg zu seinen Beschützern. Aber selbst in dieser Zeit der Ruhe blieb er in lebendigem Kontakt zur Union, ohne deren Hilfe er für den Bestand seines Werkes von 1609 fürchtete. Die Frage der Nachfolgerschaft nach dem kinderlosen Kaiser mußte der ständischen Forderung nach dem Recht, sich den Fürsten selbst zu suchen, immer eine gewisse Aktualität bewahren.

Durch den böhmischen Aufstand im Jahre 1618 brach die große Krise, die zum Dreißigjährigen Krieg führte, noch vor dem Tod des Kaisers Matthias aus. Die österreichischen Stände waren von Anfang an innerlich an der Seite Böhmens. Tschernembl – seit 1617 wieder Verordneter des Herrenstandes – hat Matthias in einem Memorandum zu einem friedlichen Ausgleich mit Böhmen geraten. Mit der Entmachtung des *Kardinals Khlesl* und dem Tod des Kaisers im Frühjahr 1619 war die Hoffnung auf eine friedliche Lösung des böhmischen Konfliktes gewichen. Für Tschernembl und die österreichischen Stände war durch die rechtlich etwas komplizierte Frage der Nachfolge *König Ferdinands* in Ober- und Niederösterreich ein Präzedenzfall eingetreten. Tschernembl verweigerte Ferdinand, dem Gegenreformator der Steiermark, die Huldigung, anerkannte die Zession des Landes durch den Bruder des Kaisers, den *Erzherzog Albert,* nicht, und die Stände Oberösterreichs betrachteten sich als im Interregnum befindlich und zogen die Regierung des Landes an sich.

Tschernembl hat damals den Weg beschritten, der das Land in die Katastrophe führte. Im August 1619 schloß Tschernembl in Prag mit den aufständischen Böhmen eine Konföderation, einen großen Bund der Stände gegen Habsburg. Auch nach der Wahl Ferdinands zum Kaiser und der Wahl *Friedrichs V. von der Pfalz* zum König von Böhmen verharrten Tschernembl und unter seiner Führung das Land ob der Enns an der Seite der Rebellion und versäumte die letzte Gelegenheit zum Abspringen und zur Huldigung.

Als die habsburgisch-wittelsbachische Koalition zum Angriff gegen die Fronde in Österreich und Böhmen schritt, war das Land ob der Enns das erste Opfer. Im August 1620 besetzten bayrische Truppen das Land, das Tschernembl flüchtend verlassen hatte. Auf dem Weißen Berg vor Prag im November 1620 wurde nicht nur das rebellierende Ständetum, sondern auch der mitteleuropäische Protestantismus vernichtend geschlagen. Tschernembl weilte in der letzten Phase des böhmischen Krieges in Prag. Seine von den Bayern später publizierten Ratschläge im böhmischen Krieg *(Consultationes)* lassen sein Wesen und seine Bedeutung noch voll erkennen. Hier zeigte er sich als der große Feind der Tyrannen, welche die Gewissen bedrücken, hier findet sich sein Wort vom Land, das den Erbherrn machen und auch wieder verwerfen könne, und hier tritt seine Lehre von der Souveränität des Volkes, das heißt der führenden Schicht des Adels, in Erscheinung. Durch die enge Bindung von naturrechtlichen Vorstellungen in religiösen Belangen mit der praktischen Politik mag hier eine Brücke zur Idee der Volkssouveränität im Sinne des 18. und 19. Jahrhunderts führen. Tschernembl trat damals für die Aufhebung der Leibeigenschaft in Böhmen ein und für eine totale Kriegführung, wobei sein Konzept weit über Österreich und Böhmen hinausging. So regte er die Säkularisierung der geistlichen Territorien des Reiches an und wollte der Hauptmacht des katholischen Hauses Österreich, Spanien, mit Hilfe der protestantischen Generalstaaten den Krieg über den Ozean in die Kolonien tragen.

Nur durch die Flucht aus Böhmen konnte sich Tschernembl dem Schicksal seiner böhmischen Standesgenossen entziehen. Er floh nach Genf (1622), wo er, von seiner Frau Susanne betreut, ein Asyl fand. Am 18. November 1626 starb er und wurde im Kreuzgang von St. Pierre beigesetzt.

In Oberösterreich war inzwischen das bayrische Besatzungsregime unter dem Statthalter *Adam von Herberstorff* installiert und durch die Reformationspatente Kaiser Ferdinands II. die Ausrottung des Protestantismus in die Wege geleitet worden. Knieend mußten die oberösterreichischen Landstände dem Kaiser in Wien Abbitte leisten und erhielten 1625 Pardon. Wenn in dem großen Bauernkrieg, der sich 1626 gegen Rekatholisierung und bayrische Besatzung unter dem Bauernhauptmann *Stefan Fadinger* erhoben hatte, unter den evangelischen Bauern das Gerücht ging, der Herr von Tschernembl weile bei ihnen, so zeigt dies, daß er, der Tribun des Volkes und Hüter des evangelischen Bekenntnisses, bereits zum Symbol geworden war. In der österreichischen Geschichte hat Georg Erasmus Tschernembl seinen Platz als ein Vorkämpfer der Freiheit des religiösen Bekenntnisses und eines ständischen Staatsdenkens, das sich gegen monarchischen Absolutismus und Zentralismus wendete. Er war ein konservativer Revolutionär, der Propagator eines föderativen Österreich der Stände und der Länder, und er deutete in seinem Ringen um diesen Ständestaat die andere Variante der möglichen Staatswerdung Österreichs an.

Hans Wilhelm von Losenstein

VON GUSTAV REINGRABNER

Im Jahre 1541 unterbreitete der steirische Adelige *Hans Ungnad von Sonnegg* Vorschläge, die auf die Schaffung realer Gemeinsamkeiten der habsburgisch-österreichischen Länder abzielten. Die Voraussetzung für diese Vorschläge, denen keine Realisierung beschieden war, bildete der mächtige Aufschwung, den das Ständewesen im 16. Jahrhundert genommen hatte. Aus den Anregungen Ungnads ist – neben der imponierenden Gestalt des Initiators, der steirischer und Krainer Landeshauptmann war – sowohl die politische Bedeutung zu erkennen, die den adeligen Ständen zukam, als auch die geistige Potenz zu ahnen, die die »Herren und Ritter« in den österreichischen Ländern darstellten.

Einer von diesen war *Hans Wilhelm von Losenstein.* Was von seinem Leben und Denken bekannt ist – die ungünstige Quellenlage infolge der Vernichtung des Familienarchivs läßt vieles im verborgenen bleiben –, bestätigt das eben Dargelegte: als Besitzer der Herrschaft Schallaburg (bei Melk) übte er die vielfältigen Rechte der lokalen Obrigkeit aus, als Mitglied des niederösterreichischen Herrenstandes nahm er Anteil an der Verwaltung des Landes. Für sich genommen war sein Leben unbedeutsam; so wie er lebten und wirkten in seiner Zeit nicht wenige. In ihrer Vielzahl waren sie aber bestimmend für den Fortgang der geistigen Kultur, der Entwicklung der Landesverfassung zum modernen Staat sowie der Ausbildung jener frühen Elemente, die über Jahrhunderte hinweg zum Wohlfahrtsstaat führten.

Hans Wilhelm von Losenstein war Sproß eines oberösterreichischen Geschlechts, das seine Herkunft – freilich nicht eben zu Recht – von den Traungauer Herzögen ableitete und den steirischen Panther im Wappen führte. Ein Zweig dieses im Lande ob der Enns durch Jahrhunderte zu den führenden hochadeligen Familien zählenden Geschlechts war im 15. Jahrhundert in Niederösterreich ansässig geworden. Hier erlangten die Losensteiner freilich nie eine führende Position, obwohl ihre Angehörigen immer wieder Ämter im landesfürstlichen und ständischen Dienst bekleideten.

Dem Reichshofrat *Christoph von Losenstein* wurde von seiner Gattin *Christine,* die dem Haus der *Grafen von Montfort* entstammte, im Juni 1546 der Sohn Hans Wilhelm geboren, der der Erbe der niederösterreichischen Besitzungen wurde.

Die Herrschaft Schallaburg zählte mit etwa 200 untertänigen Häusern zu den mittleren Grundherrschaften. Zusammen mit den Brüdern unternahm Hans Wilhelm die übliche Kavalierstour, die ihn nach Italien und Deutschland führte. 1568 hielt der nunmehr Mündige in Wels Hochzeit mit *Radegund von Scherffenberg;* da die Gattin nach längerem Leiden starb, schloß der Verwitwete nach der üblichen Trauerzeit eine zweite Ehe mit *Christina,* einer Tochter *Wilhelms von Roggendorf,* eines der Führer der protestantischen Stände. Diese Ehe blieb jedoch ebenso kinderlos wie die erste. Im Bereich der ständischen Landesverwaltung übernahm der Schloßherr der Schallaburg nur ausnahmsweise Funktionen; am ehesten war er für Aufgaben im Bereich des Kirchenwesens zu gewinnen. Stärker war das Engagement des Losensteiners im höfischen Dienst: Bei *Erzherzog Matthias* war er Rat, Kämmerer und schließlich Hofmarschall.

Aus dem Bekannten sind die Bindung des Losensteiners an das evangelische Bekenntnis, geistige Aufgeschlossenheit, zeitgemäße Prachtliebe und Repräsentationsbedürfnis, Bescheidenheit und patriarchalische Sorge zu erkennen.

Die im Gefolge der Reformation protestantisch gewordenen Patronatsherren, die sich etwa in dem von *Melanchthon* gebrauchten Sinn als *praecipua membra ecclesiae* wußten, übten das Recht der Auswahl und Anstellung der Geistlichen auf den ihnen unterworfenen Pfarren aus. Dementsprechend stellten die Losensteiner in ihrer Pfarre Loosdorf evangelische Pfarrer an.

In engstem Zusammenhang mit dem von Hans Wilhelm und seinem Vater reformierten Kirchenwesen in Loosdorf stand die Schule. Die Loosdorfer Schulordnung, die die Grundlage für die damals erfolgte Umgestaltung der bestehenden einklassigen Pfarrschule zu einem mehrklassigen Gymnasium bildete, stellt wegen ihrer Qualität und Sorgfalt einen besonderen Höhepunkt in der Schulgeschichte des Landes unter der Enns im 16. Jahrhundert dar.

In Niederösterreich war es den evangelischen Ständen – im Gegensatz zu den steirischen und oberösterreichischen adeligen Korporationen – nicht möglich, für längere Zeit eine »Landschaftsschule« in Wien zu unterhalten, die als zentrale Bildungsstätte die Arbeit der vielen nieder organisierten Pfarr- und Stadtschulen hätte weiterführen können. Die entsprechenden Bemühungen der mit der Organisation des Kirchenwesens beauftragten Religionsdeputierten wurden durch die nach 1576 einsetzende Gegenreformation unterdrückt. Die knapp vorher mit Mühe errichtete ständische Schule mußte 1578 nach Horn und dann nach Mistelbach verlegt werden und fristete dort ein unbedeutendes Dasein, bis die Verantwortlichen 1591 ihre endgültige Auflösung beschlossen. Dafür sollten auf Beschluß des Landtages die in Feldsberg, Horn und Loosdorf bestehenden, von den Herrschaften erhaltenen mehrklassigen Lateinschulen eine laufende Subventionierung aus der Landschaftskasse erhalten, die es ermöglichen sollte, daß sie das Niveau entsprechender Anstalten in anderen Ländern erreichten. Auf diese Weise erlangte die Loosdorfer Schule überregionale Bedeutung; sie wurde – über die ursprünglichen Pläne der Gründer hinaus – zur Bildungsstätte der Söhne landständischer Adeliger, ja sogar – wenigstens für etliche Jahre – die einzige Ausbildungsanstalt für den theologischen Nachwuchs (Schulmeister und Pfarrer) des Kirchenwesens im Lande unter der Enns.

Die – nach den Bestimmungen der Schulordnung von 1574 – bestehenden vier Klassen wurden durch die schon von Anfang an in Aussicht genommene fünfte ergänzt, bei Bewohnern des Marktes Loosdorf wurden Wohnmöglichkeiten für auswärtige Schüler geschaffen, die in dem weitläufigen zweistöckigen Schulgebäude, das eben neu gebaut worden war, nicht untergebracht werden konnten, der Loosdorfer Pfarrer wurde als Superintendent bezeichnet. Die Schülerzahl dürfte auf über 100 gestiegen sein. Auch nach dem Übergang der Herrschaft Schallaburg in den Besitz der steirischen *Herren von Stubenberg* bestand das Gymnasium in Loosdorf als bedeutende Bildungsanstalt weiter, bis im Jahre 1627 die Ausweisung aller lutherischen Geistlichen und Schulmeister das Ende des Schulbetriebes erzwang.

Die Schulordnung von 1574 wurde von Pfarrer *Balthasar Masko* im Auftrag des Patronatsherren verfaßt und bildete mit dessen Einverständnis die Grundlage für die Schulorganisation und den Lehrbetrieb. Ein längeres Vorwort legt – im Anschluß an Luthers Äußerungen – die Notwendigkeit des Bestandes geordneter Schulen für das Wohl von Staat und Kirche ebenso dar wie die Verpflichtung der Obrigkeiten, Kirchen- und Schulwesen zu pflegen. Die Anweisungen der dreizehn Teile der Loosdorfer Ordnung erweisen sich von *Johannes Sturms* Schriften *De literis ludis recte aperiendis* (1538) und – stärker noch – *Scholae Lauingae* (1565) abhängig: materiale wie formale Bildung stehen im Dienste der Frömmigkeit, wobei das formale Element der Rhetorik – so wie es Sturm verlangt hatte – in das Ganze der Bildung integriert erscheint. Eine begrenzte Schülerselbstverwaltung, zu deren Begründung auf altrömische Vorbilder verwiesen wird, halbjährliche Prüfungen im Beisein von Pfarrer und Patronatsherren, Belobigungen und Auszeichnungen sollen – neben der Auswahl qualifizierter Lehrerpersönlichkeiten – den Schulerfolg garantieren. Repetitionen und Heftführung sind zwingend vorgeschrieben. Das Klassensystem ist lückenlos eingeführt, die evangelische Unterweisung – ein Historiker der Pädagogik hat dieses Unterrichtsfach als die wesentlichste Neuerung im Schulbetrieb und als Folgeerscheinung der Reformation bezeichnet – und die von Luther geschätzte Historie (Chronologie) bilden neben den alten Fächern Latein, Griechisch, Musik, Dialektik, Rhetorik, Poetik, Arithmetik die Gegenstände des Lehrplanes. Wenn auch unter dem vom Lehrer zu beherrschenden Wissensgut »Physika« und »Ethika« aufgezählt werden, so galt doch auch für die Loosdorfer Schule, daß Naturerkenntnisse dem Lehrplan des protestantischen Gymnasiums fremd waren. An Lehrbüchern sollten – neben den schon im Mittelalter verwendeten, wie den *Donat* – vor allem solche Verwendung finden, die *Melanchthon* oder die Straßburger verfaßt hatten; das *ABC-Büchlein* ist eigens für die »Loßdorfische Schule« gedruckt worden. Die *Loci Communes*, Melanchthons Darstellung der protestantischen Lehre, die *Augsburger Confession*, vor allem aber *Bibel* und *Luthers Kleiner Katechismus* wurden – teilweise auch in fremdsprachiger Übersetzung – als *Materia* für die Sprachstunden gebraucht.

Die religiöse Verankerung der Schule kommt nicht nur in der häufigen Herleitung konkreter Anweisungen der Schulordnung von biblischen Loci und Vorbildern und den liturgisch geordneten Schulandachten (Gebet und Schriftlesungen) am Anfang und bei Ende der Unterrichtszeiten zum Ausdruck, sondern auch in einer täglichen Vesper, die in der Loosdorfer Kirche nach den in der »im Namen der zwei Stände von Herren und Ritterschaft des Erzherzogtums Österreich unter der Enns ausgegangenen Kirchenordnung« (Agende von 1571) enthaltenen Vorschlägen gehalten werden sollte. Dabei sangen die Schüler lateinische Psalmen; auch sonst war Lehrern und Schülern der Gottesdienstbesuch eindringlich ans Herz gelegt. Am Anfang der Schulordnung stehen ausführliche Überlegungen »vom Amt eines treuen Praeceptoris und Schulmeisters«, die eine Standesethik auf christlich-humanistischer Grundlage darstellen und auf die Einheit von Erziehung und Unterricht hinweisen. Das Ende der Ordnung bilden die – lateinisch abgefaßten – Gesetze der Loosdorfer Schule: Anweisungen über die Pflichten und Aufgaben der Lehrer und verpflichtende Hinweise für das Verhalten der Schüler; sie entsprechen wörtlich den 1538 geschriebenen Anweisungen *Johannes Sturms* für die Straßburger Schule.

Das nach dieser Schulordnung geführte Gymnasium, das seit 1591 »Landschaftsschule« war, bildete einen Teil des vielgestaltigen und weitverzweigten Schulwesens in den protestantischen Pfarren und Herrschaften Niederösterreichs. An seinem Bestand und seiner Ordnung ist in besonders deutlicher Weise die Bedeutsamkeit der herrschaftlichen Initiativen für die Bildung und Erziehung der Einwohner des Landes erkennbar.

Voraussetzung für diese obrigkeitliche Tätigkeit war allerdings die Stellung der Edelleute als Glieder einer politisch autonomen, handlungsfähigen Korporation, der durch die ihr eingeräumten Privilegien und Freiheiten wesentlicher Anteil an der Verwaltung des Landes zukam. Der Ausgang der Auseinandersetzungen zwischen Landesfürst und Ständen bildete nicht nur die Voraussetzung für die Entstehung des landesfürstlichen Absolutismus, sondern bewirkte auch eine weitgehende Veränderung der Situation des Adels, seiner Aufgaben und Interessen. An der Stellung und Tätigkeit eines späteren Besitzers der Schallaburg, des ebenfalls protestantischen *Hans Wilhelm von Stubenberg* (1619 bis 1663), eines nicht unbedeutenden Schriftstellers und Übersetzers, kann aufgezeigt werden, wie tiefgreifend die nach 1620 eintretenden Veränderungen waren.

Auch der Stubenberger war vielseitig gebildet und nahm Anteil an der Entwicklung der Kultur, freilich nicht mehr durch obrigkeitliche Initiativen und Taten im Bereich der Herrschaft wie zwei Generationen vor ihm der Losensteiner, sondern durch persönliche Kontakte mit Gleichgestellten und Gleichgesinnten sowie durch die literarische Tätigkeit. Und als er sich um ein Amt im öffentlichen Dienst bewarb, war es das eines Reichshofrates. Die innere Emigration der in Niederösterreich verbliebenen protestantischen Edelleute, denen die Einflußnahme auf Schule und Kirchenwesen verwehrt war, und die Hinwendung von der Herrschaft und der ständischen Verwaltung zum Hof des Landesfürsten kennzeichnen also die Entwicklung des »landsässigen« Adels vom 16. zum 17. Jahrhundert.

Konrad Celtis
VON GERDA KOLLER

Konrad Pickel (Bickel) kam am 1. Februar 1459 in Wipfeld bei Schweinfurt zur Welt. Sein Vater war Weinbauer; von der Mutter wissen wir, daß sie später hochbetagt in arge finanzielle Not geriet und der Sohn sich nicht weiter um sie kümmerte. Konrads älterer Bruder war Priester und erteilte dem Knaben den ersten Unterricht, bevor dieser alt genug war, die Lateinschule am Schweinfurter Kirchenplatz zu besuchen, eben jene Schule, an der auch *Johann Spießhaimer (Cuspinianus)* erzogen wurde, der dem älteren Freund in vielem auf seltsame Weise nachlebte.

Vater Pickel, der den älteren Sohn der Kirche dargebracht hatte, hegte mit Konrad wohl keine gelehrten Pläne. Jedenfalls riß dieser mit 19 Jahren von zu Hause aus und begann in Köln Philosophie zu studieren. Bereits im Jahre darauf erlangte er die akademische Zwischengraduierung des Bakkalaureats. Es folgten fünf Wanderjahre kreuz und quer durch Deutschland, bis Konrad 1484 in Heidelberg landete und dort im Oktober des folgenden Jahres den Magistertitel erwarb. Spätestens hier und unter dem Einfluß des feinsinnigen Friesen *Rudolf Agricola* wurde er mit einer mathematisch-naturwissenschaftlichen Weltbetrachtung und vor allem dem modernen humanistischen Gedankengute vertraut, die sein weiteres Leben bestimmten. Hier wurde aus *Konrad Pickel* ein nach humanistischer Mode latinisierter *Conradus Celtis.*

Kaum war das Philosophiestudium abgeschlossen, nahm Celtis sein Wanderleben wieder auf. Er hat später seine Unstetigkeit damit motiviert, daß er Deutschland ganz und gar, bis an alle Grenzen, kennenlernen wollte. Wissensdurst und Abenteuerlust hielten sich die Waage. Celtis besang seine »süße Freiheit«, die Freiheit von der Sklaverei des Geldes, von Ehe und Familie. In Leipzig hielt er Vorlesungen über Poetik und die Tragödien Senecas, um sich das Geld für eine Italienreise zu verdienen. Die literarische Frucht dieses seßhaften Zwischenspiels war eine Verslehre und Anleitung zur Dichtkunst, die er dem Landesherrn, *Herzog Friedrich IV. von Sachsen,* widmete. Er erntete dafür hohen Dank: Auf Empfehlung des Herzogs krönte *Kaiser Friedrich III.* auf der Nürnberger Burg Konrad Celtis als ersten Deutschen zum Dichter (14. IV. 1487).

Mit dem Dichterlorbeer geschmückt, zog Celtis nach Italien, dem Mekka der Humanisten. Celtis blieb nicht lange in Italien; er haßte Rom zwar nicht so heftig wie sein Landsmann *Ulrich von Hutten,* sondern eher verachtete er es und prophezeite ihm, daß in hundert Jahren niemand mehr den Namen dieses Trümmerhaufens und seine dekadenten Bewohner kennen werde. Wie die meisten deutschen Humanisten kompensierte er wohl damit die Überlegenheit der italienischen Lehrmeister und replizierte ihrem beleidigenden Hochmut gegenüber den »Barbaren aus dem Norden« mit dem Rufe, Deutschland werde den Italienern bald die Herrschaft des Geistes entreißen, wie es ihm die Herrschaft im römischen Reiche schon entrissen habe. Wir werden jedoch im Laufe seines

Lebens immer wieder auf Italianismen stoßen, die von der uneingestandenen Bewunderung für die Leistungen des italienischen Humanismus zeugen.

Die Wende der achtziger Jahre verbrachte Celtis in Krakau, wo er an der Universität sein Wissen in den mathematisch-naturwissenschaftlichen Fächern vervollkommnete. Er bereiste Böhmen und Ungarn und kehrte schließlich heim nach Nürnberg, wo ihn Ende des Jahres 1491 ein Ruf an die Ingolstädter Universität erreichte. In der Antrittsvorlesung legte er sein Bildungsprogramm dar: mit Hilfe der antiken Kultur die deutsche Nation zu einem schöneren Leben, zu Ruhm und Unsterblichkeit zu führen; die Universitäten im Interesse der Kultur der Nation mit den Schwerpunkten Philosophie und Rhetorik zu reformieren. Hier las Celtis nun ein Semester Rhetorik und Poetik. Bald ist er aber wieder unterwegs: 1492 – eine schicksalhafte Begegnung – zum ersten Male in Wien. Nicht von ungefähr widmete er seine im selben Jahre erschienene Schrift über die Rhetorik *König Maximilian I.*

Nach einer Tätigkeit in Regensburg und Ingolstadt übersiedelte er nach Heidelberg, wo ihm *Pfalzgraf Philipp* den Unterricht seiner Söhne anvertraute. Der Heidelberger Humanistenkreis war Celtis' Lebenselement, und nicht die Ingolstädter Universität. In Heidelberg gründete Celtis 1495 am 7. November, dem Geburtstage *Platons,* in Anlehnung an die römische Akademie des *Pomponius Laetus* die *Sodalitas litteraria Rhenana,* eine gelehrte rheinische Gesellschaft. Es sollte dies der erste Schritt zu einem Netz von Akademien sein, mit dem er das humanistische Deutschland umfangen wollte.

Seit dem ersten Aufenthalt in Wien war es nicht zu übersehen, daß Celtis eine stärkere Bindung an die Stadt und wohl in erster Linie an den König anstrebte. Celtis hielt Gastvorträge, und er hatte gute und auch einflußreiche Freunde gewonnen: *Burger, Stiborius, Stabius,* vor allem *Fuchsmag* und *Krachenberger* in Linz. Aber die Berufung nach Wien war mit allerlei Schwierigkeiten belastet, und die erhoffte Professur ließ auf sich warten.

In Wien – insbesonders an der Universität – war man dem Humanismus zunächst nicht allzu wohl gesinnt. Die Magister fanden an ihrer eigenen Latinität und an den Lehrmethoden nichts auszusetzen. Manches Neue, Wiederentdeckte der Literatur wurde akzeptiert und eingebaut. Aber den modernen Poeten mißtraute man zutiefst.

Der Humanismus italienischer Prägung hielt mit einem Manne seinen Einzug, der sich vom kleinen Schreiber zum kaiserlichen Sekretär hinaufgedient und hinaufgeredet hatte: *Enea Silvio de Piccolomini.* In seiner Heimat war er keiner der Erstrangigen gewesen, aber hier im »barbarischen Norden« wußte er als Apostel des neuen Lebensstils und Bildungsideals aufzutreten und hat auch tatsächlich veredelnd auf seine rauhe Umgebung gewirkt. Eneas Aktionsbereich war der Hof, hier sammelte er einen Kreis von Bewunderern um sich. Für den Kaiser schrieb er eine böhmische Geschichte, ein politisches Fünfgespräch im Renaissancestil, eine Abhandlung über Bedeutung und Zukunft des römischen Kaisertums und vor allem eine Geschichte Österreichs unter Friedrich III., später noch eine nie vollendete Zeitgeschichte Europas und ein Bändchen mit literarischen Portraits bedeutender – vor allem Herrscher – Persönlichkeiten; für des Kaisers Neffen und Mündel, *Ladislaus Postumus,* einen Erziehungstraktat.

Die Universität vermochte Enea nicht zu erobern. Seine beiden Reden wurden mehr als kühl aufgenommen, und dabei blieb es. Eine geschlossene Fronde der Ablehnung stand ihm gegenüber.

Das österreichische Intermezzo des Enea dauerte nicht lange: 1447 erhielt er auf Intervention des Kaisers das Bistum Triest, wahrte aber weiter engen Kontakt mit dem Kaiser und den Freunden. 1456 schließlich wurde er Kardinal und zwei Jahre darauf als Pius II. auf den Thron Petri erhoben.

Inzwischen hatte der Humanismus – allerdings anderer Art als das Literatenideal des Enea Silvio – an der Universität Eingang gefunden. Hier pflegte man, »was lehr- und lernbar war« *(Lhotsky),* also die grammatikalische Seite der Philologie, und nicht die rhetorische. Ein Name sei für alle genannt: der hervorragende Astronom *Georg von Peuerbach,* der auch in den Humaniora Beachtenswertes leistete und gerade mit seiner starken naturwissenschaftlichen Prägung typisch für die Wiener Sonderentwicklung war. Der Cillier *Bernhard Perger* verhalf dem Humanismus endgültig zum Durchbruch, jener selbe Perger, der sich als Superintendent der Universität wiederholt gegen eine Berufung Celtis' aussprach und auf der Besetzung der Poetiklehrkanzel mit einem Italiener – *Geronimo Balbi* – bestand. Balbi erwies sich allerdings bald als untragbar und resignierte schließlich. Wieder begann ein Tauziehen zwischen Perger bzw. seinem Kandidaten *Franciscus Niger* und den Anhängern Celtis'. Aber Krachenberger und Fuchsmag hatten diesmal – nicht zuletzt dank ihrer Stellung als niederösterreichische Regenten – das größere Gewicht. Mit Urkunde vom 7. März 1497 berief König Maximilian I. Celtis auf den Lehrstuhl für Poetik und Rhetorik. Damit begann »die eigentlich humanistische Epoche in Wien, die Epoche Conrad Celtis'« *(Großmann).*

Die Wiener Humanisten bereiteten Celtis einen triumphalen Empfang, wobei ihm als ein Höhepunkt die poetischen Grußadressen überreicht wurden. Nur ein Beispiel sei vorgeführt. *Cuspinian,* seit einigen Jahren in Celtis' Umkreis, verglich ihn mit dem göttlichen Äskulap, der einst, in Gestalt einer Schlange den Tiber hinaufschwimmend, Rom von der Pest befreit habe. So sei nun er, Celtis, die Donau herabgekommen, um Wien vor der Barbarei zu retten.

Noch im Jahre seiner Ankunft gründete Celtis in Wien eine Akademie, die sogenannte *Gelehrte Donaugesellschaft,* der er bis zu seinem Tode vorstand. Der Gesellschaft gehörten fast alle Wiener Humanisten und zahlreiche ausländische Kapazitäten an.

An der Universität las Celtis über Metrik und Prosodie, über römische und ältere deutsche Geschichte, hielt ein Interpretationskolleg über Oden des *Horaz* und bezog als erster Dozent in Wien Grundzüge des Griechischen und Hebräischen in seine Grammatikvorlesung ein. Dem Rhetorik-Kolleg lag wie üblich *Cicero* zugrunde. Mit der Vorlesungstätigkeit war die editorische eng verbunden. Noch im Jahre 1497 gab er die *Kosmographie* des *Apuleius* als Unterrichtsbehelf heraus, 1500 erschien die *Germania* des *Tacitus*, die Celtis als erster an einer deutschsprachigen Universität zum Gegenstand einer Vorlesung machte. Damit erschöpfte sich jedoch Celtis' editorischer Ehrgeiz nicht, der auch hier die Italiener zu überflügeln trachtete. Wenigstens die Werke Deutscher und über Deutschland sollten hier und nicht in Italien erscheinen! Celtis selbst wies bahnbrechend den Weg mit der Herausgabe der Dichtungen der Nonne *Roswitha von Gandersheim* (10. Jahrhundert), die nun als zweite *Sappho* und zehnte Muse gefeiert wurde, und des *Ligurinus*, eines Epos über die Taten *Friedrich Barbarossas* in Italien (um 1200).

Im Jahre 1501 gründete Maximilian ein *Collegium poetarum et mathematicorum*, dessen Leitung ebenfalls Celtis übertragen wurde. Es war z. T. der Universität angeschlossen und sollte eine spezielle Ausbildung in Rhetorik, Dichtkunst, Mathematik und Astronomie gewährleisten, war also ganz auf Celtis zugeschnitten. Celtis bedankte sich beim König mit der Zueignung seines lyrischen Hauptwerkes, *Quatuor libri Amorum secundum quatuor latera Germaniae*, einer seltsamen Mischung von Gelehrsamkeit und Erotik, deutsche Geographie eingebaut in vier Liebesgeschichten, die der Autor seinen vier Geliebten an Elbe, Weichsel, Donau und Rhein widmete. Wohl Maximilian zu Gefallen hat er etwas unmotiviert eine Genealogie eingebaut, die von Maximilian zurückführt in die Urzeit, bis zu jenem Ahnherrn, dem Gotte Tuisko, der den Deutschen den Namen gegeben habe! Ansonsten entbehrt die Dichtung nicht der Derbheiten und Eindeutigkeiten; sie ist eine Frucht der Wanderjahre. Überhaupt kommt den Werken Celtis' das offene Auge des Weitgereisten zugute, ob es die *Amores* sind oder die *Oden*, die – wie die *Epigramme* – erst nach dem Tode veröffentlicht wurden. Besonders ergiebig ist in dieser Hinsicht Celtis' Buch über Nürnberg (1495, 2. Aufl. 1502; Übersetzung ins Deutsche 1495), das »Zentrum Europas«. Die historischen Kapitel sind zwar ziemlich mißglückt, aber von dem Nürnberg seiner Zeit übersieht er nichts. Er handelt über Boden und Klima, malt liebevolle Genrebilder vom Leben der Bürger und von ihren Festen, analysiert ihren Dialekt und Charakter, widmet der Mode und der Schilderung der Häuser breiten Raum und übergeht auch die Schattenseiten des Lebens nicht: die Speisung der Aussätzigen, die Richtstätte, das Leid der Hungersnot des Jahres 1491.

Im Erscheinungsjahr der *Amores* schreibt Celtis ein Festspiel, den *Ludus Dianae*. In der Uraufführung wurde das antikisierende mythologische Drama von Celtis und seinen Freunden gespielt, und sogar Maximilian übernahm seine Rolle selbst. Als Höhepunkt wurde der konkrete Anlaß, eine Dichterkrönung, geschickt in die Szene eingebaut: Der als Bacchus verkleidete Dichter rezitiert seinen Lobspruch auf Wien und den Wein, fällt dem König zu Füßen und empfängt von ihm den Dichterlorbeer. Abgesehen von diesem und zwei weiteren dramatischen Versuchen wirkte Celtis seit seiner Ankunft in Wien bahnbrechend für das antike Schauspiel. Vor dem Rektor – der das alles »höchst merkwürdig« fand – und der versammelten Universität ließ er in der Aula *Plautus*- und

Terenz-Komödien von seinen Schülern aufführen, ein Brauch, der im 16. Jahrhundert zum festen Bestand des akademischen Lebens wurde.

Wie die meisten Humanisten und besonders der Lehrer Agricola hatte Celtis ein inniges Verhältnis zur Musik. Er spielte selbst, wie es dem *homo universalis* der Renaissance zukam, verschiedene Saiteninstrumente. In seine Dramen waren instrumentale und vokale Passagen eingefügt. Zuvorderst aber beschäftigte ihn der Wunsch, die antike Lyrik wieder sangbar zu machen, die Verbindung von Poesie und Gesang wieder herzustellen. Im Jahre 1507 gab er gemeinsam mit dem Tiroler Musiker *Petrus Tritonius* Horazische und eigene Oden in vierstimmigem Satz mit Flöten-, Lauten- und Pfeifenbegleitung heraus. In der Kirchenmusik war er merkwürdig konservativ und lehnte den weltlichen Mißbrauch der Orgel sowie die Verwendung von Blasinstrumenten und Cymbeln in der Kirche ab.

Celtis' zentrale Idee jedoch blieb – wie manches andere, das er vorhatte – unausgeführt: ein monumentales Werk über Deutschland in Geschichte und Gegenwart zu schreiben, die *Germania illustrata.* Interessant auch hier die bewußte oder unbewußte Auseinandersetzung mit dem verhaßten italienischen Vorbild: 1474 hatte *Flavio Biondo* seine *Italia illustrata* veröffentlicht. Der Plan Celtis' klingt schon in der Ingolstädter Antrittsrede an, den Aufbau nach den vier Himmelsrichtungen hatte er in den *Amores* erprobt. Als er 1505 in Augsburg *Konrad Peutingers* teilweise fertiges *Kaiserbuch* (Lebensbeschreibungen der Kaiser von *Caesar* an) kennenlernte, wollte er den Freund unbedingt überreden, es im Rahmen seiner *Germania* zu veröffentlichen. Als Vorarbeit ist die *Germania generalis* zu werten, die Celtis im Anschluß an die Edition der Taciteischen *Germania* schrieb. Hier treten das brennende Interesse und die Begeisterung für das deutsche Altertum klar zutage. Seltsam mutet seine unkritische Haltung gegenüber abstrusen Geschichtsklitterungen an, die er mit Begeisterung übernahm, wenn sie nur in sein Gesamtkonzept vom Germanentum paßten. Der Wert der Arbeiten Celtis' liegt ja überhaupt nicht in den historischen Teilen, sondern in jenen, wo seine scharfe Beobachtungsgabe zur Geltung kommt, obgleich auch hier oft persönliche Sentiments das Urteil färben.

Maximilian fand an dem Plan der *Germania illustrata* großen Gefallen; Celtis war die Verwirklichung nicht mehr gegönnt. Er starb 49jährig wohl an den Folgen der nie ganz ausgeheilten gallischen Krankheit am 4. Februar 1508. In feierlichem Zug wurde der Leichnam nach St. Stephan geleitet, wo er an der Ostseite des Domes begraben liegt. Noch einmal begegnen wir einer italienischen Reminiszenz. Gemäß Celtis' Wunsch wurde in den Grabstein ein mystisches Monogramm, Symbol der Unsterblichkeit der Seele, eingemeißelt – das Zeichen der römischen Akademie.

Der treue Cuspinian begleitete auch diesen letzten Akt. Er hielt Celtis die Leichenrede und »erbte« die Lehrkanzel für Rhetorik und Poetik. Zwanzig Jahre später schrieb er eine großangelegte *Austria*, in der die Ideen weiterlebten, die Celtis für seine *Germania illustrata* entwickelt hatte.

Paracelsus

VON HEINZ FIDELSBERGER

Am 17. Dezember 1493 wurde in Einsiedeln dem praktischen Arzt *Wilhelm Bombast von Hohenheim* ein Knabe geboren, der wie kein anderer in der Medizin eine Umwälzung aller Ansichten herbeiführen sollte. Er erhielt bei der Taufe den Namen *Philippus Aureolus Paracelsus Theophrastus Bombastus,* nannte sich später aber meist nur Paracelsus. Die ärztliche Praxis des Vaters lag an der sogenannten Teufelsbrücke über den Sihlfluß, wo jahraus und jahrein unzählige Pilger vorbeizogen, die der Klause des im Jahre 861 ermordeten heiligen Meinrad zustrebten. Die vielen Kranken aus der Pilgerschar belebten die Praxis des Dr. Hohenheim. Der kleine Paracelsus wurde schon frühzeitig von seinem Vater in der Heilkunde unterwiesen. Als der Knabe neun Jahre alt war, starb die Mutter. Der Vater übersiedelte mit dem Knaben nach Villach, wo er neben seiner ärztlichen Praxis auch an der dortigen Bergschule unterrichtete. Paracelsus kam damit erstmals mit den Bergleuten zusammen und lernte von ihnen, wie man Metalle schmilzt, wie man sie chemisch bearbeiten kann. Diese Kenntnisse waren die Grundlage für alle späteren Entdeckungen und zeigten dem heranwachsenden Knaben die ganze Wunderwelt der Chemie, die damals noch immer als Alchimie mit allerlei mystischen und abergläubischen Vorstellungen verbunden war.

Welch ein Unterschied zwischen Vater und Sohn! Wilhelm von Hohenheim arbeitete als Arzt an ein und demselben Ort, blieb in Villach bis zu seinem Tode und lebte eher zurückgezogen. Paracelsus aber war erfüllt von brennender und verzehrender Wißbegierde. Kaum hatte er den Doktorhut in Ferrara erworben, findet man ihn in den Schmelzhütten der Tiroler Bergwerke, allein in den Laboratorien der Bergleute, wo er experimentiert und viele Chemikalien auf ihre medizinische Verwendbarkeit prüft. Er zieht in ganz Europa umher, spricht mit allen, die von der Medizin etwas verstehen, mit den Kräuterhexen ebenso wie mit den hochgelehrten Universitätsprofessoren, leiht Quacksalbern ebenso sein williges Ohr wie den Vorlesungen berühmter Ärzte. Er erkennt dabei den völligen Unsinn der Lehre von den vier Kardinalsäften. Mehr als ein Jahrtausend hatte man die Medizin ausschließlich nach Blut, Schleim, gelber und schwarzer Galle ausgerichtet. Man schwor noch immer auf *Galenos* und die griechische Medizin. Objektiv betrachtet hatte die Medizin in diesem Zeitraum von mehr als tausend Jahren kaum nennenswerte Fortschritte gemacht.

Der kleine, etwas dickliche junge Mann vereinigte alle seine Erkenntnisse zu einer alles umfassenden Medizin! Paracelsus sah den Menschen eng mit der Natur verbunden und seine Abhängigkeit von allen Vorgängen des Weltalls. Er erkannte aber auch mit aller Deutlichkeit die Individualität eines jeden Krankheitsgeschehens. Er vertrat die Ansicht, der Arzt müsse sich immer in die Person des Patienten hineinleben können, nur dann, wenn er all die Kräfte erkennen kann, die zur Krankheit führten, kann auch ein Weg zur Genesung gefunden werden. Paracelsus glaubte, gegen alle Krankheit Mittel zu besitzen, und hielt auch alle Übel dieser Welt für heilbar, wenn sie nur rechtzeitig behandelt werden können. Dieser gottesfürchtige Arzt setzte vier Dinge voraus, um überhaupt heilen zu können: der Arzt muß ein Philosoph sein, er muß ein guter Astronom und ein ebenso guter Chemiker sein, und schließlich darf ihm nicht die Tugend der Redlichkeit fehlen. Zur Chemie zählte er auch die Pflanzenheilkunde, vor allem aber auch die Untersuchung und Kenntnis der Heilquellen. Es ist kaum bekannt, daß dieser Theophrastus Bombastus von Hohenheim beispielsweise die Quellen von Baden bei Wien untersuchte, sie als höchst wirksame Schwefelquellen erkannte, in ihnen aber auch Spuren von Gold nachweisen zu können glaubte.

Im Jahre 1524 kam Paracelsus wieder nach Villach, doch der Rahmen der väterlichen Praxis schien ihm zu eng. Er zog zunächst nach Salzburg, von wo ihn aber der Kampf der Bauern gegen die Obrigkeit verscheuchte. Er wanderte durch den Schwarzwald, machte dabei bewundernswerte Bodenuntersuchungen, erforschte die heilenden Einflüsse des Klimas und gelangte schließlich nach Straßburg, wo er eine Art Medizinunterricht erteilte. Im Alter von dreiunddreißig Jahren war er bereits weithin bekannt und hat überall wegen seiner scheinbar wundersamen Kuren Aufsehen erregt. Schüler drängten sich um ihn, und in einer etwas marktschreierischen, oft sogar recht pöbelhaften Sprache begann er eine natürliche Medizin zu lehren.

Damals wurde ganz Europa in einem unvorstellbaren Ausmaß von einer der bösartigsten Krankheiten des Menschengeschlechtes, der Syphilis, heimgesucht. Man nimmt heute an, daß die ersten Syphilisfälle in Spanien aufgetreten sind, und zwar etwa in den letzten Jahrzehnten des 15. Jahrhunderts. Die Krankheit wurde zuerst »Mal de Naples« (das Übel von Neapel) genannt, später »morbus gallicus« (die Franzosenkrankheit), und erst *Girolamo Fracastoro* führte den Namen Syphilis ein. Er schrieb ein Gedicht im Jahre 1530, dessen Held, ein gewisser Syphilis, an der »Franzosenkrankheit« litt.

Paracelsus hatte bei seinen Wanderungen durch Europa diese Krankheit kennengelernt. Wahrscheinlich konnte er sie besonders in Spanien beobachten, und es spricht sehr für diesen genialen Arzt, daß er das Gemeinsame an den Krankheitsfällen erkennen konnte, obwohl die Syphilis so gut wie alle Symptome aufweist. Es kommt dabei zu Fieber, zu Haarausfall, zu Geschwüren, zu Drüsenschwellungen, zu Blindheit, Taubheit, zur vollkommenen Verblödung, zu allen nur möglichen inneren Leiden und schließlich zum qualvollen Tod. Die Ärzte verwendeten höchst untaugliche Mittel, soweit sie überhaupt die Krankheit richtig zu erkennen imstande waren, und das Übel breitete sich immer mehr aus.

Paracelsus gab gegen die Syphilis metallisches Quecksilber in den verschiedensten Formen und konnte damit aufsehenerregende Heilerfolge erzielen. Der Lohn dafür blieb nicht aus: man bestellte ihn zum Lehrer an der Universität zu

Wolf Huber, Geburt Christi; Ölbild vom St.-Annen-Altar, Feldkirch, 1521

Johannes Kepler; Stich, Kilian zugeschrieben

Johannes Stabius; anonyme Bleistiftzeichnung

Hans Wilhelm von Losenstein; Tumba in der Pfarrkirche zu Loosdorf

Sternkarte der nördlichen Himmelskugel; von Johannes Stabius 1515, Holzschnitt von Albrecht Dürer

Basel. Aber nur zwei Semester lang konnte Paracelsus an der Universität Basel unterrichten. Dann hatten seine Feinde es endlich erreicht: man verjagte ihn aus der Stadt. Es begann bereits am ersten Tag, bei der sogenannten Antrittsvorlesung. Zu ihr war alles, was Rang und Namen hatte, herbeigeeilt, um diesen berühmten Arzt zu hören. Paracelsus sprach deutsch, statt wie üblich in lateinischer Sprache, was die Universitätsprofessoren veranlaßte, die sofortige Abberufung dieses »Ketzers« zu fordern. Aber der Rat der Stadt hielt zunächst schützend die Hand über Paracelsus.

Die Schüler vergötterten ihn. Die Professoren aber führten einen erbitterten Kampf gegen Paracelsus, dessen Erfolge wohl überall für ihn sprachen, der aber kraft seiner Persönlichkeit eine Reform der Medizin herbeiführen wollte. Hatten die italienischen Universitäten nicht viele Jahrhunderte lang das Recht für sich in Anspruch genommen, allein zu bestimmen, was wirklich Medizin sei? Beugte sich nicht alles nach wie vor – trotz *Vesal* und anderer mutiger Ärzte – vor dem großen *Galenos*? Und jetzt sollte man umlernen, die althergebrachten Schablonen verlassen?

Obwohl sich die Studenten zu den Vorlesungen drängten, erreichten es die Professoren, daß Paracelsus zwar unterrichten, aber nicht prüfen durfte. Paracelsus erkannte, daß ihm damit jede Möglichkeit genommen wurde, die jungen Ärzte mit seiner neuen Auffassung von der Medizin bekanntzumachen. Er kämpfte gegen die Anschläge seiner »Kollegen« im akademischen Senat, in seiner rauhen, polternden Art machte er aber einen entscheidenden Fehler: Er verfeindete sich zuletzt auch mit dem Rat der Stadt Basel. Man entließ Paracelsus, man schickte ihn fort, seine akademische Laufbahn war zu Ende ...

Nach diesem ereignisreichen Februar 1528, als die Stadt Basel den großen Arzt schmählich davongejagt hatte, begannen für Paracelsus wieder unruhige Wanderjahre. Doch der Haß der Zunftkollegen verfolgte ihn weiter. Man weigerte sich überall, seine Schriften zu drucken. Für einen alleinstehenden Mann, ohne Hilfe der Obrigkeit, ja sogar von ihr bekämpft, waren die Schwierigkeiten, ein Buch herauszubringen, ungeheuer. Dadurch konnte jedoch nicht verhindert werden, daß – wie beispielsweise die Abhandlungen über die Syphilis – die von Paracelsus niedergeschriebenen Erkenntnisse von bahnbrechender Bedeutung für die moderne Medizin wurden.

Als im Jahre 1535 die Pest weite Landstriche verheerte, arbeitete Paracelsus im Inn- und Eisacktal; sein *Pestbüchlein* ist das Ergebnis seiner Beobachtungen.

1537 kam Paracelsus nach Wien, widmete dem Kaiser des Heiligen Römischen Reiches, *Ferdinand I.*, sein berühmtes Buch *Die große Wundarznei* und wurde auch von ihm empfangen. Aber die Intrigen waren schon gesponnen. Man weiß heute nicht genau, wie sich der Besuch beim Kaiser wirklich abspielte. Paracelsus jedenfalls bat den Kaiser, er möge ihm behilflich sein, alle seine medizinischen Arbeiten auch drucken zu können. Der Kaiser habe – später hat man es so dargestellt – Paracelsus auch seine Hilfe zugesagt. Doch diese Hilfe blieb aus. Als er sein Buch über die Steinkrankheiten in Wien drucken lassen wollte, wurde dies hintertrieben, man weigerte sich, das Manuskript anzunehmen. Tief verstimmt, mutlos und verbittert verließ Paracelsus die Kaiserstadt an der Donau.

In Kärnten, wo sein Vater lebte, ließ sich Paracelsus im Jahre 1538 nieder. Hier wurde ihm die Einladung des *Prinzen Ernst von Bayern* überbracht; Paracelsus zog nach Salzburg, wo er am 24. September 1541 für immer die Augen schloß. In der Vorhalle der Kirche von St. Sebastian in Salzburg wurde er begraben. Knapp achtundvierzig Jahre ist dieser Arzt alt geworden, den seine Zeitgenossen nicht begriffen haben.

Johannes Kepler

VON KONRADIN FERRARI D'OCCHIEPPO

Die Umgestaltung des astronomischen Weltbildes am Beginn der Neuzeit gelang nicht mit einem einzigen kühnen Griff, sondern sie vollzog sich nur allmählich in einem Zeitraum von fast drei Jahrhunderten. Auf eine Reihe von Vorläufern, von denen wir *Peuerbach* (1423—1461) und *Regiomontanus* (1436—1476) an anderer Stelle dieses Buches näher kennengelernt haben, folgte *Kopernikus* (1473 bis 1543). Er erkannte richtig, daß nicht die Erde, sondern die Sonne der Zentralkörper unseres Planetensystems ist; aber er meinte, an der alten Ansicht festhalten zu können, daß alle Bewegungen der Himmelskörper auf genauen Kreisbahnen erfolgen. Doch bald erschütterte *Tycho de Brahe* (1546–1601) durch seine für jene Zeit unerhört guten und zahlreichen Beobachtungen das Vertrauen in alle früher aufgestellten Theorien. Er lieferte damit das Rohmaterial, aus dem *Kepler*, der größte Astronom des 17. Jahrhunderts, die bis heute im wesentlichen gültig gebliebenen Gesetze über Bahnform und Geschwindigkeit der Planetenbewegung ableiten konnte.

In Weil, einer der kleinsten freien Reichsstädte (etwa 20 km westlich von Stuttgart), wurde Johannes Kepler am 27. Dezember 1571 geboren. Sein Vater stammte aus einer verarmten Kleinadelsfamilie und versuchte sein Glück als Söldner in den spanischen Niederlanden. Trotz der wirtschaftlich bedrängten Familienverhältnisse wurde dem körperlich kränklichen, aber geistig von Kindheit an sehr regen jungen Kepler von seinem sechsten Lebensjahr an eine gute Schulbildung zuteil. An der Universität Tübingen erhielt er einen Freiplatz im landesfürstlichen »Stift« und dazu später noch ein Stipendium seiner Vaterstadt, so daß er sich ohne Geldsorgen dem Studium widmen konnte. Unter seinen Professoren stand ihm besonders *Michael Maestlin* (1550–1631) nahe, der im Kreis vertrauter Schüler seine Hinneigung zu der damals noch fast allgemein abgelehnten Lehre des Kopernikus nicht verhehlte. Kepler erbrachte trotz seines frühzeitig erwachten Interesses für Astronomie auch in den anderen Fächern ausgezeichnete Leistungen und erlangte knapp zwanzigjährig (1591) den akademischen Grad eines Magisters.

Nun hatte er freie Wahl für die Richtung seines weiteren Studiums und wandte sich der theologischen Fakultät zu, um sich auf den Beruf eines evangelischen Geistlichen vorzubereiten. Obwohl ihn seine berufliche Laufbahn später ganz andere Wege führte, blieben ihm religiöse Fragen zeitlebens ein echtes Herzensanliegen. Seine durchaus persönlich geformte Glaubensüberzeugung war zwischen den arg verhärteten Fronten der Konfessionen auf ein wahrhaft ökumenisches Verständnis des Christentums gerichtet. Nur schweren Herzens brach er 1594 sein noch unvollendetes Theologiestudium ab, als der Senat der Universität Tübingen ihn den Ständen der Steiermark auf deren Anfrage als am besten geeigneten Anwärter für die Übernahme einer Mathematikprofessur an der evangelischen Höheren Schule in Graz empfahl. Neben Mathematik mußte er auch andere Fächer unterrichten und außerdem alljährlich Kalender liefern, die nicht nur astronomische Angaben, sondern auch allerlei daran anknüpfende Vorhersagen über Wetter und politische Ereignisse des kommenden Jahres enthalten sollten. Er selbst hielt nicht viel von den Regeln der Sterndeutung und warnte offenherzig davor, ihr blind zu vertrauen. Teils seiner gesunden Urteilskraft, teils dem Zufall hatte er jedoch einige sehr treffende Voraussagen zu verdanken, die ihm mehr als alles andere öffentliches Ansehen und – Gehaltszulagen verschafften.

In der Stille aber brachte er binnen zwei Jahren sein wissenschaftliches Erstlingswerk, *Mysterium Cosmographicum* (Weltgeheimnis) betitelt, zustande. Es handelt von dem vermeintlich geometrischen Grund für die ungleichmäßigen Abstände und für die Sechszahl der damals bekannten Planeten, den Kepler in folgendem entdeckt zu haben glaubte: Jedem Planeten denke man sich eine Kugelschale von solcher Dicke zugeordnet, daß ihr äußerer Halbmesser der Sonnenferne, ihr innerer der Sonnennähe entspricht, wie es ähnlich, nur in erdzentrischem Sinne, schon Peuerbach gelehrt hatte. Man erhält nun ungefähr die wirklichen Größenverhältnisse dieser Hohlkugeln, wenn man der Schale des Saturns einen Würfel einbeschreibt, dessen Flächen von innen her von der Kugel des Jupiters berührt werden; diese soll ihrerseits ein Tetraeder einschließen, dem sich die Kugel der Marsbahn von innen anschmiegt. Dann folgt ein Dodekaeder (gebildet aus zwölf gleichseitigen Fünfecken) mit der Kugel, welche die Erdbahn trägt; weiter ein Ikosaeder (gebildet aus zwanzig gleichseitigen Dreiecken), das die Kugelschale der Venus umschließt, endlich ein Oktaeder (vierseitige Doppelpyramide aus acht gleichseitigen Dreiecken), dem die Kugel der Merkurbahn einbeschrieben ist. Selbstverständlich dachte Kepler sich diese Kugelschalen und Vielflächner nicht als materielle Gebilde, sondern nur als unsichtbare Ordnungsgestalten. Mit der ihm eigenen Gründlichkeit verglich er in genauen Rechnungen die Folgerungen aus dieser Theorie mit den von Kopernikus ermittelten Planetenabständen und glaubte, daß die dabei zutage getretenen kleinen Abweichungen bei verbesserten Beobachtungsgrundlagen verschwinden würden.

Allein die Tatsache, daß es nur die eben aufgezählten fünf im strengen Sinne regelmäßigen Vielflächner gibt, während nach und nach drei weitere große Planeten, Uranus, Neptun und Pluto, entdeckt wurden, macht es heute leicht, die

Unhaltbarkeit der hier beschriebenen Theorie sofort zu erkennen. Dennoch sollte man dieses Werk Keplers keineswegs geringschätzen. Denn sein Leitgedanke, daß ideale Gebilde der Mathematik in oftmals ungeahnter Weise in physikalischen, chemischen und sogar organischen Strukturen ihr Gegenstück finden, hat sich später in vielen Bereichen der Wissenschaft bewährt. Ja, Kepler selbst hätte ohne sein beständiges Suchen nach Ordnung und Harmonie im Weltall auch jene Gesetze der Planetenbewegung niemals gefunden, die wir noch heute als zutreffend anerkennen. Mit Recht fand also das *Weltgeheimnis* schon bei den Zeitgenossen höchste Anerkennung: *Maestlin* beglückwünschte seinen Schüler zu diesem Werk, dessen Drucklegung er selbst überwachte. Sogar der hochfahrende *Galilei* (1564–1642) bedankte sich in anerkennenden Worten für die Zusendung eines Exemplars. Eine besonders glückliche Fügung aber war es, daß der stolze Däne *Brahe,* wiewohl er eine eigenartige Kombination des kopernikanischen Systems mit dem Festhalten an der Erde als Weltmitte für das Richtige hielt, den genialen Funken in dieser Schrift erspürte. Kurz zuvor in seiner nordischen Heimat mißliebig geworden, fand er bei dem für Kunst und Wissenschaft begeisterten *Kaiser Rudolf II.* in Prag Aufnahme und konnte es durchsetzen, daß Kepler zunächst sein erster Gehilfe und nach seinem Tode im Jahre 1601 sein Nachfolger als kaiserlicher Mathematiker wurde.

In rund zwanzig Jahren hatte Brahe mit den vorzüglichen Geräten seiner Privatsternwarte astronomische Beobachtungen zusammengetragen, die an Menge und noch mehr an Genauigkeit alles übertrafen, was vorher in Jahrhunderten angesammelt worden war. Dieser wissenschaftliche Schatz gelangte nun in die Hände Keplers. Um die darin enthaltene Fülle an Information auszuschöpfen, bedurfte es nicht nur eines ungeheuren Rechenfleißes – es gab ja noch keine Logarithmen oder gar Rechenmaschinen! –, sondern ganz neuer Ideen. Wohl begann auch Kepler mit der gewohnten Annahme kreisförmiger Bahnen und mit den früher wenigstens annähernd bewährten Regeln, um die scheinbar oder wirklich ungleichförmig schnelle Bewegung der Planeten rechnerisch zu bestimmen. Aber es gelang nicht, irgendeine Kreisbahn zu finden, der alle Beobachtungen des Mars mit angemessener Genauigkeit entsprochen hätten. Noch Kopernikus hätte vermutlich solche verhältnismäßig kleine Abweichungen als unerheblich beiseite geschoben. Aber Kepler kannte die Schärfe der Messungen Brahes und ersann ganz neue Verfahren, um durch Kombination von je zwei Beobachtungen, die zeitlich um ein ganzzahliges Vielfaches des Marsjahres (687 Tage) auseinander lagen, ohne vorgefaßte Hypothesen die Form und Größe der Marsbahn und das Gesetz der Geschwindigkeitsänderung genau zu bestimmen. Als er 1609 nach siebenjähriger Bemühung die Ergebnisse veröffentlichte, konnte er das Buch mit Recht *Astronomia Nova* (Neue Astronomie) betiteln. Es gipfelte in den zwei ersten, heute nach Kepler benannten, Gesetzen: »Die Planetenbahnen sind Ellipsen, in deren einem Brennpunkt die Sonne steht«, und: »Der Fahrstrahl von der Sonne zum Planeten überstreicht in gleichen Zeitabschnitten je flächengleiche Sektoren.«

Schon in den unruhigen letzten Regierungsjahren Rudolfs II. war Keplers Gehalt wegen Geldmangels in den kaiserlichen Kassen bisweilen unregelmäßig ausgezahlt worden. Die Nachfolger, *Mathias* und *Ferdinand II.*, erkannten zwar seine Nachforderungen als rechtmäßig an und bestätigten ihn als kaiserlichen Mathematiker; aber sie gestatteten es gern, daß er sich zwecks wirtschaftlicher Absicherung den oberösterreichischen Ständen in Linz als »Landschaftsmathematicus« zur Verfügung stellte. Neben seinen Amtspflichten blieb ihm noch genug Muße, um nach weiteren Zahlenbeziehungen im Planetensystem zu suchen. Dabei fand er unter anderen, uns heute nicht mehr überzeugenden oder rein zufälligen Beziehungen auch das überaus wichtige dritte Gesetz: »Die Quadrate der Umlaufzeiten der Planeten verhalten sich wie die dritten Potenzen der großen Halbachsen ihrer Bahnen.« Es wurde 1619 in dem Werk *Harmonice Mundi* (Weltharmonie) veröffentlicht.

Als sein eigentliches Hauptwerk betrachtete Kepler selbst die auf seine neuen theoretischen Erkenntnisse aufgebauten Tafeln zur Berechnung der Planetenstellungen sowie des Sonnen- und Mondlaufes in Vergangenheit und Zukunft, die er unter dem Namen seines verstorbenen Gönners als *Tabulae Rudolphinae* herausgab. Um deren Druck persönlich überwachen zu können, übersiedelte er 1626 von Linz nach Ulm.

Kepler hat aber außerdem der beobachtenden Astronomie ein wertvolles Geschenk hinterlassen, das erst lange nach seinem Tode in voller Bedeutung erkannt wurde. In seinem bereits 1611 veröffentlichten Werk über theoretische Optik *Dioptrice* wird die Wirkungsweise der einfachen Linsen und verschiedener Linsenkombinationen systematisch behandelt. Unter anderem findet man darin das zusammengesetzte Mikroskop, das »holländische« Fernrohr, das etwa zu gleicher Zeit Galilei nachgebaut und für seine Himmelsbeobachtungen verwendet hat, und das von Kepler selbst erfundene »astronomische« Fernrohr. Für die oberflächliche Beurteilung hat es den Nachteil, daß es die betrachteten Gegenstände auf den Kopf stellt, wenn nicht durch eine Umkehrlinse (oder totalreflektierende Prismen) eine abermalige Bildumkehr bewirkt wird. Diesem für astronomische Beobachtungen in Wahrheit völlig unerheblichen Nachteil steht aber im Vergleich zum »holländischen« Fernrohr ein entscheidender Vorzug gegenüber: das Zustandekommen des von der Objektivlinse erzeugten reellen Bildes der Sterne wird nicht behindert, so daß diese mit Hilfe des als Lupe wirkenden Okulars zugleich mit dem Fadenkreuz oder anderen Meßvorrichtungen scharf gesehen werden können. Nur ein solches Fernrohr kann in Verbindung mit feingeteilten Kreisen zur genauen Messung von Richtungswinkeln dienen. Kepler selbst hatte zwar schwache Augen, so daß er zu seinem Kummer kaum eigene Himmelsbeobachtungen größeren Umfanges ausführen konnte. Aber der Siegeszug, den seit dem Ende des 17. Jahrhunderts bis herauf in die Gegenwart die messende Astronomie antrat, wäre ohne das Keplersche astronomische Fernrohr nicht möglich gewesen. Nun erst konnten die als Rechnungsgrößen schon von den alten Babyloniern eingeführten Winkelsekunden und deren Bruchteile auch wirklich gemessen werden. Man entdeckte so die eigenen Bewegungen der einst für unveränderlich gehaltenen Fixsterne, das Phänomen der Aberration des Lichtes, die Doppelsterne und vieles andere. Endlich gelang es auch, die winzigen Verschiebungen zu messen, die als Maß für die unterschiedlich großen Entfernungen der Sterne bedeutsam sind und zugleich einen letzten Beweis für die Wirklichkeit der Erdbewegung um die Sonne bilden.

Bald nach Erscheinen seiner Planetentafeln trat Kepler in die Dienste des sterngläubigen Feldherrn *Albrecht von Waldstein* (Wallenstein), der ihm anfangs eine Professur an der Universität Rostock in Aussicht stellte, ihn aber dann auf seine Güter nach Sagan in Schlesien beschied. Wohl hielt Kepler eine von abergläubischem Beiwerk gereinigte Sterndeutung für wissenschaftlich möglich; aber mit seinen aus diesem Grunde nur mit vielen Vorbehalten gegebenen Horoskopdeutungen konnte er Wallenstein, dem es auf handfeste Ratschläge ankam, begreiflicherweise nicht recht zufriedenstellen. In der Hoffnung, vom Reichstag seine Gehaltsrückstände eintreiben zu können, reiste Kepler im Spätherbst 1630 zu Pferd nach Regensburg. Doch fieberkrank kam er dort an und starb, wohl an Lungenentzündung, am 15. November 1630.

Georg Joachim Rhetikus

VON KARL HEINZ BURMEISTER

Die Revolution der modernen Naturwissenschaften wird um die Wende des Mittelalters zur Neuzeit durch zwei überragende Geister repräsentiert: *Nikolaus Kopernikus* und *Theophrastus Paracelsus. Georg Joachim Rhetikus,* beiden durch persönliche Begegnung eng verbunden, wurde zum Mittler ihrer umwälzenden Ideen auf dem Gebiete der Astronomie und Medizin. Wie kaum ein anderer Zeitgenosse setzte er sich für ihre Lehren ein. War auch seinem rastlosen Bemühen zu Lebzeiten nur geringer Erfolg beschieden, so spricht ihm die Geschichte doch das Verdienst zu, auf Grund seines Einsatzes den Fortschritt in der Erkenntnis der Naturwissenschaften wesentlich beschleunigt zu haben.

Rhetikus wurde 1514 in Feldkirch (Vorarlberg) als Sohn des dortigen Stadtarztes *Dr. Georg Iserin* und der norditalienischen Adeligen *Thomasina de Porro* geboren. Als vierzehnjähriger Knabe mußte er miterleben, wie sein Vater als Zauberer und Hexenmeister mit dem Schwert hingerichtet wurde. Man sagte ihm nach, er hätte einen Teufel in seiner Alchimistenküche eingeschlossen gehalten. Wir kennen jedoch von seiner Hand eine anatomische Abhandlung, die ein Zeugnis für sein ernstes wissenschaftliches Bestreben gibt.

Noch im gleichen Jahr wurde Rhetikus auf die Frauenmünsterschule nach Zürich geschickt (aus dieser Zeit stammt seine Freundschaft mit dem berühmt gewordenen Zürcher Naturhistoriker und Polyhistor *Konrad Gessner*), von wo er 1532 nach gründlicher Vorbereitung an die Universität Wittenberg kam. Der Feldkircher Arzt und Chronist *Achilles Gasser* hatte Rhetikus dem *Praeceptor*

Germaniae Philipp Melanchthon persönlich empfohlen. Melanchthon riet Rhetikus zum Studium der mathematischen Wissenschaften. Drei Jahre später konnte er mit Erfolg seine Studien abschließen und im Alter von erst 22 Jahren einen Lehrstuhl für Mathematik und Astronomie übernehmen. Rhetikus' besonderes Interesse galt der Astrologie. Schon in seiner Magisterdisputation vertrat er mit Nachdruck die These, daß die Sterndeutung, soweit sie sich wissenschaftlicher Methoden bediene, mit dem römischen Recht vereinbar sei.

Im Jahre 1514, als Rhetikus in Feldkirch geboren wurde, hatte *Nikolaus Kopernikus* in seinem *Commentariolus* erstmals sein neues Weltsystem dargelegt. Er brach dabei mit der auf *Aristoteles* und *Ptolemäus* beruhenden, im Mittelalter zum Dogma erstarrten Lehre, daß die Sonne sich um die Erde drehe, und behauptete das Gegenteil. Dieser *Commentariolus* wurde nie gedruckt; in einigen Abschriften aber kursierte er unter Freunden, so daß die Nachricht von der neuen Lehre sich in Fachkreisen doch allmählich ausbreiten konnte.

Es ist nun das erste große Verdienst des Rhetikus, daß er sich ernsthafte Gedanken über die Ansicht des Kopernikus machte. Im Jahre 1538 diskutierte er mit bekannten Mathematikern dieses Thema. 25 Jahre nach der Niederschrift des *Commentariolus*, im Frühjahr 1539, kam es zu der historischen Begegnung des jungen Wittenberger Professors mit dem greisen Domherrn Kopernikus in Frauenburg. Rhetikus wurde der erste und einzige Schüler des genialen Astronomen, der ihn überaus freundlich bei sich aufnahm.

Nach wenigen Wochen hatte sich Rhetikus so in die Lehren des Kopernikus eingearbeitet, daß er bereits im September 1539 das Manuskript seiner *Narratio prima,* des ersten wissenschaftlichen Berichtes von der Lehre des Kopernikus, beenden konnte. Noch *Kepler* – in dessen Werken die *Narratio prima* mehrfach abgedruckt ist – lobte den Bericht des Rhetikus als eine vorzügliche Interpretation des kopernikanischen Hauptwerkes *De revolutionibus orbium coelestium* (Über die Kreisbewegungen der Himmelskörper). Zu Beginn des Jahres 1540 lag die *Narratio prima* gedruckt vor.

Rhetikus sandte die Exemplare mit begeisterten Begleitschreiben an seine Freunde. Sieht man von Gasser und *Schöner* ab, so stieß er jedoch überall auf eine von ihm nicht erwartete Ablehnung, insbesondere bei Melanchthon und *Luther.* Nahezu die gesamte Gelehrtenwelt neigte dazu, Kopernikus und Rhetikus den Vorwurf eitler Neuerungssucht zu machen. Auch theologisch begründete Bedenken wurden erhoben, obwohl Rhetikus selbst in einer eigenen Abhandlung die Vereinbarkeit des kopernikanischen Weltsystems mit der Heiligen Schrift nachzuweisen versuchte.

Durch eine üble Manipulation des Nürnberger Theologen *Andreas Osiander* bei der Herausgabe von Kopernikus' Hauptwerk wurde Rhetikus zutiefst enttäuscht. Er wandte sich von der Astronomie ab und der Mathematik, Chemie und Medizin zu, aber in allen seinen Schriften wie auch in seinen Briefen begegnet uns immer wieder der Name des Kopernikus, den erst eine spätere Zeit richtig verstehen lernen sollte.

Rhetikus hatte bereits 1542 Wittenberg für immer den Rücken gekehrt und einen Lehrstuhl in Leipzig angenommen. Nach einem längeren Aufenthalt in Italien, wo er einige Zeit Gast des Mailänder Gelehrten *Girolamo Cardano* war, lehrte er vorübergehend Mathematik in Konstanz und begab sich von dort nach Zürich, um sich bei seinem Freund *Konrad Gessner* dem Medizinstudium zu widmen. 1548 kehrte er nach Leipzig zurück und wurde Dekan der philosophischen Fakultät. Einer Ausgabe der Elemente der Geometrie des *Euklid* folgte 1551 ein vielbeachtetes Büchlein mit dem Titel *Canon doctrinae triangulorum*, das zu einem grundlegenden Werk der modernen Trigonometrie wurde. Von diesem Buch ging eine so starke Wirkung aus, daß die bis dahin vernachlässigte Trigonometrie in ganz Europa aufblühte.

Kurz darauf mußte Rhetikus Leipzig verlassen. Sein maßloses Auftreten und sein ausschweifendes Leben hatten seine Stellung in Leipzig unhaltbar gemacht. Tief verschuldet und auch kriminell strafbar geworden, floh er nach Prag, wo er sein Medizinstudium fortsetzte und auch zum Doktor der Heilkunde promovierte. 1554 gelangte er über Breslau nach Krakau, wo er sich als praktischer Arzt niederließ. Einen Ruf an die Universität Wien hatte er kurz zuvor abgelehnt; auch 1563 leistete er einem ehrenvollen Ruf an die Universität Paris keine Folge.

Die letzten zwei Jahrzehnte seines Lebens widmete Rhetikus neben seiner ärztlichen Tätigkeit vorwiegend der Trigonometrie. Mindestens zwölf Jahre hindurch beschäftigte er eine Anzahl Arithmetiker bei den Ausführungsarbeiten zu seinem großen Tafelwerk, das erst 1596, nach seinem Tode, als *Opus Palatinum* erschien. Die Mathematik-Historiker in aller Welt sind sich in dem Urteil einig, daß Rhetikus das genaueste und umfangreichste Tabellenwerk der Zeit verfaßt hat. Ja sogar noch in unserer Zeit (1958) hat der amerikanische Mathematiker *Hans Hof* das *Opus Palatinum* als ideale Basis für die Berechnung der Flugbahnen von Raketen und Raumschiffen bezeichnet.

In seiner medizinischen Tätigkeit war *Paracelsus* das Leitbild des Rhetikus. Schon 1532 war Rhetikus dem großen Arzt begegnet und hatte eine Unterredung mit ihm gehabt. Offenbar hatte dieses Gespräch einen tiefen Eindruck bei Rhetikus hinterlassen. Mit großem Interesse verfolgte er als Arzt in Krakau die Ausbreitung der Paracelsisten in Deutschland und versuchte mit ihnen in Verbindung zu kommen. Er übersetzte einen alchimistischen Traktat des Paracelsus vom Deutschen ins Lateinische.

Die vielen Erfahrungen, die Rhetikus als Astronom und Mathematiker, Arzt und Chemiker im Laufe seines Lebens gesammelt hatte, verlangten schließlich vom Naturwissenschaftler eine Stellungnahme zu den letzten Dingen. Hatten ihn früher selbst seine Freunde für einen Atheisten gehalten, so vertrat er in Wirklichkeit einen Pantheismus, der ganz in der geistigen Verwandtschaft des Cardano oder Paracelsus lag.

Große Pläne blieben unvollendet zurück, als Rhetikus auf einer Besuchsreise 1574 in Kaschau starb. Bald war sein Name völlig in Vergessenheit geraten. Die

Veröffentlichung des *Opus Palatinum* aus seinem Nachlaß und vor allem aber der Sieg der Lehre des Kopernikus führten jedoch bald zu einer Rhetikus-Renaissance. In der Wissenschaftsgeschichte hat Rhetikus seinen festen Platz, und die Astronomen haben seine Verdienste dadurch verewigt, daß sie ein Ringgebirge auf dem Mond nach ihm benannt haben.

Martin Zeiller – Clemens Beuttler – Georg Matthäus Vischer

VON ERNST BERNLEITHNER

Wofür eine Generation zuvor den Grundstock gelegt hatte, wurde nun von *Zeiller, Beuttler* und *Vischer* fortgeführt und durch die Verbindung von Bildtopographien und Landkarten vollkommen herausgearbeitet.

Martin Zeiller war jener hervorragende Österreicher, der um die Mitte des 17. Jahrhunderts für die vielbändigen international berühmt gewordenen Topographien (Ortsbeschreibungen) des Frankfurter Verlegers *Matthäus Merian* den wissenschaftlich fundierten und leicht lesbaren Text schrieb. Er erblickte am 17. April 1589 zu Ranten bei Murau in Steiermark als Sohn des dortigen gleichnamigen Pfarrers das Licht der Welt. Als 1598 auch in der Volksschule in Ranten eine allgemeine Büchervisitation vorgenommen wurde, landeten viele von Zeillers Schulbüchern als ketzerisch auf dem Scheiterhaufen. Unter Bischof *Martin Brenners* Reformationskommission wurde am 8. April 1600 über Zeillers Vater die Verbannung ausgesprochen. Martin ging mit ihm zunächst nach Regensburg, dann 1603 nach Ulm, wo sein Vater Spitalgeistlicher wurde. Martin, der schon als Knabe durch einen Unfall einäugig geworden war, entwickelte sich zu einem Gelehrten von großem geistigem Horizont. Sein Vater schickte ihn 1608 auf die Universität Wittenberg, wo er 1611 zum Doktor der Rechte promovierte.

In die österreichische Heimat zurückgekehrt, trat er in den Dienst des *Grafen Wolf von Tappenbach* auf Schloß Zeillern bei Amstetten in Niederösterreich. Hier wirkte er als Hofmeister der beiden gräflichen Söhne. Er reiste mit ihnen durch Böhmen, Mähren, Lothringen, Frankreich und die Schweiz, wobei die Universitäten in Prag, Straßburg, Paris, Genf, Basel und wieder Straßburg besucht wurden. Anschließend wurde er Hofmeister beim Vizestatthalter in Graz, *Balthasar Freiherrn von Galler auf Wasen.* Mit dessen Sohn und einer Gruppe junger Adeliger unternahm er eine Bildungsreise nach Italien, auf der in Padua länger verweilt wurde. Mit 40 Jahren gab er sein Reiseleben auf, übersiedelte nach Ulm, wo er seinen Hausstand gründete, die reichen Studienergebnisse, Beobachtungen und Exzerpte seiner Studien- und Reisezeit kritisch verarbeitete und eine fruchtbare literarische Tätigkeit entfaltete. In Ulm starb er am 16. 10. 1661.

Schon 1632 hatte er in Straßburg ein *Itinerarium Germaniae* als *teutsches Reijssbuch durch Hoch- vnd Niderteutschland / auch angräntzende vnnd be-*

nachbarte Königreich / Fürstenthumb vnnd Lande / als Vngarn / Siebenbürgen / Polen / Schweden / Dennemark veröffentlicht, dem 1651 das Werk *Fidus Achates oder getreue Reyssgefährt samt den Bedenken, wie Rasen anzustellen seynd* folgte. Beide Werke sind als Baedeker des 17. Jahrhunderts zu bezeichnen.

Außer bei Merian erschienen von ihm in anderen Verlagen Länderkunden und Reisebeschreibungen von fast allen europäischen Ländern und schließlich eine Topographie Italiens mit einem Anhang über Morea. Diese stolze Bändereihe verkörpert eine großartige Zusammenschau der Länderkunde Europas, in der er seinen Text zumeist mit Merianschen Bildern sinnvoll verbindet. *Hassinger* nennt ihn den ersten Länderkundler Europas.

Am 29. August 1656 vollendete der Frankfurter »Bürger, Buchhändler und Kupferstecher« *Caspar Merian* (1627–86, Sohn des Matthäus M.) für *Joachim Enzmüller Freiherrn von Windhaag* die bekannte *Topographia Windhagiana*, die auch als Anhang in die 2. Auflage der *Topographia Provinciarum Austriacarum Austriae, Styriae, Carinthiae, Carniolae et Tyrolis etc.* aufgenommen wurde, die 1656 in Frankfurt am Main erschien.

Sie enthält neben vielen Abbildungen verschiedener Bauwerke auch zwei kartographische Darstellungen von Herrschaftsgebieten des Freiherrn von Windhaag, und zwar *Schloß vnd Herrschaft Windthag Im Ertzhertzogthum Oesterreich ob der Enns* (NO orientiert, 1:49800) und *Herrschafft Reichenauw Am Freywaldt in vnter Oesterreich* (WSW orientiert, 1:56400). Bilder und Karten stammen aus der Hand von *Clemens Beuttler*. Er stammte wie sein größter Auftraggeber, Joachim Enzmüller Freiherr von Windhaag, aus Schwaben, und zwar aus dem vorderösterreichischen Säckingen, wo er 1623 geboren wurde. Er war ein bisher in Druckwerken biographisch nicht erfaßter Kartograph und Kirchenmaler. Lange vor Einführung der amtlichen Katasterkarten in Österreich (1817) verfaßte er großmaßstäbige Besitzkarten. Von der damals üblichen Geländedarstellung durch Heuhaufen und Maulwurfshügel ging er vollständig ab und führte bereits 150 Jahre vor der Bergschraffenmanier des sächsischen Majors *J. G. Lehmann* (1799) die Höhenformenlinie zur Hangdarstellung ein. Er schuf zahlreiche Zeichnungen, Schaubilder und Pläne, vor allem Besitzkarten von Herrschaften in Österreich ob und unter der Enns, darunter 1676 eine Karte des Landgerichtes Peuerbach und Bruck im Lande ob der Enns, 1678 eine 204 × 142 cm große Landgerichts- und Wildbannkarte des Stiftes Kremsmünster. 1662 ließ sich Beuttler in Ebelsberg nieder, heiratete dort und starb daselbst am 10. April 1682.

Beuttler könnte der Lehrer des ihn weit übertreffenden und bedeutenderen Topographen und Kartographen *Georg Matthäus Vischer* gewesen sein, der zur gleichen Zeit in Oberösterreich lebte. Von ihm ist aber nicht bekannt, bei wem er seine einmalige, verhältnismäßig modern anmutende kartographische Aufnahme- und Darstellungstechnik erlernte. Er wurde am 22. April 1628 in Wenns im Pitztal in Tirol geboren, wurde Kleriker und wirkte zunächst als Kaplan in Andrichsfurt bei Ried im Innkreis und ab 1666 als Pfarrer in Leonstein bei Kirchdorf in Oberösterreich. Im Mai 1667 wurde er von den Ständen des Landes ob der Enns mit der Aufnahme einer neuen Landeskarte beauftragt, die er bereits nach neun Monaten im Februar 1668 vollendete. Sie wurde 1669 von *Melchior Küsell* in Augsburg gestochen und veröffentlicht (12 Blätter 1:150000). Anschließend nahm er innerhalb von einem dreiviertel Jahr Niederösterreich kartographisch neu auf, und bereits 1670 erschien seine *Archiducatus Austriae Inferioris Accuratissima Geographica Descriptio* ebenfalls zu Augsburg in Druck (1:150000, 16 Blätter). Zu ihr gab er 1672 die *Topographie von Niederösterreich* mit vier Viertelskarten und 514 Abbildungen heraus, der 1674 jene von Ob der Enns mit 222 Bildern und 1681 die von Steiermark mit 455 Kupferstichen folgte, von welchem Land er 1678 die *Styriae Ducatus Fertilissimi Geographica Descriptio,* von *Andreas Trost* in Graz auf 12 Blätter 1:160000 gestochen, erscheinen ließ. Erwähnt sei, daß Vischer 1685 auch von Ungarn eine Kriegskarte (12 Blätter) anfertigte und 1692 von Mähren eine Landeskarte (1:185000, 12 Blätter) fertigstellte. 1688 schloß er seine Aufnahme der kaiserlichen Herrschaft Pardubitz in Böhmen (1:40000, 4 Blätter) ab.

Vischer, der seit 1669 niederösterreichischer Chorographus gewesen war, wurde 1684 als »Mathematicus celeberrimus« bezeichnet und unterwies als solcher die Edelknaben, war also dem kaiserlichen Oberstallmeisterstab unterstellt. Er kam dann Ende 1694 an das Benediktinerstift Kremsmünster in Oberösterreich, um die jungen Kapitulare in Geographie, Mathematik und Kartographie zu unterrichten. Am 13. Dezember 1696 starb er in Linz.

Vischers Karten sind wohl in ihrem Wert ungleich. Am besten ist noch die Karte von Niederösterreich geraten. Bei seinen kartographischen Aufnahmen benützte er einen prätorianischen Meßtisch, Diopterlineal, Kompaß, Stangenzirkel, Meßlatte, Gradbogen, Sonnenring, Schrittmeßinstrument und Meßrad. Das Stift Kremsmünster bewahrt noch seine Instrumente auf. Die Ebenen stellte er ziemlich genau dar, während er sich um eine plastische, naturgetreue Wiedergabe des Formenschatzes der Gebirge bemühte. Die Gewässerzeichnung paßte er zwar weitgehend der Wirklichkeit an, doch gerieten die Flüsse noch viel zu breit. Seine Karten übten auf die spätere Kartographie in Österreich sehr großen Einfluß aus und blieben bis zur Josephinischen Landesaufnahme (1763–1787) im allgemeinen unerreicht und richtungweisend. Auch heute noch sind seine Topographien und Karten eine wichtige Quelle für historisch-geographische Studien.

Martin Martini und die China-Mission

VON ERNST BERNLEITHNER

Seit der Entdeckung Amerikas haben die europäischen Mächte die Möglichkeiten, die ihnen ferne Weltteile bieten könnten, nicht mehr aus den Augen verloren. Die Habsburger waren durch ihre spanische Linie unmittelbar davon berührt. Während andere Mächte die Auseinandersetzungen auf dem Kontinent benützten, den Grundstein für künftige mächtige Kolonialreiche zu legen, blieb die Ostendische Kompanie der österreichischen Habsburger eine Episode. Wenn auch ohne praktischen Nutzen für das eigene Land, waren Österreicher im Rahmen der Jesuitenmission maßgeblich an der geographischen Erschließung und kartographischen Aufzeichnung des Fernen Ostens beteiligt und vermittelten ihre wertvollen Kenntnisse der gebildeten Welt von damals. Allgemein bekannt ist der Name *Martin Martini* als der eines der hervorragendsten Männer, die auf diesem Gebiete tätig waren. Neben ihm aber haben noch eine große Anzahl österreichischer Jesuiten in jener Zeit an der China-Mission ihres Ordens gewirkt, die Bedeutendes geleistet haben.

P. Andreas Wolfgang Koffler SJ, geboren 1603 in Krems an der Donau, war der erste österreichische Jesuitenmissionar, der als Mathematiker und Astronom 1640 Goa aufsuchte, nach Surate weiterreiste, nach Batavia übersetzte und sich anschließend nach Macao begab. Damals tobten in China die Kämpfe zwischen der Ming- und der Mandschudynastie. Macao schickte dem letzten *Mingkaiser Yong-li* Hilfstruppen, denen sich Koffler als Feldgeistlicher anschloß. Seine Umsicht und hohe Bildung brachten ihn später am Ming-Kaiserhof zu großem Ansehen. Als kaiserlicher Thronassistent wurde er mit der Abfassung eines chinesischen Kalenders betraut. Militärische und politische Auseinandersetzungen zwischen Holländern und Portugiesen führten im kaiserlichen Lager zu Unruhe und Empörung. Bei diesen Wirren fiel Koffler im Jahre 1651 durch Mörderhand.

P. Martin Martini SJ, 1614 in Trient geboren, war der begabteste und erfolgreichste Schüler des großen Mathematikers und Hebraisten *P. Athanasius Kircher* SJ. Martini gebrauchte zeitlebens seine deutsche Muttersprache, war geschult in der Naturbetrachtung, was ihm als Geograph und Kartograph zustatten kam. Er ging 1638 nach Indien und lebte von 1643 bis 1651 in China. Hier studierte er auf seinen Reisen die Natur und Kultur der chinesischen Provinzen; er besaß die große Gabe, das Geschaute ausgezeichnet zu beschreiben. Auf Grund eigener Beobachtungen, vieler Entfernungsmessungen und zahlreicher geographischer Ortsbestimmungen schuf er ein großes Kartenwerk von China, das neben Karten auch Verzeichnisse der chinesischen Provinzen und Ortslagen nach Länge und Breite enthielt. Bald stand er bei den Mandschus in hoher Gunst, um so mehr, als er sich klugerweise aus dem Parteienstreit heraushielt. 1651 kehrte er nach Rom zurück und veröffentlichte das von ihm mitgebrachte geschichtliche und kartographische Material. 1654 erschien sein Buch über den Tatareneinfall *De Bello Tatarico*, das fast in alle europäischen Sprachen übersetzt wurde. Bald trat er mit dem holländischen Kartenmacher und Verleger *Jan Blaeu* in Amsterdam in Verbindung, in dessen Offizin im Jahre 1655 *Martinis Novus Atlas Sinensis* als die erste brauchbare kartographische und genaue Beschreibung Chinas erschien. Die beiden Werke begründeten seinen Ruf als einer der ersten wissenschaftlichen Größen seiner Zeit. Martini kehrte 1659 nach China zurück und starb 1661 in Chekiang.

Der erste Europäer, der im 17. Jahrhundert nach Lhasa in Tibet gelangte, war *P. Johann Grueber* SJ, geboren 1623 in Linz/Donau, gestorben 1680 in Saros Patak. Er reiste 1656 nach China, wo er mathematische und astronomische Arbeiten durchführte. Gruebers Leistungen als Maler sicherten ihm bald die Gunst des ersten *Mandschukaisers Schum-tschi.* Als der Schiffsverkehr zwischen Portugal und China durch die Holländer vollkommen unterbunden wurde und ein Landweg ausfindig gemacht werden mußte, fiel diese Aufgabe Grueber zu. Die Reiseberichte *Marco Polos* wurden damals ins Reich der Fabel verwiesen, so daß Grueber mit seinem Mitbruder *P. d'Orville* ohne die geringsten Vorkenntnisse im April 1661 die Reise antrat. Er durchquerte Kansu und Tibet und gelangte als erster Europäer nach der Hauptstadt Lhasa. Nachdem sein Mitbruder in Agra in Indien gestorben war, wandte sich Grueber über Indien, Persien und Kleinasien zurück nach Rom. Den Reisebericht Gruebers veröffentlichte sein bekannter Ordensbruder *P. Athanasius Kircher* in dem Werke *China monumentis illustrata,* dem eine von Grueber gezeichnete Karte des Reiseweges beigegeben war. Kircher bezeichnete Grueber als den kühnsten Reisenden der Weltgeschichte und als den ersten Erforscher Tibets. Noch bis um 1900 enthielten viele Erdkunde-Lehrbücher seine geschickt gezeichnete Ansicht von Lhasa als einziges Bild dieser damals verbotenen Stadt.

Der bedeutende Religionsphilosoph *P. Christian Wolfgang Haerdtrich* SJ, geboren 1625 in Graz, gestorben 1684 in Kiang-tschou, verfaßte unter Mitarbeit mehrerer Mitbrüder das Werk *Confucius Sinarum philosophus.* Es erschien 1687 in Paris und brachte erstmals Kunde von diesem großen chinesischen Weisen nach Europa. Haerdtrich war zwischen 1656 und 1660 über Celebes nach Schansi in China gereist. 1669 wurde er nach Kanton verschleppt, betätigte sich aber zwischen 1671 und 1676 als Mathematiker an der astronomischen Akademie in Peking. Wegen seiner hervorragenden Beherrschung der chinesischen und der tatarischen Sprache und wegen seiner Vielseitigkeit wurde er von *Kaiser Kanghis* sehr geschätzt, der mit eigener Hand die Inschrift für das Grab Haerdtrichs verfaßte: »Ein ausgezeichneter Mann aus Europa.«

P. Ehrenbert Xaver Friedel, später *Fridelli* genannt, geboren 1673 in Linz, kam 1702 als Kartograph nach China. Er nahm als Hauptmitarbeiter neben seinen französischen Ordensbrüdern *Regis* und *Jartoux* bis 1710 die Mandschurei und die Provinz Tschilli kartographisch auf, anschließend das Amurgebiet und den 6-Grad-Abschnitt eines Breitenkreises. 1711 folgte die Aufnahme des Gebietes der Khalkanmongolen, 1712 mit seinem Mitbruder *Bonjour* jene der Provinzen Szetschouan und Yünnan und schließlich von Kweitschau und Hukwang. Nachdem 1718 die Karten der aufgenommenen Gebiete in 120 Blättern dem Kaiser im Original überreicht worden waren, wurde 1725 dieses große Reichskartenwerk Chinas, das unter hervorragender Mitarbeit Fridellis entstanden war, unter dem Titel *Description géographique de l'Empire de la Chine* in Paris veröffentlicht. Fridelli (Friedel) starb 1743 als Rektor in Peking.

Der erste Demograph Chinas war *P. Augustin Hallerstein* SJ, geboren 1703 in Laibach, gestorben 1774 in Peking, der bereits um 1770 ziemlich genaue Bevölkerungszahlen seines Missionsgebietes angab. 1735 machte er sich auf den Weg nach China, wo er erst 1739 eintraf. Seit 1744 war er Beisitzer und ab 1746 Vorsitzender im astronomischen Kollegium von Peking. 30 Jahre lang war er die Seele der wissenschaftlichen Bestrebungen am Kaiserhof. Er veröffentlichte eine Reihe bedeutender astronomischer, geographischer und kartographischer Arbeiten.

Ein Wissenschaftler größten Formats war *P. Joseph Tieffenthaler* SJ, geboren in Salurn, Südtirol, am 24. 7. 1710, gestorben in Lucknow in Indien im Jahre 1785. 1740 traf er in Ostindien ein und war von 1743 an am Hof des Großmoguls und Rektor in Agra. Viele und weite Reisen führten ihn durch Indien, besonders durch das Flußgebiet des Ganges. Seine dreibändige *Beschreibung von Hindustan* war lange Zeit das beste länderkundliche Werk über Indien, das noch *Carl Ritter* benützte, der Tieffenthaler als Vater der modernen indischen Geographie bezeichnete. Er war ein ausgezeichneter Kenner der indischen Literatur, Geographie und Naturgeschichte. Mit dem Begründer der Iranistik in Europa, dem Franzosen *Abraham Anquetil-Duperron,* stand Tieffenthaler in regem Briefwechsel. 1776 berichtete Anquetil-Duperron über Tieffenthalers geographische Forschungen in Indien vor der französischen Akademie der Wissenschaften. Er veröffentlichte 1786 einen Teil der ihm zugesandten Arbeiten in den *Recherches historiques et géographiques sur l'Inde* und entwarf nach Beschreibungen von drei großen und 22 Sonderkarten, die er 1776 von Tieffenthaler erhalten hatte, eine Karte des ganzen Gangesbeckens, welche alle bisherigen an Genauigkeit übertraf (*Carte générale du cours du Gange et du Gogra dressée par les cartes particulières du P. Tieffenthaler,* Paris 1784). Tieffenthaler lenkte die Aufmerksamkeit der europäischen Geographen auf den Himalaya, namentlich auf das Gebiet des Dhawlagiri, der damals als der höchste Berg der Erde galt. Wie sehr die Erinnerung an diesen großen Geographen in Indien noch lebendig ist, beweist eine 1962 im *Journal of the Asiatic Society* in Calcutta erschienene Arbeit von *S. J. Sen: Joseph Tieffenthaler and his Geography of Hindustan.*

P. Paul Klein SJ beschrieb im Jahre 1697 erstmals die bis dahin unbekannten *32 Palaos-Inseln* und legte eine genaue Karte dieser im Stillen Ozean zwischen den Philippinen und den Karolinen liegenden Inselwelt Mikronesiens vor.

Rueland Frueauf

VON FLORIDUS RÖHRIG

Der Maler *Rueland Frueauf der Jüngere* stammte zwar aus Passau und lebte in dieser Stadt als Ratsbürger, einen großen Teil seiner Bilder aber schuf er in Österreich, wo sich noch heute sämtliche gesicherten Werke seiner Hand befinden. Sie gehören zu den besten Leistungen, die die Malerei in Österreich je hervorgebracht hat. Außerdem war Rueland Frueauf der Entdecker der niederösterreichischen Landschaft.

Über den Lebenslauf des Künstlers sind wir nur sehr spärlich unterrichtet. Er wurde vermutlich in Passau als Sohn eines gleichnamigen Malers geboren. Der Vater, *Rueland Frueauf der Ältere,* stammte vielleicht aus Obernberg am Inn (das damals noch bayrisch war), wo eine Familie Frueauf überliefert ist. In Salzburg ist er als Maler seit 1470 urkundlich nachweisbar. 1480 wurde er Bürger von Passau, 1484 zog er wieder nach Salzburg und malte dort 1490/91 einen großen Flügelaltar. Wegen dieses langen Aufenthaltes im »Ausland« verlor er das Passauer Bürgerrecht, das ihm 1498 zum zweitenmal verliehen wurde. 1502 wurde ihm wegen seines hohen Alters eine Vormundschaft entzogen. 1507 starb Rueland der Ältere in Passau. In der dortigen Heiliggeistkirche ist sein Grabstein noch erhalten.

Noch weniger als über den Vater wissen wir von *Rueland Frueauf dem Jüngeren.* Er wuchs in der großen Werkstatt seines Vaters heran und arbeitete dort an vielen Bildern mit. Das früheste Gemälde, das mit Sicherheit vom jüngeren Frueauf allein stammt, ist 1496 datiert. 1497 und 1505 wird er als Bürger von Passau genannt, 1533 ist er Mitglied des dortigen Stadtrates, also ein angesehener Mann. Im Jahre 1545 lebt er noch als Maler in Passau. Wann und wo er gestorben ist, wissen wir nicht.

Frueauf der Ältere war eine der profiliertesten Malerpersönlichkeiten der Endgotik. Er stand in der Überlieferung der Salzburger Malerschule und setzte etwa die Art des *Conrad Laib* fort. Aus provinziellen Anfängen wuchs er zu hoher künstlerischer Meisterschaft heran. Im Gegensatz zu seinen Zeitgenossen, etwa dem berühmten *Michael Pacher,* verzichtete er in seinen Bildern auf alles Beiwerk und beschränkte sich auf monumentale Hauptfiguren. Große Form zeigen auch seine kleinsten Bilder, wie das *Portrait des Jobst Seyfrid* in Wien, eines der eindrucksvollsten Bildnisse der deutschen Kunst. Der Stil des älteren Frueauf ist linear ganz im Sinne der Endgotik. Es gibt knitteriges Faltenwerk und preziös verkrümmte Figuren. Aber in einem weist er über seine Zeit hinaus: seine Farben sind nicht stofflich bedingt, das heißt, er malt nicht Brokatmuster oder malerisch interessantes Material, sondern die in großen Flächen angelegten, ungebrochenen Farben, deren Leuchtkraft den Betrachter fasziniert. Die Auffassung der Farbigkeit ist zunächst das wertvollste Erbe, das der junge Maler vom Vater mitbekommt.

Frueauf der Jüngere hat bestimmt schon sehr zeitig in der großen Werkstätte des Vaters mitgearbeitet. Sein Anteil an diesen Werkstattbildern läßt sich allerdings nur schwer abgrenzen. Am großen *Salzburger Altar,* dessen 8 Flügelbilder sich heute in der Österreichischen Galerie zu Wien befinden, war er sicherlich schon mitbeteiligt. Wir können der Hand des Sohnes am ehesten die reizenden Hintergrundlandschaften auf zwei Tafeln *(Anbetung der Könige* und *Christus am Ölberg)* zuschreiben. Hier wird nämlich ein deutlicher Unterschied zum älteren Frueauf sichtbar. Waren dem Vater nur seine monumentalen Figuren wichtig, die er gewissermaßen in den leeren Raum stellte, so suchen die Landschaften auf diesen beiden Tafeln einen harmonischen Zusammenklang mit der figuralen Komposition. Und eben dies gehört zu den Merkmalen der Kunst des Sohnes.

Es ist bis heute nicht gelungen, die in der Werkstatt des älteren Frueauf tätigen Hände überzeugend zu scheiden. Die Forschung nimmt neben dem jüngeren Rueland noch zwei *Meister von Großgmain* an, deren jüngerer auch *Meister der Bostoner hl. Familie* genannt wird – zwei Maler von hohen Qualitäten. Hier ist nicht der Platz, auf stilkritische Probleme einzugehen. Die Zuschreibungen schwanken zwischen den einzelnen Meistern, und es erscheint durchaus möglich, daß das eine oder andere Bild dieses Werkstattkreises ein Frühwerk des jüngeren Rueland ist.

Sicheren Boden betreten wir aber erst bei der *Großen Kreuzigung* in Klosterneuburg, die mit 1496 bezeichnet ist. Sie ist mit Gewißheit ein Werk des jungen Frueauf. Hier zeichnet sich die Entwicklung des Meisters deutlich ab. Das Figurengedränge in der unteren Bildhälfte entspricht noch ganz der Endgotik. Wir finden hier die Typen des älteren Frueauf wieder, aber sie sind zierlicher, weicher geworden. Entscheidend ist, daß die obere Bildhälfte eine Landschaft einnimmt, die den Blick über die Stadt Passau mit dem Chorherrenstift St. Nikola bis zum fernen Hochgebirge am Horizont freigibt. Die beiden Hälften des Bildes bilden noch keine rechte Einheit, die Tafel wirkt zusammengestückelt. Aber man sieht schon, wohin Frueaufs Kunst strebt.

Nur wenige Jahre später, 1499, entstanden zwei Zyklen von je vier Tafelbildern, die wahrscheinlich einen einzigen Altar bildeten. Sie befinden sich heute – wie fast alle Werke Frueaufs – im Stiftsmuseum von Klosterneuburg. Hier hat der Künstler bereits seinen ureigenen Stil gefunden. Der Zyklus der *Passion Christi* folgt im Kompositionsschema noch dem Vater. Aber das Ergebnis ist ein völlig anderes: Die Figuren wirken zarter, sind von der sie umgebenden Landschaft gar nicht zu trennen und erscheinen von starkem Gefühl beseelt. Über allen Bildern liegt eine lyrische, entrückte Stimmung, der Landschaft und Figuren gleicherweise unterworfen sind – selbst die Henkersknechte scheinen verklärt gegenüber den drastischen Schilderungen anderer Künstler jener Zeit. Und nun gar die Farbe: hatte schon der Vater durch seine bestimmte, eigenwillige Farbigkeit bahnbrechend gewirkt, so bezaubern die klaren, zarten Farbtöne des Sohnes jeden Betrachter. Warme und kühle Farben werden auf unge-

Apotheose des Prinzen Eugen von Savoyen als Türkensieger; von Balthasar Permoser, 1721

Kaiser Leopold I.; Stich von Jan Brouwer nach einem Gemälde von Wallerant Vaillant

Kaiser Karl VI.; Stich von Albrecht Schmidt

Kaiser Joseph I.; Elfenbeinstatuette von Matthias Steinl, 1693

Ernst Rüdiger Graf von Starhemberg leitet die Verteidigung Wiens gegen die Türken bei der Belagerung im Jahre 1683; anonyme Xylographie

wöhnliche Weise nebeneinander gestellt und vereinigen sich zu einem wundervollen Zusammenklang. Geradezu als Visitenkarte des Malers kann man ein leuchtendes ins Violette spielendes Weiß ansprechen, das er auf jedem Bild ausgiebig verwendet. Diese bei aller Zartheit kühnen Farbakzente geben Ruelands Bildern eine Frische, wie sie selten ein anderer Künstler erreicht hat.

Im Zusammenhang mit dem Passionszyklus stand sicherlich die Bilderreihe *Das Leben Johannes des Täufers.* War die erste Serie noch von den Bildern des Vaters bestimmt gewesen, so zeigt der Sohn im *Johannes-Zyklus,* was er von den Zeitgenossen gelernt hat. Die vier Johannes-Bilder beweisen, daß Frueauf mit den besten Werken seiner Zeit vertraut ist. Die Lebensnähe der Figuren, die Gestaltung der Landschaft, vor allem aber die wohlgelungene Perspektive des Innenraums sind ohne gründliche Kenntnis der niederländischen Malerei jener Zeit nicht denkbar. Ob wir deshalb annehmen müssen, daß Frueauf eine Studienreise in die Niederlande unternahm, oder ob er diese Kunst auf anderem Wege kennenlernte, muß offenbleiben. Jedenfalls sind diese Bilder ein überzeugender Beweis gegen die schon oft widerlegte, aber anscheinend unausrottbare These von der Rückständigkeit der österreichischen Kunst. Frueauf ist nicht im mindesten rückständig, er geht etwa mit dem gleichaltrigen *Geertgen tot Sint Jans* vollkommen parallel. Die reifste der vier Tafeln, die *Enthauptung des Täufers,* schenkt uns noch eine weitere Erkenntnis. Da steht im Mittelgrund des Bildes neben einem geckenhaft aufgeputzten Soldaten ein elegant in dunkles Tuch gekleideter Mann in mittleren Jahren, der mit dem grausigen Geschehen wenig zu tun hat, sondern interessiert dem Besucher entgegenblickt. Wenn man die Gepflogenheit der alten Meister kennt, vermutet man in dieser Gestalt sofort ein Selbstbildnis des Künstlers, um so mehr, als das gleiche Gesicht schon auf der *Großen Kreuzigung* von 1496 auftaucht, auch dort in der typischen Weise aus dem Bild herausblickend.

Das berühmteste Werk des jüngeren Frueauf ist die aus vier Tafelbildern bestehende, 1505 datierte *Legende von der Gründung des Stiftes Klosterneuburg.* Hier hat der Meister den Gipfelpunkt seines Schaffens erreicht. Die Figuren sind kleiner geworden. Sie sind nicht mehr bloß mit der Landschaft verbunden, die Landschaft tritt vielmehr gleichberechtigt als Bildthema neben sie. In märchenhafter Verklärung wird geschildert, wie *Markgraf Leopold* mit seiner Gemahlin zur Jagd ausreitet, wie die Jagd sich abspielt, wie der Markgraf auf wunderbare Weise den verlorenen Schleier seiner Gattin findet und wie schließlich an dieser Stelle das Stift Klosterneuburg erbaut wird. Das bemerkenswerteste Bild dieser Serie ist zweifellos jenes mit der *Sauhatz,* der Erlegung des Ebers. Nicht nur, daß hier eine rein profane Szene im Rahmen eines Altarwerks dargestellt wurde, muß den Zeitgenossen unerhört erschienen sein. Es wird hier zum erstenmal in Österreich eine ganz bestimmte Landschaft getreu wiedergegeben, die ihren Charakter bis heute bewahrt hat und die jeder sofort wiedererkennt: der Buchberg bei Klosterneuburg. Bisher hatten alle Maler (wenn man etwa von *Konrad Witz* absieht, der 1444 die Landschaft des Genfer

Sees darstellte, aber nicht mit dieser Naturtreue) ihre Landschaften künstlich aus verschiedenen Versatzstücken, aus Felsen, Hügeln und Bäumen zusammengestellt. Die früheren Bilder Ruelands waren ebenfalls in dieser Art komponiert. Hier hat er nun einen entscheidenden Schritt getan. Der Künstler, der sich bis dahin selbst eine Welt geschaffen hatte, wird zum demütigen Diener an der Natur. Eine neue Zeit ist angebrochen.

Nach der absoluten Höchstleistung des *Leopold-Zyklus* sind uns nur mehr zwei gesicherte Bilder Frueaufs überliefert: ein überlebensgroßer *heiliger Leopold* von 1507 in Klosterneuburg, der leider im vorigen Jahrhundert stark überarbeitet wurde, und ein *Votivbild mit Stiftern aus dem Stift Neukloster* in Wiener Neustadt (heute in der Österreichischen Galerie), das 1508 datiert ist. Aus der Spätzeit des Künstlers besitzen wir keine Werke. Er erlebte noch das Jahr 1545. Hat er jahrzehntelang nichts mehr gemalt? Das ist wenig glaubhaft, denn sonst hätte man ihn nicht mehr »Maler« genannt. Wo sind aber seine Spätwerke, wie sehen sie aus?

In derselben Weise wie früher konnte Frueauf nicht weitermalen. Schon um die Jahrhundertwende war die *Donauschule* zur Führung gelangt, ein bei aller Romantik ungemein drastischer, leidenschaftlicher Stil von glühender Farbigkeit. Diese Richtung verdankt Rueland Frueauf sehr viel, denn er war der erste, der der Landschaft eine führende Rolle zuteilte. Aber die Maler der Donauschule ziehen aus dieser Errungenschaft andere Konsequenzen.

Das erklärt auch, warum Rueland Frueauf der Jüngere keine Schule bildete wie sein Vater. Er fand keine Nachfolge, denn seine Bilder sind Endpunkt einer Entwicklung. Die nächsten Generationen – und vielleicht sogar der Meister selber – schlugen in der Folge andere Wege ein. Aber deshalb blieb Frueaufs Kunst doch nicht ohne Nachwirkungen. Diese werden allerdings erst Jahrhunderte später sichtbar. Rueland Frueauf gehört zu den entscheidenden Anregern der Romantik. Der anmutige Märchenton der Leopoldslegende hat etwa *Moritz von Schwind* zu seinen schönsten Schöpfungen inspiriert. Bis zum heutigen Tage sind diese Impulse nicht verklungen. Man spürt sie beispielsweise noch bei *Anton Lehmden,* dem Romantiker unter den Phantastischen Realisten der Wiener Schule. Dies darf nicht wundernehmen, denn in den Bildern Rueland Frueaufs spiegeln sich deutlich Merkmale österreichischen Wesens: handfester Realismus, jedoch verklärt von Romantik, bereitwillige Aufnahme fremder Einflüsse, die doch auf eigene Weise verarbeitet werden, und jene Übereinstimmung von Kunst und Natur, die dem Österreicher im Blut liegt.

Paul Hofhaimer — Heinrich Isaac — Ludwig Senfl

VON OTHMAR COSTA

Paul Hofhaimer ist der erste österreichische Komponist von persönlichem und internationalem Format. Er wurde wahrscheinlich am 25. Jänner 1459 in Radstatt (Tauern) geboren, hat also mit *Kaiser Maximilian I.* Geburtsjahr und Horoskop gemeinsam. Paul Hofhaimer stammt aus einer musikalischen Familie. Es gab eine ganze Reihe von Organisten, unter ihnen ein Bruder, Florian, wirkte zu St. Peter in Salzburg. Von seinen Freunden später als Autodidakt gerühmt, hat Hofhaimer wohl von seinem Vater und als Organist von Salzburger Hoforganisten Unterricht erhalten. Die musikalische Erziehung als Sängerknabe und auch auf dem Instrument dürfte recht gründlich gewesen sein. Mit 18 Jahren ungefähr hat er am Hofe *Kaiser Friedrichs III.* in Graz gedient. Das aus ganz Europa stammende Repertoire dieser Kapelle wurde in den *Trienter Codices* auf Anregung des nachmaligen *Papstes Pius II.*, Enea Silvio Piccolomini, zusammengefaßt.

Mit 21 Jahren kam Paul Hofhaimer an den Hof *Herzog Sigmunds des Münzreichen* nach Innsbruck. Er erhielt einen Vertrag als Kammerorganist auf Lebenszeit. Hier heiratete er das erste Mal und erwarb ein Haus. Drei Herren nacheinander hat Meister Paul gedient: Herzog Sigismund, dann Kaiser Maximilian, der sein Gehalt verdoppelte, und schließlich *Fürstbischof Matthäus Lang.*

Sein Ruhm als Organist in der Kirche, bei Hof und in der Kammer sowie als Orgellehrer verbreitete sich rasch über die Grenzen des Landes. Als er bei der Krönung Maximilians in Frankfurt im Gefolge des Tiroler Herzogs auftrat, war er eine europäische Berühmtheit. *Paracelsus* sagte später von ihm: »Was der Hofhaimer auf der Orgel, ist der Dürer auf der Malerei.« Der Abt von St. Peter in Salzburg nannte ihn einen »Monarcha organistarum«. Der Kaiser verlieh ihm den Adel, und *König Ladislaus* erteilte ihm den Ritterschlag, als Meister Paul bei der Hochzeit von Kaiser Maximilians Tochter *Maria* mit dem König von Ungarn das Tedeum im konzertanten Wechselspiel mit der Hofkapelle im Dom zu St. Stefan gespielt hat. Kaum ein anderer Künstler dieser Epoche ist so oft im Bild dargestellt worden: von *Dürer, Lukas Cranach, Burgkmair* u. a. m.

Die glanzvollsten Persönlichkeiten aus der unmittelbaren Umgebung Maximilians waren neben Hofhaimer *Heinrich Isaac* (um 1450–1517) und *Ludwig Senfl* (um 1486–1542 oder 1543).

Über die Herkunft *Heinrich Isaacs* wissen wir nichts Sicheres. Er wurde als Sänger, Organist und Komponist ausgebildet und hatte auch ein Universitätsstudium genossen. Im Alter von zwanzig Jahren hatte er jedenfalls schon eine sehr angesehene Stelle als Prinzenerzieher und Organist bei *Lorenzo de Medici*, genannt *il Magnifico,* in Florenz. Der erste Kontakt mit der Hofkapelle in Innsbruck ist 1484 nachzuweisen; zehn Jahre später, nach dem Sturz der Medici, muß der berühmte Meister von Maximilian in den Dienst genommen worden sein. Isaac war über 20 Jahre Hofkomponist, und die vom Kaiser großzügig gewährte Freiheit ermöglichte Isaac die Anknüpfung vieler Beziehungen in Deutschland und Italien. Mehrmals hielt sich Isaac in Konstanz auf, wo das mehrstimmige umfangreiche Motettenwerk für das ganze Kirchenjahr *Choralis Constantinus* wenigstens teilweise entstand. In den letzten Lebensjahren hielt sich Isaac in Florenz auf, wo er für Maximilian wahrscheinlich auch diplomatische Interessen wahrzunehmen hatte. Die Verbindung mit Florenz war nie abgerissen, allein schon deshalb, weil er eine Florentinerin zur Frau hatte. Im Alter von siebzig Jahren ist Isaac in Florenz gestorben.

Isaac muß mit zahlreichen bedeutenden Persönlichkeiten des Musik- und Geisteslebens bekannt gewesen sein. Jedenfalls war Isaac eine universell orientierte Persönlichkeit, im Wesen bescheiden und verbindlich, ein Musiker, der alle europäischen Stile meisterhaft beherrschte, italienische Frottolen, französische Chansons, das deutsche Lied sowie den prunkvollen Motettenstil. Isaac, der erste österreichische Hofkomponist, war der vielseitigste Musiker seiner Zeit, eigentlich der ganzen älteren Musikgeschichte. Eine besondere kompositionstechnische Leistung war die Einführung des durch alle Stimmen wandernden Cantus firmus, einer Technik, die erst zur Zeit der Wiener Klassik ihre volle Ausprägung in der thematischen Arbeit der Durchführung fand. Zu den schönsten Chorliedern neben dem *Innsbruck-Lied* zählt das Liebeslied *Ich stund an einem Morgen.* Die sechsstimmige Kaisermotette *Virgo prudentissima* ist eine Huldigung an die Gottesmutter mit Fürbitten für das Heilige Reich und für den Kaiser. Das Gesamtwerk füllt Bände; Isaac war ein regelmäßiger Arbeiter, er hatte durch einige Zeit die Kapellknaben heranzubilden, aber sonst kein Hofamt.

Unter seinen Kapellknaben entdeckte Isaac den genialen *Ludwig Senfl.* Er wurde sein Lieblingsschüler und schon früh als Kopist herangezogen. Als Notenschreiber in Diensten der Maximilianischen Kantorei legte Senfl 16 Gesangsbücher an, von denen aber keines erhalten blieb. Im Alter von zehn Jahren (1496) kam er – er stammte aus Zürich oder Basel – in die Hofkapelle Maximilians und erwarb im Laufe der Zeit auf Grund der Fürsprache seines Lehrmeisters des Kaisers Huld. Durch 23 Jahre gehörte er der kaiserlichen Kapelle an; seine Ernennung zum Hofkomponisten ist wahrscheinlich erst nach dem Tode Isaacs erfolgt.

In Verehrung für seinen Gönner und Freund vollendete er das unvollendet gebliebene Motettenwerk Isaacs für das ganze Kirchenjahr, den *Choralis Constantinus.* Nach Auflösung der Maximilianischen Hofkapelle bewarb sich Ludwig Senfl bei verschiedenen Stellen. Nach einigen Jahren wurde München seine Wahlheimat. *Luther* hatte nächst *Josquin Depres* für ihn eine besondere Neigung. Über die letzten 15 Jahre seines Lebens weiß man nichts. Es ist überaus merkwürdig, daß die Nachrichten über eine Persönlichkeit wie Senfl auf einmal aufhören, daß er gleichsam aus der Öffentlichkeit verschwindet. Senfl starb 1542 oder 1543 in München.

Sein Werk bildet nach Bedeutung und künstlerischem Rang einen Höhepunkt der deutschen Musik zu Beginn der Neuzeit. Der Hauptteil davon ist wahrscheinlich in den Münchner Jahren entstanden: gegen 240 Motetten, über 250 Lieder, Gesellschaftslieder, Buhllieder u. a. m. Im vierstimmigen Lied beherrscht er alle Register, nach *Machaut* und vor *Schubert* war er zweifellos einer der größten Liedkomponisten.

Leonhard Lechner

VON OTHMAR COSTA

Bis zum Jahre 1926 kannten lediglich einige Fachwissenschaftler den Namen *Leonhard Lechner*, vielleicht kannten sie dazu ein paar alte Madrigale, aber eigentlich glaubte man mit der Klassifikation *Lasso*-Nachfolge alles gesagt zu haben. Erst 1926 wurden die große Sammlung *Neue Teutsche Lieder* und die *Passionsmusik* von 1593 veröffentlicht.

Über Lechners Herkunft und Jugend ist wenig bekannt geworden. Sicher ist, daß er aus Südtirol stammt, noch in seinen letzten Lebensjahren signiert er mit *Athesinus*, d. h. nach der Gepflogenheit alter Universitäts-Matrikel, »aus dem Etschland stammend«. Als Geburtsjahr kann man mit einiger Sicherheit das Jahr 1553 annehmen. Jedenfalls schied er 1570 als Sängerknabe, also im Alter von 16–18 Jahren, aus der bayrischen Hofkapelle in Landshut aus. Unter Orlando di Lasso hatte er hier in Kirche und Kammer die Glanzzeit dieser Kapelle erlebt. Nach seinem Austritt aus bayrischen Diensten folgten einige Lehr- und Wanderjahre; er muß verschiedene Gebiete, wahrscheinlich auch Italien, durchstreift haben, bevor er sich in der Freien Reichsstadt Nürnberg niederließ, wo er Schulgehilfe wurde; und hier veröffentlichte der 23jährige 31 Motetten, mit denen er allgemein als ein »gewaltiger Komponist und Musicus« anerkannt wurde. Er legte Wert darauf festzustellen, daß er nicht nur Schulgehilfe sei; als eigentlichen Inhalt seines Lebens betrachtete er das Komponieren.

In den zehn Jahren seiner Tätigkeit in Nürnberg gewann er zahlreiche Freunde und Gönner, darunter den Goldschmied *Paul Dulner*, der ihn u. a. mit einer Spruchdichtung zu einer der schönsten Liedmotetten *Nun schein du Glanz der Herrlichkeit* anregte. Der kompositorische Ertrag dieser Jahre: neun Sammlungen verschiedener Chorkompositionen sind im Druck erschienen, einige in dritter und vierter Auflage.

Trotz seiner Erfolge und der persönlichen Beziehungen strebte der Künstler Lechner nach dem weiteren Betätigungsfeld eines Hofkapellmeisters. Verschiedene Bewerbungen und Empfehlungen, darunter eine von Orlando di Lasso persönlich, führten 1584 zum Erfolg: Leonhard Lechner wurde Kapellmeister unter anscheinend guten Bedingungen am Hofe eines *Hohenzollern* in Hechingen. Im selben Jahr, in dem Lechner – seit seiner Volljährigkeit ein überzeugter Lutheraner – angestellt wurde, stiftete sein katholischer Brotherr einen Preis für die Erziehung zweier Knaben bei den Jesuiten, damit sie die »verführerischen, verdammten Ketzereien anderer Sekten« bekämpfen helfen lernten. Die Gegensätze spitzten sich zu, Lechner entfernte sich ohne Erlaubnis von seiner Dienststelle und verlangte seinen Abschied unter Androhung von Kampfmaßnahmen, unter Mißachtung üblicher Subordination. Der Einfluß der Hohenzollern reichte weit, Lechner mußte froh sein, schließlich bei *Herzog Ludwig von Württemberg* unterzukommen, und erst neun Jahre später erhielt er die endlich freigewordene Stelle eines Hofkapellmeisters. Die Hofkapelle bestand aus 50 Personen, Lechner erreichte durch seine straffe Führung eine beachtliche Leistungssteigerung trotz verschiedener gesundheitlicher Beschwerden. Als Hofkomponist lieferte Leonhard Lechner regelmäßig Kompositionen für die Hofkapelle. Der größte Teil der Spätwerke ist wahrscheinlich 1902 beim Brand des Lusthaustheaters in Stuttgart vernichtet worden. Eines der bedeutendsten Chorwerke neben der *Johannespassion* von 1593 sind die 1606 im Todesjahr Lechners fertiggestellten *Sprüche von Leben und Tod*, übrigens auch literarisch von hohem Wert.

Leonhard Lechner schuf in seinem Werk eine Synthese zwischen italienischen und niederländischen Vorbildern, es wird kaum einen Meister geben, der so wie er den fünfstimmigen Satz beherrscht, sei es in italienischen Madrigalen *Come nave in mezz'all onde sia* oder deutschen Liedkompositionen *Nackend bin ich aus meiner Mutter Leib kommen.* Einzigartig die klangliche Gebärde des Beginns des Liedes *Auf sie hab ich mein Herz gestellt.* Kraft und Präzision der Formulierung bei voller Wahrung der Sensibilität, die vom dichterischen Wort ausgeht, verraten die *Deutschen Sprüche* und das *Hohe Lied Salomonis.* Ein Höhepunkt an kompositorischem Können und an Eindringlichkeit des Ausdruckes ist die vierstimmige Motettenpassion vom Jahr 1593 nach dem Evangelisten Johannes. Allein mit der Intensität dieser Wort-Tonsprache erreicht Leonhard Lechner eine Fülle der Form, getragen von künstlerischer Überzeugungskraft, die ihn als einen der ganz Großen der älteren Musikgeschichte ausweist.

Die Großmacht Österreich

VON WALTER POLLAK

Die etwas mehr als acht Jahrzehnte dauernde Epoche der drei Kaiser – *Leopold I.* (1658–1705), *Joseph I.* (1705–1711) und *Karl VI.* (1711–1740) – ist für die weitere Entwicklung Österreichs von ausschlaggebender Bedeutung; in ihr werden Größe, Ruhm und Möglichkeiten des »Hauses Österreich« ebenso deutlich wie seine Problematik, die sich aus der Aufspaltung seiner politischen Konzeption im Westen und im Osten ergibt. Österreich steigt zur europäischen Großmacht auf. Zunächst geht diese Epoche, überstrahlt von dem Sieg über die Türken, deren Stoßkraft ins Abendland hinein 1683 vor den Toren Wiens endgültig gebrochen wurde, und von den im Bündnis mit den Seemächten erfochtenen Siegen über das Frankreich *Ludwigs XIV.*, als »Österreichs Heldenzeitalter« in die Geschichte ein. Am Ende der Epoche aber sehen wir einen Staat ohne schlagkräftige Militärmacht und mit leeren Staatskassen, der als fragwürdiges Erbe der jungen *Maria Theresia* hinterlassen wurde.

Das dynastische Ziel der österreichischen Habsburger, die das Erbe ihrer spanischen Linie für sich beanspruchten, deckte sich nurmehr zum Teil mit den Interessen des Reiches; soweit nämlich, als es sich darum handelte, die Einfälle der Franzosen am Rhein zurückzuweisen und das Vorfeld im norditalienischen, elsässisch-lothringischen und niederländischen Raum dem Reiche zu sichern. Dem bourbonischen Anspruch auf den spanischen Thron entgegenzutreten und damit die Bildung eines hypertrophen französischen Machtbereiches zu verhindern, lag im europäischen Interesse, vor allem im Interesse der britischen Gleichgewichtspolitik. Der Anspruch der österreichischen Habsburger auf den spanischen Thron hingegen hat der Lösung des Problems nicht genützt, zuweilen geschadet. Sosehr die Politik jener Zeit auch von dynastischen Gesichtspunkten und Interessen bestimmt wurde, kann doch gerade deshalb nicht übersehen werden, daß ein österreichischer Habsburger auf dem spanischen Thron für alle anderen Dynastien und Staaten unerträglich gewesen wäre. In seiner Hand hätten sich die österreichischen Länder mit Ungarn und Böhmen sowie Spanien mit seinen Kolonien vereinigt, und er wäre gleichzeitig deutscher König und römischer Kaiser gewesen. Eine Machtfülle also, die an die Zeit *Karls V.* erinnerte und die bourbonischen Pläne in den Schatten gestellt hätte. Dieser Realität die legitimen Erbansprüche der österreichischen Habsburger entgegenzuhalten, war sowohl aus der Zeit heraus verstanden wie auch in der rückschauenden Betrachtung illusorisch.

In diesem Zusammenhang erhebt sich zwingend die Frage, was denn das Reich damals überhaupt noch dargestellt hat? Seit dem Ende der Hohenstaufen rangen die partikularen Kräfte, die Territorialherren, um Eigenständigkeit und Macht gegen die zentrale Reichsgewalt. Eifersüchtig wachten sie darüber, die

Macht des Kaisers in möglichst engen Grenzen zu halten. Die Habsburger selbst hatten von dieser Zeittendenz profitiert. Der Diskrepanz zwischen dem Interesse des Reiches, dem sie als dessen gekrönte Häupter zu dienen hatten, und dem der eigenen dynastischen Zielsetzungen vermochten die Habsburger nicht zu entrinnen, solange sie die Krone des römisch-deutschen Reiches trugen. Ehe er noch gewählt wurde, war der künftige König abhängig von der Gunst der weltlichen und geistlichen Kurfürsten, die er nur durch politische Zugeständnisse und oft genug durch zusätzliche materielle Zuwendungen erwirken konnte. Schließlich hat der Glaubensstreit die partikularen Tendenzen übermächtig gemacht und das Reich jener politischen Ohnmacht preisgegeben, die im Westfälischen Frieden von den beteiligten europäischen Mächten gewissermaßen legalisiert wurde. Dieses Vertragswerk förderte die eigenstaatliche Entwicklung der Reichsteile, gab ihnen ein Höchstmaß an Entscheidungsfreiheit auch gegenüber dem Kaiser, der nur noch Repräsentant eines machtpolitisch ausgehöhlten, in Wahrheit zur Fiktion herabgesunkenen Reiches war, ohne jede Chance, sich und seine Stellung zur Herrschaft und damit zu einer machtpolitischen Realität zu steigern. Nur noch einmal wurde eine Art Reichsgesinnung in dem Entsatzheer demonstriert, das 1683 vor den Toren Wiens die türkische Militärmacht zerbrach. Nur die unmittelbare Gefährdung des Abendlandes hatte dies zustande gebracht.

Die logische Folge dieses Auflösungsprozesses innerhalb des Reiches war für Österreich die Verstärkung eigenständiger politischer Entwicklung, die in dieser Zeit nun einen gewissen Höhepunkt erreichte. Die Besonderheit der geographischen Lage und der politischen Aufgabe als südöstliche Bastion des Reiches hatte den österreichischen Herzogtümern schon unter den Babenbergern eine Sonderstellung gesichert. Daran hat sich unter den Habsburgern nichts geändert; im Gegenteil: durch Zeitströmungen begünstigt, entwickelten manche von ihnen ein durchaus eigenständiges Selbstbewußtsein, einen dynastischen Sendungsglauben. Der Glaubensstreit führte zur fortschreitenden Minderung der kaiserlichen Position, gab aber andererseits mit dem Augsburger Religionsfrieden von 1555, wonach sich das Bekenntnis der Untertanen nach dem des Landesfürsten zu richten hatte, den Landesfürsten ein höchst politisches Instrument an die Hand, mit dessen Hilfe sie ihre Position stärken konnten. Als Landesfürsten haben die Habsburger den Grundsatz »cuius regio – eius religio« rigoros gehandhabt. Neben der Rekatholisierung war die Entmachtung der Stände die wesentlichste politische Folge der Gegenreformation in Österreich; der Adel ging seiner Rolle als Gegengewicht des Kaisers verlustig und wurde als tragendes Element in den sich bildenden zentralen absolutistischen Staat vollkommen integriert. Was den Habsburgern als römisch-deutschen Kaisern nicht gelungen war und nicht gelingen konnte: die partikularen Kräfte zurückzudrängen und das Reich realpolitisch funktionsfähig zu machen, brachten sie in ihrem eigenen Machtbereich zustande: die Begründung eines modernen absolutistischen Staates. Ein Staat, der seinen eigenen Lebensgesetzen gehorchte, die nicht immer die des Reiches waren. Im

Grunde entsprach diese Entwicklung der Tendenz der inneren Reichsentwicklung; daß sie hier allerdings von größerer Tragweite und schicksalhafterer Bedeutung war als in anderen Teilen des Reiches, ergab sich aus den besonderen Bedingungen, die hier wirksam waren.

Ähnliches gilt für die brandenburgisch-preußische Entwicklung im Nordosten des Reiches. Seit 1618 war dort mit der Erwerbung des Herzogtums Preußen durch das Kurfürstentum Brandenburg die Dynastie der Hohenzollern in die gleiche Lage versetzt worden, in der sich Habsburg bereits befand: als Lehensträger der österreichischen Herzogtümer und als Könige von Böhmen waren diese Reichsfürsten, als Könige von Ungarn übten sie Macht außerhalb des Reiches aus; als Kurfürsten von Brandenburg waren jene Reichsfürsten, als Herzoge von Preußen waren sie Herren über Gebiete außerhalb der Reichsgrenzen. Diese Doppelstellung als Reichsfürsten und als Souveräne außerhalb des Reiches prägte natürlich ihre Politik. Es ist kein Zufall, daß es gerade diese beiden Staaten waren, die im Kampf um die Vorherrschaft im Reich die deutsche Geschichte der beiden folgenden Jahrhunderte bestimmt haben.

Preußen hat sich bereits in jenen Tagen auf diesen Kampf vorbereitet. Als man an den europäischen Fürstenhöfen das Aussterben beider habsburgischer Linien, der deutschen wie der spanischen, erwartete, kombinierten die herrschenden Dynastien, wie man die habsburgischen Vettern beerben könnte. Preußens »großer Kurfürst« hat damals, 1670, bereits sein Interesse an Schlesien erkennen lassen. Sein Sohn *Friedrich* ließ sich für seine Bereitschaft, dem Kaiser ein Kontingent von 8000 Mann im Kampf mit Frankreich zu stellen, mit dem kaiserlichen Einverständnis zur Errichtung der preußischen Königswürde belohnen. Am 18. Jänner 1701 wurde er in Königsberg zum König von Preußen gekrönt.

Die realpolitische Bedeutung der Kaiserwürde war gering geworden, aber noch nicht völlig verschwunden. Acht Kurfürsten, 96 weltliche und geistliche Fürsten sowie 61 Reichsstädte, weitgehend selbständig, bildeten den Staatenbund des römisch-deutschen Reiches, in sich geteilt in das *Corpus Catholicorum* und das *Corpus Evangelicorum*. Der Kaiser herrschte nicht in diesem Staatenbund, er war lediglich der höchste Richter und der Repräsentant der Reichsordnung. Und doch bargen die Krone und ihr Besitz mehr, als ihre reale Bedeutung aussagte. Diese mittelalterliche Kaiserkrone war Symbol des universalen Reichsgedankens, sie verlieh ihrem Träger noch immer die Würde jener großen Zeit römisch-deutschen Kaisertums, wenn auch nur als eine Art verklärter Erinnerung. Gegenüber der politischen Zerrissenheit und Ohnmacht der Gegenwart erinnerte sie an die Größe der Vergangenheit und begründete die Hoffnung auf eine Zukunft, die jener ebenbürtig sein sollte. Sie zeichnete ihren Träger vor allen anderen Reichsfürsten aus: Wer sich gegen den Kaiser erhob, erhob sich auch gegen die Krone und all das, was sie symbolisierte. Man kann sich das in seiner ganzen Tragweite nur vorstellen, wenn man bedenkt, wie sehr jene Zeit noch erfüllt war von religiösen und mythischen Vorstellungen, daß gerade das Barock für Symbolik und Repräsentation einen besonderen Sinn entwickelt hatte. Wären Krone und Kaiser nicht in Wien beheimatet und Wien also nicht die Hauptstadt des Reiches gewesen, die stürmische Aufwärtsentwicklung und wachsende Bedeutung der Stadt wären nicht denkbar. Schließlich bedeutete der Besitz der Krone, die Kaiserwürde, doch auch einen mehr oder weniger großen Machtfaktor, weil ein Teil der Reichsstände immer auf Seite des Kaisers stand.

Der Bau des Augustiner-Chorherren-Stiftes Klosterneuburg ist vielleicht der treffendste Ausdruck dafür, wie die Habsburger jener Zeit ihre Aufgabe gesehen haben. Der Bau, als österreichischer Escorial konzipiert, mag dem spanischen Königstraum Karls VI. entsprungen sein. Die Symbole, mit denen er die beiden Kuppeln krönen ließ, weisen auf die Realität hin: auf der kleineren der österreichische Herzogshut, als Symbol des realen Hausbesitzes, auf dem die Macht des Kaisers ruhte, und auf der größeren Kuppel die mittelalterliche Krone des heiligen Reiches, als Symbol der Würde und der Aufgabe, die dem Kaiser auferlegt waren.

*

Leopold I. war ursprünglich für den geistlichen Beruf bestimmt, aber der Tod seines Bruders Ferdinand machte ihn zum Erben des Besitzes der deutschen Habsburger. Als *Ferdinand III.* (1657) starb, gelang die Wahl Leopolds zum Kaiser nur unter großen Schwierigkeiten. *Kardinal Mazarin* steuerte als Nachfolger *Richelieus* ganz in dessen Sinne die französische Politik. Er wollte unter allen Umständen verhindern, daß wieder ein Habsburger die Kaiserkrone erwirbt; mit Leopold noch dazu einer, der Ansprüche auf den spanischen Thron stellen konnte. Sein Gegenkandidat war *Ferdinand von Bayern,* der von einem Teil der deutschen Reichsfürsten unterstützt wurde. Erst als sich Leopold verpflichtete, in den gerade in Gang befindlichen spanisch-französischen Krieg nicht einzugreifen, war seine Wahl zum Kaiser gesichert. Gleichzeitig mit seiner Wahl wurde der erste Rheinbund geschlossen, in dem sich deutsche Fürsten katholischen und evangelischen Glaubens mit Frankreich und Schweden verbündeten, um Revisionsbestrebungen der Habsburger gegenüber dem Westfälischen Frieden zu verhindern.

Zeigte sich ihm solcherart die Fragwürdigkeit seines Kaisertums von allem Anfang an im Spiegel der inneren und äußeren Problematik, so verzeichnete er innerhalb des habsburgischen Hausmachtbereiches einen Erfolg, den ihm das Schicksal einbrachte: durch das Aussterben der tirolischen Seitenlinie vereinigte Leopold das Land mit den übrigen Erblanden in seiner Hand. Wenige Jahre zuvor hatte sich in Tirol aber jenes Drama abgespielt, das die Auseinandersetzung zwischen dem zum Absolutismus strebenden Landesfürstentum und den Landständen begleitet hat. *Leopold V. von Tirol* hatte *Wilhelm Biener* an seinen Hof geholt, wo dieser rasch zum Hofkanzler aufstieg und dieses Amt bis 1650 ausübte. Nach dem Tode Leopolds V. übernahm dessen Gattin, *Claudia von Medici,* die Regentschaft für ihren unmündigen Sohn. Im Regentschaftsrat spielte Biener eine dominierende Rolle als energischer Vertreter der Stärkung der landesfürstlichen Gewalt. Dadurch und wegen seiner schwäbischen Abstammung forderte er die Gegnerschaft der Stände heraus, die ihre Zeit gekommen sahen, als Claudia 1648 starb. Er wurde verhaftet, in einem Prozeß wegen politischer und krimineller Delikte verurteilt und am 17. Juli 1651 in Rattenberg enthauptet.

Das eigentliche Dilemma der habsburgischen Position ergab sich aus der doppelten Gefährdung in Ost und West: an den Grenzen der Erblande und in Ungarn der Druck der Türken, im Westen das politische und militärische Engagement gegen die französischen Expansionsbestrebungen am Rhein und in den Niederlanden und gegen den französischen Erbanspruch auf den spanischen Thron.

Will man die Lage Österreichs in dieser Zweifrontenstellung, die in den folgenden Jahrzehnten seine militärischen und politischen Entschlüsse diktierte, richtig einschätzen, muß man sich die Größenverhältnisse vor Augen halten: der österreichischen Bevölkerung von etwa 4 Millionen standen in Frankreich 20 Millionen, im Osmanischen Reich 40 bis 50 Millionen gegenüber; Habsburg verfügte über ein stehendes Heer von etwa 80.000 Soldaten, Frankreich über 200.000, der Sultan über etwa eine Million.

In der Auseinandersetzung mit den Türken spielte die ungarische Frage nach wie vor eine erhebliche Rolle. Im Schwedisch-polnischen Krieg (1655–1660) unterstützte der Kaiser Polen, dessen Freundschaft und Bündnis er als Flankensicherung gegen Ungarn und Siebenbürgen zu gewinnen hoffte, während *Georg II. Rákóczy,* als Fürst von Siebenbürgen türkischer Vasall, Schweden unterstützte. Als Georg II. Rákóczy, von den Türken fallengelassen, starb, wählten die siebenbürgischen Stände *Johann Kemény* zum Fürsten, der vom Kaiser unterstützt wurde und den türkischen Günstling *Achaz Barcsay* ermorden ließ. Die Türken begünstigten in Siebenbürgen *Michael Apafy.* Wegen dieser siebenbürgischen Differenz kam es zum Krieg (1663/1664), der zwar mit dem brillianten Sieg des Oberbefehlshabers *Montecuccoli* am 1. August 1664 bei St. Gotthard über die Türken endete, aber doch nur zu einer Art Waffenstillstand, geschlossen in Vasvár, führte. Habsburg mußte Apafy als siebenbürgischen Fürsten anerkennen, den Türken die Festung Neuhäusel überlassen und überdies 20.000 Dukaten bezahlen. Damit war weder die ungarische Frage gelöst noch die türkische Gefahr beseitigt.

Die Auseinandersetzung mit den ungarischen Magnaten, die Frankreich und die Pforte zu ihren Verbündeten zählen durften, ging weiter. Die Absichten waren weitreichend und zielten auf die völlige Entmachtung der Habsburger in Ungarn ab. Ein französischer Prinz sollte König von Ungarn werden, *Peter Zriny* erstrebte die kroatische Krone, *Franz I. Rákóczy* das siebenbürgische Fürstentum. Obwohl Österreich 1671 die Führer der ersten Magnatenverschwörung *Zriny, Nádasdy, Frangipani* und *Tattenbach* hinrichten ließ und mit strengen zentralistischen und gegenreformatorischen Maßnahmen den Widerstand Ungarns brechen wollte, mußte es schließlich, nach einem harten Kleinkrieg zwischen Kuruzzen (die nationalen Aufständischen unter dem jugendlichen *Emmerich Thököly*) und Labanzen (kaiserlich gesinnt), auf dem Reichstag zu Ödenburg (1681) kapitulieren, indem es seine zentralistischen und gegenreformatorischen Maßnahmen zurückzog. Dieses schwelende Feuer im Rücken, das jederzeit wieder zu einem großen Brand entfacht werden konnte, hinderte Habsburg, seine Entscheidungen im Westen mit jener Energie zu treffen, die nötig gewesen wäre.

Leopold I. versuchte 1668 in einem geheimen Teilungsvertrag über das spanische Erbe mit Frankreich zu einem Interessenausgleich zu kommen. Als Antwort verstärkte Frankreich seine diplomatische Aktivität: Es verbündete sich ein Jahr später mit Brandenburg-Preußen, Bayern und den Rheinbundfürsten. Es war eine Allianz ganz nach dem Geschmack der Zeit: Bayern wurde die böhmische Krone in Aussicht gestellt, die Rheinbundfürsten wurden gekauft. Ludwig XIV. gelang es, die Tripelallianz zwischen England, Holland und Schweden zu sprengen und 1672 die Offensive gegen das alleinstehende Holland zu beginnen. Sein erstes Opfer war Lothringen, das er überfiel und besetzte. Leopold I., nun die Unruhe in Ungarn und die türkische Gefahr im Rücken, entschloß sich 1671 zu einem Neutralitätsvertrag mit Frankreich. Im Mai 1672 wurden die Generalstaaten angegriffen. In dieser bedrohlichen Situation, die von den meisten Reichsfürsten auch gegen sich selbst gerichtet empfunden wurde, kam es zur Allianz zwischen Österreich, Spanien, Dänemark und den meisten deutschen Fürsten, die schließlich Ludwig XIV. zum Frieden von Nijmwegen (15. II. 1679) zwang. Frankreich allerdings erhielt von Spanien die Franche-Comté und festigte mit Freiburg im Breisgau, das der Kaiser herausgeben mußte, seine Stellung am Rhein. Ludwig XIV. errichtete die Reunionskammern, die helfen sollten, auf administrativem Wege weitere Reichsgebiete, darunter Straßburg, in französischen Besitz zu bringen. Gegen die Reunionskommissionen, die auf der fadenscheinigen Rechtsgrundlage des Westfälischen Friedens und des Friedens von Nijmwegen tätig wurden, verbündete sich Leopold I. 1682 mit Holland, Schweden und Spanien sowie Teilen der westlichen Reichsstände.

In diesem Augenblick, da sich der Kaiser nach dem Neutralitätsvertrag mit Frankreich von 1671 wieder eine gewisse Handlungsfreiheit im Westen gesichert hatte, brach *Sultan Mohammed IV.* mit einem großen Heer aus Konstantinopel gegen den Westen auf.

Um einigermaßen verstehen zu können, was die Bedrohung durch die Türken zu jener Zeit bedeutete, wie sehr sie nicht nur auf die Herrscher, die Politiker und die Heerführer gewirkt hat, sondern vielmehr bis tief hinein ins Volk eine Art Angstpsychose auslöste, muß man nicht nur an die immer wieder hereinbrechenden Streifzüge in den Grenzgebieten erinnern. Selbst wenn man die orientalische Bildhaftigkeit der Sprache, ihr übersteigertes Machtpathos berücksichtigt, behält die Kriegserklärung Mohammeds IV. doch eine Aussagekraft über die politischen Absichten des Osmanen. In dieser Kriegserklärung heißt es:

»Von Gnaden des im Himmel waltenden Gottes verpfänden Wir, Mehmed, glorreicher und ganz allgewaltiger Kaiser von Babylonien und Judäa, vom Orient und Okzident, König aller irdischen und himmlischen Könige, Großkönig des heiligen Arabien und Mauretanien, geborener und ruhmgekrönter König Jerusalems, Gebieter und Herr des Grabes des gekreuzigten Gottes der Ungläubigen, Dir, Cäsar Roms, und Dir, König von Polen, Unser heiligstes Wort, ebenso allen Deinen Anhängern, daß wir im Begriffe sind, Dein Ländchen mit Krieg zu überziehen, und führen Wir mit Uns 13 Könige mit 1 300 000 Kriegern, Fußvolk und Reiterei, und werden Dein Ländchen mit diesem Heer, von dem weder Du noch Deine Anhänger eine Ahnung hatten, ohne Gnade und Barmherzigkeit mit Hufeisen zertreten und dem Feuer und Schwert überliefern. Vor allem befehlen Wir Dir, Uns in Deiner Residenzstadt Wien zu erwarten, damit Wir Dich köpfen können; auch Du, kleines Königlein von Polen, tu dasselbe. Wir werden Dich sowie alle Deine Anhänger vertilgen und das allerletzte Geschöpf Gottes, wie es nur ein Giaur ist, von der Erde verschwinden lassen; Wir werden groß und klein zuerst den grausamsten Qualen aussetzen und dann dem schändlichen Tod übergeben. Dein kleines Reich will ich Dir nehmen und dessen Bevölkerung von der Erde fegen. Dich und den König von Polen werden Wir solange leben lassen, bis Ihr Euch überzeugt habt, daß Wir alles Angekündigte erfüllt. Dies zur Darnachachtung. Gegeben in Unserem 40. Lebensjahr und im 26. Jahr Unserer allmächtigen Regierung.«

Mehr noch als der Expansionswille eines mächtigen Potentaten kündigte sich hier der Glaubenseifer eines Herrschers an, der den letzten entscheidenden Schlag gegen den christlichen Erbfeind wagen wollte. Die Bedrohung wurde in Europa verstanden und kehrte die Verhältnisse um.

Papst Innozenz XI. erkannte die Gefahr und bot überall in Europa seinen Einfluß zugunsten des Kaisers auf. Es gelang ihm sogar Ludwig XIV. zu einer, wenn auch nur vagen, neutralen Haltung zu bewegen. Der päpstliche Nuntius *Pallavicini* brachte es im Verein mit dem kaiserlichen Gesandten *Hans von Zierowski* zustande, König *Johann III. Sobieski* aus der französischen Einkreisungspolitik herauszulösen und zu einem Defensivbündnis mit dem Kaiser zu bewegen. Daß die Furcht des Volkes überwunden und echter Verteidigungsbereitschaft wich, dafür sorgten Prediger vom Schlage *Abraham a Sancta Claras.* Dieser wortgewaltige Schwabe mit dem bürgerlichen Namen *Ulrich Megerle* lebte und wirkte seit 1665 in Wien, wo er schon im Pestjahr 1679 die Wiener nicht nur aufgerichtet, sondern ihnen auch die Leviten gelesen hatte.

Am 14. Juli 1683 stand *Kara Mustapha* mit einem Heer von fast 200.000 Mann vor den Toren Wiens. Bis zuletzt hatten die Wiener gehofft, der Friede könnte erhalten werden. Sosehr sie in dem Augenblick des Ernstes einer unabwendbaren Lage sich bewährten, so haben sie doch noch in den letzten Tagen ihren Unmut über Mißstände zum Ausdruck gebracht und ihren Gefühlen freien Lauf gelassen. Noch in den ersten Juli-Tagen, als die Türken schon vor der Landesgrenze standen, war der Kaiser auf die Jagd nach Perchtoldsdorf gegangen und hatte dort bei Musik und Wasserspielen gespeist, was selbst in seiner Umgebung als ungehörig vermerkt wurde. Daß es mit der Verpflegung der Soldaten nicht zum besten stand, ging von Mund zu Mund. Erinnerungen an die Gegenreformation, die noch nicht völlig zum Stillstand gekommen war, wurden wieder geweckt, und das Volk brachte die gescheiterten gegenreformatorischen Bestrebungen in Ungarn mit der neuen Türkengefahr in Zusammenhang und machte die Ordensgeistlichen, besonders die Jesuiten, dafür verantwortlich. In der Nacht zum 5. Juli wurden dem Bischof *Emmerich Sinelli* die Fenster eingeworfen.

Das Hauptkontingent der Truppen unter dem Oberbefehl von *Herzog Karl von Lothringen* zog sich nach Norden über die Donau zurück mit dem Ziele, sich im Raum von Tulln mit dem Entsatzheer zu vereinen. Dieses Manöver war am 16. Juli abgeschlossen. Der Kaiser und der Hofstaat hatten Wien verlassen. In der Stadt waren 60 000 Menschen geblieben, darunter 12 000 Mann regulärer Truppen. Dieser Minderheit war nun aufgegeben, fast zwei Monate lang der türkischen Übermacht standzuhalten, bis das Entsatzheer vor Wien erscheinen konnte. Die Leitung der Verteidigung lag in den Händen von *Graf Ernst Rüdiger von Starhemberg,* der seit 1680 der Kommandant der Reichshauptstadt war, und des Bürgermeisters *Andreas Liebenberg,* der kurz vor der Befreiung der Stadt an den Verletzungen starb, die er im Kampf erlitten hatte. Die Verteidiger besaßen als einzigen Vorteil das weite Glacis und die tiefgestaffelten Befestigungsanlagen, die es Kara Mustapha unmöglich machten, seine Übermacht voll in Aktion umzusetzen. Heldenhaft hatten die Wiener trotz der immer empfindlicher werdenden Notlage und der schier aussichtslos erscheinenden militärischen Lage den Türken auch dann noch standgehalten, als es diesen gelungen war, durch Minensprengungen Breschen in die Befestigungsanlagen zu legen. Buchstäblich im letzten Augenblick erschien das Entsatzheer und schlug das türkische Heer am 12. September 1683. Johann III. Sobieski hatte als ranghöchster Befehlshaber den Oberbefehl für sich verlangt, ein Wunsch, dem sich Leopold I. beugte, um die Einheit zu bewahren. Etwa ein Fünftel des Entsatzheeres bestand aus polnischen Truppen. Dem päpstlichen Legaten im Entsatzheer, dem Kapuziner *Marco d'Aviano,* wird das Verdienst zugeschrieben, die Führer des Entsatzheeres zur Eile getrieben zu haben.

Ganz im Gegensatz zu den Ereignissen 20 Jahre vorher, als das Schlachtenglück Montecuccolis bei St. Gotthard wegen der defensiven Politik des Kaisers nicht ausgewertet werden konnte, wurden nun die kaiserlichen Truppen offensiv und verfolgten das flüchtende türkische Heer. 1686 gelang bereits die Eroberung Ofens.

Nachdem die ungarischen Magnaten nun den türkischen Rückhalt verloren hatten, glaubte man auch die ungarische Frage lösen zu können. Auf dem Reichstag zu Preßburg, 1687, mußten die Ungarn auf das Widerstandsrecht, das ihnen in der Goldenen Bulle 1222 gewährt worden war, verzichten. Das Erbrecht der Habsburger auf die Stefanskrone wurde anerkannt; das Recht zur Königswahl sollte nur aufleben, wenn der König keinen Nachkommen hatte. Der König anerkannte grundsätzlich die ständische Mitwirkung bei der Regierung und den Einfluß in der Komitatsverwaltung. 1689 wurde das *Einrichtungswerk des Königreiches Ungarn* erlassen. Durch die Trennung von Justiz und Verwaltung sollten die Adelsprivilegien beschränkt und die Rechtslage der Untertanen verbessert werden; Vorsorge für die innere und äußere Reform der Kirche war eingebaut; die Heeresverfassung sah ein stehendes Heer vor, das zur Hälfte aus Ungarn und zur anderen Hälfte aus Deutschen bestehen und nach »deutscher Kriegsart« ausgebildet werden sollte. Bei der Wiederbesiedelung der verödeten und verwüsteten Gegenden sollten die Deutschen bevorzugt werden, um den magyarischen Revolutionsdrang zu dämpfen.

Von symbolischer Bedeutung war die Schlacht bei Mohács am 12. August 1687. Hier hatten *Karl V. von Lothringen, Max Emanuel von Bayern* und *Ludwig von Baden* genau an jenem Ort die Türken geschlagen, an dem sie 161 Jahre zuvor ihre Herrschaft über Ungarn begonnen hatten. Am 6. September 1688 wurde Belgrad erobert. Ein halbes Jahr zuvor hatte sich bereits Siebenbürgen dem Kaiser unterstellt.

Vor den Toren Wiens bewährte sich als blutjunger Offizier *Prinz Eugen von Savoyen,* der dem französischen Hof entflohen war, weil *Ludwig XIV.* ihn, den kleinen eher häßlichen jungen Mann, zum Priesterberuf bestimmt und ihm das Soldatenhandwerk verboten hatte; in Wien trat dann der Prinz aus dem Reichslehen Savoyen in den Dienst seines kaiserlichen Herrn.

Seit der Zwanzigjährige an der Schlacht am Kahlenberge teilgenommen hatte, legte Prinz Eugen von Savoyen im Laufe des Türkenkrieges eine glänzende Karriere zurück, die schließlich 1697 mit der Übertragung des Oberbefehls im Türkenkrieg ihren vorläufigen Höhepunkt fand. Noch im selben Jahr gelang ihm sein glänzender Sieg über die Türken bei Zenta. Im Frieden von Karlowitz (1699) wurde der Türkenkrieg nach 28 Jahren beendet. Mit Ausnahme des Temesvárer Banats mußten die Türken ganz Ungarn und Siebenbürgen an den Kaiser abtreten. Schon 1687 war Leopolds ältester Sohn, *Joseph I.,* zum König von Ungarn gewählt worden.

Bei Zenta war die militärische Macht der Osmanen gebrochen worden; nie mehr gelangten sie über die Donau-und-Drau-Linie nach Norden. Beim Friedensschluß von Karlowitz hatte der Savoyer auch seine erste politische Mission zu erfüllen und leitete damit seine glänzende politische Karriere ein.

Die Anspannung aller Kräfte gegen die Türken machte es dem Kaiser nicht möglich, sich der französischen Reunion zu widersetzen. Er mußte sich im Waffenstillstand von Regensburg (1684) zu dem Zugeständnis bequemen, daß Frankreich alle Gebiete, die es bis zum 1. August 1681 reuniiert hatte, für zwanzig Jahre behalten durfte; dazu gehörte auch Straßburg.

Die Atempause benützte Leopold I. zum stufenweisen Aufbau eines Bündnissystems, das in der Lage war, Frankreich Paroli zu bieten. Im Magdeburger Konzert hatten sich Brandenburg-Preußen, Sachsen, Hannover und Hessen-Kassel zusammengefunden, die sich durch die aggressive Politik Ludwigs XIV.

selbst bedroht fühlten; 1686 schloß der Kaiser die Liga von Augsburg mit Bayern, den sächsischen Herzögen, dem fränkischen und oberrheinischen Reichskreis, der Kurpfalz, Schweden und Spanien mit dem Ziele, über die Einhaltung der bestehenden Verträge zu wachen.

Schließlich gipfelte das Bündnissystem in der Großen Allianz vom 12. Mai 1689 mit den Generalstaaten, zu der im November auch England stieß. Nachdem *Wilhelm von Oranien*, nach Vertreibung der *Stuarts*, den englischen Thron bestiegen hatte, ergab sich ein natürlicher Gegensatz zwischen Frankreich und England. Nur dieses Bündnissystem ermöglichte es dem Kaiser, im Februar 1689 den Reichskrieg gegen Frankreich zu verkünden, da dieses im Zuge des Pfälzischen Erbschaftskrieges (1688–1697) in die Rheinprovinzen eingefallen war und zahlreiche Städte, darunter Heidelberg, zerstört hatte. Der Zweifrontenkrieg war nun Wirklichkeit. Aber die bisherigen Erfolge im Türkenkrieg hatten dazu ebenso beigetragen wie die Bedrohung durch Frankreich, daß sich das Reich als eine Einheit darstellte wie selten. Widerspruchslos war Joseph I. 1690 zum römischen König gewählt worden. Im Frieden von Rijswijk (1697) mußte Frankreich alle Eroberungen, die es auf Kosten Spaniens und Hollands gemacht hatte, herausgeben und das rechte Rheinufer räumen. Lothringen mußte an sein angestammtes Herrscherhaus zurückgegeben werden. Das Elsaß mit Straßburg hingegen blieb bei Frankreich.

Ludwig XIV. befand sich zweifellos nicht mehr auf der Höhe seiner Macht. In diesem günstigen Augenblick riet *Dominik Andreas Graf Kaunitz*, der Reichsvizekanzler am Wiener Hof war, den Anspruch auf Spanien aufzugeben und dafür die Erwerbung von Mailand und Neapel-Sizilien zu betreiben. Der Rat blieb nicht zuletzt deswegen ungehört, weil der Madrider Hof auf der Erhaltung der Einheit des spanischen Reiches bestand. Gleichzeitig hatte Kaunitz vorgeschlagen, die Niederlande gegen Bayern zu tauschen; ein Plan, der auf die Konzentration des eigentlichen Besitzes der deutschen Habsburger abzielte und im folgenden Jahrhundert noch mehrmals ins Auge gefaßt wurde.

*

Die Türkengefahr war gebannt, Frankreich im großen und ganzen in die Schranken gewiesen; das war die Situation an der Wende vom 17. zum 18. Jahrhundert. In den Türkenkriegen wurde das Eigeninteresse des Kaisers als König von Ungarn überragt vom allgemeinen Reichs-, ja abendländischen Interesse. Im Westen spielten sich die Dinge zwar vor dem Hintergrund des heraufkommenden spanischen Erbstreites ab, aber im Vordergrund standen doch die politischen Interessen des Reiches, und die Bündnisse mit den Generalstaaten und England boten sich aus der gleichgerichteten Interessenslage an. Leopold I. vertrat zu-

Karlskirche in Wien, von Johann Bernhard Fischer von Erlach erbaut 1716–1723; Stich von Hieronymus Sperling nach einer Zeichnung von Salomon Kleiner (Ausschnitt)

Schloß Engelhartstetten in Niederösterreich, von Johann Bernhard Fischer von Erlach, erbaut um 1693; Stich von Johann Andreas Pfeffel und Christian Engelbrecht nach einer Zeichnung von J. B. Fischer von Erlach

Wiener Hofburg, Reichskanzleitrakt, von Johann Emanuel Fischer von Erlach, erbaut 1726–1730

Schloß Klesheim bei Salzburg, von Johann Bernhard Fischer von Erlach, erbaut 1700–1709; Stich nach eigener Zeichnung von J. B. Fischer von Erlach

Schloß Hohenbrunn in Oberösterreich, von Jakob Prandtauer, erbaut 1725–1729

nächst den Standpunkt des Reiches. Nun aber änderte sich das: Der Kaiser war Partei mit seinem Erbanspruch auf den spanischen Thron und war in seinen Bündnismöglichkeiten ganz und gar abhängig vom realen Interesse seiner Partner, das sich nur bis zu einem gewissen Grade mit dem seinen deckte. Der Sinn des Vorschlages von Kaunitz, auf Spanien zu verzichten, wurde jetzt offenbar.

Am 1. November 1700 starb *Karl II.*, der letzte spanische Habsburger. Sowohl *Leopold I.* wie auch *Ludwig XIV.* waren mit einer Tochter *Philipps IV.* von Spanien verheiratet. Beide machten aus diesem Titel ihre Ansprüche geltend, obwohl die Gemahlin Ludwigs XIV. bei der Eheschließung auf ihren Erbanspruch verzichtet hatte. Durch ein Testament, auf dem Totenbett unterzeichnet und deshalb von Leopold angezweifelt, hatte Karl II. den Enkel Ludwigs, *Philipp von Anjou*, zum Alleinerben bestimmt.

In dem von 1701 bis 1714 andauernden Spanischen Erbfolgekrieg hatte sich Frankreich die Unterstützung des *Kurfürsten Max Emanuel von Bayern* gesichert, dem die Kaiserkrone versprochen wurde, dann von dessen Bruder, dem Erzbischof von Köln, und der Herzöge von Mantua und Savoyen. Auf der Seite des Kaisers standen Brandenburg-Preußen, Hannover, England und Holland, das Deutsche Reich und später auch Portugal und Savoyen. Der Schwerpunkt des Bündnisses war jenes mit England. Die kaiserlichen Truppen wurden von Prinz Eugen befehligt, die der Verbündeten von dem englischen Herzog *John Churchill von Marlborough.*

In die erste Phase des Krieges fiel der gewagte und in der Kriegsgeschichte berühmt gewordene Alpenübergang des Prinzen Eugen. Als 1703 ein neuerlicher Aufstand in Ungarn den Kaiser im Rücken bedrohte, brachte ein Tiroler Volksaufstand gegen die Bayern, die bereits Innsbruck besetzt hatten, die Entlastung: Ausgehend von einem Gefecht an der Pontlazer Brücke unter der Führung des Landecker Pflegsverwalters *Martin Sterzinger* drängten die Tiroler die Bayern über die Landesgrenze zurück und stießen tief nach Bayern vor.

Im März 1704 ging Karl, einem Verlangen der Verbündeten entsprechend, nach Spanien, um dort seine Rechte als König selbst zu wahren. Im August des gleichen Jahres schlugen Prinz Eugen und der Herzog von Marlborough gemeinsam ein vereinigtes französisch-bayrisches Heer bei Hochstädt; die Niederlage hatte zur Folge, daß Max Emanuel sein Land verlassen mußte und Bayern unter österreichische Verwaltung gestellt wurde. Am 5. Mai 1705 starb Leopold I., ohne den kurzfristigen Triumph erlebt zu haben, daß seinem Sohn Karl in Barcelona als spanischem König gehuldigt wurde.

Dem Zusammenwirken Prinz Eugens mit dem Herzog von Marlborough waren die großen militärischen Erfolge dieses Krieges zu danken. Nach der entscheidenden Schlacht bei Oudenaarde am 11. Juli 1708, nach der die verbündeten Truppen in Frankreich eindrangen, sah sich Ludwig XIV. gezwungen, den Frie-

Stift Melk in Niederösterreich, von Jakob Prandtauer erbaut 1702–1736; Aquarell von Jakob Alt (Ausschnitt)

den zu suchen. In den Verhandlungen von Geertruidenberg zeigte sich Ludwig zu den größten Opfern bereit, selbst zum Verzicht auf das spanische Erbe. Die Seemächte stellten aber eine für den Monarchen unzumutbare Forderung: er sollte selbst an der Vertreibung seines Enkels, *Philipps V.*, aus Spanien teilnehmen. Er stellte eine neue Armee auf, die aber am 11. September 1709 bei Malplaquet neuerlich geschlagen wurde.

Erfolge der Verbündeten in Spanien rundeten das Bild eines Frankreich, das vor dem völligen Zusammenbruch stand. Unvorhersehbare Schicksalsfügungen gaben den Ereignissen eine völlig andere Richtung. In London hatten die Tories die Whigs in der Regierung abgelöst, was zum Sturz des Herzogs von Marlborough führte. Die deutschen Fürsten, allen voran der König von Preußen, waren friedensbereit, weil sie mit Unbehagen die Erfolge und damit die Machterhöhung des Hauses Habsburg beobachteten. Entscheidend aber wurde der Tod Josephs I., der seinem Vater Leopold I. auf dem Thron gefolgt war. Er verstarb am 17. April an den schwarzen Blattern. Sein Bruder *Karl VI.*, in Spanien Karl III., hatte nun die Erbfolge in Wien anzutreten. Damit war jene Situation eingetreten, die auch von den Verbündeten niemals akzeptiert worden war: daß ein Habsburger in Wien und in Madrid herrschte.

England, Holland, Preußen, Savoyen und Portugal verließen die Koalition und schlossen mit Frankreich den Frieden von Utrecht. Abhängig von der Bestimmung, daß die Krone von Spanien und die von Frankreich niemals vereint werden dürften, wurde Philipp V. als König von Spanien anerkannt; England behielt Gibraltar und von Frankreich Neufundland, Neuschottland und die Hudsonbai. Holland erhielt das Besatzungsrecht in sieben belgischen Festungen zum Schutz gegen Frankreich; Savoyen das Königreich Sizilien; Preußen wurde die Königswürde bestätigt. An Österreich fielen die spanischen Niederlande, Mailand, Neapel, Sardinien und Mantua. Die Vereinbarung mit Österreich war erst im Frieden von Rastatt (1714) zustande gekommen. Mit der Anerkennung der Bourbonen in Spanien hatte sich Karl VI. bis zum Frieden von Haag im Jänner 1720 Zeit gelassen. Er konnte den endgültigen Verlust des spanischen Erbes lange nicht verwinden.

Auch während des Krieges um das spanische Erbe erwies sich die oft bedrohliche Zweifrontenlage Österreichs als wesentlicher Faktor. Als die Auseinandersetzung mit Frankreich noch in ihrem Anfangsstadium und noch nicht abzusehen war, wohin sich die Waage des Erfolges neigen würde, kehrte 1703 *Franz II. Rákóczy* aus der Emigration in die Heimat zurück und erhob sich, im Bündnis mit Ludwig XIV., gegen den Kaiser. Während Bayern und Franzosen in Oberösterreich schon bis Eferding vorgedrungen waren, schwärmten die Kuruzzen bis in die Gegend von Wien. Fehler der österreichischen Verwaltung hatten der magyarischen Aktivität Auftrieb gegeben: Die Auflehnung richtete sich gegen Steuern, die ohne die Zustimmung der Stände eingeführt worden waren, und gegen Unterdrückungsmaßnahmen gegen den Protestantismus. Die ständische Konföderation mit Franz II. Rákóczy an der Spitze setzte am 1. Mai 1707 auf dem Landtag zu Onód Kaiser Joseph I. als König von Ungarn ab. Erst am 29. April 1711, nachdem die Konföderierten mehrmals militärisch geschlagen worden waren, konnte Karl VI. in Szatmár Frieden mit den Aufständischen schließen.

*

Die Politik *Karls VI.* wurde wesentlich bestimmt von der Sorge um die Einheit des Staates und die Bewahrung der Dynastie auch in der weiblichen Nachfolge, für den Fall des Fehlens eines männlichen Erben. Seit dem 17. Jahrhundert war sowohl in der spanischen wie auch in der deutschen Linie der Habsburger eine schicksalhafte Wendung eingetreten: Durch Jahrhunderte hatte die habsburgische Politik aus Eheschließungen und Erbverträgen profitiert. Schon *Matthias Corvinus* wurde das Wort zugeschrieben: »Kriege mögen andere führen; du, glückliches Österreich, heirate.« Der frühzeitige Tod oder das Ausbleiben von männlichen Nachkommen konfrontierte das Haus Habsburg seit der Mitte des 17. Jahrhunderts mit der Angst, die Dynastie könnte aussterben, der Staat zur Beute derer werden, die mit mehr oder weniger Recht Anspruch auf ihn oder einzelne seiner Teile erhoben.

Um dieser Gefahr zu begegnen, erließ Karl VI. am 19. April 1713 das *Grundgesetz und Pragmatische Sanktion.* Darin wurde bestimmt, daß alle Gebiete der Monarchie in ewiger Union »unteilbar und untrennbar« seien, kein Herrscher dürfe sie teilen, kein Land dürfe sich lossagen. Hier handelte es sich um eine Art Grundgesetz, das die staatsrechtliche Einheit der Monarchie verbürgen sollte. Es ist interessant, daß in der staatsrechtlichen Diskussion um den österreich-ungarischen Ausgleich (1867) und jener um das Schicksal der Monarchie im Jahre 1918 die Pragmatische Sanktion noch immer eine wesentliche Rolle spielte. Außerdem bestimmte die Pragmatische Sanktion die weibliche Erbfolge. Innerhalb von neun Jahren haben das Königreich Böhmen und das Königreich Ungarn die Pragmatische Sanktion angenommen; innerpolitisch schien also die Absicht erfüllt. Außenpolitisch aber mußte die Pragmatische Sanktion – wobei es vor allem um die weibliche Nachfolge ging – ein Stück Papier bleiben, wenn sie nicht ausdrücklich von den einzelnen Staaten anerkannt wurde. Diese Anerkennung zu erlangen, war die oberste Maxime der Politik Karls VI.

Die Haltung des Kaisers wird nur begreiflich, wenn man bedenkt, daß er kein echtes Naheverhältnis zu den Problemen und Möglichkeiten hatte, die sich aus dem Aufstieg Österreichs zur Großmacht sowohl im Reiche wie auch außenpolitisch ergaben. Hier liegt auch der tiefe Grund seiner Entfremdung gegenüber dem *Prinzen Eugen.* Der Prinz, mittlerweile zum Präsidenten des Hofkriegsrates und zum Vorsitzenden der Geheimen Konferenz aufgestiegen, schätzte die Bemühungen seines Kaisers um die Anerkennung der Pragmatischen Sanktion bei weitem nicht so hoch ein wie dieser, erwiesen sich doch gerade zu jener Zeit Verträge nur allzuoft als ein Stück wertlosen Papiers, wie sich in der Haltung Preußens später zeigen sollte. Der Savoyer legte seinem Kaiser nahe, sich eher auf ein starkes Heer zu stützen und damit für die Zukunft vorzusorgen. Er selbst hatte solche Vorsorge mit der Schaffung der Militärgrenze in die Tat umgesetzt; diese bewährte sich als militärischer Kordon gegen die Türken ebenso wie als sanitärer gegen die Einschleppung der Pest.

Karls VI. Selbstverständnis war das des spanischen Herrschers, als der er sich bis zu seinem Tode fühlte. Das in Wien streng eingehaltene spanische Hofzeremoniell mußte ihm die Atmosphäre ersetzen, die er zum Atmen brauchte, die ihm zutiefst Heimat war. Etwa tausend Spanier waren ihm nach Wien gefolgt, die hier für ihre oft genug unkontrollierbaren Verdienste um den Habsburger in der verlorenen Heimat reich belohnt wurden. Viele von ihnen zog der Kaiser an sich, sie beherrschten den spanischen Rat, der die an Habsburg gefallenen spanischen Gebiete in Italien zu verwalten hatte. Es entsprach seinem dynastischen und kaiserlichen Selbstgefühl, daß der Hof zum eigentlichen zentralen Punkt der Monarchie wurde, zu einer Klammer, die den unterschiedlichen Länderbesitz zusammenzuhalten hatte. Darüber wurde die Errichtung einer durchorganisierten Verwaltung des Staates versäumt.

Dem ausgeprägten, ja übersteigerten dynastischen Selbstgefühl entsprang der unbedingte Wille, die Anerkennung der Pragmatischen Sanktion durch die europäischen Mächte zu erreichen. Er war bereit, große Opfer dafür zu bringen. Spanien erhielt für die Anerkennung das Versprechen, ihm bei der Rückeroberung Gibraltars zu helfen; Frankreich neben anderem den endgültigen Verzicht auf Lothringen; England opferte er dafür die Ostendische Handelskompanie, die gerade mit einigem Erfolg begonnen hatte, Österreichs Handel über die Weltmeere zu tragen; mit Rußland verbündete er sich dafür gegen die Türken, was ihn schließlich alles das wieder kostete, was ihm Prinz Eugen mit der Schlacht von Peterwardein und mit der Eroberung Belgrads im Frieden von Passarowitz (1718) eingebracht hatte, den Gewinn des Banats, der kleinen Walachei und Belgrads und damit die größte Ausdehnung, die Österreich je gehabt hatte.

Noch einmal stand der siebzigjährige Prinz Eugen im Polnischen Erbfolgekrieg (1733–1735) glücklos gegen die Franzosen. Österreich verlor Neapel und Sizilien, konnte aber seine Stellung in Norditalien konsolidieren. Als Prinz Eugen am 21. April 1736 starb, war dieser Tod überschattet von dem Wissen um den verblassenden Glanz der Monarchie, einen Glanz, der wesentlich ihm zu verdanken gewesen war.

*

Bis zu seinem Tode am 20. Oktober 1740 hatte Karl VI. sein Ziel im wesentlichen erreicht: die wichtigsten europäischen Mächte und die deutschen Staaten, mit Ausnahme von Bayern, Sachsen und der Kurpfalz, hatten die Pragmatische Sanktion anerkannt. Daß gerade Preußen, das die Pragmatische Sanktion anerkannt hatte, bereits acht Wochen nach seinem Tode die Kriegshandlungen in Schlesien eröffnete, konnte er nicht ahnen. Was er als Erbe hinterließ, vermochte keinen Vergleich mehr auszuhalten mit jenen glorreichen Erfolgen, die Österreich zur Großmacht gemacht hatten und die als österreichisches Heldenzeitalter in die Geschichte eingegangen sind.

Der rückschauende Betrachter wird mit dem Reichsvizekanzler *Dominik Andreas Graf Kaunitz* übereinstimmen, der, noch ehe der Spanische Erbfolgekrieg ausgebrochen war, dazu geraten hatte, die Ansprüche auf Spanien aufzugeben. Dieses dynastische Engagement hatte Kräfte verbraucht, die besser zur Stärkung der kaiserlichen Stellung im Reich und zur Vertiefung der Position im Wettstreit der europäischen Mächte verwendet worden wären. Gewiß: die tragische Zweifrontenlage der habsburgischen Macht, in der Mitte des Kontinents gelegen, war nicht zu umgehen, auch wenn es den Kampf um das spanische Erbe nicht ausgetragen hätte, denn das militärische Engagement im Westen ergab sich aus der Konfrontation mit dem französischen Hegemoniestreben. Das spanische Abenteuer hat Österreich nichts eingebracht: Als mit Karl VI. die Möglichkeit auftauchte, daß das Reich Karls V. wiedererstehen könnte, haben sich die Verbündeten gegen Habsburg entschieden. Was er mit Neapel und Sizilien aus dem spanischen Erbe für sich sicherte, verlor er bald wieder. Die Habsburger hatten zwar zeitweilig Besitzungen am Mittelmeer und gleichzeitig in den Niederlanden am Nordmeer, aber sie waren keine Seemacht und konnten es über Nacht nicht werden; selbst den bescheidenen Versuch der Ostendischen Kompanie mußten sie wieder aufgeben, kaum daß er begonnen hatte. Der wahre Sieger dieser Auseinandersetzung war England, das nicht nur Gibraltar, sondern auch die amerikanischen Kolonien bekommen hatte. Auch Preußen hatte sich in dieser Zeit konsolidiert, war zur Ausgangsstellung für die Auseinandersetzung um die Vorherrschaft im Reich nun vorbereitet.

Die Merkantilisten, zuvorderst *Philipp Wilhelm von Hörnigk*, haben frühzeitig erkannt, welche wirtschaftlichen Möglichkeiten die Monarchie besitzt. In seiner schon damals aufsehenerregenden Schrift *Österreich über alles, wenn es nur will* hat Hörnigk diese große Perspektive entworfen: ». . . von Gott und der Natur so hoch gesegneten weiterstreckten Erbkönigreiche und Länder, die einem einzigen Haupt mit gleicher Unterwürfigkeit zugetan sind, allnamentlich aneinanderstoßen, gleichsam nur einen Leib formieren, sich aneinanderschließen und einer des anderen Mangel und Notdurft mit seinem Überfluß ersetzen kann und . . . also bevorteilt sind, daß sie sich mit Fug rühmen können, daß von allen Staaten Europas es fürwahr ihnen zukommen müßte, beinahe wie eine kleine Welt in sich selbst zu bestehen und ohne fremdes Zutun, nicht nur nach Notdurft, sondern auch nach der Bequemlichkeit . . . versehen zu sein.«

Der Antrieb zu Hörnigks Handeln ist nicht nur seine patriotische Sorge um sein »zweites Vaterland«. Er sieht in Österreich mehr als einen Selbstzweck. Er setzt in den österreichischen Erblanden die stärkeren natürlichen Kräfte, beim Kaiser aber ein lebhaftes Pflichtgefühl gegen das Reich voraus, so daß nach seinem Sinn Österreich gewissermaßen zum Schrittmacher für das ganze übrige Deutschland hätte werden können.

Dieses »Österreich über alles« war eine Perspektive, die der werdenden Großmacht, dem österreichischen Heldenzeitalter würdig war. Das »... wenn es nur will« hätte aber gebieterisch die Konzentration aller Kräfte auf den geschlossenen Kern der habsburgischen Macht, die Durchorganisation der Verwaltung zum modernen Staat verlangt. Für spanische Träume hätte es in dieser Perspektive keinen Platz geben dürfen.

Es wäre sicher verfehlt anzunehmen, nur die Machtstrukturen und politischen Konzepte hätten die Realisierung solcher und ähnlicher Pläne verhindert, die zur Konsolidierung und weitreichenden Modernisierung des Staates hätten führen können. Hier war nach wie vor eine geistige Eigenart wirksam, die durch Jahrhunderte das österreichische Schicksal tief beeinflußt hat. Die Aufklärung erhob sich mächtig in Europa. Es war die Zeit, die von *Leibniz, Newton, Descartes, Spinoza* geprägt wurde. Die Vernunft, als ihre eigene Autorität, wurde zum Maßstab aller Dinge erhoben. Konnte man aber erwarten, daß ein Staat dem neuen Geist willig und aufgeschlossen gegenüberstehen würde, der noch immer damit beschäftigt war, den Geist der Reformation auszumerzen? Kurz vor seinem Tod hat *Ferdinand III.* noch drastische Maßnahmen gegen die Protestanten erneuert und die Wahl zwischen Konversion oder Auswanderung verlangt. 1684 mußten im Defreggental an die 1000 Menschen dem Auswanderungsbefehl gehorchen. 1732 wanderten über 20 000 aus Salzburg aus. Nein, die Aufklärung und damit der mitreißende, zukunftsträchtige Geist konnten hier keine Heimstatt finden.

Diese Feststellung darf freilich nicht dazu führen, vorhandene geistige Leistung überhaupt zu übersehen. Leopold I. war der Initiator für die Gründung der Universitäten in Innsbruck, Olmütz und Preßburg. Die historische Quellenforschung, ausstrahlend von der Benediktiner-Abtei Sankt Maurus bei Paris, fand vor allem in Melk eine glanzvolle Pflegestätte; *Bernhard Pez,* die Brüder *Hieronymus* und *Martin Kopff, Anselm Schramb* erlangten wegweisende Bedeutung.

Freilich kann nicht übersehen werden, daß in jener Zeit die eigentliche geistige Entfaltung in Österreich sich auf dem Gebiet der Künste ereignete. Die Musik wurde schon deshalb gefördert, weil sich unter den Habsburgern immer wieder begabte Musiker fanden; Leopold I. versuchte sich vielseitig und beachtlich als Komponist. Die Kunst- und die Volksmusik fanden sich in inniger Verschmelzung. Das Jesuitentheater machte sich die Spielfreude des bajuvarischen Stammes zu eigen, regte sie an und half mit, das Volkstheater zu beleben. Die höchste Entfaltung, in engstem Zusammenhang mit dem Geist der Gegenreformation, erlebte die bildende Kunst: das Gesamtkunstwerk aus Architektur, Malerei und Plastik. Mit herrscherlicher Gebärde und unüberbietbarem Lebensgefühl entfaltete sich das Barock und ging dabei – was die Nachwelt oft bedauert hat – ohne Rücksicht über die Zeugnisse der gotischen Epoche hinweg.

Die merkwürdige und faszinierende Vereinigung von irdischer und überirdischer Geistes- und Gefühlslage hat jener Zeit ihr Fluidum und ihre Ausstrahlungskraft gegeben.

Johann Joachim Becher
Philipp Wilhelm von Hörnigk
Wilhelm von Schröder

VON ALFRED HOFFMANN

Der Merkantilismus hat erstmals die enge Verflechtung der Staatsführung mit der Aufgabe einer gewissen Einflußnahme auf den Ablauf der Wirtschaft erkannt und öffentlich erörtert. Unter den führenden Geistern der sich damals entfaltenden Lehre von der nationalen Ökonomie sind drei Männer zu nennen, deren Wirksamkeit eng mit dem Kampf um die Existenz des österreichischen Staates verknüpft war, nämlich *Johann Joachim Becher, Philipp Wilhelm von Hörnigk* und *Wilhelm von Schröder.*

Wenn wir heute von Volkswirtschaft und Staat reden, dann stellen wir uns den Staat als eine festumgrenzte Fläche vor, die von grundsätzlich gleichberechtigten Staatsbürgern bewohnt wird. Im Gegensatz dazu war aber der mittelalterliche Staat, dessen Wesensart sich bis zur Regierung *Maria Theresias,* ja weithin bis zur Revolution von 1848 herauf, erhalten hat, weder im Inneren einheitlich aufgebaut noch nach außen hin streng abgegrenzt. Diesem Aufbau des alten Staates entsprach auch das wirtschaftliche Denken und Handeln, das sich jeweils im Kreise der eigenen Gruppe bewegte; man dachte also als Grundherr, als bäuerlicher Untertan, als bürgerlicher Kaufmann oder als Angehöriger des österreichischen Staates.

Halten wir uns dies vor Augen, so darf es uns nicht wundern, wenn der Kreis jener, die sich zu einem auf den ganzen Staat hin ausgerichteten Denken durchzuringen vermochten, zunächst noch sehr beschränkt war. Und hier stoßen wir auf eine österreichische Besonderheit; *Kaiser Leopold I.,* der uns sonst als Verkörperung barocker Macht- und Prachtentfaltung erscheint, war es selbst, der noch im jugendlichen Alter von etwa 25 Jahren jene drei Ausländer nach Österreich berief, welche ihm als Berater im Sinne des neuen merkantilistischen Ideengutes zur Seite stehen sollten und denen er darüber hinaus auch ermöglichte, die praktische Anwendung der von ihnen vertretenen Grundsätze durchzusetzen.

Johann Joachim Becher (1635–1682) erblickte zu Speyer als Sohn eines Pfarrherrn das Licht der Welt und erlebte eine sehr harte Jugend, da er schon im Alter von 13 Jahren seine Mutter und zwei Brüder, noch dazu in der Fremde (Schweden), erhalten mußte. Während er tagsüber Unterricht gab, studierte er nachts Theologie, Mathematik, Medizin und Chemie. Nebstbei erlernte er einige Handwerke und befaßte sich auch noch mit den politisch-juridischen Wissenschaften.

Schließlich geriet er in den Bannkreis alchimistischer Experimente, die ihn zeitlebens beschäftigten. In diesem Zusammenhang trat er bereits im Jahre 1655 mit *Kaiser Ferdinand III.* in Beziehung; dieser unterstützte ihn nicht allein materiell, sondern verlieh ihm zudem den Titel eines kaiserlichen Mathematicus. Fünf Jahre später wurde er vom *Mainzer Kurerzkanzler Johann Philipp von Schönborn* zum Mathematicus und Medicus bestellt; er erwarb das Doktorat der Medizin und erhielt in dieser Eigenschaft die Stelle eines Professors an der Universität. Aber Bechers unsteter Geist trieb ihn trotz dieser Erfolge an den Hof des *Pfälzer Kurfürsten Karl Ludwig,* und noch im selben Jahr weiter an den Münchener Hof. Von hier aber holte ihn ein Vertrauter des Kaisers, *Christoph Royas,* 1665 an den Wiener Hof, wo er längere Zeit verblieb.

Von Wien aus begab sich Becher 1670 im Zusammenhang mit seinen Kolonialplänen vorübergehend nach München und reiste anschließend im Auftrag des Kaisers nach Holland, bis er sich endlich ab 1672 vier Jahre hindurch ausschließlich der österreichischen Wirtschaftspolitik widmete. Die unwandelbare Gunst des Kaisers zeigte sich in der 1675 erfolgten Ernennung zum Hofkammerrat. Aber schon ein Jahr später verließ er Wien als kaiserlicher Kommissar, um die Durchführung des Reichsediktes, das die Einfuhr französischer Waren verbot, zu überwachen. Vielleicht wollte er seinen Mißerfolg nicht zugeben, jedenfalls kehrte er nicht mehr an den Wiener Hof zurück und versuchte nunmehr in Holland sein Glück, zog jedoch bald nach England weiter, wo ihn im Alter von 47 Jahren nach kurzer Krankheit der Tod ereilte.

Es scheint merkwürdig, daß Becher zu einer Zeit, in der die Auseinandersetzungen zwischen den Anhängern der alten und der neuen Konfession zu großen kriegerischen Konflikten führten, zu jenen wenigen Vermittlern zählte, welche die innere Spaltung zu verringern trachteten. Christoph Royas, der Becher am Kaiserhof eingeführt hat, verfolgte den Plan, eine Milderung der konfessionellen Gegensätze im Reich mittels einer wirtschaftlichen Vereinigung der Reichsstände zu einer deutsch-ostindischen Handelskompanie herbeizuführen, wobei ihm Becher behilflich sein sollte.

Am Beginn seiner wirtschaftspolitischen Tätigkeit beabsichtigte er – angeregt vom Vorbild Holland – die Errichtung von Aktienkompanien, die sowohl Handelsgeschäfte betreiben wie auch größere gewerbliche Unternehmungen finanzieren sollten. So verhandelte er 1664 über die Errichtung einer venezianischen Glashütte in Mannheim und die Einführung der Seidenraupenzucht. In München gelang ihm auch tatsächlich die Errichtung einer Seidenmanufaktur.

Am Wiener Hof entwickelte er den entscheidenden Gedanken der Gründung einer eigenen als Kommerzkolleg benannten Wirtschaftsbehörde, und es gelang ihm, den Kaiser dafür zu gewinnen, sodaß bereits 1666 dieses neue Organ seine Wirksamkeit begann. Zur praktischen Durchführung seines Programms sollte zunächst mit Hilfe eines Generalpatentes ein Werbefeldzug zur Gründung neuer Manufakturen entfaltet werden, wobei den Unternehmern die Erteilung von Privilegien in Aussicht gestellt wurde. Neu war auch die Idee, daß der Generalkommissar für die Kommerzien vorerst den Bedarf erheben und dementsprechend die Bestimmungen der Privilegien abgefaßt werden sollten. Als erste Unternehmung in diesem Sinne wurde eine Seidenmanufaktur in Walpersdorf eingerichtet. Becher vermochte den einflußreichen Hofkammerpräsidenten *Sinzendorf,* der sich einen persönlichen Gewinn versprach, für seine Intentionen zu gewinnen.

Zur Belebung des Außenhandels sah Becher die Gründung einer Okzidentalkompanie vor, die entweder über die Route Donau-Main-Rhein, Wien-Prag-Hamburg oder aber über den Landweg Wien-Amsterdam bis Holland arbeiten sollte; auch eine bessere Ausnützung der österreichischen Adriahäfen war in diesem Zusammenhang vorgesehen. Zugleich wurden die Möglichkeiten einer günstigeren Verwertung des in Idria (Krain) gewonnenen Quecksilbers erwogen.

Um einen Überblick über den Zustand der gesamten Wirtschaft in allen Teilen der österreichischen Monarchie zu gewinnen, befürwortete Becher eine allgemeine Landesbeschreibung mit eingehender Darstellung aller staatlichen Ansprüche, Einnahmen und Ausgaben. Ein solches Staatshandbuch hätte der werdende moderne Staat zur Erfassung aller seiner Machtquellen dringend benötigt, und zugleich hatte das Kommerzkolleg eine Unterlage für seine Entscheidungen gewonnen, dazu aber bildeten selbstverständlich umfangreiche Erhebungen eine unumgängliche Voraussetzung. In seinem 1672 abgefaßten, als *Politischer Discurs* bezeichneten Hauptwerk erstattete Becher dem Kaiser einen umfassenden Bericht über sein bisheriges Wirken.

Angesichts der vollkommenen Zersplitterung der staatlichen Geldgebarung befürwortete Becher ferner die Einrichtung einer zentralen Finanzkammer, der im Wege einer Art Warenumsatzsteuer auf alle gewerblichen Produkte jährlich eine Million Gulden zufließen sollte. Für die Einhebung einer solchen Umsatzsteuer mußte man aber erst eine Berechnungsgrundlage schaffen; man benötigte eine genaue Kenntnis der Anzahl der Meister und Gesellen, der allgemeinen Wirtschaftslage der Handwerke und Manufakturen, wozu eine Gewerbestatistik angelegt werden sollte. Die tatsächlich ermittelten Unterlagen verwertete Becher in einer umfangreichen Denkschrift über die Wirtschaftslage der gesamten Monarchie und unterbreitete zugleich Reformvorschläge im Sinne einer gesamtstaatlichen Wirtschaftspolitik.

Sozusagen den Abschluß seiner Wirksamkeit in Österreich stellt die im Jahre 1676 erfolgte Errichtung des schon lange geplanten Kunst- und Werkhauses am Tabor bei Wien dar, in dem sechs verschiedene Betriebszweige, nämlich für Wollwaren, Tapisserie und Seidenbanderzeugung, dann Geschirrfabrikation, eine Zuckerraffinerie, Farbfabrikation, Gold- und Silberscheidung, zusammengefaßt werden sollten.

Philipp Wilhelm von Hörnigk (1640–1714) wurde in Frankfurt a. Main als Sohn des Leibarztes des *Kurfürsten Johann Philipp von Schönborn* geboren und kam im Alter von 10 Jahren mit seinem Vater nach Mainz, wo die ganze Familie zum katholischen Glauben übertrat. An der Ingolstädter Universität studierte er die Rechte, ohne jedoch den Doktortitel zu erwerben. Die für seinen weiteren Lebensweg so wichtige Bekanntschaft mit *Becher* geht schon auf die Mainzer Zeit zurück und mündete in einer familiären Bindung, als Becher 1662 Hörnigks Schwester heiratete.

Vorerst aber wurden für Hörnigk noch die Beziehungen zu dem uns schon bekannten Vertrauensmann *Kaiser Leopolds I.*, nämlich *Christoph Royas y*

Spinola, wichtiger. Von diesem wurde er wegen seiner Kenntnisse der spanischen Sprache 1664 auf eine diplomatische Mission mitgenommen und anschließend am Wiener Hof vorgestellt. Wenn Hörnigk seit 1672 wiederholt in Wien weilte, so steht dieser Aufenthalt bereits im Zusammenhang mit dem Umsatzsteuerprojekt Bechers, für den er eine große Erhebungsreise durch alle österreichischen Länder gemäß der am 17. Juli 1673 vom Kommerzkolleg erhaltenen Instruktion unternommen hatte. Bei dieser Tätigkeit durchwanderte er ganz Österreich von der Adria bis zur Oder und konnte sich dadurch jene erschöpfende Kenntnis dieses Staates und seiner Wirtschaftskräfte erwerben, welche die Voraussetzung für die Abfassung seines zehn Jahre hernach erschienenen Hauptwerkes bildete.

Aber bereits 1676 verließ er in Begleitung Bechers Wien, reiste mit diesem nach Salzburg und Köln und schloß sich dem inzwischen zur bischöflichen Würde aufgestiegenen Royas an. Von 1680 an versah Hörnigk die Dienste eines Geheimsekretärs des österreichischen Gesandten *Graf Johann Philipp von Lamberg*, zuerst in Berlin und dann in Dresden. Auf dessen Intervention hin erhielt er 1684 den Titel eines kaiserlichen Sekretärs und auch eine Pension zugesprochen. Als Graf Lamberg 1689 Fürstbischof von Passau wurde, ernannte er Hörnigk zu einem Wirklichen Geheimen Rat und zugleich zum Archivar des Hochstiftes. Bis zu seinem im Jahre 1714 eingetretenen Tod verblieb nun Hörnigk in fürstbischöflich-passauischen Diensten.

Für Österreich ist weniger seine verhältnismäßig kurze Tätigkeit im Zusammenhang mit Becher von Bedeutung, sondern sein 1684 erschienenes Hauptwerk *Österreich über alles wann es nur will. Das ist: wohlmeinender Fürschlag wie mittels einer wolbestellten Lands-Oeconomie die kayserl. Erbland in kurzem über alle andere Staat von Europa zu erheben und mehr als einiger derselben von denen anderen independent zu machen. Durch einen Liebhaber der kayserl. Erbland Wolfahrt. Gedruckt im Jahre Christi 1684.* Hörnigks zunächst noch anonym erschienenes Buch wurde zum bekanntesten und verbreitetsten volks- und staatswirtschaftlichen Werk seiner Zeit. Österreichs Staatsgefühl und Staatskunst haben ein Jahrhundert lang immer wieder auf dieses Meister- und Musterwerk des deutschen Merkantilismus zurückgegriffen, als dessen abgeklärtester und bündigster Ausdruck es heute zu gelten hat.

Hörnigk begreift in seiner Schrift den Gesamtkomplex der habsburgischen Monarchie, »alle und jede des Deutschen Österreichischen Erzhauses, es sei in- oder außerhalb des Römischen Reiches gelegene Erbkönigreiche und Länder, demnach Ungarn darunter begriffen«. Er sieht den komplexen Wirtschaftskörper, in dem »einer des anderen Mangel und Notdurft mit seinem Überfluß ersetzen kann . . . beinahe wie eine kleine Welt in sich selbst zu bestehen und ohne fremdes Zutun«.

Von der bitteren Erfahrung des Türkenjahres 1683 erwartet er, »daß doch endlich dermaleins die Augen geöffnet, Hand angelegt werde«. Der Wille zur Tat soll auf den Weg führen, die reichen Naturschätze zu nutzen, damit die Wirtschaft erstarke; diese selbst sollte durch Hemmung der Importe geschützt werden. Weil er in den österreichischen Erblanden die stärksten natürlichen Kräfte erkannt hatte und beim Kaiser ein lebhaftes Pflichtgefühl gegen das Reich voraussetzte, glaubte er, Österreich würde Vorbild und Schrittmacher für ganz Deutschland werden.

Er kehrte ganz bewußt den politischen Standpunkt viel schärfer hervor als Becher und betonte viel entschiedener die Unterordnung der wirtschaftlichen Aufgaben unter den staatspolitischen Zweck.

Die politischen Folgen einer wirtschaftlichen Unabhängigkeit hat Hörnigk noch viel deutlicher in einer 1688 erschienenen Flugschrift über die Privilegien des Hauses Österreich dargelegt. Seiner Auffassung nach waren die Länder des Hauses Österreich längst vom Reiche unabhängig geworden, zu dem sie in einer Art von Bündnisverhältnis standen. Damit verficht Hörnigk die Idee des österreichischen Gesamtstaates, wobei sich das politische Motiv der staatlichen Selbständigkeit mit dem Streben nach wirtschaftlicher Unabhängigkeit verbindet, ein Gedanke, der bezeichnenderweise in den zuletzt erschienenen Auflagen seines Werkes noch stärker betont wird.

Wilhelm von Schröder (1640–1688) war ein Sohn des als Amtmann in Königsberg wirkenden Dr. jur. *Wilhelm Schröter.* Nachdem er in Jena das Rechtsstudium absolviert hatte, führten ihn Reisen zuerst in die Niederlande, sodann nach England. Hier fand er in der Royal Society, deren Mitglieder sich hauptsächlich mit den Naturwissenschaften befaßten, gastliche Aufnahme. Er stellte sogleich Kontakte dieser gelehrten Gesellschaft, die sich eben damals sehr für Österreich interessierte, mit unserem Lande her. Da er in Jena, wohin er sich 1663 begeben hatte, wegen seiner in einer Disputation vertretenen Ansichten als staatsgefährlich galt, kehrte er seiner Heimat den Rücken und bereiste von da an studierend und abenteuernd den ganzen Kontinent. Schließlich bot er 1673 seine Dienste *Kaiser Leopold I.* an. Seitdem ist die zweite Hälfte seines Lebens eng mit der merkantilistischen Wirtschaftspolitik in Österreich verknüpft; auch er konvertierte zum katholischen Glauben.

Offenbar waren es vorerst seine alchimistischen Künste, die den Kaiser interessiert hatten, denn dieser sandte ihn zunächst nach Gmunden, wo er seine Kunst in der Vermehrung der Salzgefälle beweisen sollte. Aber Schröder lenkte schließlich selbst den Kaiser auf seine Beziehungen zu England und erwirkte seine Entsendung als Beobachter, deutlicher gesagt: in der Eigenschaft eines politischen Agenten. Seiner wohl von ihm selbst entworfenen Instruktion nach sollte er ganz bestimmte Wirtschaftszweige und technische Verfahren, die in Österreich neu eingeführt werden könnten, erkunden. Die wichtigste Folge seiner Englandreise lag in den lebhaften, die nächsten Jahre hindurch anhaltenden Bestrebungen, die österreichische Industrie der Höhe der englischen Technik anzupassen und vornehmlich die blühende englische Wollmanufaktur in Österreich nachzuahmen.

Eine zweite, von Schröder nur sehr ungern übernommene Aufgabe bestand darin, den nach Österreich nicht mehr zurückgekehrten Becher zu ersetzen, vor allem die Leitung des Kunst- und Werkhauses zu übernehmen. Unter seiner geschickten Führung hat sich hier ein echter Manufakturbetrieb entfaltet; vor allem erzielte er mit der Glas- und Tuchfabrikation ansehnliche Fortschritte. Aber dann traf das Unternehmen hintereinander eine ganze Reihe von Schicksalschlägen. Zuerst raffte die Pest des Jahres 1679 einen Teil der von Schröder gewonnenen englischen Tuchmacher hinweg, dann wurde er durch den 1680 erfolgten Sturz des schwerer Verfehlungen beschuldigten Hofkammerpräsidenten *Sinzendorf* seines wichtigsten Gönners beraubt. Ein wohl von mißgünstigen Kreisen beeinflußtes gerichtliches Urteil sprach ihm 1681 gar die Konzession ab, und schließlich wurde das ganze Werk bei der Türkenbelagerung Wiens 1683 ein Raub der Flammen.

Die notgedrungene Muße hatte Schröder zur Abfassung seines 1686 erschienenen Hauptwerkes *Fürstliche Schatz- und Rentkammer* benützt, das seinem Namen ein bleibendes Denkmal setzte. Die vom Kaiser gegen dessen Bedenken erlangte Ratsstelle bei der Preßburger Kammer brachte ihn wegen seines offenen Auftretens gegen die dort herrschenden Unzukömmlichkeiten in eine äußerst schwierige Lage, aus der ihn schließlich der 1688 eingetretene Tod befreite.

Man hat vielfach den unmittelbaren praktischen Nutzen, den diese drei Männer für Österreichs Wirtschaft gebracht haben, ziemlich gering eingeschätzt. Tatsächlich haben sich etwa das Manufakturhaus auf dem Tabor und die Seidenfabrik in Walpersdorf nur kurzfristig halten können; aber wir müssen bebedenken, daß dieses Schicksal den meisten gleichartigen, zur selben Zeit gegründeten Unternehmungen in anderen Ländern genauso beschieden war. Immerhin konnte sich eine Reihe solcher im merkantilistischen Geiste errichteten Unternehmungen bis in das Fabrikzeitalter herauf erhalten, so etwa die 1672 in Linz gegründete Wollzeugfabrik; sie erlangte freilich ihren Höhepunkt erst in der Zeit *Maria Theresias,* nachdem sie in den staatlichen Eigenbetrieb übergegangen war. Aber es ist doch offensichtlich, daß das besonders in Österreich entwickelte und langehin gehandhabte System in der Gewährung von Fabriksprivilegien auf dem von den Merkantilisten wirksam verkündeten Ideengut beruht.

Dieses Ideengut haben sich vor allem – wenn auch wiederum in sehr verschiedener Abstufung – sowohl *Kaiser Leopold I.* wie auch seine Nachfolger und viele ihrer maßgeblichen Minister zu eigen gemacht, und es blieb bis in die Zeiten *Josephs II.* herauf von ganz wesentlichem Einfluß auf die gesamte staatliche Wirtschaftspolitik. Ja man kann sagen, daß so manche Idee erst späterhin ihre klassische Ausprägung und Formulierung erfahren hat, so etwa der Gedanke, daß die ganze Monarchie ein einziges großes Wirtschaftsgebiet sein sollte, im »Universalkommerz« der theresianischen Zeit.

War es aus verschiedenen Gründen oft wirklich nicht möglich, die Vorschläge der Merkantilisten in die Tat umzusetzen, so können wir andererseits doch ein ständiges Wiederauftauchen, eine Renovierung der auf Grund ihrer Gutachten ins Leben gerufenen Einrichtungen beobachten.

Es scheint so, als ob der immer wieder neu aufgelegte Appell Hörnigks zum

Eingreifen des Staates in die Abwicklung des Wirtschaftslebens seine Wirkung lange beibehielt.

Verglichen mit den Verhältnissen in den »Nationalstaaten« des Westens, erwies sich die äußerst komplizierte staatsrechtliche wie auch volksmäßige Zusammensetzung der österreichischen Monarchie als ein sehr starkes Hemmnis, ein auf den eigenen Staat bezogenes patriotisches Bewußtsein zu entwickeln. Sahen sich doch die Herrscher gemäß der damaligen Rechtsauffassung verpflichtet, jedes ihrer einzelnen Länder bei seiner gewohnten Verfassung zu belassen. Und in all diesen Ländern vertrat die maßgebende Oberschicht, nämlich die adeligen und geistlichen »Landstände«, einen kräftigen Landespatriotismus.

Nur die Treue zu dem allen diesen Ländern gemeinsamen Herrscherhaus bildete zunächst das fast einzige einigende Band. Freilich trat dazu angesichts der Notwendigkeit, die Vielfalt dieser Gebiete durch gemeinsame Zentralbehörden und ein gemeinsames Heerwesen zusammenzuhalten, noch ein bürokratisch-militärischer Patriotismus; dieser konnte übrigens ohne weiteres neben dem provinziellen Patriotismus in einer und derselben Person vereinigt sein. Aber ein solcher bewußter, aktiver Patriotismus war zuvorderst eine Angelegenheit der obersten regierenden Schichten, während das unter der Grundherrschaft stehende »Volk« im »Kaiser« nur einen über allen anderen stehenden Schutzherrn gegen Willkür zu sehen vermochte.

Im Gegensatz dazu wendete sich der Aufruf Hörnigks nicht allein an die Herrscher und ihre Minister, sondern an die gesamte Bevölkerung, voran an die im Bereiche der Wirtschaft aktiv tätigen Kreise, also an eine ganz neue, erst im Entstehen begriffene Schicht von Unternehmern. Es geht ihm nicht so sehr um die Treue zum Herrscherhaus, sondern die Sorge gilt dem ganzen Staat, dem Wohl seiner gesamten Bevölkerung. Eine Begründung, die sich an die Vernunft wendet und die aus der rationalen Erkenntnis des Notwendigen heraus eine Verpflichtung zum Handeln fordert. Patriotismus in dieser neuen Form ergibt sich nicht aus der Untertänigkeit, sondern aus der bewußten Mitarbeit jedes einzelnen. Damit wird bereits eine Haltung verlangt, wie sie dem modernen Staatsbürger zukommt.

Ähnlich wie bei den wirtschaftspolitischen Ideen Hörnigks vermögen wir auch ein langes Fortleben seines rational-wirtschaftlichen Patriotismus besonders in den Reihen des aufgeklärten, liberal denkenden Bürgertums festzustellen. Dieser ökonomische Patriotismus gewinnt in der theresianischen Zeit eine neue Belebung durch den Gedanken, daß die vermögenden Oberschichten durch Anlage ihres Kapitals bei der Gründung bisher im Lande nicht vorhandener Industrien die wirtschaftliche Selbständigkeit ihres Vaterlandes fördern sollten. Vielfach war man dabei der Meinung, daß der Eigennutzen bei einer solchen Beteiligung in den Hintergrund zu treten hätte.

Trotz veränderter politischer Verhältnisse sind die Gedanken der österreichischen Merkantilisten bis an das Ende der Monarchie zu verfolgen. Wir finden sie in den von adeligen Grundbesitzern auf Befehl Maria Theresias errichteten

Agrikultursozietäten ebenso wie in den repräsentativen Hausbauten an der Wiener Ringstraße, errichtet von wohlhabenden Wiener Bürgern, die damit einen Wunsch des Kaisers erfüllten. Sie werden sichtbar in den unter der Ägide des *Erzherzogs Johann* gegründeten Landwirtschafts- und Gewerbevereinen. Schließlich leben sie noch einmal auf im Wirtschaftsprogramm des Ministerpräsidenten *Körber,* das die Völker Österreichs in gemeinsamer Arbeit zusammenführen sollte.

Johann Bernhard Fischer von Erlach

VON GERBERT FRODL

Die Architektur *Johann Bernhard Fischers von Erlach* ist die offen sichtbare, jedermann zugängliche Verkörperung einer Epoche politischer Größe, unter anderem genährt durch das bewußte Auftreten des Kaisers als Gegenpol Frankreichs. Dieses Auftreten war erst nach der endgültig erfolgten Zurückweisung der türkischen Bedrohung möglich. Die Erlösung von schweren wirtschaftlichen und politischen Fesseln schuf eine Situation, die als ideal bezeichnet werden kann. Es kam selten genug vor, daß Bauherren, der Wille zur Dokumentation einer neuen Machtstellung und nicht zuletzt genügend Geldmittel einem Künstler den Weg wenn nicht wiesen, so doch ebneten.

1656 wurde Fischer in Graz geboren. Zunächst erlernte er die Grundzüge des Bildhauerhandwerkes in der Werkstätte seines Vaters. 1670/71 begab er sich nach Rom. In dieser Stadt fand er wohl sofort Kontakt mit anderen deutschen Künstlern. Vor allem ist hier die Familie *Schor* zu erwähnen, deren bedeutendstes Mitglied Johann Paul schon seit 1640 hier lebte und ca. ab 1655 ein vom Papst und verschiedenen römischen Familien vielbeschäftigter Dekorateur und Maler war. Schor (Giovanni Paolo Tedesco) stand in engem Kontakt mit *Giovanni Lorenzo Bernini* und dessen Werkstatt; er arbeitete an bedeutenden Werken mit, die Bernini im Auftrag *Papst Alexanders VII.* ausführte. Das ist die feste Brücke, die Fischer direkt in das Zentrum des italienisch-römischen Spätbarocks führte. Daß er auch in Verbindung mit der zum Katholizismus übergetretenen Tochter *König Gustav Adolfs, Christine von Schweden,* stand, erfahren wir aus der Bildunterschrift der 2. Tafel des V. Buches der *Historischen Architektur:* »Zwei Ägyptische Porphyrvasen, ... nach einem Abriß davon im Besitz der Königin Christine von Schweden in Rom. J. B. v. E. delineavit.« 1684 oder 1685 zog Fischer mit Philipp Schor, einem Sohn Johann Pauls, nach Neapel, um in den Diensten des spanischen Vizekönigs, des *Marchese del Carpio,* zu arbeiten. Aus der Zeit des sechzehnjährigen Aufenthaltes Fischers in Italien sind nur zwei *Medaillen auf Karl II. von Spanien* (1679 und 1682) von seiner Hand bekannt; im übrigen ist die Kunstgeschichtsforschung auf Vermutungen angewiesen, da begründete Zuschreibungen auf Grund von Stilvergleichen kaum möglich sind.

Man muß annehmen, daß Fischer einer Berufung – auf Grund besonderer Empfehlungen aus Italien – nach Wien gefolgt ist, denn bereits unmittelbar nach seiner Rückkehr im Jahre 1687 führte er im Dienste *Leopolds I.* zwei Aufträge aus, die *Pestsäule auf dem Graben* in Wien und die *Stuckausstattung der Vierungskuppel des Grazer Mausoleums.*

Auf Grund der ersten beiden Aufträge in Österreich, die Fischer als Bildhauer bzw. als Dekorateur beschäftigten, ist zu ersehen, wo das Schwergewicht seiner Schulung und Tätigkeit in Italien gelegen war. Seine erste, heute bekannte architektonische Aufgabe erhielt er 1688 mit der Errichtung des *Belvedere im Liechtensteinischen Garten* in der Wiener Rossau. Im selben Jahr, in dem dieses keinem praktischen Zweck zuführbare Raumtor entstand, begann er auch mit dem Bau des *großen Stalles in Eisgrub* – ebenfalls für den *Fürsten Johann Adam Andreas Liechtenstein.*

Die wichtigste Schöpfung Fischers vor 1690 und eine der wichtigsten in seinem gesamten Œuvre ist der *ovale Saal von Schloß Frain* in Südmähren, den sich die Familie *Althann* als eine Art Ahnengedenkstätte erbauen ließ. Dieser Saal ist nicht nur als eine für sich stehende Raumschöpfung zu verstehen, sondern auch durch seine hervorragende Lage auf einem Felsvorsprung hoch über der Thaya als »lebendiges«, begehbares Monument eines Adelsgeschlechtes. Dieser Bau steht am Anfang einer für den österreichischen Barock typischen Entwicklung, Natur und Architektur untrennbar zu verbinden (vgl. Melk).

1689 wurde Fischer Architekturlehrer des jugendlichen *Joseph I.* Diese nahe Verbindung mit dem kaiserlichen Hof eröffnete ihm einen neuen, auf der höchsten Stufe stehenden Wirkungsbereich. 1690 brach er den Primat der italienischen Baumeister im Bewußtsein der Wiener Kreise, die wesentliche Bauaufgaben zu vergeben hatten: Die beiden *Triumphbogen der »fremden Niederleger«* (ausländische Kaufleute) *und der Wiener Bürgerschaft,* die zum Einzug Josephs I. in Wien nach der Krönung zum römisch-deutschen Kaiser errichtet wurden, stellten vollkommen neue Prinzipien einer großen Öffentlichkeit vor, die dieses Neue auch wohl zu würdigen wußte. Die Triumphtore waren keine Prospekte, die einen Schein erwecken sollten, sie waren reale und für den Zweck der Verherrlichung auch praktikable Architektur. Symbole wurden zu umraumbildenden architektonischen Elementen (Säulen, Standarten), wurden nicht mehr als bloßes, vorgesetztes Beiwerk verwendet. Hinzu kommt, daß Fischer die in Italien erworbene intensive praktische und theoretische Kenntnis der antiken römischen Bauten verwertete, indem er jedes Bauglied seiner Bedeutung gemäß einsetzte. Damit wandelte er noch eindeutig – obwohl von vielen eigenen Ideen durchdrungen – auf den Spuren Berninis bzw. der Schor, zu deren wichtigsten Aufgaben in Rom auch das Entwerfen von Festdekorationen gehört hatte. Fischer war nie abhängig von Bernini – Einflüsse aus dieser Sphäre sind jedoch in seiner Frühzeit naturgemäß häufig. Seine Vorstellung von der Architektur war während seiner gesamten Schaffenszeit der des größten italienischen Barockkünstlers ähnlich. Er dachte in großen Körpern, ordnete einzelnes einer Gesamtkomposition unter und beeinträchtigte auf diese Weise die praktische Verwendbarkeit seiner Bauten. Seine Lusthäuser sind eigentlich Bezugspunkte in der Weite des architektonisch gestalteten Gartens. Sie sind Dominanten, aber als solche auch nur Elemente der straff organisierten »Landschaft«. An diesem Zweig seines Werkes dokumentiert sich Fischers Wille und seine Fähigkeit am deutlichsten, aus einer Synthese italienischer und französischer Schöpfungen neue Typen hervorzubringen. *Palladios* Villen, französische Jagdschlösser aus der Mitte des 17. Jahrhunderts, der römische Barock Berninis lieferten nicht Details oder einzelne Anregungen, die er miteinander verband, sondern Fischer vereinigte all dies zu einem Ergebnis, das den Zweck dieser Bauten »ideal« repräsentieren sollte. Diese von den Vorbildern so weitgehend unabhängige Synthese ist Fischers *österreichischer Barock;* er ist sein Schöpfer und Hauptvertreter.

Von diesen Garten- und Jagdhäusern ist wenig erhalten. Einen relativ guten Eindruck vermittelt das *Jagdschloß Niederweiden* im Marchfeld (wie die meisten dieser Schlößchen in der ersten Hälfte der neunziger Jahre begonnen); das vermutlich schon im frühen 18. Jahrhundert aufgesetzte hohe Dach verwischt das Verhältnis des Mittelrisalites und der Seitentrakte zueinander; die meisten »idealen« Flachdächer mit Attikabekrönungen fielen bereits wenige Jahrzehnte nach ihrer Errichtung dem Wetter zum Opfer und wurden durch Steildächer ersetzt. Den besten Aufschluß über diesen Typus gibt der *Codex Montenuovo* (Albertina), der geradezu als Musterbuch für Gartenarchitektur zu betrachten ist. Für die Kenntnis und das Verständnis von Fischers Werk sind nicht nur seine tatsächlich gebaute Architektur, sondern auch seine Entwürfe (und die danach angefertigten Stiche) maßgebend, ob sie ausgeführt worden sind oder nicht.

Fischers Frühwerk demonstriert eine Vielfalt von Einfällen an einer ebensolchen Vielfalt von verschiedenen Bauaufgaben. Es ist kein »Probieren«, kein Ringen um die Form, sondern man kann aus dieser Periode eines weitest gespannten Schaffens eher den Versuch herauslesen, den ihm am besten entsprechenden Auftraggeber zu finden. Dieser Auftraggeber erwuchs ihm zunächst in *Kaiser Joseph I.* und dann vor allem in *Kaiser Karl VI.* 1690 entstand für den jungen Joseph I. vielleicht als Lehrstück einer idealen kaiserlichen Architektur, dessen Verwirklichung wahrscheinlich gar nicht in Betracht gezogen werden sollte, das *erste Projekt für Schloß Schönbrunn;* sein staats- und familienpolitischer Charakter ist nicht zu übersehen. Ganz bewußt sollte Versailles und damit der französische König übertroffen werden. Diesem Projekt nach steht der riesenhafte Baukörper auf der Anhöhe (der zweite, ausgeführte Plan sieht an dieser Stelle einen Blickfang, ein Belvedere, vor, an dessen Stelle später die Gloriette errichtet wurde) und bildet so den eigentlichen Gipfelpunkt, der über mehrere Rampen zu erreichen ist. Nicht zufällig lehnte sich Fischer im architektonischen Aufbau des Mittelrisalites an die Fassade von St. Peter in Rom an, die damit ebenso ein Bestandteil der Apotheose des Kaiserhauses wird wie die darüber emporsteigende Quadriga des Sonnengottes.

Martin Johann Schmidt, Die Heilige Familie als Beschützerin des Gnadenortes; Ölbild in der Kirche zu Maria Taferl, 1775

Während in Fischers Frühzeit der Lusthaus- bzw. Schloßbau überwog, gehörte der Primat in den folgenden Jahren bis ca. 1700 dem Sakralbau, der sich auf die Stadt Salzburg konzentrierte. Hier errichtete er für seinen Bauherren *Fürsterzbischof Johann Ernst Graf Thun-Hohenstein* die *Dreifaltigkeitskirche* (begonnen 1694), die *Kollegien-(Universitäts)kirche* (begonnen 1696), die *Johannesspital-* und die *Ursulinenkirche* (beide begonnen 1699).

Im folgenden Jahrzehnt (1700–1709/10) scheint der seit 1696 mit dem Prädikat »von Erlach« geadelte Fischer bedeutend weniger als in der Zeit vorher und nachher gebaut zu haben. Diese Lücke in der Kontinuität des überlieferten Werkes ist auf die Zeitumstände und weite Reisen, die er unternahm, zurückzuführen. Auf seiner Reise nach Nord- und Nordwesteuropa präsentierte er, ausgestattet mit einer Empfehlung Leopolds I., in Berlin *Friedrich von Preußen* den Entwurf für ein Schloß. Wir wissen nicht, wie sehr Fischer darauf bedacht war, in die Domäne des preußischen Hofbaumeisters *Andreas Schlüter* einzubrechen – jedenfalls mißlang der Versuch. Hierauf wandte er sich nach Holland und England. Man könnte annehmen, daß er in Kontakt mit dem Architekten *Sir Christopher Wren* stand, dessen palladianischer Klassizismus und die wissenschaftlich-praktische Ausrichtung der nordeuropäischen Architektur in den folgenden Wiener Palastbauten Fischers wesentlich mitspielen (z. B.: *Gartenpalais Trautson,* begonnen 1710). Einer eingehenden Prüfung wert wäre das Problem, inwieweit Wren Fischer zum *Entwurff einer Historischen Architektur* angeregt oder ihn in der Auffassung von einem derartigen Werk beeinflußt hat. Jedenfalls begann er nach der Rückkehr von England (1705) mit den Arbeiten zu diesem in vieler Hinsicht einmaligen Vorhaben. In den fünf Büchern des Werkes bringt er Ansichten und Rekonstruktionen, die keineswegs nur seiner Phantasie entwachsen sind, von wichtigen Baudenkmälern der Antike, des Nahen und Fernen Ostens, aber auch Ansichten von eigenen tatsächlich ausgeführten Werken. Hier findet sich nun wieder, was er mehr als zwei Jahrzehnte vorher in Rom und Neapel gesehen hatte; die *Historische Architektur* ist die Summe aller seiner reichlichst betriebenen theoretischen Studien an antiken Monumenten. Sein wissenschaftliches Interesse, das über die *Historische Architektur* weit hinausging, wird durch den brieflichen Kontakt mit Wissenschaftlern und Antiquaren (z. B. *Leibniz* und *Heraeus*) dokumentiert. Im Jahre 1712 überreichte Fischer das schnell und nur provisorisch fertiggestellte wissenschaftliche Werk Karl VI., der ihn bereits vorher in seinen sämtlichen Hofämtern bestätigt und ihn somit dem sich darum bewerbenden *Hildebrandt* vorgezogen hatte. Wenige Jahre später hatte Fischer die Möglichkeit, mit der *Karlskirche* ein Monument für den Kaiser zu errichten, das seine *Historische Architektur,* den hohen Geist seiner eigenen Persönlichkeit widerspiegelt. Die Architektur, das heißt der eigentliche Kirchenbau, und selbst die mächtige Kuppel sind einem allegorischen Motiv, den Säulen des Herkules, untergeordnet. Somit wird aus einer Votivkirche ein bedeutungsgeladenes Denkmal einer kaiserlichen und dynastischen Politik, das in der gesamten Architekturgeschichte nicht seinesgleichen hat. Hier kommen wieder Fischers Ambitionen der Jugendzeit, Synthesen schaffen zu wollen, zum Vorschein. Er kehrte auch zum ovalen Grundriß des Raumes zurück, der eine Leitform in seinem Frühwerk war. Gerade an diesem Hauptwerk Fischers von Erlach ist der Wille, mehrere nebeneinandergesetzte Baukörper einem Gesamtplan unterzuordnen, am reinsten dokumentiert. Der Innenraum ist von sekundärer Bedeutung, Fischer schuf mit seiner Architektur Räume von städtebaulichem Gewicht.

Zwei Bauten Fischers gibt es, einen am Anfang und einen am Ende seines Werkes, die primär von der Raumidee ausgehen: der bereits besprochene Ahnensaal von Schloß Frain und die *Hofbibliothek in Wien.* Das Motiv der zwei vom Mittelsaal durch je zwei mächtige Säulen optisch getrennten Flügelräume dürfte Fischer von einem römischen Raum, der Galleria Colonna des *Antonio del Grande* übernommen haben. Nur – was hat er aus dem bloß angedeuteten Motiv gemacht! Er hat auch in diesem letzten Werk (begonnen 1723) danach getrachtet, eine seinem Auftraggeber entsprechende, also dem Kaiser gemäße Architektur zu schaffen. Eine Hauptbedeutung Fischers lag darin, daß er immer danach getrachtet hat, Typen zu schaffen: das Lusthaus, das kaiserliche Schloß, die kaiserliche Votivkirche etc., die in ihrer Einmaligkeit nicht wiederholbar waren und auch gar nicht nachgeahmt werden sollten. Fischer hat keine Nachfolge gehabt, seine Architektur hat auch nur indirekt Einfluß geübt. Ohne den kaiserlichen Auftraggeber (vor allem Karl VI.) wäre Fischer wohl kaum zu dieser letzten Größe und Höhe gelangt, man kann aber auch umgekehrt fragen: Wie hätte der Kaiser besser seine Machtstellung demonstrieren können als durch Fischers Architektur?

1723 ist der Hofarchitekt nach längerer Krankheit gestorben. Sein Sohn *Josef Emanuel* (1693–1742) hatte schon in der letzten Zeit die Bauführung an des Vaters Werken inne (Hofbibliothek, Karlskirche, Hofstallungen), wobei er sich nicht immer an die vorhandenen Pläne hielt. Der ältere Fischer hat seinen Sohn ganz bewußt als einen Nachfolger herangebildet, der nicht Imitator des Vaters werden, sondern die neuesten Errungenschaften der europäischen Architektur in seinem Sinn verwerten sollte.

1722 wurde er Hofarchitekt. Bestimmend für Josef Emanuels Schaffen wurde die französische Architektur *(Levau, H. Mansart, Decotte),* die in der kühlen Linearität seiner Bauten ihren Niederschlag fand. Ohne die begnadete Größe seines Vaters zu besitzen, schuf auch er repräsentative, kaiserliche Architektur *(Reichskanzlei),* die jedoch nicht aus einer Synthese gegensätzlicher Prinzipien wie bei Johann Bernhard entstand. Den Bauten des jüngeren Fischer liegt das Studium und die Verarbeitung zeitgenössischer, moderner architektonischer Lösungen zugrunde.

Lucas von Hildebrandt

VON GERBERT FRODL

Lucas von Hildebrandt gehört mit *Fischer von Erlach* und *Jakob Prandtauer* zu den bedeutendsten Architekten des Barocks in Österreich. Er geht von anderen Voraussetzungen aus als Fischer, sie stammen aus einem engeren Kreis.

Naturgemäß drängt sich der Vergleich mit der Architektur *Fischers* auf; vielleicht kann man Hildebrandt ohne Betrachtung dieses Gegenpols gar nicht richtig charakterisieren. Wir haben Fischers Architektur als die Verkörperung von Österreichs Macht bezeichnet; *Hildebrandt* baute für den machtvollen Adel und ein immer mehr erstarkendes Bürgertum. Obwohl er ab 1700 kaiserlicher Hofarchitekt war, hat er für den Kaiser nur ein größeres Gebäude tatsächlich ausgeführt. Durch diese – bezeichnet man den Kaiser als höchste Instanz – auf einem niedrigeren Niveau stehende Schar von Auftraggebern ist der zugehörigen Architektur weit mehr Möglichkeit gegeben, Nachahmer zu finden bzw. Einfluß zu üben. Hildebrandts Werken liegen keine theoretischen Studien zugrunde, er schuf Architektur, die seinen Auftraggebern menschlich entgegenkommen sollte.

Fischer hatte die Gegebenheiten des Terrains dazu benützt, mit seiner Architektur eine neue »Landschaft« zu schaffen. Hildebrandt setzte Akzente, ordnete sich aber unter und kam damit einer praktischen Verwendbarkeit näher. Seine Gartenschlösser sind nicht die alles auf sich beziehende Krone, sie sind Ausgangspunkt, Zusammenfassung und Ende des gestalteten Gartens.

Lucas wurde 1668 in Genua als Sohn *Christoph Hildebrandts,* eines Hauptmannes der genuesischen (mit Österreich verbündeten) Armee, geboren. Der Vater wurde 1703 in die Streitmacht des *Prinzen Eugen von Savoyen* übernommen und ist im Jahre 1709 in Spanien umgekommen. 1695/96, knapp bevor er nach Wien kam, diente Lucas als Festungsbauingenieur in der kaiserlichen Armee in Oberitalien. In Rom hatte er die Kriegs- und Stadtbaukunst erlernt, wobei *Carlo Fontana* (der wichtigste *Bernini*-Schüler) und *Cerrutti* seine Lehrer waren. Aus der Zeit vor seinem Eintreffen in Wien ist nur eine kleine Serie von Zeichnungen für das Stiftsgebäude von *Sta. Maria di Carignano* in Genua bekannt, Entwürfe, die noch nicht die eigenständige Künstlerpersönlichkeit verraten.

Der um zwölf Jahre jüngere Hildebrandt kam um rund ein Jahrzehnt später in die kaiserliche Metropole als Fischer. Sein erster, uns bekannter Bauherr war *Heinrich Franz Graf Mansfeld Fürst Fondi.* Für ihn errichtete er einen Gartenpalast, der später in den Besitz des *Fürsten Schwarzenberg* überging (1716) und seither den Namen dieses Geschlechtes trägt. An diesem frühen Werk sind bereits die Prinzipien architektonischer Raum- und Baugestaltung angedeutet, wie sie am zwei Jahrzehnte später entstandenen *Oberen Belvedere* voll ausgebildet erscheinen. Niedrige, dünne Flügelbauten mit einfachen Eckrisaliten rahmen das Areal des Ehrenhofes ein und verbinden ihn fest mit dem Hauptbau. Schritt- und Blickrichtung sind eindeutig festgelegt, das niedrige, vorspringende Vestibül mit den nach vorne gebogenen Rampen ist der alles in sich aufnehmende »Empfänger«. Der dahinter lagernde, nicht die ganze Tiefe des Baus einnehmende tiefovale Hauptsaal (eigentlich ein Quadrat mit angesetzten halbkreisförmigen Apsiden) gehört bereits einer anderen Sphäre – der Gartenzone – an. Die Trennung von Bereichen durch den eigentlichen Palast einerseits und ihre durch den Kunstgriff, Räume in der Höhe gegeneinander zu versetzen, erreichte Verbindung andererseits, ist ein besonderer Zug Hildebrandtscher Baukunst. Die Wahl der Raumform für den großen Saal mag vielleicht auf eine anfängliche Beeinflussung durch Fischer von Erlach hindeuten. Dieser Einfluß ist im späteren Werk Hildebrandts nicht wiederzufinden. Der große Unterschied in der Auffassung von der Architektur und ihrem Zweck, die allzu verschiedene Persönlichkeit, die Überzeugung beider, das Beste zu schaffen, ließ eine Rivalität entstehen, die über die rein fachliche Auseinandersetzung hinausging. Hildebrandts schwieriger Charakter trug nicht dazu bei, dieses Verhältnis zu verbessern. Aus der erhaltenen Korrespondenz geht auch hervor, daß die Bauherren ihrem Architekten gegenüber oft viel Geduld an den Tag legen mußten und manchmal nicht gerade freundlich über ihn sprachen, obwohl sie von seiner Kunst überzeugt waren.

Vor allem zwei Bauherren beschäftigten Hildebrandt immer wieder: *Prinz Eugen von Savoyen* und *Reichsvizekanzler Friedrich Carl Graf Schönborn.* Ab 1702 beschäftigte der Prinz den Architekten, der Fischer in dieser Position ablöste; noch im selben Jahr begann er mit dem Bau des *Schlosses Ráckeve,* einer Anlage mit weitausgreifenden Flügeln und einer dominierenden Mitte, auf der Donauinsel Czepel. Einige Jahre später (1708) erweiterte Hildebrandt den von Fischer erbauten *Stadtpalast des Prinzen Eugen in der Himmelpfortgasse* in Wien. Kurz davor entstand der *Gartenpalast Starhemberg-Schönburg.*

Am innigsten verknüpft mit dem Namen und den Taten des Prinzen Eugen ist der Sommerpalast, das *Belvedere* (so genannt seit 1752, als es in den Besitz *Maria Theresias* überging), das Hauptwerk des Architekten und zugleich eines der wichtigsten Monumente der barocken Kunst in Österreich. Über die Verwendung der Räume in beiden Schlössern und ihren ursprünglichen Zustand sowie über die gesamten Annexbauten und die Gartenanlage gibt *Salomon Kleiners* Stichwerk *Wunderwürdiges Kriegs- und Siegeslager des unvergleichlichen Heldens unserer Zeiten ...* der Nachwelt erschöpfend Auskunft (1731–1740). Zunächst sah der Plan allein das Schloß am Fuße des Abhanges vor; als Bekrönung des Gartens, als Blickfang war ein Prospekt etwa in der Art der Schönbrunner Gloriette vorgesehen. Erst mehrere Jahre nach der Vollendung des unteren Gartenpalastes entschloß man sich, auf der Höhe eine weit repräsentativere Anlage zu errichten. Dieser Plan bedeutete höchste Steigerung zu einer optischen Bauauffassung, die nicht nur in ihrer Wirkung, sondern schon in der Konzeption ausgesprochen malerische Züge aufweist. Die dekorative Architekturplastik, die Stuck- und Freskoausstattung beziehen sich immer wieder auf die Person des Auftraggebers.

Der Ehrenhof des unteren Palastes ist ein in sich vollkommen geschlossener Bezirk, wobei die Annexbauten architektonisch aufgewertet worden sind. Trotz der durch leichtes Vorkragen, durch die Verwendung von Dekorationselementen bewerkstelligten Kennzeichnung des mittleren Wohntraktes und der seitlichen Risalite wird die Flächigkeit der Gartenseite nicht unterbrochen. Der Bau erstreckt sich über die gesamte Breite des Grundstückes; dadurch wird der Garten zum untrennbaren Teil der Architektur. Dies wird beim »kleinen« Schloß auf einfache Weise und ohne komplizierte Raumbeziehungen erreicht. Die Lösung am oberen Palast mußte, auch bedingt durch das Gelände, eine andere sein. Das am oberen Ende des Abhanges stehende Bauwerk soll »durchsichtig« sein, um dem, der von Süden eintritt, das Verbindende der Gesamtanlage sofort bewußt zu machen. Sala Terrena, Stiegenhaus und Marmorsaal bilden nun ein ineinanderfließendes Ensemble, wobei dem Licht eine ganz besondere Bedeutung zukommt.

Von ferne bietet sich das Obere Belvedere (1721–1723) dem Besucher als graphisch durchstrukturierter Prospekt dar. Der malerischen Auflösung der Dachzone in viele verschieden geformte »Pavillondächer« – jeder Teil hat »sein« Dach – werden die ununterbrochenen, die Horizontale betonenden Gesimse entgegengesetzt. Der Bau haftet, unterstützt durch die starke Horizontale der Gesimse, fest, doch nicht lastend auf der Erde. Das graphisch-flache Ornament an den Wänden und die aufgelösten, vom Mauerwerk etwas abgesetzten Dächer verleihen ihm eine Leichtigkeit, wie sie auch weißwolkige Sommerlandschaften an sich haben. Eine zusätzliche Steigerung – man könnte versucht sein zu sagen »Ins Überirdische « – bewirkt der Wasserspiegel des großen Teiches der Ehrenhofseite.

Der architektonische Gedanke ist nicht zuletzt durch den Einfluß der französischen Architektur des 17. und des frühen 18. Jahrhunderts bestimmt. Es ist sogar möglich Namen zu nennen, die für Hildebrandt von besonderer Bedeutung waren: *F. Mansart, L. Levau, G. Boffrand.* Auch Elemente aus der französischen Schloßbaukunst des späten 16. Jhs. (Fontainebleau) erscheinen an den Bauten des österreichischen Architekten in umgewandelter Form wieder (Pavillondächer). Das Belvedere ist eine eigene Lösung, die Fassade wird trotz »plastischer« Ecktürme zu einer in der Fläche sichtbaren Einheit zusammengefaßt; sie ist das lebendige Beispiel einer barocken Vedute, wie wir sie auch im Werk des Malers *B. Bellotto* vielfach überliefert finden.

Der zweite Bauherr, der dem Architekten ab 1706/07 durch viele Jahre hindurch die Treue hielt, war der Reichsvizekanzler und spätere Bischof von Bamberg und Würzburg, *Friedrich Carl Graf Schönborn;* er verstand es am besten, sich in die schwierige Persönlichkeit des Künstlers einzufühlen. Das erste Werk, das in seinem Auftrag entstand, war der *Gartenpalast in der Laudongasse in Wien.* Es folgte die große Anlage des *Schlosses Schönborn in Göllersdorf,* Niederösterreich (1710–1717), später die kleine *Loretokirche* im selben Ort. Die Vermittlung des Reichsvizekanzlers brachte Hildebrandt dazu, für das seit 1711 unter der Leitung *Johann Dientzenhofers* entstehende *Schloß Pommersfelden* in der Nähe von Bamberg Pläne zu verfassen. Bauherr war der Kurfürst von Mainz *Franz Lothar Freiherr von Schönborn,* ein Onkel Friedrich Carls. Die von diesem dem Kurfürsten nahezu aufgedrängte Mitarbeit seines Architekten wirkte sich letzten Endes vor allem bei der Stiegenhausanlage aus; sein Anteil war so bedeutend, daß dieser zentrale Bauteil ganz in Hildebrandts Œuvre einzugliedern ist.

Das andere große Bauwerk außerhalb Österreichs, an dessen Planung und Errichtung er beteiligt war, ist die *bischöfliche Residenz in Würzburg.* Die Zusammenarbeit mit dem dortigen Bauleiter, dem um vieles jüngeren, in technischen Belangen überlegenen *Balthasar Neumann,* gestaltete sich oft recht schwierig. Hildebrandts Anteil tritt am reinsten an der Gartenseite der Residenz, am dem Oberen Belvedere in Wien nahestehenden mittleren Pavillon zutage.

Eine eigene Rolle in Hildebrandts Schaffen spielen die *Bürgerhäuser.* Er verstand es, Bauten zu konzipieren, die trotz ihrer sichtbar gemachten Zweckgebundenheit ein bedeutungsvoller werdendes Bürgertum zu repräsentieren vermögen. Das zarte, die Baumasse nicht berührende Architekturornament bindet die Fassaden in ein graphisch-lockeres, jedoch bestimmtes System. Gerade hier spielt die lokale Tradition des 17. Jahrhunderts eine bedeutende Rolle *(Haus Merklein* am Hof, *Haus Bartolotti-Partenfeld* am Graben in Wien).

Die sakrale Baukunst Hildebrandts ist der Nachwelt nicht in dem Ausmaß überliefert wie seine profane Architektur; die größeren mit seinem Namen in Verbindung gebrachten Kirchen – *St. Laurenz in Gabel* (Nordböhmen), *Piaristenkirche Maria Treu in Wien* – sind nicht in ihrem ursprünglichen Zustand erhalten, auch geben die Dokumente nicht genügend Sicherheit (Gabel). Die virtuosen Raumüberschneidungen des Piemonteser Architekten *G. Guarini* sind hier Pate gestanden, doch ist die Härte seiner Konstruktionen in weichere Bewegung verwandelt worden.

Wie schon erwähnt, hat Hildebrandt, obwohl er kaiserlicher Architekt war, nur weniges für den Hof auch realisiert (*Österreichische Hof- und Staatskanzlei* auf dem Ballhausplatz). Die in der Albertina erhalten gebliebenen Pläne zu einem großzügigen Umbau und zur Systematisierung, d. h. einheitlichen Gesamtplanung der Wiener Hofburg (1724/25) blieben unausgeführt. Eine andere große Gesamtplanung, das auf einer steilen Erhebung gelegene *Stift Göttweig,* wurde ab 1719 in sehr langer Bauzeit wenigstens zum Teil ausgeführt. Der festungsartige Charakter, das Zusammenspiel von Terrain und Architektur, verrät die Schulung Hildebrandts als Kriegsbauingenieur.

Hildebrandts Schaffen ist vielfältig: Stadt- und Gartenpaläste, Großprojekte für Kaiser und Adel, Bürgerhäuser und Dorfkirchen, aber auch Trauergerüste (z. B. 1736 für den Prinzen Eugen in der Stephanskirche) und Sarkophage (unter anderem für Kaiser Joseph I. in der Kapuzinergruft). Dieses Werk läßt sich, sieht man von der frühesten Zeit ab, nicht in aufeinanderfolgende, zum Beispiel von wechselnden Einflüssen bestimmte Phasen einteilen. Sein Denken war immer darauf konzentriert, praktische, ihren Zweck erfüllende Architektur zu schaffen, die mitten im lebendigen Dasein stehen sollte. Die Stiegenhäuser im Schloß Mirabell, im Stift Göttweig oder im Oberen Belvedere sind dafür die beste Illustration.

Hildebrandt ist im Jahre 1745 gestorben, vom Kaiserhaus vollkommen vergessen, dessen Hofarchitekt er bis zu seinem Tod war. Er schuf keine »Idealarchitekturen«, er verstand es, sich in die Auftraggeber einzufühlen, aus welcher Schicht sie auch kamen. Darum hat diese Baukunst, auch über seinen Tod hinaus, Verbreitung fast in ganz Mitteleuropa gefunden.

Jakob Prandtauer

VON LEONORE PÜHRINGER-ZWANOWETZ

In einer Tagebuchnotiz aus dem Jahre 1716 hat Propst *Hieronymus Übelbacher* von Dürnstein *Jakob Prandtauer* den »führnemen Baumaister zu St. Pölten und vülleicht führnemsten in gantz Österreich« genannt. Ein Blick auf die Höhepunkte im Lebenswerk Prandtauers genügt, um ein so respektvoll formuliertes zeitgenössisches Urteil zu verstehen. Der Tiroler Bauernsohn, der die Bildhauerei und das Maurerhandwerk gelernt hatte, errichtete als Bau- und Maurermeister von St. Pölten den gewaltigen, die Landschaft beherrschenden Komplex des *Benediktinerstiftes Melk* mit seiner hoch aufragenden Kuppelkirche. Mit dieser grandiosen Leistung, die allein im Kontakt mit einem selbst genialen Bauherrn, dem Abte *Berthold Dietmayr,* erwuchs, stellte sich Prandtauer neben die großen damals in Wien tätigen Ingenieur-Architekten. Durch den Auftrag für Melk erwarb er sich einen so bedeutenden Namen, daß er nach dem Tode des aus Oberitalien stammenden und in Passau ansässigen berühmten Baumeisters *Carlo Antonio Carlone* (1708) zur Fortführung von dessen umfangreichem Unternehmen in den oberösterreichischen Stiften Garsten, St. Florian und Kremsmünster berufen wurde.

In St. Pölten aber entstand durch Prandtauer und seinen Kreis ein niederösterreichisches Bauzentrum, das weit ins Land ausstrahlte. *Joseph Munggenast* und seine Söhne *Franz* und *Matthias* sowie (mit einigem Abstand) der Waldviertler *Joseph Wißgrill* setzten als Maurermeister zu St. Pölten die Tradition der Schule bis in die zweite Hälfte des 18. Jahrhunderts fort. Der Bildhauer *Peter Widerin,* der wie Munggenast aus Tirol einwanderte und dann Prandtauers Tochter heiratete, schuf einen Großteil der plastischen Arbeiten in diesem Kreis.

Jakob Prandtauer, dem mit neun Jahren der Vater starb, hat die Bildhauerei, eine unter seinen Landsleuten in der Gegend von Landeck häufig ausgeübte Kunst, möglicherweise zuerst und früh gelernt. Doch wissen wir darüber nichts Bestimmtes. Mit siebzehn Jahren verdingte sich Prandtauer bei dem Maurermeister *Georg Asam* in Schnann im Stanzertal, um das Maurerhandwerk »und was dem beigetan« zu erlernen. Dies bestätigte, nebst dem erfolgreichen Abschluß der Lehrzeit im Jahre 1680, die Maurer-, Steinmetz-, Steinhauer- und Zimmerhandwerkslade zu Imst durch Ausstellung eines Lehrbriefes. Unbekannt ist, wie bei so vielen Künstlern dieser Zeit, wohin den Gesellen seine Wanderjahre geführt haben. Zum erstenmal genannt wird Prandtauer in der Gegend von St. Pölten, wo er auf dem Besitze des *Grafen Albert Ernst von Gurland* in Thalheim als Bildhauer arbeitete. Er heiratete die Kammerzofe der Gräfin, kaufte kurz vorher, immer noch als Bildhauer, ein Haus im Klosterviertel von St. Pölten (Kaufvertrag vom 16. Juli 1692) und wurde somit Untertan des dortigen Chorherrenstiftes. Bei den Taufeintragungen seiner Kinder wird er weiterhin ausnahmslos Bildhauer genannt. Schon sehr bald erscheint Prandtauer in schriftlichen Quellen aber auch als Maurermeister, so zuerst (mit einer nicht näher bezeichneten Arbeit von 1693) für das Chorherrenstift Dürnstein.

Bei dem Projekt der niederösterreichischen Landstände zur Errichtung von Holzbrücken über die Nebenflüsse der Donau im Viertel ober dem Wienerwald entwarf Prandtauer als Baumeister sämtliche Brückenpläne und erbaute die damals als einzige zustande gekommene Erlaufbrücke. Für Propst *Maximilian Herb* von Herzogenburg schuf Prandtauer sein erstes urkundlich gesichertes Bauwerk, den *Pfarrhof von Haitzendorf* (Kontrakt vom 1. März 1694). Es handelte sich um eine bescheidene architektonische Aufgabe. An ihr zeigt sich Prandtauers Fähigkeit, auch schlichten ländlichen Gebäuden durch sicher verteilte Akzente – hier die streng und fein gezeichneten Portale des Hofgeviertes und die breit ausschwingenden, mit Pinienzapfen und Vasen besetzten äußeren Tore – Würde und Stattlichkeit zu verleihen. Mit Werken dieser Art muß Prandtauer sich vor allem im Kreise der niederösterreichischen Prälaten den Ruf eines verläßlichen Baumeisters erworben haben, der praktische Erfordernisse und künstlerische Ansprüche glücklich zu vereinen wußte. Eine Vorbereitung auf die Stiftskirche von Melk ist freilich auch unter den sonst mit Prandtauer in Zusammenhang gebrachten Bauten dieser Jahre, etwa ihm zugeschriebenen frühen Arbeiten für Propst *Christoph Müller von Prankenheim* von St. Pölten, nicht zu finden.

Die Baugeschichte des *Stiftes Melk* in seiner heutigen Gestalt beginnt mit dem Regierungsantritt Berthold Dietmayrs, der dreißigjährig zum Abt gewählt wurde (18. November 1700). Die Umwandlung der in verschiedenen Bauperioden unregelmäßig zustande gekommenen gotischen Stiftskirche in einen künstlerisch auf der Höhe der Zeit stehenden Bau war diesem dem Wiener Hofleben eng verbundenen Prälaten vordringlichstes und sogleich energisch betriebenes Anliegen seiner neuen Würde. Die Bautätigkeit begann an der sogenannten Sommersakristei. Prandtauer ist zu dieser Zeit schon in Melk genannt. In einer nicht ohne weiteres überschaubaren Planentwicklung, bei der laut Baurechnung auch Wiener Maurermeister Risse lieferten, kam der Abt bald danach zum Projekt eines totalen Kirchenneubaues mit Doppelturmfassade und Tambourkuppel, das in einer schriftlichen Abstimmung vom Konvent grundsätzlich genehmigt wurde. Vom Neubau des Klosters war damals noch nicht die Rede. Mit dem Abbruch der alten und der Errichtung der neuen Kirche wurde nun Jakob Prandtauer in aller Form betraut. In einem ausführlichen Kontrakt (6. April 1702) wird er verpflichtet, »das Gebäu ohne Mangel nach dem vorhandenen Riß und von ihme gemachten Modell« aufzuführen, in allem so, »wie er es gegen Gott und der ehrbaren Welt ihme zu verantworten getrauet«. Wenig später wird der Grundstein gelegt. Eine noch im selben Jahr (1702) im Druck erschienene, von dem Stiftshistoriker *Anselm Schramb* verfaßte Geschichte des Klosters Melk bringt einen Kupferstich mit dem Grundriß der geplanten neuen Kirche, der mit »Jacobus Brandauer delineat(or) et Architectus« signiert ist. Hier sind bereits die kleinteilig-reichen Kurvierungen der Fassade festgelegt. Souveräner noch als es dieser Grundriß erkennen läßt, verfügt Prandtauer im Innenraum des ausgeführten Baues mit einem Mal über eine von der Architektur des römischen Hochbarocks ausgehende Formensprache, wie sie im Laufe des vorangegangenen Jahrzehnts durch *Johann Bernhard Fischer von Erlach*, *Matthias Steinl* und *Johann Lucas von Hildebrandt* in Österreich eingeführt worden war.

Mit der borrominesken Bewegtheit der Wand – hervorstechend besonders die konkaven Biegungen des mächtigen Hauptgesimses über im Gegensinn dazu vorschwingenden Langhausemporen – verbindet sich die von den nördlich der Alpen tätigen oberitalienischen Baumeistern des 17. Jahrhunderts – zuletzt von *Carlone* in St. Florian – verwendete Überdeckung der einzelen Joche durch Platzlgewölbe. Mit der außerordentlichen Höhenentwicklung des Längsbaues, den beiden Fassadentürmen und der noch über diese emporragenden Tambourkuppel hätte sich die neue Kirche von Melk weithin sichtbar über die rundum geschlossenen Trakte des alten Klosters erhoben, die um ein Stockwerk niedriger waren als die heutige Anlage.

Durch den Umbau des ganzen Stiftes (»neuer Klosterriß« 1711) erhielt auch die Kirche eine neue künstlerische Funktion und Wirkung. Prandtauer folgte im großen und ganzen der alten Einteilung des Bauplatzes auf dem in Dreiecksform mit der Spitze gegen den Donauarm im Westen zulaufenden Felsen, verwandelte sie aber völlig in der architektonischen Erscheinung. Er faßte die nach ihrer Zweckbestimmung dem Kontakt mit der Welt zugänglichen Bauelemente nach der Leitlinie des an der Südseite gelegenen Kaisertraktes in einer streng symmetrischen Anlage zusammen, deren Achse die Kirche angibt. Die an der Nordseite neu errichteten Konvents- und Wirtschaftsgebäude blieben außerhalb dieser Ordnung. Die den Markt beherrschende Südfront gibt dem Stiftsbau in seiner ganzen Längenerstreckung eine einheitliche Fassade und übergreift damit zwei räumliche Zentren: die Kirche mit den sie umgebenden kleinen Höfen und den großen Prälatenhof. Sie zeigen sich an den Schmalseiten nach außen gleichsam in einem Janusgesicht: der Schauseite mit der Baugruppe um die Kirchenfassade über dem Absturz des Felsens im Westen und der Eingangsfront des Stiftes im Osten. Dem Besucher, der, um das Hauptportal der Kirche zu erreichen, somit den Komplex der Länge nach durchschreiten muß, eröffnet sich eine reich akzentuierte Abfolge von Prospekten, Durchblicken, Durchgängen, Höfen. Auf das strenge, festungsartige Motiv des äußeren Torgebäudes zwischen den Basteien folgt im Vorhof die Palastfassade des inneren Einfahrtstraktes. Beim Eintritt in den längsgerichteten großen Hof zeigt sich die Kuppel der Kirche über dem Mittelrisalit des Prälaturtraktes, majestätisch und zauberhaft zugleich in der einzigartigen gebrochenen Linie ihres Umrisses. Nicht von ungefähr erscheint diese Ansicht, in der Prälatenhof und Kirche durch die Kuppel optisch zusammengebunden sind, als Hintergrund auf dem großen Portrait Prandtauers, das in Melk bewahrt wird. Doch der Weg des Besuchers kann nun nicht weiter der Hauptachse folgen. Die Kirche muß, wenn sie nicht von der Seite her betreten werden soll, über einen schluchtartig engen Hof umgangen werden. Von da endlich in den der Kirchenfassade vorgelagerten Hof gelangt, findet der Besucher auf die Symmetrieachse zurück, die hier in die Öffnung der großen Loggia mit dem Ausblick auf das Donautal mündet. In die Weite der Landschaft scheint also die Aufforderung »Venite adoremus« gerichtet zu sein, die über dem Hauptportal der Kirche steht. Der Gedanke der Anbetung, den die Kirche auf dem Stiftsfelsen von Melk mit diesen Worten verkündet, wird so durch die Mittel der Architektur in besonderer Weise zum Angelpunkt eines umfassenden ikonologischen Programms, das, vom Eingang des Klosters her in Inschriften angegeben, in der Plastik der repräsentativen Bauteile und den Deckenfresken der Säle dargestellt ist und in der von kaiserlichen Theatralingenieuren entworfenen Einrichtung der Kirche und deren Freskenzyklus gipfelt. Hier muß freilich hinzugefügt werden, daß Prandtauer starb, als der Hof vor der Westseite der Kirche mit dem Marmorsaal, der am Ende des langen Südtraktes die Flucht der Kaiserzimmer festlich abschließt, begonnen war.

Munggenast errichtete das Gegenstück, die Bibliothek, und zuletzt auch die im Bogen geführte große Altane, welche die beiden Saalbauten in der Höhe der Sockelgeschosse verbindet und in sich die erwähnte Loggia enthält. Daß er mit dieser Altane, auf der die Einbeziehung der Natur in den Baugedanken des Klosters in dominierender Weise erlebt wird, noch ganz dem Entwurf Prandtauers folgte, ist nicht erwiesen. Aus Prandtauers Konzept eines »Ehrenhofes« vor der Kirche, wie es schon mit der Anlage des Marmorsaales gegeben ist, geht aber hervor, daß der westliche Abschluß des Hofes auch ursprünglich jedenfalls nicht höher gedacht war, als er es heute ist. In diesem Sinne entspricht also die ausgeführte Lösung, die den Hofraum so weit öffnet, daß das triumphierende Aufsteigen der Kirchenfassade über die ihr zugeordneten Saalbauten in der Schauseite von weitem sichtbar wird, dem Plan Prandtauers.

Die fünfundzwanzig Jahre, in denen Prandtauer in Melk baute, umfassen das Œuvre des reifen Meisters. Für das Stift Melk selbst schuf Prandtauer, neben sonstigen kleineren Arbeiten, gegen Ende seines Lebens noch die *Pfarrkirchen von Ravelsbach* und *Wullersdorf* (die letztere von Munggenast vollendet). Die beiden einander ähnlichen, im Schema von der Melker Stiftskirche ausgehenden Innenräume sind von einer ganz auf Maß und Proportion gestellten Strenge, die nichts mit dem drängenden Bewegungsreichtum des großen Frühwerks zu tun hat. Schon in der *Wallfahrtskirche des Stiftes Seitenstetten* auf dem Sonntagberg (Baubeginn 1706, Vollendung seit 1718 durch Munggenast) zeigt sich Prandtauer gleichsam befreit von dem Druck, unter dem ihm in der Stiftskirche von Melk der Anschluß an die neue Wiener Architektur gelang. Der Bau knüpft im Grundriß eng an die Melker Kirche an, ist aber im ganzen viel einfacher und ruhiger als diese. Im Innenraum fehlt jede borromineske Wandbehandlung, die tambourlose Vierungskuppel wird nach außen nicht sichtbar. Die Konkavschwingung der zwischen den beiden Türmen leicht vortretenden Fassadenmitte ist flächig entspannt. Die monumentale Fernwirkung ergibt sich aus der großen Kontur.

In Seitenstetten begann Munggenast den Stiftsneubau (1718) als eben selbständig gewordener Meister. Unausgeführt blieben Gesamtprojekte Prandtauers für die Stifte Klosterneuburg und Göttweig. Das letztere ist in seinem Aussehen unbekannt. Das Projekt für Klosterneuburg, das wahrscheinlich unter dem nur ein Jahr (1706) regierenden Propst *Jakob Cini* entstand, ist dagegen in zwei Grundrissen erhalten. Sie zeigen eine in der Art des spanischen Escorial geschlossene Anlage, deren Mittelpunkt die alte Stiftskirche bildet. In Anpassung an die Besonderheiten des Bauplatzes sind Regelmäßigkeit und axiale Symmetrie jedoch nicht radikal durchgeführt, sonstige alte Bauteile berücksichtigt. Die Realisierung von Prandtauers Projekt wurde fast ein Vierteljahrhundert später doch in Erwägung gezogen, als *Donato Felice d'Allio* den barocken Umbau des Stiftes Klosterneuburg begann. D'Allio fand aber den Plan seines bereits verstorbenen Vorgängers »sehr unregelmäßig und unvollkommen«, und so wurde er durch den prunkvollen Entwurf einer mit dem Kloster verbundenen kaiserlichen Residenz ersetzt, deren nur bruchstückhaft ausgeführter Bau nach dem Tod *Karls VI.* eingestellt wurde. Von Propst *Wilhelm von Schmerling* von Herzogenburg erhielt Prandtauer den Auftrag eines totalen Klosterneubaues (Grundsteinlegung 25. Mai 1714), doch war dabei die Kirche ausgenommen. Prandtauers erhaltene Pläne zeigen trotzdem auch Barockisierungsvorschläge für die Kirche und im übrigen verschiedene Variationen hinsichtlich der Zahl und Proportionierung der neuen Höfe, die nördlich der Kirche beziehungsweise der Kirchenlängsachse liegen. Die Ostfront des neuen Stiftskomplexes beherrscht der um eine Fensterachse vorspringende Block des großen Saales, den der Bauherr von Fischer von Erlach entwerfen ließ – ein Fremdkörper im flächigen Wandsystem Prandtauers. Der vollständig nach Prandtauers Plan erbaute, in den Ausmaßen bescheidene und in den Fassaden mit sparsamsten Mitteln gestaltete Prälatenhof verrät in seiner harmonisierenden Geschlossenheit und unaufdringlichen Vornehmheit dennoch den Meister des Melker Prälatenhofes. Nach Prandtauers Tod baute Joseph Munggenast auch in Herzogenburg weiter, zum Teil nach eigenen Entwürfen (nördlicher Einfahrtvorhof). Ihm folgten als Baumeister des Stiftes seine Söhne Franz (Beginn des Kirchenneubaues 1743) und Matthias.

In den drei oberösterreichischen Klöstern, an denen Prandtauer baute, war die grundlegende Disposition schon von Carlone geschaffen worden. Im *Stift Garsten,* dessen Abt *Anselm Angerer* als erster Prandtauer nach Carlones Tod nach Oberösterreich berief, ist das Gesamtprojekt, das eine alte Darstellung überliefert, niemals vollendet worden. Prandtauers Eingreifen zeigt sich vor allem an der Westfassade des Gasttraktes mit dem großen Saal und in der Weiterführung der von Kirche und Saalrisalit angegebenen Symmetrieachse des Hofes in die Landschaft hinaus. In *St. Florian,* wo Prandtauer unter Propst *Franz Claudius Kröll* ebenfalls noch im Todesjahr Carlones die Bauleitung übernahm, verwandelte er gleich anfangs das von seinem Vorgänger geplante und gebaute offene Stiegenhaus, das der Mitte des Westtraktes im großen Stiftshof vorgelagert ist, durch Änderungen in der Anordnung der Arkaden und der großen Mittelöffnung in das unvergleichliche architektonische Kunstwerk, als das es heute vor uns steht. Das große Stiftsportal, das er als ein plastisches Motiv in die eintönige Flächigkeit der äußeren Westfront einsetzte, ist ein Beispiel für die immer wieder anregende Auseinandersetzung mit Fischer von Erlach. In dem Marmorsaal von St. Florian, für den kurz vor Baubeginn (1718) ein neuer Riß entstand, schuf Prandtauer seinen glanzvollsten profanen Innenraum. Den strengen Spätstil des Meisters verkörpert das Sommerrefektorium. Im *Stift Kremsmünster* schließlich, wohin Prandtauer durch Abt *Alexander II. Strasser* berufen wurde (1710; Kontrakt erst vom 1. Jänner 1712), entstand vor allem mit der symmetrischen Anordnung zweier neuer Meierhöfe eine regelmäßige Gestaltung des Vorplatzes zwischen dem – von Prandtauer mit neuen Fassaden umgebauten – Eichentor Carlones und dem (der Anlage nach frühbarocken) Prälatenhof. Erhaltene Pläne für einen großzügigen Umbau im Abteitrakt blieben unausgeführt. Prandtauer war für die drei oberösterreichischen Stifte auch an abgesonderten Bauaufgaben tätig. Für Garsten vollendete er den von Carlone begonnenen Rundbau der *Wallfahrtskirche Christkindl.* Für St. Florian schuf er das *Jagd- und Lustschloß Hohenbrunn,* das erst nach seinem Tod fertig wurde. Für Kremsmünster baute Prandtauer, ebenfalls in seinen letzten Lebensjahren, als Freihof des Stiftes einen Palast in der damaligen Vorstadt von Linz, den heutigen *Bischofshof.*

Nicht leicht zu erfassen und in manchen Einzelfragen noch ungeklärt ist Prandtauers Tätigkeit in seiner Wahlheimat St. Pölten. Prandtauer baute das Kloster und die prächtige Kirche der neu in die Stadt gekommenen Karmelitinnen (Grundsteinlegung 27. April 1708), die Kirche jedoch kaum ganz nach eigenem Entwurf. Die tiefe Konkavkrümmung der Fassade und andere Einzelheiten deuten auf Matthias Steinl. Prandtauers Werk ist der umgebaute Innenraum des Domes (der ehemaligen Chorherrenstiftskirche), wenn auch der Ausführung nach – die Datierung des Langhausgewölbes ist unsicher – vielleicht nur teilweise. Daß Prandtauer auch Entwürfe für Umgestaltungen an der Stiftsanlage geschaffen hat, ist schon aus äußeren Gründen anzunehmen. Propst *Johann Michael Führer,* der zuletzt abgesetzt wurde, weil seine Baulust die Schulden des Klosters ins Ungeheure vermehrt hatte, hinterließ ein Gemälde mit der Darstellung eines Gesamtprojektes. Der dort wiedergegebene Entwurf einer Barockfassade der Kirche ist freilich mit Prandtauers Gestaltungsweise nicht vereinbar. Bei den ausgeführten Bauten (Stiegenhaus der ehemaligen Prälatur, Bischofstor) ist jedenfalls schon ein Eingreifen Munggenasts in die Pläne in Betracht zu ziehen.

Joseph Munggenast, der in seinen Bauformen unverkennbar die Schule seines Lehrers und Oheims Prandtauer verrät, entwickelt seine Eigenart besonders auch in einer Auseinandersetzung mit Hildebrandt. In Munggenasts Schaffen, das in den selbständigen Spätwerken in *Stift Geras* und *Stift Altenburg* gipfelt, neigt sich der österreichische Barock seinem Ende zu. Ein nüchtern wandhaft empfundener Grund und eine reiche, oft hochplastische Dekoration treten am Baukörper auseinander. Rationalismus, Anmut und eine unvermittelte Phantastik bestimmen in reizvoller Widersprüchlichkeit den Charakter einer Architektur, die sich in wesentlich durch die Farbe bestimmten Räumen wie der Bibliothek von Altenburg in einer märchenhaften Grundstimmung aufzulösen scheint.

Michael Beer und die Vorarlberger Bauschule

VON HEINZ JÜRGEN SAUERMOST

Hatte der Dreißigjährige Krieg in Süddeutschland eine sich bereits breit entfaltende Bautätigkeit unterbrochen, so ließ der Westfälische Friede eine Fülle von Aufträgen in den zahlreichen weltlichen und geistlichen Territorien erwarten. In dieser Situation gründete der Vorarlberger Baumeister *Michael Beer* – wohl 1651 – im Bregenzerwald die *Auer Zunft,* aus der bis zum Ende der Barockzeit eine große Anzahl von Bauhandwerkern hervorging. Diese vorausschauende unternehmerisch-organisatorische Leistung erhält dadurch hohe Bedeutung, daß, angefangen mit dem Gründer selbst, aus dem Handwerkerstamm eine Reihe schöpferischer Architekten erwuchs, welche die kirchliche Architektur im alemannischen Gebiet beherrschten. Zusammen mit einer kleinen Baumeistergruppe in Bregenz nehmen sie in der Kunstgeschichte als *Vorarlberger Bauschule* einen festen Platz ein.

Die Heimat am Nordrand der Alpen war für die Vorarlberger kein Ansporn zur direkten Kontaktnahme mit der reichen Baukunst Italiens, um so mehr aber zur Ausbreitung in Schwaben, in der Schweiz und im Elsaß. Nach anfänglich scharfer Konkurrenz können sie die Graubündner verdrängen, sodaß ihr Auftreten eine wichtige Stufe in der Ablösung der Italiener durch deutsche Baumeister bezeichnet. Während vereinzelte Vorstöße nach Altbayern und Graubünden gelingen, bleibt ihnen Tirol verschlossen.

Die *Auer Zunft,* zugleich Berufsverband der Maurer, Steinmetzen und Zimmerleute und religiöse Bruderschaft, wurde 1707 als Viertellade der Innsbrucker Hauptlade anerkannt und bestand bis gegen die Mitte des 19. Jahrhunderts. Neben den genannten Fächern wurde die Stukkatur gepflegt. Die Zunft regelte die Ausbildung, die praktische Schulung bei der Saisonarbeit durch architekturtheoretischen Unterricht ergänzend. Zwei architektonische Musterbücher, die *Auer Lehrgänge,* vermitteln davon einen Eindruck. Das Forterben des Berufs durch mehrere Generationen innerhalb der großen Familien, der *Beer, Thumb* und *Moosbrugger,* und die vielfache Versippung derselben vertieften die durch gemeinsame Schulung gegebenen Bindungen. Zusammenarbeit mit Vorarlbergern, die nicht der Auer Zunft angehörten, schuf eine über diese hinausreichende Kontinuität, so daß man zum Beispiel auch die Meister der Bregenzer Familie *Kuen* zur »Vorarlberger Schule« rechnen darf.

Zumeist im Dienst der Orden, vor allem der Benediktiner und Zisterzienser, erreichte das Vorarlberger Bauhandwerkertum eine imponierende Leistungsbreite. Gegen 800 Bauaufträge sind nachzuweisen, darunter fast 300 Neu- oder Umbauten von Kloster-, Wallfahrts- und Pfarrkirchen und über 100 von Klöstern. Für Stukkatoren und Altarbauer lassen sich über 200 Aufträge feststellen.

Trotz ihrer großen Zahl verfügen die Vorarlberger nur über ein gutes Dutzend schöpferischer Architekten, von denen wiederum nur die Hälfte eingehendes kunstgeschichtliches Interesse beanspruchen darf. In weiter Generationenfolge durchmißt die Familie Beer die hundert Jahre des süddeutschen Barocks, beispielhaft, was künstlerische Leistung und sozialen Aufstieg betrifft. Der Sohn des Zunftgründers *Michael Beer, Franz Beer,* schafft als Architekt und Bauunternehmer ein überaus reiches Werk, rückt in seinem neuen Wohnort Konstanz zum Ratsherrn auf und läßt sich mit dem Prädikat *von Bleichten* adeln. Der Enkel *Johann Michael Beer von Bleichten* vervollständigt seine Ausbildung in Italien und schlägt wie *Lucas von Hildebrandt* und *Balthasar Neumann* die Karriere eines Ingenieuroffiziers ein, in der er es in kaiserlichen und kurmainzischen Diensten bis zum Obristen bringt. Zeitlich zwischen den beiden ersten Beers sind der Auer Baumeister *Michael Thumb* und der Bregenzer *Johann Georg Kuen* zu nennen, neben dem weltgewandten Franz Beer der in Einsiedeln als Laienbruder eingetretene *Kaspar Moosbrugger.* Zwei Jahrzehnte älter als Johann Michael Beer, arbeitet *Peter Thumb,* Sohn des Michael Thumb und Schwiegersohn Franz Beers, bis zum Ende der Epoche.

Michael Beer erhielt seine Ausbildung in Niederösterreich und studierte auf seiner Wanderschaft den Salzburger Dom. Der tatkräftige Mann gewann den damals größten Auftrag Schwabens, den Bau des *Stiftes und der Kirche St. Lorenz in Kempten,* in welchem Zusammenhang er wohl die Zunftgründung vornahm. Er mußte zwar vor der Vollendung einem Graubündner weichen, doch kommt ihm das entscheidende Verdienst zu.

Das hoch einzuschätzende Erstlingswerk der Kemptener Stiftskirche war als Grundlage für die Entwicklung einer großen barocken Klosterkirche ungeeignet. Diese Grundlage erhielten die Vorarlberger im Anschluß an die von St. Michael in München und von der Jesuitenkirche in Dillingen ausgehenden Bautradition der deutschen Jesuiten, als *Michael Thumb* drei Jahrzehnte später zum Bau der jesuitischen *Wallfahrtskirche auf dem Schönenberg* bei Ellwangen berufen wurde. Die Kirche, an die sich einige weitere anschließen, ist durch die gleichmäßige Abfolge querrechteckiger Joche als entschiedener Längsbau charakterisiert, dessen in der Mitte liegendes unentwickeltes Querhaus als optisches Gelenk zum eingezogenen Chor wirkt. Die mit Emporen verspannten Wandpfeiler sind den Freipfeilern des Chors angeglichen. Durch verdeckte Fenster seitlich einstrahlendes Licht, das in dem weiß gefaßten, reich stuckierten Raum vielfach reflektiert wird, gibt der Kirche einen besonderen Reiz. In Ellwangen von einem Jesuitenbaumeister abgelöst, verwertete Michael Thumb seine dort gewonnenen Erfahrungen beim Bau der *Prämonstratenserkirche in Obermarchtal.*

Johann Georg Kuen, der Bregenzer Generationsgenosse Michael Thumbs, stieß in die Schweiz vor, wo er ebenfalls mit dem jesuitischen Wandpfeilerbau in Berührung kam. Daraus entstanden der mächtige *Chor der Einsiedler Stiftskirche* und die schöne *Klosterkirche in Pfäfers.*

Andreas Moosbrugger wurde am Einsiedler Chorbau Schüler Johann Georg Kuens, wovon besonders seine Kirche in *Disentis* zeugt. Ihn faszinierte die Kombination von Längs- und Zentralbau. Als *Bruder Kaspar* entfaltete er von Einsiedeln aus eine umfangreiche Tätigkeit als Bauberater und Planentwerfer befreundeter bauwilliger Benediktinerklöster. Das Klosterleben ließ ihm Zeit zum Studium italienischer Architekturtraktate des 16. und frühen 17. Jahrhunderts, das in langen Reihen von Grundrißentwürfen seinen Niederschlag fand. Das bedeutendste Ergebnis sind Entwürfe von Klosterkirchen mit ovalem Freipfeilerchor, die vielleicht *Dominikus Zimmermann* bei der Konzeption seiner Meisterwerke in Steinhausen und der Wies inspiriert haben. In einer langwierigen Planung entwickelte Moosbrugger das großartig komponierte Raumgefüge der *Einsiedler Stiftskirche.* Bezeugt Einsiedeln den hohen Rang Kaspar Moosbruggers, so erscheint er im übrigen eher als Dilettant, der sich, kaum durch den Zwang zur Realisierung seiner Entwürfe eingeschränkt und geleitet, seinen Lieblingsideen und phantasievollen Einfällen widmen konnte.

Von dem Bauunternehmer *Franz Beer,* der bei Michael Thumb eine vorzügliche Ausbildung empfangen hat, haben sich dagegen nur wenig baureife Risse erhalten. Mit Besonnenheit trieb er während der gut dreißigjährigen ausgefüllten Schaffenszeit seine Planungen stetig voran. Die Grundkonzeption geschickt abwandelnd, traf er trotz der durchgehenden Herbheit seines Stils immer die passende Gesamthaltung, von der Monumentalität der großen *Stiftskirchen in St. Urban, Weingarten* und *Weißenau* bis zur Intimität der kleinen *Nonnenkirchen in Holzen, Münsterlingen* und *Oberschönenfeld.* Schloß er sich in seiner Frühzeit an Werke seines Lehrers an, wie in *Irsee* bei Kaufbeuren, oder übernahm er Motive von Kaspar Moosbrugger, wie in *Rheinau* und *Weißenau,* so hat er die fremden Ideen sofort zu größerer Klarheit gebracht als jene. Im zweiten Jahrfünft des 18. Jahrhunderts begann die Salzburger Kollegienkirche *Johann Bernhard Fischers von Erlach* auf Beer zu wirken. Durch diese Anregung gelangte der Architekt über die *Konviktskirche in Ehingen* und die *Klosterkirchen in Weingarten, Weißenau* und *Pielenhofen* mit dem *Entwurf für St. Katharinenthal* gegen 1720 zur Zentralisierung der Wandpfeilerkirche, im Ausgleich zwischen Längs- und Zentralbau ein Hauptproblem der Barockarchitektur lösend. Die *Benediktinerstiftskirche von Weingarten* ist die stolzeste Leistung Franz Beers, der hier neben Salzburger Anregungen einen Vorentwurf des Allgäuer Architekten *Johann Jakob Herkommer* souverän verarbeitete. Die *Zisterzienserstifte in Salem* und *Kaisheim* sind den voll symmetrischen Anlagen Einsiedelns und Weingartens ebenbürtig und zeichnen sich durch einfallsreiches Abwägen von Regularität und freier Bezugnahme auf die gotischen Stiftskirchen und die landschaftlichen Gegebenheiten aus, wie Franz Beer, der fruchtbarste und bedeutendste Vorarlberger, überhaupt neben dem sicheren Erfassen der zeitgemäßen künstlerischen Probleme ein tiefes Verständnis für mittelalterliche Architektur verrät.

Von der Studienreise nach Italien sind im Œuvre *Johann Michael Beers von Bleichten* kaum Auswirkungen zu spüren, er scheint vielmehr das Werk seines Vaters bruchlos fortzusetzen. Für den Neubau des *Damenstifts in Lindau* und der *Stiftskirche in St. Gallen* legte er prächtige Entwürfe vor. In letzterem erreicht die von Franz Beer eingeleitete Entwicklung ihren Endpunkt. Der Plan darf als vorarlbergisches Gegenstück zu den Kirchen *Balthasar Neumanns* in Neresheim und *Johann Michael Fischers* in Rott am Inn bezeichnet werden.

Die letzte große Aufgabe am Bodensee, der Bau der *St. Galler Stiftskirche*, fiel *Peter Thumb* zu, der, älter als Johann Michael Beer und letztlich noch im Werk seines Vaters Michael Thumb verwurzelt, das Erbe Franz Beers etwas schwerfällig aufnahm. Die *Klosterkirchen von Ebersmünster, Frauenalb* und *St. Peter im Schwarzwald* sind trockene Werke. Im Zusammenwirken mit vorzüglichen Ausstattungskünstlern gelangen Thumb aber auch die beglückenden *Rokokoräume der Bibliothek von St. Peter* und der *Wallfahrtskirche Birnau.* Sein umfangreiches Œuvre zeigt, welch hohes Gesamtniveau die Zugehörigkeit zur Vorarlberger Schule auch einem von der Natur nicht verschwenderisch mit Talenten ausgestatteten Meister erlaubt.

Die der *Schönenberg-Kirche* Michael Thumbs zuerst folgenden Bauten haben dazu verleitet, von einem *Vorarlberger Münsterschema* zu sprechen, das mit der *Vorarlberger Bauschule* identifiziert wurde und ihr den Vorwurf eines unschöpferischen Konservativismus eintrug. Das Verhältnis der Haupt- und Nebenräume zueinander ist jedoch in jedem Bau auf eigene Weise geregelt. Diese Kirchen gehören, nach dem Vorspiel von Kempten, zur Einleitungsphase des Vorarlberger Schaffens, das im zweiten Jahrzehnt des 18. Jahrhunderts im erfolgreichen Austragen des Konfliktes zwischen Lang- und Zentralbau seinen Höhepunkt erreichte, von dem die Spätphase zehren konnte. Von einer Schule darf man sprechen, da die durch die Ausbildung verbundenen Hauptmeister die Probleme gemeinsam, aber in persönlicher Eigenart lösten. Was die Einzelformen angeht, waren als Grundlage die italienische Architektur des 16. und frühen

Hannß=Wurst

Will euch sein Bild zu seinen Abschied schencken,
Er hofft, daß Eure Gnad auch wird an ihm gedencken.

Hanswursts Abschied, anonymer Stich

17. Jahrhunderts und deren Weiterbildungen durch die deutschen Jesuiten bis zum Schluß wirksam. Über Salzburg eindringende Formen des römischen Hochbarocks wurden rückgebildet. Was die Raumkomposition betrifft, wurde aber für Kaspar Moosbrugger der Eingriff eines ungenannten Mailänder Bernini-Schülers in die Einsiedler Planung, für Franz Beer der Einfluß Johann Bernhard Fischers von Erlach wichtig. Als drittes Element ist die Verwandtschaft mit der Baukunst der Spätgotik unverkennbar. Gerade in der überaus glücklichen Verschmelzung von Mittelalterlichem und Modernem behaupten sich die lichten Kirchenräume der Vorarlberger im Gesamt der reichen Barockarchitektur Süddeutschlands und Österreichs.

Georg Raphael Donner

VON LISELOTTE POPELKA

So wie sein älterer Landsmann *Johann Bernhard Fischer von Erlach* für die Architektur und sein jüngerer Zeitgenosse *Franz Anton Maulbertsch* für die Malerei epochemachend waren, so hat *Georg Raphael Donner* nicht nur die weitere künstlerische Entwicklung seiner Heimat wesentlich beeinflußt, sondern die österreichische Bildhauerkunst zu europäischem Rang erhoben.

Der erste seiner Auftraggeber, der Salzburger *Fürsterzbischof Franz Anton Graf Harrach*, in dessen Diensten der Künstler wohl mehr als drei Jahre lang stand, hat seine Größe nicht erkannt und nicht genutzt; dem zweiten, dem *Fürstprimas von Ungarn Emerich Graf Esterházy, verdankt* Donner die Entfaltung seiner Kunst – die Krönungsstadt Preßburg ihre vielleicht edelsten Denkmäler; mit dem dritten Auftraggeber endlich, dem Magistrat der Haupt- und Residenzstadt Wien, dem er in seinen letzten Lebensjahren diente, trat das Bürgertum als Mäzen neu hervor und machte wett, was dem Künstler an kaiserlichen Aufträgen mangelte.

Als Sohn eines niederösterreichischen Zimmermanns am 24. Mai 1693 in Eßling im Marchfeld geboren, kam Donner, noch ehe er bei dem Venezianer *Giovanni Giuliani* in Stift Heiligenkreuz die Bildhauerei lernte, zu dem Hofjuwelier *Johann Kaspar Prenner* nach Wien in die Lehre. Diese genaue handwerkliche Ausbildung als Goldschmied ist dem Künstler sein Leben lang zugute gekommen, ja er scheint zunächst eine Berufung zum Medailleur gefühlt zu haben, bildete er sich doch zusammen mit seinem Bruder *Matthäus* um 1715 bei dem aus Schweden stammenden kaiserlichen Obermedailleur *Benedict Richter* weiter aus. Die unerhörte Kunst der Behandlung gerade metallischer Oberflächen und die Kenntnis ihrer vielfältigen Wirkungen, die seine Werke auszeichnet, mag er dieser Schulung verdankt haben.

Jedenfalls liegt der Schwerpunkt seines Interesses noch in Salzburg, wohin er spätestens 1725 zog, bei der Medailleurkunst. Sein Ziel, eine feste Anstellung als fürsterzbischöflicher Medailleur und Münzschneider, erreichte er jedoch nicht.

Donner muß aber damals schon als Bildhauer einen Namen (und eine größere Werkstatt) gehabt haben, denn auf Veranlassung *Johann Lucas von Hildebrandts,* der in den zwanziger Jahren für den Fürsterzbischof den Umbau von Schloß Mirabell leitete, sollte er elf große Nischenstatuen und vier Kindergruppen für das Stiegenhaus liefern; nicht alle sind von ihm selbst ausgeführt. Obwohl er hier mit Hildebrandt zusammenarbeitete, dessen Baukunst einen malerisch-dekorativen Charakter hat, zeigt sich schon in der eigenhändigen *Statue des Paris* seine allem Dekorativen abgewandte Haltung: Es ist die menschliche Gestalt in ihrer Selbständigkeit und eigengesetzlichen Harmonie, die Donner in allen seinen Werken als zentrales Problem behandeln wird.

Diese Unabhängigkeit von einer übergeordneten dekorativen Umgebung unterscheidet schon seine frühen Werke von der damals in Österreich herrschenden hochbarocken Plastik italienischer Prägung, wie sie in Salzburg und Wien sowohl von Einheimischen als auch von gebürtigen Italienern vertreten wurde. Noch deutlicher wird dies an den ersten Hauptwerken, die in den Jahren 1729 bis 1734 in Preßburg entstanden.

Donner war vom Fürstprimas Graf Esterházy zum Hofbildhauer und Baudirektor ernannt worden; er hatte also, obgleich eine selbständige Tätigkeit als Architekt nicht bewiesen ist, Einfluß- und Kontrollrecht bei den Bauunternehmungen des Kirchenfürsten. Um so wichtiger ist die Feststellung, daß seine Plastiken nicht – wie es sonst für die barocke Kunstübung charakteristisch ist – Teile eines alle Kunstgattungen umfassenden Gesamtkunstwerks sind, sondern sich in hohem Maße davon gelöst haben. Das beweist auch die *Elemosynariuskapelle* am Preßburger Dom, die er als Grabkapelle seines fürstlichen Herrn ausgestaltete. Die Anordnung eines Reliquienschreins zwischen Engeln in der Altarnische und der Figur des betenden Kirchenfürsten an der Seitenwand folgt zwar einem im Barock geläufigen Schema, aber nicht die damals selbstverständliche Beziehung dieser Figuren auf den Gegenstand der Verehrung ist für Donner wichtig, im Gegenteil, die Engel, die von einer geradezu griechisch-apollinischen Schönheit sind, weisen trotz ihres Formenreichtums nicht über sich hinaus, sondern sind in sich geschlossen und führen ein selbständiges ideales Dasein.

Mit diesen Engeln, mehr noch mit der wenig später entstandenen *Apotheose Kaiser Karls VI.* (1734) hat sich Donner als Marmorbildner bewährt. Besonders in der Verherrlichungsgruppe (der Kaiser scheint den ihn krönenden Ruhmesgenius gleichsam durch seinen Blick in der Schwebe zu halten) erreichte er eine technische Vollendung der Oberfläche, die seinen Zeitgenossen *Hagedorn* 1755 sagen ließ: »On diroit que le marbre s'est amoli sous le ciseau de l'eccellent sculpteur.« In dem Streben nach immer differenzierterer Wiedergabe der Einzelheiten war Donner der Stein nicht genug; sein bevorzugter Werkstoff sollte hinfort das Blei sein. Den Reichtum an Licht und Schatten, der sich über Wölbungen und Vertiefungen breitet, den zarten Fluß der Linien, die Rundung der Glieder, kurz die Fülle der lebendigen Erscheinung vermag kaum ein anderer Stoff so wiederzugeben wie das mattschimmernde Blei.

Donner hatte es in Preßburg schon für seine Kleinplastiken – Studien nach der Antike – verwendet, der erste große Auftrag in dem neuen Material ist aber die *Hochaltargruppe des Preßburger Doms* (um 1734). Den hl. Martin zu Pferd, der für den zu seinen Füßen liegenden Bettler seinen Mantel zerteilt – dieses alte religiöse Thema hat Donner aktualisiert und zu einem Denkmal des ungarischen Volkes umgestaltet. Das Gesicht des Heiligen, der in ungarischer Nationaltracht erscheint, trägt die Züge des Fürstprimas; das Motiv des hochbewegten Pferdes, von barocken Reiterbildnissen her geläufig, macht die fromme Legende zum dramatischen Ereignis. Und doch, bei aller Gegensätzlichkeit der Bewegung von Pferd und Figuren, trotz der angespannten Aktivität des Reiters, umgreift ein beruhigend geschlossener Umriß die Gruppe, und sie erreicht eine völlige Harmonie von Aktion und Ruhe, Labilität und Standfestigkeit. Das Gleichgewicht aber zwischen plastischer Selbständigkeit und Einordnung in den größeren Zusammenhang des Altarkonzepts ist heute nicht mehr wahrnehmbar: die Martinsgruppe, die von einer einfachen strengen Säulenarchitektur umgeben war, hat seit der Regotisierung des Doms (1865) ihren ursprünglichen Platz verloren, und die außerhalb knieenden anbetenden Engel, mit denen sie sich zum Dreieck zusammenschloß, sind ins Budapester Nationalmuseum gelangt.

Die hohe Idealität des körperlichen Daseins ist es nicht allein, was diese Figuren verbindet: Aus den einander kreuzenden Blicken des Heiligen und des Bettlers spricht die seelische Beziehung, die im letzten Werk des Künstlers, der großen *Pietà des Gurker Doms* (1741), zutiefergreifender Inbrunst verdichtet worden ist.

Auch seine umfangreichste und volkstümlichste Schöpfung, der *Brunnen auf dem Neuen Markt in Wien* (die Originale bewahrt heute das Österreichische Barockmuseum), ist mehr als bloßes raumüberspannendes Zusammenspiel schöner antikischer Formen. Die fischreiche Donau, in die sich die Flüsse Traun, Enns, Ybbs und March ergießen, überragt von der Figur der Providentia – das war das Thema, das Donner zu gestalten hatte. Die einfache Brunnenschale bildet den Uferrand, auf dem die mächtigen Flußfiguren lagern. In freier Umformung der überlieferten allegorischen Bilder deutet er die Providentia und die Flußgötter um ins allgemein Menschliche und setzt sie in eine zeitliche und stimmungshafte Beziehung.

Zeitlebens waren für Donner Kleinplastik und Relief gleichwertige künstlerische Aufgaben neben der monumentalen Statuarik. Was in dieser an Inhaltlichem, »Erzählendem« in den Hintergrund tritt, entfaltet er in den Reliefs, die er mit Vorliebe als Gegenstücke schafft. Schon an den frühesten von ihnen, den *Bildnissen der Grafen Althann und Daun* (1722), die den Zusammenhang mit Donners Medailleurtätigkeit nicht verleugnen, wird der Metallguß verwendet; an dem für die Sakristei des Wiener Stephansdomes bestimmten Reliefpaar *Hagar in der Wüste* und *Christus und die Samariterin* ist klar, wie er in dieser Kunstgattung auch den Marmor zu höchster malerisch-illusionistischer Wirkung zu steigern vermochte. Daß Donners eigentliches Thema aber auch im Relief immer die menschliche Figur blieb, beweist sein monumentalstes Werk dieser Art, die *Befreiung der Andromeda* am Brunnen im Wiener Alten Rathaus (1740/41), wo dem Reliefgrund der fast völlig rundplastische Frauenleib gegenübergestellt wird.

Das gesamte Werk Donners zeugt von seinem überaus weiten Bildungshorizont. Die italienische, besonders venezianische Bildhauerei, die ihm sein Lehrer Giovanni Giuliani vermittelte, und die französische Hofkunst der Zeit *Ludwigs XIV.* und *XV.* sind nicht die einzigen Voraussetzungen seines Schaffens. Die Vorliebe für das Relief mag er Giuliani verdanken (in Venedig war es eine bevorzugte Gattung), aber bestimmte technische Feinheiten und die malerische Bildung mit illusionistischen Landschaftshintergründen hat ihn die Reliefkunst der Antike gelehrt. Aus den Kleinplastiken hingegen spricht seine Vertrautheit mit den Werken der italienischen Manieristen.

Die Frage, wie er sich solche Universalität der künstlerischen Bildung aneignete und woher ihm die Hauptimpulse seiner Kunstauffassung kamen, ist noch nicht völlig geklärt. Von Reisen Donners wissen wir wenig; in jungen Jahren war er in Dresden, um die Werke *Balthasar Permosers* kennenzulernen, ob er darüber hinaus nach Norden, nach Berlin, gelangte, muß fraglich bleiben. Dort blühte die Bronzegußwerkstatt *Johann Jacobis*, eines französisch geschulten Meisters; Donner könnte aber ebensogut und mit größerer Wahrscheinlichkeit die Errungenschaften der französischen Gießereikunst in München bei *Wilhelm de Groff* studiert haben. Das Jahr 1729 ist als einziges Datum einer Auslandsreise Donners für eine Fahrt über Innsbruck nach Venedig gesichert; das tiefe Verstehen Michelangelos, das sich in den Figuren des Brunnens auf dem Neuen Markt (früher: Mehlmarkt) zeigt, scheint einen Aufenthalt des Künstlers in Florenz zu beweisen.

Wo immer er aber Anregungen, technische wie formale, empfangen haben mag – sein schöpferisches Ingenium formte sie ein in Eigenleistungen von höchstem Rang. Er verlieh der menschlichen Figur eine neue auf ihrer Körperlichkeit beruhende Würde. Ihre nicht aus sinnleerer Nachahmung, sondern geistiger Durchdringung und Verwandtschaft rührende Nähe zur Antike legte den Grund für die folgende Kunst des Klassizismus. Donner selbst ist kein Klassizist. Kaltem Rationalismus wie oberflächlichem Sensualismus steht er gleich fern. Die ganze Lebensfülle, der ganze Formenreichtum barocker Bildnerei liegen in seinen Werken. Ihre stille Größe aber hat einer ganzen Generation das Verständnis für die klassischen griechischen Bildwerke erschlossen. *Adam Friedrich Oeser*, als Künstler mittelmäßig, aber eingegangen in die Geistesgeschichte als Freund und Lehrer *Winckelmanns* und *Goethes*, war Donners Schüler in Preßburg; an seinen Werken ging ihm jenes Bild der Antike auf, das für die Deutsche Klassik bestimmend werden sollte.

Donner hat diese Wirkung seiner Kunst nicht mehr erlebt, auch nicht die Ausbreitung seines Figurenideals durch den eigenen Bruder Matthäus oder Künstler wie *Jakob Schletterer*, die Brüder *Moll*, *Johann Georg Dorfmeister* und *Johann*

Baptist Straub. Mit nur achtundvierzig Jahren starb er in Wien. Seine Hauptwerke sind in ein Jahrzehnt zusammengedrängt, dennoch erscheint in ihnen sein ganzes künstlerisches Dasein; in ihnen hat er die Summe gezogen aus der vorhergegangenen und zeitgenössischen Bildhauerkunst, so wie dies eine Generation vor ihm J. B. Fischer von Erlach für die Architektur getan hatte. Und wie einst Wien durch Fischers Sieg über die Italiener zum Zentrum der Baukunst diesseits der Alpen geworden war, so wurde es durch Donners Leistung zur Schule der deutschen Bildhauerei. Seine Werke tragen die stolze Bezeichnung: »Georg Raphael Donner Austriacus fecit«.

Paul Troger

VON WANDA ASCHENBRENNER

Eine der hervorragendsten Künstlerpersönlichkeiten des österreichischen Barocks ist unbestreitbar der Südtiroler Maler *Paul Troger.* Seine Ausstrahlungskraft im ganzen süddeutschen Raum war bedeutend und nachhaltig. Er stammt aus einer unbemittelten, kinderreichen Familie aus dem Pustertal und wurde am 30. Oktober 1698 in Welsberg geboren.

Paul und sein um acht Jahre älterer Bruder Josef traten in die Dienste des *Grafen Franz Alphons von Firmian,* und beim Aufenthalt auf dessen Gütern im Fleimstal konnte Paul die Malschule des Malers und Architekten *Giuseppe Alberti* bei Cavalese besuchen, jenes Künstlers, den man als den nördlichsten Vorposten der venezianischen Barockmalerei bezeichnen könnte. Bei diesem tüchtigen und vielbeschäftigten Meister erhielt der Sechzehnjährige eine vorzügliche Ausbildung in der Technik der Ölmalerei.

Der Bischof von Gurk, *Maximilian Graf Thun,* ermöglichte Troger durch Verleihung eines Stipendiums von 1000 Reichstalern weitere intensive Studien in Italien, die, mit kurzen Unterbrechungen in der Heimat, etwa zehn Jahre gedauert haben. Troger hat in Italien nach antiken Ruinen, nach Skulpturen, nach Fresken und Altarbildern bedeutender italienischer Meister, aber auch nach der südlichen Landschaft eine große Zahl von Zeichnungen, auch Kupferstiche und Radierungen angefertigt, die sich größtenteils in der Albertina und in der Akademie der bildenden Künste in Wien, im Ferdinandeum in Innsbruck, im Budapester Museum der schönen Künste und in anderen öffentlichen und privaten Sammlungen befinden.

Bei den großen italienischen Freskanten studierte der heranreifende Künstler sinnvolle und harmonische Kompositionsmöglichkeiten, die Gruppierung der Figuren, das Ruhen der Gestalten auf Wolken, ihr Gleiten im atmosphärischen Raum, die illusionistische Raumerweiterung und vor allem bei den Venezianern die eigenartigen Beleuchtungseffekte. So holte er sich in Italien das Rüstzeug für seine späteren bedeutenden Freskoarbeiten. In die Ölbilder sind seine neapolitanisch-bolognesischen Eindrücke eingegangen, so die plastische Körperbildung und die eindrucksvollen Licht- und Schattenwirkungen, das Helldunkel. Doch ist er seinen Vorbildern nicht sklavisch gefolgt, wie es schon der Nekrolog vermerkt, sondern er hat eine subjektive Umgestaltung vollzogen, eine selbständige, natürliche Darstellungs- und Ausdrucksform gefunden, was seine schöpferische Genialität beweist.

Während eines Heimaturlaubes im Jahre 1722 malte Troger im Chorraum der Kalvarienbergkirche in Kaltern sein erstes Fresko in Tirol, *Schwebende Engel mit Kreuz,* und darunter das schöne und tiefempfundene Hochaltarbild *Tränkung Christi mit dem Essigschwamm.* Troger war damals 24 Jahre alt, was er auch gemeinsam mit Datum und Namen gewissenhaft auf dem Bilde vermerkt.

Nach seiner Rückkehr aus Italien trat Troger in den Dienst seines Gönners, des Gurker Bischofs Jakob I. Maximilian Graf Thun, und malte für ihn, wie aus den Aufzeichnungen der Inventare von 1741 und 1762 im Klagenfurter bischöflichen Archiv zu entnehmen ist, eine große Anzahl von Ölbildern, von denen sich leider nur mehr fünf in der Bischöflichen Residenz in Klagenfurt befinden. Im Jahre 1727 übersiedelte Troger nach Salzburg und arbeitete dort anfangs weiterhin im Auftrage des Gurker Bischofs, der einst Domherr in Salzburg gewesen war und noch die Thunsche Stiftung bei den Kajetanern verwaltete. In der Kajetanerkirche schuf nun Troger das große Kuppelfresko *Die Glorie des hl. Kajetan* und das vielfigurige Hauptaltarbild *Marter des hl. Maximilian.* Neben der Signatur und der Datierung des Freskos ist auch das Thunsche Wappen zum Gedenken an seinen Auftraggeber verewigt.

Für Salzburg entfaltete Troger eine rege Tätigkeit. Noch im Jahre 1754, als Troger schon längst seinen ständigen Wohnsitz in Wien hatte, wurde von ihm die Salzburger Sebastianskirche mit Ölbildern und Fresken ausgestattet.

Obwohl Troger in der Salzachstadt, wo auch drei seiner Geschwister lebten, genügend Aufträge und viele Freunde, darunter *Raphael Donner,* gewonnen hatte, zog es ihn doch in die Reichshaupt- und Residenzstadt und Kunstzentrale Wien. Troger bekam seinen ersten Auftrag nicht für Wien, sondern für die Klosterkirche der Englischen Fräulein in St. Pölten. Hier wurde Troger in den Prandtauer-Kreis eingeführt, wo er durch seinen Landsmann, den Baumeister *Joseph Munggenast,* den Neffen *Prandtauers,* Eingang in die niederösterreichischen Stifte fand, deren Äbte die Kirchen, Festsäle, Bibliotheken und Stiegenhäuser ihrer Stifte mit Fresken und Bildern reich ausstatten ließen, was Troger in einer Vielzahl von Aufträgen zugute kam. Auch für Wien entstanden Fresken und Ölbilder, darunter das Hauptaltarbild *Vermählung Mariä* für die Schönbrunner Schloßkapelle.

Trogers treuester Auftraggeber war der Abt von Altenburg, *Placidus Much,* sodaß das Stift Altenburg mit der inkorporierten Wallfahrtskirche Maria Dreieichen zehn Fresken, fünf große und etliche kleine Ölbilder besitzt. Der Künstler verstand es meisterhaft, die Wünsche und Programme der Äbte mit textlicher Genauigkeit und doch voll beflügelter Phantasie den architektonischen und bestimmungsmäßigen Gegebenheiten in vollkommener Harmonie anzupassen. So ist es kein Wunder, daß er auch Aufträge aus Böhmen, Mähren, Ungarn und Bayern für Fresken und Ölbilder erhielt.

Ein besonders ausdrucksvolles Werk ist Troger in dem grandiosen Hauptkuppelfresko der Altenburger Stiftskirche gelungen. Das Thema ist gewaltig. Es stellt aus der Geheimen Offenbarung eine Vision des Sehers von Patmos dar, *Die Menschwerdung Christi durch die Jungfrau und ihre Verfolgung durch den Drachen.* Trogers Licht- und Farbsymbolik kommt in dieser überwältigenden Darstellung eindrucksvoll zum Ausdruck. Die »sonnenumkleidete« Jungfrau mit dem Mond zu Füßen hält abwehrend ihre Hände gegen den sie bedrängenden Drachen, den der Erzengel Michael samt der begleitenden Teufelsbrut in die Tiefe stürzt. Das von der Jungfrau geborene und gerettete Kind wird von einer anmutig schwebenden Engelgruppe auf zartem Linnen zu Gottvater emporgetragen, der über der Jungfrau, von Wolken und himmlischen Gestalten umgeben, in strahlendem Lichte erscheint. Musizierende und tanzende Engelgruppen führen zur gegenüberliegenden Kuppelhälfte, wo die vierundzwanzig Ältesten Gott um Rettung der Jungfrau anflehen und ihre Kronen huldigend vom Haupte nehmen. Der Drache hat sich auf die Erde herabgestürzt und will die fliehende Jungfrau mit einem Wasserstrom, der aus seinem Rachen hervorbricht, überschwemmen. Doch Gottvater läßt die Erde aufbrechen und die Wasserflut verschlingen. Die Jungfrau im flatternden blauweißen Gewande mit schwarzen Adlerflügeln flieht in den schützenden, in herbstlichen Farben leuchtenden, heimatlichen Wald. Mit großer dramatischer Einfühlung illustriert Troger den schwierigen apokalyptischen Text und bringt den Sieg des Lichtes überwältigend zum Ausdruck. Troger war damals 34 Jahre alt und voll unbändiger Schaffenskraft. Er bewältigte die große Arbeit in sieben Monaten. Die Altenburger Stiftsanlage zeigt mit diesem grandiosen Kuppelgemälde, den drei anschließenden Kirchenfresken, dem Apollofresko im Prälatensaal, den Stiegenhaus- und Bibliotheksfresken eine der bedeutendsten hochbarocken Gesamtkompositionen im ganzen Donauraum.

Eines der unbeschwertesten Deckenbilder Trogers, bei dem seine ganz persönliche Auffassung, man könnte sagen, seine natürliche, tirolische Veranlagung zum Durchbruch kommt, ist das Fresko *Wunderbare Brotvermehrung* im Festsaal des Stiftes Geras, ausgeführt im Jahre 1738. Diese ländlichen Szenen, episch breit und mit lyrischem Einschlag erzählt, rollen wie ein Bilderbogen vor unseren Augen ab.

Trogers malerische Kunst ist weit gespannt: von der hochdramatischen apokalyptischen Schau, vom faszinierenden Kampf zwischen Himmel und Hölle, zwischen Licht und Finsternis im atmosphärischen Raum bis zur idyllischen Gestaltung des Brotwunders im irdischen Bereich.

Aus der großen Zahl seiner Ölbilder möge als Krone das *Letzte Abendmahl* im Zwettler Stiftsrefektorium hervorgehoben werden, bei dem die Lichtführung eine entscheidende Rolle für das Verständnis spielt. Hier kommt selbst im Ölbild Trogers Farb- und Lichtsymbolik wundervoll zum Ausdruck. Das Bild ist von überwältigender Aussagekraft. Christus ist die Zentralgestalt, und sein Antlitz ist in volles Licht getaucht. Sanfte Gewalt und stille Größe liegen in seiner Haltung und der ausladenden Geste seiner rechten Hand, mit der er das Brot reicht. Alle Jünger stehen im Banne dieser sprechenden Gebärde. Nur die tragisch-dramatische Gestalt des Judas im Dunkel wendet sich von dem mystischen Geschehen ab, sich selbst aus der Begnadung ausschließend. Auch hier wird die siegende Kraft des Lichtes über die Finsternis, des Guten über das Böse malerisch vollendet ausgesagt.

Die Ölbilder Trogers zeichnen sich durch übersichtliche Komposition und durch ansprechende, erzählerische Note aus. Die plastischen Gestalten sind gut durchgezeichnet und miteinander durch harmonische Linienführung verbunden. An ihrer körperlichen Modellierung hat die Helldunkelmalerei großen Anteil. Was den Inhalt anbelangt, tritt das Pathos zugunsten der Gemütstiefe und des religiösen Gehaltes zurück.

In der Komposition der Fresken löst Troger das strenge Ringschema, das schon von *Correggio* in Parma angebahnt worden war, in freie Rhythmen auf, wodurch der atmosphärische Raum sichtlich vergrößert wird. Allerdings wurde schon durch die Hauptvertreter der Wiener Schule, *Johann Michael Rottmayr* und *Daniel Gran,* diese Lockerung angebahnt, doch Troger begründet in subjektiver Umgestaltung eine einmalige natürliche Darstellungs- und Ausdrucksform. Er bezieht Landschafts- und Genreszenen in das Bild ein und schafft dadurch ein eigenartig barockes Raumerlebnis. Das aus der Farb- und Lichtsymbolik sich ergebende Kompositionsprinzip bildet ein charakteristisches Merkmal des spezifisch österreichischen Illusionismus im Hochbarock.

Troger beschränkt die Architekturmalerei größtenteils auf die Randzone, die er meist von eigenen Architekturmalern, so von den italienischen Quadraturisten *Fanti* und *Tassi,* ausführen läßt. Eine einzige Ausnahme, in der er eine komplette illusionistische Architekturmalerei im Sinne *Andrea del Pozzos* gestaltet, zeigt sich in dem ca. 200 m^2 großen Mittelfresko *Die Anbetung des Lammes* im Dom zu Brixen, das in den Jahren 1748–1750 entstand.

Bei einer Restaurierung dieses Meisterwerkes in den Jahren 1894–1896 durch *Steiner von Felsburg* wurde die gesamte Architekturmalerei samt der Scheinkuppel abgeschlagen, durch unbedeutenden Stuck ersetzt und dadurch die Einheitlichkeit von Kunstwerk und Architektur zerstört.

Noch vor Abschluß der Arbeiten am Brixner Dom wurde Troger zum Professor der Malklasse an der Wiener Akademie ernannt und im Jahre 1754 auch zum Rektor dieser Anstalt, was er bis 1757 blieb. Er starb am 20. Juli 1762 und wurde in der Gruft der Schottenkirche in einem freistehenden Zinnsarg bestattet.

Einer der bedeutendsten Zeitgenossen Trogers war der im Jahre 1694 in Wien geborene Maler *Daniel Gran.* Er ist der Führer der Wiener Schule und hat so wie Troger die in Italien aufgenommenen Form- und Malelemente in die bestehende barocke Tradition der Wiener Monumentalmalerei eingeordnet und mit der ihm eigenen subjektiven Art verschmolzen. In Italien wurde der architektonische Raum malerisch erweitert und ergänzt, und die agierenden Figuren wurden in die gemalte Architektur hineingestellt. Die Wiener Schule, die von Rottmayr über Gran zu Troger führt, hat über der gebauten Architektur eine ideale Ebene geschaffen, indem sie den Freiraum erweiterte und diesen durch einen gemalten Architekturrand wie mit einem Rahmen abschließt. Die Figuren und Szenen, die lockeren Wolkengebilde konnten in der so geschaffenen freien Ebene ungezwungen und harmonisch verteilt werden. Diese Kompositionsart verleiht dem österreichischen Barock seine eigene Note.

Das bedeutendste Werk, das er im Jahre 1730 vollendete, ist das großartige *Fresko in der Nationalbibliothek* in Wien. Es ist eines der hervorragendsten Denkmäler österreichischer barocker Kunst, ein »feierliches Heldengedicht an die Wissenschaft«. Daniel Gran, ein gelehrter Mann mit humanistischer Bildung, arbeitete in der Nationalbibliothek nach einem hochgeistigen, tiefgründigen Programm des Hofgelehrten *Conrad Adolph von Albrecht*, in dem ca. 150 ikonologische Figuren zur Darstellung kommen. Die Komposition Grans ist von klarster Übersichtlichkeit, hoheitsvoll und ruhig in Form und Farbgestaltung. Die dekorative Zielsetzung kommt voll zum Ausdruck. Daß der Gelehrte *Winckelmann*, der Initiator der klassizistischen Kunstrichtung, gerade diese Arbeit Grans besonders lobend anerkennt, beweist, daß der Künstler in diesem Werk dem klassischen Ideal sehr nahe kommt. Man könnte Gran den Klassizisten unter den österreichischen Barockmalern nennen.

Troger und Gran stehen in ungebrochener Übereinstimmung mit ihrem Zeitalter und schaffen an der Harmonie des barocken Gesamtkunstwerkes im Einklang mit Architektur und Plastik. Beide brechen die Vorherrschaft der Austroitaliener, indem sie in einer geradezu revolutionierend wirkenden Umbildung des Kompositionsprinzips der österreichischen barocken Großmalerei das eigenständige Gepräge geben.

Daniel Gran hat eine Berufung zum Professor an die Wiener Akademie nicht angenommen und verlebte seine letzten Lebensjahre in St. Pölten, wo er im Jahre 1757 starb. Troger hingegen hat durch sein Lehramt an der Akademie einen sehr bedeutenden Einfluß auf die außerordentlich große Zahl seiner Schüler und gab dadurch der zukünftigen Malergeneration das Gepräge seiner Kunst.

Trogers große Bedeutung liegt darin, daß er als begnadetes Genie eine großartige Synthese vollzogen hat zwischen italienischen, österreichischen und süddeutschen Kunstelementen, verbunden mit der heimatgebundenen Unterströmung seines Mutterbodens. Die Strahlungskraft seiner Kunst wirkt, wie schon erwähnt, weit über Österreich hinaus in den böhmischen, ungarischen und süddeutschen Kulturraum und beeinflußt die illusionistische barocke Großmalerei im weitesten Umkreis.

Johann Beer

VON ADOLF HASLINGER

Johann Beer ist nicht nur ein Dichter des Barocks, sondern auch ein seltenes Phänomen unserer Literatur. In dieser existiert er namentlich erst seit 1932. Ihm war, nach *Hans Pörnbacher,* wörtlich beschieden, womit *Liliencron* den verkannten »Poeten« tröstete: »... vielleicht nach hundert Jahren Schicht / Zieht ein Professor dich ans Licht.« Dieser Professor heißt *Richard Alewyn.* Gleichzeitig mit *Friedrich Menck* entdeckte er in dem Oberösterreicher Beer den geheimnisumwitterten Autor einer Reihe romanartiger Erzählwerke, die zwischen 1677 und ca. 1685 unter Pseudonymen erschienen sind. Diese Entdeckung war für die Literaturforscher eine Überraschung, nicht aber für die Musikwissenschaftler, denn diese kannten Beer längst als Musiker, Komponisten und Musikschriftsteller des Barocks. Die Identität zwischen dem Musiker Beer und dem Dichter Beer war aber auch für sie das erregende Resultat jener Forschungen. Richard Alewyn hat in seiner Habilitationsschrift des Jahres 1932 Persönlichkeit und literarisches Werk dieses Mannes eingehend gewürdigt. Aber noch einmal sollte es eine kleine literarische Sensation um Johann Beer geben. Im Jahre 1963 fand man plötzlich seine eigenhändig geschriebene und illustrierte Autobiographie (hrsg. von *Adolf Schmiedecke,* Göttingen 1965). Die Aufzeichnungen laufen bis knapp vor seinem Tode; jeder Bezug auf seine dichterischen Werke fehlt.

Beers Ruhm als eigenständiges Erzähltalent ist seit seiner Entdeckung ständig im Wachsen begriffen, während sich seine musikalische Bedeutung gegenläufig verringert; seine Kompositionen etwa sind bislang ungedruckt geblieben. Literarisch stellt man ihn heute als »österreichischen Grimmelshausen« ehrenvoll neben den berühmten deutschen Barockdichter. Diesen Vergleich legten seine Neigung für den Pikaroroman und besonders sein Frühwerk *Der Simplicianische Welt-Kucker* (Halle 1677–1679) nahe.

Beers Lebensweg ist abenteuerlich und führt von Oberösterreich nach Deutschland (die wichtigsten Stationen sind Regensburg, Leipzig, Halle und Weißenfels). Er wurde am 28. Februar 1655 (laut Taufregister) oder am 28. März (nach eigenen Angaben) in St. Georgen am Attersee geboren. Wie *Grimmelshausen* und *Abraham a Sancta Clara* ist er der Sohn eines Gastwirtes. Den Schulunterricht in den Elementarfächern erhielt er in St. Georgen und Schörfling. Von einem mehrfach vermuteten Pagendienst Beers bei dem Pfleger in Kogel berichtet die Autobiographie nichts. »Im 7ten Jahr meines Alters brachte mich 1662 im Herbstmonath mein Vatter nach Lambach, aldorten die Music zu lehrnen.« Damit beginnt die musikalische Ausbildung des begabten Knaben, die 1665–1669 im Kloster Reichersberg am Inn fortgesetzt wird. Das folgende Jahr verbringt Beer in der Lateinschule zu Passau. »Anno 1670. gienge Ich über St. Geörgen, Braunau, Pfarrkirchen, Landau und Straubing nach Regenspurg zu meinen Eltern, alda Ich 6. Jahr lang auf dem Gymnasio Poetico, humaniora und Philosophiam studirt.«

Dieser Passus aus der Autobiographie bedarf einer weiteren Erklärung. Die Familie Beer war protestantisch; sie blieb es offensichtlich auch, während der Attergau nach dem Westfälischen Frieden äußerlich rekatholisiert wurde. »In der Luft dieses Kryptoprotestantismus muß Beer aufgewachsen sein, ohne daß freilich der Glaubenskampf oder der Gewissenszwang in ihm irgendeine merkliche Spur hinterlassen hätte. Sein religiöses Denken ist ohne konfessionelle Schärfe. Der Dichter in ihm füllte Auge und Ohr mit den Eindrücken katholischen Glaubenslebens: Klöster, Kirchen und Kapellen, Gnadenbildern, Wallfahrtsorten und Einsiedeleien, ohne daß sie für ihn etwas anderes bedeuteten als dichterische Motive ...« (Alewyn). Trotzdem scheinen es religiöse Beweggründe für Beers Eltern gewesen zu sein, als sie zwischen 1668 und 1670 nach der Reichsstadt Regensburg emigrierten. Beers Vater bekleidete dort den Vertrauensposten eines Wachtschreibers. Diese soziale Position spricht für einen bestimmten Bildungsstand des Vaters, der verbürgte Hausbesitz für einen gewissen Wohlstand der Familie. Johann besuchte in Regensburg, das damals durch seinen besonderen Status als Reichsstadt viele österreichische Emigranten anzog, das protestantische Gymnasium Poeticum (1538 nach dem Muster Straßburgs gegründet) und wohnte im angeschlossenen Internat (Alumneum).

Seine Schuljahre in Regensburg (1670–1675) gehören nicht nur erlebnis-, sondern auch bildungsmäßig zu den wichtigsten seines frühen Lebens. Die Atmosphäre dieser Stadt hatte nicht ihresgleichen unter den Städten des römischen Reiches: Die protestantische Bürgerschaft hielt an erstarrten Glaubens- und Lebensgewohnheiten fest, die katholische Kirche entfaltete in ihren Mauern enklavenartig ihre architektonische, theatralische und musikalische Kultur, der absolutistische Staat stellte sich an den festlichen Reichstagen dekorativ und emblematisch zur Schau.

Als Beer im April 1676 als armer Stipendiat die Universität Leipzig bezog, um dort Theologie zu studieren, fühlte er sich nach den erlebnisreichen Regensburger Schuljahren einsam und verlassen. Die Erinnerung an die *Conclave*, seinen Freundeskreis, mag ihm jene Monate verklärt haben; und wahrscheinlich begann er dabei zu schreiben. Sein erster Roman, *Der Simplicianische Welt-Kucker*, entstand in dieser Zeit. Am 8. Oktober nahm Beer eine ehrende Berufung als Altist in die Hofkapelle des *Herzogs August von Sachsen-Weißenfels* an und übersiedelte nach Halle. Im Jänner 1678 reiste er über den verschneiten Thüringer Wald nach Regensburg; offenbar interessierte er sich für einen musikalischen Posten dort. Irgendwie wurde er aber durch den Rat der Stadt verstimmt, und er wandte sich endgültig dem Halleschen Hof zu. Das war die Entscheidung seines Lebens, die ihn aus dem kleinbürgerlich-städtischen Lebensraum in die höfisch-aristokratische Atmosphäre führte. Seine Vermählung (17. 6. 1676) mit der reichen Gastwirtstochter *Rosina Elisabeth Bremer* ließ ihn in Obersachsen noch heimischer werden. Zwischen 1680 und 1696 schenkte sie ihm elf Kinder, von denen fünf bald starben. Nach dem Tode Herzog Augusts fiel Halle an Brandenburg, und der Hof zog in das kleine Städtchen Weißenfels;

das bewirkte auch Beers Übersiedlung dorthin. Seine Stellung und Beliebtheit bei Hofe verbesserte sich zusehends, wie sich aus seiner steigenden Besoldung schließen läßt. An Ehrungen von seiten des Herzogs fehlte es nicht: 1685 wurde Beer zum Konzertmeister der herzoglichen Hofkapelle ernannt, 1697 erhielt er zusätzlich den Posten des herzoglichen Bibliothekars. Seine Karriere wäre sicher noch weitergegangen, wenn nicht ein Jagdunfall seinem Leben ein jähes Ende bereitet hätte. »... kurtz darauf (am 28. Juli 1700), gienge dem Haubtmann Barthen seine Kugel-Flinthe unvorsichtiger Weise loß, durch welchen unglükseeligen schuß ... Ich auf das allergefährlichste verwundet worden ...« (Autobiographie). Am 6. August 1700 ist er diesen Verletzungen erlegen.

Johannes Beer war ein vielseitiges Talent, ein lebhafter Erzähler, hervorragender Gesellschafter, Stückeschreiber und gelegentlich auch Komödiant, ein Musiker und Komponist, ein Musikschriftsteller, Satiriker und begabter Zeichner, wie seine Illustrationen zur Autobiographie und seine Holzschnitte zum *Land-Graff Ludwig* 1698 (hrsg. von Martin Bircher, München 1967) beweisen. Sein literarisches Werk bilden ca. 20 unter wechselnden Pseudonymen erschienene Romane. Ihre Entstehung und Publikation fallen fast ausschließlich in seine frühen Mannesjahre (1677–1685). Sie zeigen einen Erzähler, der im 17. Jahrhundert kaum seinesgleichen hat, besonders was die realistische Gestaltung zeitgenössischer Wirklichkeit betrifft. Beer ist ein gottbegnadeter Fabulierer, der in unbarockem Maße Selbstgeschautes und Selbsterlebtes, vor allem aus Österreich und Regensburg, gestaltend verwertet. Trotz dieses persönlichen Anteiles steht er aber bewußt in literarischen Traditionen. Das bezeugt seine künstlerische Auseinandersetzung mit den zeitgenössischen Möglichkeiten des Romans; demnach könnte man seine Werke in Ritterromane, Pikaroromane (Schelmenromane) und satirisch-politische Romane einteilen. Jeder dieser Gattungen ist Beer verpflichtet, jede hat er aber auch durch originelle Schöpfungen typologisch bereichert.

Die *Ritterromane* (Prototyp *Amadis-Roman)* gehörten damals bereits der unteren literarischen Schicht an. Beers Neubelebung der trivialen Gattung darf nicht mißverstanden werden, seine Ritterromane sind nämlich Parodien auf eine im Volk sehr beliebte Literaturform. Ihre künstlerische Absicht ähnelt jener des *Cervantes* im *Don Quijote.* Die naive Freude des Erzählers am Zauberhaften und Wunderbaren dieser fiktiven Welt wird früh gebrochen durch seine literarisch bewußte Darstellung. Im *Abentheuerlichen Ritter Hopffen-Sack von der Speck-Seiten* (1678) rückt er schon das zentrale Zaubermotiv des Wunschringes durch den Rahmen der Traumerzählung behutsam in parodistische Distanz. In *Printz Adimantus und der Königlichen Ormizella Liebes-Geschicht* (1678) und im *Ritter Spiridon aus Perusina* (1679) reift dieser Ansatz zur echten Literatursatire. Beer verunglimpft nicht nur das unglaubwürdige Geschehen (die Strukturgesetze) dieser Romane, sondern auch die Auswüchse des hohen Stils in ihnen: die Literaturkritik vereint sich also mit Sprachkritik. Wie launig er dabei verfährt, wenn er über den barocken Schachtelsatz und die exzessive Metapher stilistisch zu Gerichte sitzt, mag ein Beispiel illustrieren: »Die Kugel-Fändrichin oder teutsch zu sagen: das Glücke, liesse unserm Ritter nicht so viel zu, eine wohlgebahnte Strasse anzutreffen, und unerachtet er mit seinem Stall-Karpffen, das ist mit seinem Pferde, über Esels-Salat (= Disteln) und scharffe Dornen seinen Weg nehmen muste, schenckte doch seinem erkalten Verhängnis die Gedult einen trefflichen Aquavit (= Lebenswasser) ein, vermittelst welchen er ein Gehege nach dem andren verlassen und zurück geleget« *(Adimantus* S. 15 f.). Aber selbst in diesen Werken kündigt sich Beers realistische Darstellungsform schon an, die manche Episode darin zu einem schwankartigen Kapitel verdichtet.

Die scharfe Charakteristik der Gestalten und die Anschaulichkeit der realistischen Szenen kennzeichnen auch Beers *Satirische Schriften,* die sich von den rein erzählenden abheben. Auch sie sind innerhalb ihrer literarischen Traditionsgebundenheit etwa den Formen der Visionen- und Narrenliteratur verpflichtet. Meist wird darin ein naiver Mensch von einem Mentor in die Betrachtung der irdischen Laster eingeführt. Dieser »Held« blickt mit den Augen des Pikaro (aus dienender Stellung) in das lasterhafte Treiben, ohne sich selbst pikaresk zu verhalten. Die satirische Brechung wird durch die moralische Reinheit des Helden effektvoller. Thematisch führt Beer hier die antifeministischen Tendenzen des 16. Jahrhunderts fort (etwa *Weiber-Hächel* 1680, *Jungfer-Hobel* 1681). Bei der politischen Gruppe dieser satirischen Schriften dürfte die geistige Atmospäre von Weißenfels nicht unwesentlich Pate gestanden haben. Der Initiator und Begründer dieser Gattung, *Christian Weise,* unterrichtete 1670–1678 am dortigen Gymnasium. Sein Nachfolger, *Johann Riemer,* war nachweislich ein Freund Beers. *August Bohse,* der Schöpfer galanter Romane unter dem Pseudonym *Talander,* wirkte in Weißenfels als Hofdichter und Sekretär von 1691–1697. So nimmt es nicht wunder, daß auch Beer mit seinen Werken *Der Politische Feuermäuer-kehrer* (1682), *Der Politische Bratenwender* (1682), *Die neu-gefangenen Politischen Maul-Affen* (1683) und dem *Deutschen Kleider-Affen* (1685) diesem Genre huldigte. *Der verkehrte Staats-Mann* (1700) hebt sich als Hofsatire von diesen bürgerlichen Satiren ab.

Beers zentrale künstlerische Kraft richtet sich aber auf die Fortführung des simplicianischen *Schelmenromans.* Der Titel und die »lustige Manier« (Vorrede) seines ersten Werkes bestätigen den Einfluß Grimmelshausens. Beer verfährt dabei jedoch keineswegs als einfallsloser Epigone. Die künstlerische Eigenart seiner Schelmenromane unterscheidet sich deutlich von jener des deutschen Dichters. Grimmelshausens barocker Naturalismus, dessen selbsterlebte Grundlage relativ gering ist, und Beers echter Realismus, der Atmosphäre zu schaffen vermag, sind zwei grundsätzlich verschiedene dichterische Haltungen. Weiter widmet Grimmelshausen dem regelrechten Aufbau seiner Romane besonderes Augenmerk, während Beer, naiv fortfabulierend, sehr sorglos komponiert. Seinen künstlerischen Höhepunkt erreicht er in der sogenannten Willenhag-Dilogie; das sind die beiden Romane *Die teutschen Winter-Nächte* und *Die kurzweiligen Sommer-Täge* (1682/83; neu hrsg. von Richard Alewyn, Frankfurt/M. 1963). Mit ihnen schuf Beer eine neue Form des deutschen Pikaroromans. Das übliche Schema dieser Romane beruht auf dem eindimensionalen Lebenslauf des zentralen Helden. Er durchlebt in den Stationen seines Lebens eine relativ einseitige Welt. Den oberen sozialen Schichten von Adel und Bürgertum begegnet er meist als Diener und Untergebener. Episodenhaft verfällt er den irdischen Lastern, bleibt aber durch skrupellose Verschlagenheit und List stets der Überlegene. Gegen Ende seines Lebens steigert sich sein Dasein häufig in das beschauliche Stadium des Eremiten. Beer drängt nun seinen Pikaro, der auch von einem sozial niedrigen Blickwinkel aus satirisch beobachtet, an den Rand des Geschehens. Die Eindimensionalität des Lebenslaufschemas rundet er ins Zyklische. Im Zentrum der Willenhag-Dilogie steht nicht mehr die pikareske Einzelperson, sondern eine sozial höherstehende Gruppe, nämlich der Freundschaftsbund junger Landadeliger auf ihren oberösterreichischen Schlössern. Diese Landadeligen erben den ausgelassenen Lebensmut und die kreatürliche Vitalität des Pikaro. Nicht die aristokratische oder bürgerliche Welt dient ihnen als Kontrast wie dem Pikaro, sondern Formen des sozial und literarisch Höfischen. Die Realistik der Vorgänge, die gewissenhafte geographische Situierung und die anschauliche Volkstümlichkeit der Szenen sind einmalig im Jahrhundert der Metapher und Allegorie. Der Volkskundler und der Historiker finden in der erzählerischen Lebensfülle dieser Werke viele kulturgeschichtlich interessante Fakten (vgl. *Otto Brunner: Adeliges Landleben und europäischer Geist.* Salzburg 1949). Der Aufbau ist einfach, Abenteuer reiht sich episodenhaft an Abenteuer; in einer chronologisch ablaufenden Zeit inszenieren diese Adeligen ihre lustigen Streiche. Der Erzähler gilt als Chronist dieses Bundes und ordnet seine Geschichten mit allen Raffinessen des epischen Vortrages. Das Ende bildet für manche ein sich freiwillig auferlegtes Eremitendasein, für andere die Ehe. Hier scheint der literarisch bewußte Dichter eine Art Synthese des Schelmenromans (eremitischer Ausklang) mit dem höfischen Roman (repräsentative Vermählung) zu erreichen.

Neben dem reizenden posthum erschienenen Roman *Der verliebte Österreicher* (1704) hat Beer nach dem explosiven Ausbruch seiner erzählerischen Schaffenskraft zwischen 1677 und 1685 nur mehr einen Band *Deutscher Epigrammata* (1691), einige Hochzeits- und Leichencarmina, einige Streitschriften gegen den Pietisten *Gottfried Vockeradt* und den Romancier und Musikschriftsteller *Caspar Printz* veröffentlicht. Ähnlich unprogrammatisch und spritzig wie seine epischen Werke sind auch seine musiktheoretischen Schriften, vor allem die *Musicalischen Discurse* (Nürnberg 1719).

Johann Beer ist eine liebenswerte und jugendliche Gestalt unserer Literatur. Er bewegt sich zwischen den sozialen Rängen seines Jahrhunderts. Musiker und launiger Unterhalter am herzoglichen Hof, bewirtet er in seinem Hause allerlei fahrende Leute und lauscht den Bekenntnissen ihrer turbulenten Abenteuer. Nächtelang schreibt er an seinen pseudonym publizierten Romanen. Er strebt offensichtlich nicht nach literarischem Lorbeer wie seine barocken Dichtergesel-

Die kurtzweiligen
Sommer-Täge/
Oder ausführliche
Historia/
In welcher umständlich erzählet
wird/
Wie eine vertraute
Adeliche Gesellschafft
sich in heisser
Sommers-Zeit
zusammen gethan:
Und
Wie sie solche in Auffstossung
mancherley Abentheuer und ande-
rer merckwürdiger Zufälle kurtzwei-
lig und ersprießlich hinge-
bracht.
Zum allgemeinen Nutzen und
Gebrauch des Teutschen Lesers ent-
worffen/auch mit saubern Kupf-
fern geziehret/an den Tag
gegeben/
Durch
Wolffgang von Willenhag/
Oberösterreicherischen von Adel.

Gedruckt im 1683. Jahr.

Johann Beer: Die kurzweiligen Sommer-Täge. Titelblatt der Erstausgabe len. Was alle seine künstlerischen Werke innerlich verbindet, ist sein scharfer Blick für die Realität. Er kann sein Erzähltalent im Vortrag kaum bändigen, er ist ein Fabulierer von erstaunlicher Frische und Vitalität. All das macht uns heute seine Romane, trotz mancher Derbheit, noch lesenswert; das begründet aber auch ihren unterschiedlichen künstlerischen Rang.

Leider sind seine Werke nur in einzelnen Nachdrucken zugänglich oder in gelungener Auswahl, wie sie der Beer innerlich verwandte *Fritz Habeck* geschaffen hat. *(Der verliebte Österreicher oder Johannes Beer,* Graz 1961.) Richard Alewyn bereitet eine zwölfbändige Ausgabe von Beers Werken vor. Sie wird bezeugen, daß dieser österreichische Barockdichter den deutschen Schelmenroman um eine originelle Variation bereichert hat.

Catharina Regina von Greiffenberg

VON KURT ADEL

Das 17. Jahrhundert ist, vorwiegend in Niederösterreich, der Zeitraum und Schauplatz eines zähen Ringens um die Bewahrung protestantischen Glaubens, da bei steigender Zahl von Auswanderern – unter ihnen die Familie des Dichters *Johann Beer* und der *Freiherr von Hohberg* – die Zurückbleibenden von seiten des Hofes, des katholischen Neuadels und des Gesindes, das nicht dem evangelischen Glauben angehören durfte, steigende Schwierigkeiten erdulden und zum Gottesdienst die Kirchen Westungarns (meist Preßburgs) oder Deutschlands aufsuchen mußten. Hier sind Regensburg und Nürnberg von Bedeutung, weil viele Familien in diesen Städten ihre Verwandten hatten. Das Leben auf den Adelsschlössern, wie es Beers Romane zeichnen, war weitgehend Wirklichkeit in den Sitzen der Familien *Kuefstein, Stubenberg, Hohberg, Greiffenberg.* Sie wahren die Überlieferung des 16. Jahrhunderts, der Zeit eines *Christoph von Schallenberg,* da man deutsch, lateinisch, italienisch dichtete und sowohl zur Renaissance Italiens wie zu den evangelischen Universitäten Deutschlands die Verbindung hielt. Aber das Leben ist strenger und einsamer geworden, Briefwechsel und Studium treten vielfach an die Stelle der Geselligkeit. Es bestehen Beziehungen zur Nürnberger Dichtergesellschaft, dem *Pegnesischen Blumenorden,* wie zu der bedeutendsten aller barocken Sprachgesellschaften, der Weimarer *Fruchtbringenden Gesellschaft,* die in ihrer Blütezeit gleichfalls nicht exklusiv adelig gesinnt ist. *Martin Birchers* Forschungen über *Johann Wilhelm von Stubenberg* haben ergeben, daß dieser, selbst Mitglied der Gesellschaft, die Aufnahme weiterer Kandidaten, unter anderen des *Andreas Gryphius,* vermittelte. In Übersetzungen aus dem Spanischen, Italienischen, Französischen schließen diese Adeligen sich der von *Opitz* ausgehenden, von *Harsdörffer* in Nürn-

Prunksaal der Hofbibliothek (der Österreichischen Nationalbibliothek) in Wien, nach Plänen von Johann Bernhard Fischer von Erlach erbaut von seinem Sohn Johann Emanuel, 1723–1726

Belvedere in Wien, von Johann Lucas von Hildebrandt, erbaut 1714–1723; Vogelschaubild der Gesamtanlage; Stich von J. A. Corvinus nach einer Zeichnung von Salomon Kleiner

Raphael Donner, Originalfiguren des Providentia-Brunnens auf dem Neuen Markt, 1737–1739; jetzt im Österreichischen Barockmuseum im Unteren Belvedere

Martino Altomonte, Susanne und die beiden Alten; Ölbild, 1709; Österreichische Galerie

berg gepflegten Neigung zum europäischen, höfischen und heroischen Roman an. Die Stoa, für das Zeitalter des Barocks allgemein von hoher Bedeutung, übt besonderen Einfluß auf die geistige Haltung dieser protestantischen Familien. *Senecas* philosophische Schriften sind neben der Bibel und den protestantischen Erbauungsbüchern das Lehrbuch des rechten Verhaltens in allen Widerwärtigkeiten des Lebens.

Die Durchformung des Lebens zum bedeutenden Spiel, aus Neigung und Zeitmode erwachsen, im Orden der *Pegnitzschäfer* in Nürnberg geübt, in Schauspielen und Romanen wie in lyrischen Zyklen der Dichter beider Konfessionen zu einer Art von Rätselteppich und Geheimwissen gesteigert, wird hier in besonderer Weise Zeugnis geistiger Tätigkeit und Befreiung von äußerem Druck. Widmungsschriften vor den Druckwerken sind Hinweise auf die Beziehungen der Dichter und Bekenntnis gemeinsamer Neigung. Die großen epischen Gedichte *Wolfgang Helmhards von Hohberg,* der pseudohistorische und stellenweise der Allegorie nahe *Habsburgische Ottobert* und die *Unvergnügte Proserpina,* tragen diesen Charakter einer illustrierenden, stets nach einer Parallele oder Anspielung hin durchbrochenen Dichtung, in der gleich wie in seiner Lehrschrift über das Landleben das Vorbild *Vergils* und die Neigung zu realistischer Erfassung des einzelnen vereint sind.

In diese Welt wurde am 7. September 1633 auf Schloß Seisenegg bei Amstetten die Dichterin *Catharina Regina von Greiffenberg* geboren. In schwerer Krankheit hatte die Mutter gelobt, das Kind in besonderer Weise Christus zu weihen. 1641 starb der Vater; der Stiefbruder des Vaters, Hans Rudolf, übernahm die Verwaltung der Güter und die Erziehung des Kindes, das Sprachen lernte, in die Wissenschaften eingeführt wurde sowie Jagen und Reiten übte.

Unter Stubenbergs Anleitung dichtete sie, und ihre Leistung schien ihm bald so bedeutend, daß er einem Brief an *Birken,* den Nachfolger Harsdörffers in der Leitung der *Pegnitzschäfer,* eines ihrer Sonette beilegte. Schon im Jahre 1662 erschien, von Hans Rudolf von Greiffenberg und Birken eingeleitet, in Nürnberg das Buch *Geistliche Sonnette / Lieder und Gedichte / zu Gottseeligem Zeitvertreib / erfunden und gesetzet ...* Zwar hatte schon *Opitz* Sonette in deutscher Sprache gedichtet, die Dichtungen eines *Petrarca* oder *Ronsard* waren in Österreich bekannt; aber diese 250 Sonette, einheitlich im religiösen Thema, in lockere oder strenge Gruppen geordnet, sind schon zahlenmäßig eine erstaunliche Leistung. Hinzu kommt die frei gehandhabte Form, in vier- bis achthebigen, auch im einzelnen Sonett nach einer Ordnung wechselnden Versen, trochäischen oder daktylischen Maßes. Die Dichterin beherrscht die reiche Klaviatur der Möglichkeiten: Klangspiel, Wortverschränkungen in wechselnder Folge von Hauptwort und Eigenschaftswort desselben Stammes, Widersinn (»beglückendes Unglück«), Worthäufung, Frage und Antwort; sie bedient sich der Antithese wie der Liebesmystik zur Ausgestaltung des Erlebnisses und gelangt hier in die Nähe des übersteigerten Wortschwalles eines *Quirinus Kuhlmann,* ohne die Grenzen des Taktgefühls und des Sinnes zu überschreiten.

Wer sich, der Gegenwart vergessend, an das Strömen dieser Verse hingibt, wird ihre Gewalt auch nach 300 Jahren noch erfahren.

Sie teilt die manieristische Vorliebe für seltsame, fremdartige Wörter, Blumennamen, mythologische und biblische Namen, und sie legt über alle diese Merkmale das Netz und Geäder der Metaphern, unter denen die der Schifffahrt, mit Bedrohung und Hafen, ihr besonders lieb ist. Die dem Werk beigefügten 50 Lieder sind – in der Art der Nürnberger – klanglich reich instrumentiert, sie bilden gleich den Sonetten immer neue Wortzusammensetzungen, die – etwa »Glaubensfrucht« statt »Frucht des Glaubens« – die Metapher noch kürzer fassen und im Zusammenklang der Mittel das Gedicht stellenweise erstarren lassen zum Wortgebäude.

In diesen Jahren begann das eigentliche Lebensleid der Frau: Das Begehren des bisher väterlich erscheinenden Erziehers erfüllte sie mit Abscheu, erst seine lebensgefährliche Krankheit bewog sie zuzustimmen. Der *Markgraf von Brandenburg-Bayreuth* erteilte die Erlaubnis zu dieser Verwandtenehe, aber Österreich erkannte die Dispens nicht an, Hans Rudolf wurde verhaftet und erlangte erst nach Verwendung *Johann Georgs von Sachsen* wieder die Freiheit. Schwierigkeiten wegen des Verkaufes von Seisenegg zogen sich lange hin, wurden verstärkt durch den Tod des Gatten im Jahre 1677. Nach Jahren des Rechtsstreites zog die Witwe sich nach Nürnberg zurück, und wenig später starb dort Birken, ihr Seelenfreund und Berater. Etwa 200 Briefe sind das Denkmal dieser Freundschaft.

In den Jahren der Bedrängnis hatte sie gleich Hohberg in ihrer Dichtung dem Haus Österreich die Treue gehalten. Ihre Versdichtung *Sieges-Seule der Buße und Glaubens / wider den Erbfeind Christlichen Namens* will in der Geschichte des Islams das Wirken des Bösen in der Welt erfassen, aufrufen zur Buße und zur Einigkeit im christlichen Glauben unter Habsburgs Führung. Und sie lebte, tief religiös von Jugend an, lange Zeit der Hoffnung und dem Plan, durch eine Dichtung und über Mittelspersonen *Kaiser Leopold* zum envangelischen Glauben zu bekehren, so die Reformation abzuschließen und die Christen zu einen.

Simon Rettenpacher

VON MORIZ ENZINGER

Simon Rettenpacher (1634–1706) war einer der bedeutendsten Barockdichter Österreichs, der in mancher Hinsicht in der Dichtung seiner Zeit eine besondere Stellung einnimmt. Er war sowohl als Dramatiker wie als Lyriker und Gelehrter von Bedeutung.

Das österreichische Barockzeitalter, weitgehend mit der Gegenreformation verbunden, erfüllte das 17. Jahrhundert bis an die Wende zum 18. Stark von romanischen Vorbildern, besonders italienischen und spanischen, angeregt, brachte es Formen zur Geltung, die dem Prachtverlangen und dem Schaubedürfnis sowie der Repräsentation entgegenkamen. Rettenpacher stand in enger Beziehung zur Benediktiner-Universität Salzburg, an der er eine Zeitlang Professor war. In Salzburg gelangte vom Süden her zuerst die Oper auf deutschen Boden, wenn auch zunächst in italienischer Sprache. Hier bildete sich an der Universität im Zusammenhang mit dem fürsterzbischöflichen Hof eine Theaterkultur heraus, die ganz auf Augen und Ohr gestellt war, die weniger Dichtung als Schau-Spiel sein wollte, wovon uns Bilder und Berichte nur eine dürftige Kunde vermitteln.

Das barocke Theater war zunächst eigentlich ein Gegenschlag gegen das deutsche Schuldrama, das von *Luther* empfohlen im protestantischen Bereich eifrig als Propagandamittel gepflegt wurde. Dieses Theater wollte lehren, in Glauben und Sittlichkeit festigen und war in dieser Hinsicht zugleich eine Art Ersatz für die geistlichen Spiele des ausgehenden Mittelalters, die erbauen wollten, indem sie das Heilsgeschehen um Christus sinnlich darstellten, also durchaus religiösen Ursprungs waren. Vor allem die Darstellung der Leidensgeschichte des Herrn hatte als Passionsspiel weite Verbreitung gefunden und dehnte sich schließlich oft über mehrere Tage aus. Ursprünglich vielfach bloße Aneinanderreihung von Szenen aus den Evangelien, einfach, schlicht in bürgerlicher Denkart, waren sie meist von Geistlichen verfaßt. Luther hielt es für unzulässig, die Gestalt des Heilands auf das Theater zu bringen, und verwies deshalb auf das Alte Testament als Quelle für Schauspiele. Die Texte wurden vielfach von Schullehrern verfaßt, die Darstellung mit Schülern durchgeführt. Die bescheidenen Mittel vereinfachten das Spiel, das nun meist in einem geschlossenen Raum auf einer neutralen Bühne aufgeführt wurde, ohne Kulissen, wenn auch mit Verwendung von Requisiten.

Mit den Lehren der Reformation verbreitete sich nun auch das Schulspiel in Österreich, und in dieser Entwicklung steht *Wolfgang Schmelzl* (auch Schmeltzl, ca. 1500 bis ca. 1557) mit seinem Werk. Er war kein gebürtiger Österreicher, stammte aus Kemnat in der Oberpfalz, kannte Nürnberg und vielleicht Dramen von *Hans Sachs,* weilte eine Zeit in Sachsen, dem Kernland der Reformation, bevor er vielleicht wegen unglücklicher Ehe nach Österreich auswanderte. Zunächst als Musiker und Sänger bei den Schotten in Wien beschäftigt, wird er 1541 Schulmeister und muß zur katholischen Kirche zurückgekehrt sein. Nun schreibt er Schulstücke, die er alljährlich aufführt, nach üblicher Art. Er bringt es zu Wohlstand, wird Bürger von Wien und stirbt als Pfarrer in St. Lorenz am Steinfeld. Seine Komödien wurden im Rathaussaal oder im Schottenkloster aufgeführt, es sind schlichte, einfache, geradlinige Stücke, die sich manchmal nachweisbar an Vorbilder anlehnen, sonst wäre die rasche Produktion kaum zu verstehen. Öfter zeigen sie hin auf Zeitereignisse, zumal die Türkengefahr. Die einfache Handlungsführung, mehr ein Nacheinander als ein Ineinander, meist mit unmittelbarem Anschluß an den biblischen Bericht, der oft nur in Dialog umgesetzt wird, heben Schmelzls Leistung nicht über den Durchschnitt hinaus, obwohl er manche treuherzige Züge einzuflechten versteht. Derbheiten mildert oder meidet er, wie er sich auch konfessioneller Polemik fernhält. Seine Themen sind die damals beliebten: *Der verlorene Sohn, Susanna, Judith* (wobei unter Bethulien Wien verstanden wird, unter Holofernes die Türken, 1542), *Die Aussendung der Zwölfboten, Die Hochzeit zu Cana* (gegen Leichtfertigkeit und Buhlerei!), *Der blindgeborne Sohn* (gegen Verblendung in der Religion), *David und Goliath* (Israel = Wien, David = Erzherzog Maximilian, Goliath = der König von Frankreich; wieder gegen die Türkengefahr, 1545) mit Parallelen zur *Judith*, ferner *Samuel und Saul* (gegen Mißachtung der Obrigkeit und gegen Rebellion, 1547, mit Anspielungen auf den böhmischen Aufstand).

Seine Stücke sind als Gegenstück zum protestantischen Schuldrama zu sehen, denn die Wiener Katholiken mußten gegen 20 neuerrichtete protestantische Schulen sich zur Wehr setzen. Ein Gedicht *Der Zug ins Ungarland* schildert den Kampf gegen die Türken. Sein *Lobspruch der Stadt Wien* (1547) setzt die humanistischen Enkomien und Elogien fort mit Einflechtung hübscher lokalgeschichtlicher Bemerkungen über Örtlichkeiten und Lebensgewohnheiten ihrer Bürger.

Als Schmelzl 1551 von Wien wegging, wurde sein Schuldrama abgelöst durch das Theater der Jesuiten, die 1551 in Wien ihren Einzug hielten. Auch sie schrieben zunächst in der Art des Schuldramas, das sie zur konfessionellen Polemik verwerteten. Ihre Anfänge sind durchaus bescheiden. Aber sie wurden vom Kaiserhof zur neuen Glaubensfestigung berufen und traten überall mit Fürsten und Höfen in Beziehung. Mit dem Konzil von Trient setzt sich immer mehr ein Gefühl der *ecclesia triumphans* durch, das nun zu prächtigen, ja prunkvollen Aufführungen, besonders bei den *ludi caesarei* in Wien, führte, wo man neben dem Schultheater im eigentlichen Sinn öffentliche Vorstellungen veranstaltete. Das Jesuitentheater tritt bewußt in den Dienst der katholischen Restauration, der Gegenreformation. Der hervorragendste unter den Wiener Jesuitendramatikern war unstreitig *Nikolaus Avancinus* (Nicolo Avancini, 1612–1686) aus Brez im Nonsbergischen in Tirol, vermutlich kaum deutscher Abkunft. Doch das spielte bei dieser übernationalen Kunst keine Rolle. Er brachte es im Orden zu hohen Stellungen, wurde Provinzial der österreichischen Provinz, schließlich nach Rom berufen und starb dort im Alter von 74 Jahren. Er stellt im österreichischen Jesuitenspiel die Zeit des Hochbarocks dar. Das war in erster Linie Theater, das auf alle Sinne zu wirken suchte: Der Schauplatz ließ sich nach Erfindung der Kulissenbühne blitzschnell verwandeln, Kostüme, Lichteffekte, Musik, Aufzüge, Tanz, Gesang vereinigten sich zu einer Gesamtwirkung, die der Prunkentfaltung des Kaiserhofes entsprach. Da die Sprache lateinisch war, gab man zu leichterem Verständnis den Zuschauern kurze Programmhefte, Periochen, in die Hand, die Stücke selbst blieben meist ungedruckt. Doch Avancini brachte es zu einer Ausgabe von 5 Bänden. Der Doppeltitel hebt den Sinn hervor: *Pietas victrix sei Constantinus Magnus de Maxentio victor.* Chöre deuten das Geschehen, Prologe weisen auf das Wichtigste hin. Zwischenszenen allegorischer Art suchen zu verdeutlichen. Wohl wird mehr ein Geschehen als eine Handlung vorgeführt, doch finden sich wiederholt Ansätze zu wirklicher Handlungsverknüpfung; nur gibt es bloß Ansätze zu einem Charakterdrama. Legende, Sage, Geschichte, Moral bilden die Stoffquelle, Märtyrer und Heilige werden verklärt, Ober- und Unterwelt werden auf die Bühne gebracht, der Dämon, der Magier, die Geisterbeschwörung üben ihre erprobte Wirkung. Zusammenhänge mit Ereignissen im Kaiserhaus sind oft nachzuweisen. Das größte Schauspiel der *Pietas victrix* (1659) mußte ja die Krönung des *Kaisers Leopold I.* würdig feiern, wie 1667 zur Vermählung des Kaisers mit *Margareta* die *Fides conjugalis* in Wetteifer mit dem berühmten *Pomo d'oro* und dem prunkvollen *Roßballett* treten mußte. Jeweils schlichen sich auch komische Volksszenen ein, manchmal sogar in Mundart, wie z. B. bei *Joh. Baptist Adolph* (1657–1708), die dann weiter zu komischen Schauspielen führten. Volkstypen, Szenen zwischen Herr und Diener, Auftritte verschiedener Stände wurden versucht. Selbst die Erhabenheit der antiken Mythologie war vor einer Entweihung nicht gefeit.

Mit *Simon Rettenpacher* trat nun das Barocktheater in ein weiteres Entwicklungsstadium. In der Nähe Salzburgs geboren, erfährt er seine juristische Ausbildung in Salzburg, Rom und Padua, tritt 1661 in das Benediktinerkloster Kremsmünster ein und studiert nun in Salzburg Theologie. Zum Priester geweiht, wird er zur Ausbildung in den orientalischen Sprachen nach Rom geschickt, dann mit der Leitung der theologischen Hauslehranstalt in Kremsmünster betraut, während er zugleich das Stiftsgymnasium leitet. Als Professor für Geschichte und Ethik an der Salzburger Universität schreibt er zu den Jahrschlußfeiern eine Reihe von lateinischen Stücken, von denen 1683 fünf veröffentlicht werden. Als Bibliothekar 1675 in sein Stift zurückberufen, liefert er 1677 das allegorische Festspiel zur 900-Jahr-Feier seines Klosters: *Callirhoes et Theophobi Amores.* Als Kaiser Leopold I. das Kloster 1680 besucht, wird eine Art Singspiel *Ulysses* aufgeführt, beim zweiten Besuch 1684 ein *Miltiades,* beide mit Beziehung zu den Anlässen. Als Pfarrer in Fischlham seit 1689 schreibt Rettenpacher hauptsächlich Oden und andere Gedichte, deutsch, lateinisch und gemischt. Seine *Annales Monasterii Cremifanensis* (1677) erweisen ihn auch als Geschichtsschreiber. 1706 kehrt er krank in sein Stift zurück und stirbt dort.

Bei Rettenpacher hat sich die Form des Ordensdramas insofern geändert, als er keine Märtyrer und Heiligen mehr darstellt, sondern sich auf den Raum der Geschichte, und zwar fast gänzlich der antiken Geschichte, beschränkt, wie sie ihm als Historiker ja geläufig war. Er kennt keine Apotheose, keine Glorifikation mehr, sondern alles spielt sich im innerweltlichen Raum ab. Hier rächt sich Verbrechen und Schuld, hier wird die Weltgeschichte zum Weltgericht. Wohl steht hinter Rettenpacher noch die Auffassung von der Strafe Gottes für den Frevler, es ist eine Art Theodizee, die er bringt, aber die Vorsehung greift nicht mehr direkt ein, sondern handelt durch den Menschen. So steht er auf dem Weg etwa zu *Schiller,* wenngleich ihn seine Charakterzeichnung noch von einer eigentlichen Tragik abrückt, denn es fehlt der tragische Zwiespalt. Aber er verwendet keine christlichen Stoffe mehr. Alle Schuld rächt sich bereits auf Erden. Die Schuld-Sühne-Tragik wird im christlichen Sinn festgehalten. Doch ist auch ihm der geschichtliche Fall nur ein Beispiel für einen moralischen Satz, wie seine Dramentitel zeigen: Noch kennt er allegorische Spiele, *Pax terris reddita seu felix Laophili ac Irenes Connubium,* aber er schreibt in seinem *Herzog Welf,* einem Spiel von der Weibertreue, bereits ein deutsches Stück. Im Gegensatz zum Hochbarock meidet er Schwulst und Überladenheit sowie Häufung von Effekten, die Barockdramatik nähert sich ihrem Umschwung und Ende.

Und so befindet man sich mit *Maurus Lindemayr* (1723–1783) bereits in den Ausläufern der Barockzeit, ja Lindemayr steht bereits auf der Schneide zwischen Barock-Rokoko und Aufklärung. Geboren als Kind eines Schulmeisters in Neukirchen bei Lambach in Oberösterreich, studiert er in Linz bei den Jesuiten, tritt in das Benediktiner-Stift Lambach ein und wird nach seiner Priesterweihe 1750 für zwei Jahre nach Salzburg geschickt. Als man ihn zurückholt, macht man ihn zum Prior und setzt ihn 1758 als Pfarrer in sein Heimatdorf Neukirchen, von dem er erst kurz vor seinem Tod nach Lambach zurückkehrt. In Linz bereits wurde er mit der Theatertätigkeit der Jesuiten bekannt, in Salzburg spielte man zu seiner Zeit gerade die ersten Singspiele von *Marian Wimmer: Der wachend träumende König Riepel* (der alte Stoff vom träumenden Bauern), *Die geadelten Bauern,* nachdem vorher seit 1641 bereits komische Zwischenspiele eingeschaltet wurden, Szenen aus dem Volksleben mit Motiven aus bäuerlichem Bereich. Aber Lindemayr selbst war kein Bauernsohn, seine Mundart ist nicht ganz unverfälscht, wobei nicht nur der Reimzwang schuld trägt. In Denkungsart und Empfindungsweise steht er über dem Volk, stellt sich ihm nicht gleich. Die Aufführungen seiner Stücke fanden vor geladenem Publikum, nicht eigentlich vor dem Volk statt. So stellen sich in der Zeichnung des Bauern auch satirische und karikaturistische Elemente ein. Neben barocken Resten in Umrahmung, Heranziehung mythologischer Gestalten der Antike (Ceres, Bacchus) erinnert auch die Verwendung der Mundart an barocke Zeit, nur geht Lindemayr dazu über, ganze Stücke in mundartlichen Versen zu schreiben, während man früher sich mit einzelnen Szenen begnügt hatte. Auch er dichtet manche Stücke zu festlichen Anlässen: *Der kurzweilige Hochzeitsvertrag* zur Durchreise *Maria Antoinettes* nach Frankreich 1770, *Die Komödienprobe* zum Besuch des Kaisers, obwohl sie dann erst 1776 zum 30jährigen Abtjubiläum von *Amand Schickmayr* aufgeführt wird. Die Salzburger Oper legte die Form des Singspiels nahe, die Operette wird im Verlauf des 18. Jahrhunderts beliebt. *Michael Haydn* und der junge *Mozart* lieferten zu mancher die Musik, wobei in den gesprochenen Text einzelne gesungene Strophen eingeschaltet wurden. Aber Lindemayr hat auch die zeitgenössische deutsche Komödie in hochdeutschen Stücken nachgeahmt und in seinen Liedern die Monolog- und Rollenform gepflegt.

Ludovico Ottavio Burnacini

VON MARGARETE DIETRICH

Giovanni Burnacini, in Italien berühmt gewordener Architekt, Szenograph und Bühnenmaschinist, brachte 1651/1652, als er durch *Kaiser Ferdinand III.* vom Teatro S. Giovanni e Paolo in Venedig nach Wien berufen wurde, als Gehilfen seinen etwa 1638 in Mantua geborenen Sohn *Ludovico* mit, der seinem Vater und Lehrer, nun »archideto« im Rahmen der Hofmusikkapelle am Wiener Kaiserhofe, die Einführung in die Künste der Architektur und des Theatralwesens verdankte. Der junge Burnacini konnte nicht nur beobachten, wie sein Vater »in Corte Cesarea« 1652 die Bühne und die Maschinen für die Oper *La Gara* (Wettstreit) einrichtete, sondern vor allem, wie er für den Reichstag in Regensburg im nächsten Jahre ein eigenes Theater erbaute, einen »Saal, so gleich auf den plaz neben den Cappuziner-Closter von Brettern erbauet worden«, in dem das glanzvolle »dramma in musica«: *L'inganno d'amore*, von *Bertali* komponiert, die »führnehmen Herren Spectatores und Gesandten« davon überzeugte, daß an keinem Hofe Europas, weder ... »in Frankreich, Welsch- und Teutschland« so prächtige, musikalische »actiones« mit Ballett und Fechtszenen dargestellt wurden wie am Hofe Kaiser Ferdinands. Und doch standen diese Ereignisse erst am Beginn einer theatralischen Festentfaltung ohnegleichen, deren szenenkünstlerischer Betreuer Ludovico Ottavio Burnacini werden sollte.

Kaiser Leopold I. leitete diese Epoche ein. Er selbst war in hohem Maße musich begabt und als Komponist und Dirigent auch aktiv tätig. Während seiner Regierungszeit baute der Kaiser seine Hofmusikkapelle sorgfältig aus. Den reich besetzten vokalen und instrumentalen Klangkörper der Hofkapelle dirigierten Kapellmeister und Vizekapellmeister, nicht selten der Kaiser selbst, vom Cembalo aus. Diesen Künstlern, Hofangestellten, zum Großteil Italiener, konnte der Kaiser mehr als gelegentliche theatralische Festmusik zumuten; die Anlässe zu Opern, Ballettaufführungen, Festaufzügen, Oratorien und Konzerten werden immer häufiger und regelmäßiger, oft sind sie rein familiärer Art, neben seltenen repräsentativen Staatsempfängen. An diesen »Familienfesten« der höfischen Gesellschaft beteiligten sich, unter der Leitung von angestellten Berufschoreographen und Fechtmeistern, auch die Mitglieder des Hofes selbst, sie alle gelernte Sänger und Tänzer, die in den Chören, Balletten, als Statisten auf der Bühne oder als Reiter bei »Pferde-Balletten« mitwirkten. Es handelte sich hier um eine ausgesprochene Bildungsgesellschaft, die körperlich, musisch und weltmännisch sorgfältig erzogen wurde. Zur Etikette gehörte nicht nur das Beherrschen des Zeremoniells, sondern auch die Kenntnis von Kunst und Wissenschaft. Das waren die Voraussetzungen, auf denen aufbauend Ludovico Ottavio Burnacini, wie auch seine Nachfolger, die Szenenkünstler der Familie *Galli-Bibiena* (Fernando, Giuseppe und Antonio in der Zeit *Karls VI.*) ihre Künste entfalten konnten.

Die Beherrschung der architektonischen Gesetze, übertragen auf die Scheinwelt der Kulissenbühne, fußte auf der Kenntnis mathematischer und eurhythmischer Regeln; die Technik der Szene, die Bewegung von Kulissen und Soffitten, verlangte ein Vertrautsein mit den Gesetzen der Mechanik und der Kraftübertragung; die Effekte der Darstellung tiefer, unendlicher Räume auf der Bühne setzte voraus, daß der Szenograph eingeweiht war in die Regeln der Perspektive, der Architektur-, der Natur- und der Luftperspektive. Der Satz von den Parallelen, die sich im Unendlichen treffen – im Barock neu entdeckt –, löste geradezu eine Fülle von Entwürfen im Barocktheater aus, deren Alleen und Straßen ins Unendliche führen – symmetriaxial geführt vom Augpunkt, der am Sitz des Kaisers lokalisiert war, bis zum fernen Fluchtpunkt bzw. verschiedenen fernen Fluchtpunkten, deren Projektionspunkt auf dem Prospekt man genau zu fixieren und funktionell für die Perspektive zu nutzen wußte.

Burnacini war ein Meister solcher symmetrieaxialer Entwürfe, und zwar nicht nur seitengleicher, sondern viel öfters seitenvariabler, so daß z. B. auf der einen Seite Baumreihen, auf der anderen Felslandschaften ihren Zug ins Unendliche nehmen; Palaisfronten an den Seiten einer Straße werden variabel gestaltet, während jedes Kulissenteil eine Palaisecke darzustellen übernimmt; Säulen verschiedener Art übernehmen den Achsenduktus, doch das Element Säule schafft den Parallellauf der Architektur.

Die Lust an der Variationsgestaltung diktierte die Inventionen. Die Opern des Barockzeitalters, wie Ludovico sie mit Dekorationen versah, haben eine begrenzte Zahl von Spielräumen. Aber mit welcher Kunst wurden diese Grunddekorationen variiert, wie viele Entwürfe sind uns von Burnacini erhalten! Ein Großteil von ihnen liegt in farbigen Originalen in der Österreichischen Nationalbibliothek (Theatersammlung); ein großer Teil aber auch wurde von berühmten Kupferstechern festgehalten. Kostbare Ausgaben der Libretti mit Kupferstichen, die wir heute in einer Reihe von Bibliotheken der ganzen Welt finden, wurden von den berühmtesten Inszenierungen hergestellt, z. B. von der großen Festoper für Leopolds Hochzeit mit der spanischen Infantin *Margareta: Il pomo d'oro* (1668), oder von der Festoper *La Monarchia latina trionfante,* die 1678 zur Feier der Geburt des Thronfolgers (des späteren *Kaisers Joseph I.)* stattfand.

Doch nicht nur die Künste der Mathematik, der Perspektive, der Mechanik, der Eurhythmie und der Variationsprinzipien wurden vom Publikum an den Entwürfen Burnacinis geschätzt, sondern auch seine Kenntnis fremder Welten, mythologischer, antiker und exotischer Lebenskreise, denen er weniger in der Architektur der Szene als in den Kostümentwürfen Ausdruck schuf. Burnacini beherrschte gleicherweise Szenenarchitektur und Kostümgestaltung, während die Galli-Bibienas meist eigene Kostümgestalter zur Seite hatten und sich selbst vorwiegend auf die Dekorationsgestaltung beschränkten. Hunderte von Kostümentwürfen Burnacinis führen durch die mannigfaltige Spielwelt der Barockoper; alle aber waren der Gegenwart im Kostümstil ebenso verbunden wie entfremdet. Der barocke Prunkstil ist deutlich zu erkennen – so wie in den Libretti das Aktuelle in Kritik und Huldigung Platz findet; doch spielen die Werke meist in fernen Welten und alten Zeiten, sodaß man um so leichter Gegenwartsprobleme in ihnen durchscheinen lassen konnte.

Diese Gegenwartsbezogenheit der Opernstoffe fand nicht nur in vielen Huldigungsszenen auf das Herrscherhaus einen Niederschlag, sondern auch in mancherlei Anspielungen, denen Burnacini oft in Kostümen und Requisiten die nötigen Anhaltspunkte zu schaffen wußte.

Kostbarkeit war eines der Kennzeichen dieses barocken Szenenschaffens: Selbstverständlich gingen Schäfer und Schäferinnen in seidenen Gewändern, mit vielen Metern Rüschen und Bändern geziert. Die Teufel und Höllendamen trugen Seidenkleider und Pelze mit Schwänzen; wie sollten »Wirt« und »Wirtin« nicht kostbar gekleidet sein, wenn Kaiserin und Kaiser höchstpersönlich diese Rollen bei den sogenannten »Wirtschaften« innehatten, bei denen sie die Hofgesellschaft (in vielerlei Verkleidungen) zu Gast empfingen. Auch für diese Wirtschaften schuf Burnacini die Kostüme.

Wenn der Kaiser selbst komponierte und dirigierte, wenn er sich selbst um die oft monatelang dauernden Proben kümmerte, wenn er persönlich den ausführenden Künstlern seine Hilfe zukommen ließ – wie uns *Rinck* berichtet – und weder Zeit noch Geld scheute, solche repräsentative und vergnügliche Feste zu arrangieren, dann war diese Kostbarkeit und Erwähltheit der einzelnen Teile und des Ganzen der Darstellung eine notwendige Folge. Der Oper *Il pomo d'oro* wurde noch Jahrzehnte später nachgerühmt, daß ihre Herstellung 100.000 Reichstaler gekostet habe, während die meisten Opern zwischen 10.000 und 15.000 Gulden kosteten, abgesehen von den Gehältern für die Bediensteten des »Theatralstaates«.

Il pomo d'oro fand in einem eigens für die Hochzeitsoper im Auftrag des Kaisers von Burnacini erbauten Hoftheater statt; dieses »schönste« Theater der Zeit wurde ungefähr an der Stelle der heutigen Österreichischen Nationalbibliothek (zum Kaisergarten hin) errichtet, ein Holztheater auf Steinfundamenten in den Ausmaßen von ca. 65 m Länge, 27 m Breite und 15 m Höhe. Von der Länge nahm die Bühne etwa die Hälfte des Raumes ein – sie war also 30 m tief, hatte eine prachtvolle Rampenfassade und, gemessen an den erhaltenen Kupferstichen, einen Bühnenausschnitt an der Rampe von ca. 12 m Breite und 9 m Höhe. Im Bühnenraum gab es wie bei den damals modernen Bühnen eine Vorderbühne (mit ca. je 5 Kulisseneinheiten an jeder Seite und mit 5–6 kleineren Flugmaschinen sowie Versenkungen) und eine Hinterbühne (mit 2–3 Kulisseneinheiten und der großen Himmelsmaschine, auf der sicherlich 10–15 Personen erscheinen konnten). Zwischen Zuschauerraum und Bühne war das Orchester aufgebaut. Die Bühne wurde von einem Rampenvorhang abgedeckt. Zwischen Vorder- und Hinterbühne gab es die Mittelprospektzone und den sogenannten hinteren Graben, mit dessen Hilfe die Meeres-, Fluß- und Höllenszenen gestaltet wurden; hinter der Bühne waren die Schlußprospekte angebracht. Die Kulissen, die sich »wie ein Blitz« verändern konnten, wurden zentral gesteuert mit Hilfe von

Zentralachsen und Winden in der Unterbühne (die in der Grabenzone sogar 7 m unter dem Bodenniveau lag).

Für die Oper *Il pomo d'oro* hatte der geniale Theatralarchitekt 50 Veränderungen der Szene eingerichtet; mehr als man damals bei einer einzigen Aufführung mit Aufmerksamkeit aufnehmen konnte. Auch die übrigen Teile der Oper – die Musiknummern, die Arien, Chöre und Rezitative, die Ballette, Combattimenti und Aufzüge – überforderten das Wahrnehmungsvermögen; daher spielte man die Oper an zwei Nachmittagen.

Nicht immer wurde ein solcher technischer Aufwand benötigt wie bei dieser Oper. Bescheidener waren die Aufführungen für den engsten Familienkreis, die Kammerfeste »auff geheimer Schaubühne«, zu denen höchstens erlesenste Gäste eingeladen wurden, aber keine »Spectatores«. Hier waren es mehr die Kostüme, die Burnacini beisteuerte. Das galt auch z. T. für die Parkgartenfeste, z. B. in Laxenburg oder Schönbrunn; fanden diese allerdings bei Nacht statt, dann war es wiederum Angelegenheit des Theatralingenieurs, die Illumination und das beliebte Feuerwerk zu inszenieren. Auch bei kirchlichen Festen und Feiern wirkte Burnacini als Gestalter mit; eine Reihe seiner Entwürfe weisen auf Ausstattung des Altarraumes in der Hofkapelle hin, wo am Karfreitag immer wieder die *Rappresentatio sacre*, das Karfreitagsspiel, als szenisches Oratorium stattfand.

Selten erhielt das Bürgertum Eintrittserlaubnis und dann nur auf schlechten Plätzen – wie z. B. bei Feuerwerken oder wie bei dem großen *Roßballett*, das Burnacini mit Schaugerüsten, Kostümen und Wagen ausstattete und das als Höhepunkt der Hochzeitsfeierlichkeiten von 1666/67 gelten darf. 27 Kupferstiche und umfangreiche Festbeschreibungen halten uns die Eindrücke fest, die das Publikum damals (im heutigen inneren Burghof) erhielt.

Aus der Tatsache, daß Entwürfe, sogar Kupferstiche und Texte schon vor den Aufführungen vorlagen, kann man erkennen, wie sorgfältig die Inszenierungen geplant wurden und einen wie großen Anteil der Theatralingenieur an diesen Inszenierungen hatte. Die Aufführungen entstanden nicht unter der improvisierenden Hand eines Regisseurs, sondern gemäß den Intentionen der an bestimmte Regeln (Etikette und Bühnenmedien) gebundenen Inszenatoren, unter denen der Bühnenarchitekt und -ingenieur einer der führenden war.

Wie viele der Künstler am Hofe Leopolds wurde auch Burnacini mit Reichtum und Ehrenauszeichnungen bedacht; er wurde zum Baron nobilitiert und im Jahre 1677 anläßlich seiner 25jährigen Tätigkeit in Wien sogar zum Truchseß ernannt: eine Stelle, die großen Reichtum, infolgedessen Unbestechlichkeit voraussetzte. Burnacini überlebte den Kaiser noch um zwei Jahre und starb am 12. Dezember 1707 in Wien. Sein großes Hoftheater war schon 1683 niedergerissen worden, um nicht zu einem Brandherd bei der Türkenbelagerung zu werden. Von Burnacinis Hand als Baumeister der Leopoldinischen Epoche zeugten und zeugen noch eine Reihe von Bauten und Denkmälern, die nicht – wie das Theater – auf den Schein des Augenblicks gegründet waren.

Seine Nachfolger im Bühnenwesen führten das Barocktheater, das Himmel, Erde und Hölle umspannende Theater des Leopoldinischen Hochbarocks in die Spätbarockphase ein, die die Unendlichkeitsräume und die Vertikalen, die Flugmaschinen aus dem Reich der Götter, die Versenkungen und Höllendekorationen als Maschinenzauber abbaute, die das Wunderbare nicht mehr irrational auskostete, sondern die Realität der Lebenswelt in ein Bewundernswertes an architektonischer Kunstfertigkeit auf der Bühne umwandelte. Die Galli-Bibienas verzichteten großteils auf die symmetrieaxialen Tiefen der Bühne, auf Flugmaschinen und große Bühnen für Chöre und Spielballett: sie schufen die diagonalachsigen Architekturwunder der Perspektive, denen man kaum anmerkt, daß sie – so wie die szenischen Entwürfe von Burnacini – auf rampenparallele Kulissen gemalt sind. Spürt man, beobachtend und zählend, bei Burnacini fast immer die Kulissenelemente als erkennbare Einheiten – womit ein Teil der theatralischen Wirkung, des Spielweltbewußtseins garantiert ist, so wächst bei ihnen die architektonische Komposition zu einer Illusionseinheit, die das Mittel des Trägers (Kulisse) durch ihren Schein negiert. Damit geht etwas wesentlich Theatralisches verloren, doch das Theater paßt sich den Ansprüchen der kultivierten Aufklärung und des Rokokos an.

Josef Anton Stranitzky

VON ULF BIRBAUMER

Josef Anton Stranitzky ist es in erster Linie zu danken, daß das Wiener Theaterleben zu Beginn des 18. Jahrhunderts bis heute wirksame Impulse zu einem echten Volkstheater erfuhr: Dem didaktisch-kämpferischen Barock der Jesuitendramatik und der prunkvollen Repräsentation des Hof- und Kaiserbarocks, der aufwendigen italienischen Hofoper stellte sich nun auf der Ebene des kleinen Mannes ein vitales und farbiges Volksbarock zur Seite, auf der Bühne verkörpert durch die von Stranitzky kreierte Figur des *Hanswurst*, eines wienerisch parlierenden, einigermaßen urbanisierten Nachfahren der deftig-bäuerlichen salzburgischen Sau- und Krautschneiderzunft. Noch ist diese alltagsnahe, volkstümliche Hanswurst-Figur lediglich Träger einer komischen Parallelhandlung innerhalb hochbarock wuchernder politischer Haupt- und Staatsaktionen, in denen Hanswurst mit dem Mund des Volkes (d. h. der kleinen Handwerker, Lohndiener, Lauffer etc.) die Aktionen der Oberen mehr oder weniger frech und herausfordernd kommentiert.

Josef Anton Stranitzky, 1676 geboren, verbrachte seine frühe Jugend in Graz, wo seinem Vater, dem Lakaien *Wenzel Stranitzky*, noch zwei Kinder geboren wurden. Mit acht Jahren verlor Josef Anton den Vater, mit dreizehn auch die Mutter. 1699 erst taucht er urkundlich auf, und zwar als »Policinellspieler«, als Inhaber eines Marionettentheaters. In der Zwischenzeit hatte er sich vielleicht einem Arzt als Gehilfe angeschlossen, was ihn dazu bewogen haben könnte, zu seinem unsteten Wandertruppenleben als eine Art Sicherstellung 1707 an der Wiener Universität das Examen »dentifraguli dentiumque medicatoris« abzulegen, das ihn zur Tätigkeit als »Zahn- und Mundtarczt« berechtigte. Als Marionettenspielunternehmer scheint er 1701 in Nürnberg und 1702 in Augsburg auf. Aus dieser Zeit datiert eine enge Verbindung mit dem Prinzipal *Johann Baptist Hilverding*, der gute Beziehungen zu Wien besaß, wohin es nun auch Stranitzky zog. Dort nahm er 1705/06 den Wechsel vom Puppentheater zum lebendigen Theater vor. 1706 erhält er Spielerlaubnis in einer Theaterhütte auf dem Neuen Markt, die jedoch noch im selben Jahr wegen Feuersgefahr abgerissen werden muß. 1707 ziehen seine »Teutschen Comoedianten« ins Ballhaus in der Teinfaltstraße, wo allerdings ebenfalls ein Hinweis auf die Feuersgefahr und eine Beschwerde der Anrainer über den Lärm genügen, um ihn und seine Truppe wieder zu vertreiben.

Das Land Niederösterreich und die Wiener Stadtverwaltung planen nun den Bau von zwei festen Theatern, eines für die Italiener und eines für die deutschen Schauspieler. Es kommt 1710 lediglich zur Eröffnung eines Theaters, des Theaters am Kärntnertor, das von den Italienern eröffnet wird, die bei Hof über die besseren Beziehungen verfügen. Doch ihre finanziellen Mißerfolge führen dazu, daß schon 1711 Stranitzky einzieht und das Theater ab 1713 in Pacht nehmen kann. Ein Privilegium privatum bekommt er allerdings erst 1720.

Stranitzkys Wiener Volksbarock blüht zwischen zwei bedeutenden Traditionen komödiantischen Theaters auf: zwischen der italienischen Commedia dell'arte und der englisch-holländischen Pickelhäringkomik, die schon längst ein eigenständiges deutschsprachiges Wandertheaterleben führte. Trotz dieser nachweisbaren Quellräume schafft Stranitzky seine Hanswurst-Figur als durchaus bodenständig-wienerischen Typus, der am ehesten zu den alten Volksnarren in Beziehung gesetzt werden kann: ein Salzburger Bauer, der Wienerisch spricht, ein verschmitzt glossierender Diener, der auf natürliche Weise grob-geradeheraus die unangenehmsten Wahrheiten von sich gibt, ohne daß sich aber die hohen Persönlichkeiten der barocken Schichtenpyramide in ihrer Position angegriffen oder gar erschüttert fühlen. Der kleine Mann Hanswust genießt Narrenfreiheit.

Hanswurst trägt im Gegensatz zu Pickelhäring ein ausgeprägtes Typenkostüm, das jedoch keinerlei Anklänge an das Arlecchino-Kostüm aufweist, sondern sich an die Salzburger Bauerntracht anlehnt: Hanswurst hat eine rote Jacke an, die den blauen Brustfleck sehen läßt. Seine Beine stecken in weiten gelben Pluderhosen, die von Hosenträgern gehalten werden, auf denen das Monogramm HW prangt. Darunter leuchtet das grüne Herz hervor. Weitere Attribute sind feste Lederschuhe, die Narrenkröse um den Hals, die Holzpritsche an der Seite und der grüne Spitzhut, unter dem die schwarze Haarpracht zu einem kunstvollen Knoten gebunden ist. Die schwulstigen Lippen umrahmt ein kohlrabenschwarzer Vollbart.

Der Spielplan von Stranitzkys 12 Schauspieler starker Truppe enthält neben den herkömmlichen Wandertruppenstücken vor allem die von dem Prinzipal selbst adaptierten Haupt- und Staatsaktionen, von denen uns 16 erhalten sind. Die Stoffe, ja die gesamten Vorlagen dazu nimmt Stranitzky aus der italienischen Hofoper. Seine dramaturgische Überarbeitung besteht vor allem darin, die Arien in Monologe und Dialoge umzugestalten. Anderseits wiederum erfindet er auch neue Gesangseinlagen, die nach Stranitzky, bei *Kurz-Bernardon* etwa, immer deutlicher Couplet-Charakter annehmen. Als tragendes Moment treten weder die Musik noch das Wort der zumeist in schwülstige deutsche Prosa übersetzten Verslibretti in erster Linie in Erscheinung, sondern die Aktion und der Mimus. Die antiken Themen sind aus dem Opernschaffen der Zeit bekannt: Cicero, Atalanta, Pyrrhus, Ifigenia, Tarquinius etc. Im vollen Titel-Ornat sahen diese Stücke etwa folgendermaßen aus: *Triumph Römischer Tugendt und Tapferkeit oder Gordianus der Grosse mit Hannß Wurst den lächerlichen Liebes-Ambassadeur, curieusen Befehlshaber, vermeinten Todten, ungeschickten Mörder, gezwungenen Spion etc. und waß noch mehr die Comoedie selbsten erkhlären wirdt.* Im *Türckisch bestrafflen Hochmuth* gibt Stranitzky einen hochpolitischen Rückblick auf das Jahr 1683. Aber auch ein *Doktor-Faust-Stück* hat er aufgeführt; ferner eine durch den Brief der *Lady Montagu* bekanntgewordene *Amphitrio-* Variante und das lange die Wiener Spielpläne beherrschende Don-Juan-Stück *Das steinerne Gastmahl.*

Stranitzky stirbt 1726 in Wien, seinem Nachlaß nach zu schließen, als reicher Mann. Er hinterläßt ein Haus, Grund und Boden und eine so große Menge besten Weins, daß man mit Recht vermuten kann, er habe in den letzten Lebensjahren zusätzlich einen regen Weinhandel betrieben.

Nach dem Tod Stranitzkys entwickelt sich die genannte komische Komplementärhandlung zur hohen Sphäre immer mehr zu einer selbständigen *Alt-Wiener Volkskomödie* hin, in ähnlicher Weise, wie sich das komische Intermezzo der venezianischen und später auch der Wiener Oper zu einer theatralisch-musikalischen Mischform als Vorstufe zum Wiener Singspiel (beispielsweise *Mozarts*) verselbständigt. Auf diesen Formen, in Verbindung mit einer neu einsetzenden Italianisierung der Figurenkreise sowie einer ausgeprägten dramaturgischen und motivischen Hilfestellung durch die französisierte Commedia dell'arte (Théâtre Italien, Théâtre de la Foire) einerseits, durch das Jesuitentheater (u. a. *J. B. Adolph*) und die Hofoper *(Minato/Drahgi)* anderseits, baut das dramatische Werk des *Joseph Felix von Kurz* auf. Unter dem Rollennamen *Bernardon* tritt dieser spätbarocke Universaltheatraliker nun gemeinsam mit dem Nachfolger des Wienerischen Hanswurst, *Gottfried Prehauser,* auf der Bühne des Kärntnertortheaters auf – vorerst ergänzend, konkurrenzierend, schließlich zu fruchtbarer Zusammenarbeit bereit. Als Mimiker in höchster Vollendung, als sich bis zur Selbstentäußerung verwandelnder Agirer geht er in seiner Schauspielkunst weit über die salonbäurische, bereits rokokohafte Züge tragende Typenkomik des Prehauser-Hanswurst hinaus. Mit seinen *Bernardoniaden,* das sind Zauberburlesken und Maschinenkomödien der fünfziger Jahre des 18. Jahrhunderts, in deren Mittelpunkt immer die Figur des Bernardon in ihrer mannigfaltigen Verwandlungsskala steht, erlebt das theatralische Volksbarock im Deutschen Theater, dem Kärntnertortheater, einen absoluten Höhepunkt.

Während die Hanswurst-Szenen Stranitzkys in den Haupt- und Staatsaktionen nur begrenzte Möglichkeiten zur Improvisation boten, ist die Bernardoniade Stegreiftheater ganz in der Art der Commedia dell'arte; es diente also im besten Falle eine Art Canevas als Handlungsskelett. Dem schon zur Zeit *Maria Theresias* immer stärker platzgreifenden Geist der Aufklärung, vor allem aber der Kaiserin und ihrem Kulturdiktator *Sonnenfels* selbst, war das unmoralische und zotenhafte Stegreiftheater, die Hanswurstiade und die Bernardoniade ganz besonders, ein Dorn im Auge, so daß seit 1752 laufend diesbezügliche Verbote erlassen wurden. Es bildeten sich zwei Parteien, die im sog. Hanswurststreit die aufklärerische Sache des regelmäßigen Lustspiels vertraten bzw. vehement die Partei des »grünen Hutes« ergriffen. In diesem Dilemma trat der junge, doch weitblickende geniale *Philipp Hafner* als Retter der Wiener Volkskommödie auf. Selbst zwar von der neuen »Vernünftigkeit« geprägt, jedoch gleichzeitig ein besessener Theatraliker, schuf er eine Bühnenreform, die der *Goldonis* in Italien um nichts nachsteht. Er gießt die Substanz der Alt-Wiener Stegreifkomödie in den schriftlich fixierten Rahmen einer Wiener Charakterkomödie. Die Kurzsche »Maschinscomödie« allerdings hat in Hafners von einem neuen sozialen Realismus geprägten bürgerlichen Sittenstück nurmehr in bescheidenen Rudimenten eines bereits ironisierten Zaubertheaters (beispielsweise in der *Megära)* Platz gefunden.

Joseph Felix von Kurz wurde 1717 in Wien als Sohn des »Comicus« Felix Kurz, eines Schauspielers und Prinzipals, geboren. Stranitzky selbst und Hilverding hoben ihn aus der Taufe. Die Zeit bis zu Kurz' erstem belegten Auftreten 1737 am Kärntnertortheater liegt wie bei den meisten Schauspielerkindern im dunkeln, am wahrscheinlichsten ist ein Wanderbühnendasein in der Truppe seines Vaters. 1741/42 weicht Kurz wegen der Trauerzeit für *Karl VI.* nach Frankfurt aus, wo zu dieser Zeit zwei so berühmte Wanderbühnen wie die deutsche *Wallerottys* und die französische *Gherardis* gastieren. In der Truppe Wallerottys wirkt Kurz – nun schon der *Wienerische Bernardon* – selbst mit. Aus der Begegnung mit Gherardi resultieren unzählige Anregungen für die eigenen Stücke. Ab 1744 ist Kurz, abgesehen von einem Gastspiel im Prager Kotzentheater, am Wiener Kärntnertortheater als Autor und Schauspieler tätig. 1760 kehrt er Wien den Rücken, um mit seiner zweiten Frau *Teresina,* der vielseitigsten Interpretin in seinem Ensemble, ein unstetes Wandertruppendasein zu führen, das ihn wiederum nach Prag, dann nach Venedig, Preßburg, München, Nürnberg, Frankfurt, Mainz, Mannheim und Köln führt. Die Rückkehr nach Wien (1769–1771) wurde für ihn zu einer herben Enttäuschung: Der Geschmack des Publikums hatte sich endgültig gewandelt. Nach Aufenthalten in Ofen, Breslau und Danzig läßt er sich als Theaterunternehmer und Fabrikant (Besitzer einer Papiermühle) in Warschau nieder. 1784 schließlich stirbt Kurz einsam und verarmt in einem Monatszimmer in der Wiener Krugerstraße.

Die Rolle des *Bernardon,* die Kurz auf der Bühne des Kärntnertortheaters Prehausers *Hanswurst* gegenüberstellte, war ursprünglich die eines hochgeschossenen, fahrigen und schusseligen Jungen: dummpfiffig und nicht eben gut erzogen. Allerdings ist dieser Bernardon im Gegensatz zu Hanswurst nie eine stehende Maske geworden, sondern hatte sich als eine Art Gütezeichen für die vielfarbige Palette von Kurzens Darstellungskunst herausgebildet. Kurz ging es weder um eine Charakterisierung noch um eine Idee, sondern um den theatralischen Ausdruck. Der Bogen reicht da von dem genannten jungen Burschen über die Rolle des unglücklichen, eifersüchtigen Liebhabers und Ehemanns, der zudem in sehr barocker Weise den überirdischen Mächten ausgesetzt ist, bis hin zum betrogenen Alten nach Art der *vecchi* der Commedia dell'arte.

Auch als Autor zeigt er sich der Commedia dell'arte (speziell der phantastischen Variante) viel stärker verpflichtet als seine Vorgänger. Er beginnt ganz im possenhaften Stil der italienischen Verkleidungskomödie und wendet sich um die Mitte des 18. Jahrhunderts der maschinenreichen Zauberburleske zu, in deren Mittelpunkt eine Reihe von biographischen Continuationen steht. Dazwischen schreibt er mimische Parodien und komische Singspiele, schließlich auch noch, um den diversen theresianischen Verboten Genüge zu tun, regelmäßige Lustspiele, die in den siebziger Jahren zur Gänze im Druck erscheinen. Hiebei handelt es sich allerdings um nur wenig eigenständige dramaturgische Bearbeitungen nach zum Großteil französischen Vorlagen *(Marivaux, Delisle* etc.). Nicht weniger bedeutend ist Kurz' Leistung als Regisseur und Prinzipal, was sich nicht zuletzt im hohen Niveau seiner Truppe manifestiert, in deren Verband sich zeitweise die ersten Schauspieler Deutschlands befinden. Die hohen Anforderungen, die er als Regisseur stellte, zeigen sich in der Tendenz, auf jedem Spielplatz seiner ausgedehnten Reisen ein neues Theatergebäude zu errichten oder zumindest eine Renovierung bestehender Theater in seinem Sinne vornehmen zu lassen. Er benötigt für seine zahlreichen Inszenierungen eine mit umfangreicher Bühnenmaschinerie ausgestattete barocke Tiefenbühne mit fünf bis sieben Kulissengassen, wie sie heute noch in bescheidenerem Rahmen etwa im Schloßtheater in Böhmisch Krumau erhalten ist.

Philipp Hafner wurde 1735 in Wien geboren; er war Jesuitenschüler, versuchte sich im Studium der Rechte und praktizierte schließlich als Beisitzer beim Wiener Stadtgericht. Bald jedoch betätigte er sich ausschließlich als Schauspieler und Theaterdichter, vorerst für Liebhaberbühnen. Er verausgabt sich physisch in einem zunehmend ausschweifenden, bohemienhaft-wein-beseelten Leben. Ein scharf gliedernder Verstand und fast triebhaftes Sich-gehen-Lassen wohnen in einem schon bald die Anzeichen der Wiener Krankheit zeigenden Körper: Hafner stirbt 1764, kaum dreißig Jahre alt. Trotz dieser kurzen Schaffenszeit ist seine Stellung in der Theaterentwicklung mit der *Molières* oder Goldonis vergleichbar. Es gelang ihm durch seine schriftliche Fixierung der Alt-Wiener Volkskomödie, schon teilweise wesenlos gewordene Spielschemata aus der Commedia-dell'arte-Tradition mit der in der Diktion bewußt wienerischen Gestaltung tragikomischen Alltagslebens zu erfüllen. Seit 1760 greift er mit der Streitschrift *Der Freund der Wahrheit* (gegen den engen Dogmatiker *Engelschall*) in den Hanswurststreit ein, wobei er eine Zwischenstellung einnimmt, allerdings nicht ohne dabei eindeutig für seinen Freund Prehauser gegen die extremen Reformer Stellung zu beziehen, was sich auch in den zahlreichen Hanswurst-Rollen manifestiert, die er für den Schauspieler-Freund geschrieben hat. Der skeptische Rationalist Hafner verbindet die ihm eigene Vernünftigkeit mit dem genialen Spürsinn des Dichters für die Gegebenheiten einer Volkstheater-Bühne. Er gießt das Theater einer ursprünglichen extemporierten Form in eine sehr persönlich ausgeprägte Charakterkomödie um, wobei seine Sprache dem schwarzen Humor unserer Tage sehr nahe steht. Seine Charaktere leben aus der typisch wienerisch-volkstümlichen Umgebung, die eine dem späteren Goldoni ähnliche realistische Alltagsschilderung aufweist. Er verbindet aufklärerische Skepsis (Bemerkungen über die Ehe, Stückschlüsse) mit echter, ursprünglicher, vom Wiener Idiom getragener Poesie.

Johann Joseph Fux

VON ANDREAS LIESS

Johann Joseph Fux (1660–1741) ist der größte Komponist des österreichischen Hoch- und Spätbarocks. Unter den drei großen Musikkaisern, *Leopold I., Joseph I.* und *Karl VI.*, entfaltete er sein musikalisches Talent und nahm seinen Aufstieg, der ihn schließlich in das Amt des kaiserlichen Oberkapellmeisters führte, welches er Jahrzehnte innehatte. In der Oststeiermark, in Hirtenfeld bei St. Marein am Pickelbach, geboren, dürfte der Bauernsohn, der eigentlich den väterlichen Hof hätte übernehmen sollen, durch Förderung der Kirche oder der Aristokratie zum Musikstudium und auch in die kaiserliche Protektion gekommen sein.

Die Jugendzeit bleibt in Dunkelheit gehüllt, da Fux, durch *Joh. Matthesons* Kritik an gewissen traditionalistischen Praktiken beleidigt, diesem nähere Lebensangaben für seine *Musicalische Ehrenpforte* verweigerte. Nur kleine Hinweise in der Literatur lüften für Momente den Schleier. Wie *Johann Ad. Scheibe* (*Critischer Musikus*, 1745) und *Friedrich Daube* am Jahrhundertende betonen, muß irgendeine Entdeckung, irgendein Glücksfall Fuxens Weg zur kaiserlichen Huld geebnet haben. Hatte das Schicksal etwa den Knaben zu Kaiser Leopold geführt, als dieser auf Schloß Eggenberg bei Graz 1673 seine zweite Ehe mit *Claudia Felicitas von Tirol* einging? Oder fand diese Begegnung erst später statt, wie Daube glaubhaft macht? Den einzigen konkreten Hinweis die ersten Jahrzehnte betreffend bieten die Matrikeln der Grazer Jesuitenuniversität, denen zufolge Fux dort 1681 als Student des Lateins und als Musicus in die dritte Klasse des Gymnasiums Aufnahme fand. Aber am Rande der Eintragung steht: »Profugit clam« (Er machte sich bei Nacht und Nebel von dannen!).

Kaiserin Maria Theresia; Stich von Johann Christoph von Reinsperger nach einem Gemälde von Jean Etienne Liotard, 1744

Kaiser Franz I.; Schabblatt von Johann Andreas Pfeffel

Wenzel Graf Kaunitz; Stich von Jakob Schmutzer nach einem Gemälde von Johann Nepomuk Steiner

Friedrich Wilhelm Graf Haugwitz; Kohlezeichnung von Wilhelm Hecht nach einem Gemälde von Michael Millitz

Johann Christoph von Bartenstein; nach einem zeitgenössischen Gemälde

Theresianum in Wien, von Ludovico Ottavio Burnacini, erbaut 1687–1690; Stich; vor 1797

Die Kadetten beim Exerzieren in der Wiener Neustädter Akademie, Gemälde von Bernhard Albrecht, 1787 (Ausschnitt)

Vielfach verlockten damals aristokratische Hofhaltungen junge Musiker dazu, in ihre Dienste zu treten, und möglicherweise war das auch bei Fux der Fall. Daube macht wahrscheinlich, daß Fux bei einem ungarischen Bischof Dienst tat und eine Verbindung zum Kaiser erst in den neunziger Jahren zustande kam. Dem widerspricht gewiß die allgemeine Annahme, daß Fux in Graz bereits kaiserlicher Stipendiat war. Und gleicherweise wird nicht erhellt, wo er eigentlich seine Studienjahre verbrachte. Aus den Hinweisen beider Gewährsmänner geht eindeutig hervor, wie schwer es für einen deutschen Musiker war, sich gegenüber traditioneller Mode und der barocken italienischen Musikerphalanx bei Hofe durchzusetzen.

Auch Fuxens Weg dürfte sich unter diesen Schwierigkeiten vollzogen haben, denn wahrscheinlich wurde ihm 1694 *C. A. Badia* für die Stellung eines Hofkompositors vorgezogen. Um diese Zeit etwa muß Fux aber bereits in Wien gewesen sein, da er 1696 die Tochter eines niederösterreichischen Regierungssekretarius heiratete, was nach damaliger Sitte einen längeren Aufenthalt in der Stadt voraussetzte. Im gleichen Jahre wird er als Organist bei den Schotten erwähnt. Zwei Jahre darauf wird er nun, und zwar vom Kaiser selbst, unter Umgehung der zuständigen Instanzen, zum Hofkompositor ernannt. In raschem Aufstieg vollzieht sich seine Karriere: 1702 tritt er ganz in den Hofdienst, nachdem im Jahr zuvor sein Meisterwerk, die Orchestersuiten *Concentus musico-instrumentalis,* auf Kosten des damaligen Kronprinzen und späteren Kaisers Joseph I. gedruckt worden war. Ab 1705 ist er auch durch zehn Jahre als Kapellmeister an St. Stephan (mit Lehrverpflichtung für Sängerknaben – siehe seine *Singfundamente*) tätig, 1713 wird er zum Vice-Kapellmeister ernannt, und 1715 wird ihm das höchste musikalische Amt bei Hofe, das des Ersten Oberkapellmeisters, übertragen. Er quittiert den Dienst an St. Stephan, behält jedoch einige Jahre noch die Leitung der Kapelle der Kaiserinwitwe nach Joseph I. bei. Im Hofdienst stehen ihm als Adjuvanten der Vice-Hofkapellmeister *Antonio Caldara* sowie *Fr. Conti, Gius. Porsile* und *Predieri* zur Verfügung. Und das ist notwendig, denn Fux litt seit frühen Jahren an der Gicht, was ihm oftmals die Ausführung seiner Pflichten unmöglich machte. Doch hatte er sein Amt bis zu seinem Tod am 13. Feber 1741 inne. Er verschied nur wenige Monate nach dem Hingang seines großen Gönners Karl VI.

Für die spätere Einschätzung des Barocks ist es bezeichnend, daß Fuxens Grabtafel auf dem alten Friedhof um St. Stephan ebenso wie die *Lucas von Hildebrandts* in Verlust geriet oder zerstört wurde. Die Zeiten und die Wertungen der alten Kunst hatten sich Mitte des 18. Jahrhunderts – mit dem Vordringen des individualisierenden Ausdruckswillens des Bürgertums gegenüber der vergangenen bzw. vergehenden objektivierten barocken Kunstsprache der Kirche und höfischer Repräsentation – einschneidend verändert. Das erweist das Fuxsche Musikbild deutlich gegenüber dem expressiv-individualistischen Aufbruch einer neuen Ausdruckswelt, welche die Musik der Klassik und weiterhin die des 19. Jahrhunderts heraufführen sollte.

Fux ist seinem Gesamtstil nach Kirchenmusiker. Er bekennt sich zur Tradition. Der Beiname *Österreichischer Palestrina* ist jedoch eine einengende Fehleinschätzung. Wenn er dem alten Palestrinastil, dem »stile antico«, größte Aufmerksamkeit schenkte und seine Musik mit archaistischen Merkmalen, wie sie etwa um 1600 Geltung hatten, durchsetzt ist, so zeigen weite Teile seiner Kirchenmusik wie auch seiner Opern und Oratorien, daß er die Modernität des klangsinnlichen Neapolitanischen Stils seiner Zeit wohl beherrschte. Modern war auch die Nähe seiner Instrumentalmusik (insbesondere im Bereiche der Lieblingsgattung des Barocks, der Triosonate) zum großen italienischen Zeitgenossen *Archangelo Corelli.*

In seiner dem Barockzeitalter entsprechenden überreichen Produktion überwiegt die Zahl der Kirchenwerke, unter ihnen die berühmte *Missa canonica,* groß angelegte Requien wie *Te Deum,* Messen u. a. m. wie neben der liturgischen Musik auch Oratorien, unter denen das den Salomestoff behandelnde *La Fede sacrilega* von 1714 wohl Fuxens individuellste Note zeigt. Aber der Anteil an höfischer Musik, Opern, Orchestersuiten, instrumentaler Kammermusik und am Rande auch Klaviermusik, wie sie der kaiserliche Dienst erforderte, ist beträchtlich. Die Bezeichnung *Österreichischer Palestrina* hat darin allein volle Berechtigung, daß Fux, als letztem Meister des alten vokalen Kontrapunktes, dessen Lehre er in seinem weltberühmten und bald in alle Weltsprachen übersetzten Werke *Gradus ad Parnassum* (1725) in lateinischer Sprache kodifizierte, am Ende des kontrapunktischen Stils, wie später am Ende des harmonischen Zeitalters *H. Riemann* eine letzte Systematisierung harmonischer Strukturdarstellung gelang. Das Imponierende des Fuxschen Werkes liegt nicht zuletzt auch darin, daß er, im musikalisch-stilistischen Umbruch seiner Zeit, sich zu dem zeitlosen Stilbild der a-cappella-Musik Palestrinas bekannte. Sämtliche Lehrbücher des Kontrapunktes bis ins 19. Jahrhundert hinein greifen auf den *Gradus* zurück.

Unter seinen Opernwerken wird in den Zeitberichten besonders die Krönungsoper für Karl VI. in Prag, *Costanza e Fortezza* (nach dem Wahlspruch des Kaisers) hervorgehoben. Sie wurde in einem für diesen Anlaß erbauten Amphitheater auf dem Hradschin unter freiem Himmel und unter Teilnahme berühmtester Künstler aus ganz Europa aufgeführt. Dieses Werk bezeugt das Ernst-Feierliche, Barock-Pomphafte der Fuxschen weltlichen Musik. *J. Quantz,* der nachmals berühmte Flötist, hat uns eine bezeichnende Schilderung hinterlassen: »Die Komposition war mehr kirchenmäßig als theatralisch aber sehr prächtig. Das Konzertieren und Binden der Violinen gegeneinander, welches in den Ritornellen (den Zwischenspielen) vorkam, ob es gleich größtenteils aus Sätzen bestand, die auf dem Papier steif und trocken genug aussehen mochten, taten dennoch hier im Großen und bei so zahlreicher Besetzung und in freier Luft eine sehr gute, ja viel bessere Wirkung, als ein galanter, mit vielen kleinen Figuren und geschwinden Noten gezierter Gesang in diesem Falle getan haben würde ... Der Kapellmeister Caldara gab den Takt. Fux selbst hatte das Podagra, der Kaiser hatte ihn also von Wien in einer Sänfte hertragen lassen, und er hörte diese so ungewöhnlich prächtige Aufführung seiner Musik nicht weit vom Kaiser sitzend an.« Ein anderes großartiges Werk ist die Zauberoper *Alcina vincitrice d'Alcina* (1716), welche in den Gärten der Neuen Favorita (dem Gelände des heutigen Theresianums) mit unerhörter Pracht gegeben wurde. Beide Werke gemahnen an das größte musikalische Theaterereignis der Barockzeit am Wiener Hofe, an den anläßlich Leopolds I. Hochzeit 1666/67 aufgeführten *Il pomo d'oro* mit Musik von *M. A. Cesti.*

Die Bedeutung Fuxens für seine damalige Zeit wird heute durch die große Stilwende zum individualisierenden Ausdruck der Klassik und der ihr folgenden Romantik überdeckt. Im Kern verkörpert sein Werk die Tradition, wie es seiner Natur, aber auch zweifellos dem Willen des Kaisers entsprach. Fux selbst bekannte: »Ich bin gar kein Anbetter der superstitieusen Antiquitet, doch waß durch so ville saecula von vornehmbsten Meistern für gutt und recht behalten, venerire ich auf alle weiß!« Der von Karl VI. noch ein letztes Mal aufgegriffenen Idee vom Heiligen Römischen Reich Deutscher Nation entsprach diese Grundhaltung der Fuxschen Musik nicht minder, und als führender Musiker des Kaiserhofes verkörperte er somit das Vorbild eines »Reichischen Stils« in seiner Zeit, dessen Auswirkungen sich nach Böhmen, Franken bis an den Rhein und bis nach Dresden erstreckten, wo einer seiner bedeutendsten Schüler, *Dismas Zelenka,* wirkte, während andere Hofscholaren seiner Schule *G. T. Muffat, G. Chr. Wagenseil* und *Franz Tuma* waren.

Mit *Maria Theresia* trat der alte Gedanke des Reiches hinter dem einer rein dynastischen österreichischen Staatsidee zurück. Der Individualisierungsprozeß ergreift nicht nur die Staatsmacht, sondern noch viel mehr die Kultur, die Musik. Das Werk Fuxens versank, als die stilisierte Ausdruckswelt des höfischen und gegenreformatorischen Barocks durch neue natürliche Ausdrucksformen des Menschlichen in Mißkredit kam. *Wilhelm Heinse* verspottete die Fuxschen Arien. Und nur die Kirchenmusik des Meisters blieb lebendig. Und doch, die heutige Forschung erkennt deutlich an dieser Schwelle national-individualisierender Musik im Fuxschen Gesamtwerk das echt Österreichisch-Süddeutsche; sowohl gegenüber dem Musikbild des deutschen Nordens wie gegenüber der gleißenden Kunst des Italienertums – oder gar des französischen Stils. Gerade der volkhafte Unterton in der Instrumentalmusik von Fux ist heimisches Kennzeichen; dieser Ton, der dann *Joseph Haydns* Werk charakteristisch prägen wird.

Es wäre verfehlt, seine Bedeutung für die Klassik gering anzuschlagen. Wenn die gelegentliche Volkstümlichkeit seines melodischen Satzes, vor allem seine Menuette, dicht bei Haydn stehen, so wirkte vor allem seine kontrapunktische Lehre des *Gradus* latent aber intensiv in die Klassik hinein, wenngleich der Ausgleich zwischen neuem harmonisch-homophonem Denken und kontrapunktischer Satzart, den Durcharbeit wie Durchführung des neuen dualistischen Sonatengebildes erforderten, erst mit dem späteren Haydn und mit *Mozarts*

Auseinandersetzung mit der Bachschen Polyphonie sich erfüllte. Aber am Fuxschen *Gradus* haben sich *Josef* und *Michael Haydn, Mozart, Beethoven* (durch die Lehre *Albrechtsbergers*), *Cherubini* u. a. m. gebildet. Und der berühmte *Padre Martini,* Haupt der italienischen Kontrapunktschule in Bologna, konnte dem *Abbé Vogler* (Lehrer von *C. M. von Weber* und bekannt unruhiger und suchender Geist) nur sagen: »Wir haben nichts anderes als das Fuxsche System!«

Erst im letzten Drittel des vergangenen Jahrhunderts wurde der absolute Wert Fuxens – jenseits aller epochenhaften bzw. modischen Bewertung – voll erfaßt: von *Ludwig R. von Koechel.* Er teilte seine Lebensarbeit zwischen Mozart und Fux und dokumentierte damit den außerordentlichen musikalischen Wert des Meisters. Weitere Bemühungen durch *Guido Adler* (Eröffnung der großen historischen Denkmälerreihe der Tonkunst in Österreich mit einem Band Fuxscher Kirchenwerke), durch *Egon J. Wellesz* mit der Veröffentlichung der Festoper *Costanza e Fortezza,* weitere Bemühungen des Grazer-steirischen Kreises mit *Hermann Kundigraber, Hermann von Schmeidel* u. a. m., denen sich die meinen anschlossen, bis hin zu der neuen J. J. Fux-Gesamtausgabe, welche *Helmut Federhofer* inaugurierte, legen Zeugnis ab von der steigenden Erkenntnis über den Wert dieses unseres größten österreichischen Barockmeisters.

Die Aufklärung

VON WALTER POLLAK

Österreich, das wenige Jahrzehnte zuvor sein Heldenzeitalter durchlebt hatte und zur Großmacht aufgestiegen war, stand mit dem Regierungsantritt *Maria Theresias* vor einem Abgrund. Was *Prinz Eugen* vorausgesehen hatte, trat ein. Von einem Kreis überalterter Berater umgeben, die sie von ihrem Vater übernommen hatte, gestützt auf eine Armee, deren Schlagkraft zweifelhaft war, und mit einer leeren Staatskasse stand Maria Theresia ihren Feinden gegenüber, die Stück um Stück aus dem Staatskörper der Monarchie herausreißen wollten. Bayern und Sachsen, die beide der *Pragmatischen Sanktion* ihre Zustimmung verweigert hatten, protestierten sofort gegen ihren Regierungsantritt; Preußen, das die Pragmatische Sanktion anerkannt hatte, fiel in Schlesien ein. Bayern beanspruchte Tirol, Oberösterreich und Böhmen; Mähren und Teile von Niederösterreich sollten an Sachsen fallen. Der einzige Verbündete, auf den Maria Theresia rechnen konnte, war England, dessen Herrscher *Georg II.* gleichzeitig Kurfürst von Hannover war und dieses Land sowohl von Frankreich wie auch von Preußen bedroht sah. Dieses Bündnis aber hatte nicht Gewicht genug, weil die englische Regierung nicht gewillt war, für den deutschen Besitz ihres Königs den vollen militärischen Einsatz zu leisten.

In dieser schier ausweglosen Lage gelang es Maria Theresia, die volle Unterstützung Ungarns zu erwirken. Das von Romantik umwobene Bild ist in die Geschichte eingegangen: Die junge Monarchin, ihren erstgeborenen Sohn Joseph auf dem Arm, tritt vor den Reichstag zu Preßburg, umjubelt von den Magnaten. Die romantische Verklärung mag einen Teil der Stimmung wiedergeben, von der die begeisterungsfähigen Magyaren gegenüber der Herrscherin erfüllt waren. Die ganze Wahrheit allerdings war, daß Maria Theresia wesentliche Zugeständnisse hinsichtlich der ungarischen Freiheiten machen mußte, um ihre Königswahl am 25. Juni 1741 durchzusetzen. Der politische Wert dieses Vorganges war in jener Lage nicht zu unterschätzen. Die Königin verfügte nun nicht nur über Soldaten des Königreiches Ungarn; vielmehr war die Würde einer Königin von Ungarn das einzige, was ihr unbestritten geblieben war. Um die habsburgischen Erb- und Stammlande mußte sie einen zähen Kampf führen.

Während seit dem 16. Dezember 1740 der glücklose Versuch unternommen wurde, die Besetzung Schlesiens durch *Friedrich II. von Preußen* zu verhindern, brachte der französische *Marschall Fouquet de Belle-Isle* die Vereinbarung von Nymphenburg (28. Mai 1741) zwischen den französischen und spanischen Bourbonen, Bayern und Sachsen zustande, in der die beabsichtigte Aufteilung des habsburgischen Besitzes fixiert und außerdem *Karl Albert von Bayern* zugesichert wurde, seine Kaiserwahl zu unterstützen. Wenig später trat Preußen diesem Bündnis bei. Während die englische Regierung unter *Sir Robert Walpole* sich auf eine Zuwendung von 300 000 Pfund für Maria Theresia beschränkte, eröffnete Bayern, gestützt auf das Nymphenburger Bündnis, am 31. Juli 1741 den Krieg gegen Österreich.

Wegen der drohenden Gefährdung Hannovers schloß England im Herbst des gleichen Jahres einen Neutralitätsvertrag mit Frankreich. Kurz darauf bequemte sich Maria Theresia zu dem Geheimvertrag von Klein-Schmellendorf mit Friedrich II., um sich den Rücken frei zu machen, und stimmte der Abtretung Niederschlesiens zu.

Diese Rückenfreiheit machte es den Österreichern möglich, gegen den Kurfürsten Karl Albert von Bayern, der bereits Linz und Prag eingenommen hatte, offensiv zu werden. Die Österreicher eroberten Oberösterreich und Böhmen zurück und drangen tief nach Bayern ein; aber die volle Entfaltung der militärischen Kraft konnte ihnen nicht gelingen, da Friedrich II. schon am 4. November 1741 sich mit Bayern verbündet hatte. Immerhin mußte der am 12. Februar 1742 als *Karl VII.* zum römisch-deutschen Kaiser gekrönte bayrische Kurfürst die Eroberung seiner Landeshauptstadt München durch *Graf Ludwig Andreas Khevenhüller* hinnehmen.

In England war auf Sir Walpole *Lord Jon Carteret* gefolgt, und die englische Politik erhielt noch einen stärkeren Akzent britischen Eigeninteresses. Sie strebte danach, zwischen Preußen und Österreich einen Frieden zustande zu bringen, um gleichzeitig Österreich für sich gegen Frankreich zu gewinnen. Die Frucht dieses Bemühens war der Friede von Berlin (28. Juli 1742), in dem Österreich ganz Ober- und Niederschlesien sowie die Grafschaft Glatz an Preußen abtreten mußte. Österreich verblieb lediglich Teschen, Troppau und Jägerndorf. Diese Auseinandersetzung zwischen Preußen, Bayern und Sachsen auf der einen und Österreich auf der anderen Seite, die Rolle, die darin auswärtige Mächte wie Frankreich, England, Spanien, Sardinien und später Rußland spielten, verdeutlicht, in welchem Maße das Römische Reich der Deutschen Illusion geworden war. Die Entwicklung der Territorialegoismen in der nachstaufischen Zeit, ihre Ausbildung zum Staatsgedanken durch Reformation und Westfälischen Frieden, erhielt nun durch den modernen Staatsgedanken jenes Eigengewicht und jenes staatliche Selbstverständnis, das Preußen bereits darstellte. Nicht mehr das Reich und seine Ordnungsidee waren Maßstab und Richtschnur, sondern allein die Anschauung des aufgeklärten Absolutismus vom modernen Macht- und Wohlfahrtsstaat. Das Reich als Fiktion wird nur noch als fadenscheinige Begründung für machtpolitische Entscheidungen herangezogen, etwa als Friedrich II. in Mähren einfiel, während österreichische Truppen in Bayern standen. Da hieß es, Österreich bedrohe einen Reichsfürsten und Friedrich II. sehe sich aus Gründen der »deutschen Libertät« gezwungen einzugreifen.

Im Frieden von Dresden (25. Dezember 1745), neuerlich durch Vermittlung Englands zustande gekommen, wurde der Verlust Schlesiens bestätigt und lediglich die Anerkennung der Kaiserwahl *Franz Stephans von Lothringen* durch Preußen eingehandelt. Der Friede von Aachen (18. Oktober 1748), der den Bayrischösterreichischen Erfolgekrieg, der sich vor allem zu einer Auseinandersetzung in den Niederlanden und in Norditalien ausgeweitet hatte, beendete, brachte für Österreich eine Beeinträchtigung seiner Position in Norditalien. Von allen Beteiligten aber wurde die Pragmatische Sanktion anerkannt und der Gatte Maria Theresias, Franz Stephan von Lothringen, als Kaiser akzeptiert. Österreich hatte Verluste erlitten, vor allem den unersetzbaren Verlust Schlesiens, aber es war als Großmacht intakt geblieben. In der Auseinandersetzung mit Preußen hatten sich die ersten Anzeichen für die Verdrängung Österreichs aus Deutschland abgezeichnet.

Unter dem Einfluß *William Pitts des Älteren,* eines erklärten Gegners der Verknüpfung englischer und hannoveranischer Interessen, neigte England immer mehr zu Preußen, was 1756 schließlich zum Neutralitätsvertrag zwischen den beiden Staaten führte. Schon nach Beendigung des Bayrischen Erbfolgekrieges erkannte *Graf Wenzel Kaunitz,* daß das Bündnis mit England für Österreich nur von geringem Nutzen war, und erwog dessen Auflösung. Er wurde zum Fürsprecher der Aussöhnung mit Frankreich und erreichte, nachdem er 1753 zur Leitung der auswärtigen Angelegenheiten berufen worden war, das Bündnis der beiden Staaten im Jahre 1756. Eine Zeitlang hatte er in dieser Frage mit der Gegnerschaft des Kaisers zu rechnen, der durch ein solches Bündnis nicht die letzten Möglichkeiten, Lothringen wieder zu erringen, zerstören wollte.

Aus dem nicht mehr zu übersehenden politischen Niedergang des Reiches, der außenpolitischen Konstellation und der Entwicklung des modernen Staatsdenkens ergab sich für Österreich die Konsequenz, sich auf sich selbst, seine reformerische Reorganisation voll und ganz zu konzentrieren. Maria Theresia hat nach dem Frieden von Dresden gesagt, sie habe ihre Denkungsart geändert und »allein auf das innerliche deren Länder gewendet, umb die erforderlichen Maaß Reguln zu ergreiffen, wie die Teutschen Erb-Lande von denen so mächtigen Feinden Preussen und Türcken ... noch zu erhalten und zu beschützen wären.« Was der Verlust Schlesiens für Österreich, für seine Stellung im Reich bedeutete, dessen war man sich in Wien bewußt. Mit Schlesien hatte Habsburg eine deutsche Provinz verloren, seine deutsche Basis war kleiner geworden, was in Zukunft nicht ohne Rückwirkung auf seine innere Politik bleiben konnte. Der Verlust Schlesiens hat aber auch sein Gewicht im Reich geschmälert. Der Verlust Schlesiens war, im historischen Zusammenhang gesehen, das tragische Vorspiel zur Tragödie von Königgrätz. Es war deshalb nicht sentimentale Wehmut, wenn Maria Theresia diesen Verlust niemals verwinden konnte, wenn sie und ihre politischen Ratgeber immer wieder nach einer Möglichkeit Ausschau hielten, diese Entscheidung zu korrigieren. 1751 hatte Maria Theresia gesagt: »... eines Tages Schlesien wieder zu haben, was ich gewiß nicht aus Ehrgeiz oder Vergrößerungssucht wünsche, sondern weil ich immer mehr und mehr überzeugt davon werde, daß das Wohl meines Hauses davon abhängt und daß dieser Verlust die Quelle aller Verlegenheiten ist, die wir sowohl im Reich wie im Norden haben.«

Die Veränderungen der Bündnislage schienen den österreichischen Wünschen entgegenzukommen. Die kolonialen Differenzen zwischen England und Frankreich in Nordamerika spitzten sich zu. Das Gewicht des englisch-preußischen Bündnisses auf dem Kontinent schien also kalkulierbar. Das Konzept des Staatskanzlers Kaunitz war aufgegangen: das Bündnis mit Rußland gefestigt, ein Defensivbündnis mit Frankreich geschlossen. Damit aber war das Konzept Friedrichs II. von Preußen durchkreuzt, der schon 1752 gemeint hatte: »Zumal seit der Erwerbung Schlesiens verlangt unser gegenwärtiges Interesse, daß wir im Bunde mit Frankreich und ebenso mit allen Feinden Österreichs bleiben.« Er zog die Parallele zwischen Schlesien und Elsaß-Lothringen und leitete daraus die gemeinsamen antihabsburgischen Interessen ab: so wie er Schlesien aus der habsburgischen Monarchie herausgebrochen hatte, so hatte Frankreich sich Elsaß-Lothringen gewalttätig angeeignet.

Als Preußen auf eine Anfrage in Wien, was die österreichische Truppenkonzentration in Böhmen zu bedeuten habe, keine befriedigende Antwort erhielt, ließ es am 28. August 1756 seine Truppen in Sachsen einfallen. Anfang 1757 erklärte der Regensburger Reichstag den Reichskrieg gegen Preußen, im Frühjahr trat Schweden an der Seite Österreichs in den Krieg ein. Den Siebenjährigen Krieg charakterisierte ein ständiger Wechsel von militärischen Erfolgen und Niederlagen beider Seiten, oft bestimmt von diplomatischen Ränken und schicksalhaften Zufällen.

Trotz der Kriegsmüdigkeit auf beiden Seiten weitete sich der Krieg 1761 durch das Bündnis zwischen Frankreich und Spanien nochmals aus. Nun setzte eine für Friedrich bedrohliche Wendung ein: England erklärte am 4. Jänner 1762 Spanien den Krieg. Aus politisch-strategischen Gründen suchte nun England wieder Annäherung an Österreich und erneuerte den englisch-preußischen Vertrag nicht mehr. Mit einem Schlage war Friedrich seines wesentlichsten Verbündeten beraubt. Unvorhersehbares Schicksal kam in diesem Augenblick Friedrich zu Hilfe: Die *Zarin Elisabeth* starb am 5. Jänner 1762; ihr Sohn *Peter III.*, ein begeisterter Verehrer Friedrichs von Preußen, schloß mit diesem einen Sonderfrieden und am 19. Juni 1762 ein Bündnis. Schweden folgte dem russischen Beispiel und schied aus dem Krieg aus. Maria Theresia mußte im Frieden von Hubertusburg am 15. Februar 1763 den bestehenden Zustand abermals anerkennen: Preußen behielt Schlesien und Glatz, Österreich erhielt lediglich die preußische Zustimmung zur Kaiserwahl Josephs.

Wenige Tage zuvor, am 10. Februar, war in Paris der Friede zwischen Frankreich und Spanien einerseits und England andererseits geschlossen worden. England erhielt Canada, Cap Breton, Westindische Inseln und Teile der Kolonien am Senegal. Wie ein halbes Jahrhundert zuvor im Spanischen Erbfolgekrieg war auch diesmal England der eigentliche Sieger: Während die Kontinentalmächte einander schwächten, baute England systematisch sein Kolonialreich auf.

An seiner Ostgrenze begannen sich nun für Österreich die kommenden Schwierigkeiten mit Rußland abzuzeichnen. Seit 1764 *Stanislaus Poniatowski*, ein

Günstling der *Zarin Katharina II.*, zum König von Polen gemacht worden war, galt dieses Land als sicherer Vasall Rußlands. Außerdem griff das Zarenreich in einem erfolgreichen Türkenkrieg auf die Krim und die Donaufürstentümer über. Diese Ausdehnung des russischen Machtbereiches im Westen und im Südwesten beunruhigte sowohl Wien wie auch Berlin. Die beteiligten Mächte einigten sich, Polen untereinander aufzuteilen (Erste Teilung Polens 1772). Österreich erhielt Galizien und Lodomerien und die 13 Zipser Städte, die wieder mit Ungarn vereinigt wurden; Preußen bekam Westpreußen (ohne Danzig und Thorn), und Rußland wurde Weißrußland östlich der Düna und des Dnjepr eingegliedert. 1775 fiel die Bukowina an Österreich, als Entschädigung für finanzielle Hilfe, die es der Türkei gewährt hatte.

Glücklos blieb Österreich in seinem Bemühen, für das endgültig verlorene Schlesien wenigstens einen Ausgleich zu finden. Als am 30. Dezember 1777 mit *Maximilian Joseph* der Mannesstamm der bayrischen Wittelsbacher ausstarb, anerkannte *Karl Theodor von Pfalz-Sulzbach* die Ansprüche Österreichs auf Niederbayern, auf Teile der Oberpfalz und die Herrschaft Mindelheim. Gestützt auf diesen Vertrag rückten österreichische Truppen in Niederbayern und Schwaben ein. *Josephs II.* Plan zielte darauf ab, die österreichischen Niederlande als Königreich Burgund der wittelsbachischen Nebenlinie im Tausch gegen Bayern zu überlassen. Preußen wandte sich vehement gegen diese Absicht, Österreichs Gewicht im Reiche zu verstärken, und erklärte den Krieg. Maria Theresia, des Kriegführens müde, folgte ihrem Sohn bei der Durchsetzung dieses Planes nicht. Noch ehe der Krieg richtig begonnen hatte, wurde er ohne wesentliche Kampfhandlungen am 13. Mai 1779 im Frieden von Teschen beendet. Den Wittelsbachern verblieb Bayern; nur das Innviertel mit den Städten Ried, Braunau und Schärding wurde an Österreich abgetreten.

Maria Theresia, die zeit ihres Lebens den Verlust Schlesiens nicht hatte verwinden können, hat diese Möglichkeit, eine Art Ersatz dafür zu finden, die deutsche Basis ihrer Macht wieder zu verbreitern und Habsburgs Gewicht im Reich zu verstärken, am Vorabend ihres Todes (29. November 1780) wohl deshalb abgelehnt, weil sie ihren Staat, der mittlerweile durch ein großangelegtes Reformwerk im Inneren gefestigt worden war, nicht durch ein militärisches Abenteuer nochmals gefährden wollte.

*

Krieg bestimmte die ersten 23 Jahre der Regierungszeit Maria Theresias; trotzdem verlor sie in ihrer Sorge um den Bestand des Staates nicht die Notwendigkeit grundlegender moderner Reformen aus dem Auge, die sich mehr und mehr den Ideen *Montesquieus* von der Gewaltentrennung annäherten. Der aufklärerische Geist, der sich darin ausdrückte, entsprang bei Maria Theresia nicht einer ideologischen Einstellung, sondern vielmehr den realen Erfordernissen des Staates. Schon 1742 war aus der österreichischen Hofkanzlei die Geheime Haus-, Hof- und Staatskanzlei zur Erledigung der auswärtigen Angelegenheiten herausgelöst worden. 1746 wurde die Theresianische Ritterakademie (Theresianum) errichtet, um die Söhne des Adels auf den Dienst für den Staat vorzubereiten. 1748 legte das von *Daun* ausgearbeitete Reglement für die österreichische Armee die Grundlage für die Vereinheitlichung und Disziplinierung des Heeres. Darin hatte auch jene besondere österreichische Einrichtung der »Militärgrenze«, die bereits 1699 begründet worden war, ihren festen Platz.

Die eigentliche tiefgreifende Reform des Staates und seiner Organisation setzte mit dem Jahre 1749 ein, wobei *Friedrich Wilhelm Graf Haugwitz* eine hervorragende Rolle spielte. Dieser 1702 geborene Sohn eines in sächsischen Diensten stehenden Generals ist, soweit dies überhaupt im Laufe der Geschichte Österreichs gelingen konnte, der Vorstellung des Prinzen Eugen am nächsten gekommen, daß man ». . . so viel als möglich ein Totum aus der kaiserlichen und katholischen Majestät weitläufigen und herrlichen Monarchie mache«. Es handelt sich also um die Lösung einer Aufgabe, die letztlich bis zum Ende der habsburgischen Monarchie ungelöst geblieben ist und ihr Schicksal besiegelt hat: aus den kulturell, wirtschaftlich und sprachlich verschiedenartigen Ländern einen homogenen Staat zu formen.

Haugwitz hatte Erfahrungen in der Landesverwaltung jenes Teiles von Schlesien, der Österreich verblieben war, gesammelt und in Krain und Kärnten die bis zur Korruption gediehene Mißwirtschaft der Stände kennengelernt. Was er als Verwaltungsumbau in Angriff nahm, gedieh zur Staatsreform, die gegen die Stände durchgesetzt werden mußte.

Zunächst wurde das Finanzwesen dergestalt reorganisiert, daß das Recht der Stände, Steuern zu bewilligen, eingeschränkt, die Sicherung ständiger Einnahmen auf längere Zeit gewährleistet und die ständige Kontrolle der Finanzgebarung gesichert wurde. Zum ersten Male wurde auch der unbewegliche Besitz des Adels der Steuerleistung unterworfen. Hier wurde, gegen den Widerstand der Stände, ein wesentlicher Schritt zu deren Entmachtung getan.

Die österreichische und böhmische Hofkanzlei wurde aufgelöst und durch die zentrale Behörde für die Verwaltung und die Finanzkontrolle, das »Directorium in publicis et cameralibus«, ersetzt. Damit wurde der Rest der böhmischen Sonderstellung in das Staatsganze integriert. Ein wesentlicher Schritt zur Gewaltenteilung war die Herauslösung der »Obersten Justizstelle« aus der Hofkanzlei. Mit den Repräsentationen und Kammern wurden neue Provinzialbehörden geschaffen. Die Kreisbehörden (Kreisämter) dienten als Verbindungs- und Aufsichtsorgane zwischen unteren Stellen und der Repräsentation. Es ergab sich solcherart von oben nach unten eine nahtlos ineinandergreifende Organisation: Landesfürst – Directorium in publicis et cameralibus – Repräsentationen und Kammern – Kreisämter.

Besondere Bedeutung war der Wirtschaft zugedacht. Für die Bedürfnisse des Handels in der Monarchie, den Ausbau von Verkehr und Industrie und für die Entwicklung der Handelsverträge wurde das Universalkammerdirektorium geschaffen. Welche Bedeutung man diesem Fragenkreis entgegenbrachte, zeigt die

Berufung des Kammeralisten und Nationalökonomen *Johann Heinrich Gottlieb Justi* aus Eisenach an die Theresianische Akademie. Gegen das englische, holländische und französische Monopol im Orienthandel wollte man mit der Gründung der Levantekompagnie in Triest angehen, wo auch eine Börse errichtet wurde. Schließlich wurde 1753 die Konsularakademie in Wien ins Leben gerufen, die vor allem mit orientalischen Fragen sich zu befassen hatte und sprachenkundige Fachleute ausbilden sollte.

Eines der wesentlichsten Probleme war die Reform der Beziehungen zwischen Staat und Kirche. Maria Theresia war keine Aufklärerin im eigentlichen Sinne dieses Wortes; ihre Frömmigkeit war von einer geradezu naiven Innerlichkeit. Trotz dieser persönlichen Einstellung in Glaubensdingen wurden wesentliche Reformen durchgeführt, die, ganz im Sinne des modernen Staates, die Kirche in stärkerem Maße an diesen binden sollten. Was später unter *Kaiser Joseph II.* noch stärker in den Vordergrund trat, war hier bereits sichtbar: Die Kirche wurde einbezogen in die Anschauung, daß nur gültig sein kann, was dem Staate dient.

Visitationen von Ordenshäusern durch ausländische Generalobere wurden verboten; der Abfluß von kirchlichen Geldmitteln ins Ausland wurde verhindert; päpstliche und bischöfliche Verordnungen, soweit letztere aus dem Ausland kamen, bedurften des landesfürstlichen Placet, standen also unter einer Art Vorzensur; die Zuständigkeit geistlicher Gerichte wurde eingeschränkt; das Asylrecht bei St. Stephan und bei den Schotten wurde aufgehoben; Verordnungen über kirchliche Vermögensgebarung und Gebühren bei kirchlichen Handlungen wurden erlassen; zahlreiche kirchliche Feiertage wurden aufgelassen.

Selbst gegenreformatorische Tendenzen sind noch erkennbar: Ansiedlung von Nichtkatholiken in den deutschböhmischen Erblanden wurde untersagt; Protestanten aus Inner- und Oberösterreich wurden nach Siebenbürgen verpflanzt; holländische Familien durften sich in den österreichischen Niederlanden nicht niederlassen; verwitweten Bauersfrauen wurden die Kinder weggenommen, wenn sie nicht die Gewähr für deren katholische Erziehung boten.

Die mit großem Eifer durchgeführten Reformen auf allen Gebieten führten zunächst da und dort mehr zur Unordnung als zur Ordnung, weil die vorgebildeten Menschen fehlten. Aus diesem Grunde, vor allem aber auch, damit der Staat die Universitäten, die bis dahin vollkommen von den Jesuiten beherrscht wurden, unter seinen Einfluß bringen konnte, wurde die Reform der Universität in Angriff genommen. Der geistige Mentor dabei war der Leibarzt Maria Theresias, *Gerhard van Swieten,* ein Mann, der den modernen rationalen Geist mit religiöser Bekenntnistreue vereinbaren wollte, der aus seiner niederländischen Heimat einen gewissen kalvinistischen Einfluß mitbrachte und schon aus seiner kritischen und puritanischen Gesinnung im Gegensatz zu den Jesuiten stand.

Der 1700 geborene van Swieten, ein Schüler des vor allem durch seine Diagnostik berühmt gewordenen *Hermann Boerhaave,* war 1745 von Leyden nach Wien geholt worden. Neben seiner Eigenschaft als Leibarzt wurde er zum Professor der medizinischen Fakultät und zum Präfekten der Hofbibliothek ernannt. Es ist nur selbstverständlich, daß er als Arzt sein besonderes Augenmerk auf den Ausbau der medizinischen Fakultät richtete und damit zum Initiator der Ersten Wiener Medizinischen Schule wurde. Er holte für die theoretische Medizin *M. Störck* nach Wien, für die praktische Medizin *de Haen*. Neue Wege wurden beschritten: Kranke wurden zur Demonstration bei den Vorlesungen herangezogen, die Leichenöffnung als Kontrolle der Diagnose ebenso wie die Krankengeschichte eingeführt. Der Chirurg *Ferdinand Leber*, in zehnjähriger Tätigkeit erfahren als Folterarzt, wirkte zusammen mit *Sonnenfels* für die Abschaffung der Folter. Als Direktor und Präses der medizinischen Fakultät berief van Swieten u. a. den Anatom *Jaus* und den Geburtshelfer *Crantz*. Aber auch die Berufung des Botanikers *Jacquin* ist ihm zu danken.

Der Reformplan für die Universität vom 17. Jänner 1749 behielt der Kaiserin vor, die Professoren zu ernennen; als Kontrollorgan wurde in den Hohen Schulen ein staatlicher Direktor eingesetzt. In den Studienplan wurden die Botanik und die Chemie neueingeführt, neueingerichtet wurden der Botanische Garten und die medizinische Klinik. Drei Jahre später wurde das Fach »Deutsche Beredsamkeit« aufgenommen. Die Einführung des Faches Philosophie und die Berufung von *Christian Wolff* auf diesen Lehrstuhl wurde für die Verbreitung der Aufklärung in ihrer spezifisch österreichischen Variante als »katholische Aufklärung« bedeutsam. Diese »katholische Aufklärung« stellte sich nicht so radikal dar wie die rationalistische Doktrin und konnte daher auch mit den katholischen Traditionen leichter verbunden werden. Angesichts der gegenreformatorischen Tradition Österreichs könnte man sagen, es habe sich um einen österreichischen Umweg zur Aufklärung gehandelt.

In der Jurisprudenz wurde das Naturrecht eingeführt, dessen erster Lehrer der Südtiroler *Karl Martini* war. Eine Folge dieser Universitätsreform war die Säkularisierung des Geistes, die völlige Einbeziehung der Universität in den Staatszweck und schließlich die Umformung des Professors zum Beamten.

Über Antrag von *Johann Christoph von Bartenstein* wurde das Staatsarchiv zentralisiert und in seiner modernen Gestalt begründet. Bartenstein wurde der erste Direktor des Archivs. Er gehörte zu den ersten Vertrauten und Ratgebern Maria Theresias als der Sekretär der »Geheimen Konferenz«, jenes überalterten Beratergremiums, das die Kaiserin von ihrem Vater übernommen hatte und in dem Bartenstein der einzige jüngere Mann war. Vor allem in außenpolitischen Fragen war er für die ersten Regierungsjahre der Kaiserin tonangebend.

Selbstverständlich wurde im Rahmen der Reformen auch die Zensur nicht vergessen; die Vorzensur wurde hervorgehoben: Bücher durften erst nach gegebener Erlaubnis gedruckt werden.

Mit diesen Reformen war ein Werk in Gang gesetzt, das sich unter Joseph II. stürmisch entwickeln sollte.

*

Als verbindendes Organ für die verschiedenen Hofstellen, allerdings ohne exekutive Vollmachten, wurde über Empfehlung von Graf Kaunitz im Jahre 1760 der Staatsrat ins Leben gerufen. Kaunitz war damit ein Schlag gegen Haugwitz gelungen, jedoch ohne das Wesentliche von dessen Werk zu beseitigen. Sein Wirkungsbereich erstreckte sich auf die Erblande und Böhmen; Ungarn, Siebenbürgen, die Niederlande und die italienischen Provinzen waren ausgeklammert. Man sieht schon daraus, wie schwierig es war, die verschiedenartigen Teile, aus denen sich das habsburgische Reich gebildet hatte, zu einem einheitlichen, zentralen Staat zusammenzufassen. Fragen des Staatsrechts, der inneren Verfassung und der Traditionen spielten dabei eine große Rolle. Nichtsdestoweniger äußerte Maria Theresia darüber, daß sie mit Hilfe dieses Staatsrates und dessen, der ihn ihr vorgeschlagen habe, sich getraue, dem Untergang des Staates die Stirne zu bieten. Man versteht, daß sie davon sprach »dem Untergang des Staates die Stirne zu bieten«, war doch der Siebenjährige Krieg noch im Gange.

Die vereinigte Hofkanzlei, die Staatskanzlei, die oberste Justizstelle, die Hofkammer, die Hofrechnungskammer und der Hofkriegsrat berieten den Staatsrat.

Auf der mittleren Ebene wurden die Gubernien eingerichtet, mit einem Landeshauptmann, einem Präsidenten oder einem Statthalter an der Spitze. Auf der unteren Ebene blieben wie bisher die Kreisämter.

Oberste Verwaltungsbehörde war die Vereinigte böhmisch-österreichische Hofkanzlei. Im Mittelpunkt der Erwägungen, die zu dieser neuen Organisation geführt hatten, stand die gemeinsame Wohlfahrt. Maria Theresia sprach selbst davon, »daß unsere eigene wohlfahrt mit jener unserer unterthanen unzertrennlich mit einander verknüpfet seye ...« und daß »zwischen dem landesfürstlichen und ständischen Interessen kein unterschied gemacht werden muß«.

Joseph II., der 1763 zum deutschen König gewählt worden war und nach dem Tode seines Vaters, Franz' I., Kaiser und Mitregent in Österreich wurde, nahm von Anfang an an den Beratungen des Staatsrates teil. Erst 24 Jahre alt, hatte er bereits sehr konkrete Vorstellungen, wie der Staat aussehen sollte. Anders als die Mutter, war er ein Aufklärer im wahrsten Sinne des Wortes. Sein Ziel war die Vereinheitlichung der Verwaltung, die von der obersten Stelle bis zu den untersten durchgehend gegliedert sein sollte. Die Voraussetzung dafür waren ihm: Aufklärung, Merkantilismus, Utilitarismus und die absolute Staatssouveränität.

Was sich in weiterer Zukunft als segensreiche Einrichtung erweisen sollte, stellte sich zunächst als Bürokratisierung, als Kompetenzüberschneidung dar, deren Folge Überlastung des Apparates, Verschleppung von Erledigungen und schließlich Unzufriedenheit war. Es erwies sich, daß das Bildungswesen dem Staatszweck angepaßt werden mußte, um die Bevölkerung in Stand zu setzen, die Neuerungen auch zu verstehen.

Unter dem Wiener Erzbischof *Kardinal Migazzi* wurde die Studienhofkommission errichtet. Der Probst des schlesischen Chorherrenstiftes Sagan, *Johann Ignaz Felbiger*, entwarf das Organisationsschema für die theresianische Volksschule. Ein vorausgegangener Schulplan des *Grafen von Pergen* war wegen seines zu radikal-aufklärerischen Inhalts gescheitert. Sein Ziel war die Erziehung aufgeklärter Bürger, die Schulaufsicht ausschließlich durch den Staat und die Ausschaltung der Ordensgeistlichen aus dem Unterricht. Pergens Nachfolger, *Baron Kresel*, änderte zwar nichts an der Zielsetzung, verstand es aber, klüger zu taktieren.

Nachdem Felbiger 1772 nach Wien berufen worden war, wurde das Volksschulwesen aus der Studienhofkommission herausgelöst und eine eigene Hofstelle dafür geschaffen. Die am 6. 12. 1774 erlassene allgemeine österreichische Schulordnung sah die Einrichtung von Trivialschulen für das flache Land, von Hauptschulen für die Städte und von Normalschulen in den Landeshauptstädten für die Heranbildung des Lehrernachwuchses vor. Die Schulpflicht wurde vom 6. bis zum 12. Lebensjahr eingeführt. Für die Finanzierung wurde vor allem der Jesuitenfonds herangezogen. Das österreichische Beispiel wirkte im Reich, aber auch Katharina II. von Rußland richtete Schulen nach dem österreichischen Muster ein. Wenn auch die finanzielle Belastung des Staates, vor allem durch die Kriege gegen Napoleon verursacht, zu einem Rückschlag in der schulischen Entwicklung geführt hat, so ist die theresianische Volksschule doch die Grundlage für den späteren Ausbau des österreichischen Schulwesens geblieben.

Aus Gründen des Staatszweckes wurde an den Hochschulen das Jusstudium in den Vordergrund gestellt. Der Aufklärer und Publizist *Josef von Sonnenfels* wurde an die Universität als Lehrer der Staatswissenschaften berufen; ihm vor allem sollte es obliegen, die künftigen Beamten heranzubilden. Sonnenfels gehörte zu jenem Typus, der alle Lebensbereiche mit aufklärerischem Geist durchdringen wollte. Er hatte zum Theater ein kritisches Verhältnis, er wurde als oberster Theaterzensor berufen und von van Swieten in die »Studien und Büchercensurcommission« geholt. Ganz im Sinne der Aufklärung kämpfte er gegen das Wiener Volkstheater mit seinem Hanswurst; diese Kunstform des Volksbarocks erschien ihm sittenwidrig und unsinnig. Nach seinem Wollen sollte das Theater nicht nur ergötzen, sondern vielmehr bilden und aufklären, eine Sittenschule sein. Letztlich war seine Leitidee der Nationaltheatergedanke. Insofern war er ein Vorkämpfer des 1776 gegründeten Wiener Burgtheaters, das von Anfang an als deutsche Nationalbühne gedacht war.

Dem Handel stellten sich mannigfache Schwierigkeiten entgegen. Österreich zerfiel in drei Zollgebiete: Tirol und die Vorlande, die deutschen Erblande und Ungarn. Vor allem Ungarn machte große Schwierigkeiten bei den Bemühungen, zu wirtschaftlicher Einheit zu gelangen. Aber auch natürliche Hindernisse stellten sich in den Weg, vor allem die mangelhaften Verkehrsbedingungen auf Straßen und Wasserwegen. Um diesen Schwierigkeiten von Staats wegen zu begegnen, wurde als zentrale Stelle zur Förderung des Handels der Kommerzienrat eingerichtet. *Karl von Hatzfeld* gründete 1769 die Wiener Börse und gab seit 1771 die Wiener Bancozettel heraus.

In Ungarn wurde die Besiedlung mit Bauern und Handwerkern aus Schwaben vorangetrieben. Dabei waren nicht nur wirtschaftliche Überlegungen maßgebend, sondern vielmehr auch politische: Das deutsche Element sollte urbanisierend auf den traditionellen magyarischen Kastengeist und kalmierend auf die revolutionären antihabsburgischen Neigungen der Magyaren wirken.

*

Nach dem Tod der Mutter konnte *Joseph II.*, 1780, die Alleinherrschaft antreten. Sie hatte ihn allzuoft gehemmt: meist wohl aus dem sicheren Instinkt des Mütterlichen und der Schicksalsgeschlagenen, die Gefährdung durch Übereiltheit vermieden wissen wollte; nach seiner Meinung als retardierendes Element gegen die vollen Konsequenzen aller Neuerungen. Nun waren die Hemmungen gefallen, stürmisch konnte er seinen Zielen zustreben. Vernunft und Nutzen waren ihm dasselbe; der einzelne sollte nur dem Gemeinwesen leben, worin er auch für sich selbst keine Ausnahme machte. Aus dem Nebeneinander der Länder wollte er ein Reich schaffen. Sein Ziel war die Wohlfahrt in einem perfekten Obrigkeitsstaat. In gewisser Beziehung waren ihm absolute Herrscher wie *Philipp II. von Spanien, Ludwig XIV. von Frankreich* und *Friedrich II. von Preußen* Vorbild. Was ihn aber wesentlich unterschied, was seinem Absolutismus einen humanen Akzent setzte, war sein Streben nach der Glückseligkeit seiner Untertanen. Sein bescheidenes Leben war ein Protest gegen den Lebensstil des Adels. Rundum sah er sein Wollen gehemmt, was dazu führte, daß sein Handeln oft aggressive Züge erkennen ließ.

Zunächst wurde die Vereinigte böhmisch-österreichische Hofkanzlei, Hofkammer und Ministerialbankodeputation geschaffen, in der vereinigt waren: die Hofkanzlei, die Hofkammer und die Bankodeputation. Innerhalb dieser Einrichtung hatten 13 Abteilungen, die Hofräten unterstanden, den gesamten Bereich der Inneren- und der Finanzverwaltung zu betreuen.

Die zwölf Landesregierungen wurden zu sechs Gubernien umorganisiert. Die Stände wurden praktisch vollkommen ihrer Vorrechte entkleidet. Nur zwei Verordnete aus dem Herrenstand befanden sich noch bei den Landesstellen. Das freie Verfügungsrecht über das Landesvermögen wurde den Ständen entzogen.

Auf seinem Weg zum Einheitsstaat machte Ungarn dem Kaiser schwere Kopfzerbrechen. Ungarn war eine selbständige Verwaltungseinheit; die Finanzangelegenheiten befanden sich in den Händen der ungarischen Hofkanzlei; die siebenbürgische Kammer war in die ungarische eingegliedert; der obersten Verrechnungsstelle in Wien verblieb nur ein bescheidenes Kontrollrecht. 1785 versuchte der Kaiser sich durchzusetzen: Er zerschlug das Paladium der ungarischen Selbstverwaltung, die Komitate; das Land wurde ohne historische und traditionelle Rücksichten in 10 Distrikte geteilt; statt der Obergespane wurden königliche Kommissare eingesetzt. Statt des Lateinischen wurde Deutsch als Amtssprache eingeführt. Diese Maßnahme hat – sei es mit positivem oder negativem Vorzeichen – immer wieder dazu geführt, dem Kaiser Germanisierungstendenzen zu unterschieben. Das ist zweifellos falsch. Ihm schwebte ein Einheitsstaat vor; was dieser logischerweise am nötigsten brauchte, war ein Verständigungsmittel; das sollte die deutsche Sprache sein, nicht mehr und nicht weniger.

Noch stärker, als es schon unter Maria Theresia geschehen war, sollte die Kirche zu einem Instrument des Staates werden. Im Anschauungsfeld des Kaisers und seiner Helfer hatte die Frömmigkeit nur noch den Stellenwert einer praktischen sittlichen Kraft; das Wesentliche des Glaubens sollte vom barocken Beiwerk befreit werden; die praktische Tätigkeit sollte das mystische Erlebnis verdrängen. Eine Hofkommission für geistliche Angelegenheiten wurde eingerichtet. Aus den Reihen der Kirche kamen ihm Helfer zu: der Kanonist *Bernhard van Espen,* ein Jansenist aus Löwen; der *Weihbischof Hontheim,* der unter dem Pseudonym *Febronius* über die Beziehung von Staat und Kirche geschrieben hatte; *Paul Josef Riegger* und *Josef Eybel.* Präsident der Hofkommission für die geistlichen Angelegenheiten wurde der Staatsrat *Karl Frh. Kressl von Qualtenberg.*

Neben dem erklärten Gegner der josephinischen Reform, dem Wiener Erzbischof Kardinal Migazzi, gab es eine Reihe von Kirchenfürsten, die den Kaiser unterstützten, so den Erzbischof von Salzburg, *Hieronymus Graf Colloredo;* den Bischof von Laibach, *Johann Graf Herberstein;* den Bischof von Königgrätz, *Johann Leopold Huy.* Gegenüber der bisherigen Übung, hohe Kirchenpositionen dem Adel vorzubehalten, sollten nunmehr sittlich und geistig hochstehende Männer nachrücken; auch wenn Bürgerliche in das bisherige Adelsvorrecht einbrachen.

Das Schulwesen wurde wesentlich intensiviert. Am Ende der Ära Maria Theresias gab es 15 Normal-, 83 Haupt-, 47 Mädchen- und 3848 Trivialschulen mit rund 200 000 Schülern.

Auf dem Gebiet der Wirtschaft sollte der Schutz der heimischen Produktion durch das Fernhalten ausländischer Konkurrenz erreicht werden. Das Zunft- und Privilegienwesen wurde eingeschränkt, der Zuzug ausländischer Spezialisten gefördert. Mit dem Patent vom 1. November 1781 wurde die bäuerliche Untertänigkeit wesentlich gemildert, die Robot völlig aufgehoben. Wohin die Tendenz schon damals zielte, zeigte der Vorschlag des Hofrates *Franz Anton von Raab* an, der den Bauern zum Grundeigentümer machen wollte.

Beeinflußt von Sonnenfels, der schon 1776 geholfen hatte, die Folter abzuschaffen, von Baccaria und Martini wurde am 1. November 1786 der erste Band des Bürgerlichen Gesetzbuches veröffentlicht, am 13. Jänner 1787 das Allgemeine Gesetzbuch über Verbrechen und deren Bestrafung. Die Zwangsarbeit trat an die Stelle der Todesstrafe.

Das Polizeiwesen, als System eingerichtet von *Graf Johann von Pergen,* ursprünglich als Überwachung des Staatsapparates gedacht, führte schließlich zu einem ausgeklügelten Überwachungs- und Bevormundungssystem, das nacheinander den Präsidenten *Saurau, Haager* und *Sedlnitzky* unterstand.

Kaiser Joseph II.; Schabblatt von Johann Gottfried Haid

Johann Ignaz von Felbiger; Stich von Johann David Schleuen d. Ä. nach einem Bildnisgemälde von Johann Georg Reinitinus

Gerard van Swieten; Lithographie von Joseph Lanzedelly

Der Mann
ohne
Vorurtheil.

Eine Wochenschrift.

Wien,
verlegt bey Joh. Thomas Edlen von Trattnern,
kaiserl. königl. Hofbuchdruckern und Buchhändlern.

1765.

Josef von Sonnenfels; Stich von Timothy Stansfeld Engleheart

Titelblatt der von Sonnenfels herausgegebenen Zeitschrift »Der Mann ohne Vorurtheil«

Claudius Florimund Graf Mercy;
Stich von Sebastian Langer

Leopold Graf Daun; Schabblatt von Johann Simon
Negges nach einem Gemälde von Martin van Meyter

Gideon Ernst von Laudon; Schabblatt von Gabriel
Bodeneer d. J. nach Johann Michael Millitz

Franz Moritz Graf Lacy;
Stich von Johann Balzer

Daß eine solche Fülle von Reformen die bis dahin bevorrechteten Stände vor den Kopf stoßen, ihren Widerspruch hervorrufen mußte, versteht sich von selbst. Aber auch in breiteren Schichten stießen sie auf Unverständnis. In den Niederlanden und in Ungarn führten sie zum Aufstand. Noch auf dem Totenbett mußte Joseph II. viele seiner Reformen widerrufen. Mit ihm verlöschte am 20. Februar 1790 das Leben einer der interessantesten habsburgischen Herrscherpersönlichkeiten. Jahrelang im Schatten der Mutter tätig, von einer Krankheit geplagt, die ihn den frühen Tod zumindest ahnen ließ, war er ein rastlos zur Tat Getriebener. Wenig mehr als ein halbes Jahr vor seinem Tod war die Französische Revolution ausgebrochen: Das Volk selbst hatte die Ideen der Aufklärung aufgenommen, die er von oben herab hatte durchsetzen wollen. Vollkommen entschlüsselt wurde Josephs Persönlichkeit bis auf den heutigen Tag nicht. Dies zu tun wäre wohl mehr eine Psychographie denn eine Biographie vonnöten.

So sehr dieses Leben an seinem Ende sich wie eine Kapitulation ausnahm, so haben seine Tat und sein Geist doch wesentlich weitergewirkt, tief in das kommende Jahrhundert hinein. Armee, Beamte und die vom Staat geformte Geistlichkeit wurden und blieben für lange Zeit die Stützen der habsburgischen Monarchie. Und hier wurde jene Geisteshaltung geboren, jene Synthese aus Kulturliberalismus und konservativer Staatsgesinnung, von der die führenden Schichten Österreichs im 19. Jahrhundert weithin geprägt worden sind.

Maria Theresia

VON ADAM WANDRUSZKA

Mit der großen unter ihrer Herrschaft verwirklichten und vor allem ihrer Energie, Standhaftigkeit und Tapferkeit zu dankenden Staatsreform ist *Maria Theresia,* zumindest für die westliche Reichshälfte, die zum Heiligen Römischen Reich gehörenden sogenannten »deutschen Erblande«, zur Begründerin des modernen zentralistisch-absolutistischen Rechts- und Verwaltungsstaats geworden.

Als sie am 13. Mai 1717 in Wien geboren wurde, hatten ihre Eltern, *Kaiser Karl VI.* und dessen Gemahlin, die schöne *Elisabeth Christine von Braunschweig-Wolfenbüttel,* sich noch kaum von dem schweren Schicksalsschlag, dem Tod ihres Erstgeborenen, des *Erzherzog Leopold,* erholt, der im April 1716 geboren und schon im November des gleichen Jahres, wohl infolge der für heutige Vorstellungen unglaublich unsachgemäßen Behandlung durch die Ärzte, gestorben war. So rechnete man noch viele Jahre hindurch am Wiener Kaiserhof mit der Geburt eines Thronfolgers, und das mag mit dazu beigetragen haben, daß Kaiser Karl zunächst nicht daran dachte, seine Tochter zur künftigen Herrscherin und Erbin des weitgespannten Länderkomplexes der österreichischen Monarchie zu erziehen.

Aber auch, nachdem der ersten Erzherzogin noch zwei weitere Töchter gefolgt waren und Kaiser Karl die Hoffnung auf einen männlichen Thronfolger schwinden sah, hat er Maria Theresia von jeder Teilnahme an den Regierungsgeschäften ferngehalten, worüber sie sich noch in einer ihrer großen Staatsschriften beklagt hat. So konnte ein englischer Historiker mit Recht schreiben, Karl VI. habe Himmel und Hölle in Bewegung gesetzt, um seiner Tochter die Erbfolge in seinen Ländern zu verschaffen, und gleichzeitig alles getan, um sie zur Regierung dieser Länder unfähig zu machen.

Die im Februar 1736 geschlossene Ehe der achtzehnjährigen Erzherzogin mit dem acht Jahre älteren *Herzog Franz Stephan von Lothringen* war das Ergebnis des Zusammenwirkens von Zuneigung und Staatsräson. Der Kaiser war dem liebenswürdigen Lothringerprinzen, seinem bevorzugten Jagdgefährten, in wahrhaft väterlicher Liebe zugetan – Franz Stephan, der Enkel einer österreichischen und Urenkel einer spanischen Habsburgerin, hatte mehr habsburgische Vorfahren als Maria Theresia –, und schon die kleine Prinzessin hat nach ihrem eigenen späteren Bekenntnis in dem Lothringer mit der ihr eigenen Bestimmtheit den künftigen Gemahl gesehen. Andererseits haben Franz Stephans Vater, *Herzog Leopold von Lothringen,* und dessen Ratgeber durch Jahre zielbewußt auf diese Verbindung hingearbeitet, und auch die große europäische Politik spielte hier eine Rolle, da vor allem die um die Wahrung des europäischen Gleichgewichts besorgten Seemächte Großbritannien und die Generalstaaten der Niederlande ihre Garantie der Erbfolgeordnung der *Pragmatischen Sanktion* an die Bedingung knüpften, daß die Thronerbin einen Prinzen von geringer eigener Macht heirate. Außerdem mußte sich Franz Stephan in Durchführung des nach dem Polnischen Thronfolgekrieg zwischen Frankreich und Österreich vereinbarten Wiener Friedens mit dem Tausch seines lothringischen Stammlandes gegen das nach dem Aussterben der *Medici* freiwerdende Großherzogtum Toskana abfinden.

Nur ein einziges Mal und nur für etwas mehr als drei Monate – vom 19. Jänner bis zum 28. April 1739 – weilte Maria Theresia mit ihrem Gemahl als neues Großherzogspaar in der Toskana. Denn der am 20. Oktober 1740 erfolgte, völlig unerwartete Tod Karls VI. machte seine dreiundzwanzigjährige Tochter zur Erbin der Monarchie und stürzte sie in einen Kampf auf Leben und Tod um die Erhaltung ihres Erbes gegen eine übermächtig erscheinende Koalition ihrer Gegner Preußen, Bayern, Sachsen, Frankreich und Spanien. In diesem acht Jahre – mit zwei Sonderfriedensschlüssen mit Preußen – währenden Österreichischen Erbfolgekrieg hat die junge Königin von Ungarn eine ganz Europa in Staunen versetzende Standhaftigkeit und Energie bewiesen und ihr väterliches Erbe bewahrt – mit Ausnahme von Schlesien, das sie an ihren großen Gegenspieler *König Friedrich II. von Preußen,* abtreten mußte. Außerdem erreichte sie das ihr so wichtige Ziel, daß ihr Gemahl, nach dem Tod des wittelsbachischen *Schattenkaisers Karl VII.,* im Jahre 1745 zum Kaiser des Heiligen Römischen Reiches in Frankfurt gewählt und gekrönt wurde. Man hat diese Erfolge, die zum großen

Teil auf dem Mut, der Standhaftigkeit und dem religiös fundierten Glauben der Herrscherin in den Sieg ihrer gerechten Sache beruhen, in der österreichischen Geschichtsschreibung zu einer Art Gegenstück zum friderizianischen Durchhalte-Mythos des Siebenjährigen Krieges aufgebaut und dabei vielfach die Tatsache aus dem Bewußtsein verloren, daß auch für die junge Maria Theresia die Politik schon die Kunst des Möglichen war und daß sie, gewiß gedrängt von ihrem englischen Verbündeten, dreimal während des Österreichischen Erbfolgekriegs zu einem Sonderarrangement mit ihrem gefährlichsten Gegner, Friedrich II. von Preußen, die Hand bot – in der Konvention von Klein-Schnellendorf vom Oktober 1741, im Frieden von Breslau und Berlin vom Sommer 1742 und schließlich und nun endgültig für diesen Krieg im Dresdener Frieden vom Weihnachtstag 1745 –, während der Krieg gegen Frankreich und dessen Verbündete in Italien und in den Niederlanden noch fast drei Jahre, bis zum Aachener Frieden vom 18. Oktober 1748, andauerte.

Schon nach dem Dresdener Frieden, bis zu dem Maria Theresia, wie sie selbst im Rückblick schrieb, »herzhaft agieret, alles hazardieret und alle Kräfte angespannt ...« hatte, wendete sie ihre »Gedenkensart ... allein auf das Innerliche deren Länder«. Damit begann, nach einigen schon vorher unter dem Druck der zwingenden Not durchgeführten, vor allem das Heerwesen betreffenden Reformen das große Werk der theresianischen Staatsreform. Ihr entscheidender Helfer war dabei *Graf Friedrich Wilhelm Haugwitz,* auch er, wie so viele tüchtige Mitarbeiter Maria Theresias, eine Entdeckung ihres Gemahls, des Kaisers Franz I., der überhaupt in der Auswahl seiner Mitarbeiter – vielleicht nicht zuletzt deshalb, weil er selbst ganz frei von Ehrgeiz und Ruhmbegierde war – stets eine besonders glückliche Hand hatte. Der Anteil, den Franz Stephan selbst an dem Zustandekommen und der Durchsetzung der großen Staatsreform hatte, ist bei dem innigen Einvernehmen der Ehegatten und dem bewußten Zurücktreten des Kaisers gegenüber seiner Gemahlin in allen ihre Erbländer betreffenden Angelegenheiten sehr schwer abzuschätzen, dürfte aber vermutlich größer gewesen sein, als man gemeinhin annimmt.

Standhaftigkeit und Zähigkeit hat sie auch in ihrem Festhalten an dem von ihrem Staatskanzler *Graf* (später Fürst) *Wenzel Anton Kaunitz-Rietberg* aufgebauten neuen System des Wechsels der Allianzen, der diplomatischen Revolution des Jahrhunderts, des gegen Preußen gerichteten Bündnisses mit Frankreich und Rußland erwiesen, obwohl diese Politik trotz aller Opfer und Anstrengungen dann doch nicht die ersehnten Ergebnisse einer Rückgewinnung Schlesiens und einer Zurückdrängung des verhaßten Preußenkönigs auf den Rang eines »Markgrafen von Brandenburg« brachten. Doch hat immerhin die im Sinne des Rationalismus des Aufklärungszeitalters von Kaunitz meisterhaft gehandhabte Außenpolitik das seit dem letzten unglücklichen Regierungsjahrzehnt Karls VI. tief gesunkene Ansehen Österreichs im europäischen Staatensystem wieder auf jene Höhe gehoben, die es nach den glänzenden militärischen und staatsmännischen Erfolgen des *Prinzen Eugen* eingenommen hatte; wie

Maria Theresia überhaupt als die konsequente Fortsetzerin jener Politik der staatlichen Festigung und inneren Konsolidierung gelten kann, die der Prinz Eugen eingeleitet und deren Weiterführung er dringend empfohlen hatte.

Die historische Distanz ermöglicht einen leidenschaftsloseren und daher wohl auch gerechteren Vergleich der staatlichen Entwicklung in Österreich und in Preußen, für die Unterschiede wie für die Parallelen, wobei die Parallelen in den geschichtlichen und sozialen Voraussetzungen in beiden Staatswesen immer deutlicher erkennbar werden, legt andererseits den Blick frei für die anderen Elemente und Einflüsse, die das theresianische Österreich und seine Kultur geformt haben, so vor allem für jene aus Lothringen, aus Frankreich und aus Italien, die man früher im Zeichen der einstigen Fixierung auf den österreichisch-preußischen Gegensatz wohl zu gering bewertet hat.

Wir wissen längst, welche Rolle das preußische Beispiel bei der großen theresianischen Behörden- und Staatsreform gespielt hat, aus dem sehr nüchternen, aber zwingenden Grund, weil der Preußenkönig aus dem vom Krieg heimgesuchten eroberten Schlesien mit dem von seinem Vater ererbten Verwaltungssystem weit mehr an Steuern herausgeholt hatte als die schwerfällige ständische Verwaltung bisher – ein Argument von überzeugender und unwiderleglicher Durchschlagskraft für jede Regierung und Verwaltung! Diese Feststellung schmälert weder das Verdienst des Grafen Haugwitz, der die preußische Anregung durchaus schöpferisch und eigenständig auf die so viel komplexeren österreichischen Verhältnisse übertrug, noch die Bedeutung der großen theresianischen Staatsreform.

Mit welchem Lebensgebiet immer man sich in der neueren Geschichte Österreichs beschäftigt, mit der Geschichte der Verwaltung, der Finanz- und der Wirtschaftspolitik, des Schulwesens, des Heerwesens, der Rechtspflege und des Gesundheitswesens, immer kommt man zu dem Ergebnis, daß die entscheidenden Reformen und segensreichen Einrichtungen auf die Regierungszeit der großen Herrscherin zurückgehen. Das erstaunlichste aber ist, daß sie neben dieser gewaltigen, gegen die Beharrungskraft und die Widerstände jahrhundertealter Traditionen und geheiligter Privilegien durchgeführten Reformarbeit, neben dem Kampf um die Erhaltung ihres Erbes und den Sorgen um den Lauf der großen europäischen Politik noch Zeit fand, ihrem Gatten eine vorbildliche, liebende Gemahlin zu sein, sechzehn Kinder in die Welt zu setzen und sich auch noch in ebenso vorbildlicher Weise um die Erziehung dieser ihrer Kinder zu kümmern, von denen drei – *Joseph II.*, *Leopold II.* und der jüngste, *Maximilian Franz,* der letzte Kurfürst von Köln – hervorragende, von Mit- und Nachwelt bewunderte und mit Recht gelobte, vielfach ihrer Zeit vorauseilende Herrscher wurden. Aber auch von ihren Töchtern haben sich zumindest zwei, die energische, wenn auch oft unüberlegt handelnde Königin von Neapel-Sizilien, *Marie Carolina,* sowie die Lieblingstochter der Kaiserin, *Marie Christine,* als Generalstatthalterin der österreichischen Niederlande, in den Händeln dieser Welt und in den schwierigsten Situationen durchaus bewährt, und selbst die unglückliche

Marie Antoinette hat vor ihrem Tod unter der Guillotine gezeigt, daß sie in Haltung und Tapferkeit eine würdige Tochter der großen Kaiserin war.

Gewiß war die schon in so jungen Jahren zum Tragen schwerer Verantwortung berufene Maria Theresia gewohnt zu herrschen und zu befehlen und, besonders mit zunehmendem Alter und nach dem Tode ihres geliebten Gemahls, auch bis zu einem gewissen Grade herrschsüchtig. Sosehr sie ihre Kinder liebte und sosehr sie sie immer wieder zu Eintracht und gegenseitigem Verständnis ermahnte, so hat sie doch mit sicherem Instinkt und einem Schuß mütterlicher Eifersucht alles getan, um etwa das Zustandekommen einer Einheitsfront der jüngeren Generation gegen ihr strenges Regime zu verhindern.

Den gewinnenden Eindruck, den Maria Theresia in Frankfurt bei der Kaiserkrönung ihres Gemahls im Jahre 1745 machte, hat *Goethe* nach Augenzeugenberichten der älteren Generation in *Dichtung und Wahrheit* anschaulich geschildert, und neben den zahlreichen Anekdoten enthüllen ihre Briefe, voran jene an ihre an fremde Höfe verheirateten Töchter, und die an ihre Söhne gerichteten Ratschläge und Ermahnungen eine solche Unmittelbarkeit, Herzlichkeit und Klarheit und einen so natürlichen praktischen Haus- und Weltverstand, daß man eine Ahnung bekommt von dem Zauber, der von dieser Frau auch dann noch ausging, als die vielen Geburten, die körperlichen und seelischen Strapazen, Sorgen und Aufregungen ihre ursprüngliche Schönheit zerstört hatten und sie, in zeitlebens nicht mehr versiegender Trauer um ihren Gemahl, den Witwenschleier trug.

Wohl darf man sich von den vielen Zeugnissen für das glückliche und herzliche, geradezu bürgerliche, an einem Fürstenhof des 18. Jahrhunderts eher ungewöhnliche Familienleben des Kaiserpaares oder etwa von den reizenden Brautbriefen der jungen Maria Theresia an den mit Koseworten in Deutsch, Französisch, Italienisch und Latein überhäuften Bräutigam nicht den Blick verstellen lassen für ihr starkes, religiös verankertes Pflichtbewußtsein. Sie hat nicht nur während des Frühstücks Akten erledigt – welcher Gewohnheit wir eine köstliche entschuldigende, von ihr eigenhändig geschriebene Randbemerkung zu einem Kaffeefleck auf einem Aktenstück verdanken –, sondern sie ist auch, besonders in ihren letzten Lebensjahren, oft mitten in der Nacht aufgestanden und hat sich an ihren Schreibtisch zur Arbeit gesetzt, als genügte der ausgefüllte Arbeitstag nicht, um ihr Gewissen, ihr Pflichtgefühl und ihr Verantwortungsbewußtsein gegenüber Gott und gegenüber ihren Untertanen zu beruhigen; und in ihren Briefen und Schriften findet sich manche überraschende Klage über die eigene Unzulänglichkeit, über Fehler und Versäumnisse und ganz allgemein über »die unglückliche Zeit meiner Herrschaft«. Sie hat sich das Leben und das Herrschen nicht leicht gemacht und schwer an der Last ihrer Verantwortung getragen; und sie hat dieses starke Pflichtbewußtsein, das der eigentliche Motor ihrer Arbeitskraft war, auch an ihre Söhne weitergegeben, von denen sich Joseph und Leopold in gewissem Sinne tatsächlich zu Tode gearbeitet haben.

Ihr Pflichtbewußtsein und ihr Verantwortungsgefühl waren ein wesentlicher

Antrieb für ihre Wirtschafts- und Sozialpolitik, für die Reformen auf dem Gebiet des Justiz-, Sanitäts- und Schulwesens, besonders für ihre vielfach zu Unrecht kritisierte Kirchenpolitik, aber etwa auch für ihren langen und leidenschaftlichen – wenn auch schließlich vergeblichen – Widerstand, mit dem sich ihr Rechtsgefühl und ihre politische Weitsicht dem Drängen ihres Sohnes Joseph und ihres Staatskanzlers Kaunitz zur ersten Teilung Polens widersetzte. In seelischer Not und Gewissensqual ließ sich die alt und schwach gewordene Frau von ihrem Sohn und ihrem Staatskanzler die Zustimmung zu einem vierten Waffengang mit dem Preußenkönig, zum Kampf um das Erbe Bayerns, abringen und bemühte sich dann, den ohne große Schlachtentscheidung sich hinschleppenden, im Volksmund »Kartoffelkrieg« oder »Zwetschkenrummel« genannten Bayerischen Erbfolgekrieg sogar dadurch abzukürzen, daß sie hinter dem Rücken ihres bei der Armee in Böhmen weilenden Sohnes mit dem preußischen Gegner in Verbindung trat.

Ohne selbst von der mächtigen Zeitströmung der Aufklärung erfaßt zu sein, hat sie dieser doch weit die Tore für ihr sturzbachartiges Einströmen in die österreichische Monarchie geöffnet.

Joseph II.

VON HANS WAGNER

Am 13. März 1741 wurde *Joseph II.* mitten im verzweifelten Kampf *Maria Theresias* um das väterliche Erbe nach der Besetzung Schlesiens durch Preußen geboren. Nach drei Töchtern aus ihrer Ehe mit *Franz Stephan von Lothringen* der erste Sohn, seit der Geburt des Großvaters *Karls VI.* im Jahr 1685 der einzige männliche, nicht im frühesten Kindesalter verstorbene Erbe des Habsburgerreiches. Man versteht, daß dies die Stellung des Knaben und seine Erziehung stark beeinflussen mußte. Als langersehnter Erbe und künftiger Herr weit über seine Geschwister hinausgehoben, wurde er sich zu früh seiner Bedeutung bewußt. In der Wahl der Erzieher haben die Eltern keine glückliche Hand bewiesen. Es waren ehrenwerte, aber recht mittelmäßige Männer, die dem verschlossenen und ehrgeizigen Knaben alle nur möglichen Kenntnisse vermitteln sollten. Das führte zu einer typisch aufklärerischen oberflächlichen Vielwisserei und zu einer dauernden Abneigung gegen Gelehrte und Bücher. Die eigentlich bestimmenden Erziehungseinflüsse sind nur schwer zu fassen, sie dürften in erster Linie vom Vater ausgegangen sein, dem kaiserlichen Freimaurer und Verfechter einer höchst persönlichen, dem barocken Kirchenwesen abgeneigten Frömmigkeit. Jedenfalls tritt uns Erzherzog Joseph schon in seiner ersten Denkschrift 1761 als Vorkämpfer der Gleichheit und des persönlichen Verdienstes und als Gegner der feudalen Vorrechte entgegen. Diese Anschauungen, die sein ganzes Reformwerk bestimmten, haben sich bis zu seinem Tod nicht wesentlich geändert.

Seine erste Ehe mit *Isabella von Parma,* einer klugen und anziehenden Bourbonin, ist offenbar sehr glücklich gewesen. Der Tod dieser Frau im Jahre 1763 wurde zum größten Schmerz und zum Wendepunkt seines Lebens. Um dem Staat einen Erben zu schenken, hat Joseph, der 1764 noch zu Lebzeiten des Vaters zum römischen König gekrönt wurde, ein zweitesmal geheiratet. Auch die neue, ungeliebte Frau, *Maria Josepha von Bayern,* ist 1767 wie die erste an den Blattern gestorben. 1770 ist dann noch *Erzherzogin Maria Theresia,* sein einziges Kind aus erster Ehe, als achtjähriges Mädchen von ihm gegangen. Dieses gehäufte häusliche Unglück hat Joseph II. verbittert und einsam gemacht. Von nun an blieben die strengste Pflichterfüllung und die rastlose unermüdliche Arbeit für den Staat sein einziger Lebensinhalt. Ganz im Gegensatz zur warmherzigen Mutter, die glückliche und zufriedene Gesichter um sich sehen wollte, sich aber die Not der vom Hof entfernt lebenden Untertanen nicht recht vorstellen konnte, wird der Sohn zum Verfechter eines abstrakten Glücks der größten Zahl, zum Vorkämpfer eines von ihm zum Gott erhobenen zentralen Einheitsstaates, dem alles zum Opfer gebracht werden mußte.

Kaiser Franz Stephan ist 1765 in Innsbruck, ganz unerwartet vom Schlag getroffen, in den Armen Josephs gestorben. Damit wurde der nun Vierundzwanzigjährige zu früh Kaiser und Mitregent. Zwischen Mutter und Sohn entspann sich nun ein fünfzehn Jahre dauernder aufreibender Kampf um die Zukunft des Staates und die durchzuführenden Reformen. Während sich Joseph II. vergeblich bemühte, dem Römischen Reich neues Leben einzuflößen, konnte er gegen den Willen Maria Theresias im Bund mit dem *Fürsten Kaunitz* eine Expansionspolitik nach außen durchsetzen. Im Inneren ließ die Kaiserin die Macht nicht aus den Händen, hier hat Joseph nur in militärischen Angelegenheiten bestimmenden Einfluß erlangen können. Die Erwerbungen dieser Zeit, Galizien und Lodomerien (1772), die Bukowina (1775) und schließlich das Innviertel (1779), haben den Verlust Schlesiens an Preußen nur teilweise wettmachen können. Sie sind, ähnlich den preußischen Eroberungen *König Friedrichs,* des im geheimen bewunderten Vorbilds des Kaisers, nur mit sehr unzureichenden Rechtsansprüchen an Österreich gekommen. Damit wurde ein gefährlicher Weg beschritten, dessen Weiterverfolgung dann Joseph II. zur Zeit der Alleinherrschaft ins Verderben geführt hat. Von den damaligen Gewinnen ist nur das Innviertel als dauernde, höchst willkommene Abrundung unseres Landes erhalten geblieben.

Die erzwungene Untätigkeit im Inneren hat der rastlose Kaiser durch ständige Reisen in die Provinzen und ins Ausland wettgemacht. Kein österreichischer Herrscher vor oder nach ihm hat seine Länder so gut gekannt, keiner hat eine so eingehende Kontrolle ausgeübt und an Ort und Stelle die Tätigkeit der Beamten und die Lage der Untertanen so genau geprüft. Im Ausland haben die Leistungen des Bruders und Nachfolgers, des *Großherzogs Leopold* in der Toskana, und vor allem die Reise nach Frankreich 1777 das spätere Reformwerk beeinflußt. Hier in Frankreich hat Joseph II. im Gegensatz zu der bisher allgemein vertretenen Anschauung viel von dem verwirklicht gefunden, was er später in seiner charakteristischen Übereilung im eigenen Land durchzuführen versuchte.

Hier kam er auch mit den Hauptvertretern der Staatstheorien der Aufklärung in persönliche Berührung. Während dieses ganzen Zeitraumes wuchsen das Mißtrauen und die trüben Vorahnungen der Kaiserin. Ihre Liebe zum ältesten Sohn aber ist immer gleichgeblieben. Der Tod Maria Theresias im November 1780 hat den Sohn tief getroffen. Damit war aber die letzte Bindung an eine Vergangenheit, auf die Rücksicht genommen werden mußte, weggefallen.

Josephs erste Maßnahmen als Alleinherrscher richteten sich gegen den von Maria Theresia stets bevorzugten Hofadel. Alle Gnadenpensionen wurden aufgehoben, der Hofstaat wurde radikal eingeschränkt, die noch in Wien lebenden Geschwister des Kaisers entfernt. Bald darauf wurden allgemeine Pensionsregeln für die Beamten und deren Hinterbliebene aufgestellt, die im wesentlichen bis heute in Geltung geblieben sind. Nicht mehr die Huld des Herrschers, sondern rechtmäßige, durch treue Pflichterfüllung erworbene Ansprüche sollten ohne Ansehen des Ranges und der Person den Ausschlag geben. Gleichzeitig wurde das Vermögen des Staates von dem des Herrscherhauses getrennt, das durch das Geschick Franz Stephans erworbene habsburgische Familienvermögen überdies von dem persönlich bedürfnislosen Kaiser in größtem Umfang wohltätigen Zwecken zugeführt.

Am einschneidendsten waren die Neuerungen auf kirchlichem Gebiet. Das Toleranzpatent vom Oktober 1781 sicherte den Anhängern der beiden reformierten Bekenntnisse und den Griechisch-Orthodoxen freie Religionsausübung und alle politischen Rechte, während gleichzeitig die katholische Kirche doch die alleinige Staatskirche blieb. Man hat als Ursachen dieser Maßnahmen des persönlich frommen Katholiken Joseph vor allem wirtschaftliche Gründe angeführt. Seine entschiedene Abkehr von der Gegenreformation hat aber sicher tiefere Wurzeln im Geist der Aufklärung, dem Joseph ganz angehörte. Das im Toleranzpatent enthaltene Prinzip der Gleichstellung aller Staatsbürger ist auch den Juden zugute gekommen, die wenigstens von einem Teil der so lange erduldeten Demütigungen und Zurücksetzungen befreit wurden.

Von nun an überstürzten sich die kirchlichen Reformen, die erbarmungslose Ausmerzung des barocken Überschwangs und des äußeren Kirchenprunks, die Aufhebung der kontemplativen, nur dem Gottesdienst geweihten Orden, die Einziehung ihres Vermögens zugunsten eines Religionsfonds, der zur Errichtung neuer Pfarren und damit eines dichteren Seelsorgenetzes verwendet wurde. Die Diözesen wurden ohne Anerkennung alter Rechtsansprüche den staatlichen Grenzen angepaßt, die Ausbildung der Priester vom Staat übernommen. Die römische Kurie, der Einfluß des Papstes wurden völlig ausgeschaltet. Dagegen half auch der spektakuläre Besuch *Papst Pius' VI.* im März 1782 in Wien nichts, da ihn der Kaiser zwar mit großer Ehrerbietung empfing, aber zu keinerlei Zugeständnissen zu bewegen war. Wir können heute viele Maßnahmen Josephs II. gerade durch die neueste kirchliche Entwicklung besser verstehen, dürfen dabei aber nicht übersehen, daß damals bei den zahlreichen notwendigen Reformen auch viel mutwillig zerstört wurde. Vor allem hat die von Joseph geschaffene enge Bindung der Kirche an den Staat, die den Klerus zu Staatsbeamten machte, unter den im 19. Jahrhundert veränderten Verhältnissen der Kirche sehr geschadet. Die ganze, schon unter Maria Theresia vorbereitete, später Josephinismus genannte kirchenpolitische Haltung hat im positiven wie negativen Sinn fast bis zur Gegenwart weitergewirkt. Sie hat zur Zeit Josephs das Volk sehr beunruhigt und am meisten zum Scheitern des Reformwerks beigetragen.

Durch die teilweise Einziehung ihres Vermögens konnte die Kirche ihre alte Pflicht, die Fürsorge für die Armen und Kranken, nicht mehr erfüllen. Diese Aufgabe ging nun auf den Staat über. Die wohltätigen Stiftungen und das Vermögen der Bruderschaften wurden eingezogen und zu einem Armenfonds vereinigt. Die Armenbetreuung, zu der besonders die Pfarrer herangezogen wurden, ist zunächst nach dem Muster der von *Graf Johann Buquoy* auf dessen Gütern errichteten Anstalten eingerichtet worden. Auch hier trat der gesetzliche Anspruch an die Stelle des Almosens. Der Bau des Wiener Allgemeinen Krankenhauses, die Einrichtung des Josephinums zur Ausbildung der Militärärzte, die Organisation von Altersheimen, von Findel- und Waisenhäusern, die rastlose Sorge zur Milderung des Elends der Ärmsten sind für den Kaiser charakteristisch. Er hat alle diese neuen Anstalten selbst mitgeplant und ständig persönlich überwacht. Freilich waren die neuen Stellen ihrer Aufgabe, deren Größe man zunächst gar nicht abschätzen konnte, oft nicht gewachsen, die Bevölkerung hat sich am Anfang nur schwer mit ihnen abgefunden. Aber auch hier hat die spätere Entwicklung dem Kaiser und seinen Helfern recht gegeben.

Die Aufhebung der Leibeigenschaft der bäuerlichen Untertanen hatte besonders für Böhmen und Ungarn Bedeutung, aber auch in den Erblanden hat die generelle Verwandlung der Bauern in Erbpächter die in den einzelnen Gebieten herrschenden Unterschiede ausgeglichen. Das gewaltige Projekt, auch die Robot aufzuheben und eine allgemeine, den grundbesitzenden Adel wie die Bauern belastende Grundsteuer einzuführen, hat sich trotz der Schaffung eines Katasters schließlich nicht durchführen lassen. Der Widerstand des Adels und das Mißtrauen der Bauern waren zu groß. Diese Steuerreform, die die Monarchie zum fortschrittlichsten Staat Europas gemacht hätte, ist dann, kaum eingeführt, vom Nachfolger Josephs aufgehoben worden.

Die Einfuhr ausländischer Waren wurde durch hohe Zölle unterbunden, dagegen die Errichtung von Fabriken in jeder Weise gefördert. Damals sind auch in Österreich die ersten Verordnungen zum Schutz der Fabrikarbeiter, besonders der Jugendlichen, erlassen worden. Die schon unter Maria Theresia eingeführten Volksschulen wurden sehr vermehrt und damit zum erstenmal eine allgemeine Schulpflicht auch in der Praxis ermöglicht. Hingegen hat Joseph II. einige Universitäten zu Lyzeen herabgedrückt und die Forschung nicht gefördert. Zunächst sollte in typisch aufklärerischer Weise nur das Nützliche und Notwendige geschehen. Der Kaiser hat nicht erkannt, daß die wissenschaftliche Forschung zum Fortschritt unentbehrlich ist. Hingegen ist die Zensur für Druckschriften in einer Weise gelockert worden, daß nun in Österreich, vor allem in der Hauptstadt, zum erstenmal eine Art freie Presse und ein eigener Journalistenstand existierten. In einer Unzahl von Broschüren wurde für oder gegen die Maßnahmen Josephs Stellung genommen. Schon in den ersten Jahren der Alleinregierung Josephs hat sich die öffentliche Meinung gegen ihn gewandt, da die überall lastende Hand des Staates allen Teilen der Bevölkerung fühlbar wurde. Das gewaltige Anwachsen der Staatsagenden machte auch eine neue Organisation der Polizei notwendig. Hier kann man dem Kaiser den Vorwurf nicht ersparen, daß er mit der Schaffung einer geheimen Polizei das Spitzelwesen eingeleitet hat, das später im Vormärz eine solche Höhe erreichte. Die Beamten wurden durch die Einführung geheimer Conduitelisten von der Beurteilung ihrer Vorgesetzten abhängig, ohne sich dagegen wehren zu können.

Die Zentralisierung der Verwaltung hat Kaiser Joseph mit allen Mitteln vorwärtsgetrieben, alte historisch gewordene Landschaften wurden zu neuen Gebilden vereinigt. Die Landstände, die schon unter Maria Theresia stark eingeschränkt worden waren, wurden nun zu völliger Bedeutungslosigkeit herabgedrückt. Im Gerichtswesen wurden die alten Sondergerichte beseitigt. Die Folter wurde auf Betreiben Josephs schon 1776 abgeschafft, schließlich wurde auch die Todesstrafe aufgehoben. Die statt dessen verhängten harten Strafen, Schiffsziehen auf der Donau, körperliche Züchtigungen, Prangerstehen und Gassenkehren, zeugen, daß die Abschreckung weiterhin das leitende Prinzip der Justiz geblieben ist. Für die Zeitgenossen war die Verhängung entehrender Strafen auch für Angehörige bevorrechteter Stände ein Novum, das großes Aufsehen erregte.

Was in den deutschen Provinzen und in Böhmen und Galizien noch möglich war, hat sich in Ungarn als undurchführbar erwiesen. Kaiser Joseph hat sich dort nie zum König krönen lassen, um nicht die ungarische Verfassung beschwören zu müssen. Für die Magyaren wurde er so zum »König mit dem Hut«, da er ja kein Recht hatte, die zur Empörung des ganzen Landes nach Wien verschleppte Heilige Krone zu tragen. Die Angleichung an die übrigen Länder, das Aufhören der adligen Selbstverwaltung und vor allem die Einführung der deutschen Amtssprache anstelle des Lateinischen wurde von den Ungarn als untragbar empfunden. Das Land ist dadurch an den Rand des offenen Aufruhrs geführt worden, zu dem es in den österreichischen Niederlanden, dem späteren Belgien, hauptsächlich wegen der kirchlichen Reformen tatsächlich gekommen ist. Dieser belgische Aufstand ist durch den fast gleichzeitigen Ausbruch der Revolution in Frankreich besonders gefährlich geworden.

Der größte Fehler des Kaisers war die Fortführung einer aggressiven Außenpolitik neben dem radikalen Umbau des Staates im Inneren. Das mußte die Kräfte Österreichs bei weitem überfordern. 1782 wurde der seit dem Spanischen Erbfolgekrieg bestehende Barrièrevertrag, die Besetzung belgischer Festungen durch holländische Truppen zum Schutz gegen Frankreich, von Joseph II. einseitig aufgekündigt. 1784 konnte er die Aufhebung der seit dem Westfälischen Frieden bestehenden Sperre der Schelde für die Schiffahrt gegen den Willen der

Westmächte nicht mehr durchsetzen. Josephs gigantisches Tauschprojekt – der Austausch der österreichischen Niederlande gegen Bayern – konnte trotz der Zustimmung des bayerischen *Kurfürsten Karl Theodor* nicht durchgeführt werden, da sich die unter der Führung Preußens im Fürstenbund zusammengeschlossenen deutschen Staaten einem solchen Machtzuwachs Österreichs widersetzten. Pläne zur Erwerbung Venetiens kamen nicht zur Durchführung. Verhängnisvoll wurde Josephs enge Bindung an Rußland, die 1787 zu einem gemeinsamen Krieg gegen die Türkei führte. Der Kaiser hat sich im Feldzug von 1788 wie schon früher im Bayerischen Erbfolgekrieg 1778 gegen Preußen als unfähiger Oberbefehlshaber erwiesen, der zu viele einander widersprechende Befehle erließ und dem im entscheidenden Moment der Mut zum Handeln fehlte. Hier hat Joseph, der stets dem Militär große Aufmerksamkeit schenkte, sein bewundertes Vorbild Friedrich von Preußen bei weitem nicht erreichen können. Der Türkenkrieg, der im Oktober 1789 mit der Eroberung Belgrads durch Feldmarschall *Laudon* zu spät einen Erfolg brachte, führte zum Ruin des Staates und erschütterte die ohnehin schon lange geschwächte Gesundheit des Kaisers vollends.

Nach langer Krankheit ist Joseph II. am 20. Februar 1790 gestorben. In den letzten Monaten seiner Regierungszeit schien die Monarchie zusammenzubrechen. Ein drohendes Bündnis Preußens mit den Türken, die von den Großmächten anerkannte Lostrennung Belgiens, ein unmittelbar vor dem Ausbruch stehender Aufstand der Ungarn veranlaßten die Berater des Kaisers, den Todkranken zur Rücknahme der wichtigsten Reformen zu bewegen. Das große Experiment war mißglückt, Joseph II. schien seine Kräfte umsonst verzehrt zu haben. Unter diesem Eindruck ist der Kaiser gestorben, ein wahrhaft tragisches Ende so großer Bemühungen! Allgemeine Verwünschungen und Jubel über den Regierungsantritt seines Bruders folgten dem Kaiser ins Grab nach.

Die folgende Zeit hat aber erwiesen, daß wertvolle Errungenschaften der josephinischen Reform nicht beseitigt werden konnten. Das Toleranzpatent, die Aufhebung der Leibeigenschaft, der josephinische Beamtenstaat und die Staatskirche lebten weiter. Der Adel hat seine alte Stellung nicht mehr erringen können, die von Josephs Haltung beeinflußte öffentliche Meinung ertrug auch in Zukunft viele Privilegien nicht mehr. Vor allem blieben die Beamten und das Heer, das Joseph nach preußischem Muster durch ein Kantonnementssystem rekrutieren ließ und dessen Offizierskorps immer mehr aus Bürgerlichen bestand, in der josephinischen Ordnung. Sie wurden das Bindeglied der auseinanderstrebenden Kräfte des Vielvölkerstaates und haben die Existenz der Monarchie noch um ein Jahrhundert verlängert. Nicht zu übersehen ist auch, daß die von Maria Theresia mit Vorsicht und Anpassungsfähigkeit begonnene und von Joseph überstürzt und radikal fortgesetzte Reform in der Folgezeit der beste Schutz gegen ein Übergreifen der Französischen Revolution auf Österreich geworden ist.

Unter den Herrschern der neueren Zeit haben nur drei bei der Nachwelt den Beinamen »der Große« behaupten können. Alle drei sind aufgeklärte Despoten des 18. Jahrhundert, *Peter* und *Katharina von Rußland* und *Friedrich von Preußen.* Joseph II. ist ihnen eng verwandt. Bei etwas mehr Glück, einer längeren Regierungszeit und ohne seine verhängnisvolle Neigung, den zweiten Schritt vor dem ersten zu tun, die ihm König Friedrich mit Recht nachgesagt hat, wäre Joseph ihnen durchaus gleichzustellen. Der Historiker darf freilich das Wollen allein nicht messen, er muß vor allem das Erreichte in Rechnung ziehen. Vielleicht weniger der Herrscher, aber sicher der Mensch Joseph in seinem Kampf um Gerechtigkeit, um die Linderung der Not der Ärmsten, um die Errichtung eines modernen Wohlfahrtsstaates, ist der einzige österreichische Regent, dessen Streben statt des üblichen »zu spät« das Kennzeichen »zu früh« trägt.

Josef von Sonnenfels

VON EDUARD WINTER

In der österreichischen Aufklärung spielt *Josef von Sonnenfels* die Rolle des Herolds. Vor allem vom Ausland, von Frankreich und von Deutschland aus gesehen, wird er geradezu zum Repräsentanten dieser Aufklärung. Dies entspricht wohl nicht ganz der Wirklichkeit. Männern wie *Kaunitz* und *Martini* gebührt dies viel mehr. Aber als eine Art österreichischer Literaturpapst durch seine Tätigkeit als Publizist und Theaterzensor ist er so in den Vordergrund gerückt, daß österreichische Aufklärung und Sonnenfels irgendwie zusammengehören. Seine Bedeutung als Schöpfer der österreichischen Amtssprache ist bis jetzt noch immer nicht voll erkannt und deswegen auch zu wenig gewürdigt worden. Sie soll daher hier besonders unterstrichen werden.

Um das Werk verstehen zu können, muß der Mensch verstanden werden, der es geschaffen hat. Sonnenfels' Vater stammte aus dem jüdischen Getto in Berlin, nannte sich *Lipman Perlin* (Berlin), wurde aber nach seiner Übersiedlung nach Österreich im gelehrten Umgang mit den Piaristen in Nikolsburg (Südmähren) katholisch und nannte sich *Alois Wiener.* 1745 übersiedelte er nach Wien als Professor für semitische Sprachen und wurde 1746 mit dem Prädikat *von Sonnenfels* geadelt. In Nikolsburg war ihm 1732 sein Sohn Josef geboren worden. Dieser war mit dem Vater als Kind katholisch geworden und studierte 1745 bis 1749 Philosophie und Deutsch an der Wiener Universität und diente anschließend etwas überraschend von 1749 bis 1754 als einfacher Soldat in der österreichischen Armee. Ein so bewußt lebender Mensch wie Sonnenfels tat nichts ohne Grund. In der Armee lernte er nämlich die Habsburgermonarchie in allen ihren Nationen und Sprachen kennen. Mit der Kenntnis von neun Sprachen kehrte er nach Wien zurück. Gleichzeitig war er durchdrungen von der Wichtigkeit der Pflege einer alle Völker verbindenden einheitlichen Amtssprache. Ganz konsequent studierte er deswegen von 1754 bis 1756 Jus an der Wiener Universität. *J. A. v. Riegger* und *K. A. v. Martini* haben ihn geistig am stärksten mit der österreichischen Aufklärung vom Naturrecht her durchtränkt.

Unbändiger Ehrgeiz und ungeheurer Fleiß kennzeichnen den jungen Sonnenfels. Sein Grundsatz war es, sich so auszubilden, daß er gesucht werden mußte. Wo das geschehen mußte, hatte er sichtlich schon während seines Studiums 1745 bis 1749 in Wien gefunden. Früh beschäftigte er sich deswegen mit der Sprache, und zwar mit der österreichischen Armeesprache, die ein bestimmt geformtes Deutsch war. Als Soldat erkannte er Tag für Tag praktisch, was eine gemeinsame Sprache in der polyglotten Donaumonarchie bedeutete.

Deswegen beschäftigte er sich neben seinem Jusstudium vor allem mit deutscher Literatur und Sprache. Auf diesem Gebiete war ihm *Gottsched* Lehrmeister, 1761 übernahm er die Leitung der von Gottsched inaugurierten »Deutschen Gesellschaft« in Wien. Den Lehrstuhl für deutsche Literatur an der Universität erhielt er 1761 zu seinem Schmerze freilich nicht. Das merkwürdige ist, daß das Gottsched-Deutsch, das sich Sonnenfels so eifrig zum Muster nahm, schon damals in Deutschland überholt war.

Aber für Österreich schuf Sonnenfels aus dem Gottsched-Deutsch ganz im Geiste der Aufklärung die österreichische Amtssprache. Das trat natürlich nicht so sehr in seiner Wochenschrift *Der Mann ohne Vorurteil*, die er seit 1765 in Wien herausgab, sondern in seiner Tätigkeit als Professor an der neu errichteten Lehrkanzel für Staats- und Polizeiwissenschaften hervor, die er 1764 erhielt. Im selben Jahr heiratete er *Therese Hay*, die Schwester des späteren aufgeklärten Bischofs von Königgrätz in Böhmen, *Johann Leopold von Hay.*

Als Lehrender bemühte er sich um eine möglichst präzise, allgemein verständliche einfache Sprache, die inhaltlich auch von jenen leicht verstanden werden konnte, die Deutsch nicht als Muttersprache hatten. Er war deswegen der Mann, der in der Hofkommission für Gesetzesangelegenheiten und später in der Kommission für Sammlung der administrativen Gesetze das entscheidende Wort sprechen konnte. Hier war er gesucht und ganz am richtigen Platze. In diesem Zusammenhang schrieb Sonnenfels ein Handbuch über den Amtsstil.

Sonnenfels war der bedeutendste Vertreter der vorromantischen Auffassung von der Sprache, die eine mehrere Völker zusammenfassende Staatssprache aus Nützlichkeitsgründen nicht nur zuließ, sondern systematisch pflegte.

Niemand hat deswegen durch den Einbruch der Romantik mehr am Image gelitten als Sonnenfels. Der Einzug *F. Schlegels* (1808) mit seiner romantischen Sprach- und Literaturauffassung war das endgültige Ende der geistigen Bedeutung Sonnenfels'.

Aber bleibende Bedeutung gewann dieses deutsch-österreichische Amtsdeutsch für die aus dem Getto emanzipierten Juden in Österreich, die statt des Hebräischen und des Jiddischen nun dieses Amtshochdeutsch übernahmen. Es gab ihnen eine allgemeine Verständigungssprache unter den Völkern der Monarchie, die für ihr Fortkommen sehr wertvoll war.

Die österreichische Volksschulreform vom Jahre 1771 sah folgerichtig jüdische Schulen mit deutscher Unterrichtssprache vor. Welche Bedeutung dies für die Emanzipation der Juden hatte, geht aus einer akademischen Rede über politische Erziehungsfragen hervor, die 1782 in Frankfurt a. M. gehalten wurde, in der die Frage aufgestellt wurde: »Ob es nicht aus Menschenliebe rätlich oder aus Staatsklugheit notwendig sei, die in einem Staate sich befindende jüdische Nation an den allgemeinen und öffentlichen Erziehungsanstalten teilnehmen zu lassen.« Diese Frage war in den k.k. Staaten, nicht zuletzt durch die systematischen Bemühungen von Sonnenfels, schon gelöst.

Volksschulreform und Formierung der österreichischen Amtssprache durch Sonnenfels gingen parallel und waren eng miteinander verbunden. Der Prager Philosoph *B. Bolzano* hat in seiner Sprachphilosophie noch am Anfang des 19. Jahrhunderts die von Sonnenfels vertretene aufgeklärte Auffassung von der Sprache als Verständigungsmittel philosophisch begründet, um auf diese Weise die nationalen Gegensätze durch die Sprache zu meistern.

Die theresianische Schule traf deswegen von Seite des romantischen Nationalismus mit Unrecht der Vorwurf der »bewußten Germanisierung«. Dieses künstliche österreichische Amtsdeutsch als Verständigungssprache unter den Völkern der Donaumonarchie ist gar nicht die deutsche Volkssprache. Das hat schon der Abt *Rautenstrauch,* der Organisator der josephinischen Priestererziehung, erkannt, wenn er über die von *Kaiser Joseph II.* geförderte Amtssprachschulmeisterei von Sonnenfels erregt ausrief: »O ihr Hofräte, die ihr gar nicht der echten deutschen Sprache mächtig seid!«

So verstehen wir, daß Sonnenfels mit dem Tode Kaiser Josephs II. und dem Einbruch des romantischen Nationalismus sich selbst als überlebt empfinden mußte und es auch war. Freilich, seine Tätigkeit als Sprachpräger der Gesetze behielt er bei. Er hat wesentlich an der Abfassung des österreichischen Strafrechts (1803) mitgewirkt und das Allgemeine Bürgerliche Gesetzbuch (1811) mit vorbereitet. Dies war seit 1791, als er die Lehrkanzel für Staats- und Polizeiwissenschaft an der Wiener Universität aufgab, seine Beschäftigung. Seine leitende Tätigkeit in der Akademie für bildende Künste war wohl mehr ein ehrenvoller Abschied. Er starb 1817.

Seine Stellung zur österreichischen Aufklärung kommt sehr gut in seiner Antrittsvorlesung an der Wiener Universität im Jahre 1782 zum Ausdruck, die als Einleitung der *Reformationsschriften-Bibliothek für die österreichischen Staaten* 1782 erschien: »Das Auge von ganz Europa ist jetzt auf die Staaten eines Monarchen gerichtet, der einen tiefüberdachten, durch gesammelte Beobachtungen bestätigten, durch Jahre gereiften Plan zur Wohlfahrt seiner Untertanen mit Entschlossenheit auszuführen, den Anfang gemacht hat. Das erste Jahr seiner Regierung ist bereits an merkwürdigen Gesetzen fruchtbarer als ganze Lebenszeiten in der Geschichte auch nicht unberühmter Regenten.«

Bei Aufhebung der Leibeigenschaft rief er emphatisch aus: »Alle Untertanen Josephs sind nun Bürger, Leibeigenschaft ist Schande der Vernunft, die nicht mehr zugeben kann, daß Geschöpfe, die aus der Hand der Natur auf gleichen Wegen, mit gleichen Kräften des Körpers, mit gleichen Fähigkeiten des Geistes ausgerüstet, kommen, zum Eigentum ihrer Mitgeschöpfe herabgewürdigt, das Schutzrecht in Herrenrecht verwandelt werden kann.« Hier sehen wir Sonnenfels in der österreichischen Aufklärung als Reformer voll in Aktion.

Sonnenfels war in der österreichischen Aufklärung das Haupt einer Gruppe, der *Sonnenfelsianer,* wie sie hießen, die sich durch ihre betonte Areligiosität von den katholischen Aufklärern, wie *Seibt* und *Rautenstrauch,* sehr unterschieden. Diese wollten eine Reform der Mißbräuche in der Kirche. Sonnenfels und der ihm gesinnungsverwandte *Eybel* und ihr Kreis wollten das Wesen der Kirche ändern, beziehungsweise sahen sie die Lebensberechtigung der Kirche nur noch unter strenger Staatsaufsicht als geistlichen Büttel für den Staat. Sonnenfels war freilich in der Ausdrucksweise viel vorsichtiger als Eybel. So konnte er auch nach dem Tode Josephs II. äußerlich in Ehren emeritiert erscheinen, während Eybel und seine Getreuen in völlige Ungnade fielen. Übrigens gelang es manchen der Freimaurerfreunde Sonnenfels', wie *Graf Saurau,* die geschickt ihre wahre Gesinnung verhüllten, noch lange in hohen Staatsämtern zu wirken. Sie haben selbst in der franzisceischen Zeit wenigstens bis 1820 eine Rolle spielen und der einsetzenden Restauration manchen Streich spielen können.

Leopold J. Graf Daun – Gideon Frh. von Laudon – Franz Graf Lacy

VON RUDOLF WALTER LITSCHEL

Es gibt etliche Historiker, die der Ansicht sind, daß die Schlacht bei Liegnitz – geschlagen in der Nacht vom 14. auf den 15. August 1760 – wie kaum ein anderer Anlaß geeignet sei, das Verhältnis zwischen den theresianischen Feldherren *Daun, Laudon* und *Lacy* für jedermann deutlich genug vorzustellen. Tatsächlich zeigte dieses Treffen, das den Österreichern eine schwere Schlappe und beträchtliche Verluste eintrug, die Verantwortlichen von ihrer charakteristischen Seite: Daun und der ihm treu ergebene Lacy zögerten, Laudon griff unerschrocken an, und ihr Gegner, *Friedrich II. von Preußen,* nutzte die Lage geschickt aus.

Nach der Schlacht versuchte man sich im österreichischen Lager gegenseitig die Schuld an der Niederlage zuzuschieben. Vor allem Laudon ließ unmißverständlich erkennen, daß ihn Daun und Lacy im Stich gelassen hätten, und zwar nur deswegen, weil sie ihm einen Sieg mißgönnten. Nun war das sicher übertrieben, aber die Haltung Laudons bewies, daß er nicht länger daran dachte, das Ränkespiel – für das er in erster Linie den ehrgeizigen Lacy als Initiator bezeichnete – stillschweigend mitzumachen.

Trotzdem wäre es falsch zu behaupten, daß sich die drei bedeutsamsten österreichischen Heerführer im Siebenjährigen Krieg – bloß ihrer Karriere wegen – unentwegt mit Mißtrauen begegneten. So finden sich viele Zeugnisse, aus denen man erkennen kann, wie hoch Daun die Leistungen Laudons einschätzte, und sogar Lacy konnte zuweilen nicht umhin, für den »Emporkömmling« ein gutes Wort auszusprechen. Was also wirklich trennte, waren das Herkommen und die Art, Aufgaben vor dem Feind zu lösen.

Leopold Joseph Graf Daun – geboren am 24. September 1705 zu Wien – stammte aus einem alten rheinischen Adelsgeschlecht. Schon als Dreizehnjähriger trat Daun – seine Familie war mittlerweile in den Fürstenstand von Thiano erhoben worden – in die kaiserliche Armee ein und machte den sizilianischen Feldzug mit. Von nun an kannte seine Laufbahn vom Major (1726) bis zum Hofkriegsratspräsidenten (1762) keinen Bruch. Als Daun am 5. Februar 1766 in seiner Geburtsstadt starb, konnte man wahrhaftig sagen, daß »diesem Mann – trotz etlicher Rückschläge als Feldherr – sich die Sonne nie entzog, daß ihm die Götter in jeder Stunde seines Lebens hold waren, und daß ihm die kaiserliche Gnade aus einer unversiegbaren Quelle zufloß«.

Ähnliches gilt für den um fast genau zwanzig Jahre jüngeren *Franz Moritz Graf Lacy*, Sohn eines russischen Feldmarschalls. Auch er begann frühzeitig seinen Dienst in der kaiserlichen Armee, avancierte rasch und sicher, bekleidete bereits 1750 den Rang eines Obersten, wurde von Daun zum Chef des Generalstabes bestellt und kommandierte 1760 ein besonderes Korps, mit dem er der Reichsarmee bei Dresden noch zu rechter Zeit zu Hilfe kam und im Oktober bis Berlin vordrang – eine Tat, für die er zum Feldmarschall ernannt wurde. Lacy genoß stets das unbedingte Vertrauen seiner Vorgesetzten und des Herrscherhauses, und als sein Schirmherr Daun starb, war es selbstverständlich, daß man ihm die Würde des Hofkriegsratspräsidenten übertrug.

Neben diese beiden Glückskinder trat *Gideon Ernst von Laudon*, aus protestantischer Familie stammend, praktisch mittellos, ohne Beziehungen und daher völlig unbekannt. 1732 – als Sechzehnjähriger – nahm er russische Dienste an, die er jedoch verhältnismäßig bald quittierte; Versuche, in die schwedische oder preußische Armee einzutreten, scheiterten. So wandte sich Laudon schließlich nach Wien, wo man ihm im Kriegsjahr 1742 eine Stelle als Hauptmann im Freikorps Trenck einräumte. Nach einer schweren Verwundung wurde Laudon als Major an die Militärgrenze versetzt. Bei Ausbruch des Siebenjährigen Krieges bemühte sich Laudon wiederholt um eine Verwendung, doch der Hofkriegsrat unter der Leitung des *Grafen Neipperg* wies ihn barsch ab. Erst als es Laudon gelang, eine Verbindung mit dem *Fürsten Kaunitz* herzustellen, sandte man ihn mit einer Kroatenabteilung nach Böhmen, und im Februar 1757 beförderte man ihn nach dem Überfall von Hirschfeld zum Obersten – Daun war zu diesem Zeitpunkt bereits Feldmarschall und der um neun Jahre jüngere Lacy Feldmarschalleutnant.

Nach Hirschfeld schlug freilich auch für Laudon die Stunde. Der Troupier

Christoph Willibald von Gluck; Lithographie des Institutes Gebrüder Waldow, Berlin, nach einem Gemälde von Joseph Siffred Duplessis. Darunter Notenbeispiel aus »Scena di Berenice«
Auf den folgenden Seiten:
Joseph Haydn; Stich von Thomas Hardy nach eigenem Gemälde, 1791. Darunter Beginn des Streichquartetts 1771
Wolfgang Amadeus Mozart; Stich von Johann Josef Neidl nach dem Buchsbaumrelief von Leonhard Posch. Darunter Beginn der Bildnisarie aus der Oper »Die Zauberflöte«

Scena di Berenice.
Largo
Berenice ove sei
Gluck

Viola
Moderato

und Grenzeroffizier rückte rasch in den Vordergrund, bewährte sich hervorragend bei Roßbach, Domstadtl, Hochkirch und vor allem 1759 bei Kunersdorf, wofür ihm Maria Theresia den Rang eines Feldzeugmeisters zuerkannte. Trotzdem gelang Laudon der eigentliche Durchbruch nicht: schon drei Jahre nach Kunersdorf verlor er jegliches Kommando und mußte sich vorübergehend in das Privatleben zurückziehen. Das bedeutete allerdings keineswegs, daß man Laudon völlig vergessen hätte: so übertrug man ihm 1766 das Amt eines Generalinspektors der Infanterie und 1779 jenes des kommandierenden Generals in Mähren mit dem Sitz in Brünn, aber es ist dessenungeachtet bezeichnend, daß er erst bei Ausbruch des Bayerischen Erbfolgekrieges im Frühling 1778 endlich zum Feldmarschall ernannt wurde. Gideon Ernst Freiherrn von Laudon ist während seiner achtundfünfzigjährigen Dienstzeit wahrhaftig nichts in den Schoß gefallen, er hatte sich seine Erfolge schwer erkaufen müssen, und es ist ausschließlich seiner persönlichen Tapferkeit zuzuschreiben, daß er letztlich dennoch über seine Gegner – im feindlichen und im eigenen Lager – Sieger blieb.

Das mag auch der Grund sein, weshalb Laudon bis zum heutigen Tag als der populärste General der theresianischen Armee gilt. Lieder und Gedichte, ein Drama und zahlreiche Darstellungen seiner Taten in deutscher, französischer, italienischer, flämischer und tschechischer Sprache vergleichen ihn oft mit *Prinz Eugen* und rühmen ihn als einen Helden im Sinn der Antike. Als Mensch gab sich Laudon bedürfnislos; sein Wissen versuchte er im Umgang mit Gelehrten und Dichtern – vornehmlich mit *Christian Fürchtegott Gellert* – zu vermehren.

Eine seiner bedeutsamsten Leistungen als Feldherr vollbrachte Laudon zweifellos bei Kunersdorf am 12. August 1759. Während König Friedrich II. in Schlesien den Österreichern unter Daun beobachtend gegenüberstand, war es Laudon gelungen, sich mit den Russen zu vereinen, und er verfügte nun über rund 60.000 Mann regulärer und 18.000 Mann irregulärer Truppen. Friedrich, der um Berlin bangte, entschloß sich daraufhin zum Angriff, überschritt bei Göritz unterhalb Frankfurt die Oder und trat zum Vormarsch gegen den Feind an. Die Preußen versuchten zunächst, den rechten Flügel der Russen einzudrükken, was ihnen auch gelang und Friedrich veranlaßte, Siegesbotschaften abzufertigen. In Wirklichkeit jedoch war noch nichts gewonnen. Der König setzte seine gesamte Kavallerie unter *Seydlitz* ein, die bis dahin Laudon in Schach gehalten hatte. Als Laudon diese Bewegung erkannte, entschloß er sich sofort zu einer Attacke, die die Schlacht zugunsten der Österreicher entschied. Laudon hatte wieder einmal überzeugend bewiesen, daß Zaudern, Unentschlossenheit und Furcht nicht zu seinem Vokabular gehörten.

Damit stand er in krassem Gegensatz zu *Daun*, den man heute noch und nicht zu Unrecht einen »deutschen Fabius Maximus Cunctator« nennt: Daun war, obwohl persönlich tapfer, kein Draufgänger, er verhielt sich zurückhaltend und

Figurine des Papageno aus der Ausgabe des Textbuches zur Oper »Die Zauberflöte« von Wolfgang Amadeus Mozart, Wien 1791

zog selbst dann die Defensive vor, wenn sich scheinbare Möglichkeiten für ein rasches Handeln geboten hätten. Aber diese Haltung – oft gescholten, oft kritisiert und bespöttelt – rettete dem theresianischen Österreich mehr als einmal die Armee; im übrigen hatte Daun bei Kolin gezeigt, daß er auch kraftvoll und zielsicher sein konnte.

Man darf nicht vergessen, daß Daun – zum Unterschied von Laudon – nicht nur die größere Verantwortung zu tragen hatte, sondern stets um das Ganze bemüht war. Als Verfasser von Reglements für die Infanterie und die Kavallerie, als Präsident des Justizkollegiums beim Hofkriegsrat und als Leiter der Militärakademie zu Wiener Neustadt hatte sich Daun mit Problemen zu beschäftigen, die minuziöse Kleinarbeit verlangten und ihm Hintergründe erschlossen, die anderen verborgen blieben. Er ließ sich nicht vom trügerischen Schein eines Sieges blenden, weil er um die Schwächen der Armee wußte, und er war mit Recht überzeugt, daß eine verlorene Schlacht die Monarchie zu gefährden vermochte.

Das alles machte Daun niemals so populär wie Laudon, aber er war zweifellos die bedeutendere Erscheinung. Daun war unentwegt bemüht, die ihm anvertraute Armee sicher durch tausend Gefahren zu steuern. Zweimal wurde er zum Reorganisator eines geschlagenen Heeres, seinem Wirken ist es mit zu verdanken, daß die theresianische Epoche – trotz aller Niederlagen und Verluste – bis in unsere Tage ihren Glanz behalten hat.

Sicherlich: Daun verfügte für sein Tun über sämtliche Voraussetzungen, auch was seine privaten Verhältnisse anging. So war er mit der älteren Tochter der *Gräfin Fuchs* verheiratet – eine Verbindung, die sich mehr als lohnend erwies, denn die Gräfin Fuchs war die vertrauteste Hofdame *Maria Theresias* und konnte dank dieser Stellung für ihren Schwiegersohn tatkräftig eintreten. Darüber hinaus besaß Daun außer der Herrschaft Sassenheim noch drei weitere Besitzungen, darunter ein Haus in Laxenburg und das Schloß Wallsee; seine finanzielle Situation war also durchaus geordnet. Trotzdem spielt das alles eine zweitrangige Rolle – entscheidend bleibt die Tatsache, daß Daun seine günstige Ausgangsposition zu nützen wußte und von ihr aus einen Weg beschritt, der zum Erfolg führte.

Dieser Erfolg wird zumeist mit Kolin gleichgesetzt, wo Daun am 18. Juni 1757 die Preußen unter ihrem König vernichtend schlug; von diesem Tag an war der Nimbus vom »Unbesiegbaren Friedrich« für immer zerstört, und die österreichische Herrscherin stiftete zum Gedenken an diesen Sieg den nach ihr benannten Maria-Theresienorden, dessen Großkreuz Daun am 7. März 1758 verliehen wurde. Der Name Daun ist also mit dem Namen Kolin für alle Zeiten verbunden, aber was schwerer wiegt – und das sei wiederholt –, sind die Leistungen Dauns auf dem organisatorischen Gebiet.

Um ein gleiches ging es *Franz Moritz Graf Lacy*, der in vielen Dingen Daun ähnelte. So war Lacy ein tapferer Offizier, der sich im Österreichischen Erbfolgekrieg hervorragend schlug und mehrmals verwundet wurde. Als Heerführer zauderte er nicht minder oft als Daun, aber seine Mitarbeit bei Dauns Heeresreformen war bedeutend. Was aber Lacy von seinem »großen Herrn und Lehrmeister« trennte, war sein Hang zum Intrigieren, den nicht nur Laudon zu spüren bekam. Lacys Ehrgeiz kannte keine Grenzen, und für das Ziel, als Nachfolger Dauns zu fungieren, opferte er Freundschaften. Überdies war er überzeugt, der Berufenste zu sein und es mit jedem Konkurrenten aufnehmen zu können.

Diese Meinung kam nun freilich nicht von ungefähr. Lacy besaß eine vorzügliche Allgemeinbildung, er war belesen, seine Dispute über klassische Dichter ließen Fachgelehrte aufhorchen, und seine Kenntnis auf militärhistorischem Terrain verblüfften. Lacy war in der Lage, aus den Schriften eines *Montecuccoli* oder eines *Prinzen Eugen* frei zu zitieren und die daraus gewonnenen Ableitungen für die Kriegführung seiner Zeit und für sein Generalsreglement von 1769 umzuformen. Trotzdem kann man Lacy nicht als Theoretiker bezeichnen: sein praktischer Sinn offenbarte sich beim Entsatz von Olmütz 1758 und in den von ihm entworfenen Plänen zum Überfall bei Hochkirch und zur Unternehmung von Maxen. Das Vertrauen, das man in ihn setzte und das Lacy schließlich die Stellung eines Generalinspektors der gesamten bewaffneten Macht eintrug, war demnach berechtigt – mögen auch seine Gegner immer wieder gegen ihn gewettert haben. Er blieb trotz seiner Leistungen ein Außenseiter, dem das Echo fehlte und der sich auf nichts zu stützen vermochte als auf die Huld des Herrscherhauses. So endete Lacy – zumindest aus heutiger Sicht betrachtet – als eigentlich Gescheiterter: er konnte weder den Türkenkrieg von 1788 für die österreichischen Fahnen entscheiden, noch war es ihm vergönnt, als Hofkriegsratspräsident ein Heer zu schaffen, das dem frischen Wind aus dem revolutionären Westen widerstand.

Daun, Laudon und Lacy: jeder gab, was er konnte, und jeder sah im Herrscherhaus seine eigentliche Heimstätte, die es zu verteidigen galt. Der oft zitierte Satz, wonach Daun der Schöpfer des theresianischen Heeres, Lacy sein Erhalter und Laudon sein Verwender war, ist sicherlich einseitig, denn Lacy half nur mit, Daun reformierte Übernommenes, und Laudon war – seinem Temperament entsprechend – ein Vabanquespieler, der viel einsetzte, um einiges zu gewinnen. Aber diese drei Männer – Feldmarschall ein jeder – bewiesen Mut, Initiative und Können in den gefährlichsten Situationen, die Österreich bedrohten, und ohne ihre Leistung wäre das theresianische Österreich nicht erhalten geblieben.

Christoph Willibald Gluck

VON FRIEDRICH HELLER

Ausbildung und geniale Veranlagung, die *Christoph Willibald Gluck* die wesentlichen Entwicklungen des Musikdramas seiner Zeit aufnehmen und verarbeiten ließen, haben ihn zu einem wahrhaft europäischen Künstler gemacht, zu einem kosmopolitischen Grandseigneur von überragender historischer Bedeutung. Wien aber war nicht nur für lange Jahre diesem so welterfahrenen Musiker Heimat, sondern auch Stätte jener geistigen Auseinandersetzung, deren Ergebnis als sogenannte Opernreform die Geschichte einer der wichtigsten musikalischen Gattungen entscheidend bestimmte. Daß dieses Glucksche Reformwerk in seiner Tendenz, charakteristische Züge verschiedener Nationalstile zu einem überragenden Neuen zu vereinen, auf österreichischem Boden seinen Ausgang nahm, kann als Beweis für die gerade im Bereich der Musik immer wieder wirkende besondere geschichtliche Funktion Österreichs gewertet werden: die Amalgamierung selbst divergierender Stile zu einem überhöhten Ganzen. Wenn man schon den nur im weitesten und oberflächlichsten Sinn zulässigen Begriff der »Wiener Klassik« gebrauchen will, so müßte der aus der Oberpfalz stammende Gluck auf jeden Fall hinzugezählt werden. Um so merkwürdiger berührt es, daß Gluck zu jenen Künstlern gehört, deren geschichtliche Position unbestritten, deren Werk in der Allgemeinheit aber nahezu unbekannt ist. Gerade an seinem Fall läßt sich die ganze Problematik des Begriffs »Klassik« in unserer Zeit ermessen. Von überzeugender klassischer Attitüde, in vielen Beispielen geradezu die ideale Verwirklichung all jener Charakteristika, die den klassischen Stil für uns ausmachen, darf Glucks Musik dennoch nicht als »populär« in dem Sinn bezeichnet werden, wie es heute etwa für die Werke *Bachs* oder *Mozarts* zutrifft. Das mag unter anderem seinen Grund auch in der Tatsache haben, daß sich Glucks Genie fast ausschließlich auf musikdramatischem Gebiet äußerte; der Instrumentalkomponist Gluck hat immer im Schatten des Vokalkomponisten gestanden. Was an selbständigen Instrumentalkompositionen vorliegt, geht auch – bei aller Korrektheit von Satzweise und Erfindung – über den konventionellen Zeitstil nicht hinaus. Ebenso stark wie der Vollblutmusiker wirkte in ihm der Dramatiker, und die wachsende Zahl der eigenen Entlehnungen oder Anlehnungen in den späteren Werken offenbart, daß der Musiker in ihm ins Hintertreffen geraten wäre, hätte er nicht in der *Iphigenie auf Tauris* in einem durchgeistigten Altersstil zu den musikalischen Quellen seiner Kunst zurückgefunden.

War Gluck schon zur Zeit seiner italienischen Reformopern in Wien, besonders aber seit seinen Erfolgen in Paris (also etwa seit 1774) eine europäische Berühmtheit, so liegen anderseits seine Kindheit, die Jugend und die ersten Mannesjahre weitgehend im dunkel. Was an spärlichen biographischen Nachrichten vorhanden ist, sagt wenig über seine künstlerische Entwicklung aus. Überraschend früh jedenfalls hat sich der am 2. Juli 1714 in Erasbach, hart an der Grenze zu Böhmen, als Sohn eines Försters Geborene selbständig gemacht: als Mensch wie als Künstler. Im Elternhaus an der Entfaltung seiner musikalischen Neigungen gehindert, brannte er einfach von zu Hause durch, und wenn auch offenbar bald eine Aussöhnung mit dem Vater erfolgte, so mag doch dieses frühe Aufsichgestelltsein viel zur späteren Sicherheit beigetragen haben, mit der Glucks Leben seinen Weg in die große Welt nahm. Weitere Stationen der Jugend, die nur in gelegentlichen Nachweisen Spuren hinterlassen haben, sind Prag, wo Glucks Name in den Matrikeln der Universität aufscheint, und, nach Jahren, in denen der Jüngling sich sein Brot als Wandermusikant in Böhmen verdiente, Wien. Nichts wissen wir über die musikalische Ausbildung Glucks, kein Lehrer ist bekannt.

Der Mailänder Aristokrat *Antonio Melzi* bringt den jungen Musiker nach Italien. Seit 1736 in Mailand, kann er nun das Handwerk eines italienischen Opernkomponisten von der Pike auf lernen. Gleichzeitig eignet er sich die notwendigen Regeln strenger Satzkunst bei dem als Kirchenmusiker und Instrumentalkomponisten bekannten *G. B. Sammartini* an. Bereits mit seiner ersten Oper hat der junge Gluck Erfolg, bald ist seine Tätigkeit für die nächsten Jahre festgelegt: er wurde ein *compositore scritturato*, ein berufsmäßiger Opernkomponist, der für die einzelnen Stagioni von den verschiedenen Theatern Opernaufträge annahm und sich gleichzeitig für die Einstudierung der Werke verpflichtete. Mit acht im neapolitanischen Stil geschriebenen Opern qualifizierte sich Gluck als ein schon damals über die italienischen Musikzentren hinaus berühmter Komponist. So nimmt es nicht wunder, daß er ein Angebot nach London bekam; allerdings scheint er von den Verhältnissen in England eher enttäuscht gewesen zu sein. In den folgenden Jahren, die zeitweise seine Spuren ganz verschwinden lassen, lernt er die italienische Opernpraxis in Deutschland kennen. Als zeitweiliges Mitglied der *Mingottischen Operntruppe* bereist er Österreich, Deutschland, Böhmen, Dänemark, vielleicht auch Holland oder Belgien. Mit der Eheschließung (er heiratet 1750 in Wien die wohlhabende Bürgerstochter *Marianne Perg*) und mit der nun endgültigen Niederlassung in der Reichshaupt- und Residenzstadt sind die Jahre unsteten Umherwanderns und gelegentlicher Anonymität vorüber; es folgt nun eine Zeit, in der Gluck aus einer betonten Vereinzelung heraustritt in einen Kreis Gleichgesinnter, der ihm seine langsam heranreifenden neuen künstlerischen Ideen deuten und verwirklichen half.

Die nun folgenden Wiener Jahre bringen dem Komponisten die soziale Sicherstellung und relative Unabhängigkeit. Dank der Mitgift seiner Frau, aber ebenso dank seiner weltmännischen Verbindungen zu verschiedenen Mitgliedern des Adels konnte Gluck es sich leisten, Fürstendienst abzulehnen und Aufträge nur nach persönlicher Neigung anzunehmen. Entstehen nun einerseits italienische Opern (etwa nach Texten des berühmten Librettisten *Metastasio*), die ihm unter anderem den päpstlichen Titel eines »Kreuzherren vom goldenen Sporn« einbrachten, so erarbeitet sich Gluck anderseits auch das so beliebte Genre der französischen Musikkomödien, die man nach ihren gassenhauerartigen Liedeinlagen

»Vaudevilles« nannte. Mit dieser Gattung, die ihm vor allem die kunstgerechte Beherrschung der Besonderheiten der französischen Sprache vermittelte, war er durch den Hoftheaterintendanten *Graf Durazzo* vertraut gemacht worden. Eben dieser Durazzo aber führte Gluck auch jenen Mann zu, der ihm der kongeniale Librettist für seine Opernreformpläne wurde, ja von dem – wie der Komponist selbst aussagte – ein wesentlicher Anteil an den neuen Ideen stammte.

Raniero di Calzabigi war eine Abenteurernatur. Umfassend gebildet, in verschiedenen Berufen tätig, aber auch in verschiedene Affären verwickelt, war er über Neapel und Paris nach Wien gekommen. Von beweglichem Geist und literarisch äußerst gewandt, hatte er in Paris den frischen Eindruck der damals besonders heftig tobenden Kämpfe um die Vorzüge der italienischen und der französischen Oper aufgenommen und versuchte nun, in Wien seine Gedankengänge zu verwirklichen. Sein Programm, eine Verschmelzung italienischen und französischen Operngeistes im Lichte einer von jeder Konvention losgelösten Wahrheit und Natürlichkeit mußte auf das höchste Interesse Durazzos und vor allem Glucks treffen. Diese Tendenzen waren an sich nicht originell, sondern spiegelten im wesentlichen jene Ideen wider, die die Pariser Literatenkreise damals bewegten. Aber hier wurden sie von einem mit praktischem Sinn begabten Literaten vorgebracht, von einem wirklich erfahrenen Opernkomponisten begierig aufgenommen und von einem einflußreichen Theaterbeamten in den Bereich der Realisierbarkeit gestellt. Man darf das Zusammentreffen dieser drei Männer als eine Sternstunde in der Geschichte der Oper ansehen. Von nun an verfolgt Gluck, in Wien zunächst unterstützt von Calzabigi, später in Paris von *Du Roullet* und *Guillard*, mit überzeugender Konsequenz die Verwirklichung seiner Opernpläne. Die wichtigen Daten dieser folgenden Jahre markieren eine Entwicklung, die von Werk zu Werk dem klassischen Ideal näherkommt: die Wiener italienischen Reformopern *Orfeo ed Euridice* (1762), *Alceste* (1767), *Paride ed Elena* (1770) und die Pariser französischen Reformopern *Iphigénie en Aulide* (1774) und *Iphigénie en Tauride* (1779). Dazwischen liegen weitere Werke, die, mehr oder weniger den Reformplänen verhaftet, das imposante Opernschaffen Glucks ergänzen.

Die Uraufführung von *Orfeo ed Euridice* (5. Oktober 1762) im Theater nächst der Burg in Wien gehört zu den großen Operndaten der Musikgeschichte. Mit »Überraschung und Erstaunen« nahm das sehr verständige Publikum diese neue Art von Musikdrama auf. Mit einem Schlag schien das Manieristische der italienischen Oper ebenso überwunden wie ihr charakteristisches Profil der Haupt- und Staatsaktion. Wort und Ton standen mit einemmal in enger Relation, die Oper wurde zum Schauplatz menschlicher Leidenschaften. In den Opern Glucks werden entwicklungsbedingte Bestrebungen zur Erfüllung geführt und – in der Hand des Genies – zum Paradigma eines Zeitstils erhöht. In diesen Werken eines »Tondichters«, wie man Gluck berechtigterweise nennen dürfte, manifestiert sich die Epoche des Rationalismus. In der berühmten Vorrede zur Oper *Alceste* formulierte der Komponist seine Absichten und unterstrich damit das bewußte Wollen, seiner Epoche das reine, alle echten Kräfte zusammenfassende Kunstwerk zu geben.

»Ich war bedacht, die Musik auf ihre wahre Aufgabe zu beschränken, das ist: der Dichtung zu dienen«, so kennzeichnet Gluck die Stellung des Opernkomponisten, und er erläutert dann im einzelnen jene Neuerungen, mit denen er den überkommenen Stil der neapolitanischen Oper zu reformieren trachtete. Es geht im wesentlichen um die Abschaffung und Überwindung all jener Mißbräuche, die von einer dem Virtuosentum zuneigenden, das rein Musikalische betonenden Einstellung her den Kern des Dramatischen zerstört oder aufgelöst hatten. Aber die Erneuerung des Musikdramas ist nicht nur eine Aufgabe künstlerischer Vernunft, sondern auch das Ergebnis ethisch bewußten Wollen. »Ich habe ferner geglaubt, den größten Teil meiner Bemühungen auf die Erzielung einer edlen Einfachheit verwenden zu müssen. Daher vermied ich es auch, auf Kosten der Klarheit mit Schwierigkeiten zu prunken, und habe niemals auf die Erfindung einer neuen Wendung Wert gelegt, wenn sie nicht von der Situation selbst herbeigeführt und dem Ausdruck angemessen war. Endlich stand mir keine Regel so hoch, daß ich sie nicht guten Muts der Wirkung zu lieb aufopfern zu dürfen glaubte.«

Schon im *Orfeo* hatten diese Grundsätze Ausdruck gefunden. Waren auch noch manche die neapolitanische Oper kennzeichnenden Züge vorhanden, so überwog doch das Neuartige. Die Handlung war auf drei Personen beschränkt, es gab keine Koloratur-Arien, die Rolle des Chors ist für eine herkömmliche opera seria ungewöhnlich groß. In den folgenden Opern hat Gluck seine Prinzipien überzeugend verwirklicht. Als er – nach Beendigung der Zusammenarbeit mit Calzabigi – im Herbst 1773 nach Paris ging, trieb ihn der wache Intellekt des Künstlers: in der französischen Hauptstadt konnte er sein Reformwerk zur letzten Vollendung führen. Hier war der Boden schon bereitet. Eine in Frankreich traditionelle Bevorzugung schlichter Melodien und die Größe der französischen Tragödiendichtung wirkte sich auf Glucks Intentionen nur vorteilhaft aus. Als der Komponist 1779 wieder endgültig nach Wien zurückkehrte, konnte er das Feld der Oper als Triumphator hinter sich lassen. Sein Tod (15. November 1787) wurde in ganz Europa betrauert.

Abgesehen von einem direkten Weiterwirken auf einzelne Komponisten – vor allem *Cherubini* ist hier zu nennen – besteht die Bedeutung Glucks mehr in seiner epochalen Größe und in der stilistischen Höhe seines Werks. Die 1777 an den Komponisten gestellte Frage: »Durch welche Kraft des Geistes können Sie auf einmal das kalte Blut hernehmen, das erforderlich ist, um in einem Augenblick alle Teile eines großen Dramas zu umfassen, einen dem anderen unterzuordnen?« zeigt die konzentriert rationalistisch bestimmte Haltung, wie sie der große Künstler selbst überzeugend vertrat. An diesem rationalen Grundstand seines Wesens zerschellten alle anbrandenden Wellen von Sturm und Drang oder Empfindsamkeit, wie sie gleichzeitig für seine Epoche charakteristisch sind. Seine Größe bestand, wie *Alfred Einstein* formulierte, »nicht darin, daß er die Forderung nach einer Reform der metastasianischen Oper aufstellte, sondern in der Art, wie er sie künstlerisch erfüllte, in dem Ernst, den er an die Durchbildung der Oper als ein dramatisch-musikalisches Ganzes wandte, in der zunächst geistigen, dann erst musikalischen Erfassung der absoluten Charaktere seiner Gestalten ... Wie hoch steht seine lebensvolle Auffassung und Anschauung der Gestalten des Altertums über der gefälligen Gips-Antike seiner Zeit! Er mußte schließlich siegen!«

Hier hat höchste Kunst den ihr gebührenden Ausdruck gefunden, das heißt: was musikalische Kunst in der klassischen Balance von Inhalt und Form zu sagen imstande ist, geschah in diesen Werken höchster Klassizität.

Joseph Haydn

VON GERNOT GRUBER

Die Ansicht, *Haydn* sei der Vollender verschiedener Ansätze des Rokokos gewesen und damit zum Wegbereiter *Mozarts* und *Beethovens* geworden, wurde im 19. Jahrhundert zur Lehrmeinung. Erst in jüngerer Zeit beginnt sich ein radikaler Wandel abzuzeichnen, der auf ein Verständnis Haydns um Haydns willen abzielt, begünstigt durch einen Zeitgeist, dem die im Gefälligen verborgene intellektuelle Komponente in Haydns Schaffen leichter zugänglich ist.

Die selbstverständlichste Voraussetzung seiner Persönlichkeit ist für den am 31. März 1732 in Rohrau Geborenen seine Abstammung aus einer österreichischen Bauern- und Handwerkerfamilie aus dem Gebiete des heutigen Burgenlandes, in dem deutsches Volkstum an magyarisches und kroatisches grenzt. Von hier erweitert sich Haydns Lebensraum, ja auch typische Charakterzüge liegen in seiner Herkunft begründet: die Verbindung von Güte und Selbstbewußtsein oder das kluge Handeln in wirtschaftlichen Dingen. Obwohl Haydn für äußere Ehren durchaus empfänglich war, verspürte er nur selten das Bedürfnis, sich über sein Leben bekenntnishaft mitzuteilen. Ererbt ist auch die Art seiner langsamen, aber stetigen Entwicklung, die es erklärt, daß über die frühen und mittleren Jahre seines Lebens recht wenig überliefert ist.

Die ersten musikalischen Eindrücke empfing er vom volkstümlichen, häuslichen Musizieren des Vaters. Nach kurzer Zeit in Hainburg kam Haydn als Sängerknabe nach Wien an die Kantorei St. Stephan. Neun Jahre hindurch blieb der junge Haydn mit der spätbarocken österreichischen Kirchenmusiktradition konfrontiert. Nach der Mutation seiner Stimme wurde er als Sängerknabe entlassen und mußte sich mit musikalischen Gelegenheitsarbeiten das Nötigste verdienen. Im alten Michaelerhaus, in dem er wohnte, traf er mit *Pietro Metastasio* und *Nicola Porpora* zusammen, bei dessen Gesangsstunden er korrepetierte und so Eingang in die Gesellschaft fand. Durch Porpora erhielt Haydn auch Unterweisungen in der Komposition, die die einzigen seines hauptsächlich autodidaktischen Studienganges bleiben sollten.

Als Musiker galt es für Haydn, das Leichtflüssige wie Geistvolle des galanten Stils, der ihn in den beliebten Divertimenti, Cassationen u. ä. umgab, zu erreichen – und er versuchte, die Musik seiner Wiener Umgebung sich komponierend zu erwerben. Die bedeutendsten Namen unter den Vorbildern stehen wohl mit *M. G. Monn* und *G. Chr. Wagenseil* fest.

Schon in diesen frühen Werken wie auch im Lebenslauf kündet sich eine Polarität an, die in der Literatur häufig in einseitig vergröberten Ansichten untergeht, hinter denen das Schlagwort vom »Papa Haydn« steht, der mit naiver Freude hemdärmelig in die Musikentwicklung eingriff. Sicherlich läßt sich damit Haydns Persönlichkeit im Vergleich zu der Mozarts schärfer fassen, andererseits darf aber nicht bagatellisiert werden, daß Haydn sich schon früh bemühte, ein aufgeklärter »honnête homme« zu werden. Die Haydn eigene Vereinigung von bäurischer, aufs Praktische gerichteter Art und honnetem Wesen kommt in kleinen Zügen treffend zum Ausdruck. Etwa wenn der zur Standesperson Gewordene in gewissen Abständen seine Verwandtschaft zu einem Festessen einlud und gleichsam um sich versammelte. Oder wenn Haydn in seinem Testament größte Sorgfalt auf eine gerechte Verteilung seiner Güter unter seine zahlreichen Angehörigen legte.

Das Nebeneinander von Traditionsbewußtsein und der Begeisterung für das Neue war allgemein. Die loslösende Kraft richtete sich vorherrschend gegen das Element der Repräsentation, an dessen Stelle die Forderungen nach Einfachheit, Natürlichkeit wie die nach Rührung und Deutlichkeit traten. Aber galanter wie empfindsamer Stil standen auf der Basis des Rationalen. Dieses Nebeneinander prägte persönliche Vorlieben und beeinflußte die musikalische Konzeption von in ihrer Zweckbestimmung unterschiedlichen Gattungen. Dazu kommt, daß es für den Musiker auch nach der Mitte des 18. Jahrhunderts keine Last, sondern Selbstverständlichkeit war, auf Auftrag zu komponieren. Die Pflege einzelner Gattungen und selbst die Art und Weise dieser Pflege wurden weitgehend vom Auftraggeber bestimmt. Sogar die besondere Qualität eines Werkes konnte durch einen besonderen Anlaß hervorgerufen sein, freilich ist es gerade die schöpferische Phantasie, die die Auftragsgebundenheit übersteigt und in ihrer Bedeutung zurücktreten läßt.

War Haydn bisher von Gelegenheitsaufträgen abhängig, gelang es ihm 1759 durch Fürsprache eines seiner adeligen Gönner, eine feste Stellung als Musikdirektor der Privatkapelle des *Grafen Morzin* zu Lukawitz bei Pilsen (Böhmen) zu erhalten. Haydn konnte nunmehr daran denken, einen eigenen Hausstand zu gründen. Die vierzig Jahre währende Ehe mit *Maria Anna Keller,* der Tochter eines Wiener Perückenmachers, blieb kinderlos, führte zu manchen Verbitterungen und einem jahrzehntelangen Nebeneinanderleben. Nach einer vorübergehenden Verbindung mit der jungen, temperamentvollen Sängerin *Luigia Polzelli,* zu deren Söhnen sich Haydn sehr hingezogen fühlte, erlebte er an der Schwelle des Alters die menschlich tiefste Bindung zu einer Frau: zur hochbürgerlichen Wiener Arztgattin *Marianne von Genzinger.*

Graf Morzin löste seine Kapelle bald auf, und Haydn wurde wieder vorübergehend stellungslos, jedoch war er bereits so bekannt, daß er noch 1761 als zweiter Kapellmeister neben *Gr. J. Werner* vom Fürsten *Paul Anton Esterházy* an dessen Hof nach Eisenstadt berufen wurde, welcher Umstand für Haydn einen gewaltigen Aufstieg zu Ansehen, gesicherter Existenz und breitem künstlerischen Entfaltungsraum bedeutete. Nach Werners Tod (1766) übernahm er die alleinige Führung der fünfzehn bis dreißig Musiker umfassenden Kapelle, zu der noch etliche Sänger und auch anderwärtig bei Hofe verwendete Choristen kamen.

Haydns Leben als Künstler wurde bis ins reife Mannesalter weder durch große Reisen noch durch persönliche Eindrücke oder Kontakte mit führenden Komponisten entscheidend befruchtet. Von den Wünschen seines Fürsten und den Zeitströmungen in den groben Konturen bestimmt, gestaltete sich Haydns künstlerischer Weg sehr wechselvoll. Als Schloßkomponist hatte Haydn nun auch dem Geist der Repräsentation zu genügen. Gerade in den ersten Eisenstädter Jahren barockisierte Haydn, und zwar sowohl in Kantaten wie in Konzerten und Sinfonien. Ein Überblicken des überkommenen Materials zeichnet bereits das Experimentieren in den frühen Sinfonien aus, in denen Haydn verschiedenste barocke Formen, wie Concerto grosso, Kirchensonate, Opernsinfonie oder Suite, in den Typ der Kammersinfonie rokokohaft heiteren Inhalts einzuschmelzen versuchte.

1766 wurde ein »ungarisches Versailles«, das Schloß Esterház, südlich des Neusiedlersees gelegen, zur neuen, bevorzugten Residenz des Fürsten Nikolaus. Die nunmehr größere Prachtentfaltung belebte auch den Anteil der Musik; so war in Esterház ein eigenes Opernhaus errichtet worden. Die Gattung Oper tritt, zunächst in der üblichen Buffo-Manier, in Haydns Gesichtskreis. Der Zeitabschnitt bis etwa zum Jahr 1772 ist aber aus anderen Gründen sehr entscheidend, und dies nicht nur im Leben Haydns, sondern sein Aufbruch zu einer neuen Ausdruckskunst läuft mit einer Zeiterscheinung gleich, die primär für die Literaturgeschichte als Sturm und Drang bezeichnet worden ist. In der Musik wird in radikaler Weise Proportionalismus und mittelbarer Ausdruck durch etwas Neues ersetzt: Die Töne wirken nun »nicht durch etwas, was durch sie angedeutet würde, sondern durch sich selbst«, sie müssen »wirklicher Ausguß des Herzens« sein. Ähnliches wie hier *Chr. D. Schubart* will *J. J. W. Heinse* aussagen, wenn er betont: »Jeder Ton ist das Resultat unserer momentanen Existenz.«

Das neue Grunderlebnis, eben sein persönliches Ich in Musik auszudrücken, erprobt Haydn in der Sinfonie und in zwei weiteren instrumentalen Gattungen, der Klaviersonate und dem Streichquartett, die er bisher eher im Stile Wagenseilscher Divertimento-Musik pflegte. Diesem Wandel unterworfen sind kompositionstechnische Versuche, die auch für sich gesehen zukunftsweisend wurden. Auffällig in Hinblick auf die klassische Sonatenform ist zunächst das Sich-Angleichen der instrumentalen Gattungen. Der am Existenzempfinden ansetzende Expressionswille weicht von Innen her das Tektonische auf und führt darüber hinaus zu einer vom normalen Verlauf sich abhebenden Vorliebe für das Dunkle, Geheimnisvolle oder zumindest Verflochtene. Im Klangbild äußert sich das in der gleichsam bedeutsamen Melodik, in kontrastreicher rhythmischer Struktur, in der häufigen Anwendung von Molltonarten, aber auch von Kontrapunktik, die technisch gesehen auf barocke Prinzipien zurückgreift. Selbst die häufiger werdende Übernahme volksmusikalischen Gutes kann als künstlerische Introspektion verstanden und als Bekenntnis gedeutet werden. Jedoch kein drängendes Sich-Äußern kann die Qualitäten des gestaltenden Ausführens auf die Dauer abschieben. Daher erreichte Haydn die besten Ergebnisse durch die Hereinnahme des Gestalterischen in den 1771/72 entstandenen *Sinfonien Nr. 42* bis *47* und in den *Streichquartetten op. 20.*

Im Laufe der siebziger Jahre schwenkte Haydn, ohne das erreichte Niveau aufzugeben, in weniger gewichtige Bahnen einer gefällig-geistvollen Musik für die gesellschaftlichen Zwecke des Hofes ein. Das Zentrum seines künstlerischen Interesses verlagerte sich auf den vokalen Bereich. Erhabene Monumentalität, die sich aus einer barocken Tradition herleitet, gelang Haydn in zwei großen kirchlichen Werken: in der *Cäcilienmesse* und im Oratorium *Il Ritorno di Tobia.* Wie für das Zurücksinken ins Spielerische in der Instrumentalproduktion bieten sich für die nun intensive Pflege der Oper zwei Gründe gleichrangig an: Aber muß zwischen persönlichem Interesse am Vokalen und dem fürstlichen Wunsch nach prunkvollen Opernaufführungen entschieden werden? Im Zeitraum von etwa 1775 bis 1783 spannt sich die Entwicklung von *L'infedeltà delusa* bis zu *La vera costanza* und schließt mit der heroischen *Armida.* Der Einfluß verschiedener italienischer Zeitgenossen ist erwiesen, darüber hinaus wäre Haydns Opernschaffen ohne Nachwirkung des Barocks und ohne das Werk *Chr. W. Glucks,* der ein Jahrzehnt vor Haydn in seinen Reformopern das Ideal klassizistischer Natürlichkeit verwirklichte, nicht vorstellbar. Haydn steht zwischen den ihn überragenden Opernmeistern Gluck und Mozart.

In den Jahren um 1780 kamen, besonders in den Sinfonien, Merkmale einer stilistischen Unsicherheit auf; Haydn begann in der Instrumentalkomposition wieder zu experimentieren, wozu ihn eigene Reminiszenzen, vielleicht auch Mozart, mit dem sich ein herzlicher Kontakt entspann, angeregt haben mögen. Oder hat eine beginnende soziale Unbefriedigtheit mit eine Rolle gespielt? Haydn fühlte sich einsam und zunehmend in seinem künstlerischen Wollen behindert, zumal er zu dieser Zeit bereits als europäische Berühmtheit galt. Aus dem Kapellmeisteralltag ausbrechend, schuf Haydn die qualitätvollsten Werke der Jahre bis 1790 für auswärtige Auftraggeber: Gebrauchsmusik in höchster Vergeistigung in den *Notturni* für den König von Neapel – gewichtige, einem barocken Karwochenbrauch verpflichtete Trauermusik in der Orchesterkomposition *Die Sieben Worte des Erlösers* für das Domkapitel zu Cadix in Spanien – stilistisch gefestigte Sinfonien voll unüberhörbarer Vitalität für Paris.

Haydn wird zum Klassiker. Schon in die Zeit des Suchens fallen Werke wie die *Streichquartette op. 33*, die durch die neue besondere Art und deren formale Bewältigung eine neue Basis erstellen. Aus den Wurzeln barocker Kontrapunktik ist die in die Sonatenform integrierte, sogenannte thematische Arbeit geworden, die es Haydn ermöglicht, das Geschehen aus einem einzigen Thema zu entwickeln. Ein entscheidender Schritt zur Klassik gelingt Haydn durch den Prozeß, aus dem Innern strömenden Ausdruck mit dem distanzierenden Element eines aufeinander abstimmenden Durchgestaltens von Detail und Ganzem auszugleichen. Aus diesem Vermögen, das sich in jedem Werk stets aufs neue bewähren muß, erwächst die klassische Spannung der späteren Werke Haydns, die mit dem Begriff der Abgeklärtheit kaum hinreichend zu erfassen ist. Technische Meisterschaft wie zunehmende Weite des Ausdrucks überstrahlen die Idee.

Als Fürst Nikolaus 1790 starb und sein Nachfolger wenig Interesse für die Musik zeigte, den berühmten Haydn aber weiterhin an seinen Hof gebunden wissen wollte, konnte Haydn seine Amtsgeschäfte lockerer führen, ohne je völlig zu dem zu werden, was man später einen freien Künstler nannte. Er nahm in Wien seinen Wohnsitz; gesellschaftliches Leben, Angebote und Einladungen umgaben ihn und verlockten den immerhin Sechzigjährigen, die weite Reise nach London anzutreten. Haydn verbrachte 1790/92 zwei Konzertsaisonen in London, den Sommer dazwischen verlebte er, an verschiedene Orte eingeladen, außerhalb der Stadt. Der Aufenthalt wurde zu einem Erfolg in jeder Hinsicht, ebenso auch ein zweiter in den Jahren 1794/95, zu dem sich Haydn nach kurzer Zeit in Wien entschloß. Das weltstädtische Leben in London brachte Haydn in eine Hochstimmung, die sich in seinem Schaffen, neben Streichquartetten und Klaviertrios vor allem in den zwölf *Londoner Sinfonien*, niederschlug. Über englische Textvorlagen, die ihm *G. van Swieten* bearbeitete, und vermutlich durch Londoner Aufführungen von Händel-Oratorien angeregt, schrieb Haydn in Wien als weitere Krönung seines Lebenswerkes die beiden Gott und Natur verherrlichenden Oratorien *Die Schöpfung* (1798) und *Die Jahreszeiten* (1801). Daneben entstanden auf Wunsch des Fürsten Nikolaus I. von Esterházy sechs großartige Messen, die von derselben Art der Gottesverehrung wie die beiden Oratorien getragen sind und in klassischer Annäherung der Formen sinfonische Struktur zeigen: die *Pauken-*, *Heilig-*, *Nelson-*, *Theresien-*, *Schöpfungs-* und *Harmoniemesse*.

Haydn wurde in seinen letzten Lebensjahren – er starb am 31. Mai 1809 – zu einer beinahe legendären Gestalt verklärt, er selbst aber wich in einer gläubig-vernünftigen Haltung jeder Vergottung der Kunst und des Künstlers aus, obwohl er mit der *Schöpfung* eine überwältigende Resonanz beim Publikum fand. Dazu blieb Haydn viel zu sehr der Geisteswelt seiner Jugend, die mit einem weitgefaßten Begriff der Aufklärung zu umschreiben ist, verhaftet. Darüber hinaus war ihm ein Zug des beharrlichen Wiederaufnehmens eigen, der in Form und Satztechnik seiner Werke verläßlich zu belegen ist. Eindrucksvoll tritt diese Treue zu sich selbst am Beispiel seiner frühen, noch zeitbedingten Vorliebe für Überraschungseffekte zutage.

Haydn behielt bis ins hohe Alter eine sensible Aufnahmefähigkeit und sah sich noch nach der Komposition der *Jahreszeiten*, die ihn so viel Mühe kostete, vor einem unbekannten Raum musikalischer Möglichkeiten stehen. Der Versuch, Haydn in die feste Rolle des Vollenders zu stoßen, erübrigt sich, wenn wir die Qualität seiner Werke und die unleugbar vorhandene, freilich nie aufdringliche, persönliche Tonsprache bedenken; diese Eigenschaften sind an sich vorwärts weisend, mögen sie im einzelnen Nachfolger finden oder nicht. Mit seiner Musik hat Haydn kein Ende gesetzt, das einen neuen Anfang verlangt. Wohl aber ist Haydn in allgemein geistesgeschichtlicher Sicht in einem bestimmten Sinne Vollender. Der positive christliche Glaube der Aufklärung, der das Sündenfallsdogma und die barocke Ansicht vom schmachvollen Kreuzestod Christi verdrängte, konnte nach den politischen Erschütterungen der Zeit um 1800 nicht ungetrübt weiterleben. Hier stellt Haydns *Schöpfung* in ihrer weltanschaulichen Bedeutung einen unübersteigbaren Gipfel dar.

Wolfgang A. Mozart

VON GEZA RECH

Am 27. Jänner 1756 wurde dem aus Augsburg gebürtigen Violinisten und späteren Vizekapellmeister *Leopold Mozart* und seiner aus St. Gilgen stammenden Gattin *Anna Maria, geborene Pertl*, im dritten Stock des Hauses Getreidegasse Nr. 9 in Salzburg der Sohn *Wolfgang Amadeus* geboren. Seine Totenmaske ist zerbrochen, die Grabstätte in Wien–St. Marx, zu der keiner der wenigen Freunde an jenem Nachmittag des 6. Dezember 1791 – einen Tag nach seinem allzufrühen Tode – dem Sarge folgte, ist verschollen, aber seine Musik lebt. Nie durfte der Salzburger Genius die Früchte seines überreichen und dabei so kurzen irdischen Schaffens genießen, immer befand er sich im Kampf mit den Nöten und Intrigen des Alltags, und doch klingen aus seiner Musik Herzenswärme und unüberwindlicher Humor, der auch den Menschen Mozart nie verließ. Unter seiner gestaltenden Hand wurde aus dem Wiener Singspiel die deutsche Oper, in welcher Musik, Handlung und Wort, aufeinander abgestimmt, ins Menschliche übertragen werden. In seinen Jugendsymphonien hören wir bereits das Echo des deutschen Genies, aufs schönste gepaart mit den auf seinen Italienreisen gewonnenen südlichen Eindrücken, die ihm neue, bisher unbekannte und höchst originelle Einsichten eröffneten, welche der aufnahmebereite Jüngling sofort verarbeitet hat.

Und aus dieser glücklichen Mischung italienischer Melodik und deutscher Harmonik entsteht eine Welt in Tönen, rein und erhebend, als Frucht eines arbeitsreichen Lebens, dem am fürsterzbischöflichen Hofe zu Salzburg seine ersten musikalischen Eindrücke vermittelt wurden.

Mozarts Kindheit stand unter dem Einfluß des Vaters und Lehrers, der mit dem Wunderkind Reisen nach München, Wien, Paris und London unternahm, wo die ersten Kompositionen des Kindes in Druck erschienen. Nach Salzburg zurückgekehrt, komponierte der Elfjährige 1767 das Oratorium *Die Schuldigkeit des ersten Gebotes* sowie *Apollo und Hyacinthus*. Für das Theater des Wiener Arztes und Magnetiseurs *Dr. Anton Mesmer* entstand 1768 *Bastien und Bastienne. La finta semplice*, für Wien bestimmt, erlebte erst 1769 in Salzburg ihre Erstaufführung. In Italien, wo der Vierzehnjährige 1770 von *Papst Clemens XIV.* zum Ritter des Goldenen Sporns ernannt wurde, hatte er seine ersten Opernerfolge mit *Mitridate, rè di Ponto* (1770), *Ascanio in Alba* (1771) und *Lucio Silla* (1772).

Schon aus der Korrespondenz, die auf diesen ersten Reisen mit Salzburg gewechselt wurde, leuchtet der Humor des jungen Mozart auf, der sich auch in den Briefen jener Periode wiederfindet, die aus der Zeit tiefster Erniedrigung stammen. Ob allerdings damit später die materiellen Kämpfe zugedeckt werden sollten, bleibe dahingestellt.

1775 erklang am 13. Jänner *La finta giardiniera* in München. Auf einer Reise mit der Mutter erfolgte in Augsburg 1777 die Begegnung mit dem »Bäsle«, mit dem ihn später ein heiterer, aber etwas derber Briefwechsel verband.

In Mannheim, der Stadt mit der großen Orchesterkultur, lernte er *Aloysia Weber*, die ältere Schwester seiner späteren Gattin *Constanze*, kennen und lieben, die am Hofe des kunstbegeisterten *Kurfürsten Karl Theodor* engagiert war. In Paris beklagte er am 3. Juli 1778 den Tod der inniggeliebten Mutter und kehrte voller Enttäuschungen in den Salzburger Hofdienst zurück, aus dem er sich erst nach dem Opernerfolg von *Idomeneo* in München (1781) befreite und in Wien festen Fuß fassen konnte.

Am 4. August 1782 heiratete er hier Constanze Weber, nachdem er kurz vorher (am 14. Juli) der Kaiserstadt mit der *Entführung aus dem Serail* das erste deutsche National-Singspiel geschenkt hatte. Um die Akribie, mit der der Dramaturg Mozart auch den Text seiner Opern bearbeitete, aufzuzeigen, sei eine Stelle aus dem Brief an Vater Leopold anläßlich der Vorbereitung zur *Entführung* vom 13. Oktober 1781 zitiert: »bey einer opera muß schlechterdings die Poesie der Musick gehorsame Tochter seyn. – warum gefallen denn die welschen kommischen opern überall? – mit allem dem Elend was das Buch anbelangt! – so gar in Paris – wovon ich selbst ein Zeuge war, – weil da ganz die Musick herscht – und man darüber alles vergisst. – um so mehr muß ja eine opera gefallen wo der Plan des Stücks gut ausgearbeitet; die Wörter aber nur blos für die Musick geschrieben sind, und nicht hier und dort einem Elenden Reime zu gefallen /: die doch, bey gott, zum Werth einer theatralischen vorstellung, es mag seyn was es wolle, gar nichts beytragen, wohl aber eher schaden bringen:/ worte setzen – oder ganze strophen die des komponisten seine ganze idèe verderben. – verse sind wohl für die Musick das unentbehrlichste – aber Reime – des reimens wegen das schädlichste; – die herrn, die so Pedantisch zu werke gehen, werden immer mit sammt der Musick zu grunde gehen. – da ist es am besten wenn ein guter komponist der das Theater versteht, und selbst etwas anzugeben im stande ist, und ein gescheider Poet, als ein wahrer Phönix, zusammen kommen. – dann darf einem vor dem beyfalle des unwissenden auch nicht bange seyn.«

Mozart war so stolz auf seine neueste Oper, daß er *Joseph II.* auf dessen vorsichtige Kritik: »Zu schön für unsere Ohren und zu gewaltig viel Noten, lieber Mozart!« laut seinem ersten Biographen *Franz Niemetschek,* Prag 1798, erwiderte: »Gerade soviel, Ew. Majestät, als nötig ist!« Diese Entgegnung war ebenso undiplomatisch wie sein Bruch mit dem Salzburger Erzbischof wenige Monate zuvor laut Brief vom 13. Juni 1781 an den Vater: »anstatt daß graf Arco meine bittschrift angenommen, oder mir audienz verschafet, oder gerathen hätte selbe nachzuschicken, oder mir zugeredet hätte die sache noch so zu lassen, und besser zu überlegen, afin, – was er gewollt hätte – Nein – da schmeist er mich zur thüre hinaus, und gibt mir einen tritt in hintern. – Nun, das heißt auf teutsch, daß Salzburg nicht mehr für mich ist; ausgenommen mit guter gelegenheit dem H. grafen wieder ingleichen einen tritt im arsch zu geben, und sollte es auf öfentlicher gasse geschehen –.« Diese charakterlich aufrechte Haltung macht ihn liebenswert, mußte aber in einer Zeit, in der Komponisten Kammerdienern gleichgestellt waren, früher oder später zum finanziellen Niedergang führen.

Bei einem Besuch in Salzburg gelangte dort am 26. Oktober des Jahres 1783 Mozarts *c-Moll-Messe* in St. Peter, mit seiner jungen Frau in der ersten Sopranpartie, zur Uraufführung.

1785 hatte Vater Leopold seinen berühmten Sohn in Wien besucht und zum letzten Mal gesehen. Voll Stolz berichtete er seiner Tochter am 16. Februar über seine Begegnung mit *Joseph Haydn:* »H. Haydn sagte mir: ich sage ihnen vor gott, als ein ehrlicher Mann, ihr Sohn ist der größte Componist, den ich von Person und den Nahmen nach kenne: er hat geschmack, und über das die größte Compositionswissenschaft.«

Im Jahre 1786 entstand in Wien neben dem *Schauspieldirektor* (7. Februar) vor allem nach *Beaumarchais'* gleichnamigem Lustspiel die Oper *Die Hochzeit des Figaro,* zu der *Lorenzo da Ponte* den Text schrieb. Nach Überwindung zahlreicher Schwierigkeiten fand die Uraufführung am 1. Mai 1786 im Hofburgtheater mit triumphalem Erfolg statt, der allerdings Mozarts finanzielle Situation nicht zu verbessern vermochte. In Not und Armut beschenkte er die Welt mit seinen reichsten Gaben. Am 28. Mai 1787 starb Vater Leopold in Salzburg.

Am 4. April 1787 fand Mozart, als er von der Erkrankung des Vaters erfuhr, folgende trostreichen Worte als ergreifendes Beispiel seiner Lebensphilosophie: »– obwohlen ich es mir zur gewohnheit gemacht habe mir immer in allen Dingen das schlimmste vorzustellen – da der Tod /: genau zu nemmen :/ der wahre Endzweck unsers lebens ist, so habe ich mich seit ein Paar Jahren mit diesem wahren, besten Freunde des Menschen so bekannt gemacht, daß sein Bild nicht allein nichts schreckendes mehr für mich hat, sondern recht viel beruhigendes und tröstendes! und ich danke meinem gott, daß er mir das glück gegönnt hat mir die gelegenheit /: sie verstehen mich :/ zu verschaffen, ihn als den schlüssel zu unserer wahren Glückseeligkeit kennen zu lernen. – ich lege mich nie zu bette ohne zu bedenken, daß ich vielleicht /: so Jung als ich bin :/ den andern Tag nicht mehr seyn werde – und es wird doch kein Mensch von allen die mich kennen sagn können daß ich im Umgange mürrisch oder traurig wäre – und für diese glückseligkeit danke ich alle Tage meinem Schöpfer und wünsche sie vom Herzen Jedem meiner Mitmenschen.«

Am 29. Oktober des gleichen Jahres wurde, wieder nach dem Text da Pontes, in Prag der *Don Giovanni* gegeben, dessen Wiener Erstaufführung am 7. Mai 1788 stattfand und nur vierzehn Wiederholungen zu verzeichnen hatte.

Die tiefsinnige Hintergründigkeit von Mozarts Wesen, wie sie in dem vorher zitierten Brief an den Vater zutage trat, hat in der Musik des *Don Giovanni* beredten Ausdruck gefunden. Vielleicht sollte hier der dänische Philosoph *Sören Kierkegaard* zitiert werden, der in seinem Buch *Entweder-Oder*, das 1843 in Kopenhagen erschien, folgende Worte dieser Oper Mozarts widmete: »Den Klassiker macht der absolute Zusammenhalt von Stoff und Form aus. Im allgemeinen ist es nur ein Werk ... das den einzelnen zum klassischen ... Künstler stempelt. Auch für Mozart trifft es zu, daß nur eines seiner Werke ihn zum klassischen Komponisten und absolut unsterblich macht. Dieses Werk ist der Don Juan ... Goethes Faust ist recht eigentlich ein klassisches Werk; aber die Idee des Faust ist eine historische ... Faust hat als Medium die Sprache, und weil diese ein viel konkreteres Medium ist als die Musik, so sind eben auch viele Werke von der Art des Faust denkbar. Don Juan dagegen ist und bleibt einzig in seiner Art ... seine Idee ist absolut musikalisch, nicht eines, in dem die Musik als Begleitung auftritt, sondern als Offenbarung ihres eigenen, innersten Wesens. Darum steht Mozart durch seinen Don Juan zu oberst unter allen jenen unsterblichen ... Diese Kraft in Don Juan, diese Allmacht, dies Leben kann nur die Musik ausdrücken ...«

Auch die Ernennung zum k. k. Hofkompositeur am 7. Dezember 1787 mit einem Jahresgehalt von 800 Gulden brachte keine Rettung mehr. Die Bettelbriefe an den Freund und Logenbruder *Michael Puchberg* (am 14. Dezember 1784 war Mozart in die Wiener Freimaurerloge »Zur Wohltätigkeit« aufgenommen worden) sind ein erschütternder Beweis dafür.

In dieser Zeit schwerster Niedergeschlagenheit entstanden die drei großen Symphonien: am 26. Juni 1788 die *Es-Dur-*, am 25. Juli die *g-Moll-* und am 10. August die große *C-Dur-(Jupiter-)Symphonie.* Am 26. Januar 1790 fand, wieder mit dem Text Lorenzo da Pontes nach einem Ereignis in der Wiener Gesellschaft, die Uraufführung von *Così fan tutte* statt. Nach zehn Vorstellungen unterbrach der Tod Josephs II. den Bühnenbetrieb.

In seinem Todesjahr schenkte Mozart der Welt noch *La clemenza di Tito* am 6. September 1791 in Prag anläßlich der Krönung *Leopold II.* zum König von Böhmen aufgeführt, kaum drei Wochen später, am 30. September, *Die Zauberflöte* im Starhembergschen Freihaustheater auf der Wieden mit dem Direktor

Franz Anton Maulbertsch, Deckenfresko des Schlosses Halbturn, 1765 und Textdichter *Emanuel Schikaneder* als Papageno und schließlich das unvollendet gebliebene *Requiem*. Bei der Komposition des *Lacrimosa* zur Totenmesse legte Mozart weinend die Feder aus der Hand. Er wußte, daß er sein Requiem geschrieben hatte. Am 5. Dezember schloß er in der Rauhensteingasse in Wien die Augen für immer. Von seinen sechs Kindern überlebten ihn nur zwei, Carl und Wolfgang.

Richard Strauss, der als reifer Meister einmal gesagt hat: »Über Mozart kann ich nicht schreiben, ihn kann ich nur anbeten«, faßte sein Urteil über das Wunder Mozart in folgende Worte zusammen: »Fast unmittelbar auf Bach folgt das Wunder Mozart mit der Vollendung und absoluten Idealisierung der Melodie der menschlichen Stimme – ich möchte sie die Platonschen ›Idee‹ und ›Urbilder‹ nennen, nicht zu erkennen mit dem Auge, nicht zu erfassen mit dem Verstande, als Göttlichstes nur von dem Gefühl zu ahnen, dem das Ohr sie ›einzuatmen‹ gewährt. Die Mozartsche Melodie ist – losgelöst von jeder irdischen Gestalt – das Ding an sich, schwebt gleich Platos Eros zwischen Himmel und Erde, zwischen sterblich und unsterblich – befreit vom ›Willen‹ –, tiefstes Eindringen der künstlerischen Phantasie, des Unbewußten, in letzte Geheimnisse, ins Reich der ›Urbilder‹.«

Antonio Salieri

VON RUDOLPH ANGERMÜLLER

In der Reihe der italienischen Hofkapellmeister am Wiener Hofe war *Antonio Salieri* (18. 8. 1750 Legnago – 7. 5. 1825 Wien) wohl der bedeutendste. Er war in Wien die zentrale Musikergestalt des ausgehenden 18. und des beginnenden 19. Jahrhunderts. Obwohl in seinem musikalischen Schaffen nicht so bedeutsam wie *Gluck, Mozart, Beethoven* und *Schubert*, ist sein Wirken besonders in der Glucknachfolge, als Lehrer und als Hofkapellmeister zu suchen. Gluck blieb für ihn sein ganzes Leben richtungweisend.

Seine erste musikalische Ausbildung erhielt Salieri in Italien bei seinem Bruder Francesco. Der Unterricht wurde dann bei dem Wiener Hofkapellmeister *Florian Gaßmann*, der Salieri aus Italien mitbrachte, fortgeführt. *Joseph II.*, ein begeisterter Anhänger der italienischen Musiker, ebnete Salieri den Weg zu einer großen Karriere.

Salieris Bewunderung für Gluck, seine Anteilnahme an dessen Reformideen waren mehr als bloße Freundschaft, sie waren vielmehr das Ergebnis des Bildungs- und Studienganges bei Gaßmann. In Salieris frühen Opern schlägt sich dieser Zug am deutlichsten in seiner *Armida* (1771) nieder. Das Stück ist noch mit opera seria-Elementen behaftet, doch zeigt es schon den Durchbruch zur Gluckschen Reformoper. Dieses Ideal strebt Salieri dann voll und ganz in seinen Pariser Opern (*Les Danaides, Les Horaces* und *Tarare*) an.

Nach Gaßmanns Tod (20. 1. 1774) wurde Salieri zum Kammer-Kompositor und Kapellmeister der italienischen Oper ernannt. Ein Dekret Josephs II. erhob ihn dann nach dem Tod des ersten Hofkapellmeisters *Giuseppe Bonno* (15. 4. 1788) in dessen Stellung. Dieses Amt hatte er bis zum Jahre 1824 inne.

Kommt Salieris frühen italienischen Opern auch nicht außergewöhnliche Bedeutung zu, so darf seine Leistung für das deutsche Nationalsingspiel nicht unterschätzt werden. Sein Singspiel *Der Rauchfangkehrer*, auf Anregung Josephs II. entstanden, ist ein Beitrag zum deutschen Singspiel, das ein Jahr später in *Mozarts Entführung aus dem Serail* (1782) seine Krönung erfahren sollte.

Der in der Literatur so oft behandelten Feindschaft zwischen Salieri und Mozart – man denke nur an die Vergiftungslegende – muß entschieden entgegengetreten werden. Mozart und Salieri waren keine sachlichen Gegner, ihre künstlerischen und sozialen Stellungen und Ideale grundverschieden. Seine Pariser Erfolge allerdings, die nicht zuletzt auf das Konto Glucks gingen, der Salieri dorthin empfohlen hatte und damit den Hofkapellmeister »der Welt gewissermaßen als seinen Nachfolger vorstellte«, mußten Mozart im Innersten treffen.

Der Höhepunkt in Salieris künstlerischem Schaffen ist in der Pariser Zeit zu suchen. In seiner *tragédie lyrique Les Danaides*, die auf Vermittlung Glucks entstand, zeigte er sich als wahrer Schüler dieses Meisters. Eine Synthese von Gluckschem Reformgut und italienischer Melodiebildung vollzieht sich in diesem oft Gluck zugeschriebenen Werk.

Die Oper *Tarare*, auf einen Text von *Beaumarchais*, konfrontiert Salieri mit Tendenzen der keimenden Französischen Revolution. Salieri schießt hier weit über die aufklärerischen Ideen Josephs II. hinaus, er verficht in dem von mir kürzlich aufgefundenen *Couronnement de Tarare*, einem revolutionären Anhang zum *Tarare*, Thesen der radikalen französischen Revolutionsführer.

In seiner Kompositionsweise läßt sich Salieri ganz in das Fahrwasser Beaumarchais' ziehen. Beaumarchais legt seine Gedanken über die Komposition in der Abhandlung *Aux abonnés de l'Opéra qui voudraient aimer l'opéra* nieder, in der vor allem die Vorherrschaft der Poesie über die Musik gefordert wird. An einem solchen Punkt zeigt sich auch der schroffe Kontrast in der Kunstauffassung von Salieri und *Mozart*.

Mit Salieris Auffassung wird der Weg zur großen französischen Oper *Meyerbeer*scher Prägung gebahnt. *Wagners* Schaffen bis zum *Lohengrin* basiert nicht zuletzt auf diesem historischen Hintergrund. Die Umarbeitung des *Tarare* für Wien in *Axur, Rè d'Ormus* (Umarbeitung von *Da Ponte*, 1788) zeigt Salieris Meisterschaft in der italienischen Opernproduktion. »Zunächst«, so sagt Salieri im Axur-Autograph, »habe ich die Musik für diesen Stoff in Paris in französischer Sprache komponiert. Auf allerhöchsten Kaiserlichen Befehl wurde dieser (der Stoff) dann ins Italienische übersetzt. Der Unterschied zwischen den französisch singenden Schauspielern und den italienisch schauspielenden Sängern zwang mich, quasi eine ganz neue Musik zu komponieren.« Damit ist es ihm gelungen, ein und denselben Stoff für zwei musikalisch konträre Welten zu vertonen.

Nach dem Tode Glucks (15. 11. 1787) hat Salieri besonders die Pflege der

Werke seines Vorbildes am Herzen gelegen. Auf ihn geht die Gluckpflege in Österreich und Preußen zurück. Salieris Opernproduktion von 1790 bis 1804 kann die Meisterschaft der Pariser Werke nicht mehr erreichen.

Allein sein Requiem aus dem Jahre 1804 kann für sich den Anspruch erheben, als wahres Meisterwerk anerkannt zu werden, es ist das Hauptwerk der Salierischen Kirchenmusik.

Salieris Tätigkeit als Hofkapellmeister ist in der vorhandenen Literatur noch nicht gewürdigt worden. Seine Leistung für die Hofmusikkapelle und damit für das Ansehen des österreichischen Kaiserhauses kann nicht hoch genug eingeschätzt werden. Seine Dienste liegen hier nicht so sehr auf künstlerischem als auf organisatorischem und erzieherischem Gebiet. So wurden auf seinen Vorschlag neue Hofkapellmitglieder aufgenommen. Bei der Bestellung stand für ihn ausschließlich die Leistung des Kandidaten im Vordergrund. Hier zeigt sich, wie er immer bemüht war, gute Kräfte an die Kapelle zu binden. Die Sorge für die Mitglieder, sei es in sozialer, beruflicher oder erzieherischer Hinsicht, war Salieris vornehmste Pflicht. Wie die Akten der Hofmusikkapelle beweisen, hat er sich sehr für pensionierte Musiker und für die Hinterbliebenen der Kapellmitglieder eingesetzt. Dieser soziale Zug, der sich auch im kostenlosen Unterricht finanziell wenig begüterter Schüler widerspiegelt, muß als ein Zeichen von Salieris Geisteshaltung angesehen werden, die einem neuen Zeitgeist entspricht: das Kapellmitglied ist nicht mehr untergeordnetes Wesen, sondern es bekommt eine eigene Position in der Gesellschaft.

Über 60 Schüler Salieris lassen sich bis heute nachweisen. Er unterrichtete sie sowohl in der Komposition als auch im Gesang. Etwas überspitzt kann man sagen, daß alles, was in der ersten Hälfte des 19. Jahrhunderts in Wien Rang und Namen hatte, zu seinen Schülern zählte, u. a. so berühmte Namen wie *Ludwig van Beethoven, Franz Schubert, Franz Liszt, Giacomo Meyerbeer.*

Salieris Beziehungen zu seinen Zeitgenossen sind äußerst lebhaft gewesen. So stand er dem deutschnationalen Kreis um *Ignaz von Mosel, Moritz Fürst von Dietrichstein* und *Heinrich von Collin* sehr nahe. Nicht umsonst hat man Salieri einen deutschen Italiener genannt, man betrachte nur seine patriotische Haltung, die er für Österreich gegen *Napoleon* einnahm. In seinen Werken zeigt sich das am deutlichsten in den patriotischen Chören und Kantaten. Erst in unseren Tagen hat die Musikwissenschaft auf die Beziehungen Salieris zum *Grafen Heinrich von Haugwitz* hingewiesen. Er vermittelte Haugwitz die Musik *Händels* und die unserer Klassiker, vor allem aber begeisterte er den Grafen für das Werk Glucks. So finden sich viele Übersetzungen von Werken der genannten Meister im Haugwitzschen Nachlaß.

Seine Leistungen für die Gesellschaft der Musikfreunde in Wien und für das Wiener Konservatorium – dessen Singschule er leitete – nehmen in seinem späteren Wirken einen großen Raum ein. Salieri bestimmte ein halbes Jahrhundert großer Wiener Musikgeschichte mit, obwohl er dabei nicht direkt in den Vordergrund rückte. Ohne ihn wären diese 50 Jahre aber undenkbar.

Johann Franz Hieronymus Brockmann
VON HEINZ KINDERMANN

Der aus Graz gebürtige Schauspieler *Brockmann* (1745–1812) war der erste große Hamlet-Darsteller des deutschen Sprachgebietes und der erste persönliche Direktor des von *Joseph II.* zum Nationaltheater erhobenen Burgtheaters.

Sein Vater war Zinngießer. Nach der Unterstufe der Lateinschule kam Brockmann zu einem Chirurgen in die Lehre. Viel stärker aber lockte es ihn, bei Aufführungen von Schauspielertruppen im kleinen Theater am Grazer Tummelplatz mitzustatieren. Als der Schauspieler *Hasenhut* von der *Bodenburgschen Truppe*, die in Siebenbürgen spielte, nach Graz kam, um für diese Truppe junge Talente zu engagieren, lernte er Brockmann kennen und nahm den Siebzehnjährigen, da er ihm seinem Äußeren nach als jugendlicher Liebhaber geeignet schien, nach Siebenbürgen mit. Bei diesen Aufführungen in Hermannstadt, Klausenburg und Temesvar durfte er zwar noch keine größeren Rollen spielen; auch lag ihm das Stegreifspiel, um das es hier noch vielfach ging, gar nicht. Hingegen konnte er sich im obligatorischen Ballett erproben und dabei die Körperbeherrschung erringen, die später seinen Spielduktus auszeichnete. Hasenhut und er heirateten die beiden Töchter der Prinzipalin *Bodenburg*. Gemeinsam gingen die vier jungen Leute 1766 nach Wien, wo noch *Prehauser* und *Hilverding* am Kärntnertortheater und am Theater nächst der Burg das Feld beherrschten. Während Brockmanns Frau Therese als Colombine gefiel, konnte sich Brockmann wegen steirischer Dialektanklänge noch nicht durchsetzen. Deshalb lösten sie 1768 die Wiener Verpflichtungen und schlossen sich der berühmten *Kurz-Bernardon-Truppe* an, die von Frankfurt am Main aus ganz Westdeutschland durchzog. Dort lernte ihn *Friedrich Ludwig Schröder*, der spätere große Schröder, kennen, der zeitweilig ebenfalls zu Kurz-Bernardons Truppe gehörte.

Kaum aber hatte Schröder nach dem Tod seines Stiefvaters *Konrad Ackermann* die Leitung der in Hamburg seßhaften *Ackermannschen Truppe*, der besten und modernsten, die es zu jener Zeit in Deutschland gab, übernommen, holte er sogleich den damals sechsundzwanzigjährigen Brockmann in sein Ensemble. Schröder hatte intuitiv die großen künstlerischen Entwicklungsmöglichkeiten des Grazers erkannt.

Seit Brockmann in Schröders Hamburger Ensemble eingetreten war, gehörte er zu dessen engerem Beraterkreis, in dem etwa auch *Claudius* und der Verleger *Klopstocks, Bode*, zu finden waren. Von hier aus gingen die Bemühungen, die Uraufführungen vieler Sturm- und Drangdramen durchzusetzen; und von hier aus erfolgte auch die praktische Rezeption *Shakespeares* auf der deutschen Bühne. Was *Johann Elias Schlegel, Herder* und der junge *Goethe* programmatisch gefordert hatten, verwirklichte Schröder in Hamburg: die wichtigsten Werke Shakespeares wurden in deutscher Übertragung, freilich noch in zeitbedingten Bearbeitungen, zum wesentlichen Bestandteil der deutschsprachigen Spielpläne.

Brockmann debütierte als Sechsundzwanzigjähriger in Hamburg am 5. April 1771 als Nelson in *Weiße-Schenks* rührendem Lustspiel *Die Freundschaft auf Probe*. Bald schon galt er als einer der besten deutschen Charakterdarsteller, dies besonders, seit er als Essex in *Ch. H. Schmidts* Trauerspiel *Die Gunst der Fürsten* wegen seines natürlichen Spiels stürmische Zustimmung errang. 1776 vertraute ihm Schröder bei seinem ersten Shakespeare-Experiment den Hamlet an – und aus ganz Deutschland fanden sich die Besucher ein, um diese einzigartige Leistung des ersten deutschen Hamlet zu bewundern.

Schröder hatte mit Benutzung der Übersetzungen von *Wieland* und *Eschenburg*, von *Heufelds* Einrichtung ausgehend, seine eigene *Hamlet*-Bearbeitung hergestellt, in der es keinen zaudernden Hamlet gab. Der Königsmonolog wurde derart vor die Schauspielerszene versetzt, daß Hamlet fast als Draufgänger erschien: Held und Rächer, Schwert in Gottes Hand aus eigenem, impulsivem Willen. Als ein in dämonischen Stürmen durchs Leben Jagender erschien dieser erste deutsche Hamlet – freilich auch als ein letztlich Überlebender. Die Rolle des Fortinbras wurde gestrichen – und Hamlet übernimmt die Regentschaft. Brockmann machte sich vom Vorbild des berühmten englischen Hamlet-Darstellers *Garrick* völlig frei. Viele Beschreibungen haben Brockmanns Hamlet-Darstellung festgehalten. Der Dramaturg *Johann Friedrich Schink* veröffentlichte 1778 gelegentlich Brockmanns Berliner Gastspiel ein ganzes, sehr kritisch gehaltenes Buch *Über Brockmanns Hamlet*; und der beste Radierer dieser Epoche, *Chodowiecki*, verewigte viele Wendungen von Brockmanns Spiel. Zwar wird manche Zerfahrenheit in den Anfangsszenen gerügt, aber: »Mit dem folgenden Akt fängt Hamlet an, den Gecken zu spielen, und diese Szenen sind unstreitig Brockmanns Triumph. Hier sieht man ganz den Virtuosen und Meister in seiner Kunst. Spielend wirft er uns hier aus einer Leidenschaft in die andere, jede Art des Ausdrucks steht ihm zu Gebot, seine Nuancen sind fein und eines so großen Künstlers, wie er, würdig ...« Einer der besten Kenner der damaligen deutschen Schauspielkunst, der Wiener Burgschauspieler *Müller*, der Vertraute Kaiser Josephs II. in allen Theaterfragen, der den Auftrag hatte, auf einer Reise durch Deutschland die besten Schauspieler zu eruieren und für ein Engagement an das Burgtheater vorzuschlagen, schilderte Brockmann seinem kaiserlichen Auftraggeber als »denkenden Künstler«, der die Szene mit dem Geist des Vaters (Schröder) in grandioser Steigerung von erschrecktem Begreifen des Verbrechens bis zur Rache-Drohung bewältigt habe und dem das »Schaukelspiel zwischen Wahnwitz und Lichtblicken der Vernunft« meisterlich gelungen sei. Wie Schröder selbst verstand es Brockmann, realistische Züge mit dämonischen oder ins Irreale übergreifenden zu verbinden und jegliches Pathos der Franzosennachahmung ebenso zu vermeiden wie jegliches bloße Typenklischee.

Brockmann wechselte von Liebhaber- und Intrigantenrollen in Hamburg sehr bald ins tragische Fach über. Seit seinem Prinzen in *Emilia Galotti* und seit seinem mit rhetorischer Schärfe gespielten Beaumarchais in *Clavigo* begann seine Laufbahn als das Einmalige der Gestalten charakterisierender Heldendarsteller, dem es gelang, das Gleichzeitige von Gut und Böse, von Heiß und Kalt, von Tragik und Humor zu veranschaulichen.

Brockmanns legendär gewordenes Berliner Gastspiel (Dezember 1777) führte zu Erfolgssymptomen, die bis dahin nicht existiert hatten. Brockmann war der erste Schauspieler in Deutschland, der »herausgerufen« wurde; und er war der erste deutsche Schauspieler, dessen Rollenporträt (als Hamlet) auf einer eigens für das begeisterte Publikum modellierten Medaille erschien.

Ab 1778 gehörte Brockmann bis zu seinem Tod dem Ensemble des Burgtheaters an. Seine Position in der vordersten Reihe der Darsteller zeigte sich sogleich, als Kaiser Joseph II. nach dem Versagen der ideal gedachten Schauspieler-Republik und ihrer »Versammlung« ein fünfgliedriges Regiekollegium zur Leitung des Burgtheaters einsetzte. Ihm gehörte neben Josephs Vertrauten Müller u. a. auch Brockmann an. Und als Kaiser Joseph II. sich 1789 veranlaßt sah, zum erstenmal einen persönlichen Direktor des Burgtheaters zu ernennen, fiel seine Wahl, im Einvernehmen mit dem Ensemble, auf Brockmann, der österreichisch-geschmeidiges Wesen mit der in Hamburg erworbenen neuen Art einer nach »Natur« und »Wahrheit« strebenden Schauspielkunst vereinigte. Da er diese Darstellungsweise maßvoller vertrat als der zum Explosiv-Sturm- und Drang-mäßigen neigende Schröder, war gerade Brockmann geeignet, den neuen, einheitlichen Burgtheaterstil zu inaugurieren; der aber zielte, bei allem Realismus-Streben, in erster Linie – wie Brockmann es in seinen *Briefen zur Bildung eines angehenden Schauspielers* ausdrückt – auf die Gestaltung einer »höheren Wahrheit« ab. Unter den vielen guten Schauspielern, die Brockmann als Direktor (der er nur zwei Jahre blieb) und als Mitglied des nachfolgenden Direktoriums, das aus dem Triumvirat: *Brockmann, Koch-Eckardt* und *Lange* bestand, dem Burgtheater neu hinzugewann, befand sich zeitweise auch sein früherer Mentor Schröder. Der freilich ragte infolge seiner Radikalform des Sturm- und Drangstils sosehr aus der künstlerischen Art der übrigen Darsteller heraus, daß er sich nur vier Jahre (1781–1785) am Burgtheater halten konnte.

Brockmann wußte gut, daß man Schröders Realismus bei allem Bemühen um Wahrheit nicht unmittelbar ins Burgtheater übernehmen durfte. Als das wichtigste erschien ihm nicht sosehr die äußere, vielmehr die »innere Wahrheit« der Rollen. In diesem Sinn erzog er Generationen von Burgschauspielern, wobei er den Pathetikern von gestern alles Überbetonte abgewöhnte. Er stimmte auf diese Weise die einzelnen Instrumente des Ensemble-Orchesters auf eine gelöste Tonlage, ohne dabei das Höfische der Haltung völlig zu brechen. Er erhöhte dadurch die Variationsfähigkeit jedes einzelnen. Weit über seine Direktionszeit hinaus blieb er deshalb der anerkannte Liebling des Ensembles und des Publikums, weil alle spürten, was sie ihm, dem eigentlichen Begründer des Burgtheater-Stils, zu verdanken hatten.

Franz Anton Maulbertsch – Martin Johann Schmidt

VON RUPERT FEUCHTMÜLLER

Im Schaffen von *Franz Anton Maulbertsch* und *Martin Johann Schmidt* erreichen zwei Hauptströmungen der österreichischen Malerei des 18. Jahrhunderts ihre letzte künstlerische Konsequenz. Schon bei *Daniel Gran* und *Paul Troger* sah man eine höfisch-lyrische Kunstrichtung neben der unmittelbaren dramatischen Kraft der Alpenländer. Damals, um die Mitte des 18. Jahrhunderts, dominierte noch das gewaltige Fresko über das Altarbild, nun aber spezialisierten sich auch diese Aufgaben. Neben dem großartigen Freskanten Franz Anton Maulbertsch, der als ein künstlerischer Nachfolger Paul Trogers gelten kann, gab Martin Johann Schmidt dem volkstümlichen Andachtsbild anmutigsten Ausdruck. Er machte die stimmungsvolle Farbigkeit seines verehrten Vorbildes Daniel Gran seinem persönlichen Ausdruck dienstbar. So ergänzen sich beide Maler in ihrer ganz anderen Art. Zu dieser Auffassung kommen wir nicht erst heute auf Grund kunsthistorischer Überlegungen, diese Tatsache war schon den Zeitgenossen bewußt. Nach Fertigstellung der spätbarocken Pfarrkirche von Schwechat hatte man Franz Anton Maulbertsch den Freskoschmuck, Martin Johann Schmidt die Altarbilder übertragen. Die verschiedene Art der beiden Maler vereinte sich hier zu einem bedeutenden Gesamteindruck.

Im Vergleich zu den Malern der vorigen Generation ist es wichtig hervorzuheben, daß sich die österreichische Barockmalerei bereits von der direkten Schulung bei italienischen Künstlern frei gemacht hatte. Wir besitzen keine verbürgte Nachricht, daß Maulbertsch oder Martin Johann Schmidt eine Studienreise nach Italien unternahmen, und haben auch keinen Anlaß, eine solche Einflußnahme aus stilistischen Gründen annehmen zu müssen. Aus dem heimischen und aus dem süddeutschen Kunstkreis lassen sich bereits alle Anregungen ableiten, die jeder auf seine Art formte und einem Höhepunkt zuführen konnte. Für die Geschichte unserer Kunst ist auch der Hinweis wichtig, daß sich das Schaffen der beiden Maler nicht nur auf Österreich beschränkte, sondern auch auf die Nachbarländer Bayern, Böhmen, Mähren, Slovenien und besonders nach Ungarn weiterwirkte und damit schon im 18. Jahrhundert seinen übernationalen Rang erwies.

Franz Anton Maulbertsch wurde in Langenargen geboren und dort am 7. Juni 1724 getauft. Der kleine Ort, er befindet sich heute in Deutschland, östlich von Friedrichshafen, lag damals in einem Gebiet, das die *Grafen von Montfort*, um Schulden zu tilgen, gegen eine Lebensrente an Österreich abgetreten hatten. Maulbertsch wird bei seinem Vater, der gleichfalls Maler war, die ersten Unterweisungen in dieser Kunst erhalten haben. Da Wien damals als Metropole der Kunst einen berühmten Namen hatte, ist es verständlich, daß der Knabe zu seiner weiteren Ausbildung in die Kaiserstadt empfohlen wurde. Als Lehrjunge war er bei dem Maler *van Roy* auf Kost und Quartier. Schon mit 15 Jahren ist er, gemäß einer Nachricht vom 5. Oktober 1739, an der kaiserlichen Akademie der bildenden Künste, wo damals 174 Schüler eingetragen waren. Bis zur Schließung der Klassen im Jahre 1745 empfing er unter Direktor *Jakob van Schuppen* in anatomischen Studien sowie im Zeichnen nach Gipsabgüssen und Modellen seine allgemeine Ausbildung. Im Jahre 1745 erfahren wir auch von seiner Eheschließung mit *Barbara Schmid*, der Tochter eines Baders. Es spricht für das Talent des jungen Künstlers, daß er im Jahre 1750 den ersten Preis im Malerfach der Wiener Akademie erhielt und – nach einer Schulung bei Paul Troger – bereits im Jahre 1759 zum ordentlichen Mitglied dieses Institutes ernannt wurde. Im Jahre 1770 erhält er den Titel eines akademischen Rates. Kurz nach dem Tode seiner ersten Frau heiratete er im Jahr 1780 die Tochter des Akademiedirektors *Jakob Schmutzer*, mit dem er gemeinsam im Jahre 1788 Mitglied der königlich preußischen Akademie in Berlin wurde. Am 8. August 1796 starb Franz Anton Maulbertsch im eigenen Haus in der Neuen Schottengasse im 73. Lebensjahr.

Nach den frühen Arbeiten, die man an der Signatur mit einer Maulbeerpflanze zu erkennen glaubt, und dem Preisstück der Wiener Akademie (1750) ist sein erstes größeres Gemälde ein *Ölbild für die Decke des Schlosses Kirchstetten*, eine Allegorie der Zeit und der Wahrheit (1750). Im Jahre 1752/53 malt er den gewaltigen *Freskenzyklus in der Wiener Piaristenkirche*, und 1754 folgen die *Fresken in Schloß Ebenfurth* in Niederösterreich. Drei Jahre später sind die *Deckenmalereien in der Wallfahrtskirche Heiligenkreuz-Gutenbrunn* abgeschlossen, und unmittelbar im Anschluß daran schuf er die malerische *Fresko-Ausstattung der Kirche in Sümeg* in Ungarn, eines seiner großartigsten Werke. In dieser fruchtbarsten Epoche des Künstlers enstehen Fresken in Kransier, Nikolsburg (1759) und um 1766 die Ausmalung des *Theologiesaales in der neu erbauten Wiener Universität*, wo er, der große heimische Freskant, mit den zehn Jahre früher gemalten Deckenbildern *Gregorio Giuglielmis* in Wettstreit trat. Bezeichnenderweise folgen gegen die siebziger Jahre eine Reihe historischer Themen, die eine ganz andere Einstellung erfordern: 1768 die *Verleihung des Stephansordens im Palais der ungarischen Gesandtschaft* in Wien, die *Allegorie auf die Verbindung der Fürstenhäuser Österreich und Lothringen* sowie eine *Verherrlichung des Landes Tirol im Festsaal der Innsbrucker Hofburg* 1775/76. Auch die *Fresken im Dom zu Papa* (1782/83) sowie die *Deckenbilder in der Bibliothek zu Strahov Prag* (1794) tragen gleichfalls diese illustrative Note des Spätwerkes.

Wenn Maulbertsch auch der Vollender jener dynamisch-expressiven Richtung des österreichischen Spätbarocks genannt wurde, so müssen doch die geänderten Voraussetzungen seiner Kunst hervorgehoben werden. Die Natur wird neuerlich zur Quelle der Inspiration. Während sich Paul Troger bei der geistigen Interpretation gewisser Typen bediente, die er wie bewegliche Modelle gebrauchte, zeigt sich bei Maulbertsch eine unmittelbare Beziehung zum Lebendigen. Es ist nicht mehr die Welt der Historie, die sinnfällig verdeutlicht werden soll, sondern das Leben selbst, das in diese fernen Bereiche führt. Die ideale Vorstellung, aber auch das Modell genügen nicht mehr. Das Charakteristische bezieht er aus der unmittelbaren Beobachtung. Das Derb-Groteske einer bäuerlichen Szene ist, wie etwa beim Fresko von der Geburt Christi in Sümeg, dem außerordentlichen, göttlichen Geschehen benachbart. In diesen unerhörten Kontrasten liegt ein Wesenszug seiner Kunst. Gewiß finden wir solche expressive Steigerungen auch schon bei Paul Troger; Maulbertsch aber geht von dem Medium einer Bildsprache ab. Er transponiert nicht einen dahinterliegenden Ausdruck, sondern bringt ihn selbst ins Bild. Dies betrifft den Menschen, aber auch die Gegenstände in ihrer ganzen Realität ohne Beschönigung, ohne Tendenz zur Idealisierung. Sie sind nahwertig, scheinbar auf einer Ebene mit unserer alltäglichen Welt. Aber schon in ihrer unmittelbaren Nachbarschaft können sich die unendlichen Fernen des Transzendenten auftun. Über dem Ländlich-Irdischen sehen wir in Halbthurn eine märchenhaft idyllische Götterwelt, über der majestätisch thronenden Kaiserin Helena in Heiligenkreuz-Gutenbrunn den strahlenden Glanz himmlischer Glorie. Gewaltsam und großartig sind hier Dramatik und Vision. *Das Martyrium des hl. Judas Thaddäus* (Altarbild der ehemaligen Wiener Ulrichskirche) – der von der Keule zu Tode getroffene Heilige sinkt blutüberströmt zu Boden – ist erschreckend in der Wirkung. Barbarische Brutalität, Todesschmerz und himmlische Erscheinung sind hier in einem Bild meisterhaft vereint und zu großartigem Ausdruck gesteigert. Dabei werden auch scheinbar tote Dinge, etwa Draperien und Gewänder, derart mit Leben erfüllt, daß sie zu bestimmenden Faktoren der Wirkung werden. Freilich ist die Bewegtheit allein nicht entscheidend, sondern vor allem die Farbe und ein magisches Licht.

Die Entwicklung im Schaffen des Künstlers beweist uns, daß die Sprache, die wir am Kirchstettner Deckenbild beobachten können, bald überwunden ist. Der Freskozyklus der Wiener Piaristenkirche zeigt bereits die charakteristische atmosphärische Gestaltung. In den folgenden Werken werden die Farben bunter und erscheinen heiter, der Welt des Rokokos vergleichbar (Halbthurn) oder rhythmisiert und bewegt (Schwechat). Immer objektiver tritt Maulbertsch seinen Visionen gegenüber, bis er sich im Spätwerk in Papa eine Raumbühne schafft, um die historischen Szenen agieren zu lassen. Diese eher sachliche Darstellung beschließt seine Entwicklung. Zu seiner großartigsten Leistung aber gehört es, durch die souveräne Kunst seiner Malweise alle Grenzen der Realität aufgehoben zu haben. Daß dieses Schweben in Farbräumen – einem Aquarell vergleichbar – nie äußerlich virtuos erscheint, verhinderten seine kühnen Vorstellungen ebenso wie seine subjektive Erlebniskraft. Die Zeitgenossen fanden seine Kunst geistvoll und feurig, sein »reizender Pinsel« faszinierte viele Schüler seiner Zeit, die offizielle Kunstauffassung sah in ihm jedoch einen »originellen Sonderling«, dem man keine Lehrstelle an der Akademie anvertrauen konnte.

Die künstlerische Welt *Martin Johann Schmidts* wirkt neben diesem titanenhaften Streben eines Maulbertsch eher bescheiden und bürgerlich. Im Künstlernamen *Kremser Schmidt* scheint diese lokale Bindung bereits zum Ausdruck zu kommen. Tatsächlich ist sie ein Charakterzug dieses liebenswerten Malers. Sein Vater, ein aus Bönstadt in Hessen nach Österreich zugewanderter Bildhauer, hatte im Stift Dürnstein seinen Wirkungskreis gefunden. In Grafenwörth, wo sich dieser mit einer Hofgärtnerstochter vermählt hatte, wurde auch der kleine Martinus Johannes am 25. September 1718 getauft. Seine erste künstlerische Ausbildung erfuhr er an der Arbeitsstätte seines Vaters im Stift Dürnstein bei dem lokalen Maler *Gottlieb Starmayr.* Die entscheidenden künstlerischen Vorbilder aber waren für den jungen Künstler die Altargemälde, Zeichnungen und Kupferstiche *Paul Trogers.* Anläßlich eines Auftrages für das Stift Herzogenburg im Jahre 1756 kam er dann in die Einflußsphäre *Daniel Grans* und *Bartholomäus Altomontes.* Unter dem Eindruck der stimmungsvollen farbigen Gestaltungen fand er zu seinem persönlichen Stil und Ausdruck.

Der junge Künstler wurde immer weiteren Kreisen bekannt. Im Jahre 1753 ist er der *Kaiserin Maria Theresia* anläßlich ihres Durchzuges durch die Städte Krems und Stein begegnet und erhielt als Belohnung für die von ihm zu diesem Anlaß errichtete Triumphpforte eine goldene Kette sowie den Auftrag, die kaiserliche Familie zu porträtieren. Während man Martin Johann in seiner Heimat 1756 das Bürgerrecht der landesfürstlichen Städte Krems und Stein verlieh und ihn zum äußeren und inneren Rat ernannte, fand er auch in der Residenzstadt weitere Anerkennung. Die im Jahre 1768 erfolgte Ernennung zum Mitglied der kaiserlichen Akademie brachte die Würdigung seines Schaffens zum äußeren Ausdruck.

Inzwischen hatte er in niederösterreichischen Stiften sein Ansehen als Altarbildmaler gemehrt. Nach den ersten Aufträgen der Augustiner Chorherren wurde er von Göttweig aus an das Benediktinerstift Seitenstetten empfohlen, wo er 1760 für das Refektorium einen Gemäldezyklus ausführte. Es folgten die großen Aufträge für Melk (1772), Spital am Pyhrn (1774), Garsten und Salzburg (ab 1777). Der Kremser Schmidt war aber auch außerhalb Österreichs für Asbach in Bayern, Waitzen, Laibach und Brünn tätig, um nur die wichtigsten Orte zu nennen. Nach einem arbeitsreichen Leben, er malte *über 500 Altarbilder und Fresken,* ist der dreiundachtzigjährige Künstler in seinem Wohnhaus in Stein am 28. Juni 1801 sanft verschieden.

Die Kunst des Kremser Schmidts hatte gleichfalls ein sehr unmittelbares Verhältnis zur Realität, freilich ein anderes als Maulbertsch. Er schöpfte seine Anregung gleichsam aus dem Alltag, aus dem täglichen Umgang mit Menschen, aus einer liebenswerten kleinbürgerlichen Atmosphäre. Man muß sich der vielen *Genrebilder (Winzerszenen, Hauskonzert, Katzendoktor* und *Guckkastenmann)* und auch seines eigenen *Familienbildes* erinnern, um von der Art und Weise, wie er die Umwelt sah und wie er sie darstellte, eine richtige Vorstellung zu erhalten; sie ist ein Schlüssel zum Verständnis der religiösen Bilder. Zuerst fällt an ihnen ein sehr empfindsamer und menschlicher Ausdruck auf. Dieser geht zum Teil auf die eingefügten Genreszenen zurück, die eine echte Beziehung zur Welt des Betrachters ermöglichen. Die fernen Historien der Heiligengeschichte werden vermenschlicht, mit dem Empfinden der Zeit ausgestattet und dadurch vergegenwärtigt. Umweltschilderung und gefühlvoller Ausdruck finden sich sogar in den dramatisch bewegten Heiligenmartyrien, besonders in der gütigen Teilnahme, die der Künstler am Geschehen zeigt. Dieses Mitempfinden zeigt sich konkret in den Gesten der betenden, weinenden oder tröstenden Assistenzfiguren; auch Kinder und Putten haben die Aufgabe, eine solche Brücke zur Andacht des Gläubigen herzustellen. Natürlich war das Ölbild für einen direkten Kontakt mit dem Betrachter viel eher geeignet als die himmelwärtsstrebende Vision eines Freskos.

Der Kremser Schmidt war auch einer der ersten Maler, die ganze *Gemälde-Zyklen für Refektorien und Kirchen* schufen. Dem Oberbild und dem Tabernakelbild gab er im Zusammenhang mit dem Hauptthema des Altares eine besondere Funktion. Er malte ferner *Kreuzwegstationen* und die bekannten *Fastenbehänge für Stift Garsten*, die in einer fortlaufenden Erzählung von Altar zu Altar führen. Er ging sogar so weit, für Kilb und Mauthausen sogenannte Wechselbilder zu schaffen, die auf die einzelnen kirchlichen Hauptfeste Bezug nehmen und damit der persönlichen Andacht noch weiter entgegenkommen konnten. Diese Andachtsbilder waren in ihren Rahmen aber keineswegs isoliert, sondern hatten eine Verbindung zur farbigen Stimmung des Raumes.

Licht und Farbe sind, ähnlich wie bei Maulbertsch, die eigentlichen Träger seiner Kunst. Bei ihm ist es allerdings nicht jenes magisch glänzende, überirdische Licht, sind es nicht die bunten Farben, sondern ein stimmungsvoller ruhiger Dämmerton, der die Szenen aus einem Hell-Dunkel hervortreten läßt. Die Gestalten sind nur Erscheinungen, denen die Wirklichkeit im naturalistischen Sinne fehlt. Wo die Deutlichkeit der Realität fehlt, dort beginnen sich in den Farben Gefühl und Phantasie zu entfalten, die weit über die Tatsachen hinausweisen. Zur Kunst des Kremser Schmidts gehört sein äußerst stilles, wohltätiges und sehr menschenfreundliches Wesen, von dem der Sohn des Malers berichtet.

Franz Anton Maulbertsch und Martin Johann Schmidt, zwei große österreichische Barockkünstler, gaben ihren Vorstellungen durch die souveräne Freiheit der Malweise unmittelbaren Ausdruck. Ihre Studien, Skizzen und Zeichnungen werden gerade deshalb besonders geschätzt. Maulbertsch hat in letzter Zeit höchste internationale Anerkennung gefunden, das Schaffen des Kremser Schmidts ist regional begrenzter; in ihm spiegelt sich das anmutige Wesen des Donaulandes, eine echt österreichische, volkstümliche Kunstrichtung.

Leopold Auenbrugger
VON HEINRICH ZILCHER

Leopold Auenbrugger war eine bescheidene Persönlichkeit; von seinem Leben sind nur die wichtigsten Daten bekannt. Er hatte nie eine Professur inne und wurde erst in späteren Jahren (1796) als Gastprüfer zu den Rigorosen an der Wiener medizinischen Fakultät zugezogen. Doch hat er mit seinem Hauptwerk, dem *Inventum novum* (der Erfindung und Entwicklung der Perkussion des Brustkorbs zur Erkennung von Brustkrankheiten), einen wesentlich nachhaltigeren Beitrag zur Entwicklung der Medizin geleistet als viele seiner Zeitgenossen aus der Ersten Wiener Medizinischen Schule, die zu Lebzeiten weit mehr als er im Glanze der Öffentlichkeit standen. Schon etliche Jahrzehnte später ist kaum ein Arzt ohne Perkussion denkbar, und mit Recht hat *Joseph Skoda*, der berühmte Internist der Zweiten Wiener Medizinischen Schule, Auenbrugger den Gründer der neueren Diagnostik genannt.

Leopold Auenbrugger wurde am 19. November 1722 als Sohn des Gastwirtes *Sebastian Auenbrugger* in Graz geboren. Der Vater war Besitzer zweier Gasthäuser in der damaligen Murvorstadt, von denen das eine, »Zum Schwarzen Mohren«, am Murvorstadtplatze mit großer Wahrscheinlichkeit als Auenbruggers Geburtshaus anzusehen ist.

1746 war er als Alumnus (Internatsschüler) in Wien im Dreifaltigkeitsspitale am Rennweg tätig, wo er die erste Gelegenheit fand, seine Gabe zu scharfer klinischer Beobachtung zu entwickeln. Am 26. April 1752 legte er die Examina an der medizinischen Fakultät ab, dissertierte über einen Aphorismus des *Hippokrates* und wurde am 18. November des gleichen Jahres zum Doktor promoviert. Er war bereits seit 1751 Sekundararzt am Spanischen Spital, dem 1718 von *Karl VI.* für Angehörige der spanischen, niederländischen und italienischen Nation gestifteten, damals größten und besten Spitale Wiens. 1757 erfolgte seine kostenlose Aufnahme in die Fakultät, 1758 wurde er Primararzt am Spanischen Spitale. In dieser Stellung verblieb er bis zum 1. März 1762. Als er sich zurückzog, war er noch nicht 40 Jahre alt.

Was mag Auenbrugger wohl genötigt haben, die Stellung eines Primararztes an Wiens größtem Spitale aufzugeben? Wir wissen es nicht genau, doch wahrscheinlich waren es Unstimmigkeiten und Mißhelligkeiten mit Kollegen, wie es Auenbrugger selbst in einigen späteren Arbeiten und Briefen mit leichter Bitterkeit andeutet, obwohl er sonst ein Mann von mildem, zurückhaltendem Charakter war. Später veröffentlichte er nur mehr einige kleinere Arbeiten von geringerer Bedeutung. Der Grundstock zu den meisten dieser Arbeiten stammt von systematischen Beobachtungen aus Auenbruggers Spitalszeit. Zweifellos wäre noch manches wichtige Werk zustande gekommen, hätte er seine klinische Tätigkeit länger ausüben können.

So beschränkte sich Auenbrugger nunmehr hauptsächlich auf die Ausübung seiner Privatpraxis. Was sein Privatleben betrifft, so sind wir auf die Mitteilungen seines Urenkels, des Laibacher Staatsanwaltes *Dr. Ernst von Lehmann*, angewiesen, der dem Auenbrugger-Biographen und Prager Arzt *Franz Clar* berichtete, was ihm seine Mutter, die Enkelin Auenbruggers, erzählt hatte.

Am 18. November 1754, also gleich zu Beginn seines ärztlichen Wirkens, hatte Auenbrugger die schöne und wohlhabende *Marianne von Priestersberg* geheiratet, der er schon als Studiosus der Medizin sein Herz zugewandt hatte. Mit Hilfe ihres Vermögens war es ihm möglich gewesen, seine Praxis in Wien zu beginnen. Nach anfänglichen Schwierigkeiten wurde er später einer der geschätztesten Ärzte der Kaiserstadt. 1783 wurde er zum kaiserlichen Hof-Medicus ernannt, 1784 von *Kaiser Joseph II.* mit dem Prädikate »Edler von Auenbrugg« in den Adelsstand erhoben. Sein Ruf gründete sich nicht nur auf seine Kenntnisse und seine Gewissenhaftigkeit, sondern auch auf seine Geschicklichkeit, vor allem bei der Entleerung eitriger Ergüsse der Brusthöhle. Für Brustkrankheiten war er der gesuchteste Arzt.

Von verschiedener Seite wird Auenbruggers gütiger, bescheidener und menschenfreundlicher Charakter gerühmt. Als Arzt war er von großer Gewissenhaftigkeit; er führte umfassende Vormerkungen und Krankengeschichten über wichtige Fälle. Auch in seinen Schriften fällt immer wieder auf, mit welcher Sorgfalt die Krankengeschichten behandelt werden. In diesem Sinne darf Auenbruggers Stil als vorbildlich für die auch später in der Wiener Medizinischen Schule hoch in Wert gehaltene Kasuistik gelten.

Mit seiner Gemahlin Marianne von Priestersberg lebte Auenbrugger in schönster Harmonie. Der Ehe entsprossen zwei Töchter, die hochbegabt in Klavierspiel und Gesang waren; auch Auenbrugger selbst war der Musik sehr zugetan und schrieb u. a. das Libretto zu der komischen Oper von *Salieri: Die Rauchfangkehrer oder die unentbehrlichen Verräter ihrer Herrschaften aus Eigennutz.* Spätere Kritiker allerdings fanden das Libretto unter aller Kritik, und Auenbrugger selbst mag sich dessen auch bewußt gewesen sein, denn von der *Kaiserin Maria Theresia,* deren Vertrauen er besaß, zu weiterer Betätigung auf diesem Gebiete ermutigt, erwiderte er, »er habe Besseres zu tun als Komödienstückerl zu schreiben«. Im gemeinschaftlich bewohnten Hause seines Schwiegersohnes *Zois-Edelstein* wurden während einer Reihe von Jahren, bis zu seinem Tode, im Winter jeden Sonntag musikalische Matineen abgehalten, die von ausgewählter Gesellschaft besucht waren.

Auenbrugger, der eine einfache Lebensweise bevorzugte, bewahrte sich eine vorzügliche körperliche und geistige Gesundheit bis ins hohe Alter. Erst nach dem Tode seiner Frau 1807 verließen ihn Lebenskraft und Lebensfreude, er wurde zunehmend verschlossen und sah nur noch seine Enkelinnen gerne um sich. Er starb am 18. Mai 1809 nach kurzer Krankheit, der Folge einer Erkältung.

Ganz im Gegensatz zu dieser schlichten, geradezu bescheidenen Erscheinung, wie sie uns in den Schilderungen seiner Zeitgenossen entgegentritt, steht sein Hauptwerk, das *Inventum novum,* sowohl was die äußere Form der Abfassung als auch was Inhalt und Bedeutung betrifft. Meisterhaft und in vorbildlicher

Form werden die Grundsätze der Perkussion entwickelt und sorgfältig erläutert. Die Originalschrift umfaßt nur 95 Oktavseiten. Sie ist, wie damals die meisten wissenschaftlichen Arbeiten, durchwegs in lateinischer Sprache abgefaßt. Hier werden die Prinzipien der Perkussion, ihre Methodik und ihre Anwendung bei den verschiedenen Brustkrankheiten in prägnanten, exakt formulierten Sätzen von oft lapidarer Kürze dargelegt. Den einzelnen Paragraphen sind Erläuterungen, Scholien, beigefügt, welche die allgemeinen Feststellungen durch einzelne Beobachtungen, Krankheitsverläufe und Obduktionsbefunde belegen. Wegen der bei ihrer Kürze bewundernswerten Klarheit der Formulierungen und der bestechenden Logik des inneren Aufbaus ist die Lektüre des *Inventum novum* auch für den heutigen Leser ein Vergnügen, trotz des Wandels in der Anschauung verschiedener Krankheitsbilder.

Das *Inventum novum* enthält nicht mehr und nicht weniger als die Entdekkung und systematische Darlegung einer Methode, welche heute bei der allgemeinen Krankenuntersuchung mehr als unentbehrlich, nämlich selbstverständlich geworden ist: die Methode der Perkussion, des Abklopfens des Brustkorbes, um aus den Änderungen des Klopfschalles Rückschluß auf Veränderungen der Organe innerhalb des Brustkorbes, also Herz und Lungen, zu ziehen. Und zwar, was wiederum kennzeichnend für ihn ist, legt uns Auenbrugger nicht etwa voreilig die unfertige Entdeckung vor, sondern eine bereits ausgereifte Methode, beharrlich ausgearbeitet in siebenjähriger Beobachtung, sowohl am Krankenbett wie auch am Obduktionstisch, beim Experiment an Leichen; eine Methode, die zu klaren Ergebnissen führte und von jedermann nachprüfbar war. Die fundamentalen Prinzipien von Auenbruggers Lehre sind bis heute unverändert gültig geblieben.

Tatsächlich war vor Auenbruggers Auftreten die Lage gerade auf dem Gebiete der Brustkrankheiten äußerst betrüblich: Zur Diagnostik von Erkrankungen der Thoraxorgane stand kein sicheres Hilfsmittel zur Verfügung. Man mußte sich einerseits auf die Beobachtung von Atmung und Puls beschränken, bei deren Beschreibung Subtilität an Subtilität gereiht und deren Bedeutung überbewertet wurde, in Ermangelung von Zeichen größerer Verläßlichkeit; andrerseits gab es so unsichere Mittel wie die in der Literatur so oft erwähnte Succussio Hippocratis, das Rütteln des Kranken an beiden Schultern, um aus einem entstehenden Plätschergeräusch einen Erguß in einer der Brusthöhlen diagnostizieren zu können. Das Ungenügende dieser Methode war jedoch allen praktisch erfahrenen Ärzten jener Zeit bekannt. So waren in der Beurteilung von Brustkrankheiten grobe Fehldiagnosen an der Tagesordnung. Auenbrugger sagt selbst, wie ihn erst vielfache Beobachtungen überzeugt hätten, daß die schwersten Krankheiten in der Brust verborgen sein können, welche kein Zeichen ihres Vorhandenseins darbieten und nur durch die Methode der Perkussion zu entdecken sind.

Dieser unsicheren Situation waren sich die großen Ärzte des 18. Jahrhunderts zwar wohl bewußt, doch war keiner imstande, Abhilfe zu schaffen. Dies geschah mit der Veröffentlichung von Auenbruggers *Inventum novum*. Doch waren nicht allzuviele seiner Zeitgenossen fähig oder willens, den neuen Weg zu beschreiten.

Wohl blieb Auenbruggers Schrift bei ihrem Erscheinen nicht ganz unbeachtet. Davon zeugen schon die beiden kurz hintereinanderfolgenden Auflagen 1761 und 1763. Einer der ersten, der sich anerkennend äußerte, was der Schweizer Anatom *Albrecht von Haller* (1762), der fortan mit Auenbrugger durch regen Briefwechsel in Verbindung blieb. Es folgte 1763 die Würdigung durch den Leipziger *Christian Gottlieb Ludwig,* Dekan der dortigen medizinischen Fakultät, einen Freund Hallers, der sich aber trotz seiner begeisterten Äußerungen nicht weiter mit der Perkussion befaßte. 1766 erschien dann die negative, geradezu gehässige Kritik durch den einflußreichen Göttinger Professor *Rudolf Augustin Vogel,* der dadurch anscheinend maßgeblich dazu beitrug, daß man in den folgenden Jahrzehnten in Deutschland der Perkussion mit Skepsis, wenn nicht Ablehnung oder gar Spott begegnete. Vogel scheint Auenbruggers Arbeit überhaupt nicht oder nur oberflächlich gelesen zu haben, da er die Perkussion mit der Succussio Hippocratis in einen Topf wirft und fast so weit geht, Auenbrugger des Plagiats zu zeihen.

Was uns allerdings noch mehr in Erstaunen setzt, ist die Tatsache, daß die Größen der Wiener Medizinischen Schule zunächst überhaupt über Auenbruggers Entdeckung schwiegen, obwohl kein Zweifel darüber bestehen kann, daß sie ziemlich genaue Kenntnis davon haben mußten. 1761 bis 1764 hatte der hochbegabte, leider früh verstorbene Anatom *Johann Lorenz Gasser* die Ergebnisse Auenbruggers an der Leiche nachgeprüft und bestätigt. *Gerard van Swieten* jedoch erwähnt die Perkussion an keiner Stelle seiner Kommentarien zu den Aphorismen (Lehrsätzen) seines Lehrers *Hermann Boerhaave (Commentarii in Boerhavii aphorismos de cognoscendis et curandis morbis).*

Auch *Anton de Haen,* ein hervorragender Lehrer, ebenso bedeutend als Arzt wie als scharfsinniger klinischer Beobachter, jedoch von großer persönlicher Eitelkeit und Unduldsamkeit, schwieg über Auenbruggers Erfindung.

Erst *Maximilian Stoll,* als Nachfolger de Haens Klinikvorstand in den Jahren 1776–1787, einer der größten klinischen Lehrer seiner Zeit, nahm sich der Perkussion mit besonderer Hingabe an und führte sie in den klinischen Unterricht ein. Während der leider kurzen Zeit seiner Lehrtätigkeit, die vorwiegend am Krankenbett stattfand, wurde Auenbruggers Methode hoch geschätzt, wenn auch nicht weiterentwickelt – im Gegenteil, sie scheint sogar aus didaktischen Gründen vereinfacht worden zu sein. Stoll stand mit Auenbrugger auch in persönlichem Verkehr und hielt mit ihm gemeinsame Konsultationen am Krankenbett ab. Unter den Nachfolgern Stolls verfiel die Pflege der Perkussion wieder.

Bedauerlich ist dabei vor allem, daß auch der große *Johann Peter Frank,* ab 1795 Leiter der Klinik in Wien, der durch sein sechsbändiges Werk *System einer vollständigen medizinischen Polizei* Begründer der Gerichtsmedizin und der Hygiene geworden ist, der Perkussion keinen größeren Wert beigemessen hat. Im Wien des Vormärz war die Methode fast völlig in Vergessenheit geraten.

Der entscheidende Anstoß, der der Perkussion zur allgemeinen Anerkennung verhalf, ging von dem Franzosen *Jean Nicolas Corvisart,* dem Leibarzt *Napoleons,* aus, der – durch die Lektüre der Stollschen Vorlesungen angeregt – Auenbruggers Methode gründlich studierte und schließlich 1808 das *Inventum novum* ins Französische übersetzte und mit kongenialen Interpretationen aus seiner eigenen Erfahrung versah.

In der Folgezeit wurde Paris zu einer Pflegestätte der Perkussion, oder besser überhaupt der physikalischen Krankenuntersuchung. Vor allem ist der Name von *René Laennec* zu nennen, der nicht nur die Perkussion verfeinerte, sondern mit der Erfindung der Auskultation, des Abhorchens der Brust mit dem Stethoskop, das Repertoire der physikalischen Untersuchungsmethoden vervollständigte. Von Paris aus fanden diese Methoden ihre Verbreitung, fand die Perkussion wieder nach Wien zurück: 1824 wurde das *Inventum novum* ins Englische und erst 1843 erstmalig ins Deutsche übersetzt. Kurz zuvor (1839) hatte *Joseph Skoda,* der große Wiener Kliniker, in seiner *Abhandlung über Perkussion und Auskultation* die physikalischen Untersuchungsmethoden mit wissenschaftlicher Strenge geläutert, vom Ballast übertriebener Verfeinerungen befreit, die Perkussion zu den einfachen, schon von Auenbrugger ausgesprochenen physikalischen Grundprinzipien zurückgeführt.

Welche Umstände waren es wohl, die Auenbrugger zur Erfindung der Perkussion geführt haben, einer Erfindung, die – so einfach die ihr zugrundeliegende Idee auch sein mag – beim ersten Hinsehen den Horizont ihrer Zeit einsam zu übersteigen scheint. Die Wiener Medizinhistorikerin *Erna Lesky* hat das herkömmliche Auenbrugger-Bildnis einer wichtigen Korrektur unterzogen und die bis zum Überdruß in Gedenkreden wiederholte Geschichte von dem Grazer Gastwirtssohne, der in seiner Jugend gesehen hatte, wie man volle und leere Weinfässer durch Beklopfen unterschied und so den Grad der Füllung feststellte, und dann später in genialer Weise den Analogieschluß zu den Verhältnissen am menschlichen Brustkorb vollzog, in den Bereich der Legende verwiesen.

Ausgangspunkt zur Entwicklung der Perkussion des Brustkorbs war höchstwahrscheinlich die Perkussion des Bauches, eine einfache Methode, um Luft- bzw. Flüssigkeitsgehalt der Bauchhöhle zu bestimmen, zur Unterscheidung der Bauchwassersucht *(Ascites)* von der sogenannten Trommel- oder Windsucht, d. h. der Gasblähung des Abdomens *(Meteorismus).* Die Ärzte des 18. Jahrhunderts verwendeten diese Methode sehr oft, vor allem auch der Lehrer Auenbruggers, van Swieten, und de Haen, die Meister ihrer Anwendung und Beurteilung waren.

Noch in einer zweiten Hinsicht war Auenbrugger seinem Lehrer, seiner Schule verpflichtet: Van Swieten hatte in Wien die konsequente Durchführung der Obduktion, der Leichenöffnung, eingeführt und so die Wiener Schule zu einer Pflegestätte der pathologischen Anatomie oder der *Anatomia practica,* wie man sie damals bezeichnenderweise nannte, gemacht. Und zwar war damals noch nicht die Arbeitsteilung zwischen Klinik und pathologischer Anatomie einge-

Paul Troger, Der hl. Sebastian und die Frauen; Ölbild in der Stiftskirche Melk, 1746

treten, wie sie mit Johann Peter Frank beginnt. Jeder Spitalsarzt war sein eigener pathologischer Anatom und damit ständig gezwungen, die klinischen Beobachtungen epikritisch von den Ergebnissen der Obduktion her zu korrigieren. Die Korrelation von Klinik mit pathologischer Anatomie war es, die die Erste Wiener Medizinische Schule so fruchtbar machte, auch bei Auenbrugger, der ja den experimentellen Nachweis für die Richtigkeit seiner Beobachtungen brachte, indem er in die Brusthöhle einer Leiche Flüssigkeit einspritzte und die Änderung des Klopfschalles bis zur Höhe des Flüssigkeitsspiegels verfolgte.

Auenbrugger hat den Schritt von der Perkussion des Bauches zur Perkussion der Brust getan, ein Gedanke, der, so naheliegend er auch scheint, doch 2000 Jahre, von Hippokrates bis zu Auenbruggers Zeit, auf sich warten ließ. Weiters hat er diesen Gedanken so ausgearbeitet, daß aus einem relativ primitiven Hilfsmittel, wie es die Abdominalperkussion doch ist, eine so differenzierte Methode wurde, die weitaus höhere Ansprüche zu erfüllen hat. Er hat der Medizin ein Instrument gegeben, ohne das der Arzt auch heute, trotz des Fortschrittes der Medizin, nicht auskommt.

Nikolaus Joseph von Jacquin

VON HARALD RIEDL

Nikolaus Joseph Freiherr von Jacquin wurde am 16. Februar 1727 in Leiden, Holland, geboren und starb am 26. Oktober 1817 in Wien, wo er als Professor der Botanik und Chemie an der Wiener Universität gewirkt hatte. Er war einer der bedeutendsten Pflanzensystematiker des 18. Jahrhunderts in der Nachfolge des Schweden *Carl v. Linné* und ist als Begründer der seither nicht mehr abgebrochenen botanischen Tradition in Wien anzusehen.

Der Sohn eines Tuch- und Samtfabrikanten französischer Abstammung besuchte das Gymnasium in Antwerpen, das besonders für die gründliche Ausbildung in der Kenntnis des klassischen griechischen und römischen Schrifttums berühmt war. Zeitlebens behielt Jacquin die Vorliebe für die klassischen Sprachen, und er hegte in seiner Jugend auch den Plan einer kritischen Neuausgabe der wichtigsten antiken Schriftsteller. Nach dem finanziellen Ruin des väterlichen Unternehmens durch den Bankrott eines portugiesischen Handelshauses und den unmittelbar darauf erfolgten Tod des Vaters mußte sich der junge Jacquin als Hauslehrer sein Studium verdienen.

Entgegen dem Wunsch der Mutter, die ihn gern als Theologen gesehen hätte, entschied er sich für das philosophische Vorbereitungsstudium an der Universität Leuwen und anschließend für das Studium der Medizin in seiner Vaterstadt, wo er mit *Theodor Gronovius*, dem ersten Schüler Linnés in Holland, freundschaftlich verkehrte. Damals entstand in ihm auch der Wunsch, Botaniker zu werden. In Paris war er sodann als Wundarztgehilfe tätig und hörte gleichzeitig Vorlesungen bei dem berühmten Botaniker *Antoine de Jussieu*, der Linnés künstliches Pflanzensystem durch ein natürliches ersetzen wollte. Hier erreichte ihn im Jahre 1752 der Ruf des kaiserlichen Hofarztes in Wien, *Gerard van Swieten,* eines alten Freundes der Familie. Er beendete seine medizinischen Studien in Wien unter van Swieten und *de Haen.*

Eine entscheidende Wendung in Jacquins Schicksal trat ein, als *Kaiser Franz I.* eine Expedition nach Westindien ausrüstete, die »Naturalien« für die neugegründeten kaiserlichen Sammlungen zusammentragen sollte. Auf Betreiben seines Gönners van Swieten wurde er als deren Leiter ausersehen. Die Ende Mai von Marseille aus begonnene Reise führte im Laufe von vier Jahren zu den Inseln Martinique, St. Eustache, St. Martin, Guadeloupe, St. Christophe, Curaçao, San Domingo und Jamaica sowie für einige Monate auf das Festland von Columbien und Venezuela. Die an Zwischenfällen aller Art reiche Fahrt ist uns aus Briefen näher bekannt geworden. Die Ausbeute umfaßte insgesamt 67 Kisten mit Tieren, Pflanzensamen, Mineralien und Münzen sowie vier große Transporte von lebenden Pflanzen und Tieren. Am 17. Juli 1759 trafen Jacquin und seine Begleiter wieder in Wien ein. Die folgenden Jahre waren ausgefüllt mit der Bearbeitung des gesammelten Materials, der Mithilfe an der Ausgestaltung des Botanischen Gartens und der Erforschung der heimischen Flora, die er auf Exkursionen auch den Studenten näherzubringen versuchte.

1762 wurde Jacquin, wieder auf Fürsprache van Swietens, Professor der Bergwissenschaften an der neu gegründeten Bergbau-Akademie in Schemnitz und widmete sich neben seinen umfangreichen Lehrverpflichtungen und Gutachten auch dort dem Studium der örtlichen Flora. Während dieser Zeit wurde Jacquin zum kaiserlichen Bergrat ernannt. 1768 endlich erfolgte seine Ernennung zum Professor für Botanik und Chemie und zum Direktor des Botanischen Gartens an der Universität Wien.

1774 wurde er als Edler von Jacquin geadelt, 1806 erhielt er den Freiherrntitel. Im Franzosenjahr 1809 war er Rektor der Universität. Sein Interesse für Musik brachte ihn mit der Familie *Schreiber* in Berührung, der seine spätere Gattin Katharina entstammte. Sein ältester Sohn Joseph Franz sollte ihm einst im Amt nachfolgen, sein jüngster Sohn Gottfried war mit *Mozart* befreundet, der auch seine Tochter Franziska unterrichtete. Das Haus Jacquins wurde zu einem kulturellen Mittelpunkt Wiens. Als er mit 90 Jahren starb, hatte er ein in jeder Hinsicht erfülltes Leben hinter sich, auf das nur selten und fast nur in seinen jungen Jahren ein Schatten gefallen war.

Die erste wissenschaftliche Veröffentlichung Jacquins war ein Kommentar zu den Schriften des griechischen Arztes *Hippokrates,* die er während seiner Studienjahre bei van Swieten und de Haen herausgab. Als Botaniker debütierte er mit einer Aufzählung aller im Garten von Schönbrunn kultivierten Gewächse nach dem Linnéschen System. So richtig aber konnten sich seine Fähigkeiten erst auf der großen Expedition nach den Antillen und dem nordwestlichen Südamerika entfalten, wo vor ihm nur die beiden englischen Botaniker *Sloane* und *Browne* Pflanzen gesammelt hatten. Hier kam ihm seine zeichnerische Begabung sehr zugute. Er skizzierte eine große Zahl von Pflanzen gleich an Ort und Stelle. Nach diesen Skizzen wurden später in Wien künstlerisch wie wissenschaftlich sehr gelungene Abbildungen ausgeführt, die neben den durch ihre Klarheit und den Sinn für das Wesentliche ausgezeichneten Beschreibungen seine Arbeiten auch noch für den heutigen Pflanzensystematiker zu einer wichtigen Quelle für die amerikanische Flora machen.

Die bedeutendste seiner Publikationen über die mittelamerikanische Flora ist die *Selectarum stirpium americanorum historia* (1763). 50 Pflanzengattungen erwiesen sich als neu für die Wissenschaft und wurden von Jacquin erstmalig beschrieben. Die Jahre in Schemnitz brachten eine intensivere Beschäftigung mit der Chemie, und auch auf diesem Gebiet hat sich Jacquin durch originale Untersuchungen Verdienste erworben. So gelang es ihm, die Vorgänge beim Brennen und Löschen des Kalkes aufzuklären. Seine diesbezüglichen Arbeiten hatten das seltene Glück, sogar von einem so strengen Kritiker wie dem französischen Chemiker *Antoine Lavoisier* günstig aufgenommen zu werden.

Während dieser Zeit stand *Robert Laugier* dem Wiener Botanischen Garten sowie dem Lehrstuhl für Botanik und Chemie an der Universität Wien als Leiter vor. Dieser Mann, dessen wissenschaftliche Leistungen heute vergessen sind, konnte sich in Wien nie richtig durchsetzen, zumal er nicht das Vertrauen des nahezu allmächtigen van Swieten besaß. So hatte Jacquin nach seiner Berufung in erster Linie die Aufgabe, den Botanischen Garten so auszugestalten, daß er bald als einer der bestangelegten der Welt galt. Auch die Gärten von Schönbrunn wurden neu gestaltet. Ein großes Tafelwerk, *Hortus Schoenbrunnensis,* gilt als eines seiner Hauptwerke, wurde aber erst von seinem Sohn vollendet. In späteren Jahren (1794–1804) entstanden dann noch die *Plantae rariores horti Caesarei Schoenbrunnensis,* gleichfalls ein wichtiges Quellenwerk der frühen Systematik.

Die bedeutendste Veröffentlichung Jacquins ist aber die achtbändige *Flora austriaca* (1773–1778) in Folio, eines der größten Prachtwerke in der Geschichte der Botanik. Zum ersten Mal wurde darin der Versuch unternommen, alle Pflanzen, die im Gebiet des habsburgischen Reiches gefunden wurden, in Text und Bild darzustellen. Die hervorragendsten Künstler der Zeit beteiligten sich an der Ausführung der Abbildungen. Kleinere Untersuchungen sind vor allem in den vier Bänden der *Observationes botanicae* zusammengefaßt, die auch einige Ergebnisse der Zusammenarbeit von Jacquin und dem in Klagenfurt als Professor der Mathematik wirkenden *Franz Xaver v. Wulfen* (geb. 1728 in Belgrad, gest. 1805 in Klagenfurt) enthalten, der sich auch als Botaniker einen Namen gemacht hat. Er bezog als erster in Österreich wirkender Botaniker auch Pilze in den Kreis seiner Betrachtungen ein. Sein Hauptwerk ist die posthum erschienene *Flora norica* (1858), die auch heute noch grundlegende Angaben zur Flora von Kärnten und den angrenzenden Gebieten enthält. Sein Name wurde von Jacquin verewigt, der nach ihm die von ihm erstmals aufgefundene »blaue Blume« Kärntens *Wulfenia carinthiaca,* den Kärntner Kuhtritt, benannte.

Außer für die rein wissenschaftliche Botanik sind seine Veröffentlichungen auch für die Pharmazie bedeutsam.

Es kann nicht verwundern, daß ein vom Glück offenbar so gesegneter Mann wie N. J. v. Jacquin auch Feinde hatte. Der prominenteste davon war *Heinrich Johann Nepomuk von Crantz* (geb. 1722 in Luxemburg, gestorben 1799 in Oberzeiring, Steiermark), Professor der Botanik in Wien, auf den gleichfalls eine Reihe wichtiger systematisch-botanischer Werke zurückgeht. Er nannte Jacquin geringschätzig den »Enumerator«, den Aufzähler, da besonders einige seiner frühen Arbeiten tatsächlich Aufzählungen der Pflanzen bestimmter Gebiete oder Gärten enthielten. Ihr Wert geht aber weit darüber hinaus. Die Werke von Crantz selbst tragen dem damaligen Stand der Wissenschaft entsprechend oft einen ganz ähnlichen Charakter.

Jacquin wurde von Linné selbst außerordentlich hoch geschätzt und stand mit nahezu allen bedeutenden Botanikern und Chemikern seiner Zeit in brieflicher Verbindung. Besonders aus seinem erhaltenen Briefwechsel mit Gronovius wissen wir viele Einzelheiten aus seiner Jugend.

Sein Sohn, *Joseph Franz v. Jacquin* (geb. am 7. Februar 1766 in Schemnitz, gest. am 4. Dezember 1839 als Professor der Botanik und Chemie in Wien) reicht an Bedeutung nicht an seinen Vater heran. Trotzdem gehen auch auf ihn einige durchaus bemerkenswerte Arbeiten zurück. Von besonderer Wichtigkeit aber war sein Wirken für die Entwicklung der Chemie in Österreich, für die er eine Grundlage mit seinem *Lehrbuch der allgemeinen und medizinischen Chemie* schuf, das zu seiner Zeit allgemein für die Vorlesungen über Chemie an den Hochschulen Verwendung fand. Besonders eingehend befaßte er sich mit Gräsern, denen er seine *Eclogae graminum rariorum* (1811–1844) widmete. Der zu den Nacktsamern gezählte Ginkgobaum, dessen ungewöhnliche Blattgestalt schon *Goethe* zu einem Gedicht angeregt hatte, bildet den Gegenstand einer eigenen Untersuchung *Über den Ginkgo* (1819).

Während der Regierungszeit von *Kaiserin Maria Theresia* und ihren Söhnen sowie unter dem österreichischen *Kaiser Franz I.* erlebten die Naturwissenschaften in Österreich eine erste große Blütezeit. So ist denn aus dieser Periode auch eine ganze Reihe bedeutender Botaniker zu nennen, für deren Forschungen meist Jacquins *Flora austriaca* Vorbild und Anstoß gab.

1761 wurde der spätere Arzt *Nikolaus Thomas Host* in Fiume geboren. Er starb 1834 in Wien-Schönbrunn. Auf ihn geht ebenfalls eine *Flora austriaca* zurück, in kleinerem Format und ohne Abbildungen, die nun schon weit mehr Arten enthält als das gleichnamige Werk von N. J. v. Jacquin. Außerdem trat er mit *Icones et descriptiones graminum austriacorum,* also Bildern und Beschreibungen österreichischer Gräser, und mit einer Bearbeitung der Gattung Salix, der Weiden, hervor, die durch die Häufigkeit von Bastarden auch heute noch im Ruf besonderer Schwierigkeit steht. Ein oft kultiviertes Liliengewächs, Hosta, hat nach ihm seinen Namen.

Leopold Trattinick (geb. 1764 in Klosterneuburg, gest. 1849 in Wien als

Kustos am Wiener Herbarium, das unter der Leitung von *Stephan Endlicher* stand) war der nächste österreichische Autor nach Wulfen, der sich mit Pilzen beschäftigte. Auf ihn geht eine Reihe umfangreicher bebilderter Werke zurück, die österreichische Großpilze darstellen. Auch wurden in seinem Auftrag naturgetreue Wachsmodelle von Pilzen hergestellt, die noch heute erhalten und von hohem wissenschaftlichen Wert sind.

Der nächste Vertreter der systematischen Botanik von Weltrang nach N. J. v. Jacquin aber war der geniale Stephan Endlicher, der J. F. von Jacquin als Direktor des Botanischen Gartens nachfolgte.

Maximilian Hell

VON KONRADIN FERRARI D'OCCHIEPPO

Maximilian Hell (auch *Höll* geschrieben) war unbestritten der bedeutendste Astronom in der großen österreichischen Monarchie des 18. Jahrhunderts. Diese Wertung hat er allein schon dadurch verdient, daß die unter seiner Leitung ins Leben gerufene erste Wiener Universitätssternwarte als einzige von rund einem halben Dutzend zeitgenössischer Sternwarten des Habsburgerreiches bereits nach wenigen Jahren internationales Ansehen erlangte. Seine wichtigste Einzelleistung war die beträchtliche Verbesserung unserer Kenntnis der Sonnenentfernung.

Hell wurde am 15. Mai 1720 zu Schemnitz (Banska Stiavnica) in der damals zu Ungarn gehörenden Slowakei als Sohn des Oberkunstmeisters (Oberingenieurs) der dortigen Bergwerke, *Matthias Cornelius Hell*, geboren. Die Grundschule besuchte er an seinem Geburtsort, das Gymnasium in Neusohl (Banska Bystrica). Nach der Matura trat er 1738 in das Jesuitenkollegium in Trentschin (Trencianske-Teplice) ein, von wo er einige Jahre später nach Wien versetzt wurde. In der regelmäßig auf zwölf Jahre berechneten Ausbildungszeit der Angehörigen des Jesuitenordens ist neben Philosophie und Theologie auch die gründliche Beschäftigung mit einer weltlichen Wissenschaft je nach der Begabungsrichtung des Kandidaten vorgesehen. Seiner Neigung gemäß wurde Hell schon als Student in Mathematik, Physik und Astronomie theoretisch und praktisch ausgebildet. Er erhielt die Möglichkeit, selbst Experimente, insbesondere über Magnetismus und die noch kaum bekannte Elektrizität, auszuführen und als Gehilfe an der seit 1734 bestehenden Sternwarte des Jesuitenkollegiums in Wien Erfahrung in astronomischen Beobachtungen zu sammeln.

Nach verschiedenen Zwischenstationen erhielt Hell bald nach seiner Priesterweihe im Jahre 1752 den Auftrag, am Jesuitenkollegium in Klausenburg (Siebenbürgen; jetzt Cluj) den Unterricht der Physik und Mathematik zu übernehmen und auch eine Sternwarte dort einzurichten. Drei Jahre später (1755) wurde er wieder nach Wien berufen. Hier war im Zuge der Hochschulreform der Gedanke an die Errichtung einer eigenen Universitätssternwarte aufgetaucht, deren Leitung Hell übernehmen sollte. Der Anstoß zu diesem Plan kam daher, daß zu Anfang des genannten Jahres der kaiserliche Mathematicus oder, wie wir sagen würden, Geodät und Astronom, *Johann Jakob von Marinoni* gestorben war und seine zahlreichen Instrumente dem Hof zugefallen waren. In dem dicht bebauten Viertel an der Bäckerstraße blieb keine andere Wahl, als auf dem Mitteltrakt der bereits begonnenen »Neuen Aula« (heute Akademie der Wissenschaften) quer zur Hauptachse des Gebäudes für die Sternwarte vier weitere schmal-rechteckige Stockwerke in leichter Holzkonstruktion aufzusetzen. Hell blieb die undankbare Aufgabe, innerhalb dieser von Anfang an kaum mehr zeitgemäßen Anlage wenigstens im einzelnen die Einrichtung möglichst zweckmäßig zu gestalten.

Bei diesem Unternehmen hatten die maßgebenden Stellen des aufgeklärten Staates weniger die Förderung der reinen Wissenschaft als praktische Ziele im Auge. Man brauchte akademisch ausgebildete Geodäten für eine moderne Vermessung des weiten Reiches, zumal jener von den Türken zurückgewonnenen Gebiete, von denen es so gut wie keine Karten gab. Und man mußte für die Marineschulen Lehrer ausbilden, die den für die Nautik wichtigen Teil der Astronomie beherrschten, um es in der Seefahrt mit den westeuropäischen Mächten aufnehmen zu können. So ist es zu verstehen, daß Hell fast zugleich mit seiner Ernennung zum Professor auch den Befehl erhielt, ab sofort alljährlich zeitgerecht im voraus Ephemeriden zu berechnen und in Buchform herauszugeben. Sie sollten alle jene Angaben enthalten, die zur Bestimmung der geographischen Länge und Breite aus astronomischen Beobachtungen zur See oder auf dem Lande geeignet sind. Solche Ephemeriden (wörtlich: Berechnungen für jeden Tag) waren in Blütezeiten der Astronomie schon seit dem Altertum über kürzere oder längere Perioden hergestellt worden. Um die Mitte des 18. Jahrhunderts aber wurde ein solches astronomisches Jahrbuch einzig von der Pariser Sternwarte regelmäßig herausgegeben. Gemäß den handelspolitischen Grundsätzen des Merkantilismus wollte man nun von dieser kostspieligen Importware unabhängig werden. So erschienen von 1756 an, genau ein halbes Jahrhundert hindurch, jeweils für das folgende Jahr die *Ephemerides astronomicae ad meridianum Vindobonensem,* auf deren Berechnung anfangs Hell allein, später auch mehr und mehr seine Schüler und Mitarbeiter *Anton Pilgram, Franz Triesnecker* und andere einen großen Teil ihrer Zeit verwenden mußten. Etwa ein Jahrzehnt später folgten die Briten mit dem *Nautical Almanac,* 1776 Preußen mit dem *Berliner Astronomischen Jahrbuch* und später noch andere Nationen dem österreichischen Beispiel.

Den meisten Jahrgängen der Wiener Ephemeriden wurden als Anhang Mitteilungen über astronomische Beobachtungen des vorausgegangenen Jahres und wissenschaftliche Abhandlungen von Hell und seinen Mitarbeitern, zuweilen auch von auswärtigen Astronomen beigefügt. In jener Zeit, da es noch fast keine wissenschaftlichen Zeitschriften gab, war dies eine sehr zweckmäßige Art der Veröffentlichung. Hells Abhandlungen wurden so hoch geschätzt, daß sie der

Breslauer Professor *Jungnitz*, in vier Bänden gesammelt, in deutscher Übersetzung herausgab.

Wie hoch das internationale Ansehen Hells gestiegen war, ersieht man daraus, daß er vom König der Dänen und Norweger, *Christian VII.*, die ehrenvolle Einladung erhielt, im äußersten Norden von dessen Reich zwei seltene astronomische Vorgänge zu beobachten, wodurch eine wesentliche Verbesserung der Kenntnis der Sonnenentfernung gewonnen werden konnte. Am 3. Juni 1769 sollte der Planet Venus vor der Sonne vorüberziehen, am folgenden Vormittag aber der Mond durch sein Dazwischentreten im hohen Norden eine totale Sonnenfinsternis bewirken.

Der Grundgedanke für die zweckmäßige Durchführung und Auswertung solcher Beobachtungen ist folgender: Schon seit langem waren die Bahnen der Erde und der anderen Planeten um die Sonne mit verhältnismäßig hoher Genauigkeit in einem relativen Maßstab bekannt, als dessen Längeneinheit man zweckmäßigerweise die halbe große Achse der Erdbahnellipse verwendet. Über die Größe dieser Längeneinheit selbst, ausgedrückt in Vielfachen des Erdhalbmessers oder dadurch mittelbar auch in gebräuchlichen Maßen, wie Meilen oder dergleichen, bestand jedoch damals noch sehr große Unsicherheit. Geschieht es nun – alternierend mit 8; 105,5; 8; 121,5 Jahren Zwischenzeit in einem insgesamt 243jährigen Zyklus –, daß die Venus genau zwischen Erde und Sonne vorüberzieht, dann wird sie sich, je nach Lage der Beobachtungsstationen, auf verschieden weit vom nördlichen oder südlichen Sonnenrand entfernten Sehnen über deren Scheibe zu bewegen scheinen. Unter sonst gleichen Umständen wird der Unterschied für zwei bestimmte irdische Stationen um so kleiner sein, je größer die astronomische Längeneinheit (und mit ihr alle kosmischen Entfernungen) in Vielfachen des Erdradius ist. Deshalb war es wichtig, den Vorübergang der Venus nicht nur von den – global betrachtet – nahe beisammen liegenden europäischen Sternwarten aus, sondern auch möglichst weit im Norden und im Süden der Erde zu beobachten.

Mit Hilfe der Sonnenfinsternisbeobachtungen konnte Hell die vorher nur sehr schlecht bekannte geographische Länge seiner Beobachtungsstation Wardoe bestimmen. Denn wegen der Nähe des Mondes bei der Erde ist der scheinbare Verlauf einer Sonnenfinsternis ein ziemlich scharfer Anzeiger für die geographische Lage eines Ortes, die wieder für die Auswertung der Venusbeobachtungen gebraucht wurde.

Die abenteuerliche Expedition Hells nach Wardoe nahm mehr als zwei Jahre in Anspruch. Denn, um zeitgerecht ein Beobachtungsgebäude zur festen und wettergeschützten Aufstellung der mitgebrachten astronomischen Instrumente und Pendeluhren errichten zu können, mußte man den Zielort schon im Herbst 1768 erreichen und dort überwintern. Glücklicherweise war das Wetter an den zwei entscheidenden Tagen einigermaßen günstig, so daß die meisten der geplanten Beobachtungen gemacht werden konnten. Auf der Rückreise nahm Hell in Kopenhagen mehrere Wochen lang Aufenthalt, um seinen wissenschaftlichen

Bericht der Akademie vorzulegen und nach Drucklegung dem König zu überreichen. Sein Ergebnis war eines der besten seiner Zeit: Als mittlere Entfernung der Erde von der Sonne fand er – umgerechnet in unser Maßsystem – 151 Millionen Kilometer, eine Zahl, die auf ein Prozent genau mit dem gegenwärtig allgemein angenommenen Wert übereinstimmt.

Einen solchen Vergleich mit einem um eine Dezimalstelle genaueren Wert konnte man freilich damals noch nicht anstellen. Nur so war es möglich, daß einige Astronomen, die aus ihren Beobachtungen die Sonnenentfernung bis zu 6 Millionen Kilometer größer gefunden hatten, Hells Ergebnis nicht nur in Frage stellten, sondern ihn sogar verdächtigten, seine Beobachtungen gefälscht oder erdichtet zu haben. Erst 1883 überzeugte sich der amerikanische Astronom *Simon Newcomb,* der das größtenteils bis heute maßgebende System astronomischer Grundgrößen erarbeitet hat, durch genaueste Prüfung der ersten Niederschrift Hells von der Haltlosigkeit jener Vorwürfe und von der Zuverlässigkeit der so lange angezweifelten Beobachtungen.

Nach Hells Tod am 14. April 1792 übernahm sein Mitarbeiter, *P. Franz Triesnecker,* die Leitung der Sternwarte. In den unruhigen Zeiten der Napoleonischen Kriege konnte er fast keine Geldmittel für sein Institut erlangen und mußte sogar nach dem Jahrgang 1806 den Druck der Ephemeriden einstellen. Er machte sich vor allem um die Anwendung der Astronomie auf die Landesvermessung verdient und hat vielleicht gerade durch diese praktische Einstellung wenigstens den Fortbestand der Sternwarte als solcher gesichert. Triesnecker starb am 29. Jänner 1817.

Peter Anich

VON HANS KINZL

Peter Anich wurde im Weiler Völsesgasse, Gemeinde Oberperfuß westlich von Innsbruck, am 7. Februar 1723 geboren. Sein Vater, wohl ein nachgeborener Bauernsohn, hatte als Schneider, Sennhirte, Köhler, Drechsler und Bauer gearbeitet, ein bei Bergbauern nicht seltener Fall einer vielseitigen Betätigung. Peters Mutter war *Gertrud Saurer,* auch Hammerin genannt. Angeblich haben die Eltern bei der Heirat nur ein Vermögen von 17 Gulden besessen. Wenn sie aber bald nachher ein Gütchen mit einem Bauernhaus um 1211 Gulden kaufen konnten, wird man wohl annehmen dürfen, daß sie noch ein Erbteil an Grund und Boden ihr eigen genannt haben. Aus dieser Ehe stammten drei Töchter und als zweitgeborenes Kind der Sohn Peter.

Von seinen Kinder- und Jugendjahren weiß man nur, daß er seinem Vater in der Wirtschaft und beim Drechseln geholfen hat. Über seinen Schulbesuch ist nichts bekannt. Wahrscheinlich wurde er, da es damals im Ort noch keine Volksschule gab, durch den Kuraten notdürftig unterrichtet. Groß wird der Schulerfolg nicht gewesen sein, denn Anich hatte lange nur eine schlechte Handschrift und Zeit seines Lebens eine mangelhafte Rechtschreibung. Als der Vater im Jahre 1742 starb, mußte Anich schon mit 19 Jahren den Hof übernehmen, den er in der Folgezeit gemeinsam mit seiner jüngsten Schwester Lucia führte. Schon als Hüterbub hatte er sich nach seinen eigenen Worten für die Sternenwelt begeistert, daß er wegen der Sterne eine Nacht heimlich auf dem Kirchturm verbracht hätte, ist aber unwahrscheinlich. Jedenfalls muß sich Anich beachtliche astronomische Kenntnisse erworben haben, wenn er wirklich schon mit 22 Jahren die schöne und noch jetzt bestens erhaltene Sonnenuhr am Haus No. 10, dem Prangerhof, in Unterperfuß geschaffen hat. Sie trägt die Aufschrift: »Anno 1745 pit. Peter Anich.« Im Mittelstreifen stehen noch einmal die Buchstaben P. A.

Die entscheidende Wendung in Anichs Leben brachte im Jahre 1751 seine Verbindung mit *P. Ignaz Weinhart,* dem Professor der Mathematik an der Universität Innsbruck. In der Anich-Biographie von Weinhart-Hell heißt es nur: »Im Jahre 1751 stellte sich dem Mathematikprofessor an der Pforte des Jesuitenkollegiums der ihm bisher unbekannte Peter vor und redete ihn folgendermaßen an: ›Bist du es, der den Himmel und die Sterne von Amts wegen beobachtet?‹« *J. M. Sterzinger* bemerkt ausdrücklich, daß Anich von niemandem zu diesem Schritt »angemüthet« worden ist. Es war sein eigener Einfall und Antrieb.

Von nun an pilgerte Anich an den meisten Sonn- und Feiertagen nach Innsbruck und wurde von Weinhart in die Grundbegriffe der Mathematik, vor allem auch in die Vermessungskunde mit ihren Instrumenten eingeführt. Über die ersten vier Jahre dieses Unterrichtes ist nichts Genaueres bekannt. Jedenfalls lernte Anich auch die einschlägigen Lehrbücher kennen, von denen er sich einige kaufte. Am Schluß wurde er, seinem ursprünglichen Wunsche entsprechend, auch in der Astronomie unterwiesen.

Die erworbenen Kenntnisse, verbunden mit einer großen technischen Begabung und handwerklichen Fertigkeit, setzten Anich instand, über Weisung von Weinhart in den Jahren 1755 und 1756 einen großen Himmelsglobus zu bauen. Anich drechselte dazu eine aus zwei Schalen bestehende Hohlkugel von 1 m Durchmesser, auf deren geglätteter Oberfläche er mit der Nadel 76 Sternbilder mit 1862 Einzelsternen einritzte. Als Vorlage dienten ihm die Himmelskarten des Mathematikers und Globusbauers *Johann Gabriel Doppelmayr* in Nürnberg für das Jahr 1730. Eine hugenische Uhr des offenbar sehr begabten, aber nicht genauer bekannten *Joseph Kofler* aus Sellrain bewegt die Himmelskugel mit höchster Genauigkeit um ihre Achse. Damit hatte Anich ein Meisterwerk geschaffen, das seinen Namen mit einem Schlage bekannt machte. Die philosophische Fakultät der Universität Innsbruck widmete diesen Globus der *Kaiserin Maria Theresia,* deren Huld Anich fortan in besonderer Weise zuteil wurde.

Weinhart wünschte von Anich auch einen gleich großen Erdglobus. Dem stand aber die schlechte Handschrift Anichs entgegen. Mit eisernem Fleiß ging er nun daran, diesen Mangel zu beheben. Binnen neun Monaten erwarb er sich eine Schrift, die aussah wie gestochen. Zur Probe ließ ihn nun Weinhart eine Karte vom Schauplatz des Krieges zwischen Österreich und Preußen zeichnen, die sehr schön ausgefallen ist. Leider ist sie aber ebensowenig erhalten geblieben wie eine hydrographische Karte von Tirol. Nunmehr konnte Anich im Juli 1757 an den Erdglobus gehen, der Ende April 1759 fertig wurde. Als Grundlage dienten die Homannschen Atlaskarten, die im Nachlaß von Anich teilweise noch vorhanden sind. Über Empfehlung von Weinhart wurde dieser Globus der k. k. Repräsentation in Innsbruck gewidmet.

Anich war in diesen Jahren auch sonst nicht müßig. So schuf er im Jahre 1758 einen Himmelsglobus und einen Erdglobus von 20 cm Durchmesser nach Kartenvorlagen von Johann Gabriel Doppelmayr und *Johann Matthias Haas.* Dazu hatte er das Kartenbild in 12 Segmenten und 2 Polkappen in Kupfer gestochen und drucken lassen, sodaß er damit die von ihm gedrechselten Holzkugeln bekleben konnte. Zum Unterschied von den großen Globen, die Einzelstücke waren, ließen sich die kleinen in größerer Zahl herstellen und verkaufen. Wieviele es waren, weiß man nicht, doch ist noch eine größere Anzahl von ihnen im In- und Ausland erhalten.

Mehr dürfte Anich aus dem Verkauf der von ihm verfertigten Instrumente verdient haben, wozu er im Jahre 1757 die obrigkeitliche Bewilligung erhalten hatte. Er hat nicht nur viele Instrumente nachgebaut, wofür ihm *Bions* bekannte *Werkschule* die Anleitung bot, sondern er hat auch selbst neuartige Vermessungsinstrumente und Zeichengeräte geschaffen. Großen praktischen Wert für ihn selbst hat ein Diopterinstrument gehabt, das steile Visuren nach oben und unten ermöglichte.

Ein drittes Betätigungsfeld Anichs in dieser Zeit war die Herstellung von Sonnenuhren, unter denen die von ihm konstruierte und von *Joseph Zoller* gemalte Sonnenuhr am Kirchturm von Natters (1759) die schönste war. Daneben verfertigte er kleine Taschensonnenuhren, die er offenbar gut verkaufen konnte.

Theoretisch und praktisch bestens ausgebildet und durch seine Globen schon weitum bekannt, wäre Anich sicher in der Lage gewesen, eine technische Werkstätte zu errichten, die ihm neben seiner Bauernwirtschaft, ja auch ohne sie, einen auskömmlichen Lebensunterhalt geboten hätte. Aber sein Lehrer Weinhart hatte höhere Pläne mit ihm. Er sah in ihm den richtigen Mann, die dringend nötige Landkarte von Tirol zu schaffen.

Um die Kartographie Tirols stand es in der zweiten Hälfte des 18. Jahrhunderts noch schlecht. Die einigermaßen brauchbaren Karten von *Warmund Ygl* (1605) und *Matthias Burgklehner* (1611 und 1629) lagen schon über anderthalb Jahrhunderte zurück. Noch immer war aber vor allem die Darstellung von Ygl die Grundlage für die Blätter über Tirol in den großen deutschen, holländischen und französischen Atlanten.

Diesen Mangel hat wohl auch *Joseph Spergs* besonders unangenehm empfunden, der in einer Kommission mitwirkte, um die zwischen Tirol und Venedig noch strittigen Grenzen zu bereinigen. Um dafür eine Unterlage zu schaffen, nahm er selbst das südliche Tirol in jener Weise auf, die er unter den gegebenen

Umständen für die richtige hielt, indem er die Entfernungen zwischen den einzelnen Orten feststellte und im übrigen das Gelände frei skizzierte. Spergs hatte einen großen Teil seiner Karte schon fertig, als eine ehrenvolle Berufung nach Wien seine Arbeit unterbrach. Es fehlte vor allem noch das Gebiet zwischen Klausen, Bozen, Meran und dem Sarntal. Diese Lücke sollte Anich schließen. Trotz der schon winterlichen Verhältnisse führte Anich diesen Auftrag in den Monaten November und Dezember 1759 bestens aus und zeigte damit, daß er zum Feldmesser voll befähigt war.

Die Karte von Spergs, die allerdings erst im Jahre 1762 im Maßstab 1:121 000 gedruckt wurde, war für Weinhart der unmittelbare Anlaß, der Regierung vorzuschlagen, auch Nordtirol aufnehmen zu lassen und diese Aufgabe Anich zu übertragen. Dieser Vorschlag wurde überraschend schnell am 9. Februar 1760 durch die Kaiserin Maria Theresia bewilligt. Dabei dürfte die Befürwortung durch Spergs ebenso mitgeholfen haben wie die äußerst bescheidene Lohnforderung Anichs, der nur ein Taggeld von 2 Gulden bei der Feldarbeit und 1 Gulden für die Zeichenarbeit verlangte, und zwar unter Verzicht auf jede Entlohnung an Sonn- und Feiertagen.

Anich hatte aber immerhin drei Wünsche geäußert: Vermessung nur innerhalb der Landesgrenzen, Beistellung von Gehilfen und einheimischen Gebietskennern sowie entsprechende Listen der Ortsnamen. Am wenigsten konnte der letzte Punkt erfüllt werden. Die Regierung verlangte im Gegenteil ihrerseits von Anich eine vollständige Aufnahme der Namen. Ja nicht einmal mit orts- und namenkundlichen Führern konnte Anich überall rechnen, wie ja überhaupt entgegen den ausdrücklichen Weisungen des Guberniums die örtlichen Behörden die Aufnahmen Anichs nicht nur nicht förderten, sondern im Gegenteil stellenweise eher störten oder gar verhinderten.

Anich ging mit großem Eifer an die Aufnahme des »mitternächtlichen« Tirols. Er schreckte weder vor den Gefahren des Hochgebirges noch vor den Unbilden der Witterung zurück, die ihm und seinen Gehilfen um so mehr zusetzten, als sie oft im Freien übernachten mußten, vielfach sogar in nassen Kleidern. Die Verpflegung war mangelhaft, weil sie auch in den Nachtquartieren oft nichts zu essen bekamen. Trotzdem gingen die Aufnahmen so rasch vorwärts, daß schon nach drei Jahren der größte Teil von Nordtirol aufgenommen und gezeichnet war. Weinhart plante, auch Südtirol durch Anich neu aufnehmen zu lassen, weil die Spergsche Karte im Vergleich zu den Aufnahmen Anichs in Nordtirol als unzulänglich empfunden wurde. Er träumte davon, das ganze Land von Peter Anich vermessen, zeichnen und in Kupfer stechen zu lassen.

Mit dem Hinweis auf seine angegriffene Gesundheit lehnte Anich zunächst die Aufnahme von Südtirol ab, zu der er nicht von Anfang an verpflichtet worden wäre. Er fügte sich aber schließlich doch dem ausdrücklichen Befehl Weinharts, nachdem ihm dieser geraten hatte, sich einen Gehilfen zu nehmen. Diesen fand Anich in seinem Standes- und Dorfgenossen *Blasius Hueber,* geboren am 29. Jänner 1735.

Nach einer ersten Einführung zu Hause nahm Anich seinen Gehilfen schon Anfang Juni 1765 zu Vermessungen im Raume von Bozen mit. Aber nicht lange konnten sie hier zusammenarbeiten, denn schon am 16. Juli 1765 erkrankten sie beide nach dem Vermessen einer Basislinie im Sumpfgelände zwischen Bozen und Leifers. Es muß sich dabei wohl um mehr als eine Malaria gehandelt haben, denn auch nach einem wochenlangen Erholungsaufenthalt in Steinegg oberhalb von Bozen wurden sie nicht wieder gesund. Die Krankheit Huebers war zunächst ernster, kraft seiner Jugend erholte er sich aber bald und konnte sich in den folgenden Monaten seiner weiteren Ausbildung unter der Leitung von Anich und Weinhart widmen. Anich erlangte seine Gesundheit nicht wieder. Es wird ihn auch schwer betrübt haben, daß die Arbeit an der Tirol-Karte völlig stockte. Überdies war er auch in Not geraten, weil er keine Bezahlung mehr bekam, aber durch seine Krankheit viele Auslagen hatte. Am 1. September 1766 starb er an einem Schlaganfall. Er wurde auf dem Dorffriedhof von Oberperfuß begraben. Weinhart erreichte es aber, daß Anich drei Monate später auf der linken Seite des Kirchenschiffes ein Ehrengrab erhielt.

Kaiserin Maria Theresia hatte ihm kurz vor seinem Tod eine goldene Medaille überreichen lassen, was ihm Freude bereitete. Außerdem wurde ihm eine jährliche Pension von 200 Gulden bewilligt, die er freilich selbst nicht mehr genießen konnte. Sie wurde aber der um ihn sehr verdienten Schwester Lucia auf Lebenszeit zugesprochen.

Durch Blasius Hueber wurde Anichs Lebenswerk fortgesetzt und vollendet.

Hueber war Ende Mai 1766 allein in das Etschtal gereist, um die Aufnahme Südtirols fortzuführen. Man war sich offenbar damals noch nicht darüber klar, was man von ihm würde erwarten können. In der ersten Ausgabe der Anich-Biographie von Weinhart-Hell aus dem Jahre 1766 wird nur vom Gehilfen Anichs gesprochen, aber es wird nicht einmal sein Name genannt. Sterzinger erwähnt Hueber nicht einmal als Begleiter Anichs bei dessen Feldarbeit.

Das änderte sich, als Hueber im Herbst 1766 nach Anichs Tod mit reichen Ergebnissen in die Heimat zurückkehrte. Jetzt setzte Weinhart seine ganze Hoffnung auf ihn. In einem Anhang zur Anich-Biographie, 2. Auflage 1768, heißt es: »Mit dem Gebrauch des Instrumentes voll vertraut und dem Vaterlande sehr nützlich erwies sich Blasius Hueber, der in der Bearbeitung der chorographischen Karte von Tirol, zuerst als Schüler, dann als Nachfolger Anichs zur Verfügung stand ... Er erfüllte nach Anichs Tod die übrigen Aufgaben in der Vermessung von Tirol in hervorragender Weise, ein Schüler, der (hinsichtlich der Geodäsie) seinem Meister entweder gleich oder fast gleich ist.« Man konnte mit Recht hoffen, daß Hueber im Jahre 1769 die Vermessung und Zeichnung Tirols vollenden werde.

In Wirklichkeit zog sich die Arbeit Huebers an der Tirol-Karte ohne sein Verschulden noch über mehrere Jahre hin. Nachdem er 1766 den Raum von Bozen, den Vintschgau, Schnals, Ulten, Nons- und Sulzberg sowie Judicarien aufgenommen hatte, war er 1767 weniger erfolgreich, teils wegen Krankheit, teils wegen der aufsässigen Bauern, vor denen er in Pieve di Bono regelrecht fliehen mußte. Immerhin hatte er die Gegend um den Gardasee vermessen können. Im Jahre 1768 war Hueber bei der Regelung der Grenze zwischen Tirol und Werdenfels eingesetzt. Erst am 25. Juli 1769 glaubte er frohlockend, die Vermessungen abgeschlossen zu haben. Trotzdem mußte er auch in der Folgezeit immer wieder für Verbesserungen und Nachträge ins Gelände. Daneben mußte er sich den Korrekturen der von *Johann Ernst Mansfeld* in Wien gestochenen Kupferplatten widmen. Im Jahre 1774 konnte das große Kartenwerk in 20 Blättern und mit einem Übersichtsblatt endlich gedruckt werden, 14 Jahre nach seinem Beginn. Es trägt folgenden Titel: *Tyrolis sub felici regimine Mariae Theresiae Rom. Imp. Aug. chorographice delineata a Petro Anich et Blasio Hueber colonis Oberperfussianis, curante Ign. Weinhart Prof. Math. in universitate Oenipontana, aeri incisa a Joa. Ernesto Mansfeld. Viennae 1774.*

Der *Atlas Tyrolensis* ist durchwegs ein kartographisches Originalwerk. Es wurden für ihn keine älteren Quellen oder Vorlagen verwendet, ja es gab dafür nicht einmal brauchbare Namenslisten. Der Lageplan der Karte gründet sich auf genaue Vermessungen. Alle Siedlungen und Geländepunkte wurden mit Hilfe der Dreiecksvermessung bestimmt. Dabei wandten die beiden Topographen eine Abart des Meßtischverfahrens an, indem sie im Gelände die Winkel mit dem Diopterlineal maßen und diese zu Hause auf das Kartenblatt übertrugen. Bestimmungen der geographischen Breite erhöhten die Genauigkeit. Die markanten Berggipfel haben Anich und Hueber nur ihrer horizontalen Lage nach eingemessen. Daß sie sich aber auch über die Höhe der Berge klar waren, zeigt die Bemerkung über den Ortler als die höchste Spitze des Landes. Das Gelände ist auf der Tirol-Karte in der halbperspektivischen »Kavalieransicht« gezeichnet worden. Die angenommene Lichtquelle schwankt dabei je nach dem Gelände von Westen bis Süden, sodaß die Siedlungen vorwiegend auf den helleren Flächen liegen. Der Karteninhalt wird mit Hilfe von mehr als 50 Signaturen aufgegliedert. Was die Karte vor allem auszeichnet, sind die unzähligen Namen der Siedlungen, der Gewässer und der Berge, die erstmals eingetragen wurden, überwiegend auch in der richtigen Schreibweise, selbstverständlich nach der damaligen Rechtschreibung. Ein besonderes Augenmerk scheinen Anich und Hueber den Almen zugewendet zu haben, deren weit über 1000 verzeichnet sind. Ein halbes Jahrhundert lang blieb die Karte die beste topographische Darstellung Tirols. Weit über Tirol hinaus reicht die fachliche Anerkennung, die man ihr gezollt hat. Der französische Generalstab hat die Karte für eigene Zwecke getreulich umzeichnen und in einem kleineren Maßstab nachdrucken lassen.

Der *Atlas Tyrolensis* spricht nicht nur für sich selbst, sondern auch für seine Schöpfer, von denen man leider nicht viel weiß, weil sie zeit ihres Lebens einfache Bauern geblieben waren und als solche über sich selbst kaum schriftliche Aufzeichnungen hinterließen. Über Peter Anich unterrichtet uns etwas ausführlicher die in lateinischer Sprache abgefaßte Biographie von Weinhart-Hell.

Anichs Gesichtsausdruck war lebhaft, wenn es um seine wissenschaftlichen Arbeiten ging. Sonst machte er eher einen einfältigen Eindruck. Er sprach leise und langsam. Er wollte Bauer bleiben und bekannte sich als solcher auch in den Aufschriften seiner Globen und Karten. Sehr schätzte er es, daß er bei den Geländearbeiten nicht an die großen Talorte gebunden war, die er nach Möglichkeit vermied. Daß er bei seinen Arbeiten aber doch auch an die weite Welt gedacht hat, zeigt sein Plan, im Dienste der Gesellschaft Jesu als weltlicher Mitarbeiter nach Indien zu gehen. Der Widerstand seiner Schwestern und sein abnehmendes Gehör haben ihn aber davon abstehen lassen. Vielleicht hätte sich sein Name sonst an die der großen Kartographen dieses Ordens in Indien und China angereiht. Aber was konnte es Schöneres für ihn geben, als in seinem Heimatland dankbar bewundert zu werden, wie sich dies in folgendem Spruch auf seinem Grabe ausdrückt: »Das Wunder dieser Zeit, der Schatz so vieler Gaben, die Zier des Bauernstandes ist leider hier begraben. Gedenk an seine Müh, von ihm gemess'nes Land. Der Himmel war sein Werk, er lohne seiner Hand.«

Blasius Hueber, dessen Leben *Andr. Al. de Pauli* beschrieben hat (Innsbruck 1815), war glücklicher als Anich. Umgeben von einer zahlreichen Familie war Hueber dem Leben zugewandter als der ledig gebliebene Anich. 1769 hatte er *Magdalena Kremser* und nach deren Tod um 1790 *Magdalena Raich* geheiratet. Von diesen beiden Ehefrauen hatte er 18 Kinder, von denen ihn 11 überlebten. Er starb am 4. April 1814 nach einer Krankheit von nur vier Tagen. In Inzing ließ ihm seine Familie ein bescheidenes Grabdenkmal setzen.

Hueber war als Landmesser nicht weniger begabt als Anich, wie schon Weinhart schnell erkannt hatte. In der Darstellung des Geländes übertraf er sogar seinen Meister. Nie hat er sich aber über ihn erhoben, sondern er betrachtete sich selbst nur als den Vollender von Anichs Werk. Allerdings kam Anichs Ruhm auch ihm zugute, und früher als bei seinem Vorbild wurden seine Leistungen auch öffentlich anerkannt.

Joseph Liesganig

VON ERNST BERNLEITHNER

P. Joseph Liesganig SJ wurde in Graz am 13. 2. 1719 geboren. Er war in der zweiten Hälfte des 18. Jahrhunderts jener österreichische Mathematiker, Astronom und Kartograph, der wie die Wissenschafter anderer Nationen durch Gradmessungen die wahre Gestalt der Erde feststellen wollte.

Liesganig trat mit 15 Jahren in den Orden der Gesellschaft Jesu ein, studierte im Ordenskollegium in Wien Philosophie und wurde im Jahre 1742 Repetent der Mathematik in Graz, 1744 Rhetorikprofessor in Linz und hörte dann in Wien theologische Vorlesungen. Nachdem er kurze Zeit Mathematikprofessor in Kaschau gewesen war, wurde er 1752 Professor der Mathematik am Wiener

Kollegium. Gleichzeitig zog ihn der Präfekt der Sternwarte *P. Maximilian Hell SJ* zur Aushilfe heran. Nachdem dieser Direktor der Wiener Universitätssternwarte im Jahre 1756 geworden war, wurde Liesganig selbst Präfekt und blieb dort bis zur Ordensauflösung. Nachdem Galizien an Österreich gekommen war, nahm Liesganig in kaiserlichem Auftrag das *Königreich Galizien und Lodomerien* von 1772–1774 kartographisch auf. Später wurde er k. k. Gubernialrat und Geniebau- und Navigationsdirektor in Lemberg, wo er am 4. März 1799 starb.

Angeregt durch seinen Ordensbruder *P. Ruder Joseph Boscovich,* der in den Jahren 1750–1752 gemeinsam mit *Lemaire* eine Gradmessung zwischen Rom und Rimini durchgeführt und in den Jahren 1756–1760 bzw. 1763 im Wiener Jesuitenkolleg gewohnt hatte, begann Liesganig im Jahre 1759 mit kaiserlicher Unterstützung und unter Mithilfe seines Mitbruders und Mathematikprofessors *R. P. Karl Scherfler,* als Geometer, die Vorarbeiten zu einer Vermessung des Meridians von Wien. Er begann seine Arbeiten mit der Beobachtung einiger Fixsternzenitdistanzen auf dem Heiligen-Kreuzberg bei Sobieschitz nördlich von Brünn und setzte sie 1760 auf der Jesuitensternwarte in Wien fort. Hier besuchte ihn 1761 der bekannte französische Geodät *François Cassini de Thury* und nahm mit ihm ein Dreiecksnetz in der Umgebung von Wien auf. Auf dieser Grundlage zeichnete der Hauptmann des k. k. Ingenieurkorps *Jean Baptiste d'Avrange* eine Triangulierungskarte der Umgebung von Wien (1:165 600), die dem *Kaiser Franz Stephan I.* überreicht wurde und heute in der Österreichischen Nationalbibliothek aufbewahrt wird.

Auf Vorstellung des Staatskanzlers *Wenzel Anton Graf von Kaunitz* übertrug *Kaiserin Maria Theresia* zu Beginn des Jahres 1762 P. Liesganig die Messung wenigstens zweier Breitengradentfernungen im Wiener Meridian zwischen Sobieschitz–Brünn–Wien–Graz und Warasdin, wobei Karten und alle anderen Hilfsmittel zur Verfügung gestellt wurden. Auch die Militärakademiker assistierten bei den Vermessungen am Kahlenberg bei Wien. Am 21. Mai 1762 begann Liesganig mit den neuen Vermessungsarbeiten von Sobieschitz aus über Brünn gegen Wien. Bereits am 2. und 3. November 1762 vermaß er die Basis Wiener Neustadt–Neunkirchen (6410, 903 Wr. Klafter = 12 158,175 m), woran heute noch das schöne barocke Basismonument des Nordpunktes gegenüber dem Wasserturm in Wiener Neustadt erinnert.

Liesganig verwendete für die Basismessung sechs Klafter lange trockene Holzlatten, die aus Dachsparren des Wiener Jesuitenkollegs stammten. 16 Arbeiter maßen entlang einer eingefluchteten Schnur unter seiner Leitung die Basis, wobei in einer Stunde etwa 200 bis 300 m gemessen wurden. Mitte Mai 1766 beendete Liesganig seine Meridianvermessung in Österreich, die ein 2° 56'35" messendes Längengradstück zwischen Sobieschitz in Mähren und Warasdin in Kroatien umfaßte. 1769 maß er noch einen zweiten Meridianbogen in Ungarn zwischen Czurog und Kis Telek. Seine Arbeiten und ihre Ergebnisse beschrieb er in der Wiener Dissertation *Dimensio graduum meridiani Viennensis et Hungarici.*

Augustorum iussu et auspiciis, prostat apud Augustinum Bernardi, Bibliopolam Universitatis Viennensis MDCCLXX. Wie genau Liesganig mit den von ihm gebauten Instrumenten gearbeitet hatte, erwies die Nachmessung der Wiener Neustädter Basis durch Hauptmann *Ludwig August Freih. von Fallon* im Jahre 1806 anläßlich des Beginnes der 2. militärischen Landesaufnahme Österreichs (Franzisceische Aufnahme). Die Liesganigsche Basis wurde bei der damaligen Militärtriangulierung mitverwendet und ergab einen Fehler von 7 mm pro Kilometer.

Daß Liesganig so wie alle seine Zeitgenossen den Versuch unternahm, durch Gradmessung und durch einen geschickten Ausgleich allgemein gültige Werte für die Erdgröße zu ermitteln, beweist, daß er diese Methode für die beste hielt. Wie international anerkannt aber Liesganig war, zeigt die Mitverwendung seines Gradbogens durch den großen französischen Gelehrten *Laplace* für seine Ausgleichsarbeiten. Auch in dem Buch *La figure de la terre* (Paris 1908) von *G. Perrier* werden Liesganig und seine Arbeit in einem Atemzug mit den Arbeiten von *La Caille, De la Condamine, Boscovich* und *Delambre* genannt.

Ludovico Ottavio Burnacini, Schlußballett aus der Oper «Il pomo d'oro», 1668; Zeichnung wiedergegeben im Stich von Mathäus Küsel

Johann Franz Hieronymus Brockmann dankt dem Berliner Publikum für seinen Beifall; Handzeichnung von Daniel Chodowiecki, 1778

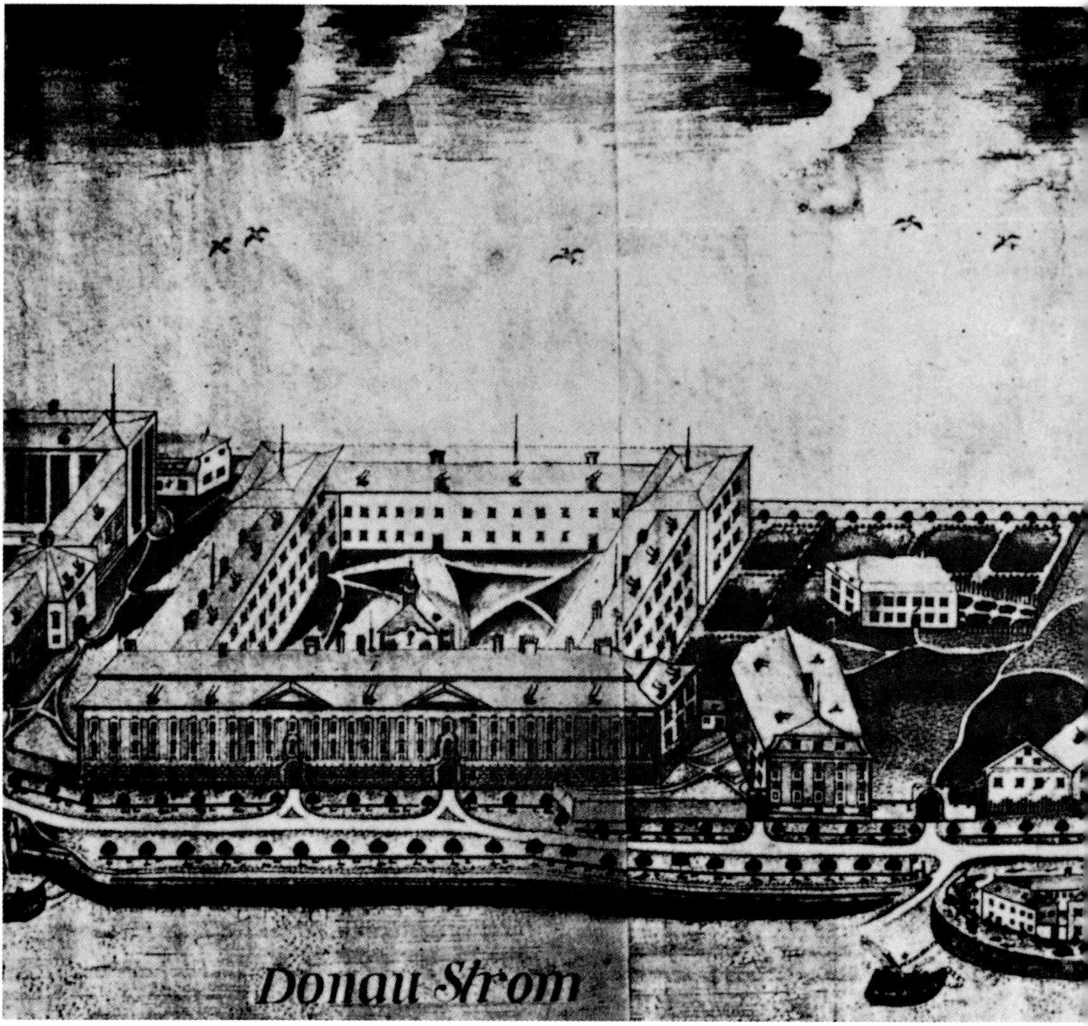

Vogelschau der Wollzeugfabrik in Linz, von Johann Michael Prunner, erbaut 1722–1726; Federzeichnung von Franz Joseph Preisch (Ausschnitt)

Kartenausschnitt aus dem Mappenwerk Tirol von Peter Anich, erschienen 1774

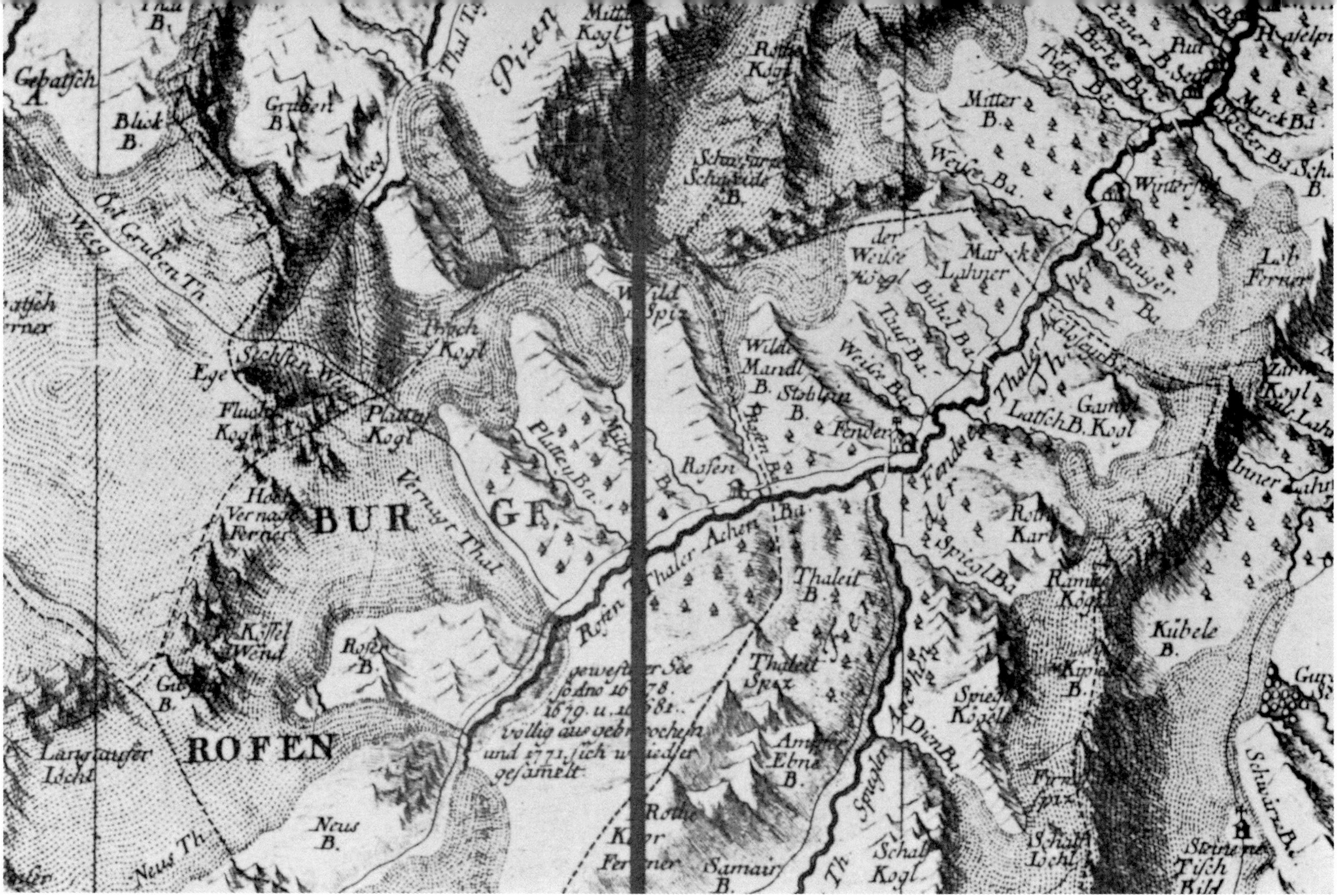
Gebatsch A.
Black B.
Gruben B.
Öd Gruben Th.
Weeg
Pizen
Mitter Kogl
Schwarze Schneide B.
Mitter B.
Weiße Ba.
Winterf
Lob Ferner
Birke Ba.
Tiefe Ba.
Marck Ba.
Plattey Ba.
der Weiße Kogl
Marcke Lahner
Bühel Ba.
Tauf Ba.
Weiße Ba.
Wilde Mandl B.
Stablein B.
Fender
Thaler
Latsch B. Kogl
Gamb
Platten Kogl
Fluch Kogl
Ege
BUR
GE
Vernagt Thal
Hoch Vernagt Ferner
Rofen
Thaler Achen
Thaleit B.
Thaleit Spez
Roth Karl
Spiegl Ba.
Kubele B.
Kippe B.
Rosen B.
Kössel Wend
ROFEN
Langtaufer Löchl
gewester See
Neus B.
Neus Th.
Amber Ebne B.
Rothe Karr Ferner
Samair B.
Spiegl Kögel
Dun Ba.
Firn Spiz
Schalf Löchl
Schalf Kogl
Steinerne Tisch
Schwärze Ba.

Peter Anich; anonyme Kopie nach einem Gemälde von Philipp Haller

Maximilian Hell in Polarkleidung vor einem Bild seiner Wohn- und Beobachtungsstation auf der Insel Wardoe; Stich von Johann G. Haid nach einer Zeichnung von W. Pohl

Zwischen Revolution und Restauration

VON WALTER POLLAK

Das Kernproblem der österreichischen Politik nach dem Regierungsantritt *Leopolds II.*, eine Schicksalsfrage, die an den Lebensnerv des Staates rührte, war die Auseinandersetzung mit der Französischen Revolution und dem aus ihr hervorgegangenen Imperator *Napoleon*. Als in Paris die Revolution ausgebrochen war und im August 1789 die Bürger- und Menschenrechte verkündet worden waren, erfaßten die europäischen Mächte, auch der Wiener Hof, zunächst noch nicht die weitreichende Bedeutung dieses Ereignisses. Leopold II. notierte dazu: »Die Regeneration Frankreichs wird ein Vorbild sein, welches alle Souveräne und Regierungen Europas freiwillig oder unfreiwillig nachzuahmen durch die Völker gezwungen werden.«

Die Aufklärung als neue Antriebskraft, die geistigen, politischen und moralischen Lebensauffassungen durchdringend, hatte bis dahin auf die führenden Kreise eingewirkt und auch der Staatspolitik der Herrschenden neues Profil gegeben. Nun zeigte sie ihr anderes Gesicht, als sie vom Volk selbst, von den revolutionären Massen, aufgegriffen und zu einem neuen politischen Dogma formuliert wurde. Die Französische Revolution verstand sich von Anfang an als eine weltweite Bewegung, die allen Völkern Freiheit, Gleichheit und Brüderlichkeit bringen wollte, die sie für das französische errungen hatte. Die Französische Revolution war keine aufklärerische Reformbewegung, die zur Regeneration der Staaten hätte führen können, wie Leopold II. sie zunächst gesehen hatte. In der Erhebung der Vernunft zum ausschließlichen Maßstab aller Dinge, in der Radikalität, mit der die Revolution ihre Forderung nach Gleichheit, Freiheit und Brüderlichkeit verfocht, gab es keinen Raum für ein Kompromiß mit den durch Jahrhunderte gewachsenen, ihr Selbstverständnis vom Gottesgnadentum herleitenden konservativen Mächten Europas.

Österreich war das Inbild des konservativen Europa. Nicht nur das machte Österreich in den Augen der Pariser Revolutionäre zu ihrem Erzfeind. War es nicht Österreich, das in entscheidenden historischen Situationen dem französischen Macht- und Ausdehnungsdrang entgegengetreten war und damit das französische Selbstbewußtsein und die politische Eigenliebe dieser großen Nation verletzt hatte? War es nicht eine österreichische Erzherzogin, *Maria Antoinette*, die als französische Königin in Versailles saß und in den Augen der Revolutionäre nichts anderes war als eine Agentin österreichischer Interessen am französischen Hof? Bewußt, zumindest aber unterschwellig empfunden war die Rivalität einer alten mit einer neuen aufstrebenden Macht wirksam. Mit ihrem Rationalismus, mit ihrem Fortschrittsglauben, mit ihrer Freiheitsidee verstand sich die Revolution als eine universale Bewegung. Ihr gegenüber stand eine ganz andere Art von Universalismus, Ausdruck einer gewachsenen Ordnung, eines

Reiches, das die Rechtfertigung seiner Existenz aus dem sakralen Bereich ableitete; das Symbol dieses Universalismus war die deutsche Kaiserkrone. Was verschlug es, daß dieses Reich selbst zu einer Fiktion herabgesunken war, kaum noch über einen Rest von Macht verfügte? Das Symbol, bis ins Mystische hineingesteigert, strahlte aus, übte Wirkung, gleichgültig, was sich an realer Macht mit ihm verbindet. Träger dieser Krone war das Haus Österreich. Es kommt nicht von ungefähr, wenn in jenen Tagen in Paris von *Custin* das Wort fiel: »Um frei zu sein, muß das Haus Österreich zerstört werden!«

Die Revolution zeigte kein verschleiertes Gesicht; keine diplomatischen Finessen suchten ihren Charakter zu verhüllen, auch nicht ihre tumultösen, ihre barbarischen Züge. Man begann an den europäischen Höfen zu ahnen, daß man dem Kampf um die Entscheidung zwischen diesen beiden Welten nicht ausweichen konnte und durfte.

Zu den Vertrauten des Kaisers gehörten *Baron Anton Spielmann* und *Graf Philipp Cobenzl*, die das aufkommende Gewitter richtig erkannten und den alten *Fürsten Kaunitz* zurückdrängten; ihnen schien die Verständigung mit Preußen die wichtigste Voraussetzung für die kommenden Auseinandersetzungen mit dem revolutionären Frankreich. Der provokativen Anfrage der französischen Nationalversammlung, ob Wien noch zu seinem Bündnis mit Frankreich aus dem Jahre 1756 stehe, folgte am 7. Februar 1792 das preußisch-österreichische Bündnis.

Der Abschluß dieses Bündnisses war die letzte politische Handlung Leopolds II. vor seinem Tode am 1. März 1792. Sein Nachfolger, *Franz II.* (später als österreichischer Kaiser Franz I.), mußte schon am 20. April die Kriegserklärung *Ludwigs XVI.* entgegennehmen. Die französische Nationalversammlung, die Revolution, hatte den Krieg, den sie haben mußte, um den revolutionären Elan erhalten zu können. Am 23. Juni trat Preußen in Erfüllung seiner Bündnispflicht in den Krieg an der Seite Österreichs ein.

Kaiser Franz hatte alle europäischen Mächte zur Hilfe aufgerufen, »in einer für die Ehre und Sicherheit aller Regierungen gemeinsamen Gefahr«. Aber das Bewußtsein von dieser gemeinsamen Gefahr war noch immer nicht in alle Köpfe gedrungen: Man traute dem Revolutionsheer nichts zu, glaubte es spielend erledigen zu können; man verstieß, wie der preußisch-russische Vertrag über die zweite Teilung Polens gezeigt hatte, gegen die primitivsten Gesetze der Solidarität in einer gemeinsamen Gefahrensituation. Aber die Ernüchterung folgte auf dem Fuß: Die Kanonade von Valmy (20. September 1792) brachte den Preußen nichts, sie zogen sich zurück, und die entblößten Österreicher wurden eineinhalb Monate später bei Jemappe geschlagen. Die Österreicher mußten Belgien räumen, das als neues Departement dem französischen Staat einverleibt wurde.

Am Wiener Hof war man über die zweite Teilung Polens, die Preußen um 55.000 Quadratkilometer vergrößerte, Österreich aber völlig unberücksichtigt gelassen hatte, ernüchtert. Cobenzl und Spielmann, die Befürworter der propreußischen Orientierung am Wiener Hof, verloren ihren Einfluß. *Johann Ama-*

deus Franz von Thugut, ein erklärter Feind Frankreichs und Preußens, leitete nun die österreichische Außenpolitik. Durch seine Ermunterung des polnischen Widerstandes gegen die zweite Teilung des Staates und die sich daran schließenden Unruhen hat er das Seine dazu beigetragen, daß Preußen im Frieden von Basel am 2. April 1795 aus der Koalition gegen Frankreich ausgeschieden ist. Allerdings erreichte er bei der dritten Teilung Polens am 15. Jänner 1795, daß Westgalizien mit Krakau an Österreich fiel. Das war das Ende des Staates Polen nach der dreimaligen Teilung.

Inzwischen war Frankreich bereits am 22. September 1792 zur Republik geworden; Ludwig XVI. hatte man am 21. Jänner 1793 als »Verschwörer gegen die Freiheit und die nationale Sicherheit« hingerichtet.

Diese beiden Ereignisse hatten wie ein Alarmzeichen an den europäischen Höfen gewirkt. Verurteilung und Hinrichtung des Königs, der die Hinrichtung der Königin Maria Antoinette, der jüngsten Tochter *Maria Theresias,* im Oktober folgte, war ein unübersehbarer Beweis, daß diese Revolution die Welt von Grund auf umzustürzen gewillt war und die alten Kategorien der bestehenden Ordnung nicht mehr gelten ließ. Es bildete sich eine große Koalition gegen Frankreich, von der man hätte annehmen müssen, daß sie Herr der Lage werden würde. Österreich, Preußen, das Deutsche Reich, England, Holland, Spanien, Portugal, Neapel und Sizilien hatten sich gegen die Revolution verbündet.

Die Alliierten hatten nicht damit gerechnet, daß die Revolution auch den militärischen Bereich nicht unberührt lassen würde. Der französische *General Houchard* war nicht der einzige, der wegen einer Niederlage (bei Courtray), mit der er einen vorausgegangenen Sieg (bei Hondschooten unweit von Dünkirchen) verspielte, abgeurteilt und hingerichtet wurde. Dem Kriegsminister Frankreichs, *Carnot,* gelang mit der *levée en masse,* diesen Aufstand der Massen gegen den äußeren Feind, ein begeistertes, ja fanatisiertes Volksheer auf die Schlachtfelder zu führen. Die *Marseillaise,* von dem Genieoffizier *Rouget de l'Isle* geschrieben und von der Rheinarmee bei Straßburg zum ersten Male gesungen, war Ausdruck des Elans und der Durchschlagskraft dieses begeisterten Heeres, das den Glauben an die Größe der eigenen Nation und die Sendung der Revolution an seine Fahnen geheftet hatte.

Nach anfänglichen Erfolgen mußten die Alliierten Niederlage um Niederlage hinnehmen, was durch den einen oder anderen Erfolg nicht aufgewogen werden konnte. Die Niederlande, Flandern gingen verloren, das linke Rheinufer wurde geräumt. Selbst die politischen Vorgänge in Paris, wo die Revolution begann, ihre eigenen Kinder zu töten, blieben ohne Wirkung auf das Revolutionsheer. Gegen diesen revolutionären Geist, der erstmals in Europa ein Heer prägte, setzten die Alliierten nicht die gleiche Geschlossenheit und Entschlossenheit, sie verharrten vielmehr in ihren alten Gewohnheiten egoistisch beschränkten Denkens und Handelns, sei es in Eifersüchteleien unter den Heerführern, sei es in staatspolitischen Entschlüssen. So kam es praktisch zum Auseinanderfall dieser großen Koalition, als Preußen mit Frankreich den Frieden von Basel schloß.

Dem preußischen Beispiel folgten die unter preußischem Einfluß stehenden norddeutschen Reichsteile und dann auch Spanien, Neapel und Holland. Der Hinzutritt Rußlands, das sich am 28. September 1795 mit England und Österreich verbündete, konnte das verlorene Gewicht nicht ersetzen. Während der österreichische *General Wurmser* bei Mannheim und Mainz die Franzosen schlug, bereitete sich in Norditalien die Kriegsentscheidung vor: *Napoleon Bonaparte*, der Mann, der bald auch die Revolution bändigen sollte, spielte zum ersten Male in größerem Maßstab seine kriegerischen Trümpfe aus. Im Frühjahr 1796 gewann er Schlacht um Schlacht und zog am 15. Mai in Mailand ein. Der Siegeslauf Napoleons war nicht zu hemmen. Über Tirol und Kärnten drang er nach Österreich ein und nötigte *Erzherzog Karl* zum Vorfrieden von Leoben. Im Frieden von Campo Formio vom 12. Oktober 1797 mußte Österreich die Lombardei und Belgien abtreten, seine Zustimmung zur Errichtung der cisalpinen und der ligurischen Republiken geben. Österreich erhielt Venedig und den festländischen Besitz bis zur Etsch, Istrien und Dalmatien; in einem Geheimabkommen wurde das linke Rheinufer an Frankreich preisgegeben.

Die Beseitigung der weltlichen Gewalt des Papstes und die Errichtung der römischen Republik sowie der helvetischen Republik unter Einbeziehung der Schweizer Eidgenossenschaft, der Zug Napoleons nach Ägypten und schließlich die Besetzung Neapels bewiesen abermals den französischen Eroberungsdrang und führten zu dem Bündnis zwischen Österreich, England, Rußland, Portugal, Neapel und der Türkei. Der zweite Koalitionskrieg, der durch die Kriegserklärung Frankreichs am 12. März 1799 ausgelöst wurde und mit dem Frieden von Lunéville am 9. Februar 1801 sein Ende fand, beseitigte die letzten Zweifel über die Bedeutung Napoleons. Solange er sich in Ägypten aufhielt, waren die Österreicher und die verbündeten Russen siegreich. Selbst Frankreichs Kriegsminister *Scherer* mußte am 5. April 1799 bei Magnano eine Niederlage hinnehmen. Die Franzosen wurden über den Rhein zurückgedrängt. Als Folge der verlorenen Schlachten an der Trebbia (17.–19. Juni) und bei Novi löste sich die cisalpinische Republik auf und die parthenopäische Republik brach zusammen. Bei Zürich schlug Erzherzog Karl (4.–6. Juni 1799) den französischen *General Masséna.* Wieder waren es Zerwürfnisse unter den Verbündeten, die sie hinderten, ihre Siege voll zu nutzen. Erzherzog Karl wurde aus der Schweiz abberufen, der russische *General Suwarow* erhielt den Befehl, sich mit einem zweiten russischen Heer unter *Korsakow* zu vereinigen. Ehe die Vereinigung möglich war, wurde Korsakow von den Franzosen bei Zürich geschlagen. Die Russen erhielten den Befehl in die Heimat zurückzukehren. Kurz darauf kam es zum Austritt Rußlands aus der Koalition.

Gleichzeitig erschien Napoleon (8. Oktober 1799) wieder in Europa. Die schlechte Lage auf den europäischen Kriegsschauplätzen überschattete das gescheiterte ägyptische Abenteuer. Napoleon wurde als der Retter in der Not empfangen. Mit der Ernennung zum Ersten Konsul am 10. November 1799 gelang ihm der entscheidende Schritt zur Alleinherrschaft. Im Winter 1799/1800 reorganisierte er die Armee und eröffnete im Frühjahr 1800 in Norditalien die Offensive gegen Österreich. In den Schlachten bei Montebello und Marengo wurden die Österreicher besiegt und verloren die Früchte der Siege von 1799. In der blutigen Schlacht von Hohenlinden (3. Dezember 1800) wandte sich auch in Süddeutschland das Kriegsglück gegen Österreich. Dem französischen *General Moreau* stand der Weg nach Wien offen.

Im Frieden von Lunéville wurden die Bestimmungen des Friedens von Campo Formio im wesentlichen bestätigt. Eine Bestimmung des Lunéviller Friedens zielte auf die endgültige Zerstörung des völlig ohnmächtigen Deutschen Reiches ab: jene deutschen Fürsten, die von der Abtretung des linken Rheinufers an Frankreich betroffen waren, sollten durch rechtsrheinische Gebiete entschädigt werden. Um diese Bestimmung durchzuführen, trat die Reichsdeputation im August 1802 zusammen und beendete ihre Arbeit erst am 25. Februar 1803: Österreich war unmittelbar durch die Abtretung des Breisgaues und der Ortenau betroffen, wofür ihm endgültig die Bistümer Trient und Brixen zugesprochen wurden. Der österreichische Großherzog von Toskana erhielt für den Verlust seines Landes Salzburg, Berchtesgaden und Teile der Bistümer Eichstädt und Passau. Was aber die Reichsverfassung völlig untergrub, war die Säkularisierung der meisten geistlichen Besitzungen, die Einverleibung auch der freien Reichsstädte (von denen nur sechs übrigblieben) in größere Territorien. Abermals waren die wichtigsten deutschen Fürsten gestärkt worden. Diesmal war es praktisch ein Machtzuwachs von Napoleons Gnaden. Ansehen und Würde des Habsburgers als Träger der Krone des Reiches waren zerronnen; noch niemals war seine Ohnmacht als Kaiser so offenbar geworden; weder als Beschützer noch als Befreier vermochte er aufzutreten. Gewiß nicht allein aus eigener Schuld, sondern vielmehr in der zwangsläufigen Folge des Sterbeprozesses des Reiches, dessen letzte Stunden geschlagen hatten.

Napoleon, der den Willen zur Macht besaß und auch verstand, mit der Macht umzugehen, fühlte, daß auch in seiner Zeit die noch immer immanenten sakralen Bezüge und Symbole der Macht erst ihre Weihe gaben. Hier liegt zweifellos ein Beweggrund dafür, daß er den Kaisertitel und auch die Krönung durch den Papst anstrebte. Wäre es ihm nur um die Vererbbarkeit der Macht gegangen, hätte es genügt, das französische Königtum wieder zu restaurieren, statt der Bourbonen die Bonapartes auf den französischen Thron zu setzen. Er wollte aber mehr. Nicht König unter Königen in Europa sein, sondern der erste unter ihnen mit dem Anspruch auf Universalität. Er mußte also zwangsläufig dem entgegentreten, der diese Universalität im alten Stil repräsentierte: dem Habsburger, der die Krone des Heiligen Römischen Reiches Deutscher Nation trug. Am 18. Mai 1804 wurde Napoleon zum Kaiser der Franzosen ausgerufen.

Die Reaktion Franz' II. entsprach durchaus diesem Gedankengang. Was war denn aus seinem deutschen Kaisertum geworden? Gab es ihm noch die Macht, dem kaiserlichen Usurpator entgegenzutreten? War dieser nicht schon selbst mit seinem Einfluß eingedrungen in die tiefsten Strukturen des Reiches, soweit diese überhaupt noch einen Schein von Bedeutung besaßen? Blendete sein Glanz nicht die deutschen Fürsten, warteten sie nicht darauf, von seiner Macht und seinem Glanz zu profitieren, wenn sie sich ihm nur willfährig zeigten? Wenn dem kaiserlichen Usurpator einer entgegentreten konnte, dann nur einer, der über Macht verfügte, die auch ihm selbst zu Gebote stand. Franz II. behielt zunächst den Titel eines erwählten Kaisers von Deutschland, begründete aber am 11. August 1804 das erbliche Kaisertum Österreich. Es war kein Zufall, daß dieser neue Kaiserstaat Österreich als sein Wappen den schwarzen Doppeladler auf goldenem Grund, das Symbol des Heiligen Reiches, wählte. Noch in der Geschichte Österreichs im 19. Jahrhundert sind die Spuren deutlich, die darauf hinweisen, daß es sich als Erbe der Universalität des alten Reiches verstanden und empfunden hat.

Der völlige politische Zerfall des Reiches und die schweren Schäden, die Österreich selbst als Kriegsfolgen zu tragen hatte, verlangten nach inneren Reformen. Schon im Oktober 1800 war Thugut als Leiter der österreichischen Politik durch *Graf Ludwig Cobenzl* und *Graf Colloredo* ersetzt worden; man hoffte damit die österreichische Außenpolitik flexibler gestalten zu können. Mit dem 31. August 1801 wurde die Organisation der Staatsführung verändert. Die Koordinierung aller Zweige der Staatsverwaltung im übersichtlichen Zusammenhang sollte durch ein Staats- und Konferenzministerium gewährleistet werden. Als oberste Zentralbehörde wurde der Konferenzrat eingerichtet, der Vorschläge an den Kaiser herantragen, für die Durchführung des kaiserlichen Willens sorgen und die Länder und Hofstellen unter Kontrolle halten sollte. Die darniederliegenden Staatsfinanzen mußten durch neue Steuern und Abgaben, Zölle und Gebühren aufgefüllt werden, was zur Steigerung der Lebenskosten und damit zu Unzufriedenheit in der Bevölkerung führte. Um dieser Unzufriedenheit von vornherein zu begegnen, wurde wieder zu dem Allheilmittel einer verschärften Zensur gegriffen, und geheime Gesellschaften wurden verboten.

William Pitt der Jüngere, seit 1804 wieder englischer Premier, immer darauf bedacht, ein neues europäisches Gleichgewicht herzustellen und den kolonialen Besitzstand seines Landes zu festigen, brachte 1805 die dritte Koalition gegen Napoleon zustande, der England, Österreich, Rußland, Schweden und Neapel angehörten. Anfang August verlangte Napoleon von Österreich die Abberufung der österreichischen Garnisonen aus Tirol und Venedig. Als sich Österreich weigerte, wurden die Kriegshandlungen am 27. August eröffnet. Auf der Seite Napoleons kämpften Truppen aus Spanien, Bayern, Baden, Hessen, Nassau und Württemberg. Diese deutschen Verbündeten, de jure waren sie immer noch Reichsstände, zeigten an, daß das Reich der letzten Phase seines Unterganges zutrieb.

Die Kapitulation von Ulm (20. Oktober) führte deshalb zu einer Katastrophe, weil dadurch Erzherzog Karl seinen Sieg bei Caldiero nicht nützen konnte und Oberitalien räumen mußte. Der Heranziehung der Armeen des Erzherzogs Karl und des *Erzherzogs Johann* zur Verteidigung Wiens kam Napoleon zuvor, der die Stadt am 13. November besetzte und in Schönbrunn sein Quartier aufschlug. Am 21. Oktober hatte *Nelson* bei Trafalgar die vereinigte französisch-spanische Flotte vernichtend geschlagen, was aber auf die Kriegführung auf dem Kontinent ohne Einfluß blieb.

Am 2. Dezember suchte und fand Napoleon bei Austerlitz die Entscheidung; er führte einen vernichtenden Schlag, bei dem ihm zustatten kam, daß *Zar Alexander I.* aus Eitelkeit den Sieg an seine Fahnen heften wollte, indem er die Schlacht annahm, ehe die Armee des anmarschierenden Erzherzogs Karl auf dem Schlachtfeld eingetroffen war. Napoleon mußte die Entscheidung so früh als möglich herbeiführen, um den Beitritt Preußens zur Koalition zu verhindern. Im Frieden von Preßburg vom 2. Dezember mußte Österreich für diese Niederlage schwer bezahlen. Es verlor Venetien, Istrien, Dalmatien und Cattaro und mußte Tirol an Bayern, die Vorlande an Baden und Württemberg abtreten. Durch die Abtretung Hannovers an Preußen vermochte Napoleon diese Macht für lange Zeit zu neutralisieren.

Nun schlug die Stunde, die man schon lange hatte kommen sehen: das Ende des Reiches, herbeigeführt durch eine jahrhundertelange Entwicklung des partikularen Egoismus und zuletzt von der neuen Idee des Staates überwunden. Sechzehn deutsche Fürsten, die sich unter der Patronanz Napoleons zum Rheinbund zusammengeschlossen hatten, sagten sich am 1. August 1806 vom Deutschen Reiche los, weil sie das »ihrer Würde und Reinheit« angemessen fanden.

Napoleon erklärte, den deutschen Reichsverband nicht mehr anzuerkennen, und forderte Kaiser Franz auf, die deutsche Kaiserkrone niederzulegen.

Mehr den Realitäten Rechnung tragend, als dieser Pression Napoleons nachgebend, legte Franz II. die deutsche Kaiserkrone am 6. August 1806 nieder. In seiner Deklaration heißt es u. a.: »Bei der Überzeugung von der gänzlichen Unmöglichkeit, die Pflichten Unseres kaiserlichen Amtes länger zu erfüllen, sind Wir es Unseren Grundsätzen und Unserer Würde schuldig, auf eine Krone zu verzichten, welche nur so lange Wert in unseren Augen haben konnte, als Wir dem von Kurfürsten, Fürsten und Ständen und übrigen Angehörigen des Deutschen Reichs Uns bezeigten Zutrauen zu entsprechen und den übernommenen Obliegenheiten ein Genügen zu leisten imstande waren. Wir erklären demnach durch Gegenwärtiges, daß Wir das Band, welches Uns bis jetzt an den Staatskörper des Deutschen Reichs gebunden hat, als gelöst ansehen, daß Wir das reichsoberhauptliche Amt und Würde durch die Vereinigung der konföderierten rheinischen Stände als erloschen und uns dadurch von allen übernommenen Pflichten gegen das Deutsche Reich losgezählt betrachten und die von wegen desselben bis jetzt getragene Kaiserkrone und geführte kaiserliche Regierung hiermit niederlegen.«

In den folgenden Jahren hielt sich Österreich aus den Auseinandersetzungen mit Napoleon heraus; es versagte sich dem Drängen Englands, dem preußisch-russischen Bündnis beizutreten, was von England mit dem Abbruch der diplomatischen Beziehungen beantwortet wurde. Österreich anerkannte auch die neuerrichteten Königreiche Holland, Westfalen und Neapel und die Kontinentalsperre, die von Napoleon am 21. November 1806 über England verhängt worden war. Österreich konzentrierte sich auf seine innere Gesundung und wollte die Zeit für eine fundierte Aufrüstung nützen. Erzherzog Karl übernahm wieder das Präsidium im Hofkriegsrat, *Graf Johann Philipp Stadion* wurde Außenminister. Das Volk sollte nach dem Grundsatz »Vaterlandskenntnis als Grundlage der Vaterlandsliebe« mobilisiert werden. Publizistisch dienten diesem Vorhaben vor allem die *Vaterländischen Blätter für den österreichischen Kaiserstaat,* die von dem Breisgauer *Armbruster* redigiert wurden, und der *Österreichische Plutarch,* den der Tiroler *Josef von Hormayr* herausgab. Dem gleichen Ziele wurde die Schulreform dienstbar gemacht, die in den Händen von *Graf Heinrich Franz Tottenhan* und *Freiherr von Birkenstock* lag. Die »politische Verfassung der deutschen Volksschulen« legte stärkeren Akzent auf die Charakterbildung der Schüler. Im Sommer 1808 wurde von Erzherzog Karl die Landwehr ins Leben gerufen, als Voraussetzung der allgemeinen Bewaffnung der Kronländer.

Am Wiener Hof hatte sich unter Stadion und Erzherzog Johann eine Kriegspartei gebildet, die darauf hoffte, Österreich würde eines Tages, gestützt auf seine Kriegsvorbereitungen, losschlagen und das ganze Deutschland mitreißen können. Die Hoffnungen stützten sich mehr auf nationale Emotionen denn auf reale politische Voraussicht; sie waren damit ähnlichen Strömungen in Preußen verwandt, deren Sympathie, ja Hoffnung auf Befreiung von der napoleonischen Herrschaft sich auf Wien richtete. Männer wie *Heinrich von Kleist, Ernst Moritz Arndt, Max von Schenkendorf* und viele andere erwarteten von Österreich die erlösende Tat. Erzherzog Karl behielt kühlen Kopf und warnte eindringlich vor zu frühem Losschlagen, weil die österreichische Armee noch nicht genügend gerüstet sei. Die Fürstenzusammenkunft von Erfurt (27. September bis 14. Oktober 1808) hatte keinen Zweifel mehr darüber gelassen, daß Österreich im Ernstfall allein stehen würde. Vier deutsche Könige und 34 deutsche Fürsten huldigten in diesen Tagen Napoleon. Zar Alexander I. bekräftigte sein Bündnis mit dem Imperator, und *Friedrich Wilhelm III.* von Preußen versagte sich dem Werben Stadions und beharrte auf Neutralität.

Die Kriegspartei am Wiener Hof behielt trotz der Warnung Erzherzog Karls die Oberhand; ihr Handeln entsprach weitgehend der Volksstimmung, die weit über Österreich hinaus die Deutschen ergriffen hatte. Am 25. März 1809 wurden die deutschen Staaten mit dem österreichischen Kriegsmanifest, dessen Autor *Friedrich von Gentz* war, zum Befreiungskampf gegen Napoleon aufgerufen. Am 6. April erließ Erzherzog Karl seinen Armeebefehl. Darin hieß es: »Wir kämpfen, um die Selbständigkeit der österreichischen Monarchie zu behaupten – um Deutschland die Unabhängigkeit und die Nationalehre wieder zu verschaffen, die ihm gebühren ... Unsere Sache ist die Sache Deutschlands. Mit Österreich war Deutschland selbständig und glücklich; nur durch Österreichs Beistand kann Deutschland wieder beides werden ... Ihr werdet nie für fremdes Interesse und fremde Habsucht bluten; Euch wird der Fluch nicht treffen, schuldlose Völker zu vernichten, um auf den Leichen erschlagener Vaterlandsverteidiger den Weg zum geraubten Throne einem Fremdling zu bahnen. Auf Euch wartet ein schöneres Los; die Freiheit Europas hat sich unter Eure Fahnen geflüchtet...«

Das Echo auf diesen Appell blieb aus, Österreich erklärte, auf sich allein gestellt, Frankreich den Krieg. Immer noch hoffte die Kriegspartei, dieser Schritt würde zu einer Initialzündung gegen den Korsen werden. Am 10. April überschritt Erzherzog Karl mit seiner Armee den Inn, während sich gleichzeitig die Tiroler erhoben. Statt die verstreuten französischen und bayrischen Truppen sofort massiv anzugreifen, zögerte der Erzherzog bis zum Eintreffen Napoleons und mußte dafür mit einer Niederlage bei Landshut und Regensburg büßen. Diese Niederlage zwang auch Erzherzog Johann, der anfangs Erfolge in Norditalien zu verzeichnen hatte, die erfolgreichen Kämpfe abzubrechen, um sich in Richtung Wien zurückzuziehen. Am 13. Mai zog Napoleon zum zweitenmal in Wien ein. Erzherzog Karl rückte aus dem nördlichen Niederösterreich gegen Wien vor und griff am 21. Mai die französischen Stellungen bei Aspern und Eßling an. Es gelang ihm, die Franzosen zu schlagen und auf die Lobau zurückzuwerfen. Es war die erste verlorene Schlacht Napoleons. Dieser erste Sieg über den Imperator machte zwar Erzherzog Karl populär, aber er konnte die Dinge nicht wenden. Am 5. und 6. Juli holte Napoleon bei Wagram zum Gegenschlag aus und zwang Erzherzog Karl, die Schlacht abzubrechen. Selbst die Erfolge der Österreicher in Polen, wo sie u. a. Warschau erobert hatten, vermochten den Preußenkönig nicht zu bewegen, sich Österreich anzuschließen.

Im Frieden von Schönbrunn vom 14. Oktober 1809 zwang Napoleon Österreich in die Knie. Es war ein Diktatfrieden, mit dem Österreich im wahrsten Sinne des Wortes bestraft werden sollte. Salzburg, Berchtesgaden, das Innviertel, Teile des Hausruckviertels, Tirol und Vorarlberg mußten an Bayern abgetreten werden. Südtirol wurde zum Königreich Italien geschlagen. Westgalizien und Krakau wurden dem Großherzogtum Warschau gegeben. Rußland erhielt das Tarnopoler Gebiet von Ostgalizien. Der Villacher Kreis, Krain, Triest, Friaul, das Pustertal, ein Teil Kroatiens, Istrien und Dalmatien wurden als »Illyrische Provinz« der Oberhoheit Frankreichs unterstellt. Österreich mußte 85 Millionen Gulden Kriegsentschädigung bezahlen und sein Heer auf 150.000 Mann reduzieren.

Der völlige Zusammenbruch Österreichs nach der Erhebung von 1809 verlangte gebieterisch eine vollständige Umorientierung der österreichischen Politik. Es waren unsägliche Anstrengungen notwendig, um die inneren Verhältnisse des Staates wenigstens einigermaßen in Ordnung bringen zu können. Das Vertrauen Napoleons mußte wiedergewonnen werden; sollte Österreich noch einmal eine Rolle spielen können, dann nur, wenn sich der Imperator vor ihm sicher fühlte. Österreich durfte sich in kein politisches oder militärisches Abenteuer mehr einlassen und nur dann handeln, wenn alle Umstände genau geprüft waren und der Ausgang nach menschlichem Ermessen nicht ungewiß sein konnte.

Der Mann, der ein solches Programm zu dem seinen machen und es auch mit Geduld und allem diplomatischen Geschick durchführen konnte, war *Graf Clemens Lothar Metternich,* bis dahin österreichischer Gesandter in Paris. Er löste am 8. Oktober 1809 den Grafen Stadion in der Leitung der Außenpolitik ab. Dieser Rheinländer war für diese Aufgabe prädestiniert, besaß er doch aus seiner Pariser Zeit subtile Kenntnisse über die französische Politik und hatte sich darüber hinaus intimen Einblick in die Persönlichkeit Napoleons zu verschaffen gewußt. Wenn jemand von sich sagen durfte, mit dem Imperator umgehen zu können, dann war er es.

Er verfolgte sein Ziel, dem er alles unterordnete, hartnäckig und rücksichtslos. Gewissermaßen das erste Opfer, das er diesem Ziele darbrachte, war die älteste Tochter des Kaisers, die *Erzherzogin Marie Louise,* deren Ehe mit Napoleon er zustande brachte. *Marschall Berthier,* der für Napoleon als Brautwerber in Wien aufgetreten war, schrieb über die Begleitumstände der Hochzeitsfeier: »Das Volk ist im Delirium der Freude. Die Bewohner der Vorstädte hatten die Absicht, meinen Wagen selbst zu ziehen. Man kann sich keine Vorstellung von ihrem Enthusiasmus machen.« Das war genau die Atmosphäre, die Metternich brauchte, um Napoleon in Sicherheit zu wiegen. Als Erzherzog Johann und Hormayr, ermuntert durch Napoleons Niederlage in Rußland, eine Art Geheimorganisation, den »Alpenbund«, gründeten, was durchaus nicht in das Konzept Metternichs paßte, schlug er zu, ließ Hormayr verhaften und festsetzen. Schließlich kam er dem Wunsch Napoleons entgegen und schloß das Bündnis zu Paris (14. März 1812), das Österreich verpflichtete, im Falle eines Krieges gegen Rußland Napoleon 30.000 Mann Hilfstruppen zu stellen. Am 22. Juni erklärte Napoleon an Rußland den Krieg und überschritt mit einer Armee von 600.000 Mann zwei Tage später die russische Grenze. Sowohl das österreichische Hilfskorps unter *Fürst Schwarzenberg* am rechten als auch das preußische am linken Flügel der großen Armee taktierten zögernd, mehr auf die Erhaltung ihrer Substanz als auf Kriegslorbeer bedacht.

In verlustreichen Kämpfen drang Napoleon bis Moskau vor, das er am 14. September besetzte, doch die Russen hatten die Stadt in Brand gesteckt. Beim Rückmarsch geriet die Armee in den strengen russischen Winter und wurde Ende November von den Russen an der Beresina zur Schlacht gestellt. Es gelang den Franzosen zwar, den Übergang über den Fluß zu erzwingen, aber die große Armee zerfiel. Napoleon verließ seine Soldaten, um in Paris eine neue Armee aufzustellen und um innenpolitischen Reaktionen entgegenzutreten.

Nun schien die große Stunde gekommen, dem schwer Getroffenen den Todesstoß zu geben. Preußen und Rußland zogen diese Konsequenz (Kriegserklärung am 16. März 1813). Österreich, besser: Metternich, zauderte. Nun hatte wohl die schwerste Stunde für die Durchsetzung seines Konzeptes geschlagen. Eine starke Kriegspartei am Wiener Hof, deren Anschauungen auch der Kaiser zu den seinen gemacht hatte, glaubte den Augenblick nützen zu müssen, als befürchteten sie zum Sieg über den Imperator zu spät zu kommen. Metternich ließ sich von der Gunst des Augenblicks nicht beeinflussen. Noch seien die Kriegsfolgen von 1809 nicht überwunden, geschweige denn der Staatsbankrott von 1811; von 92 Millionen Gulden im Jahre 1799 war der Papiergeldumlauf, die sogenannten »Bancozettel«, auf 377 Millionen im Jahre 1806 angestiegen; die zusätzliche Last der Kriegsentschädigung von 1809 kam hinzu; Anfang 1811 waren 900 Gulden Bancozettel nur noch 100 Silbergulden wert; man mußte sich zur Abwertung des Papiergeldes um ein Fünftel entschließen; auch die neue »Wiener Währung« war nicht gedeckt, aber die Not der Bevölkerung war größer geworden.

An den harten Argumenten Metternichs konnte auch die Kriegspartei nicht vorübergehen. Österreich übernahm am 14. April die Aufgabe der »bewaffneten Vermittlung«. Nachdem Napoleon Preußen und Russen Anfang und Ende Mai geschlagen hatte, lehnte er die von Österreich gestellten Friedensbedingungen ab. Nun begann ein raffiniertes Spiel um Zeit. Metternich erreichte eine Ausdehnung des Waffenstillstandes bis 10. August, während in Prag ein Friedenskongreß tagte.

In der dramatischen Unterredung zwischen Napoleon und Metternich am 26. Juni in Dresden bestätigte Napoleon, ohne es zu wollen, wie vorausschauend und klug Metternich von Anfang an seine Fäden gesponnen hatte, mit dem Ausspruch: »Indem ich eine Erzherzogin heiratete, habe ich das Neue mit dem Alten, die alten Vorurteile mit den Einrichtungen meines Jahrhunderts verschmelzen wollen. Ich habe mich getäuscht und empfinde heute die ganze Größe meines Irrtums. Es kann mir den Thron kosten, aber ich werde die Welt unter seinen Trümmern begraben.«

Als General Berthier Metternich zum Wagen geleitete, fragte er den Staatskanzler, ob er mit dem Kaiser zufrieden gewesen wäre, und Metternich antwortete knapp: »Ja, er hat mir vollen Aufschluß gewährt, mit dem Mann ist's aus!«

Tatsächlich war der Imperator am Ende. In der letzten Phase hatte Metternich ungewöhnlich flexibel taktieren müssen, weil auch die russischen Absichten, des Zaren Macht nach Westen auszuweiten, zu bedenken waren. Am 10. August, die Frist zur Annahme der Friedensbedingungen durch Napoleon war abgelaufen, trat Österreich in die Koalition gegen Napoleon ein und erklärte zwei Tage später den Krieg gegen Frankreich. Am 16. Oktober vereinigten sich die verbündeten Heere unter dem Oberbefehl Fürst Schwarzenbergs, dessen Generalstabschef *Radetzky* den Schlachtplan entworfen hatte, bei Leipzig und schlugen Napoleon in einer viertägigen Schlacht. Mit den Resten seines Heeres gelang es ihm, nach Frankreich zu kommen. Einige erfolgreiche Gefechte in Frankreich vermochten die Lage des Imperators nicht mehr zu ändern. Am 31. März 1814 zogen die Verbündeten in Paris ein. Nachdem ihm auch seine Generale den Gehorsam verweigert hatten, unterwarf sich Napoleon der alliierten Forderung nach bedingungsloser Abdankung. Am 6. April wurde der Bruder Ludwigs XVI., Ludwig XVIII., vom französischen Senat zum König proklamiert. Die Restauration der Bourbonen, um deretwillen 1792 die erste Intervention der europäischen Mächte gegen das revolutionäre Frankreich erfolgt war, darf man als ein Symptom werten. Das konservative Europa war gegen den neuen Geist der Revolution zu Felde gezogen und brauchte unter größten Opfern und Anstrengungen, die es zeitweilig an den Rand des Abgrundes brachten, zwei Jahrzehnte, um ihn zu besiegen. Das konservative Europa war in der gleichen Zeit nicht fähig, ein geistiges Konzept zu entwickeln, das es der Revolution entgegenstellen hätte können. Der Sieg gegen Napoleon war eine gewaltige militärische und politische Leistung, die ohne Metternichs politisches Konzept nicht denkbar gewesen wäre, aber es war kein Sieg in die Zukunft. Das zeigte sich bereits in den Ergebnissen des Wiener Kongresses und erst recht im politischen Schicksal des Kontinents in den folgenden Jahrzehnten.

Österreichs Großmachtstellung wurde durch den Wiener Kongreß bestätigt. Was es im Frieden von Schönbrunn verloren hatte, wurde zurückgegeben. Auch das ehemals bayrische Innviertel kam wieder an Österreich. Außerdem erhielt es von der Schweiz Veltlin, Chiavenna und Bormio, wodurch die Verbindung zwischen Tirol und der Lombardei hergestellt wurde. Mit dem Besitz von Venedig, Istrien und Dalmatien wurde Österreich zum Beherrscher der Adria. Die österreichischen Vorlande wurden von Habsburg aufgegeben und unter Bayern, Württemberg und Baden aufgeteilt.

Metternichs Konzept war darauf gerichtet, das politische Gleichgewicht der großen Vier – Rußland, Österreich, England und Preußen – herzustellen. Zar Alexander I. stellte diesem Ziel die größten Schwierigkeiten entgegen. Er strebte die Gewinnung aller polnischen Gebiete an, die bei den polnischen Teilungen an Preußen gefallen waren, und wollte dafür Preußen mit Sachsen entschädigen. Daß diese Differenzen überwunden werden konnten, war nicht nur dem Zusammenspiel von Metternich, *Castlereagh* und *Talleyrand* zu danken, sondern auch dem Schock, den Napoleons Herrschaft der 100 Tage ausgelöst hatte.

Die deutsche Frage konnte nach all dem, was geschehen war, nicht einfach durch die Wiedererrichtung des Heiligen Römischen Reiches gelöst werden. Andererseits waren die nationalen Strömungen, die sich aus dem erfolgreichen Kampf gegen Napoleon ergeben hatten, die aber auch sehr stark von Gedankengängen der Französischen Revolution beeinflußt waren, zwar von einer romantischen Reichssehnsucht beseelt, realpolitisch aber ohne Konzept. Die Romantik, die schon an der geistigen Vorbereitung der Befreiungskriege großen Anteil hatte, war zur Quelle romantisch-nationaler-katholischer Reichsvorstellungen geworden. In Wien hatte sich seit 1808 um den später heilig gesprochenen Liguorianer *Klemens Maria Hofbauer* ein Kreis bedeutender Männer gesammelt, die intensiv in der Öffentlichkeit wirkten. Der deutlich sichtbar gewordene Antagonismus der beiden stärksten deutschen Mächte, Österreich und Preußen, trug wohl das Seine dazu bei, daß sich für die Lösung der deutschen Frage am Ende nur ein Kompromiß anbot. Am 8. Juni 1815 wurde der Deutsche Bund gegründet, dem 35 souveräne Fürsten und vier freie Städte angehörten. In dieser lockeren Vereinigung souveräner Teile wurde dem Kaiser von Österreich zwar der Vorsitz eingeräumt, aber lediglich als primus inter pares, nicht im Sinne eines Vorranges. Im Artikel 13 der Bundesakte wurde gewissermaßen als Konzession an die Zeitströmung sehr unbestimmt versprochen: »In allen Bundesstaaten wird eine Landständische Verfassung stattfinden.« Von Verfassung als Ansatz demokratischer Entwicklung war jedoch bis 1848 keine Rede. Das hätte nicht in das Metternichsche System gepaßt.

Mit Bedauern hat der päpstliche Nuntius *Hercules Consalvi* festgestellt, daß »das Heilige Römische Reich, welches mit Recht für einen Mittelpunkt der politischen Einheit gehalten und durch die Heiligkeit der Religion geweiht ward, keinesfalls wieder aufgerichtet worden« war. Die Konstrukteure der europäischen Ordnung am Wiener Kongreß sahen sich den bewegenden Ideen der Völker, dem Nationalismus, dem Liberalismus, der Demokratie, dem Konstitutionalismus gegenüber, Ideen der Französischen Revolution also, von denen sie geglaubt hatten, sie in der Gestalt Napoleons niedergerungen zu haben. Was sie auf den Schlachtfeldern errungen hatten, die Erhaltung ihrer alten Welt, wollten sie nun den eigenen Völkern nicht preisgeben. Am Beispiel des alten Reiches orientiert, wollten sie ihrer Konzeption wenigstens scheinbar eine moralische und transzendente Rechtfertigung geben. Als »religiöse Weiheformel des Friedens«, als einen Versuch, Europa im Sinne allgemeiner christlicher Grundsätze zur Solidarität zu führen, fanden sich am 26. September 1815 Österreich, Preußen und Rußland zur Gründung der »Heiligen Allianz« zusammen. Die drei Staaten repräsentierten die drei großen christlichen Bekenntnisse: Österreich den Katholizismus, Preußen den Protestantismus und Rußland die Orthodoxie. Das Ziel war die Verchristlichung der inneren Staatsverwaltung und der äußeren Beziehungen. Vielversprechend hieß es: »Sie werden sich und ihre Untertanen wie Glieder derselben christlichen Natur ansehen, sie werden selber wie von der Vorsehung delegierte Leiter dreier Stämme derselben Familie sein und damit bekennen, daß das christliche Volk in Wirklichkeit keinen anderen Herrscher als Gott hat, unseren göttlichen Heiland Jesus Christus, das Wort des Höchsten, das Wort des Lebens, den Inbegriff der Liebe, Weisheit und Wissenschaft.« Die Wirklichkeit sah anders aus. Die »Heilige Allianz« war das Werkzeug der Macht zur Aufrechterhaltung einer restaurativen Staatskonzeption.

Der Wiener Kongreß und die von ihm eingeleitete europäische Restauration bedeuten für das Werk und die Persönlichkeit Metternichs eine wesentliche Zäsur: vorher seine großartige außenpolitische Leistung, die der militärischen Niederringung Napoleons den Boden bereitet hat; nachher die unnachsichtige Härte und Engstirnigkeit, mit dem Einsatz aller politischen und polizeilichen Mittel, den Zeitgeist unterdrückend, der das System hätte gefährden können. Man fragt sich, ob es diesem Manne nicht gemäß gewesen wäre, ob es seinem Maß und seiner Einsicht nicht entsprochen hätte, sich des Zeitgeistes zu bemächtigen, im Bunde mit ihm in die Zukunft zu schreiten, das Alte mit dem Neuen zu vermählen. Jedoch: hat dies Napoleon nicht versucht, als er die Habsburgertochter ehelichte? Metternich kannte alle diplomatischen Finessen und politischen

Schachzüge in ihrer nackten und kalten Realität; vor nichts graute ihm so sehr wie vor dem Appell an den Idealismus. Er hat Bedingtheit und Brüchigkeit seiner Welt durchschaut, aber auch mit scharfem Verstand dem heraufkommenden Zeitgeist mißtraut. Deshalb mußte er, wollte er sich selbst nicht untreu werden, die Summe seiner Existenz so ziehen: »Mein geheimster Gedanke ist, daß das alte Europa am Anfang seines Endes ist. Ich werde, entschlossen, mit ihm unterzugehen, meine Pflicht zu tun wissen ... Das neue Europa ist anderseits noch im Werden; zwischen Ende und Anfang wird es ein Chaos geben.«

Leopold II.

VON ADAM WANDRUSZKA

Als *Joseph II.* am 20. Februar 1790 starb, befand sich die österreichische Monarchie in einer äußerst kritischen Lage. Der von Joseph an der Seite der *Zarin Katharina II.* von Rußland begonnene, bei der österreichischen Bevölkerung höchst unpopuläre Krieg gegen die Türken hatte nach den enttäuschenden Anfängen und dem Versagen von Josephs militärischem Vertrauensmann *Lacy* nunmehr im Herbst 1789, nachdem Lacys alter Rivale *Laudon* den Oberbefehl übernommen hatte, mit der Einnahme von Belgrad eine etwas günstigere Wendung genommen. Aber im äußersten Westen des habsburgischen Herrschaftsbereiches waren die Österreichischen Niederlande – etwa das Gebiet des heutigen Belgien – an eine Insurgentenarmee verlorengegangen. Nur in dem stark befestigten Luxemburg hatten sich die österreichischen Truppen gegenüber den von England, Preußen und den niederländischen Generalstaaten unterstützten Aufständischen halten können.

In Ungarn, im Rücken der gegen die Türken operierenden Armee, drohte ein ähnlicher gegen die zentralistisch-absolutistische Politik Josephs gerichteter Aufstand, und es stand zu befürchten, daß die von dem sterbenden Kaiser den Ungarn gemachten Konzessionen, die Wiederherstellung der ständischen Selbstverwaltung in den Komitaten und die Rücksendung des Staatssymbols der Stephanskrone, die Opposition der magyarischen Adelsnation gegenüber Wien nicht besänftigen, sondern im Gegenteil zu noch weiter gehenden Forderungen ermutigen würden. Noch zu Josephs Lebzeiten hatte die Opposition Verbindung zum preußischen *König Friedrich Wilhelm II.* aufgenommen, und geheime Sendboten hatten sogar dem rührigen Parteigänger der preußischen Politik im Reich, *Carl August von Weimar,* dem Freund und Landesherrn *Goethes,* die ungarische Königskrone angeboten. Gefährlicher als solche abenteuerlichen Projekte, für die sich Carl August mit Recht nicht zu exponieren gedachte, waren die Pläne des Preußenkönigs und seines Ministers *Graf Hertzberg,* mit englisch-holländischer Rückendeckung und im Einvernehmen mit Polen die kritische äußere und innere Lage der österreichischen Monarchie zu neuerlichen preußischen Gebietserweiterungen auf österreichische Kosten, sei es direkt oder indirekt – etwa durch die Rückgliederung Galiziens an Polen und als Kompensation dafür polnische Gebietsabtretungen, vornehmlich von Danzig und Thorn, an Preußen – auszunützen. Dazu kam die allgemeine Unzufriedenheit in allen Ländern der Monarchie mit dem zentralistischen josephinischen Beamtenregiment, besonders bei Adel und Klerus, eine Unzufriedenheit, die sich in den von diesen beherrschten Landständen der einzelnen Länder manifestierte.

Unter diesen Umständen kam eine Übernahme der Regierung durch den von Joseph selbst seit sechs Jahren auf den künftigen Herrscherberuf erzogenen Neffen *Franz*, den eben erst zwanzig Jahre alt gewordenen ältesten Sohn von Josephs Bruder *Leopold*, nicht in Frage. Der sterbende Kaiser selbst hatte, entgegen seinen früheren Plänen, Leopold, der nach den Hausgesetzen ohnedies der nächste Thronanwärter war, mit der schwierigen Aufgabe betraut, die verfahrene Situation zu meistern.

Der am 5. Mai 1747 geborene, beim Tod des um sechs Jahre älteren Josephs zweiundvierzigjährige Leopold stand damit nun vor der großen staatsmännischen Bewährungsprobe seines Lebens, vor einer Aufgabe, zu der er sich nicht gedrängt hatte, ja deren Übernahme er in klarer Erkenntnis der gewaltigen Schwierigkeiten mit tiefer Besorgnis entgegensah.

Leopold war tatsächlich schon fast zum Toskaner geworden und hatte sich wirklich zu Hause gefühlt in dem Lande, das er seit 1765, also durch fast ein volles Vierteljahrhundert, als Großherzog regiert, das er durch seine in ganz Europa gepriesenen Reformen zum modernen Einheitsstaat und zum Musterstaat der europäischen Spätaufklärung umgeschaffen hatte. Dennoch mochte es ihm wohl auch verlockend erscheinen, seine bedeutenden staatsmännischen Fähigkeiten nun auch im großen europäischen Rahmen als Lenker der Geschicke der österreichischen Monarchie bewähren zu können und sich selbst und der Mitwelt zu beweisen, daß er die Politik seines Bruders und Vorgängers nicht nur scharf, ja überscharf zu kritisieren wußte, sondern daß er es selbst wirklich besser zu machen verstand.

In den Ländern der österreichischen Monarchie, aber auch im übrigen weiten Heiligen Römischen Reich sah man mit gespannter Erwartung dem Regierungsantritt des neuen Herrschers entgegen, gerade auch im Hinblick auf den drohenden Ausbruch eines neuerlichen preußisch-österreichischen Krieges, der unweigerlich ganz Deutschland und Europa in Mitleidenschaft ziehen würde. Schon im Herbst des Vorjahres hatte *Johann Gottfried Herder*, als er im Gefolge der Herzogin-Mutter *Anna Amalia von Weimar* durch Florenz kam, mit Leopold auf dessen Veranlassung ein fast dreistündiges Gespräch geführt. Diese Unterredung hatte auf Herder einen so tiefen Eindruck gemacht, daß er, nach Weimar zurückgekehrt, oft davon erzählte, worauf sein Landesherr Carl August ihn veranlaßte, eine Schilderung des Gesprächs aufzuzeichnen. Dem preußischen König, dem die Aufzeichnung zugeleitet wurde, mußte viel daran liegen, von dem künftigen Beherrscher der österreichischen Monarchie und vermutlichen späteren römischen Kaiser ein zutreffendes Bild zu erhalten.

In klarer Erkenntnis der Schwierigkeit der vor ihm liegenden Aufgabe hat Leopold noch von Florenz aus seine nächsten Angehörigen, den Sohn Franz in Wien, den Bruder *Ferdinand* in Mailand wie den für die Reichspolitik und die Vorbereitung der Kaiserwahl so wichtigen *Max Franz* in Bonn, *Marie Christine* und ihren Gemahl sowie eine andere Schwester, die *Königin Maria Carolina* von Neapel-Sizilien, in sein Regierungsprogramm eingeweiht und sie um ihre Mitarbeit und Unterstützung gebeten. Klar traten in diesen Briefen und ersten Anweisungen des neuen Herrschers sein neuer Stil und das Bestreben zutage, sich von der gescheiterten Politik Josephs zu distanzieren, für sich selbst das Vertrauen der Geschwister und mit ihrer Hilfe das seiner neuen Untertanen in der österreichischen Monarchie, das der Reichsstände und schließlich das der europäischen Mächte zu gewinnen; keine leichte Aufgabe angesichts des Mißtrauens, das Josephs autokratische, sprunghafte und unberechenbare Politik im In- wie im Ausland hervorgerufen hatte. Im Innern suchte Leopold dieses Ziel zunächst durch entgegenkommende Gesten und Zugeständnisse an die geschichtlichen Überlieferungen und von Joseph verletzten Gefühle der einzelnen Völker, Länder und Stände zu erreichen sowie durch die Aufforderung, alle Beschwerden, besonders etwa auch jene auf dem Gebiet der Kirchenpolitik, zusammenzustellen und Vorschläge für deren Behebung zu erstatten. Da er selbst genau wußte, bis zu welchem Punkt er der von ihm ermutigten Reaktion auf die josephinische Politik nachzugeben bereit war, welche Zugeständnisse er machen, welche er hingegen entschieden ablehnen würde – Nachgiebigkeit in allen äußerlichen, dem Selbstgefühl der Völker und Körperschaften schmeichelnden, Festigkeit in allen wesentlichen Fragen –, gewann er gegenüber seinen Kontrahenten von Anfang an einen entscheidenden taktischen Vorteil und vor allem, während sie mit der Zusammenstellung und Formulierung der Beschwerdepunkte beschäftigt waren, die so notwendige Frist für die Verbesserung der außenpolitischen Situation.

Nachdem er schon in Florenz in Gesprächen mit dem englischen Diplomaten *Lord Elgin* zumindest die Einhaltung einer wohlwollenden britischen Neutralität gegenüber seiner zielbewußten Befriedigungspolitik vorbereitet hatte, wandte er sich sogleich nach seiner am 12. März 1790 erfolgten Ankunft in Wien und den ersten auf eine innenpolitische Beruhigung abzielenden Maßnahmen – hier vor allem durch die Aufhebung der josephinischen Steuer- und Urbarialregulierung – der Klärung der außenpolitischen Lage zu. Dazu mußte der so friedliebende Herrscher, der in der Toskana, entsprechend seiner prinzipiellen pazifistischen Neutralitätspolitik, Heer und Kriegsmarine aufgelöst und schließlich sogar die von ihm eingerichtete Miliz als überflüssig abgeschafft hatte, zunächst sein Hauptaugenmerk auf militärische Probleme und auf die Beschaffung der nötigen Geldmittel für die bevorstehende Kampagne gegen die Türken und für den Fall eines weiteren Krieges gegen Preußen und eventuell auch Polen richten. Mit einigen wenigen klaren Dispositionen und personellen Maßnahmen gelang es ihm, die auch auf diesem Gebiet nach dem Tod Josephs und dem kurz darauf

Kaiser Leopold II. im Ornat des römischen Kaisers; Stich von Anton Karcher, 1790

Kaiser Franz I. im Ornat des Kaisers von Österreich; Schabblatt von Tommaso Benedetti nach einem Gemälde von Leopold Kupelwieser

Klemens Wenzel Lothar Fürst Metternich; Stich von Jakob Hyrtl und Franz Stöber nach einem Gemälde von Friedrich Lieder, 1830

Johann Philipp Graf Stadion; Stich von Friedrich Fleischmann nach einer Zeichnung von Peter Fendi auf Grund eines Gemäldes von Johann Ender

Erzherzog Karl; Zeichnung von Peter Kraft, 1820

Klemens Maria Hofbauer; Stich von Alois Petrak

erfolgten des Hofkriegsratspräsidenten *Hadik* eingerissene Verwirrung und Unordnung zu beseitigen. Über den militärischen Fragen, deren er sich mit großer Energie annahm, und über allen anderen vielfältigen Sorgen der ersten Wochen seiner Regierung vergaß er doch auch die ihm besonders am Herzen liegenden humanitären Probleme nicht, wie etwa die Milderung der harten Strafen des josephinischen Strafgesetzbuchs und die grausamen Formen des Strafvollzugs oder die Einsetzung einer neuen Kompilationskommission für die Rechtskodifikation unter dem Vorsitz seines einstigen Lehrers *Carl Anton von Martini,* dem er zugleich den Auftrag zur Ausarbeitung eines Plans für die Reform des österreichischen Schulwesens erteilte.

Zwei Wochen nach seiner Ankunft in Wien schrieb er dann an den Preußenkönig jenen betont liebenswürdigen und freundschaftlichen, seine Friedensliebe beteuernden Brief, in dem *Leopold von Ranke* mit Recht »einen großen historischen Moment« gesehen hat. Denn obwohl Friedrich Wilhelm über den neuen und ungewohnten Ton aus Wien so überrascht war, daß er dahinter eine machiavellistische Teufelei des Florentiners Leopold vermutete, wagte er doch nicht, die ihm von Leopold entgegengestreckte Hand brüsk zurückzuweisen, zumal die Engländer, auf deren Unterstützung er in dem geplanten Kampf gegen Österreich gerechnet hatte, auch zu Frieden und Ausgleich rieten. Waren nun auch noch manche Hindernisse zu überwinden, wie etwa der Widerstand des alten Staatskanzlers Kaunitz, für den die Todfeindschaft zwischen Österreich und Preußen zum Axiom seiner europäischen Politik geworden war, so hielt Leopold doch unbeirrbar an dem Ziel des Ausgleichs mit Preußen fest und verlor auch nicht die Nerven, als der preußische König, um seinen Forderungen Nachdruck zu verleihen, in Schlesien eine starke Armee versammelte und sich selbst in ihr Hauptquartier begab. Leopolds zugleich elastische und in der Bewahrung der Substanz feste Verhandlungsführung gegenüber dem Preußenkönig, der zwischen dem Verlangen nach territorialem Gewinn, Prestigebedürfnis, Kriegslust und Friedensliebe schwankte, hatte schließlich vollen Erfolg. Am 27. Juli wurde die Konvention von Reichenbach abgeschlossen, in der sich Österreich zwar zum Abschluß eines Friedens mit der Türkei auf der Grundlage des territorialen Besitzstandes vor Kriegsbeginn, also unter Herausgabe der im Kriege gemachten Eroberungen, bereit erklärte, Friedrich Wilhelm aber die Belgier wie die Ungarn in ihrem Kampf gegen Wien fallenließ.

In der Zwischenzeit war Leopold bestrebt gewesen, den ungarischen Adel auch im Inneren zu isolieren und unter Druck zu setzen, indem er sowohl die soziale Opposition der Bauern und Bürger wie jene der nichtmagyarischen Nationalitäten ermunterte, wie dies etwa in der Einberufung des Illyrischen Nationalkongresses in Temesvar im gleichen Sommer 1790 zum Ausdruck kam. Auf der anderen Seite aber war er stets bereit, das durch Josephs ungeschickte Maßnahmen herausgeforderte nationale Selbstgefühl des ungarischen Adels zu

Die Gefangennahme Andreas Hofers; Gemälde von Karl von Blaas, 1890 (Ausschnitt)

befriedigen, zunächst sogleich nach seinem Regierungsantritt etwa durch die Wiedereinführung der lateinischen Amtssprache oder dann, auf dem Höhepunkt seiner inneren Erfolge, als er den viertältesten seiner zehn Söhne, *Alexander Leopold,* nach altem Landesbrauch zum Palatin wählen ließ und als bei der am 15. November 1790 in der alten Krönungsstadt Preßburg abgehaltenen feierlichen Krönung Leopolds er selbst und alle Mitglieder seiner Familie ungarische Nationaltracht trugen.

Der Abschluß der Konvention von Reichenbach hatte für Leopold auch im Reich den Weg zur Wahl und Krönung als römischen Kaiser und König freigemacht. Die Festtage im Oktober in Frankfurt am Main waren ein letzter Höhepunkt im Bestand des Heiligen Römischen Reiches. Noch wichtiger aber war die Tatsache, daß er nunmehr, nachdem er noch von Frankfurt aus vergeblich sein bei Regierungsantritt den Ständen der belgischen Provinzen gegebenes Versprechen bezüglich einer Wiederherstellung der durch Joseph beseitigten Verfassung wiederholt hatte, im November und Dezember österreichische Truppen in einem »militärischen Spaziergang« in die im Vorjahr verlorengegangenen Provinzen einrücken lassen konnte, wo sie von dem der Revolution und der unsicheren Verhältnisse müden Volk jubelnd begrüßt wurden.

Die Verwirklichung jener konstitutionell-freiheitlichen Ideen, zu denen er sich schon während seiner toskanischen Regierungszeit bekannt hatte und derentwegen man ihn mit Recht den »ersten konstitutionell gesinnten Monarchen, den die europäische Geschichte kennt« genannt hat, ist ihm allerdings in der kurzen Zeit, die ihm nur mehr zu leben vergönnt war, nicht möglich gewesen. An seinen Absichten in dieser Richtung kann allerdings kein Zweifel bestehen. Aber auch das, was er in der kurzen Zeit verwirklichen konnte, ist bemerkenswert: so vor allem die so erstaunlich moderne Unterrichtsverfassung, die das österreichische Bildungswesen von dem Erbübel des bürokratisch-politischen Drucks befreite – leider nur auf kurze Zeit, da Leopolds Nachfolger Franz unter dem Eindruck der Französischen Revolution das Werk seines Vaters rückgängig machte; oder auch die so humane leopoldinische Polizeiordnung mit der Einrichtung von Polizeiärzten und vom Staat besoldeten Hebammen für die gesundheitliche Betreuung der ärmeren Volksschichten.

Sein unerwartet früher, plötzlicher Tod am 1. März 1792 war für Österreich, das Heilige Römische Reich Deutscher Nation und für ganz Europa ein verhängnisvolles Unglück. Aber in den Bestrebungen seiner Söhne, *Erzherzog Karls* und *Erzherzog Johanns,* aber etwa auch des *Erzherzogs Joseph,* der seinem früh verunglückten Bruder Alexander Leopold als Palatin von Ungarn folgte, den Heeren der Französischen Revolution und Napoleons ein von Patriotismus und Vaterlandsliebe erfülltes österreichisches Volksheer entgegenzustellen, haben die leopoldinischen Gedanken einer Beteiligung der Regierten an der Regierung weitergelebt, und so kann man Leopold mit Recht als einen Vorläufer der Prinzipien des Verfassungs- und Rechtsstaats, der Selbstverwaltung und Demokratie betrachten.

Franz I. (II.)

VON ROBERT A. KANN

Kann man *Kaiser Franz* einen großen Österreicher nennen? Kein Zweifel – wenn man an den Begriff der Größe den Maßstab bewunderungswürdiger Taten, schöpferischer Begabung und hervorragender Charaktereigenschaften anlegt, dann scheidet der Kaiser sozusagen vorweg aus der Konkurrenz aus. Wertet man aber Größe schlechthin auf Grund des außerordentlichen Einflusses, den eine Persönlichkeit auf die Geschichte seines Landes ausgeübt hat, dann ist der Monarch, der in Österreich durch dreiundvierzig Jahre eines zum großen Teil besonders stürmischen Zeitalters die Alleinherrschaft ausgeübt hat, ganz bestimmt unter den großen Männern zu nennen. Größe aber einfach auf Grund der Machtausübung zu bestimmen, heißt wenig, ja, wenn man es recht betrachtet, eigentlich weniger als nichts. Die Wertung der Größe liegt also irgendwo, wenn auch keineswegs notwendigerweise in der Mitte zwischen der Bedeutung der Leistung und des Einflusses.

Der Historiker *Alphons Lhotsky* hat einmal gesagt, man könne den Kaiser Franz nicht als Persönlichkeit, sondern nur als Figur ansehen. Das war gewiß nicht gerade schmeichelhaft, aber vielleicht doch nicht so ganz negativ, wie es den Anschein haben mag. Was Lhotsky gemeint hat – und er hat niemals schlechthin die Negierung der Tradition gemeint –, war wohl dies: Bei einem Charakter wie dem des Kaisers, der so gar nichts Heroisches an sich hatte, sondern im Gegenteil das tiefe Mißtrauen gegenüber der Aktion des charismatischen Führers darstellt, stehen nicht so sehr die persönlich-individuellen wie die typischen Eigenschaften im Vordergrund der Betrachtung.

Was ist nun dieses Typische im Fall des Kaisers Franz? Doch wohl vorwiegend die Abwehr des revolutionären Geschehens, wie dieses in den Geschichtsbildern großer Führerpersönlichkeiten von *Danton* und *Robespierre* bis *Napoleon* zum Ausdruck kommt, und der Rückzug in die Ruhe und Ordnung der bürgerlichen, wenn man will kleinbürgerlichen Welt. Diese Abwehr, die Flucht vor dem Geschehen in die Passivität des status quo, ist eigentlich bei dem Kaiser primär, die Differenzierung zwischen dem französischen Jakobinertum und dem bonapartischen Imperialismus durchaus sekundär, wie er ja auch die Zustimmung der Öffentlichkeit zu seiner Politik ebenso ablehnte wie ihre öffentliche Kritik. Revolution ist danach eben alles, was die etablierte Ordnung ändern will, gleichgültig von welcher Geistesrichtung der Umsturz droht.

Diese Erkenntnis hilft zum Verständnis, warum sich das franzisceische Geschichtsbild in den Kriegsjahren, das heißt vom Beginn seiner Herrschaft im Jahre 1792 bis 1815, so durchaus verschieden von dem der zwanzig Friedensjahre von 1815 bis zu seinem Tode im Jahre 1835 ausnimmt, obwohl der Kaiser selbst sich wenig geändert hat. In den Kriegsjahren erscheint er als der unbedeutende, minderbegabte Gegenspieler nicht nur hervorragender Persönlichkeiten, sondern vor allem dynamischer Geistesströmungen revolutionärer Natur.

Er war damals dem Zeitgeist nicht gewachsen. In der Friedenszeit repräsentierte er aber in geradezu exemplarischer Weise den Geist und vor allem die Sehnsucht nach Frieden und Ordnung der im Sinne *Grillparzers* für Napoleon zu klein gewordenen Zeit. Dieser Kaiser, dessen Politik im einzelnen so oft fluktuierte, um nicht zu sagen stümperte, hat mit einer fast instinkthaften Konsequenz seine Staaten aus den Stromschnellen des revolutionären Zeitalters in die freilich nur oberflächliche Ruhe der Restaurationsära und des Vormärzes übergeleitet. Ob dies letzten Endes gut oder schlecht war, kann hier nicht erörtert werden. Sicher ist, daß diese Politik, nein mehr noch, diese Lebensphilosophie, die von allen bedeutsamen geistigen und sozialen Strömungen zur Zeit der Jahrhundertwende abgelehnt wurde, nach 1815 auf sehr weite Unterstützung rechnen konnte. Wenn ihr Hauptvertreter eine bloße Figur und keine wirkliche Persönlichkeit war, dann doch jedenfalls eine solche, die Jahrzehnte hindurch als bloßer Chargenspieler auf der geschichtlichen Bühne angesehen wurde und ihre Karriere als Charakterdarsteller von Rang beschloß; und dies nicht, weil er selbst sich geändert hätte, wohl aber der Geschmack des Publikums.

Festzuhalten ist allerdings, daß der Kaiser seine Rolle zu Anfang seiner Regierung höchst unglücklich gespielt hat. Erzogen in der Toskana am Hofe des bedeutenden Vaters, des nachmaligen *Kaisers Leopold II.*, und in den späteren achtziger Jahren des achtzehnten Jahrhunderts unter der strikten, sicherlich zu strikten Aufsicht von dessen Vorgänger, Franzens Onkel *Joseph II.*, hat er offenbar weder die aufgeklärte, freilich niemals ganz durchsichtige diplomatische Technik des Vaters noch das stürmisch-großartige Reformprogramm des Onkels ganz verstanden. Ob es Kaiser Leopold gelungen wäre, Österreich aus den revolutionären Koalitionskriegen gegen Frankreich herauszuhalten, ist zweifelhaft; daß Franz unbedacht hineinschlitterte, ist sicher. Ob Joseph seine weitgespannten Zentralisierungspläne selbst bei längerer Regierungszeit hätte verwirklichen können, ist wiederum höchst problematisch; daß die dilettantischen, sozusagen pseudojosephinischen, administrativen Reformversuche des Kaisers Franz, die immer am Äußerlichen hafteten, scheitern mußten, steht fest. Furcht vor dem stürmischen Verlauf der Ereignisse im revolutionären Frankreich war durchaus begreiflich, viel weniger die Angst, daß die umfangmäßig recht bescheidenen Jakobinerverschwörungen in Wien und Pest die erste Phase des Übergreifens der Revolution auf die habsburgischen Länder darstellte. Beide Momente aber haben dahin gewirkt, den Regierungskurs des Kaisers von der gemäßigten Fortsetzung der josephinisch-leopoldinischen Reformära auf offene Reaktion umzuschalten.

Manche Züge des Josephinismus, namentlich in der Verwaltung und in den Beziehungen zwischen Staat und Kirche, hat der Kaiser freilich insoweit bewahrt, als dadurch der Primat der absoluten Herrschaft des Staates und des Kaisers im Staate noch fester verankert werden konnte. Folgerichtigkeit im Grundsätzlichen trotz zögernder Unsicherheit im einzelnen ist dem Kaiser überhaupt nicht abzusprechen. Es war durchaus konsequent, wenn der Kaiser, nachdem die revolutionäre Gefahr im Westen durch Napoleon gebannt war, den Kampf zur Wahrung des europäischen Gleichgewichts und Österreichs bedrohter Stellung in diesem Gleichgewichtssystem fortsetzte. Diesem Kampf wurde die große Tradition des Heiligen Römischen Reiches 1806 geopfert, für das die Proklamierung des österreichischen Erbkaisertums von 1804 nur ein dürftiger und in vielem widersprüchlicher Ersatz war. Kaiser Franz, seit der Niederlegung der römischen Kaiserwürde und der Annahme der österreichischen nicht mehr der zweite, sondern der erste seines Namens, war sich dessen auch durchaus bewußt. Aber ein Ersatz war dieses auf eine neue staatsrechtliche Grundlage gestellte Österreich doch; wäre es anders gewesen, hätte es kaum allein den Kampf gegen Napoleon im Jahre 1809 wieder aufnehmen können. Ohne diesen Krieg, der Österreichs Widerstandskraft unter Beweis stellte, und die vorsichtige Anpassungspolitik an die neuen Verhältnisse der folgenden Jahre, welche wiederum die Elastizität der Politik des Kaiserstaates bekundete, wäre die führende Rolle in der großen Koalition von 1813/14 undenkbar gewesen. All dies beruhte nun gewiß nicht auf einer auf lange Sicht hin ausgearbeiteten Politik des Kaisers Franz, aber doch auf einem Kurs, dessen Haltung im allgemeinen voraussehbar und damit verläßlich war. Alle Erfolge im einzelnen und oft auch im Grundsätzlichen sind durchaus den Staatsmännern und Feldherren des Kaisers gutzuschreiben. Ließ er sie gewähren, gab er großen Leistungen freien Spielraum, vergleichbar etwa den Beziehungen zwischen *Wilhelm I.* und seinen ihm geistig weit überlegenen Mitarbeitern *Bismarck, Moltke* und *Roon?* Ja und nein, aber vielleicht mehr nein als ja. Was die Außenpolitik der früheren Regierungsjahre des Kaisers betrifft, so zog er Mittelmäßigkeiten wie seinen einstigen Erzieher, den *Grafen Franz Colloredo,* und Routiniers wie den *Grafen Johann Ludwig Cobenzl* dem brillianten *Grafen Philipp Stadion* weit vor. Immerhin hat er aber Stadion freien Spielraum gelassen, solange der deutsche Kurs der österreichischen Politik Erfolg hatte, das ist bis zum unglücklichen Ausgang des Krieges von 1809, als der große Kurswechsel der Akkommodation mit Frankreich unter dem neuen Außenminister *Metternich* erfolgte.

Im Militärischen hat der Kaiser offensichtlich auch Mittelmäßigkeit, wie den geschickten Koordinator der großen Koalition gegen Frankreich, *Fürst Karl Schwarzenberg,* gegenüber dem weit bedeutenderen Bruder *Erzherzog Karl* bevorzugt. Wiederum aber gab er Karl zwischen 1806 und 1809 als Generalissimus seine Chance und ließ ihn erst auf Grund freilich unverschuldeter Mißerfolge fallen. Der Kaiser war also gewiß kein Freund und Förderer seiner Mitarbeiter durch dick und dünn, sondern nur, solange das Barometer auf heiter stand. Damit ist er aber im großen und ganzen gar nicht schlecht gefahren. Die nur scheinbare Ausnahme ist hier Fürst Metternich, der von 1809 bis zum Tode des Kaisers die österreichische Außenpolitik lenkte, aber eigentlich nur im ersten Friedensjahrzehnt – und da nur zum Teil – auch die Innenpolitik, in der er seit 1826 hinter dem fähigeren und in innenpolitischen Fragen aufgeschlosseneren *Grafen Franz Anton Kolowrat* zurücktreten mußte. Metternichs Macht war also gewiß niemals unbeschränkt; wo sie weit gespannt war und blieb, ist dies nicht so sehr auf ein besonderes Vertrauensverhältnis zum Kaiser zurückzuführen als vielmehr auf das Vertrauen des Kaisers in den Erfolg des Staatskanzlers und seines genialen Beraters *Friedrich von Gentz,* solange eben der Erfolg währte.

Das äußerlich joviale und gemütliche Wesen des Kaisers, das eine im Innern mißtrauische und kalte Natur verdeckte, kannte letztlich wohl überhaupt keine intimen menschlichen Beziehungen. Daher ist es durchaus falsch, von einem besonderen Opfer des Herrschers als Vater zu sprechen, wenn er im Jahre 1810 seine Einwilligung zur Eheschließung seiner Tochter *Marie Louise* mit dem großen Parvenu Napoleon gab. Der Kaiser war ebenso nüchtern in seinem Familienleben wie in seiner Regierung. Beide waren für ihn nicht voneinander zu trennen. Wenn er durch die Eheschließung seiner Tochter Zeit gewinnen und dem Schicksal Preußens nach dem Diktatfrieden von Tilsit im Jahre 1807 entgehen konnte, war ihm das ebenso recht wie das Festhalten an der legitimen Erbfolge des ältesten Sohnes, obwohl die Krone dadurch an einen offensichtlich – allerdings sehr gutartigen – Schwachsinnigen, den nachmaligen *Kaiser Ferdinand,* überging. Auch bei seinen eigenen vier Ehen, wobei die Eheschließung – mit Ausnahme der letzten Gattin, *Maria Karoline von Wittelsbach,* die ihn überlebte – jedesmal innerhalb eines Jahres nach dem Tode der früheren Gemahlin erfolgte, hat der Kaiser keine übertriebene Empfindsamkeit gezeigt. Aber in all dem ist er kaum zu tadeln. Die Staatsräson, die Akkommodation mit Frankreich, das Prinzip der sakrosankten Erbfolge, der Ehestand als Vorbild für die Untertanen waren ihm zur ersten Natur geworden. Nur hat man den Eindruck, daß es ihm – im Gegensatz zu seinem Oheim Joseph II., der Großmutter *Maria Theresia* und dem Enkel *Franz Joseph* – keinerlei Opfer bedeutete, sich der Staatsräson zu beugen.

Unter der Regierung des Kaisers Franz wurden glanzvolle kulturelle Leistungen vollbracht. Nur auf wenige kann hier rein beispielhaft hingewiesen werden. Es sei zunächst an die Schöpfung des Strafgesetzbuches von 1803 und des Bürgerlichen Gesetzbuches von 1811 sowie an die Gründung des Prager Polytechnikums und der Wiener Technischen Hochschule erinnert. Man denkt natürlich auch an die Leistung der großen Vorkämpfer der slawischen Renaissance unter den Tschechen, Kroaten und Serben und an das Reformwerk *Széchenyis* in Ungarn. Vor allem aber verbinden wir mit der franzisceischen Ära die Vorstellung des Zeitalters von *Beethoven, Schubert, Grillparzer, Stifter, Raimund* und *Nestroy* in Deutschösterreich. Im Bereiche der bildenden Kunst wird man hier den noblen klassizistischen Stil des Biedermeiers in seiner bürgerlichen Würde in Architektur und Malerei einschließen. Kann man dem Kaiser einen Anteil an diesen Großtaten zuschreiben oder geht er in die Geschichte doch vorwiegend als der Vertreter eines Polizeiregimes ein, dessen Symbol die fürchterlichen Kerker für politische Gefangene am Spielberg in Brünn waren?

Das Polizeiregime, zum Teil freilich bloß die Reaktion gegenüber den Ausschreitungen der Französischen Revolution, hat gewiß über Anordnung des

Kaisers funktioniert, die kulturellen Leistungen hat er im wesentlichen bloß nicht gehindert. Das heißt aber nicht, daß man ihm deshalb ein gewisses Kunstverständnis absprechen kann. Dies tritt ebenso in seiner Portraitsammlung und in den Büchern der Fideikommißbücherei zutage wie in dem seltsam abwegigen Versuch, Grillparzers Drama *Ein treuer Diener seines Herrn* dem Dichter abzukaufen, das heißt das Werk zu unterdrücken. Der Kaiser erkannte nämlich ganz richtig, daß hier durchaus nicht ein klares Loyalitätsproblem, sondern ein zwiespältiges, stark mit Servilismus vermischtes vorlag.

Kaiser Franz war gewiß nicht besonders begabt, aber keineswegs einfältig, und vor allem war er kein einfacher Charakter. Er war ein undurchsichtiger Mensch mit seinem Widerspruch, wie C. F. Meyer dies nennt. Nüchtern und kleinlich, aber durchaus sendungsbewußt als Vertreter einer großen Tradition und eines stolzen Erbes. Darum hat er auch die Krone des Heiligen Römischen Reiches nur mit großem Widerstreben niedergelegt, aber sie nicht wieder aufgenommen, als sich im Jahre 1815 die Gelegenheit dazu bot, weil ihm ihr Glanz und ihre potentielle Macht durch die Rivalität mit Preußen getrübt erschienen wären. Der Kaiser war nicht ohne Sinn für Humor, vor allem aber nicht ohne den für Ironie. Er konnte auch seinen Untertanen, Bürgern und Bauern, mit natürlicher, nicht gespielter Freundlichkeit begegnen, gerade weil er, ungleich Joseph II., niemals von des Gedankens Blässe angekränkelt war, welcher das Prinzip kaiserlicher Alleinherrschaft auf Grund vermeintlicher angeborener Höherwertigkeit in Frage stellte.

Der Gedanke liegt nahe, den Kaiser mit dem Enkel *Franz Joseph* zu vergleichen, wie dies denn auch mehrfach geschehen ist. Aber die Ähnlichkeiten, wie die lange Regierungszeit, die bürokratische Tendenz, die Tatsache, daß große Probleme wie die Nationalitätenfrage und die industrielle Revolution, die unter Franz in Entstehung begriffen waren, unter Franz Joseph zur Reife gelangt sind, sind vorwiegend äußerlicher Natur. Franz Joseph war vielleicht keine wesentlich begabtere, bestimmt aber eine tiefer angelegte Persönlichkeit, die in ihrer äußeren Unnahbarkeit geschlossen wirkte. Was Franz Joseph fehlte und womit Franz in reichem Maße gesegnet war, war das Glück, das ihm in seiner Regierung so gar nicht und das dem Kaiser Franz zu guter Letzt in so hohem Maße zur Seite stand. Das Unglück, im Verein mit hingebungsvollem Wollen, macht Franz Joseph gewiß zu einer ansprechenderen und verehrungswürdigeren Persönlichkeit als den Großvater. War er darum aber auch ein lebenstreuerer Repräsentant seiner Zeit als Kaiser Franz? Man wird die Frage nach einiger Überlegung verneinen müssen. Im Geschichtsbild des Kaisers Franz findet sich gewiß bloß die Abspiegelung einiger wesentlicher Züge seines Zeitalters. Diese aber, die Geisteshaltung des Biedermeiers, des europäischen Gleichgewichts, der seltsamen Mischung von Rechts- und Polizeistaat, entsprachen in hohem Maße jenen Ideen, die auf eine Generation hin zum Zuge gelangten. Kaiser Franz ist damit den wesentlichen Zeitströmungen gefolgt, Kaiser Franz Joseph ist ihnen trotz aufrichtigen Bemühens und bewundernswerter Hingabe an seine Pflichten vielleicht mehr nolens als volens meist entgegengetreten. Wo er sie zögernd fördern konnte und wollte, kam er zu spät. Das war seine Tragik. Kaiser Franz aber, dem es beschieden war, sich auf eine gemessene Strecke hin weitgehend mit dem Zeitgeist zu identifizieren, hat sich darum vielleicht selbst im Sinne Lhotskys zu mehr als einer bloßen Figur entwickelt, nämlich zu einer in vielem typischen österreichischen Persönlichkeit von gewiß nicht unvergleichlicher, aber doch schwer vergleichbarer Statur.

Erzherzog Karl

VON MANFRIED RAUCHENSTEINER

Als sich am 5. Mai 1847 ein Trauerzug auf die Kapuzinergruft in Wien zubewegte, um während eines kurzen Nachmittagsgewitters einen der größten Feldherrn der österreichischen Geschichte zur letzten Ruhe zu betten, säumten Tausende die Straßen, um Abschied von einem Prinzen zu nehmen, der für sie Vorbild geworden war und in ebenso wehmütig-nachblickender wie nationalistisch-drängender Diktion ein »Vorkämpfer für Deutschlands Ehre« genannt wurde. Als er starb, erwachte nochmals die Erinnerung an ein ehernes Zeitalter, und auch seither ist *Erzherzog Karl* das Symbol des Widerstandes einem übermächtigen Feind gegenüber und das Wahrzeichen mitreißender Tapferkeit.

Karl wurde am 5. September 1771 zu Florenz geboren. Sein Vater *Leopold,* ein Sohn *Maria Theresias* und *Franz Stephans von Lothringen,* war Großherzog von Toskana, seine Mutter *Maria Ludovica,* Tochter eines spanischen Bourbonen und einer sächsischen Prinzessin. Karl war also der typische Sproß eines europäischen Herrscherhauses und überwand schon durch seine Abstammung jegliche nationalistische Bindung. Er war Angehöriger einer Dynastie und weniger eines Volkes.

Der Grundbegriff seiner Erziehung war, wie Erzherzog Karl selbst schrieb, strenge Erfüllung der Pflicht, eine Forderung, die nicht nur vom Josephinismus gestellt wurde, sondern die auch das aufgeklärte Despotentum seines Vaters in der Toskana zum Vorbild hatte. Der Zwang zur Pflicht, der unbedingte Gehorsam dem Staat gegenüber, als dessen erste Diener sich die österreichischen Herrscher seit *Joseph II.* bezeichneten, das war auch der Nährboden für Karls Vorliebe zum Militärwesen. Diese Neigung kann auch als Sieg über sich selbst angesehen werden, denn durch das Erbe seiner Mutter litt der Erzherzog an epileptischen Anfällen, er blieb in seiner Entwicklung zurück und mußte mit Wehmut zusehen, wie seine beiden älteren Brüder, *Franz* und *Ferdinand,* mit denen er in einer besonders engen Gemeinschaft aufgewachsen war, ihn überflügelten. Seine Sensibilität trug aber nicht den Sieg über den Willen davon. Er wollte sich selbst bestätigt sehen, trachtete nach einem Ausgleich für sein Leiden und widmete sich mit aller Begeisterung, deren er fähig war, dem Militär. Der Vater bezeichnete die Vorliebe Karls für das Militär als übertrieben und schädlich.

Der Prinz fand nichtsdestoweniger seine Förderer. Kurze Zeit nachdem Leopold als Nachfolger Josephs II. zur Regierung gekommen war (1790) und sich zwangsweise mit dem Sturz der Bourbonen in Frankreich auseinandersetzen mußte, kam Karl nach Brüssel zu einer Schwester seines Vaters, *Erzherzogin Marie Christine,* die Statthalterin der österreichischen Niederlande war und nun, da ihre Ehe mit *Herzog Albert von Sachsen-Teschen* kinderlos blieb, Karl an Sohnes Statt annehmen durfte. Für sie gab es nicht den geringsten Zweifel, daß die Neigung ihres Neffen ernst zu nehmen war. Bald nach seiner Ankunft in Brüssel wurde der Erzherzog in die Obhut des sächsischen Oberst *Carl Freiherrn von Lindenau* gegeben, der ihm alles zum Militärdienst nötige Wissen vermitteln sollte. Der endgültige Umschwung kam aber erst, als Leopold II. gänzlich überraschend starb (1792) und Karls ältester Bruder, *Franz II. (I.),* den Thron bestieg. Wenige Monate später erklärte Frankreich an Österreich und Preußen den Krieg, Kaiser Franz zögerte nicht, die militärischen Ambitionen seines Bruders zu nützen. Er teilte ihn als Brigadier bei der Armee des *Fürsten Hohenlohe* ein. In der Schlacht von La Grisuelle empfing Karl die Feuertaufe, und Fürst Hohenlohe rühmte die bewiesene »Ruhe und Kaltblütigkeit«, doch das waren schließlich Bemerkungen, die dann fallengelassen wurden, wenn sonst nichts zu bemerken war. In den Schlachten von Aldenhoven und Neerwinden (1793) befehligte Karl die Vorhut und entwickelte schon eine gewisse Eigenständigkeit der Führung.

Kurze Zeit später ernannte Kaiser Franz seinen Bruder zum Generalstatthalter der Niederlande. Durch häufige Besuche im österreichischen Armeehauptquartier lernte Karl nicht nur die innenpolitischen Schwierigkeiten kennen, sondern erlebte auch wachen Auges den Zerfall der österreichisch-preußischen Koalition. Der Vormarsch in Frankreich, die Abneigung der Franzosen gegen die Monarchie, das soldatische Elend und das Verhalten der Preußen hatten Karl schon früher an seinen kaiserlichen Bruder schreiben lassen, daß es das beste wäre, möglichst bald den Krieg zu beenden. Auch nach dem Ausscheiden Preußens trat keine Änderung der Verhältnisse ein. Die unerquicklichen Zustände in der Armee, bei denen sich Erzherzog Karl nur vorzeitig aufgerieben hätte, und sein verschlechterter Gesundheitszustand veranlaßten den Kaiser, der den Bruder bewußt förderte, diesen nach Wien zurückzuberufen.

1796 schlug endlich für Karl die große Stunde. Mehrere Gutachten hoher Militärs und nicht zuletzt Erzherzog Karl selbst hatten Kaiser Franz dazu bewogen, die Kommanden der österreichischen Armeekorps in Deutschland zu vereinigen und seinen Bruder als Reichsgeneralfeldmarschall mit der Führung des Krieges in Deutschland zu betrauen. Freilich sollte er mehr ein Aushängeschild sein und die eigentliche Führung Feldmarschalleutnant *Bellegarde* überlassen bleiben, doch Karl setzte sich bald über seinen Adlatus hinweg und begann mit Hilfe einiger Offiziere, die er sich persönlich ausgesucht hatte, seine operativen Vorstellungen zu verwirklichen. Durch geschickte Manöver gelang es ihm, die französischen Armeen unter *Moreau* und *Jourdan* zu trennen und bei Würzburg und Amberg seine ersten großen Siege zu feiern. In Kürze war alles rechtsrheinische Gebiet von den Franzosen geräumt.

Im Gegensatz aber zu den Erfolgen, die Erzherzog Karl in Deutschland errang, wurde die österreichische Armee in Italien von Napoleon knapp an den Rand einer Katastrophe gebracht. In dieser verzweifelten Situation betraute Kaiser Franz den Erzherzog mit dem Kommando in Italien und nahm dabei bewußt das Risiko auf sich, daß er den frischen Ruhm seines Bruders aufs Spiel setzte. Nach kurzem Aufenthalt in Italien sah jedoch Karl die Ausweglosigkeit der Situation und reiste nach Wien, um dem Kaiser die Notwendigkeit einer politischen Lösung plausibel zu machen. Und damit hatte der Erzherzog eine Barriere übersprungen, die er nach Ansicht des leitenden Ministers *Baron Thugut* nicht hätte überspringen dürfen. Karl wollte sich in die Politik einmengen und wurde in fast beleidigender Weise daran gehindert. Es entstand eine unüberbrückbare Kluft zwischen Politik und Kriegführung, und seit diesem Zeitpunkt gab es auch den Konflikt zwischen dem Kaiser und seinem Bruder. Karl mußte weichen. Er kehrte zur Armee zurück, suchte dort noch durch den Einsatz seiner ganzen Persönlichkeit die Disziplin aufrechtzuerhalten, aber er wurde zu einem raschen Rückzug durch Friaul und Innerösterreich gezwungen, und erst der Waffenstillstand von Leoben (18. 4. 1797) machte dem Fiasko ein Ende. *Metternich* brachte 15 Jahre nach dem Wiener Kongreß den Konflikt, der 1797 seinen Anfang genommen hatte, auf die knappste Form: »Wir wollen einen Feldherrn, der den Krieg, nicht einen solchen, der Politik macht.«

Als der Erzherzog nach einem kaum zwei Jahre währenden Frieden abermals mit dem Kommando in Deutschland betraut wurde, waren seine Vollmachten zwar in nichts weiter gefaßt als 1797, aber seine Auffassung von Pflicht ließ ihn darüber hinwegsehen. Wiederum vermochte er mit seiner Armee bei Ostrach und Stockach zwei Siege zu erringen, doch dann stockte die von Karl angestrebte Offensive in die Schweiz, da dem Erzherzog nicht nur jede Erläuterung der vom Wiener Hof verfolgten Politik verwehrt blieb, sondern ihm auch in operativen und rein militärischen Belangen jede Freiheit genommen wurde. Er rang um seine Entscheidungsfreiheit, bot zweimal seinen Rücktritt an, und erst eine dritte Bitte, ihn des Kommandos zu entheben, führte zum Erfolg. Erzherzog Karl verließ mit seinen engsten Mitarbeitern die Armee. Von Böhmen aus verfolgte er, wie die österreichischen Truppen in Deutschland und Italien immer unglücklicher fochten. Erst der Sturz Thuguts und die Niederlage in der Schlacht bei Hohenlinden (3. 12. 1800) brachten einen totalen Umschwung mit sich. Der Erzherzog wurde zum Feldmarschall und Präsidenten des Hofkriegsrats ernannt und bekleidete einige Monate später den Posten eines Kriegs- und Marineministers.

Seine 1801 einsetzenden Reformen des österreichischen Militärwesens waren der Versuch einer Konsolidierung, die Umwandlung des von ihm verfochtenen Konzepts der Zusammenfassung aller Kräfte an einem Punkt und die Anwendung dieses Grundsatzes auf innenpolitischem Gebiet. Karl verfiel aber bei seinen Neuerungsmaßnahmen in denselben Fehler wie sein Großonkel Joseph II. und wollte den zweiten Schritt vor dem ersten tun. Die Fülle dessen, was er im Hofkriegsrat und in allen Sparten der Militärverwaltung reformieren wollte, verhinderte eine wirkungsvolle und ausgewogene Neuordnung. Seine vielseitigen Interessen auf innen-, außen- und finanzpolitischem Gebiet, die Übernahme der Hoch- und Deutschmeister-Würde, dies alles erdrückte den Erzherzog, ließ seine epileptischen Anfälle wieder viel häufiger werden und brachte ihn an den Rand des physischen Zusammenbruchs. Die Reformen hätten Zeit gebraucht, um zu reifen. Einiges, wie vor allem die Abschaffung des lebenslangen Militärdienstes, kam tatsächlich zur Durchführung, doch vieles blieb unerledigt. Die Weigerung, 1805 eine hektische Aufrüstung durchzuführen, war der unmittelbare Anlaß zu seinem Sturz.

Lediglich das Pflichtgefühl war es wiederum, welches ihn davon abhielt, sich der Übernahme des Kommandos in Italien zu widersetzen. Die katastrophalen Niederlagen der österreichischen Nordarmee bei Ulm und Austerlitz waren eine glänzende Rechtfertigung der vom Erzherzog eingenommenen Haltung. Der einzige Lichtblick während des ganzen Kriegs von 1805 war Karls Sieg bei Caldiero (30./31. 10.), und der ging im Sog der Ereignisse unter.

Die Bedingungen, die Karl nach dem Frieden von Preßburg (26. 12. 1805) an eine neue Amtsperiode knüpfte, waren noch umfangreicher als 1801, aber der Kaiser willigte schließlich in die Ernennung seines Bruders zum Generalissimus ein. Mit wesentlich mehr Geschick als zwischen 1801 und 1805 ging der Erzherzog abermals an die Reform des Militärwesens, und hatte er in seinem Ungestüm nach Beseitigung aller Mißstände Joseph II. geglichen, so trug er jetzt viel mehr die Züge seines Vaters. Man erinnere sich an seine geistige Ausgangsstellung zwischen dem im eigenen Vater beispielhaft ausgebildeten Individualismus der Aufklärung und dem zum Staatsfanatismus durchglühten josephinischen Rationalismus, die jetzt in gezielten Handlungen ihre Synthese fanden. Offiziersausbildung und Exerzierreglements wurden grundlegend verbessert, die Frage einer Volksbewaffnung, für die sich besonders Erzherzog Johann eingesetzt hatte, durch die Schaffung der Landwehr einer Lösung zugeführt, ein eigener Generalquartiermeisterstab entstand, und die Gründung der *Österreichischen Militärischen Zeitschrift* strebte eine ständige Schulung der österreichischen Offiziere an.

Es darf aber noch viel weniger als nach 1801 übersehen werden, daß Erzherzog Karl einen reinen Politiker abgab, dessen Haltung zu innen- und außenpolitischen Fragen wesentlich gereift war und der, gewitzigt durch seine Erfahrungen, unnachgiebig eine Linie verfocht. Vor allem seine Aufsicht über den Hofkriegsrat verhinderte eine unkontrollierte Aufrüstung, und es fehlte daher auch nicht an Versuchen, ihn aus seiner Stellung zu verdrängen. Die Verflechtung des Erzherzogs mit der Politik brachte es mit sich, daß er sich der Forderung nach einem neuen Krieg 1809 nicht widersetzen konnte. Es mochte ihn dabei mit Zuversicht erfüllen, daß Napoleon durch den Krieg in Spanien große

Schwierigkeiten erwuchsen und der Zustand des österreichischen Heeres wesentlich gebessert war. Man traf umfassende Vorbereitungen, eine neue Armeegliederung wurde eingeführt, die Landwehr mobilisiert und überhaupt alles darangesetzt, einen Volkskrieg zu beginnen. Der einleitende Feldzug nach Regensburg machte jedoch alle Hoffnungen zunichte. Die Armee des Erzherzogs wurde zerschlagen und aufgesplittert, Napoleon zog donauabwärts und besetzte Wien. Karl versuchte, einer Entscheidungsschlacht auszuweichen, und bot den Frieden an, aber Napoleon war zu keinen Verhandlungen bereit, ehe nicht die Waffen das letzte Wort gesprochen hatten. An den beiden Pfingsttagen des Jahres 1809 (21./22. 5.) erlitt der französische Kaiser seine erste große Niederlage bei Aspern. Er wagte zuviel, und das Genie war vom nüchternen Feldherrn besiegt worden. Der Generalissimus hatte hingegen seine Reserven geschickt eingesetzt, sich in kritischen Situationen persönlich an die Spitze seiner Soldaten gestellt und sie durch sein Beispiel vorwärtsgerissen. Die schließliche Niederlage in der Schlacht bei Wagram war weniger eine solche der österreichischen Armee als vielmehr eine der Diplomatie, die einen Friedensschluß ohne weitere Schlacht nicht herbeiführen konnte.

Wagram bedeutete jedoch auch das Ende des Staatsmanns und Feldherrn Erzherzog Karl. Die Entscheidung, den Krieg zu führen, der Verlauf der Operationen und die immer wieder unternommenen Versuche, zu Verhandlungen zu kommen, waren zu eng mit dem Erzherzog verknüpft, als daß von seinen Gegnern nicht auch die Niederlage einzig und allein ihm zugeschrieben worden wäre. Kaiser Franz veranlaßte ihn, seinen Rücktritt bekanntzugeben, und Karl sah die Notwendigkeit dieses Schrittes wohl selbst am besten ein. Trotz mehrmaliger Versuche gelang ihm keine Rückkehr ins öffentliche Leben, und er mußte sich damit begnügen, reflektierend den Verlauf der Kriege gegen Frankreich und Napoleon zu analysieren.

Gerade diese schriftstellerische Betätigung war es aber, die dem Erzherzog den Abschied von seiner heroischen Epoche erleichterte und jenen Übergang begleitete, der so treffend als der Wechsel vom Empire zum Biedermeier im Leben Karls bezeichnet wurde. Sein Fortwirken als Klassiker der Kriegskunst, bei dem die Praxis die Theorie bei weitem übertrifft und wo es vor allem darum geht, die Erfahrungen aus nahezu einem Vierteljahrhundert kriegerischer Auseinandersetzungen zu ziehen, dieses Fortwirken ermöglicht es anderseits, die klischeehaften Züge des Siegers von Aspern zu verwischen, denn die Nahsicht der Vorfälle des Jahres 1809 wird der Persönlichkeit Erzherzog Karls nicht gerecht. Er war viel mehr als bloß der Sieger in einer Schlacht, von der er selbst sagte, er habe darin nach einer alten Schablone »wie gegen die Türken« gekämpft. Er wußte anzueifern und zu begeistern, er war der Garant dafür, daß von den Soldaten nichts verlangt würde, was er nicht selbst bereit war, auf sich zu nehmen, und er gab seiner Umgebung Zuversicht. Er brach mit den alten Führungsgrundsätzen und strebte die Selbständigkeit der Entschlüsse an. Die Widrigkeiten, die er am eigenen Leib erfuhr, trieben ihn dazu, mit Nachdruck Reformen zu verlangen und sie auch durchzusetzen, und trotzdem blieb er in vielem nur Anreger. Die Lösung dessen, was er sowohl als Feldherr wie auch als Heeresorganisator angerissen hatte, gab er eben in seinen kriegswissenschaftlichen Schriften. Seine *Grundsätze der Strategie* beispielsweise, die bei ihrem Erscheinen von *Goethe* als das Höchste bezeichnet wurden, was seit *Julius Caesar* in der Kriegswissenschaft und militärischen Geschichtsschreibung verfaßt worden war, errangen in kürzester Zeit Weltgeltung. Völlig zeitlos wird der Erzherzog aber, wenn er vom »Mißbrauch der Macht« spricht, worin die Ursache aller großen Konflikte liege.

Erzherzog Karls zweite Lebenshälfte vollzog sich fast ausschließlich in lebensbejahender Häuslichkeit. Das Düstere und Peinigende seiner Seele fielen ab, und die wenigen Wochen, die er während der Befreiungskriege noch im Dienst der Monarchie versah – er war 1815 Gouverneur der Bundesfestung Mainz –, sie scheinen fast nur dazu gedient zu haben, die Sehnsucht des Erzherzogs nach häuslichem Frieden zu erfüllen. Mit der Wahl seiner Gattin, *Henriette von Nassau-Weilburg*, einer der liebreizendsten Gestalten des österreichischen Biedermeiers, durchbrach er eine habsburgische Tradition, da sie ihren protestantischen Glauben auch nach ihrer Verheiratung am österreichischen Hof beibehalten durfte. Sie schenkte dem Erzherzog in kurzer Folge vier Knaben und zwei Mädchen. Ihrem Einfluß war es zu danken, daß am Weihnachtsabend 1816 zum erstenmal in Wien ein Christbaum erstrahlte.

Nach dem frühen Tod seiner Frau (1829) lebte der Erzherzog womöglich noch zurückgezogener und widmete sich in erster Linie den reichen Sammlungen der Albertina, die er von Herzog Albert von Sachsen-Teschen geerbt hatte. Die Weisheit des Alters ließ ihn darüber hinwegkommen, daß er auch an seinem Lebensabend vom öffentlichen Leben ausgeschlossen blieb.

Mit seinem Tod am 30. April 1847 wurde ein Typ des österreichischen Menschen zu Grabe getragen, dessen Maxime das Dienen an einer Idee, an der Idee Österreich, das Duldertum und das Weiterdienen, auch bei Verkennen der wahren Qualitäten eines Mannes, war.

Klemens Maria Hofbauer

VON ERIKA WEINZIERL

Als *Klemens Maria Hofbauer* im Jahre 1808 in die kaiserliche Haupt- und Residenzstadt Wien kam, stand die Kirche der österreichischen Monarchie im Banne des Josephinismus. Der überwiegende Teil des Episkopats und des Klerus fühlte sich mehr dem Kaiser verpflichtet als dem Papst im fernen Rom. Die Beschränkungen, die *Joseph II.* der Kirche auferlegt hatte, lasteten noch immer auf ihr und engten ihre Bewegungsfreiheit ein. An den Seminaren und Universitäten wurde eine nüchterne, rationalistische Theologie gelehrt, die Idealismus und Begeisterung der jungen Priesterkandidaten lähmten.

Die vom Westen in die Monarchie einströmenden Ideen der Aufklärung, des

Gallikanismus und des Jansenismus hatten zunächst eine gegen den Überschwang und die Mißbräuche der barocken Frömmigkeit gerichtete Bewegung hervorgerufen. Dann machten sich rationalistisch gesinnte Staatsmänner, wie der allmächtige *Fürst Kaunitz,* diese Bewegung zunutze, um mit Hilfe aufgeklärter Juristen und Theologen die in Österreich den Landesfürsten seit dem Spätmittelalter in kirchlichen Belangen zustehenden Vorrechte zu einer unbedingten Herrschaft des Staates über die Kirche auszubauen. Dieses schon unter *Maria Theresia* Fuß fassende staatskirchliche System erhielt unter der Herrschaft Josephs II. eine so starke und endgültige Ausprägung, daß die Nachwelt es nach diesem Herrscher benannte.

Der vom besten Willen erfüllte Sohn Maria Theresias dachte der Kirche in seinem Staat eine hohe sittliche Funktion zu, ohne zu bedenken, daß sie zu deren Erfüllung nur befähigt ist, wenn sie die Herzen der Gläubigen besitzt. Diese aber wurden durch die radikale und ungestüme Beseitigung ihnen lieber und vertrauter religiöser Bräuche zunächst verstört und dann gleichgültig. Dazu kam noch, daß der Typus des josephinischen Pfarrers in den Augen des Volkes die gleichen polizeiähnlichen Machtbefugnisse besaß wie jeder andere Beamte und daher dem Volke von vornherein verdächtig erschien.

Das Ergebnis dieses Systems waren die allgemeine Erkaltung des religiösen Lebens, ein katastrophaler Rückgang der Priesterberufe und ein völliges Darniederliegen der geistlichen Orden. Der Josephinismus war in Bürokratie und Klerus fest verankert. Vom Wiener Kongreß bis zur Revolution 1848 wurde in der staatskirchlichen Gesetzgebung keine wesentliche Änderung vorgenommen. Um so größer und entscheidender aber war der Wandel, der sich in diesen Jahren im religiösen Klima der Hauptstadt der Monarchie vollzog. Er ging von einem einzigen Mann aus, der nur zwölf Jahre in Wien lebte und wirkte.

Johann Hofbauer, 1751 als neuntes von zwölf Kindern eines mährischen Fleischhauers geboren, hatte, von glühendem Verlangen nach dem Priestertum getrieben, als fünfzehnjährige Waise die Heimat verlassen. Die nächsten zwei Jahrzehnte seines Lebens verbrachte er als Student, als Bäcker, als Pilger oder als Einsiedler, um immer wieder, von keinem Rückschlag und Mißgeschick entmutigt, einen neuen Weg zum ersehnten Ziel zu beschreiten. 1784 trat er in Rom in den Redemptoristenorden des hl. Alphons von Liguori ein und nahm den Ordensnamen Klemens Maria an; 1785 wurde der Vierunddreißigjährige zum Priester geweiht. Im Dienst seines Ordens begab er sich über Wien nach Polen, wo er bis zu seiner Vertreibung durch die Franzosen im Jahr 1808 tätig war. Auf dem Weg in die Schweiz hatte er gerade Wien erreicht, als auch der Kanton, in den sich Hofbauer zurückziehen wollte, in ein französisches Departement verwandelt wurde. So blieb der Siebenundfünfzigjährige in der Stadt, deren Apostel er schließlich werden sollte.

Sein eifriges Wirken auf der Kanzel und im Beichtstuhl erregte bald das Mißtrauen der Polizei. Sie ließ ihn durch Spitzel beobachten, und obwohl Hofbauer noch 1815 in einem geheimen Polizeibericht »als wirklich gutmütiger religiöser

Fanatiker« bezeichnet wurde, drohte ihm an der Jahreswende 1818/19 sogar die Ausweisung. Durch die Fürsprache des Wiener *Erzbischofs Hohenwart* wurde dieser Schlag von dem alten Mann abgewandt, dem darnach nur mehr ein gutes Jahr der Arbeit beschieden war. Im März 1820 starb der Neunundsechzigjährige an Entkräftung. Hinter seinem Sarge schritten seine zahlreichen Freunde und Schüler, Priester und Laien, jene Männer, die Geist und Frömmigkeit ihrer Zeit so entscheidend ändern sollten, daß bereits nach einer Generation der Josephinismus völlig beseitigt wurde. 1888 wurde Hofbauer selig-, 1909 auch über Betreiben des damaligen Thronfolgers *Franz Ferdinand* heiliggesprochen.

Durch seine einfachen, unpathetischen und unintellektuellen Predigten hat Klemens Maria Hofbauer viele Menschen aus allen Volksschichten angesprochen. Im Beichtstuhl, in unzähligen privaten Gesellschaften und Unterredungen aber hat er als Seelenführer der geistigen Elite gewirkt und diese dadurch in religiöser Hinsicht von Grund auf verwandelt. Er gewann auf Menschen der verschiedensten Herkunft und Interessen einen so entscheidenden Einfluß, daß dieser auch nach seinem Tod bis an das Lebensende seiner Jünger und Freunde weiterwirkte. In der ansteckenden Frömmigkeit des äußerlich unansehnlichen, in keiner Weise auffallenden Mannes liegt sein Geheimnis. Sie hat ihn dazu befähigt, Klerus und Laien so zu formen, daß diese in gemeinsamer Arbeit binnen weniger Jahrzehnte die katholische Restauration zumindest äußerlich zum Siege führen konnten.

Der österreichische Bischof, der von Mit- und Nachwelt als »der Vater des Konkordats« von 1855 bezeichnet wurde, *Joseph Othmar von Rauscher*, verdankte seine Bekehrung Hofbauer. Der Hofbauer-Schüler Rauscher, der im Konkordatsabschluß die Aufgabe seines Lebens sah, führte als Bischof von Seckau und Erzbischof von Wien für Österreich die langwierigen Verhandlungen mit Rom.

Die Zuneigung vor allem der jungen Priester gehörte einem anderen Schüler Hofbauers: *Anton Günther*, dem Begründer der sogenannten Wiener theologischen Schule und des philosophisch-theologischen Lehrsystems des Güntherianismus. Günther ist wie Rauscher durch Hofbauer dem Priesterberuf zugeführt worden. Auf Hofbauers Rat hin begann der aus Lindenau in Böhmen gebürtige Philosoph und Mathematiker das Studium der Theologie; 1821 erhielt er die Weihen. Nach zweijährigem Noviziat bei den Jesuiten wirkte er bis zu seinem Lebensende als Privatgelehrter in Wien. Hier entwickelte er sein philosophisch-theologisches System, das viele überzeugte Anhänger und Freunde fand, schließlich aber von der Kurie auf Grund des Vorwurfes, daß er Glauben in Wissen auflöse, verurteilt wurde. Der von den besten Absichten erfüllte Philosoph unterwarf sich auf Rat seiner Freunde, *Kardinal Schwarzenberg* und *J. E. Veith*, dem Urteil der Kirche.

Veith, ein jüdischer Konvertit aus Böhmen und vielgesuchter Arzt, einer der größten Homileten des 19. Jahrhunderts, hatte 1812 Anschluß an den Kreis der Romantiker in Wien und durch sie Kontakt mit Hofbauer gefunden. Ein Jahr nach dessen Tod trat er dem Redemptoristenorden bei, den er 1830 wegen seiner ärztlichen Tätigkeit und seiner Freundschaft mit dem damals schon angefeindeten Günther wieder verließ. Als Domprediger von St. Stephan blieb er noch bis 1850 in Wien, dann folgte er einer Einladung Kardinal Schwarzenbergs nach Prag. In Wien hatte der faszinierende Prediger von 1819–1823 die *Ölzweige*, die Zeitschrift der katholischen Restauration, herausgegeben und 1848, zusammen mit seinem Verwandten *Hock*, ebenfalls einem Hofbaueranhänger, den ersten Wiener Katholikenverein und die katholische Zeitung *Volksfreund* gegründet. Veith war einer der populärsten Vorkämpfer der katholischen Laienbewegung und der katholischen Presse in Österreich. Darüber hinaus betätigte er sich gemeinsam mit Günther als literarischer Kämpfer gegen die Hegelianer.

Ein bedeutendes Mitglied des Hofbauerkreises war auch der preußische Konvertit *Zacharias Werner*, der 1814 die Priesterweihe empfangen hatte. Der hochbegabte, rastlose Mann erntete als Prediger und Literat große Erfolge. Schließlich stellte er seine ganze Kraft in den Dienst der religiösen Erneuerung im Sinne Hofbauers, den er aber nur um drei Jahre überlebte. Wie viele Verehrer des Heiligen ließ auch er sich auf dem Friedhof von Maria Enzersdorf bei Wien in der Nähe des ursprünglichen Grabes Hofbauers bestatten, dessen Leichnam später die Redemptoristen exhumierten und nach Wien überführten.

Nach Wien, der Hochburg der Aufklärung, war fast zur selben Zeit wie Hofbauer auch *Friedrich von Schlegel* gekommen, der hier in kaiserlichen Diensten die Erhebung Österreichs gegen Napoleon vorbereiten half. Der bekannte Dichter und Literarhistoriker, einer der Begründer der Romantik, war 1808 in Köln gemeinsam mit seiner Frau *Dorothea Veit* zur katholischen Kirche übergetreten. Während seines Wiener Aufenthaltes gehörte er ebenfalls zum Kreis um Hofbauer. Gemeinsam mit diesem erstrebte er eine katholische Restauration mit universaler kirchlicher Zielsetzung. Zur Zeit des Wiener Kongresses hat er die nationalkirchlichen Pläne *Dalbergs* bekämpft. In gleichem Sinne betätigte sich Schlegel auch auf dem deutschen Bundestag in Frankfurt, an dem er als kaiserlicher Legationsrat teilnahm. 1819 begleitete er *Kaiser Franz* auf dessen Reise nach Rom, wobei er tiefe Einblicke in die staatspolitische Realität der Monarchie gewann.

1824 – vier Jahre nach Hofbauers Tod – sprach Schlegel in dem Vorwort zu *Schmidts* Buch *Harmonie der morgenländischen und abendländischen Kirche* das Programm der katholischen Restauration in dem ursprünglichen, unpolitischen Geist Hofbauers aus: »Alles recht gross nehmen, ganz erfüllt von der reinen Begeisterung für die Sache der Wahrheit und für die Herrlichkeit des Christentums und des katholischen Glaubens, damit wir, nachdem es Gott gefallen hat, diese Fülle, ja Flut und dieses Meer von Gnade und göttlicher Erleuchtung, welche die katholische Kirche in sich fasst, über die katholische Kirche und die ins tiefste Elend versunkene Welt ausgiessen, den Strom der göttlichen Herrlichkeit nicht immer durch das Kleinliche menschlichen Eigensinns, durch unwürdige Vorurteile und Leidenschaften verderben.«

Zu diesem Zeitpunkt hatte sich Schlegel schon von der in Österreich und auch im Hofbauerkreis immer stärker um sich greifenden staatspolitischen Restauration getrennt, mit der er sich 1823 in dem in der Zeitschrift *Concordia* erschienenen Aufsatz *Von der Signatur des Zeitalters* kritisch auseinandergesetzt hatte. Er nannte dort die Mischung von Politischem und Religiösem Simonie: »Dies ist das große Übel, was uns wirklich bedrückt: das politische Behandeln und Verfahren in geistlichen Dingen, die Einwirkung der Politik in kirchliche Angelegenheiten, vor allem aber die politischen Geistlichen selbst. Nicht eher kann und wird die Kirche wieder ganz frei werden, bis sie rein geworden von dem politischen Nebenzweck ...«

Der österreichische Staatsmann, der sich der katholischen Restauration ganz bewußt zur Erreichung seiner politischen Ziele bediente, der Staatskanzler *Clemens Fürst Metternich,* ist aber vermutlich durch eine Freundin der Frau Friedrich Schlegels zum ersten Mal mit dem Ideengut des Hofbauerkreises näher bekannt gemacht worden. Es war dies die tiefgläubige *Gräfin Julie Zichy-Festetics,* die Metternich zur Zeit des Wiener Kongresses sehr verehrte. Die Gräfin starb zwar schon im Herbst 1816 ganz plötzlich und unerwartet im Alter von 26 Jahren, doch hat zweifellos sie den Grund für die spätere religiöse Entwicklung Metternichs gelegt. Der Eindruck der französischen Julirevolution von 1830 und der Einfluß seiner vierten Frau *Melanie Zichy,* die selbst dem Hofbauerkreis nahestand, sowie seines Sekretärs *Jarcke,* des damaligen Führers dieses Kreises, bewirkten nach 1830 eine Vertiefung des Glaubens des in seinen Anfängen rationalistischen und akatholischen Staatsmannes, der die katholische Restauration zunächst nur als Mittel für seine politischen Zwecke betrachtet und verwendet hatte.

Auch der Münchner katholische Theosoph *Franz von Baader* und die Dichter der deutschen Romantik, *Joseph von Eichendorff* und *Clemens von Brentano,* hielten sich zur Zeit der Vorbereitung des österreichischen Freiheitskampfes gegen *Napoleon* in Wien auf und nahmen hier mit dem Hofbauerkreis Fühlung. Durch sie und Schlegel erhielt diese Gemeinschaft eine solche Bedeutung, daß damals das ganze katholische Deutschland nach Wien als dem Zentrum der katholischen Restauration blickte.

Ganz besonders eng war diesem Kreis der Berliner Staatsphilosoph *Adam Müller* verbunden, der 1805 in Wien katholisch geworden und 1811 endgültig nach Österreich gekommen war. Er arbeitete im Staatsdienst an der Reform der Tiroler Verwaltung mit und beeinflußte maßgeblich die Staatsidee Metternichs.

In Metternichs Dienst und in dem der Kirche verbrachte auch der aus Augsburg stammende Publizist *Joseph Anton Pilat* sein Leben. Von Schlegel übernahm er 1811 die Redaktion des offiziellen *Österreichischen Beobachters,* den er bis 1848 herausgab. Er war ein begeisterter Verehrer Hofbauers, dem er bis auf den Friedhof von Maria Enzersdorf nachfolgte. Sein aus Pommern stammender Schwager, der Maler und Pädagoge *Friedrich August von Klinkowström,* wurde von Hofbauer bekehrt und mit der Verwirklichung der von Adam Müller angeregten Errichtung eines katholischen Erziehungsinstitutes für adelige Knaben betraut. Nach Überwindung aller von der Bürokratie bereiteten Schwierigkeiten konnte dieses Institut 1818 eröffnet werden. Klinkowström stand ihm bis zur Aufhebung 1834 vor.

Von den zahlreichen bedeutenden Männern, die mit Hofbauer selbst zwar nicht mehr in Berührung gekommen sind, durch dessen Verehrer aber mit den Ideen der katholischen Erneuerung vertraut gemacht wurden, gehört vor allem der norddeutsche Konvertit, Staatsgelehrte und Publizist *Karl Ernst Jarcke*. Er wurde 1830 nach dem Tode *Friedrich von Gentz'*, der »Feder Metternichs und Europas«, als dessen Nachfolger vom Staatskanzler nach Wien berufen. Er galt bald als geistiger Führer des sich in zwei Richtungen aufspaltenden Hofbauerkreises. Jarcke bekannte sich wie Rauscher ausdrücklich zu einer Restauration im Sinne eines Bündnisses von Thron und Altar, während Günther und Schlegel eine rein religiöse Erneuerung erstrebten. Hofbauer selbst dürfte, als sich am Ende seines Lebens diese Entwicklung abzuzeichnen begann, eher der politischen Richtung zugeneigt gewesen sein. Jarckes Staatsidee, in der »die Obrigkeit Gottes Stelle auf Erden vertritt«, hat Metternich und später auch die führenden Staatsmänner des neoabsolutistischen Regimes beeinflußt.

Mit Jarcke hatte sich schon in München der Schaffhausener Historiker *Friedrich Hurter* befreundet, der nach seiner Konversion zum Katholizismus von Metternich als Hofhistoriograph nach Wien berufen worden war. Hurter gehört ebenso wie *Sebastian Brunner* zu den Hofbauer-Schülern der zweiten Generation. Brunner, ein Wiener Priester und Publizist, war in seiner Frühzeit ein großer Verehrer Anton Günthers gewesen. Er entwickelte sich dann zu einem unermüdlichen Vorkämpfer für die Freiheit der Kirche vom Joch der josephinischliberalen Herrschaft und der staatlichen Bürokratie, aber auch eines katholischen Antisemitismus. Unmittelbar nach der Märzrevolution, am 15. April 1848, begann er die *Wiener Kirchenzeitung* herauszugeben, die er bis 1865 redigierte.

Hofbauer ganz allein, ohne irgendeine äußere Organisation, mit seinen verschiedenen geistigen und literarischen Kreisen und Gesellschaften hat den Anstoß für die Entfaltung einer breiten katholischen Laienbewegung gegeben, die sich im 19. Jahrhundert entfaltet hat. Mit Hilfe ihm ergebener begeisterter Priester und Laien hat er bei deren Erziehung zu mündigen, verantwortungsfreudigen Christen geradezu unglaubliche Erfolge erzielt. Man kann daher ohne Übertreibung sagen, daß der österreichische Katholizismus des 19. Jahrhunderts alle entscheidenden Impulse Klemens Maria Hofbauer und jenen Männern, die sich um ihn geschart hatten, zu verdanken hat.

Andreas Hofer

VON HANS KRAMER

Im Frieden von Preßburg am 26. Dezember 1805 wurde Tirol zum Königreich Bayern geschlagen. Der bayrische Premierminister *Maximilian Graf Montgelas* suchte die verschiedenartigen neuen Gebiete Bayerns durch einen bürokratischen, nivellierenden Zentralismus im Sinne der Aufklärung mit Altbayern zu verschmelzen. Der Plan der österreichischen Regierung, bald zu einem neuen Krieg gegen *Napoleon I.* anzutreten, und der Wunsch führender Tiroler Kreise, durch eine Erhebung unter die angestammte Herrschaft Österreichs zurückzukehren, begegneten sich. Es war entscheidend, daß die österreichische Regierung einen Aufstand der Tiroler billigte und ihm Unterstützung zusagte. Vor diesem Hintergrund muß das Wirken von *Andreas Hofer* gesehen werden.

Andreas Hofer wurde am 22. November 1767 im Gasthaus »Sandhof« (südlich von St. Leonhard im Passeiertal bei Meran) geboren. Seine Vorfahren waren ebenso wie seine Eltern Bauern und Wirte. Hofer übernahm schon im Alter von 22 Jahren das ziemlich heruntergekommene Gut und heiratete in demselben Jahre (1789) ein Mädchen aus Algund bei Meran, das ihm sieben Kinder schenkte. Hofer suchte die bescheidenen Einkünfte seines Gasthofes durch einen Pferde-, Wein- und Branntweinhandel zu vermehren. Dadurch kam er viel im Lande herum und lernte zahlreiche Männer kennen, darunter vor allem Wirte und Leute, die in den Dörfern den Ton angaben, was für seine spätere Tätigkeit nützlich war.

Der Sandwirt kam im Juli 1804, im November 1805 und im Jänner 1809 in Wien mit *Erzherzog Johann* zusammen. Beide Männer schätzten einander sehr. Hofer stand bald an der Spitze jener Männer, die heimlich die Erhebung Tirols gegen das bayerische Regime vorbereiteten. Er fuhr mit zwei Freunden im Jänner 1809 nach Wien, um mit Erzherzog Johann und dessen Vertrauten, dem jungen Direktor des Wiener Haus-, Hof- und Staatsarchivs, *Josef Freiherr v. Hormayr*, alles Nötige zu vereinbaren. Die österreichische Regierung sagte Tirol Truppen- und Geldhilfe zu.

Der kommende Aufstand war in großem Umfang und sehr gut organisiert – was fast nur in Tirol möglich war, das auf eine alte Tradition des Volksaufgebotes und der Volksbewaffnung zurückblicken konnte. Es gab überall die Schützen- und als letztes Aufgebot die Landsturmkompanien, deren Bestand durch die kurze bayerische Herrschaft (1806–1809) nicht beseitigt werden konnte.

Hofer hat sich während der Erhebung nie um eine leitende Stellung beworben. Das Vertrauen der maßgeblichen österreichischen Persönlichkeiten und vor allem das des Tiroler Volkes brachten ihn von selbst an die Spitze der Erhebung. Der Sandwirt besaß bei nicht allzu großer Bildung einen gesunden Hausverstand und einen treffenden Mutterwitz, ein einfaches, aber meist richtiges Urteil. Hofer vertrat die Idee der Volkserhebung. Die Ausführung überließ er zum guten Teil und gern anderen, u. a. *Josef Speckbacher, P. Joachim Haspinger O. Cap., Peter Mayr,* Wirt an der Mahr, weil er ihre Fähigkeiten richtig erkannte und einsetzte. Von ihm ging die moralische Ausstrahlungskraft aus.

Hofer war der Kommandant der Passeier Schützenkompanie, also – militärisch und sozial gesehen – der Elitetruppe des Tiroler Volksaufgebots, was ihm von Beginn an eine angesehene Stellung verlieh. Der Anteil des deutschen Südtirol an der Erhebung 1809 war ja etwas größer als der Nordtirols. Der Sandwirt hat im ersten bedeutenden Gefecht der Erhebung am 11. April 1809 bei Sterzing einen Sieg errungen. Ganz Tirol war – und zwar nur durch das Volksaufgebot – in wenigen Tagen vom Feinde befreit. Ende April und Anfang Mai zeichnete sich Hofer auch in Gefechten im Trentino aus. Der Befehlshaber der nach Tirol gekommenen österreichischen Truppen *Johann Gabriel Marquis Chasteler* sowie der in Tirol eingetroffene Intendant Freiherr von Hormayr ehrten ostentativ Hofer in jeder Weise, um ihre – in Wirklichkeit nicht allzu enge – Verbundenheit mit dem Tiroler Volk und seinem Aufgebot zu zeigen.

Napoleon sandte am 11. Mai den *Marschall Francois Lefebvre,* Herzog von Danzig, mit mehr als zwei Divisionen bayerischer Truppen vorderhand nach Nordtirol, u. a. um dort durch Terror die Tiroler einzuschüchtern. General Chasteler, der bei Wörgl eine schwere Niederlage erlitten hatte (13. Mai), war gewillt, sich nach Südtirol mit allen österreichischen Truppen möglichst weit weg vom Feinde abzusetzen. In jenen Tagen stieg Hofer ganz selbstverständlich vom Kommandanten der Kompanien des Passeiertales zuerst zum militärischen Befehlshaber der Südtiroler Kompanien und dann zu dem der Kompanien ganz Tirols auf. In Sterzing bildete sich eine Art bäuerliches Hauptquartier. Entgegen der Aufforderung Hofers verließ Chasteler Tirol. Es gelang nur, den Generalmajor *Ignaz Freiherr von Buol* mit einer schwachen Brigade österreichischer Truppen am Brennerpaß festzuhalten.

Und nun rückte Hofer mit einem geringen Teil dieser Brigade (rund 1360 Mann) und mit rund 100 Tiroler Schützen- und Landsturmkompanien, größtenteils aus Südtirol (über 12 000 Mann, ferner 1900 Schützen aus dem Oberinntal), vom Brenner zu den Mittelgebirgsanhöhen südlich von Innsbruck. Der Feind hatte schon eine Division von Tirol abgezogen. So zählten die bayerischen Truppen anfänglich rund 4300, später 5500 Mann. Sie waren also numerisch unterlegen.

Die berühmten Berg-Isel-Schlachten (25. und 29. Mai, 13. August) bestanden vor allem darin, daß die bayerischen Truppen, die in der Tiefe, in der Stadt Innsbruck und ihren Vororten sowie im Inntal, standen, sich von einer großen Front der Tiroler im Süden und von einer anderen tirolischen Front im Nordwesten Innsbrucks bedroht fühlten. Die Tiroler standen auf den Anhöhen der Mittelgebirge oder weiter unten an den Waldrändern gegen die Stadt hin. Sie waren durch das Gelände und die Wälder gut gedeckt. Sie wußten das trefflich auszunützen. Ihr Schützenfeuer wirkte vernichtend. Die Bayern suchten nun durch sehr tapfer vorgetragene, verlustreiche Sturmangriffe vom Talgrund gegen die Höhen hinauf die Tiroler zu besiegen und aus dem Raum um Innsbruck zu vertreiben. Dies gelang nicht. Anderseits durften die Tiroler nicht wagen, in den ungedeckten Talgrund vorzudringen, weil sie u. a. der bayerischen Kavallerie und Artillerie nichts Gleichwertiges entgegenzusetzen hatten. Die Bayern befürchteten, daß ihnen in Innsbruck der Proviant und die Munition ausgehen und sie von den Tirolern umzingelt und zur Kapitulation gezwungen werden könnten. Deshalb zogen sie durch das Unterinntal ab. Aus der Berg-Isel-Schlacht war ein Sieg geworden. Am 30. Mai konnte der Sandwirt ohne jeden Prunk in einem Einspänner als Sieger im befreiten Innsbruck einziehen.

Nach den Tagen der Gefahr tauchte der Intendant von Hormayr sofort auf und nahm die Leitung der Verwaltung Tirols wieder in die Hand. Hofer begleitete ihn noch in das Unterinntal. Er war es aber auf die Dauer überdrüssig, überall als Gefolgsmann Hormayrs auftreten zu müssen. Hormayr ernannte den Sandwirt nur zum Schützenkommandanten von Südtirol, beeinträchtigte ihn also in seiner Stellung. Wenn nötig, suchte Hofer sich brieflich unmittelbar mit Erzherzog Johann in Verbindung zu setzen. Nach einem Marsch in das Gebiet des Nonsberges kehrte Hofer nach Hause zurück.

Hier muß nun besonders auf das Wolkersdorfer Handbillett *Kaiser Franz' I.* vom 29. Mai (also nach dem Sieg von Aspern) verwiesen werden, in dem der Herrscher ausdrücklich versprach, nur in einen Friedensschluß einzuwilligen, der Tirol wieder mit der Monarchie verbinde. Hofer hat stets an diese Zusage geglaubt. Manche spätere Irrtümer des Sandwirts, aber auch viele z. T. nutzlose Opfer, die Tirol noch brachte, sind dadurch zu erklären. Der Kaiser hat sowohl im Waffenstillstand von Znaim (12. Juli) als auch im Friedensschluß das Versprechen nicht einhalten können.

Hofer hielt zuerst die Kunde vom Waffenstillstand für eine Kriegslist des Feindes. Später glaubte er, daß der Feind auf Grund des Waffenstillstandes kein Recht habe, das Land zu besetzen. Auf diesem Irrtum beruhte die dritte Erhebung Tirols.

Unterdessen hatte Lefebvre mit drei Divisionen Innsbruck besetzt. Er wußte vom Mai her, daß damit Tirol noch nicht unterworfen war. So setzte er die Division des *Generals François Rouyer* nach Brixen in Marsch. Die Division Rouyer wurde am 4. und 5. August bei Oberau (nördlich der heutigen Franzensfeste) von Speckbacher und Haspinger und ihren Kompanien aufgehalten. Ein Teil der feindlichen Truppen marschierte nach Sterzing zurück, ein anderer (weit über 500 Mann) wurde gefangengenommen. Hofer eilte ins Passeiertal, stellte sich an die Spitze der rasch aufgebotenen Schützenkompanien, marschierte über den Jaufen und bekämpfte in den Tagen bis zum 9. August im Gelände westlich von Sterzing erfolgreich den Marschall Lefebvre, der mit einer frischen Division nach Sterzing gekommen war. Lefebvre mußte einen verlustreichen Rückzug nach Innsbruck antreten. Südtirol war in kürzester Zeit befreit.

Hofer mobilisierte weitere Schützenkompanien, auch aus Nordtirol. Das Tiroler Heer marschierte wieder zu den Anhöhen südlich von Innsbruck und schlug am glühendheißen 13. August die schwerste Berg-Isel-Schlacht. Lefebvre hatte schon den Glauben an den Erfolg verloren. Der Marschall trat erst in der Nacht vom 14. auf den 15. den Rückzug an.

Jede zivile oder militärische österreichische Verwaltung war verschwunden. So kam es von selbst, daß der Sandwirt Regent von Tirol wurde. Es war, sozial gesehen, für die damalige Zeit ein Unikum. Ein einfacher Bauer regierte als kaiserlicher Statthalter ein Land. Der Sandwirt und seine größtenteils bäuerliche Umgebung, seine Berater, führten in der Hofburg von Innsbruck ein patriarchalisches Leben. Es wurde gewiß fleißig gearbeitet. Es sah aber doch nach bäuerlicher Wirtsstube oder nach einer Gemeindekanzlei in einem Gebirgsdorfe aus. Die Regentschaft Hofers dauerte juridisch vom 15. August bis zum Wiener Frieden am 14. Oktober. Am 21. Oktober verließ er Innsbruck. Faktisch behielt er die Leitung des allerdings immer mehr vom Feinde besetzten Landes bis zu seiner Flucht auf die Kellerlahn im Passeier am 23. November. Tirol genoß damals ein paar ruhige und glückliche Wochen. Gerade die sozial höher stehenden Teile des Volksaufgebotes wurden allerdings allmählich des Kampfes müde. Die anderen Teile hatten oft nichts zu verlieren. Hofer reiste Anfang September mit geringem Gefolge nach Südtirol und nach Hause ins Passeiertal. Am 29. September erhielt er durch Freunde, die aus Österreich kamen, vom Kaiser eine kostbare goldene Ehrenkette mit einer Schaumünze, die das Bild des Herrschers trug, und 3000 Dukaten in bar für die Landesverteidigung. Das war die letzte große Freude, die Hofer zuteil wurde.

Der Friede von Schönbrunn (14. Oktober) überantwortete Tirol Napoleon I. Diesmal war allerdings allen, die den Kampf sofort einstellten, Amnestie zugesagt. Es zeigt nun die schlechte Organisation, daß der Sandwirt erst am 29. Oktober, also 15 Tage nach dem Friedensschluß, im Postgasthof von Schönberg bei Innsbruck durch einen Boten des Erzherzogs Johann den Inhalt des Friedensvertrages erfuhr. Die ersten feindlichen Truppen sind schon am 25. Oktober in Innsbruck eingerückt. Die Gegenseite hatte längst den Friedensschluß verkündet. Der einfache bäuerliche Gastwirt verstand von der großen Politik nichts. Er konnte es nicht fassen, daß Österreich Tirol völlig preisgeben mußte. So klammerte er sich zeitweilig verzweifelt an die Meinung, daß die Nachricht vom Friedensschluß eine Lüge sei.

Dem Trotz des Tiroler Bauern, seinem seelischen Aufschwung, seinem Kampfwillen, seiner Siegeszuversicht folgten nun bei Hofer tiefste Depression. Er verlor die klare Übersicht, seine Befehle wurden widersprüchlich. Es war tragisch, daß noch viele Hauptleute und Schützen Hofer fest vertrauten und dem Wechsel der Befehle gehorchten, auch wenn der Sandwirt wieder zum Kampf aufrief. Da die Boten Hofers zu den Schützenhauptleuten viele Stunden und Tage brauchten, bis sie sie erreichten, so konnte es vorkommen, daß der eine Befehl schon längst durch einen anderen Befehl des Sandwirtes überholt war.

Es kam unter seiner Leitung noch zu letzten militärischen Teilerfolgen. Wo er den Kampf leitete, schien noch immer der Sieg zu sein. Aber der Feind hatte schon längst den größten Teil des Landes besetzt. Der freigebliebene Kreis um Hofer und seine letzten Getreuen wurde immer kleiner.

Nun riß die Erhebung um Hofer plötzlich ab. Er flüchtete schon am 23. Novomber, einen Tag nach dem letzten Sieg, auf die Kellerlahn im Passeier, am 26. auf den Pfandlerhof in Oberprantach und am 11. Dezember zur Mähderhütte auf der Pfandleralm (1350 m) unter der Rifflspitze, ebenfalls im Passeier. Er soll jedes Angebot, aus Tirol nach Österreich zu fliehen, ebenso abgelehnt haben wie letzte Anträge des Feindes, ihm Gnade zu gewähren. Nun wurde er geächtet. Auf seinem Kopf stand ein Preis von 1500 Gulden. Nach den furchtbaren nervlichen Erschütterungen der letzten Wochen ging in Hofer eine seelische Wandlung und Läuterung vor sich. Sein Schmerz galt nicht seinem eigenen ungewissen Schicksal, sondern nur der Niederlage und dem unterdrückten Heimatland. Im letzten Brief an Erzherzog Johann vom 26. Jänner 1810 erinnerte er an sein unerschütterliches Vertrauen zu Österreich und bat in schrecklicher Verblendung um eine kleine österreichische Truppenhilfe für Tirol, um zusammen mit den Schützen doch noch den Feind schlagen zu können.

Es fand sich ein Verräter, der die Gendarmen zu seinem Versteck führte. Am 28. Jänner wurden er und seine Familie sowie sein Sekretär *Kajetan Sweth* verhaftet. Die Frau und der Sohn wurden in Bozen freigelassen, der Sandwirt und Sweth am 5. Februar in die Festung Mantua eingeliefert. Was nun folgte, war ein Politikum. Der französische Kaiser hatte schon am 11. Februar befohlen, daß Hofer in der Stadt, in der er gerade sei, nach kürzestem Gerichtsverfahren binnen 24 Stunden zu erschießen sei. Der Befehl kam vor dem 17. in Mailand an. Eine Fürsprache der österreichischen Regierung für Hofer langte zu spät in Paris ein. Das Ergebnis der kurzen Gerichtsverhandlung in Mantua am 19. Februar nachmittags stand von vornherein fest. Hofer wurde zum Tod verurteilt.

Am 20. Februar in der Frühe schrieb er in seinem letzten Brief: »Ade mein schnede Welt, so leicht khombt mir das Sterben for, das mir nit die Augen nass werden ... Um 9 urr reiss ich mit der hilfe aller heillig zu Gott.« An demselben Tag wurde er am Wall von Mantua um 11 Uhr durch Erschießen hingerichtet. Der Mantuaer Priester *Johann Manifesti* schrieb als Augenzeuge, daß der Sandwirt »als christlicher Held zum Tode ging und ihn als unerschrockener Märtyrer erlitt«.

Die Gebeine des Sandwirtes wurden im Jänner 1823 von Mantua nach Innsbruck gebracht, wo sie heute in der Hofkirche ruhen.

Franz Anton Edler von Zeiller
VON RUDOLF STRASSER

Das Österreichische Allgemeine Bürgerliche Gesetzbuch gilt neben dem Code Civil und dem Allgemeinen Preußischen Landrecht als die bedeutendste privatrechtliche Frucht des jüngeren, der Aufklärungsphilosophie verhafteten Naturrechts. Den größten Anteil am Zustandekommen, am systematischen Aufbau, an der sprachlichen Formung und nicht zuletzt an der konsequenten philosophischen Durchdringung des Gesetzbuches haben unbestreitbar zwei Männer, die auch menschlich in überaus enger Beziehung standen: *Karl Anton von Martini* und in der Schlußphase der Kodifizierung vor allem *Franz Anton von Zeiller.* Während die Bedeutung Martinis für die Entwicklung Österreichs so wie die vieler Aufklärungspraktiker eine universelle ist, hat sich Franz von Zeiller hauptsächlich als Jurist, und zwar sowohl als Lehrer und Theoretiker wie auch als Praktiker und Gesetzgeber bleibenden Ruhm erworben.

Franz Anton Zeiller wurde am 14. Jänner 1751 in Graz geboren. Der Vater *Philipp Zeiller* war ein »bürgerlicher Handelsmann«, die Mutter *Maria Barbara* stammte aus der Hammerherrnfamilie *Filnbaum* in Bruck an der Mur. Während seiner Studien am Grazer Gymnasium zeichnete er sich vor seinen beiden älteren Brüdern durch Lernbegierde und unermüdlichen Fleiß aus. Zu dieser Zeit starb der Vater, und die Familie kam durch diesen frühen Tod in arge finanzielle Bedrängnis. Trotzdem erwarb Zeiller 1768 in Graz das philosophische Doktorat und begann in der Folge juristische Studien. In Graz konnte er aber nur einen dreijährigen Kurs besuchen. Diese Ausbildung genügte dem ehrgeizigen jungen Mann nicht, er strebte nach Vervollkommnung seines Wissens und ging nach Wien. Eine glückliche Fügung brachte ihm die Bekanntschaft des zu dieser Zeit am Gipfel seiner Karriere als Rechtspraktiker und Rechtslehrer stehenden *Freiherrn von Martini,* dessen Vorlesungen über Naturrecht, Römische Rechtsgeschichte und Institutionen er besuchte.

Martini, seit kurzem nobilitiert (1765), 42 Jahre alt, war neben seinem Universitätslehramt bereits als Mitglied der Studienhofkommission (seit 1760), als Hoflehrer der Kinder *Maria Theresias* (seit 1761) und als Hofrat der Obersten Justizstelle (seit 1764) tätig. Mit der Kodifizierung des österreichischen Privatrechts hatte Martini um diese Zeit nur am Rande zu tun. Soeben war nach 13-jähriger Arbeit der voluminöse *Codex Theresianus* abgeschlossen und der Kaiserin Maria Theresia zur Sanktion vorgelegt worden. Bis zu dem für das Schicksal der Kodifikation so entscheidenden Eingreifen Martinis sollten noch 22 Jahre vergehen.

Karl Anton (später *Freiherr von*) *Martini* erblickte am 15. August 1726 in Markt Revo, gehörig zum Bistum Trient, als Sohn des *Karl Ferdinand Martini* und seiner Frau *Margaretha* geb. *Preti zu Cayno* das Licht der Welt. Seine Familie gehörte bereits seit vier Generationen dem Advokatenstand an. Die erste Schulbildung erhielt er im Vaterhaus, weitere humanistisch-philosophische Ausbildung in Trient. Geprägt und geformt wurde der junge Mann hier besonders von dem Gedankengut der katholischen Aufklärung des großen italienischen Gelehrten *Muratori,* eines Freundes von *Leibniz.* Dem Wunsch des Vaters entsprechend entschloß sich der junge Mann, in den Kapuzinerorden einzutreten. Im Alter von 15 Jahren wurde er eingekleidet. Er ging nach Innsbruck und betrieb dort sechs Jahre lang Studien der Philosophie und Theologie. Er fühlte sich jedoch nicht zum Priester berufen, wechselte Fakultät und Habitus und wurde Schüler des Innsbrucker Professors für Naturrecht, Völkerrecht, Öffentliches Recht, Deutsches Recht sowie der deutschen Rechtsgeschichte *Paul Josef Riegger,* den man als einen der geistigen Väter des Josephinismus bezeichnen kann. Den gemäßigten Lehren Rieggers über das Staatskirchentum folgte Martini später, als er als hoher Ministerialbeamter die eingezogenen Güter und Erziehungsanstalten des Jesuitenordens nach dessen päpstlicher Aufhebung in die staatliche Verwaltung überzuführen hatte. Im Jahr 1747 ging er, 21 Jahre alt, nach Wien, um seine Studien zu vollenden. Er besuchte rechts- und staatswissenschaftliche, jedoch auch theologische und philosophische Vorlesungen. Da er von seiner Familie keinerlei materielle Unterstützung erhielt, war er gezwungen, italienischen Sprachunterricht und Privatunterricht in Rechtsfächern zu erteilen, um wenigstens einen bescheidenen Unterhalt bestreiten zu können. Er war also das, was man heute als Werkstudenten bezeichnen würde. Seine außerordentliche Begabung und sein unermüdlicher Fleiß, aber nicht zuletzt der Umgang mit hochgestellten Schülern, öffneten ihm viele Türen. So wollte ihn beispielsweise *Graf Haugwitz* als Sekretär einstellen. Noch 1747 machte er sein Doktorat. Der Promotion folgten längere Reisen nach Deutschland, Holland, Belgien und Frankreich.

Im Jahre 1754 erfolgte die Rückkehr nach Wien, wo er auf Vorschlag Rieggers von der Kaiserin Maria Theresia zum Professor für die neuerrichtete Lehrkanzel für Naturrecht, Institutionen und Geschichte des Römischen Rechts ernannt wurde. In seiner Eigenschaft als Rechtslehrer lag ihm nun besonders die Regeneration des Jus-Studiums am Herzen, zu der er neben Riegger die wichtigsten Beiträge lieferte. Gemeinsam mit *van Swieten* gelang es ihm, den geistlichen Einfluß in der Studienhofkommission zu schwächen. Für die Universität Wien brach nun eine Zeit der Blüte an, wobei die medizinische Fakultät und die juristische Fakultät daran ihren besonderen Anteil hatten.

Martini war vor allem als Vorkämpfer des Rationalismus im Rechtswesen bedeutsam. Unter anderem sprach er sich gegen die Folter und für die Einschränkung der Todesstrafe aus. Geistesgeschichtlich gesehen, muß er als einer der wichtigen Begründer der philosophischen Naturrechtsschule gelten.

Die Verbindung Martinis zur Kodifizierung des österreichischen Privatrechts und somit zum ABGB entwickelte sich zunächst ganz langsam. 1773 wurde er in die Kompilationskommission berufen, in der zu dieser Zeit *Horten* das Referat innehatte. Inzwischen war infolge der Ausweitung der Kompetenz dieses Kollegium de facto zu einer Art allgemeiner Gesetzgebungskommission geworden. Martini seit 1774 praktisch, seit 1779 auch de iure vom Lehramt entbunden, war nun in erster Linie Höchstrichter und Höchstverwaltungschef, d. h. Mitglied der Obersten Justizstelle (ab 1787 deren Vizepräsident). In dieser Zeit schien die Hauptbedeutung Martinis im Bereich der Justizverwaltung zu liegen. 1787/88 war er mit der Einführung der neuen Gerichtsverfassung in Mailand und in den Niederlanden betraut.

1790 wird dann das Schicksalsjahr für das spätere ABGB und für Martini. Obwohl er bis zu diesem Zeitpunkt bereits ein in alle Bereiche der Gesellschaft wirkendes, unglaublich arbeitsreiches und erfolgreiches Leben als »Aufklärungsphilosoph der Tat« hinter sich hatte, legte er nun Hand an ein Werk, das seinen eigentlichen Ruhm als Gesetzgeber begründen sollte. *Kaiser Leopold II.* löste, (nicht ganz zu Recht) unzufrieden mit den bisherigen Arbeiten, die Kompilationskommission auf und bestellt eine neue in völlig neuer Zusammensetzung. Martini wird sozusagen die einzige personelle Brücke zur aufgelösten Kommission, deren Präsident, *von Haan* führt das Referat. Trotz widriger Umstände – 1792 stirbt nach nur zweijähriger Regierungszeit Martinis größter Gönner, sein ehemaliger Schüler, Leopold II.; in der Folge bevorzugte *Kaiser Franz II.*, der Martini weiterhin das Vertrauen schenkt, ein allzu bedächtiges Verfahren – kann Martini 1796 den sogenannten Urentwurf, der seinen Namen trägt *(Entwurf Martini)*, vollendet vorlegen. Vom alten schwerfälligen *Codex Theresianus* ist nichts mehr übriggeblieben. Der Entwurf ist aus einem Stück und trägt in jedem Paragraphen den Stempel des Wirkens Martinis und damit den des philosophischen, dem Rationalismus verhafteten Naturrechts. Ein Jahr später, 1797, wird das Werk fast unverändert als Westgalizisches Gesetzbuch, gleichsam auf Bewährung, in Kraft gesetzt. Nun zieht sich Martini unter Berufung auf gesundheitliche Gründe vom Präsidium zurück. Noch einmal wird er, und das weist wieder stark darauf hin, daß er vor allem als Rechts- und Verwaltungspraktiker großes Ansehen genoß, an die Spitze einer der höchsten zentralen Stellen, der mit der Obersten Justizstelle vereinigten Böhmisch-Österreichischen Hofkanzlei berufen. Am 7. 8. 1800 ereilt den Vierundsiebzigjährigen der Tod.

Martini gehörte zu dem nicht allzu großen Kreis von Männern, die die geistige Entwicklung Österreichs in der so wichtigen zweiten Hälfte des 18. Jahrhunderts bestimmend beeinflußten. Ohne diese Art von Staatsmännern und Juristen wäre wohl von der Aufklärungsphilosophie nur bedrucktes Papier, nicht aber bleibende gesellschaftliche Veränderung geschaffen worden. Die Krönung dieses Lebenswerkes ist die ganz spezielle und bis heute fortwirkende praktische Anwendung seines naturrechtlichen philosophischen Weltbildes auf die österreichische Privatrechtskodifikation. Es fällt schwer zu entscheiden, welchem Teil seines Lebenswerkes der Vorrang gebührt, dem Vollstrecker der Aufklärung oder dem Privatrechtsgesetzgeber.

Für die weitere Entwicklung des Studenten *Zeiller* war es wesentlich, wenn nicht entscheidend, daß er in das Haus Martinis Eingang fand, daß ihm in der Folge die Erziehung von dessen Sohn anvertraut wurde und er die Achtung und das Vertrauen des ansonsten nicht so leicht zugänglichen Gelehrten gewinnen konnte. Seine Talente, sein Fleiß und seine Bescheidenheit müssen bestechend gewesen sein. Schon bald verwendet ihn Martini als Aushilfe, wenig später wird er Supplent von dessen Lehrkanzel. Im Jahre 1778 promoviert er zum Doktor sämtlicher Rechte. Noch im selben Jahr erfolgt seine Berufung ins Lehramt. Als Nachfolger Martinis wird er zum a. o. Professor für Naturrecht und Römisches Recht ernannt. Da in diesen Jahren die Vorlesungen über Römische Rechtsgeschichte und Institutionen von den Inhabern der Pandektenlehrstühle übernommen wurden, lehrte er in der Folge Natürliches Privatrecht, Öffentliches Recht, Strafrecht und Strafprozeßrecht. Seine Vorträge, aber auch seine schriftstellerischen Arbeiten weisen Zeiller als glänzenden Gelehrten aus. Dazu war er ein ausgezeichneter Lehrer. Sein zwar nicht brillanter, aber gründlicher und klarer Vortrag findet großen Beifall. Charakteristisch ist aber seine fortschrittliche Gesinnung. Auf Grund seiner Erfolge im Lehramt wird ihm, so wie vorher Martini, der juristische Unterricht einer ganzen Reihe von kaiserlichen Prinzen anvertraut (unter anderem auch der von *Erzherzog Johann*). 1790 wird er mit dem Titel Regierungsrat geehrt. In diesem Abschnitt seines Lebens entstehen bemerkenswerte schriftstellerische Arbeiten zu Unterrichtszwecken, so die *Praelectiones academicae* in *Heineccii elementa iuris civilis secundum ordinem Institutionum*, ein Kommentar zum vorgeschriebenen Lehrbuch der Institutionen, welches den Bedürfnissen des Unterrichtes an einer österreichischen Universität nicht mehr genügte, und womöglich noch bedeutender sein *Natürliches Privatrecht*, das als Vorlesungsbuch offiziell zugelassen wurde und es auch jahrzehntelang blieb. Das Lehramt behielt er bis zum Jahre 1802. Wie bei Martini und vielen anderen Staats- und Rechtswissenschaftlern der damaligen Zeit kam es auch bei Zeiller unaufhaltsam zu einer vielfältigen Ämterkumulierung. Im Jahre 1795 wird er zum Wirklichen Appellationsrat ernannt und 1779 als Beisitzer in die Hofkommission in Justizgesetzgebungssachen berufen. Als solcher wird er zunächst Referent über den von von Haan verfaßten und einer weiteren Redaktion unterzogenen Entwurf zum ersten Teil des 1803 kundgemachten Strafgesetzbuches. Die Anerkennung bleibt nicht aus. Das Jahr 1797 bringt ihm die Erhebung in den erblichen Adelsstand (Edler von).

1801 ist die Hofkommission im Besitz aller Gutachten zum *Entwurf Martini*, und damit beginnt die letzte Phase der Kodifizierung des österreichischen Privatrechts. Zeiller ist Referent und *Heinrich Franz Graf Rottenhan* Vorsitzender. Hervorragende Kommissionsmitglieder sind der Oberstlandrichter *Matthias Wilhelm von Haan* (später Vorsitzender), *Sonnenfels* und später *Karl Josef Pratobevera.* Die erste Lesung dauert bis 1806, die zweite Lesung, die die Kommission auf eigenen Wunsch durchführt, das Jahr 1807 über. Am 19. 1. 1808 wird der Entwurf dem Kaiser zur Sanktion vorgelegt. Dieser verfügt zwei Jahre später eine Superrevision, die in einem kleinen Ausschuß rasch durchgeführt, am 21. 1. 1810 zur neuerlichen Vorlage des überarbeiteten Entwurfes an den Kaiser führt. Durch die Zerrüttung von Staatsfinanzen, Wirtschaft und

Währung bedingte Schwierigkeiten können die Kundmachung noch etwas verzögern, nicht aber verhindern. Mit kaiserlichem Patent vom 1. 6. 1811, JGS 946, wird das ABGB kundgemacht und mit 1. 1. 1812 in Kraft gesetzt. Damit ist die mehr als 50 Jahre dauernde Kodifikationsgeschichte unseres bürgerlichen Gesetzbuches vorderhand abgeschlossen.

Über die Rolle oder besser die Bedeutung Zeillers für die letzte Fassung des Gesetzbuches herrscht in der österreichischen Rechtswissenschaft keine Einigkeit. Mit Martini konkurriert er um den Ruhm, der eigentliche Verfasser des ABGB zu sein. Extreme Urteile sprechen einerseits von einer bloßen Revision des *Entwurfes Martini* und andererseits von einer völligen Loslösung des Zeillerschen Entwurfes von den Vorentwürfen. Die einen sehen in den Arbeiten Martinis, die anderen in jenen Zeillers die große Wende in der Kodifikationsgeschichte. Die Wahrheit liegt nicht in der Mitte, sondern darin, daß beide Gruppen recht haben dürften. Ganz offensichtlich ist, geistesgeschichtlich gesehen, der Konzipierungsprozeß hinsichtlich der österreichischen Privatrechtskodifikation keineswegs geradlinig oder besser stufenlos verlaufen. Sieht man in den Arbeiten von *Hortens* unter *Joseph II.* einer eher dem *Codex Theresianuns* zugehörige Zwischenepisode, so sind deutlich drei Entwicklungsstufen erkennbar. Die erste – noch ganz dem gemeinen Recht verhaftet und dem späteren ABGB geradezu äonenhaft fernstehend – endete mit dem voluminösen, die Kritik und den Spott der Zeitgenossen hervorrufenden *Codex Theresianus.* Sie hatte mit der Inkraftsetzung des etwas überarbeiteten ersten Teiles als Josephinisches Gesetzbuch (1786) einen eher zweifelhaften Teilerfolg. Die zweite (1790–1797) wurde von der Persönlichkeit Martinis und seiner unter dem Einfluß der Philosophie *Christian Wolffs* stehenden Naturrechtsauffassung geprägt. Sie stellt einen völligen Bruch mit den bisherigen Arbeiten und damit eine in ihrer Bedeutung gar nicht hoch genug einzuschätzende Wende in der Kodifikationsgeschichte dar. Auch dieser zweite Abschnitt endet mit einem Teilerfolg, der Inkraftsetzung des *Entwurfes Martini* als Westgalizisches Gesetzbuch (1797). Unter Zeiller vollzieht sich nun ab 1801 die zweite große Wende. Er ist zwar, wie Zeitgenossen berichten, der Lieblingsschüler Martinis, der dem jüngeren ein väterlicher Freund und ein wahrer Förderer gewesen sein dürfte. Das alles kann aber einen so selbständigen, dem geistigen Fortschritt gegenüber wachen Menschen wie Zeiller nicht daran hindern, von seinen eigenen philosophischen Grundeinsichten auszugehen und sie, wo immer es ihm gelingt, im Entwurf zur Geltung zu bringen. Unter diesem Aspekt wird bedeutsam, daß Zeiller vom Naturrecht *Kants* ausgeht und damit, was seine philosophische Grundhaltung anlangt, von Martini etwa so weit entfernt ist wie Kant von Christian Wolff. Die Lehren des großen Königsberger Philosophen sind für Zeiller aber nur die Basis. Er ist ja vor allem Jurist, Rechtslehrer und Praktiker, besonders praktischer Gesetzgeber. Als solcher muß er sich in diesem für ihn, das österreichische Privatrecht und nicht zuletzt für das Kantsche Naturrecht so bedeutungsvollen Jahrzehnt von 1801 bis 1811 bemühen, als Kantianer in der harten Welt der Gesetzgebungspraxis und damit der aktuellen Rechtspolitik zu bestehen und Erfolg zu haben. Das ist nur möglich, wenn die naturrechtlichen Ansätze Kants weiter entwickelt, an unzähligen praktischen Problemlagen und Interessenkollisionen gemessen und in der Diskussion mit anderen Juristen verteidigt und untermauert werden.

So kommt Zeiller zwangsläufig zu eigenständigen Lösungen und damit wieder zu eigenständigen Grundeinsichten. Berühmt und Belegstellen für seine Grundsatzhaltung sind der einleitende Vortrag in der ersten Sitzung der Hofkommission vom 21. 12. 1801, sein Vortrag an den Kaiser vom 19. 1. 1808 (Vorlage der revidierten Fassung des Entwurfes) und die Vorrede zu seinem Kommentar über das ABGB, Band I. Wer diese philosophischen Grundlehren Zeillers, die durchwegs Bekenntnischarakter tragen, heute wieder liest, wird davon zutiefst bewegt sein. Es geht ihm um die Funktion des Rechtes und um sein Verhältnis zur Freiheit des Individiums, um Gleichheit aller vor Gesetz und Richter, um soziale Gerechtigkeit, im besonderen um die Schutzfunktion des Rechts in bezug auf die wirtschaftlich Schwachen, um das Verhältnis von Sittlichkeit und Recht, um den Mut zur Vermeidung von Kasuistik und um die auch dem Rechtsanwender gestattete Anrufung der naturrechtlichen Urquelle des positiven Rechts im Zweifels- oder Lückenfalle, und nicht zuletzt um die Verständlichkeit des Gesetzes und um das Verstehen auf Seite des rechtsunterworfenen Bürgers.

Eine solche Grundhaltung mußte dazu führen, daß das ABGB in vielen Punkten der sozialen Entwicklung der Gesellschaft der damaligen Zeit beträchtlich vorauseilte, daß vieles für die damalige Zeit hochmodern und progressiv war (z. B. Prinzip der Gütertrennung in der Ehe). Das wiederum ist, neben dem mutigen Verzicht auf jede überflüssige Kasuistik, einer der wichtigsten Gründe dafür, daß das ABGB noch heute, obwohl nur einmal revidiert, in voller Lebenskraft steht, und dies trotz eines Höchstgerichtes, dessen rechtsfortbildende Funktion bis heute minimal geblieben ist.

Nun war Zeiller, im Gegensatz zu Martini nicht Vorsitzender, sondern (nur) Referent. Nichts zeigt deutlicher, daß es in der geistigen Entwicklung stets mehr auf die Kraft der Persönlichkeit als auf die formale Funktion ankommt. Denn trotz Unterordnung unter die Majoritätsbeschlüsse der Kommission gelang es Zeiller immer wieder, mitunter freilich erst bei späterer Lesung, seine Meinung durchzubringen. Von seinen Mitarbeitern wurde er vor allem wegen seines klaren Verstandes und seines gesunden praktischen Taktes sehr geschätzt. Er war ein Feind aller Spitzfindigkeit. Von einer einmal gebildeten Meinung war er nicht leicht abzubringen, wenngleich er sich fremdem Rat und den Ergebnissen fremder Untersuchungen nicht verschloß. Bezeichnend für seine Toleranz und Konzilanz ist, daß er, obgleich in der Minderheit geblieben, es oft war, der für die obsiegende Meinung die passendste Formulierung suchte und fand.

Falsch wäre es zu glauben, daß die Tätigkeit Zeillers von der Kodifikationsarbeit völlig absorbiert war. Im Jahre 1802 wurde er zum Justizhofrat ernannt, 1803 zum Rektor der Universität Wien gewählt. Gleichzeitig hatte Zeiller die

Funktion des Vizedirektors des juridisch-politischen Studiums inne, kurz darauf wurde er Direktor der juridischen Fakultät. Im Jahr darauf wurde er Referent bei der Obersten Justizstelle, 1808 fungierte er als Beisitzer der Studienhofkommission. Natürlich hatte auch für ihn die Ämterkumulierung gewisse Grenzen. Um sich den Arbeiten am ABGB noch mehr widmen zu können, wurde er als Professor und Appellationsrat enthoben.

Seine vielseitigen wissenschaftlichen Kenntnisse befruchten alle seine Arbeiten. Menschenfreundlich, liebenswürdig von Wesen und Umgang, war Zeiller bei Mitarbeitern und Untergebenen sehr beliebt. 1810 wurde ein neuer juristischer Studienplan eingeführt, zu dessen Entstehen Zeiller Wesentliches beigetragen hatte. Man meint allgemein, die Bildung des österreichischen Juristen habe dadurch viel gewonnen.

Die großen und vielfältigen Beanspruchungen blieben aber nicht ohne Wirkung. Zeillers Gesundheitszustand ließ allmählich zu wünschen übrig. Im Jahre 1807 hatte er nochmals die Würde und Bürde des Rektoramtes übernommen. Nun wurde er auf persönliche Bitte als Referent der Obersten Justizstelle enthoben. Franz Zeiller stand erst im 56. Lebensjahr. Ein günstiges Geschick gönnte es ihm, fast alle seine Arbeiten zu Ende führen zu können. Er erntete im reichen Maße Dank und Anerkennung (1810 St. Stephansorden, 1813 Übernahme in die steirische Landmannschaft). 1813 wurde sein Kommentar zum ABGB vollendet.

Auch im privaten Bereich seines Lebens erfährt er noch eine große Freude. Der Schriftführer bei den Beratungen zum ABGB, *Josef Ritter von Schmerling* wird sein Schwiegersohn. Zeiller bleibt auch nach 1811 Mitglied der Gesetzgebungshofkommission. Nur seiner Bitte auf Enthebung als Präses und Direktor der juridischen Fakultät wird stattgegeben. Doch immer häufiger erfordert es seine Kränklichkeit, sich Pausen zu gönnen. Am 23. 8. 1828 stirbt Zeiller 77jährig an den Folgen eines Nervenschlages.

Namenregister

Abkürzungen: Ö = Österreich; Bgd = Burgenland; K = Kärnten; NÖ = Niederösterreich; OÖ = Oberösterreich; Sbg = Salzburg; St = Steiermark; T = Tirol; Vbg = Vorarlberg; W = Wien; S-T = Südtirol; MIÖG = Mitteilungen des Instituts für österreichische Geschichtsforschung; SJ = Jesuitenorden; OSB = Benediktinerorden.
Bei den Literaturangaben sind die Namen der Persönlichkeiten nur mit den Anfangsbuchstaben angeführt.

Abraham a Santa Clara (eigentl. Johann Ulrich Megerle), 2. 7. 1644 Kreenheinstetten — 1. 12. 1709 Wien, Prediger zur Zeit der Türkenkriege; 185

Adalbert der Siegreiche, 1018 — 26. 5. 1055 Melk, babenbergischer Markgraf v. Ö; 12

Adolph, Johann Baptist, SJ, 25. 3. 1657 Liegnitz/Schles. — 14. 9. 1708, Dichter d. Wiener Jesuitentheaters; 253, 261

Albert III. von Tirol, um 1185 — 1252; 20
Lit: O. Scholz: Geschichte d. Landes T, 1955

Albrecht I. von Habsburg, um 1255 — 1. 5. 1308 (ermordet), römischer König 1298 — 1308; 47, 48, 57 f, 62, 65 f

Albrecht II., der Weise, von Habsburg, 1298 — 20. 7. 1358; 48, 50, 63, 68, 70, 81, 86

Albrecht III. von Habsburg, 1350 — 29. 8. 1395; 48, 51, 66, 69, 81

Albrecht V. von Habsburg, 16. 8. 1397 — 27. 10. 1439, als A. II. römischer Kaiser 1438 — 1439; 49, 71, 78

Albrecht VI. von Habsburg, 1418 — 2. 12. 1463; 49, 71, 79

Albrechtsberger, Johann Georg, 3. 2. 1736 Klosterneuburg — 7. 3. 1809 Wien, Musiktheoretiker u. Komponist; 272

Alexander I., 23. 12. 1777 Petersburg — 1. 12. 1825 Taganrog, seit 1801 russischer Zar; große Koalition gegen Napoleon I.; 371 f, 376

Alt, Salome, 1568 Salzburg — 1633 Wels; 124

Altomonte, Bartolomeo, 24. 2. 1702 Warschau — 11. 11. 1783 St. Florian, Maler; 336

Anich, Peter, 7. 2. 1723 Oberperfuß/T — 1. 9. 1766 ebd., Kartograph; 352 ff
Lit: J. M. Sterzinger: Lebensgeschichte d. berühmten Mathematikers u. Künstlers P. A. eines Tyrolerbauers, 1767

Apafy Michael I., Fürst von Siebenbürgen, 1632 — 15. 4. 1690 Fagaras; 183

Auenbrugger, Leopold von, 19. 11. 1722 Graz — 18. 5. 1809 Wien, Arzt, Erfinder d. Perkussion; 338 ff
Lit: F. Clar: L. A, d. Erfinder d. Perkussion d. Brustkorbs, 1867

Ava, gest. 1127 Göttweig, erste Dichterin in deutscher Sprache; 13

Bartenstein, Johann Christoph, Frh. v., 23. 10. 1689 Straßburg — 6. 8. 1767 Wien, Staatsmann; 280

Baumkircher, Andreas von, um 1420 — 23. 4. 1471 in Graz enthauptet, Organisator d. Adelsaufstandes i. d. St; 70

Becher, Johann Joachim, 6. 5. 1635 Speyer — Okt. 1682 London, Merkantilist; 199 ff

Beer, Johann, 28. 2. 1655 St. Georgen/OÖ — 6. 8. 1700 Weißenfels/Sachs., Dichter u. Musiker; 238 ff, 244
Lit: R. Alewyn: J. B, 1932
Beer, Michael, um 1605 Au/Vbg — 31. 5. 1666 ebd., Baumeister; 223 ff
Beer von Bleichten, Franz, 1. 4. 1660 Au/Vbg — 21. 1. 1726 Bezau/Vbg, Baumeister; 224, 225 f, 229
Beer von Bleichten, Johann Michael, 17. 8. 1700 Bezau/Vbg — 26. 8. 1767 Mainz, Baumeister; 224, 226
Beethoven, Ludwig van, getauft 17. 12. 1770 Bonn — 26. 3. 1827 Wien, Komponist; 272, 316, 327, 329
Beheim, Michael, 27. 9. 1416 Sulzbach/Wttbg. — 1474 ebd., Meistersinger, »Buch von den Wienern«; 86
Bernhard, Graf von Spanheim, zw. 1176 u. 1181 — 4. 1. 1256 Völkermarkt (?), Herzog (1202) v. K; 21
Lit: H. Braumüller: Geschichte v. K, 1959
Beuttler, Clemens, 1623 Säckingen — 10. 4. 1682 Ebelsberg, Kartograph; 161 ff
Biener, Wilhelm, um 1590 Laugheim — 17. 7. 1651 in Rattenberg/T enthauptet, Hofkanzler v. T; 182
Birkenstock, Johann Melchior, Frh. v., 11. 5. 1738 Heiligenstadt/Eichsfeld — 30. 10. 1809 Wien, Schulreformer; 372
Bonno, Giuseppe, 29. 1. 1710 Wien — 15. 4. 1788 ebd., Hofkapellmeister; 328
Brenner, Martin, 11. 11. 1548 Dietenheim/Wttbg. — 14. 10. 1616 Leibnitz, Fürstbischof v. Seckau (1585 — 1615), Leiter d. Gegenreformation i. d. St; 161
Brockmann, Johann Franz Hieronymus, 30. 9. 1745 Graz — 12. 4. 1812 Wien, Burgschauspieler u. Theaterdirektor; 330 ff
Lit: H. Kindermann: Theatergeschichte Europas, Bd. IV u. V, 1961/62
Buquoi, Johann, Graf v., 28. 6. 1741 Prag — 11. 4. 1803 ebd., Reform d. Armenbetreuung; 297
Lit: L. Koch: Wandlungen d. Wohlfahrtspflege im Zeitalter d. Aufklärung, 1933
Burnacini, Giovanni, nach 1600 Cesena — 21. 7. 1655 Wien, Theaterarchitekt; 255
Burnacini, Ludovico Ottavio, um 1638 Mantua — 12. 12. 1707 Wien, Architekt u. Bühnenbildner; 255 ff

Caldara, Antonio, um 1670 Venedig — 28. 12. 1736 Wien, Vize-Hofkapellmeister; 265
Celtis, Konrad (eigentl. Pickel), 1. 2. 1459 Wipfeld/Unterfr. — 4. 2. 1508 Wien, Humanist; 142 ff
Chasteler, Johann Gabriel, Marquis v., 22. 1. 1763 Schloß Mulbais/Hennegau — 10. 5. 1825 Venedig, militär. Führer d. Corps z. Unterstützung d. Aufstandes v. T 1809; 404
Chnab, Michael, 14. Jh., Dombaumeister zu St. Stephan in W; 101
Lit: R.K. Donin: Meister Michael; in: Zur Kunstgeschichte Ö, 1951
Cobenzl, Ludwig, Graf v., 21. 11. 1753 Brüssel — 22. 2. 1809 Wien, Staatsmann; 370
Cobenzl, Philipp, Graf v., 28. 5. 1741 Laibach — 30. 8. 1810 Wien, Staatsmann; 366
Colloredo, Franz, Graf v., 11. 11. 1735 Regensburg — 26. 11. 1818 Wien, Staatsmann; 370, 389

Colloredo, Hieronymus, Graf v., 31. 5. 1732 Wien — 20. 5. 1812 ebd., Fürsterzbischof v. Sbg (1772 — 1803); 124, 284
Cuspinianus, Johannes (eigentl. J. Spießhaimer), Ende 1473 Schweinfurt — 19. 4. 1529 Wien, Humanist, Historiker; 101, 104, 117, 142, 144, 146

Daun, Leopold Joseph, Graf v., 24. 9. 1705 Wien — 5. 2. 1766 ebd., Feldherr; 278, 303 ff
Lit: F. L. v. Thadden: Feldmarschall D, 1967
Dietmar von Aist, 1139 — 1171 Riedmark, Minnesänger; 38, 80
Lit: Des Minnesangs Frühling, hg. v. C. v. Kraus, 1967
Donner, Georg Raphael, 24. 5. 1693 Eßling b. Wien — 15. 2. 1741 Wien, Bildhauer; 229 ff, 234
Lit: K. Blauensteiner: G. R. D., 1944

Ebendorfer, Thomas (Ebendorffer v. Hasselbach), 1388 Haselbach/NÖ — 1464 Wien, humanist. Geschichtsschreiber, Rektor d. Wr. Universität; 48, 80
Eberhard II., Graf von Waldburg, um 1170 — 30. 11. 1246 Friesach/K, 1200 — 1246 Erzbischof v. Sbg, gilt als »Gründer d. Landes Sbg«; 19
Lit: J. Rieder: Kurze Geschichte d. Landes Sbg, 1905
Elisabeth I., Zarin von Rußland, 28. 12. 1709 — 5. 1. 1762, Bündnis mit Maria Theresia; 276
Enikel, Jans (auch Enenkel, Enichel), verfaßt um 1280 die »Weltchronik« und das »Fürstenbuch«; 22, 86
Ernst der Eiserne, 1377 — 1424 Bruck a. d. Mur, Steir. Linie d. Habsburger; 49, 70
Eugen, Prinz von Savoyen, 18. 10. 1663 Paris — 21. 4. 1736 Wien, Feldherr u. Staatsmann; 103, 187, 193, 195 f, 213 ff, 273, 278, 291 f, 309 f
Lit: M. Braubach: P. E. v. S, 1963/65
Eybel, Josef, 1741 Wien — 1805 Linz, Kirchenrechtler, Aufklärer; 284, 303
Eyczing, Ulrich von, vor 1398 — 20. 11. 1460 Schrattenthal/NÖ, Begr. d. Mailberger Bundes v. 1451 gg. Friedrich III.; 71, 77 ff
Lit: K. Gutkas: Der M. Bund v. 1451; in: MIÖG Bd. 74, 1965 u. ders.: U. v. E. letzte Lebensjahre; in: Jhrb. f. Landeskunde v. NÖ, Bd. 37, 1966

Fabricius, Paulus, 1529 Lauban/Schles. — 20. 4. 1589 Wien, Mathematiker, Humanist; 102
Fadinger, Stephan, gefallen 5. 6. 1626 Ebelsberg b. Linz, Führer d. OÖ Bauernkrieges 1625/26; 108, 137
Felbiger, Johann Ignaz von, 6. 1. 1724 Glogau/Schles. — 17. 5. 1788 Preßburg, Maria Theresianische Schulreform; 281 f
Ferdinand I., 10. 3. 1503 Alcalá/Span. — 25. 7. 1564 Wien, seit 1556 röm.-deutscher Kaiser, Begr. d. österr. Linie d. Habsburger; 100, 102, 103 f, 106 ff, 118, 120 ff, 127, 153
Ferdinand II., 9. 7. 1578 Graz — 15. 2. 1637 Wien, seit 1619 röm.-deutscher Kaiser; 127, 133, 136 f, 157
Ferdinand III., 13. 7. 1608 Graz — 2. 4. 1657 Wien, seit 1637 röm.-deutscher Kaiser; 99, 103 f, 108, 110, 182, 198 f, 255
Ferdinand I., 19. 4. 1793 Wien — 29. 6. 1875 Prag, 1835 — 1848 öst. Kaiser; 390

Fischer von Erlach, Johann Bernhard, 20. 7. 1656 St. Martin b. Graz — 5. 4. 1723 Wien, Baumeister; 206 ff, 211 ff, 213 f, 219, 221 f, 225, 229, 233
Lit: H. Sedlmayr: J. B. F. v. E., 1956
Fischer von Erlach, Joseph Emanuel, 13. 9. 1693 Wien — 29. 6. 1742 ebd., Baumeister; 212
Frank, Johann Peter, 19. 3. 1745 Rothalben/Pfalz — 24. 4. 1821 Wien, Hygieniker — Erste Wr. Med. Schule; 341, 345
Franz I., 8. 12. 1708 Nancy — 18. 8. 1765 Innsbruck, Franz Stephan Herzog v. Lothringen (1729 — 1735), seit 1736 Gemahl v. Maria Theresia, seit 1745 röm.-deutscher Kaiser; 274 f, 281, 290 f, 294 ff, 359, 379, 392
Franz II. (I.), 12. 2. 1768 Florenz — 2. 3. 1835 Wien (als F. II. v. 1792 — 1806 röm.-deutscher Kaiser; als F. I. seit 1804 österr. Kaiser); 346, 348, 366, 370, 386 ff, 392 f, 396, 405, 410
Lit: W. Tritsch: Metternich u. sein Monarch, 1952
Friedel, Ehrenbert Xaver, SJ, 11. 3. 1673 Linz — 4. 6. 1743 Peking, erstes kartograph. Werk v. China; 165
Friedrich II., 26. 12. 1194 Jesi (Ancona) — 13. 12. 1250 Fiorentino, staufischer Kaiser; 15, 19, 27, 39, 41, 45, 52, 57
Friedrich I. Barbarossa, um 1125 — 10. 6. 1190, staufischer Kaiser; 24, 26, 27
Friedrich I., um 1175 — 16. 4. 1198, Babenberger-Herzog; 26, 39
Friedrich II., der Streitbare, 1210 — 15. 6. 1246 gefallen a. d. Leitha, letzter Babenberger-Herzog; 14 f, 28, 45, 68
Friedrich IV. Herzog v. Tirol (Habsburger), 1382 — 24. 6. 1439 Innsbruck, »Friedel mit d. leeren Tasche«, erließ 1406 gemeins. mit Hzg. Leopold IV. d. Landesordnung f. T; 70
Friedrich I., der Schöne, 1289 — 13. 1. 1330, ab 1314 deutscher König, zuerst gegen, dann mit Ludwig dem Bayern; 51
Friedrich III., 21. 9. 1415 Innsbruck — 19. 8. 1493 Linz, seit 1452 röm.-deutscher Kaiser; 23, 49 ff, 69 ff, 78 f, 95, 142 f, 175
Lit: Katalog d. Ausstellung F. III. Kaiserresidenz Wr. Neustadt, 1966
Friedrich II., 24. 1. 1712 Berlin — 17. 8. 1786 Potsdam, König v. Preußen, Gegner Maria Theresias; 273 f, 276, 283, 290 f, 295, 300, 303, 309
Friedrich Wilhelm III., 3. 8. 1770 Potsdam — 7. 6. 1840 Berlin, König v. Preußen, Koalition gg. Napoleon; 372, 378, 385
Frueauf, Rueland d. Ä., um 1440 Obernberg (Innviertel) — 1507 Passau, spätgot. Tafelmaler; 167 ff
Lit: L. v. Baldaß: Conrad Laib u. d. beiden R. F., 1946
Frueauf, Rueland d. J., um 1470 — um 1545 Passau, Maler d. Donauschule; 167 ff
Fux, Johann Joseph, 1660 Hirtenfeld/St — 14. 2. 1741 Wien, Komponist; 264 ff
Lit: H. W. Hamann: Neue Quellen zur J. J. F.-Forschung/F. W. Riedel: Der »Reichsstil« i. d. deutschen Musik d. 18. Jhs.; beide in: Kongreßbericht d. Internat. Ges. f. Musikwissensch., Kassel 1962/63

Gaismair, Michael, 1490 Sterzing/S-T — 1532 Padua, Führer d. T Bauernkrieges 1525/26; 107
Galli-Bibiena, Antonio, 16. 1. 1700 Parma — 1774 Mailand, Theaterausstattung im Wr. Barocktheater; 255

Galli-Bibiena, Fernando, 18. 8. 1657 Bologna — 3. 1. 1743 ebd., Theaterausstattung im Wr. Barocktheater; 255

Galli-Bibiena, Giuseppe, 5. 1. 1696 Parma — 1756 Berlin, Theaterausstattung im Wr. Barocktheater; 255

Gassmann, Florian, 3. 5. 1729 Brünn — 20. 1. 1774 Wien, Komponist, Hofkapellmeister; 327

Gentz, Friedrich v., 2. 5. 1764 Breslau — 9. 6. 1832 Weinhaus b. Wien, Publizist u. Diplomat; 372, 390, 402

Gerhoch von Reichersberg, um 1093 Polling (Bayern) — 27. 6. 1169 Reichersberg (OÖ), Augustiner-Chorherren-Probst, Vertr. d. clunyazensischen Reform; 14
Lit: P. Classen: G. v. R., 1960

Giuliani, Giovanni, 1663 Venedig — 1744 Heiligenkreuz (NÖ), Bildhauer; 229, 232

Gluck, Christoph Willibald, 2. 7. 1714 Erasbach (O. Pfalz) — 15. 11. 1787 Wien, Komponist; 312 ff, 319, 327 f, 329
Lit: A. Einstein: G., o. J.

Gran, Daniel, 22. (?) 5. 1694 Wien — 16. 4. 1757 St. Pölten, Maler; 236 f, 333, 336

Greiffenberg, Catharina Regina v., 7. 9. 1633 Schloß Seisenegg/Amstetten — Ostern 1694 Nürnberg, Dichterin; 244 ff
Lit: H. J. Frank: C. R. v. G., 1967

Grueber, Johann, SJ, 28. 10. 1623 Linz — 30. 9. 1680 Sáros Patok, Mathematiker, erste Reisebeschreibung über Tibet; 165

Grün, Anastasius (eigentl. Anton Alexander Graf Auersperg), 11. 4. 1806 Laibach — 12. 9. 1876 Graz, polit. Lyriker d. Vormärz; 113

Haager, Franz, Frh. v. Alensteig, 1750 Wien — 1. 8. 1816 Strá/Venedig, ab 1808 Leiter d. Polizei- u. Zensur-Hofstelle; 284

Haan, Matthias Wilhelm v., 17. 9. 1737 Wien — 10. 2. 1816 ebd., Rechtsreform; 410 f

Haerdtrich, Christian Wolfgang, SJ, 1625 Graz — 1684 Kiang-Tschau, China-Mission; 165

Haen, Anton de, 8. 12. 1704 Leyden — 5. 9. 1776 Wien, Erste Wr. Med. Schule; 280, 341 f, 346

Hafner, Philipp, 27. 9. 1735 Wien — 30. 7. 1764 ebd., »Vater d. Wr. Volksstückes«; 262 f

Hallerstein, Augustin, SJ, 18. 8. 1703 Laibach — 1774 Peking, Astronom; 166

Harrach, Franz Anton, Graf v., 4. 10. 1665 — 18. 7. 1727, ab 1709 Erzbischof v. Sbg; 229

Hasenhut, Anton, 1. 6. 1766 Peterwardein — 6. 2. 1841 Wien, Schauspieler; 330

Haspinger, Joachim, 28. 10. 1776 St. Martin/S-T — 12. 1. 1858 Sbg, Kapuziner-Pater, Führer d. T-Aufstandes 1809; 404 f

Hatzfeld, Karl F. A., Graf v., 14. 9. 1718 — 5. 9. 1793, Staatsmann, Gründer d. Wr. Börse; 282

Haugwitz, Friedrich Wilhelm, Graf v., 11. 12. 1702 Sachsen — 11. 9. 1765 Knöritz (Mähr.), Maria-Theresian. Verwaltungsreform; 278, 281, 291 f, 409

Haydn, Joseph, 31. 3. 1732 Rohrau/NÖ — 31. 5. 1809 Wien, Komponist; 271 f, 316 ff, 323
Lit: K. Geiringer: JH, 1959

Haydn, Michael, 14. 9. 1737 Rohrau/NÖ — 10. 8. 1806 Sbg, Komponist; 254

Heinrich von Mügeln, Mitte d. 14. Jhs., Minnesänger u. a. am Hofe Rudolfs IV.; 81
Heinrich der Teichner, um 1310 — um 1375, mhd. Spruchdichter; 81, 88
Heinrich III., 28. 10. 1017 — 5. 10. 1056, röm.-deutscher Kaiser; 12
Heinrich IV., 11. 11. 1050 — 7. 8. 1106 Lüttich, röm.-deutscher Kaiser; 14
Heinrich VI., 1165 — 28. 9. 1197 Messina, röm.-deutscher Kaiser; 40
Heinrich der Löwe, 1129 — 6. 8. 1195 Braunschweig, Herzog v. Bayern u. Sachsen; 13, 24, 27
Heinrich II. Jasomirgott, 2. 4. 1114 — 13. 1. 1177, Babenberger-Markgraf, ab 1156 Herzog; 13, 22 ff, 26
Lit: G. Juritsch: Geschichte d. Babenberger u. ihrer Länder (976 — 1246), 1894
Hell, Maximilian, SJ, 15. 5. 1720 Schemnitz — 14. 4. 1792 Wien, Astronom; 349 ff, 359
Lit: F. Pinsger: Hell Miska Emlékezete, 2 Bde., 1927
Herberstein, Siegmund Frh. v., 23. 8. 1486 Wippach (Slow.) — 28. 3. 1566 Wien, Humanist, Schriftsteller u. Diplomat; 102
Herberstein, Johann, Graf v., 7. 7. 1719 Graz — 7. 10. 1787 Laibach, Bischof v. Laibach, josephin. Kirchenreform; 284
Hildebrandt, Johann Lucas v., 14. 11. 1668 Genua — 16. 11. 1745 Wien, Baumeister; 213 ff, 219, 224, 230, 265
Lit: B. Grimschitz: J. L. v. H, 1959
Hofbauer, Klemens Maria, 26. 12. 1751 Taßwitz (Mähr.) — 15. 3. 1820 Wien, kathol. Erneuerung; 376, 397 ff
Lit: R. Till: H. und sein Kreis, 1951
Hofer, Andreas, 22. 11. 1767 St. Leonhard — 20. 2. 1810 erschossen in Mantua, Führer d. T-Aufstandes 1809; 403 ff
Lit: K. Paulin: Das Leben A. H., 1959
Hofhaimer, Paul, 25. 1. 1459 Radstadt — 1537 Sbg, Komponist; 175
Lit: O. Wessely: Neue Hofhaimeriana, 1955
Hohberg, Wolfgang Helmhard v., 20. 10. 1612 Ob. Thumeritz/NÖ — 1688 Regensburg, Dichter; 245
Hormayr, Josef, Frh. v., 20. 1. 1782 Innsbruck — 5. 11. 1848 München, Historiker, Diplomat; 372, 374, 403 ff
Hörnigk, Philipp Wilhelm von (Horneck), 23. 1. 1640 Frankfurt/M. — 23. 10. 1714 Passau, Merkantilist, Autor v. »Österreich über alles, wann es nur will«; 197, 199, 201 ff, 204 f
Lit: E. F. Heckscher: Der Merkantilismus, 2 Bd., 1932
Host, Nikolaus Thomas, 6. 12. 1761 Fiume — 13. 1. 1834 Wien, Arzt, Botaniker; 348
Huber, Wolf, um 1484 Feldkirch/Vbg — 3. 6. 1553 Passau, Maler, neb. Altdorfer d. bedeutendste Vertr. d. Donauschule; 149
Lit: E. Heinzle: W. H. u. sein Kreis; in: Katalog d. Ausstellung »Die Kunst d. Donauschule, 1490 — 1540«, Linz 1965
Hubmaier, Baltasar, um 1485 Friedberg/Augsbg. — 10. 3. 1528 in Wien als Ketzer verbrannt, Führer d. Wiedertäufer; 105
Hueber, Blasius, 29. 1. 1735 Oberperfuß — 4. 4. 1814 Inzing, Geograph, Landvermesser, Mitarb. P. Anichs; 355 ff
Lit: A. A. de Pauli: Lebensgesch. d. Landmessers B. H., 1815

Hugo von Montfort, 1357—4. 4. 1423, Minnesänger; Landvogt i. d. Schweiz, 1413—1416 Landeshptm. d. St; 81 ff
Hunyadi, Johann, um 1385 (Siebenbürgen)—11. 8. 1456 Semlin, Statth. v. Ungarn; 49, 79, 87
Hutter, Jakob, 25. 2. 1536 in Innsbruck als Ketzer verbrannt, Wiedertäufer; 105

Isaac, Heinrich, um 1450 Flandern—1517 Florenz, Komponist; 101, 175 f

Jacquin, Nikolaus Frh. v., 16. 2. 1727 Leyden—26. 10. 1817 Wien, Botaniker; 280, 345 ff
Johann von Gmunden, um 1385—23. 2. 1442, Mathematiker u. Astronom; 95
Johann III. Sobieski, 2. 6. 1624 Olesko—17. 6. 1696 Wilanow, König v. Polen; 185 f
Johann, Erzherzog von Österreich, 20. 1. 1782 Florenz—10. 5. 1859 Graz; 206, 370, 373 f, 386, 395, 403, 405, 407, 411
Joseph I., 26. 7. 1678 Wien—17. 4. 1711 ebd., seit 1705 röm.-deutscher Kaiser; 179, 187, 193 f, 207, 216, 264 f
Joseph II., 13. 3. 1741 Wien—20. 2. 1790 ebd., seit 1765 röm.-deutscher Kaiser; 64, 108, 204, 273, 276 f, 279 f, 283, 289, 292 ff, 294 ff, 302, 323 f, 327 f, 330 ff, 339, 378 ff, 388, 390, 392 f, 395, 397 f, 412
Lit: F. Fetjö: J. II., Kaiser u. Revolutionär, 1956

Kara Mustafa, 1634/35 Merrifon—25. 12. 1683 Belgrad, türk. Großwesir, 1683 vor Wien geschlagen; 185
Karl IV., 14. 5. 1316 Prag—29. 11. 1378 ebd., seit 1346 röm.-deutscher Kaiser aus d. Hause Luxemburg; 63, 65, 67
Karl der Kühne von Burgund, 10. 11. 1432 Dijon—5. 1. 1477 Nancy, seit 1467 Herzog von Burgund; 72, 113
Karl V., 24. 2. 1500 Gent—21. 9. 1558 San Geronimo de Yuste, 1519—1556 röm.-deutscher Kaiser; 99 f, 103, 106, 117 f, 179, 197
Karl VI., 1. 10. 1685 Wien—20. 10. 1740 ebd., seit 1711 röm.-deutscher Kaiser; 179, 193 ff, 208, 211 f, 221, 230, 255, 262, 264, 270, 289 f, 294, 338
Karl V., Herzog von Lothringen, 5. 4. 1643 Wien—18. 4. 1690 Wels, Feldherr; 186 f
Karl Albert von Bayern, 6. 8. 1697 Brüssel—20. 1. 1745 München, seit 1742 röm.-deutscher Kaiser; 273 f, 290
Karl, Erzherzog, 5. 9. 1771 Florenz—30. 4. 1847 Wien, Feldmarschall; 368, 370 ff, 386, 389, 392 ff
Lit: O. Criste: Erzhzg. Carl v. Ö, 3 Bde., 1912
Katharina II., die Große, 2. 5. 1729 Stettin—17. 11. 1796 Zarskoje Selo, seit 1762 Kaiserin v. Rußland; 277, 282, 300, 378
Kaunitz-Rietberg, Wenzel Graf v., (seit 1764 Fürst), 2. 2. 1711 Wien—27. 6. 1794 ebd., Staatsmann; 275, 281, 291, 294 f, 300, 304, 359, 366, 385, 398
Kemény, Johann, Fürst v. Siebenbürgen, um 1620—1662 gefallen i. d. Schlacht b. Schäsburg; 183

Kepler, Johannes, 27. 12. 1571 Weil (Wttbg.) — 15. 11. 1630 Regensburg, Mathematiker u. Astronom; 136, 154 ff, 159
Lit: W. Gerlach/M. List: J. K. Leben und Werk, 1966
Khevenhüller, Ludwig Andreas, Graf v., 30. 11. 1683 Linz — 26. 1. 1744, Feldmarschall; 274
Klesl, Melchior, 19. 2. 1553 Wien — 18. 9. 1630 Wr. Neustadt, seit 1616 Kardinal; polit. Berater d. Erzhzg. Matthias; 136
Klinkowström, Friedrich August, 31. 8. 1778 Ludwigsburg (Pomm.) — 4. 4. 1835 Wien, Pädagoge, Hofbauer-Kreis; 401
Koechel, Ludwig R. von, 14. 1. 1800 Stein/D. — 3. 6. 1877 Wien, Jurist, Natur- u. Musikwissenschafter; das Koechel-Verzeichnis d. Mozart-Werke; 272
Koffler, Andreas Wolfgang, SJ, 1603 Krems — 12. 12. 1651 ermordet in Kwangsi, Mathematiker u. Astronom, China-Mission; 164 ff
Kolowrat, Franz Anton, Graf v., 31. 1. 1778 Prag — 4. 4. 1861 Wien, Staatsmann; 389
Kottanerin, Helene, um 1400 Ödenburg — um 1470 Wien, Kammerfrau u. Memoirenschreiberin; 85 ff
Lit: K. Mollay: Die Denkwürdigkeiten d. H. K., in: »Arrabona« Bd. 7, 1965
Kürnberger, Minnesänger um die Mitte d. 12. Jhs. aus d. Gegend um Linz; 38, 80
Kurz-Bernardon, Joseph Felix v., 22. 2. 1717 Wien — 2. 2. 1784 ebd., Schriftsteller u. Schauspieler d. Wr. Volkstheaters; 261 f, 330

Lacy, Franz Moritz, Graf v., 21. 10. 1725 St. Petersburg — 24. 11. 1801 Wien, Feldherr; 303 ff, 378
Lit: E. Kotasek: Feldm. G. L, 1956
Ladislaus Postumus, 22. 2. 1440 Komorn — 23. 11. 1457 Prag; 49, 70 f, 78 f, 87, 95, 144, 175
Laib, Konrad, 1448 — 1457 in Sbg nachweisbar, spätgot. Maler; 167
Lang, Matthäus, 1468 Augsburg — 30. 3. 1540 Sbg, seit 1519 Fürsterzbischof v. Sbg; 103, 107, 175
Laudon, Gideon Ernst Frh. v., 2. 2. 1716 Tootzen (Livland) — 14. 7. 1790 Neutitschein (Mähr.), Feldherr; 303 ff, 378
Lit: F. Winterhiller: L, 1934
Lazius, Wolfgang (eigentl. W. Laz), 31. 10. 1514 Wien — 18. 6. 1565 ebd., Arzt, Historiograph u. Karthograph; 102
Leber, Ferdinand v., 31. 12. 1727 Wien — 14. 10. 1808 ebd., Chirurg, Erste Wr. Med. Schule; 280
Lechner, Leonhard, um 1553 Eppan/S-T — 9. 9. 1606 Stuttgart, Komponist; 177 f
Lit: M. Schreiber: Die Kirchenmusik d. Kapellm. L. L, 1936
Leopold I., der Erlauchte, von 976 — 994 babenberg. Markgraf v. Ö; 11 f, 22, 173
Leopold II., der Schöne, 1050 — 12. 10. 1095, seit 1075 babenberg. Markgraf v. Ö; 13 f, 16
Leopold III., der Heilige, 1073 Melk — 15. 11. 1136, seit 1095 babenberg. Markgraf v. Ö; 14, 22 f, 68, 77, 174
Leopold IV., der Freigiebige, gest. 18. 10. 1141 Altaich, seit 1136 babenberg. Markgraf v. Ö; 13, 23

Leopold V., der Tugendhafte, 1157 — 31. 12. 1194 Graz, seit 1177 babenberg. Herzog v. Ö, seit 1192 auch v. St; 19, 26
Leopold VI., der Glorreiche, 1176 — 28. 7. 1230 San Germano (Apulien), seit 1198 babenberg. Herzog v. Ö.; 13, 19, 21, 26 ff, 39, 40, 67
Lit: G. Juritsch: Geschichte d. Babenberger u. ihrer Länder (976—1246), 1894
Leopold III., 1351 — 9. 7. 1386, seit 1365 habsburg. Herzog v. Ö; 48, 66, 69
Leopold IV., 1371 — 3. 6. 1411, seit 1386 habsburg. Herzog v. Ö; 49
Leopold V. von Tirol (Habsburg), 9. 10. 1586 Graz — 3. 9. 1632, seit 1619 Gubernator, seit 1626 Landesfürst v. T; 182
Leopold I., 9. 6. 1640 Wien — 5. 5. 1705 ebd., seit 1658 röm.-deutscher Kaiser; 179, 182, 184, 186 f, 193 f, 198 f, 201, 203 f, 207, 211, 253, 255, 264, 271
Leopold II., 5. 5. 1747 Wien — 1. 3. 1792 Wien, seit 1790 röm.-deutscher Kaiser; 292 f, 295, 324, 365 f, 378, 388, 392 f
Lit: A. Wandruszka: L. II., 2 Bd., 1963/65
Liebenberg, Andreas, um 1627 — 9. 9. 1683 Wien, Bürgermeister v. W; 186
Liesganig, Joseph, 13. 2. 1719 Graz — 4. 3. 1799 Lemberg, Kartograph; 358 ff
Lit: E. Bernleithner: 200 Jahre Gradmesser in Ö; in: Kartographische Nachrichten 1963
Lindemayr, Maurus, OSB, 7. 11. 1723 Neukirchen/OÖ — 19. 6. 1783 Lambach, barockes Ordensspiel; 254
Liszt, Franz von, 22. 10. 1811 Raiding/Bgd — 31. 7. 1886 Bayreuth, Komponist; 329
Löbl zu Greinburg, Hans Jakob, Landeshptm. in OÖ z. Zeit d. Gegenreformation; 133
Lodron, Paris, Graf v., 28. 11. 1586 Castellano — 15. 12. 1653 Sbg, seit 1619 Erzbischof v. Sbg; 123 ff
Lit: F. Martin: Sbg Fürsten i. d. Barockzeit, 1966
Losenstein, Hans Wilhelm von, Juni 1546 — 1601, Evang. Landschaftsschule i. Loosdorf; 138 ff
Ludwig XIV., 5. 9. 1638 St-Germain-en-Laye — 1. 9. 1715 Versailles, König v. Frankreich; 184, 187, 193 f, 232, 283
Ludwig Wilhelm I. von Baden, 8. 4. 1655 Paris — 4. 1. 1707 Rastatt, seit 1677 Reichsfeldmarschall (Türkenlouis); 187

Mansfeld, Johann Ernst, 17. 7. 1738 Prag — 22. 2. 1796 Wien, Kupferstecher; 357
Marco d'Aviano, 17. 11. 1631 Aviano — 13. 8. 1699 Wien, Bußprediger; 186
Margarete Maultasch, 1318 — 3. 10. 1369 Wien, Gräfin v. T; 64, 66
Marie Antoinette, 2. 11. 1755 Wien — 16.10. 1793 enthauptet in Paris, Königin v. Frankreich, Tochter Maria Theresias; 254, 293, 365, 367
Maria Theresia, 13. 5. 1717 Wien — 29. 11. 1780 ebd.; 179, 199, 204 f, 214, 262, 271, 273 f, 284, 289 f, 294 ff, 299 f, 309 f, 336, 339, 348, 354 ff, 359, 390, 392, 398, 408 f
Lit: P. Reinhold: M. T, 1957
Marie Luise, Erzherzogin, 12. 12. 1791 Wien — 17. 12. 1847 Parma, Gemahlin Napoleons I.; 374, 390

Marinoni, Johann Jakob v., 1676 Udine — 10. 1. 1755 Wien, Astronom u. Geometer; 350
Marlborough, John Churchill, Herzog v., 1650 Munburg — 16. 6. 1722 Cranbourn Lodge, engl. Staatsmann u. Feldherr; 193 f
Martini, Karl Anton Frh. v., 15. 8. 1726 Riva (Ital.) — 7. 8. 1800 Wien, Jurist, Rechtsreform; 280, 284, 300, 385, 408 ff
Martini, Martin, SJ, 1614 Trient — 1661 Chekiang, China-Mission; 164 ff
Matthias, 24. 2. 1557 Wien — 20. 3. 1619 ebd., seit 1612 röm.-deutscher Kaiser; 99, 105, 134 ff, 139, 157
Matthias Corvinus, 23. 2. 1440 Klausenburg — 6. 4. 1490 Wien, König v. Ungarn; 49, 71 f, 87, 97, 114 f, 195
Maulbertsch, Franz Anton, getauft 7. 6. 1724 Langenargen — 8. 8. 1796 Wien, Maler; 229, 333 ff
Lit: K. Garas: F. A. M, 1960
Maximilian I., 22. 3. 1459 Wr. Neustadt — 12. 1. 1519 Wels, seit 1486 röm. König, 1508 »erwählter röm. Kaiser«; 23, 50 f, 61, 72, 99 f, 101 f, 104, 110, 113 ff, 175 f
Lit: R. Buchner: M. I., Kaiser a. d. Zeitenwende, 1959
Maximilian II., 1. 8. 1527 Wien — 12. 10. 1576 Regensburg, seit 1564 röm.-deutscher Kaiser; 103, 105, 108, 118 ff, 127 f, 136, 143 ff
Lit: R. Holtzmann: Kaiser M. II. bis zu seiner Thronbesteigung, 1903
Mayr, Peter, 15. 8. 1767 Riffian/Bozen — 20. 2. 1810 ebd., Führer im T-Aufstand v. 1809; 404
Meinhard I., Graf v. Görz, gest. 22. 7. 1258, erwirbt durch Heirat T; 20
Meinhard II. von Tirol, gest. 1. 11. 1295 Greifenburg/K, Begründer d. T Landeseinheit; 20, 52, 57 f, 59 ff
Lit: H. Wiesflecker: M. d. Zweite, Schlern-Schriften 124, Innsbr. 1955
Mennel, Jakob, 1460 Bregenz — 1532, Hofhistoriograph; 116
Metastasio, Pietro, 3. 1. 1698 Rom — 12. 4. 1782 Wien, Hofdichter i. W; 313, 316
Metternich, Klemens Wenzel Lothar Fürst v., 15. 5. 1773 Koblenz — 11. 6. 1859 Wien, Staatsmann; 374 ff, 389, 394, 401
Lit: H. v. Srbik: M, 2 Bde, 1925
Migazzi, Christoph Anton, Graf v., 23. 11. 1714 Innsbruck — 15. 9. 1803 Wien, seit 1757 Erzbischof v. W, seit 1761 Kardinal; 281, 284
Moll, Anton Cassian, 1722 — 1757, Bildhauer; 232
Moll, Balthasar Ferdinand, 4. 1. 1717 Innsbruck — 3. 3. 1785 Wien, Bildhauer; 232
Mönch von Salzburg, 14./15. Jh., geistl. u. weltl. Lieder; 82 ff
Montecuccoli, Raimund, Graf v. (seit 1678 Fürst), 21. 2. 1609 Modena — 16. 10. 1680 Linz, Feldherr; 183, 186, 310
Moosbrugger, Andreas (Kaspar), 15. 5. 1656 Au/Bregenzerw. — 26. 8. 1723 Einsiedeln (Schweiz), Baumeister; 224 f
Mozart, Leopold, getauft 14. 11. 1719 Augsburg — 28. 5. 1787 Sbg, Komponist; 321, 323
Mozart, Wolfgang Amadeus, 27. 1. 1756 Sbg. — 5. 12. 1791 Wien, Komponist; 254, 271 f, 312, 316 f, 319, 321 ff, 327, 346
Lit: E. Schenk, M, 1955
Müller, Adam, 30. 6. 1779 Berlin — 17. 1. 1829 Wien, Volkswirtschaftler; 401

Multscher, Hans, um 1400 Reichenhofen (Allgäu) — 1467 Ulm, Bildhauer u. Maler; 89
Munggenast, Franz, 1724 St. Pölten — 1748 ebd., Baumeister; 217
Munggenast, Joseph, 5. 3. 1680 Schnann/T — 3. 5. 1741 St. Pölten, Baumeister; 217, 220 ff, 223, 234
Munggenast, Matthias, 1729 St. Pölten — April 1798 ebd., Baumeister; 217

Napoleon I. Bonaparte, 15. 8. 1769 Ajaccio (Korsika) — 5. 5. 1821 St. Helena, von 1804 — 1814/15 Kaiser d. Franzosen; 365, 368 ff, 386 f, 389 f, 394 ff, 403 f, 406
Neidhart von Reuenthal, um 1180 Bayern — nach 1237, Minnesänger; 43, 84
Nibelungenlied, sein Dichter; 27, 28 ff
Lit: W. Krogmann-U. Pretzel: Bibliographie zum NL, 1966

Oeser, Adam Friedrich, 17. 2. 1717 Preßburg — 18. 3. 1799 Leipzig, Maler u. Bildhauer; 232
Oswald von Wolkenstein, 1376/1378 S-T — 2. 8. 1445 Burg Hauenstein, Minnesänger; 80 ff
Lit: Deutsche Lit. d. MA — Verfasserlexikon, hg. v. K. Langosch, 1933—1955
Otto von Freising, um 1114/15 — 22. 9. 1158 Morimond, Geschichtsforscher, seit 1138 Bischof v. Freising; 14, 22
Lit: K. Haid: O. v. F, 1933
Ottokar III., Markgraf d. Steiermark, 1124 — 31. 12. 1164, Begründer d. St Landesfürstentums; 16
Lit: H. Pirchegger: Landesfürst u. Adel i. d. St während d. MA, in Forschungen z. Verfassgs.- u. Verw.-Geschichte d. St, XII. Bd., 1951
Ottokar II. Přzemysl, um 1230 — 26. 8. 1278 gefallen b. Dürnkrut (NÖ), seit 1253 König v. Böhmen; 45 ff, 52, 57 f, 60

Pacher, Michael, um 1430 in Bruneck — 1498 Sbg, spätgot. Maler u. Bildschnitzer; 88 ff, 167
Lit: O. Schürer: M. P, 1940
Papst Innozenz XI., 19. 5. 1611 Como — 12. 8. 1689 Rom, seit 1676 Papst, fördert d. Bündnis Ö mit Polen gg. d. Türken; 185
Papst Paul IV., 28. 6. 1476 Capriglio — 18. 8. 1559 Rom, seit 1555 Papst, Konflikt m. Kaiser Ferdinand I.; 121
Papst Pius VI., 25. 12. 1717 Cesena — 29. 8. 1799 Valence, seit 1775 Papst, 1782 Zusammentreffen m. Kaiser Joseph II. in W; 296
Paracelsus, Theophrastus Bombastus von Hohenheim, 17. 12. 1493 Einsiedeln (Schweiz) — 24. 9. 1541 Sbg, Arzt u. Naturforscher; 147 ff, 158, 160, 175
Lit: W. Pagel: Das med. Weltbild d. P, 1962
Pergen, Johann Anton Graf v., 15. 2. 1735 Wien — 12. 5. 1814 ebd., Reform d. Polizeiwesens; 282, 284
Permoser, Balthasar, 13. 8. 1651 Kammer/Traunst. — 20. 2. 1732 Dresden, Bildhauer; 232
Peter III., 21. 2. 1728 Kiel — 17. 7. 1762 Ropscha, Zar v. Rußland, Bündnis m. Friedrich v. Preußen; 276

Peuerbach, Georg Aunpeck von, 30. 5. 1423 Peuerbach/OÖ — 8. 4. 1461 Wien, Mathematiker, Astronom; 92 ff, 144, 154
Lit: E. Zinner: Leben und Wirken des Johannes Müller von Königsberg genannt Regiomontanus, 1968, S. 26 — 46
Peutinger, Konrad, 15. 10. 1465 Augsburg — 28. 12. 1547 ebd., Peutingersche Tafel (Nachdruck d. ersten röm. Landkarte); 146
Pez, Bernhard, 22. 2. 1683 Ybbs/NÖ — 23. 3. 1735 Melk, Historiker; 198
Piccolomini, Enea Silvio (Äneas Sylvius), 18. 10. 1405 Corsignano — 14. 8. 1464 Ancona, Bahnbrecher d. Humanismus i. Ö, wurde 1456 Kardinal u. 1458 als Pius II. Papst; 87, 143, 175
Pilat, Joseph Anton von, 20. 2. 1782 Augsburg — 2. 5. 1865 Wien, Publizist, Hofbauer-Kreis; 401
Pilgram, Anton, um 1450/60 Brünn — um 1515 Wien, Bildhauer u. Baumeister, seit 1511 i. d. Bauhütte zu St. Stephan; 101
Lit: K. Oettinger: A. P. u. d. Bauhütte v. St. Stephan, 1951
Pilgram, Anton, 3. 10. 1730 Wien — 15. 1. 1793 ebd., Astronom; 350
Pilgrim, hl., gest. 20. 5. 991 Passau, Bischof v. Passau; 29
Pitt, William d. Ä., 15. 11. 1708 London — 11. 5. 1778 Hayes (Kent), brit. Staatsmann; 275
Pitt, William d. J., 28. 5. 1759 Hayes (Kent) — 23. 1. 1806 Putnay (London), brit. Staatsmann; 370
Podiebrad, Georg von, 6. 4. 1420 — 22. 3. 1470, Statthalter, dann König v. Böhmen; 49, 71 f, 79 f
Ponte, Lorenzo da, 10. 3. 1749 Ceneda — 17. 8. 1838 New York, Texte f. Mozart-Opern; 323 f, 328
Prandtauer, Jakob, getauft 16. 7. 1660 Stanz b. Landeck — 16. 9. 1726 St. Pölten, Baumeister; 217 ff
Lit: Katalog d. Ausstellg. zum 300. Geburtstag, 1960
Pratobevera, Karl Josef von, 17. 2. 1769 Bielitz — 6. 12. 1853 Wien, Jurist, Gesetzesreform; 411
Prehauser, Gottfried, 8. 10. 1699 Wien — 29. 1. 1769 ebd., Schauspieler, Stegreifkomödie; 261, 263 f, 330
Puchsbaum, Hanns, vor 1390 — nach 1455, Dombaumeister zu St. Stephan; 101
Lit: B. Grimschitz: H. P, 1947

Raab, Franz Anton von, 1722 Klagenfurt — 20. 4. 1783 Wien, Aufhebg. d. Leibeigenschaft, Fronablösg.; 284
Radetzky, Johann Josef Wenzel, Graf v., 2. 11. 1766 Třebnice (Böhm.) — 5. 1. 1858 Mailand, Feldherr; 375
Raitenau, Wolf Dietrich von, 26. 3. 1559 Lochau/Vbg — 16. 1. 1617 Sbg, Fürsterzbischof v. Sbg (1587 — 1612); 123 ff
Rákóczy Franz II., 27. 3. 1676 Borsi — 8. 4. 1735 Rodostò, Fürst v. Siebenbürgen, Führer d. ung. Bewegung gg. Habsburg; 183, 194
Rákóczy Georg I., 8. 6. 1593 — 11. 10. 1648 Sárospatak, seit 1630 Fürst v. Siebenbürgen; 104
Rákóczy Georg II., 30. 1. 1621 Sárospatak — 7. 6. 1660 Großwardein, Fürst v. Siebenbürgen; 183

Rautenstrauch, Franz Stephan von, 26. 7. 1735 Platten (Böhm.) — 30. 9. 1785 Erlau, seit 1773 Abt d. Benediktinerabtei Braunau, Studienreform; 302 f
Regiomontanus (eigentl. Johannes Müller), 6. 6. 1436 Königsberg (Franken) — 6. 7. 1476 Rom, Mathematiker, Astronom; 95 ff, 154
Lit: E. Zinner: Leben und Wirken des Johannes Müller von Königsberg genannt Regiomontanus, 1968
Reimar von Hagenau, um 1160 — um 1207, Minnesänger; 23, 39, 42
Reinmar: siehe Reimar
Rettenpacher, Simon, OSB, 19. 10. 1634 Aigen b. Sbg — 10. 5. 1706 Kremsmünster, Geschichtsschreiber; Benediktiner-Ordensdramen; 250 ff
Rheticus, Georg Joachim, 12. 2. 1514 Feldkirch/Vbg — 4. 12. 1574 Kaschau, Mathematiker u. Astronom; 158 ff
Lit: K. H. Burmeister: G. J. R, 3 Bde., 1967/69
Riegger, Joseph Anton von, 13. 2. 1742 Innsbruck — 5. 8. 1795 Prag, Staats- u. Völkerrechtler; 300
Riegger, Paul von, 29. 6. 1705 Freiburg/Brg. — 2. 12. 1775 Wien, Kirchenrechtler, Aufklärung; 284, 409
Rottenhahn, Heinrich Franz, Graf v., 4. 10. 1737 Bamberg — 14. 2. 1809, Rechtsreform; 411
Rottmayr, Johann Michael, 1654 Laufen — 25. 10. 1730 Wien, Maler; 236
Rudolf I., 1. 5. 1218 — 15. 7. 1291 Speyer, Stammvater d. Hauses Habsburg, 1273 z. deutschen König gewählt; 46 ff, 52 ff, 58, 60, 62 f, 65
Lit: O. Redlich: R. v. H, 1903
Rudolf II. von Habsburg, 1271 — 10. 5. 1290, seit 1282 Herzog v. Ö u. St, gemeins. m. Albrecht I.; 48
Rudolf IV., der Stifter, 1. 11. 1339 — 27. 7. 1365 Mailand, seit 1358 Herzog v. Ö; 22, 47 ff, 63 ff, 71, 77, 101
Lit: E. Zöllner: Geschichte Ö, 1966
Rudolf II., 18. 7. 1552 Wien — 20. 1. 1612 Prag, seit 1576 röm.-deutscher Kaiser; 105, 133 ff, 136, 156

Salieri, Antonio, 18. 8. 1750 Legnago — 7. 5. 1825 Wien, Komponist; 327 ff
Lit: R. Angermüller: A. S. Sein Leben u. seine weltl. Werke, 1. Bd., 1971
Salm, Niklas, Graf v., 1459 Nieder-Salm (Belgien) — 4. 5. 1530 Salmhof b. Marchegg, Verteidig. W gg. d. Türken (1529); 103
Saurau, Franz, Graf v., 1760 Wien — 9. 6. 1832 Florenz, hoh. Staatsbeamter u. a. im Polizeiwesen; 284, 303
Schallenberg, Georg Christoph von, 31. 1. 1561 Piberstein/OÖ — 25. 4. 1597 Wien, protestant. Statthalter in NÖ, Lyriker; 244
Scherfler, R. P. Karl, SJ, 3. 10. 1716 Gmunden — 25. 7. 1783 Wien, Mathematiker; 359
Schikaneder, Emanuel, 1. 9. 1751 Straubing — 21. 9. 1812 Wien, Theaterleiter u. -schriftsteller; 327
Schlegel, Friedrich, 10. 3. 1772 Hannover — 12. 1. 1829 Dresden, Wortführer d. Romantik, Hofbauer-Kreis; 113, 301, 400, 402
Schletterer, Jakob Christoph, 22. 7. 1699 Wenns/T — 19. 5. 1774 Wien, Bildhauer; 232

Schmelzl, Wolfgang, um 1500 Kenmat (Ob. Pfalz) — um 1557 St. Lorenzen am Steinfeld, Deutsches Schuldrama, »Lobspruch d. Stadt Wien« (1548); 251 f
Schmidt, Martin Johann, getauft 25. 9. 1718 Grafenwörth b. Krems — 28. 6. 1801 Stein a. d. Donau, Maler; 333, 335 ff
Lit: F. Dworak, R. Feuchtmüller, K. Garzarilli-Thurnlackh, J. Zykan: Der Maler M. J. S., 1955
Schmutzer, Jakob Matthias, 3. 4. 1733 Wien — 2. 12. 1811, Kupferstecher, Begründ. d. Kupferst.-Schule (1772 m. Ak. d. bild. Künste vereinigt); 334
Schor, Johann Paul, gen. Giovanni Paolo Tedesco, 27. 6. 1615 Innsbruck — 6. 3. 1674 Rom, Maler; 206
Schramb, Anselm, 15. 9. 1676 St. Pölten — 20. 12. 1720 Melk, Benediktiner-Mönch, histor. Quellenforschung; 198, 219
Schröder, Friedrich Ludwig, 3. 11. 1744 Schwerin — 3. 9. 1816 Rellingen b. Pinneberg, Schauspieler, 1781 — 1785 am Wr. Burgtheater; 330 ff
Schröder, Wilhelm Frh. v., 15. 11. 1640 Königsberg (Sachs.) — Okt. 1688 Eperies (Ung.), Merkantilist; 199, 203 ff
Schwarzenberg, Karl Philipp Fürst v., 15. 4. 1771 Wien — 15. 10. 1820 Leipzig, Heerführer; 374 f, 389
Sedlnitzky, Josef, Graf v., 8. 1. 1778 Troplowitz (Schles.) — 21. 6. 1855 Baden b. W., Präsident d. Polizei-Hofstelle; 284
Seibt, Carl Heinrich, Ritter von, 21. 3. 1735 Marienthal — 2. 4. 1806 Prag, kathol. Aufklärung; 303
Senfl, Ludwig, um 1486 Zürich — 1542/43 München, Komponist; 175 f
Severin, hl., um 410 — 8. 1. 482 Favianus, missionar. u. polit. Wirken i. Ufernorikum w. d. Völkerwanderung; 11
Siebenbürger, Martin, 11. 8. 1522 in Wr. Neustadt hingerichtet, Führer b. Aufstand d. Stände gg. Ferdinand I.; 102
Sigmund der Münzreiche, 26. 10. 1427 Innsbruck — 4. 3. 1496 ebd., 1439 — 1490 Erzherzog v. T; 70, 100, 113, 175
Sinelli, Emmerich, 1622 Komorn — 1685 Wien, seit 1680 Bischof v. W, Ratgeber Leopolds I.; 186
Sinzendorf, Philip Ludwig, Graf v., 26. 12. 1671 Wien — 8. 2. 1742 ebd., Staatsmann; 200, 204
Sittikus, Markus, Graf v. Hohenems, 24. 6. 1574 — 9. 10. 1619 Sbg, seit 1612 Fürsterzbischof v. Sbg; 123 ff
Solari, Santino, 1576 Verna b. Lugano — 10. 4. 1646 Sbg, seit 1612 Dombaumeister in Sbg; 125
Sonnenfels, Josef Frh. v., 1732 Nikolsburg — 25. 4. 1817 Wien, Jurist, Hauptvertr. d. josephin. Aufklärung; 262, 280, 282, 284, 300 ff, 411
Lit: R. A. Kann: Kanzel u. Katheder, 1962
Speckbacher, Josef, 13. 7. 1767 Gnadenwald/T — 28. 3. 1820 Hall/T, Führer im T-Aufstand v. 1809; 404 f
Stabius, Johannes (eigentl. J. Stöberer), um 1450 Steyr — 1. 1. 1522 Graz, Geograph, Kartograph; 102, 143
Stadion, Johann Philipp, Graf v., 18. 6. 1763 Mainz — 15. 5. 1824 Baden b. W, Staatsmann, Gründ. d. Nationalbank; 372, 374, 389
Lit: H. Rössler, Ö Kampf um Deutschlands Befreiung, 2 Bd., 1945

Starhemberg, Ernst Rüdiger, Graf v., 12. 1. 1638 Graz — 4. 1. 1701 Wösendorf/Wachau, Feldherr, Verteidig. W gg. d. Türken 1683; 186

Steinl, Matthias, um 1644 — 18. 4. 1727 Wien, Baumeister u. Bildhauer; 219, 222
Lit: L. Pühringer-Zwanowetz: M. S, 1966

Stoll, Maximilian, 12. 10. 1742 Erzingen/Schwab. — 23. 5. 1788 Wien, Arzt, Erste Wr. Med. Schule; 341

Stranitzky, Josef Anton, 10. 9. 1676 Graz — 19. 5. 1726 Wien, Schauspieler, Schöpfer d. Wr. Stegreifbühne; 259 ff, 262
Lit: O. Rommel: Die Alt-Wiener Volkskomödie, 1952

Stubenberg, Johann Wilhelm von, 22. 4. 1619 Neustadt — 15. 3. 1663 Wien, Dichter u. Übersetzer; 141, 244

Suchenwirth, Peter, um 1320 — nach 1395, Hauptvertr. d. ma. Herolds- u. Wappendichtung; 81

Sweth, Kajetan Karl, 18. 8. 1785 Graz — 21. 3. 1864 Innsbruck, Sekr. A. Hofers; 407

Swieten, Gerard van, 7. 5. 1700 Leiden — 18. 6. 1772 Wien, Reformer d. med. Studiums u. Begründ. d. Erst. Wr. Med. Schule; 279, 320, 341 f, 346 f, 409

Talleyrand, Charles Maurice de, 13. 2. 1754 Paris — 17. 5. 1838 ebd., französ. Staatsmann; 376

Thököly, Emmerich, 1656 — 13. 9. 1705, Führer d. ung. Aufständ.; 184

Thugut, Franz Frh. v., 31. 3. 1736 Linz — 28. 5. 1818 Wien, Staatsmann; 367, 370, 394

Thumb, Michael, um 1640 — 19. 2. 1690 Bezau/Vbg, Baumeister, Vbg Schule; 224 ff

Thumb, Peter, 18. 12. 1681 Bezau — 4. 3. 1766 Konstanz, Baumeister, Vbg Schule; 224, 226

Tieffenthaler, Joseph, SJ, 24. 7. 1710 Salurn/S-T — 5. 7. 1785 Lakhnan/Indien, Indien-Missionar; 166

Trattinick, Leopold, 1764 Klosterneuburg — 1849 Wien, Botaniker; 348

Triesnecker, Franz, SJ, 2. 4. 1745 Kirchberg/Wagr. — 29. 1. 1817 Wien, Astronom; 352 f

Troger, Paul, 30. 10. 1698 Welsberg/Pustertal — 20. 7. 1762 Wien, Maler; 233 ff, 333
Lit: W. Aschenbrenner, P. G. Schweighofer: P. T, 1965

Trost, Andreas, geb. in Deggendorf (Bayern) — 8. 6. 1708 Graz, Kupferstecher, seit 1677 in Graz; 163

Tschernembl, Georg Erasmus von, 1567 — 1626, Führer d. protestant. Stände; 127 ff
Lit: H. Sturmberger: G. E. T. — Religion, Libertät, Widerstand, 1953

Ulrich von Liechtenstein, um 1200 — um 1276, Minnesänger; 26 f, 80

Vischer, Georg Matthäus, 22. 4. 1628 Wenns/T — 13. 12. 1696 Linz, Geograph; 161 ff

Wagenseil, Georg Christoph, 15. 1. 1715 Wien — 1. 3. 1777 ebd., Komponist; 271, 317

Wallenstein, Albrecht von, 24. 9. 1583 Hermanič (Böhm.) — 25. 2. 1634 ermordet in Eger (Böhm.), Feldherr; 99, 109 f, 158

Walther von der Vogelweide, um 1170 — um 1230 bei Würzburg, Minnesänger; 22, 26 f, 29, 37 ff, 80
Lit: W. v. d. V, Gedichte, ausgew. v. P. Wapnewski, 1966
Werner, Gregorius Joseph, um 1695 — 3. 3. 1766 Eisenstadt, Komponist, Esterházyscher Kapellmeister; 318
Werner, Zacharias, 18. 11. 1768 Königsberg (Preußen) — 17. 1. 1823 Wien, Dichter, Hofbauer-Kreis; 400
Wissgrill, Joseph, um 1697 — 22. 6. 1772 St. Pölten, Baumeister; 217
Wulfen, Franz Xaver von, 5. 11. 1728 Belgrad — 16. 3. 1805 Klagenfurt, Botaniker; 347

Zápolya, Johann, 1487 Burg Zips — 22. 7. 1540 Mühlbach (Siebenbg.), Woiwode v. Siebenbürgen, seit 1526 König v. Ungarn, Verbündeter d. Türken; 103 f
Zeiler, Martin, 17. 4. 1589 Ranten/St — 6. 10. 1661 Ulm, Topograph; 161 ff
Lit: E. Bernleithner: D. Entw. d. Kartographie i. Ö, in: Berichte z. dtsch. Landeskunde, 1959
Zeiller, Franz Anton Edler von, 14. 1. 1751 Graz — 23. 8. 1828 Wien, Schöpfer d. Allg. Bürgerl. Gesetzbuches; 408 ff
Lit: E. Swoboda: F. v. Z, 1931
Zierotin, Karl von, 14. 9. 1564 Brandeis (Böhm.) — 9. 10. 1636 Prerau, Führer d. böhm. Stände; 134, 136
Zrinyi, Nikolaus, Graf v., um 1508 Burg Zrin — 7. 9. 1566 in Szigetvár v. d. Türken enthauptet, Banus v. Kroatien, Verteidig. d. Festung Szigeth; 103
Zrinyi, Peter, Graf v., 6. 6. 1621 Vorbovec — 30. 4. 1671 in Wr. Neustadt enthauptet, Banus v. Kroatien, a. d. ung. Magnatenverschwörung beteiligt; 183

Verzeichnis der Abbildungen

17 Walther von der Vogelweide *(Bildarchiv d. ÖNB = Österr. Nationalbibliothek)*
35 Die Schleierlegende *(Foto Ritter, Wien)*
43 Walther von der Vogelweide; Faksimile aus der Kleinen Heidelberger Liederhandschrift *(Bildarchiv d. ÖNB)*
53 Romanisches Portal der Stiftskirche von Heiligenkreuz *(Bildarchiv d. ÖNB)*
54 Opfer Kains und Abels, Apsis der Kirche von Schöngrabern *(Bildarchiv der ÖNB)*
55 Herzog Heinrich II. Jasomirgott *(Bildarchiv d. ÖNB)*
Herzog Leopold V., der Tugendhafte *(Bildarchiv d. ÖNB)*
56 Herzog Friedrich der Streitbare *(Bildarchiv d. ÖNB)*
73 Kaiser Rudolf I. von Habsburg *(Bildarchiv d. ÖNB)*
Ottokar II. Přzemysl, König von Böhmen *(Bildarchiv d. ÖNB)*
74 Graf Meinhard II. von Tirol *(Bildarchiv d. ÖNB)*
Oswald von Wolkenstein *(Bildarchiv d. ÖNB)*

75 Herzog Rudolf IV. *(Bildarchiv d. ÖNB)*
Kaiser Friedrich III. *(Bildarchiv d. ÖNB)*
76 Kaiser Maximilian I. *(Bildarchiv d. ÖNB)*
Kaiser Maximilian II. *(Bildarchiv d. ÖNB)*
93 Michael Pacher, Altar von St. Wolfgang *(Österreichisches Bundesdenkmalamt)*
97 Georg Aunpeck von Peuerbach, Regiomontanus, Mathematische Tafeln (Titelseite) *(ÖNB)*
111 Rueland Frueauf d. J., Sauhatz *(Foto Ritter, Wien)*
129 Meister Pilgram *(Bildarchiv d. ÖNB)*
130 Hauptschiff des Wiener Stephansdomes *(Bildarchiv d. ÖNB)*
131 Michael Chnab, Spinnerin am Kreuz in Wiener Neustadt *(Bildarchiv d. ÖNB)*
132 Wolf Dietrich von Raitenau *(Bildarchiv d. ÖNB)*
Paris Graf Lodron *(Bildarchiv d. ÖNB)*
Paracelsus *(Bildarchiv d. ÖNB)*
Konrad Celtis *(Bildarchiv d. ÖNB)*
149 Wolf Huber, Geburt Christi *(Vorarlberger Landesmuseum)*
150 Johannes Kepler *(Bildarchiv d. ÖNB)*
Johannes Stabius *(Bildarchiv d. ÖNB)*
151 Hans Wilhelm von Losenstein *(Foto Angerer, Loosdorf)*
152 Johannes Stabius, Sternkarte der nördlichen Himmelskugel *(Bildarchiv d. ÖNB)*
169 Prinz Eugen von Savoyen *(Österreichische Galerie)*
170 Kaiser Leopold I. *(Bildarchiv d. ÖNB)*
Kaiser Karl VI. *(Bildarchiv d. ÖNB)*
171 Kaiser Joseph I. *(Kunsthistorisches Museum, Wien)*
172 Ernst Rüdiger Graf Starhemberg *(Bildarchiv d. ÖNB)*
189 Johann Bernhard Fischer von Erlach, Karlskirche *(Bildarchiv d. ÖNB)*
190 Johann Bernhard Fischer von Erlach, Schloß Engelhartstetten *(Bildarchiv der ÖNB)*
Johann Emanuel Fischer von Erlach, Wiener Hofburg, Reichskanzleitrakt *(Foto Handsur, Wien)*
191 Johann Bernhard Fischer von Erlach, Schloß Klesheim *(Bildarchiv d. ÖNB)*
Jakob Prandtauer, Schloß Hohenbrunn *(Bildarchiv d. ÖNB)*
192 Jakob Prandtauer, Stift Melk *(Bildarchiv d. ÖNB)*
209 Johann Martin Schmidt, Die Heilige Familie erscheint über Maria Taferl *(Niederösterreichisches Landesmuseum)*
227 Hanswursts Abschied *(Theaterwissenschaftliche Sammlungen d. ÖNB)*
243 Johann Beer, Die Kurzweiligen Sommer-Täge (Titelblatt) *(ÖNB)*
245 Johann Bernhard Fischer von Erlach, Prunksaal der Österreichischen Hofbibliothek *(Bildarchiv d. ÖNB)*
246 Johann Lucas von Hildebrandt, Belvedere *(Bildarchiv d. ÖNB)*
247 Georg Raphael Donner, Originalfiguren des Providentia-Brunnens *(Bildarchiv d. ÖNB)*
248 Martino Altomonte, Susanne und die beiden Alten *(Österreichische Galerie)*
265 Kaiserin Maria Theresia *(Bildarchiv d. ÖNB)*
266 Kaiser Franz I. *(Bildarchiv d. ÖNB)*
Wenzel Graf Kaunitz *(Bildarchiv d. ÖNB)*

267 Friedrich Wilhelm Graf Haugwitz *(Bildarchiv d. ÖNB)*
Johann Christoph von Bartenstein *(Bildarchiv d. ÖNB)*
268 Ludovico Ottavio Burnacini, Theresianum *(Bildarchiv d. ÖNB)*
Die Kadetten beim Exerzieren in der Wiener Neustädter Akademie *(Militärakademie Wiener Neustadt)*
285 Kaiser Joseph II. *(Bildarchiv d. ÖNB)*
286 Johann Ignaz von Felbiger *(Bildarchiv d. ÖNB)*
Gerard van Swieten *(Bildarchiv d. ÖNB)*
287 Josef von Sonnenfels *(Bildarchiv d. ÖNB)*
Josef von Sonnenfels, Der Mann ohne Vorurtheil (Titelblatt) *(ÖNB)*
288 Claudius Florimund Graf Mercy *(Bildarchiv d. ÖNB)*
Leopold J. Graf Daun *(Bildarchiv d. ÖNB)*
Gideon Ernst von Laudon *(Bildarchiv d. ÖNB)*
Franz Moritz Graf Lacy *(Bildarchiv d. ÖNB)*
305 Christoph Willibald Gluck *(Bildarchiv d. ÖNB)*
306 Joseph Haydn *(Bildarchiv d. ÖNB)*
307 Wolfgang Amadeus Mozart *(Bildarchiv d. ÖNB)*
308 Figurine des Papageno *(Bildarchiv d. ÖNB)*
325 Franz Anton Maulbertsch, Deckenfresko des Schlosses Halbturn *(Foto Ritter, Wien)*
343 Paul Troger, Der hl. Sebastian und die Frauen *(Foto Ritter, Wien)*
361 Ludovico Ottavio Burnacini, Il pomo d'oro *(Bildarchiv d. ÖNB)*
Johann Franz Hieronymus Brockmann *(Bildarchiv d. ÖNB)*
362 Johann Michael Prunner, Wollzeugfabrik, Linz *(Oberösterreichisches Landesmuseum)*
363 Peter Anich, Kartenwerk Tirol *(Tiroler Landesmuseum Ferdinandeum)*
364 Peter Anich *(Tiroler Landesmuseum Ferdinandeum)*
Maximilian Hell *(Bildarchiv d. ÖNB)*
381 Kaiser Leopold II. *(Bildarchiv d. ÖNB)*
Kaiser Franz I. *(Bildarchiv d. ÖNB)*
382 Klemens Wenzel Lothar Fürst Metternich *(Bildarchiv d. ÖNB)*
Johann Philipp Graf Stadion *(Bildarchiv d. ÖNB)*
383 Erzherzog Karl *(Bildarchiv d. ÖNB)*
Klemens Maria Hofbauer *(Bildarchiv d. ÖNB)*
384 Andreas Hofer *(Bildarchiv d. ÖNB)*